钱志熙

著

中国古典
诗学源流

中华书局

图书在版编目(CIP)数据

中国古典诗学源流/钱志熙著. —北京:中华书局,2025.1.—
ISBN 978-7-101-16952-2

Ⅰ.I207.22

中国国家版本馆 CIP 数据核字第 20243XM258 号

书　　名	中国古典诗学源流
著　　者	钱志熙
责任编辑	李碧玉
装帧设计	刘　丽
责任印制	陈丽娜
出版发行	中华书局
	(北京市丰台区太平桥西里38号　100073)
	http://www.zhbc.com.cn
	E-mail:zhbc@zhbc.com.cn
印　　刷	三河市中晟雅豪印务有限公司
版　　次	2025 年 1 月第 1 版
	2025 年 1 月第 1 次印刷
规　　格	开本/920×1250 毫米　1/32
	印张 27⅞　插页 2　字数 650 千字
印　　数	1-2000 册
国际书号	ISBN 978-7-101-16952-2
定　　价	158.00 元

目　录

前　言

　　多年来，我主要沿着两个方向思考与探索中国古典诗学的问题，一个方向是从诗学内部出发寻找其与外部社会文化背景的关系，如早期撰写的《黄庭坚与禅宗》（1986）以及90年代出版的《魏晋诗歌艺术原论》（1993）、《唐前生命观和文学生命主题》（1997）；另一个方向则主要立足于诗学本身的范畴来探讨它的源流演变，《黄庭坚诗学体系研究》（2003）以及收在本集中的这些论文主要属于这一方向。前者可以说是接近文化学的研究方法，但是尽可能立足于美学的立场，其意图在于解释各种文学现象在思想与文化方面的成因，因此而常常需要进入普通所说的历史与思想史的领域。其中包含着这样的理念，即只有比较全面地把握总体史，才能比较充分地解释艺术史及其各个分支。当然，所谓艺术史的社会文化背景，或称其成因，也是一个具有假设性质的工作概念，并非自足的、充分的科学范畴。首先，艺术本身就包含在社会文化的整体中；其次，艺术的各分支乃至各种艺术的内部，又是互为背景、互为成因的。我们在学术上结论的不完善性，常常是由这种先天的矛盾导致。同样，立足于诗学本身来探讨它的源流演变，也存在着某种先天性的矛盾。我们的直感所能完全触及的是一个个独立的作品。寻找作家作品中的共同性内容,并将其抽象为某一作家的诗学或诗学体系,这在认识的过程中已经是一个思维的跃跳。这个时候,我们不能不将作家的艺术作为一个整体(当然是发展变化着的)来理解,在这个层面上,我们需要摆脱单纯的文献学与鉴赏学的层次,跳跃到创作学与批评学的层次。但是,仅仅立足于创作学与批评学,再加上若干文献学与传记学的内容,也就是传统所说的作家研究,显然也是有局限的。历史上精到的作家评论,都是立足于评论者对艺术的精到见解及广阔的艺术史背景的把握;并且一个成功的评论,本身就是在比较中产生的。所以,即使是单纯关注作家个体的评论,也是包含着艺术史成分的(当然未必是自觉的)。正是基于这种理由,诗学的研究,必须进入到诗学史的层面,才具有其自觉的学术品格。于是,重构(复现)中国古代的诗学史,探索其渊源流变,并且总结出它的发展规律,就成了我的一种学术理想。这里蕴藏着我对于艺术的另一个理想,即认为存在着诗歌的共同本质,古今中外的诗歌都在分享着这个共同本质,理一分殊! 而真正的中国古典诗学的研究,当然是要指向整体的诗学的。这是人类认识功能中的理性期待! 当然,这种对诗歌的本体式体认与探索,是一种十分复杂的思维活动。

从诗学的整体内涵出发,上述两个方向是联系在一起的,即使是探索诗学发生、发展的社会文化背景,所重视的仍然是诗学本身的立场。并且,正因为在思维中我将诗歌史作为一个整体来对应于各种思想文化背景,而强化了我对诗歌作为一个艺术领域的独立性的体会。如在《魏晋诗歌艺术原论》中提出的诗乐关系、诗性精神、诗歌艺术系统等概念,不仅使这部专著摆脱了单纯的文化学方法的弊病,在诗学方面有了它自己的一系列建树;而且事实上它成为我后来研究诗学史内部源流演变、对诗歌与音乐的关系作实证性或思辨性探索的起点。但是,在具体的研究方法上,我感到要将上述两个方向完全融合起来,起到相互注释、相互映照的作用,却是比较困难的。其主要的表现就是,收在本集中这些探讨诗学内部源流演变的论文,较少直接地涉及我所关心的思想史主题。这大概接近于以刘勰、钟嵘为代表的文学史与以明代胡应麟、许学夷为代表的文学史的差别。我一直以前者为更理想的文学史著作的境界。怎样将艺术内部的研究与外部关系的研究结合起来,的确是我们目前研究需要解决的一个问题。

在不考虑与思想文化背景之关系的情况下探讨诗人、流派、体裁系统等各个单元中的诗学问题时,其把握与阐述的方式仍然可以表现出不同的旨趣。本集中的一些论文,曾经尝试使用一些相对于传统来说是属于新的诗学范畴来研究诗学史的源流演变,如《表现与再现的消长互补》、《从群体诗学到个体诗学》这两篇论文就属此类。前者试图立足于造成诗歌艺术的本质性与变化性的艺术本位立场上,寻找中国古代诗歌史演化中的规律性变化。诗的本质是表现,表现的要义在于主体精神的呈现,包括我们所说的抒情与言志等。所以一切凡可称为真诗的作品,都是趋向于一种主体的精神状态与情感状态。诗歌甚至指向一种形而上学的境界,海德格尔就曾说:"哲学处于与精神性的此在的一种完全不同的领域中和地位上,只有诗享有与哲学和哲学运思同等的地位","除了哲学家之外,诗人也是谈论无的,这不仅仅因为按照日常理智的看法在诗中较少严格性,而且更因为在诗中(这里指的只是那些真正的和伟大的诗)自始至终贯穿着与所有单纯科学思维对立的精神的本质优越性"①。这是诗歌的自然的本质。但是呈现主

① (德)海德格尔著,熊伟、王庆节译《形而上学导论》,商务印书馆 1996 年,第27 页。

体精神、情感的同时,必然会涉及外在的自然景物与社会事实,这就是表现必定与再现相依这一诗学原理。但仅仅停留在这个层次中,只能算是一种美学观点。关键是在诗歌史上,的确存在着侧重诗的表现本质与侧重诗的再现功能这样两种倾向。它体现在诗论的层面上,更重要的是体现在诗歌发展的历史中,超越于作者的主观意图之上,形成诗歌史上重视表现本质与再现功能两种类型的消长关系。这一重构,对诗歌史的发展事实作了新的呈现,并且为研究者理解同类事实提供一种理论。事实上,本文论及的只是诗歌史的部分事实,在笔者自身日常的诗歌史评论与思考中,其实更加频繁、有效地联系了上述规律,而使这种诗歌史思考与评论,显得更加生动活泼而有序。《从群体诗学到个体诗学》一文,则是从诗歌的创作者与创作形态出发,来探讨两种具有相对性的创作形态,一种是自然状态的诗歌创作,正如这种状态中主体的精神意识尚未充分自觉一样,其诗歌活动也未从个体与群体混沌一气的状态中拔群而出。与我们根据传统诗论而得到的言志与抒情总是存在于个体之中的一向印象不同,早期诗歌不仅毫无著作权意识,在创作之初就有一种混沌的群体性,在传播之中更是演绎成典型的集体创作,而且抒情与言志的状态也多属于群体性的。与之相对,个体诗学则是对前者的超越,是诗人拔群而出并且作为一种社会角色而存在的形态,与此同时诗学中的各种因素,也都连带着发生变化。这样来理解诗歌史,我们看到诗史的发展并非一条直线,而是先后存在于群体诗学与个体诗学两种形态中,同时这两种形态又有一种相依存的关系。这个问题,实际上还有一种思考方式,即诗歌创作中的群体性与个体性的问题。我们看到的情况是,诗歌创作中的个体性因素越来越被强调,从歌谣到乐章到徒诗,就是这样一个发展趋势。与此同时,即使在个体诗学的发展时代,也仍然存在着群体性与个体性的关系问题。有一种现象，也许能说明与现代诗学相对比，中国古典时代的诗学仍是一种以群体性为主的诗学。这种现象即后人对前人诗歌的修改，明代人对唐诗的窜改就是一个典型的例子。这说明古代作者不具有现代式的著作权意识，这正是群体诗学的一种遗留。与表现和再现这一规律一样，借助群体诗学与个体诗学这一对范畴，可以更好地理解各种诗歌创作的现象与类型。例如在考察政治与诗歌的关系时，同样离不开这一对范畴。与个人抒情相比，政治诗显然是属于群体诗的范畴的。由此可见，诗歌的动力不仅来自个体，同样也来自群体。群体与个体两方面，都对诗歌提出自己的需求，并且都有其合理性。但由此而形成的不同的诗歌思想与主张，却会有截然对立、不能相容的状态出现。在这种矛盾状态下，我认为真正的仲裁者仍然是诗歌本身，即超越于这种群体性与个性之上的诗歌自身的创造规律。从上述两篇论文可见，对诗歌史脉络的寻找，可以沿着不同的思考方式展开，其关键在于形成真正能够揭示诗歌史真相的范畴。这些范畴可以是前人已经使用过的，也可以是从对事实的概括中重新创造出来的。在这方面，与一些轻视理论与范畴的学者不同，我认为，要想真正地讨论问题，理论与范畴是无法舍弃的。学者所要追求的，只是在范畴的建立、使用上的自觉化，使范畴能够运动于活生生的创作与批评实践之中，而非将其凝固、僵化。

　　贯穿于本书中的另一个重要理念，即认为诗歌史中存在着一个发展、演变着的诗学系统，它作为一种主体拥有的学养与才能，体现于包括创作与批评的各种诗歌活动中。因此，诗歌史就其核心的、真正能构成历史的部分来说，就是诗学史。在中国古代，整体地揭示这种有关诗歌的学养与才能的，就是"诗学"这个词本身。《"诗学"一词的传统涵义、成因及其在历史上的使用情况》一文,就是对这个古典诗学核心范畴的形成与演变,及其在西方诗学进入之前的明、清与近代时期广泛使用的情况进行考察。其目的是提醒"诗学"一词及其指向的体系,是在西方的、现代的诗学出现之前就恒远地存在着的,与之并列或相涵的还有"词学"(唐宋辞章之学)、"词学"(曲子词学)、"曲学"、"赋学"等一系列传统范畴,其至包括"文学"一词。上述这些范畴,共同标志着中国古典文学学术体系的完整性。撰写于 20 世纪末至 21 世纪初的《黄庭坚诗学体系研究》以及本集的许多论文,都是在这一学术思想的指导下所作的探索。其中有完全使用传统范畴的,也有通过大量典型事例的举证对古代诗歌创作中蕴藏的理念、体制、方法作出新的概括的。例如《齐梁拟乐府诗赋题法初探》、《"百年歌自苦"——论杜甫诗歌创作中"歌"的意识》这两篇论文所提出的拟乐府中的"赋题法"、杜甫及其他唐代诗人创作中的"歌的意识",其概念原本存在于这些诗家的意识中,但隐而未现,尤其是其所指向的丰富事实,从未被诗评家与诗史家呈现过。前者通过对赋题法的揭示,为文人拟乐府诗的发展史确立了一个重要的环节,并且指向的事实远远超过本文所论述的部分。事实上,我后来关于乐府的一些研究,以及学术界同仁的其他研究,各自都使用了"赋题法"这一概念。从这里我们可以看到,真正揭示事实的理论创造在解释事实方面,是有着一种宽广的可能性的。

　　与学术界通常认为中国古典诗学缺乏理论上的体系性与方法上的科学性不同,笔者一直认为,中国古典诗学是产生存在于中国古代的语境与实践活动中一个自足的、圆满的理论系统。在对中国古代诗歌进行鉴赏、评论与理论研究时,中国古典诗学迄今仍是最有效的一个理论系统。作为一种东方的认识体系,它与中国古代的哲学(玄学、理学、心学等)一样,强调理性的认识与感性的体验的完满结合，不仅有对本质的深刻阐述、本源探讨，而且作为变动不居的话语系统，不断地出现着新的理论阐述与范畴使用。如果单纯从理论的发展历史来看，我们看到两种情况，一种基本上是脱离了具体创作活动的单纯的理论阐述，如《毛诗·大序》，钟嵘、刘勰的诗学，白居易的讽喻诗学，严羽《沧浪诗话》，胡应麟《诗薮》，许学夷《诗源辩体》，叶燮《原诗》，等等，它们与我们今天的诗歌理论、批评及诗歌史研究，本质上是一样的，只是在思维方法、论述方法与文本形式上与今天的诗学有所不同，但这种不同不是不可逾越的。在不同语境中，中国古典诗学不仅其思想内核可以为我们所继承，甚至论述方法、文本形式等都可以复活。也就是说，中国古典诗学不排除在现代学术系统中重生的可能性。单纯从学术上看，我们对上述中国古代的诗歌理论创造成果的研究虽然一直在进行，但完整、准确地绎述出其内涵的并不多。即以著名的《毛诗·大序》而论，它其实是集上古三代迄汉代诗歌理论的大成，是我们现在所知的中国古代第一个具有完整理论形态的诗论体系。作为对群体诗学时代诗歌认识的总结，它包含着极其丰富的诗歌思想，甚至阐述了人类艺术的许多重要原则。就此一点来讲，我们对它的认识是很不够的。《论〈毛诗·大序〉在诗歌理论方面的经典价值及其成因》这篇论文，就尝试在较广阔的理论语境与历史背景中对《大序》进行新的阐述，解释其经典价值及其在中国古代诗歌创作史上影响深远的原因。古典诗论的另一种存在与发表的方式，是其大量地存在于具体的创作活动与口头性的诗歌评论中。其实任何创作都伴随着对其进行反思与经验总结的抽象性的理论思维活动，其与感性的形象塑造、意境创造几乎密迩无间地融为一体。也可以这样说，凡是艺术创作，总伴随着艺术评论。这种创作中的思维活动，有时停留在模糊的、感性的、词语不定的状态，有时也会从混沌之中形成相对稳定的思想表达与范畴运用。应该说中国古典诗学的主体，正是存在于这种状态中。基于这种看法，我研究诗人的诗学思想，尤其是发表过系统性诗论著述的古代大家、名家的诗歌理论。收在本集的《杜甫诗法论探微》就是这方面的一个尝试。杜甫对诗歌史最重要的贡献，就是"法"的思想的确立，以及"法"与"神"的辩证关系的认识。这主要是通过他的作品显示出来，但作为一种更直接的启示，是其诗论中以法、律为主要范畴的大量有关法度的范畴的陈述。后来江西诗派的理论，就是以杜甫的法度思想为起点的。《唐人乐府学述要》一文，也尽量钩沉唐人有关乐府的创作思想，以此为关键重构唐人的乐府学，揭示一个事实，即唐人的古乐府创作，从其整体的表现来看，是在一种高度的理论反思的状态中进行的。事实上，唐人的古体诗学，也是具备同样性质的一种创作。这两种唐诗创作的情况，都体现了高度的学理性。这提示我们注意，单纯从感性美学、形象思维方面来认识创作的实质，与否定形象思维一样，都存在着一种认识上的偏差。实际的创作，其实是理性思维与感性思维密迩结合的一种创造性活动。近年来在欧美颇为流行的中国古代诗歌以抒情为主的说法，不仅观点本身并非新见，而且在片面强调的过程中，显然将中国古典诗学简单化了。我觉得，如果能够重新回归中国古代关于诗歌抒情的一些基本理论范畴与创作实践，重构中国古代的抒情美学，倒是具有前景的一个学术发展空间。

古典诗学是一个内涵极其丰富、结构极其复杂的学术体系，其与各种文化领域之间的关系也极其复杂。学术界已有不少尝试对其进行系统表述与探讨的论著，但在结合实际的诗歌发展史这方面总觉不够，其中对诗歌史上具体存在的体制的忽略，可能是原因之一。这里之所以不用人们熟悉的体裁，而用"体制"这一词源，是因为体裁是一种完全固定的东西,而且目前的体裁学研究,几乎成为纯粹的对体裁形式的描述。"体制"则既包含了人们所理解的体裁因素,同时又指向更丰富、灵活的内涵。比如《诗经》,从体裁来看,只能说是一种四言诗,而《从歌谣的体制看〈风〉诗"的艺术特点——兼论对〈毛诗〉序传解诗系统的正确认识》一文,则提出歌谣体制这样的概念,从歌谣的性质来理解《诗经》。同样,《论唐诗体裁系统的优势》中所论述的唐诗中诗与乐的关系、古与今的关系,如果以传统的体裁研究的方法去把握,也不易呈现。这里面所存在的唐诗与音乐联系的特点,古体与今体的相互渗透、对立的关系,用创作体制这样的概念来概括,更加圆通、灵活一些。当然,概念的名称是其次的,关键的是其内涵。在中国古典诗学中,我们也发现,诗人、诗论家在概念的使用上往往比较自由或者个人化,不够统一,但其所要表达的内涵,却指向某些相对稳定的东西。所以,本集中的论文,在使用体裁、体制这类概念时,有时候并未作严格的区分。这些论文所涉及的主题,包括风诗的歌谣体性,乐府古辞与文人拟作,魏晋南北朝五言诗中乐府体与徒诗体问题,齐梁陈隋时代古、今两体分流问题,初盛唐时期元嘉体的流行情况,初盛唐时期古体诗的确立,等等,所使用的主要是对诗歌体制与各创作系统源流演变进行重新梳理的方法。本人的理解,是将章学诚"辨章学术,考镜源流"的方法比较自觉地沿用到具有复杂事物特点之诗歌史的研究上。从时代来看,我的这类研究主要还是集中在中唐以前。中唐以后的体制流变问题,已出版的《黄庭坚诗学体系研究》中"分体诗学"部分,以及最近出版的《唐诗近体源流》有所涉及,但未能如上述诸文那样深入地辨章与考镜。《试论"四灵"诗风与宋代温州地域文化的关系》《论〈千家诗选〉与刘克庄及江湖诗派的关系》两文虽然未能完全做到考镜源流,却是我在完成了《黄庭坚诗学体系研究》之后形成的对宋诗重要流派的新看法。在这两篇论文中,我尝试将江西诗派与江湖诗派联系起来思考,甚至将南宋的江湖派诗学作为诗学史的一个新起点,来重新理解古典诗学后期(即元明清诗学)的走向。但后一论题,在以《千家诗》编纂问题为核心的这篇论文中,未暇充分展开。

以上内容,大概包含了我产生中国古典诗学研究的自觉的学术意识之后,二十来年中的微薄成绩。对于这个高度发达、无比丰富而且发展历史悠长的中国古典诗学体系——因有现代诗学的对应,我们将其称为统一的体系,其实其内部又是由许多不同体系构成的——来说,这仅冰山之一角。这里最重要的,我认为不是方法,而是态度。也就是说,不将中国古典诗学作为现代诗学的一种前科学状态的、零散的、不成熟的古代学术形态,不像考古学处理其考古材料、人类学处理其史料那样对待它,而是至少将其与现代诗学、西方诗学平等对待,对其做各种史学的、美学的研究。

最后我想介绍一下收在集子里的《歌谣、乐章、徒诗——论诗歌史的三大分野》一文。这篇论文中所阐述的关于这三种诗歌体制的特点,尤其是它们之间的递变规律,是我在长期研究中形成的一些看法,其他论文中也频繁地涉及这个问题。或者说,我将其理解为探讨诗歌史体制问题的一个归向目标。诗歌艺术在纵向与横向上,的确存在着诸多的形态,这些不同的形态,其背后有发生学的原理存在。已有学者注意到存在着歌谣、乐章(歌曲)、徒诗这些形态,但并未自觉地、科学地分类,尤其是对其间的规律性变化缺乏认识。至少到目前为止,我认为所有诗歌,都只属于这三种体制。我也曾经运用这一理论来理解当今诗歌领域的各种新旧体裁之争,认为其原因可能都出于从不同的诗歌体制、诗歌史发展形态出发而造成的诸多隔膜。如果认识到原本存在的诗歌体制的差异，尤其是认识到诸差异背后对诗歌本质的共同趋向，这些争议也许有望立即冰释。关于这个话题，就暂时说到这里。

"暮从碧山下，山月随人归。却顾所来径，苍苍横翠微！"我想尽量清楚地解释近二十年的探索经历，以便于读者把握本集的内容，知其是非。但所来之径，回顾虽然若可见，迹已苍苍！我想这正是我们探索学问的胜境。我们永远想辟开混沌，但总有一些东西，在辟开之后，又似乎重归混沌。

2015 年 6 月 19 日

"诗学"一词的传统涵义、成因及其在历史上的使用情况

　　最近一个时期,中国的文学研究界,越来越频繁地使用"诗学"这个概念,出版了各种各样的诗学理论、诗学史、比较诗学、文化诗学乃至诗学辞典之类的著作,而在一般的研究和论述中,使用这个词的频率,与以前相比,也提高了许多。这本身就是一个值得研究的现象,我想大概有两方面的原因。一是在文学精神和关于文学的本质逐渐显得模糊起来的我们这个时代,人们为了重新确认文学的精神和本质,不约而同回到以"诗"来概括整个文学甚至延及文艺整体的这样一种思维习惯。人们将诗理解为文学乃至一般文艺的本质,认为诗不仅存在于通常称为诗歌的这种体裁中,其他的文体和文艺形式中 ① 也存在着"诗",基于这样的考虑,人们以"诗

---

① 黄药眠、童庆炳主编的《中西比较诗学体系·前言》就对广义诗学作了详尽的阐述:"那么,'中西比较诗学'是指什么意思呢?'诗学'并非仅仅指有关狭义的'诗'的学问,而是广义的包括诗、小说、散文等各种文学的学问或理论的通称。诗学实际上就是文学理论,或简称文论。"他们还论述了以诗学指称"文艺学"的原因和依据:"由'文艺学'、'文论'返回到'诗学'概念,包含着一个根本性意图:返回到原初状态去。原初并非仅仅指开端,原初就是原本、本原、本体。因而返回原初就是返回本体。这样一种返回必定是根本性的。同'诗'作为文学的原初状态一样,'诗学'也意味着'文艺学'、'文论'的原初状态。返回'诗学'就是返回原初状态,返回本体。而今,随着纪(转下页)

学"来指称文学和文艺学。这种思维习惯源于西方,对于中国的学术界来讲,则是一种现代的文学观念,渊源于朱光潜等人翻译的亚里士多德《诗学》。这即是通常所说的广义的"诗学"。让·贝西埃等主编、史忠义翻译的《诗学史》,也是这一流行的使用方法的典型①。这是一部西方文艺批评史的著作。这方面的例子举不胜举。广义诗学观已经成为当代的一种美学思想。它在中国的流行,则又与中国号称"诗的国度"、崇尚诗歌的传统相呼应。与广义诗学相对的狭义诗学的日趋独立,则是近期诗学一词频繁使用的另一原因。狭义的"诗学"原本是从事诗歌理论和诗歌批评的学者们常用的概念,其内涵主要也是以理论和批评这两方面为主。但近年来,狭义诗学的内涵也在扩大,人们越来越喜欢以它来指称以诗歌为研究对象的这门学问。近年出版的不少诗学辞典大抵是持这种看法的。如浙江教育出版社出版的《中国诗学大辞典》②,就对诗学一词作了这样的解释:"关于诗歌的学问,或者说,以诗歌为对象的学科领域。"并且具体地指出中国诗学的研究范围包括"诗歌的基本理论和诗学基本范畴"、"有关诗歌形式和创作技巧的问题"、"对于中国历代诗歌源流的研究,或曰诗歌史的研究"、"对于历代诗歌总集、选集、别集或某一作品的研究"、"对于历代诗人及由众多诗人所组成的创作群体的研究"、"对于历代诗歌理论的整理和研究"

（接上页）实文学、通俗文学、消遣文学的发达,'文学'一词的指称域正不断扩大,文学与生活的距离愈益模糊,文学正在失去自身的特殊规定。而重现文学的'诗'的本义,重现文论的'诗学'的本义,无疑有助于重新认识变化中的文学。"（黄药眠、童庆炳主编《中西比较诗学体系》,人民文学出版社1991年）

① （法）让·贝西埃等主编,史忠义译《诗学史》,百花文艺出版社2002年。

② 详见浙江教育出版社1999年版《中国诗学大辞典》第3页"诗学"条,执笔者为董乃斌。

等六个方面。就狭义诗学的涵义来讲,这是包含得比较广的,它把所有以诗歌为研究对象的学问包括诗歌文献学,都纳入"诗学"这个概念中来。

广义诗学概念及其代表的文艺观念,完全是从西方引进的。在中国古代,不仅从无用诗来概括整个文学的传统,相反,诗还常常被别的文体和文艺的概念所整合,最早诗被包括在"乐"里面,后来又常被包括在"文"里面(六朝至唐)。至于狭义的诗学的现代内涵,与中国传统的"诗学"一词所指的内涵,相对来讲比较接近,但也有很大的区别,它主要是指以诗歌为研究对象的一门学科,属于现代学科体系中的一个。总的来说,无论狭义诗学还是广义诗学,基本上都属于西方文艺学系统。所以一般的有关诗学的各类著作,都不约而同地从西方美学史中寻找"诗学"一词的渊源。从现代诗学所继承的学术传统来讲,这样理解也许不无道理。因此,一种观点即认为诗学为西方所独有,中国向无成熟的诗学,如朱光潜先生早年就有"中国向来只有诗话而无诗学"之说①,有的学者认为"诗学"这个词是舶来品,中国古代无"诗学"一词②。虽然像这样不加稽究而断定中国古代无"诗学"此词的说法不会很多,但认为这个词在古代用得很少,且无足轻重这样的观点,我想可能还是不少的。

其实,"诗学"一词在中国古代有着自己的生成历史,并有广泛的应用。它依据于中国古代的文学和学术的理念,所指的对象和使用的方式都与现代的"诗学"一词有较大的差异。并且,这个词的内涵和使用方式,都很典型地体现了中国传统诗学特点,对于现

---

① 朱光潜《诗论·序言》,生活·读书·新知三联书店1984年,第1页。
② 狄兆俊《中英比较诗学》,上海外语教育出版社1992年,第6页:"中国习惯于用诗论或诗话这一说法,诗学一名,是外来的。"

代诗学的研究不无启发,尤其是对于研究中国古代诗学,更是一个关键性的问题。但从上面所述情况来看,诗学一词的传统内涵,基本已经被其现代内涵所掩盖。因此,我们觉得很有必要提出这个问题来,对"诗学"一词的传统内涵和生成历史、使用情况等问题做一个研究,为全面把握中国古代的诗学传统提供一个视角。

一

"诗学"一词,在古代有两种用法,一种是作为《诗经》学简称的"诗学",一种是作为实践与理论的诗歌学之总称的"诗学"。

经学的"诗学"一词,使用上早于诗歌学意义的"诗学"。大概在唐代就已流行,唐宪宗元和三年,李行修有《请置诗学博士书》,大意是要朝廷立诗学博士,重新推行古代的诗教。作者所说的诗学博士,主要的任务是研究《诗经》,观其文中"五经皆然,臣独以诗学上闻,趋所急也"[1]一语可知。但他也论述到《诗经》以后"诗道"的衰落与变化,可见他也关注到其当代的诗学问题,其提倡《诗经》的研究,也有为当代立诗教的意思。奏书的最后一段是这样说的:

> 伏惟陛下诏公卿诸儒,讲其异同,综其指要,列四始之元本,穷六艺之粹精,不使讲以多物而无哗,蔽之一言而得,其言极者为师法。传经而行,其毛、郑不安者,亦随而刊正。选立博士弟子员,如汉朝故事,然后命瞽史纳于聪明,命司成教之世子,是谓端本;由朝廷被于民里,由京师施之远方,是谓垂化;复采诗之官,以察风俗,是谓兼听;优登才之选,以励生徒,是

①《全唐文》卷六九五,中华书局1983年,第7132页。

谓兴古。四者既备,大化自流,则动天地,感鬼神,德豚鱼,甘董
荼,来异俗,怀鬼方,皆在一致。推而广之,神而化之,不难矣。①

这样来认识"诗学"功能和作用,似乎他所说的诗学,也包括了当
世的诗歌创作在里面。宋代的经学著作,常有以"诗学"命名者,
《宋史·艺文志》"经类"之"诗类"中著录有范处义《诗学》一卷,
又有不知名氏《毛郑诗学》十卷②。陈振孙《直斋书录解题》卷二著
录蔡卞《诗学名物解》③。宋人还称专治毛诗学者为"毛诗学究",
且为科举之一种④。明清人研究《诗经》的著作中以"诗学"命名者
更多,如钱澄之《田间诗学》。笔者通过《四库全书》电子版查询到
"诗学"一词,有不少属于这种用法。

经学之"诗学",就整体来讲,以《诗经》为研究对象,是经学的
一个分支,与易学、礼学、尚书学、春秋学等并列。这门学问建立于
汉代,其渊源则应该追溯到先秦孔门诗学,开始主要还是属于文学
研究范畴的学问,经过汉以来历代《诗经》学者的发展,成了一门
以《诗经》为研究对象的综合性的专书之学,其中当然也包括了诗
歌理论和诗歌批评的内容,属于今天所讲的诗学的范畴。就作为
经学的"诗学"在使用上早于作为诗歌学范畴的"诗学"而言,后
者在得名之初,可能受到了前者的影响。但却不能简单地理解为

①《全唐文》卷六九五,第 7133 页。
②《宋史》卷二〇二《艺文志》,中华书局 1977 年,第 5046、5047 页。
③(宋)陈振孙《直斋书录解题》,上海古籍出版社 1987 年,第 37 页,
④《续资治通鉴长编》卷七八:"毛诗学究王元庆。"(中华书局 1980 年,第
1784 页)《宋史》卷三〇〇《陈太素传》:"同时有马寻者,须城人,举毛诗学
究。"(第 9972 页)黄庭坚《凤州团练推官乔君墓志铭》:"年十八,举毛诗学
究。"(《宋黄文节公全集·正集卷三十》,刘琳等校点《黄庭坚全集》,四川
大学出版社 2001 年,第 825 页)

后者是从前者中派生出来。事实上,后者有它自己的生成过程和背景,两者作为不同领域的同名术语,在古代是并行不悖地使用着的,其内涵的区别十分清楚。

作为诗歌学术语的"诗学"一词,初盛唐之际其实已经在使用,近年新出土的先天二年马克麾撰《唐正议大夫试大著作上柱国太原王君墓志铭并序》中叙到墓主王洛客的朋友王勃时说:"是有同郡王子安者,文场之宗匠也。力拔今古,气覃诗学。"① 晚唐郑谷《中年》诗中,有"衰迟自喜添诗学,更把前题改数联"这样的句子②。多家辞书中的"诗学"条,都引了郑谷这句诗③。这句诗的意思是说自己衰老迟暮,百事无成,但诗艺却喜有所提高,其证据便是从前写的诗,不知道不好,现在却能看出毛病来了,并且改了好几联。作者把这个叫作"诗学",与我们今天所说的诗学,内涵是很不一样的,完全是属于创作方面的事情,与单纯的理论研究没有什么关系。很长时间内,笔者没有找到与郑氏时间相近的"诗学"用例,最近利用电脑查找,发现仅《四库全书》范围内,可视为晚唐五代用例的尚有两条④,一为晚唐裴庭裕《东观奏记》卷下所载:

　　商隐字义山,诗学宏博,笺表尤著于人间。⑤

---

① 该墓志铭原石现藏香港中文大学文物馆,拓片原刊于《中国古代碑帖拓本》,北京大学图书馆、香港中文大学文物馆 2001 年,第 105 页。

②《全唐诗》卷六七六,中华书局 1960 年,第 7747 页。

③ 台湾《中文大辞典》"诗学"即引郑诗。

④ 本人在用电脑查找时,得到同事张健先生及北大图书馆马月华女士的帮助,特此致谢。

⑤（唐）裴庭裕《东观奏记》卷下,台湾商务印书馆影印《文渊阁四库全书》,第 407 册,第 628 页。本条田廷柱点校《明皇杂录　东观奏记》卷下作"文学宏博"(中华书局 1997 年,第 133 页),未出校记。

　　另一为北宋王珪为南唐许逖母作的《望都县太君倪氏墓志铭》：

　　　　夫人姓倪氏，南唐主爵郎中弼之女，赠大理评事高阳许规之妻。……次子府君逖，时为儿童，秀警已能作诗，尝憩大溪旁，方据石微吟，潮几没石，府君挥洒自若，诗成顷乃去。夫人尝奇之，一日从膝下，乃曰："家世微，若不少激昂，何以大先君之后？"遂从学中茅山，穷左氏春秋，观战国危亡之际，未尝不慷慨太息。条二十事，皆切当世务，特见江南李煜，煜器其少年有诗学，拜秘书郎。①

王珪虽为北宋人，但"煜器其少年有诗学"这句话，当是得自许氏后人的传叙，与当时的原话差距不会很大。因此这里的"诗学"一词，可视为南唐时的用例。

　　从以上三例来看，晚唐五代之际，"诗学"已成为一个专门的词汇，用来概括诗歌创作这一门艺术实践的学问。"学"本义为学习，当名词用时，又有学问、学派、学校等多种用法，这些在先秦两汉都已出现。称某一专门性的学问、学艺为"某学"这一类词，较早出现的是"儒学"②、"经学"等属于儒家范畴的词，魏晋间玄理盛行，至刘宋时便有"玄学"一词出现。大概某一专业被称为学，一是因为其地位崇重，在汉代专门之学问有时被称为"术"，有时被称为"学"，如《后汉书·张衡列传》"安帝雅闻衡善术学"③，术、学二

----

① （宋）王珪《华阳集》卷五〇，台湾商务印书馆影印《文渊阁四库全书》，第1093册，第370页。
②《汉书》卷一〇〇上《叙传上》："嗣虽修儒学，然贵老严之术。"（中华书局1962年，第4205页）
③《后汉书》卷五九《张衡列传》，中华书局1965年，第1897页。

字大体相通。但称"学"比称"术"显得更为庄重,《汉书·叙传》说班嗣"虽修儒学,然贵老严之术"①,儒学称"学",老庄之学则称"术",其间的褒贬之意显然可见。从这个角度来讲,诗赋创作,向来地位不高,被视为术艺而不配称为学,所以"词学"、"骚学"、"诗学"之类的词,到了很迟的时候才出现。其次,一门专业被称为某学,最初往往是因为立为官学,如刘宋文帝时,立儒学、玄学、文学、史学四学官②。儒学和文学是前此已有的名词,史学、玄学却是立官之后才出现的名词。唐代国子监内有律学、书学、算学③,诗歌创作之事,从来没有被单独列为一门官学,所以"诗学"一词的正式使用,反较书学、算学等词为晚。

但考察"诗学"一词的产生,仍与其官方地位提高,取得准官学性质有关。唐代诗学虽未设于官学,但唐人以诗取士及历朝君主对诗歌的爱好,显然是提高了诗歌创作的官方地位。唐代诗人,多担任文馆学士及翰林学士,如唐中宗景龙二年,为修文馆置大学士四员、学士八员、直学士十二员,其中如李峤、宋之问、杜审言、沈佺期等,都是著名诗人④。唐玄宗天宝中,国学增置广文馆,以领词藻之士,郑虔为博士⑤。唐代个别的统治者,曾有设立诗学士的意图,《资治通鉴》载:"上(唐文宗)好诗,尝欲置诗学士。李珏曰:

---

① 《汉书》卷一〇〇上《叙传上》,第 4205 页。
② 《宋书》卷九三《隐逸列传·雷次宗》:"元嘉十五年,征次宗至京师,开馆于鸡笼山,聚徒教授,置生百余人。会稽朱膺之、颍川庾蔚之并以儒学,监总诸生。时国子学未立,上留心艺术,使丹阳尹何尚之立玄学,太子率更令何承天立史学,司徒参军谢元立文学。"中华书局 1974 年,第 2293—2294 页。
③ 《新唐书》卷四四《选举志上》,中华书局 1975 年,第 1160 页。
④ 《新唐书》卷二〇二《文艺中》,第 5748 页。
⑤ (宋)王谠撰,周勋初校证《唐语林校证》卷二《文学》,中华书局 1987 年,第 120 页。

'今之诗人浮薄,无益于理。'乃止。"① 宋王谠《唐语林》亦记载此事,较《通鉴》更为详细:

> 文宗好五言诗,品格与肃、代、宪宗同,而古调尤清峻。尝欲置诗学士七十二员,学士中有荐人姓名者,宰相杨嗣复曰:"今之能诗,无若宾客分司刘禹锡。"上无言。李珏奏曰:"当今起置诗学士,名稍不嘉。况诗人多穷薄之士,昧于识理。今翰林学士皆有文词,陛下得以览古今作者,可怡悦其间,有疑,顾问学士可也。陛下昔者命王起、许康佐为侍讲,天下谓陛下好古宗儒,敦扬朴厚。臣闻宪宗为诗,格合前古,当时轻薄之徒,摘章绘句,聱牙崛奇,讥讽时事,尔后鼓扇名声,谓之'元和体',实非圣意好尚如此。今陛下更置诗学士,臣深虑轻薄小人,竞为嘲咏之词,属意于云山草木,亦不谓之'开成体'乎?玷黯皇化,实非小事。"②

这条资料透露出这样的信息,唐代的诗歌创作其地位不及正式的官学,不过也差不多有一种准官学的地位。从李珏之论可窥唐诗虽盛,但诗歌创作仍未获得庄重的地位。至于诗人,则被视为"昧于识理"、"轻薄"之流。诗歌创作不被视为一种学。"诗学"一词之所以很晚才问世,正是由于这样的原因。参照上面所引李煜因许逊"少年有诗学"而拜为秘书郎,此中消息亦可寻味。文宗欲立"诗学士"一事,事虽未成,但在当时乃至后来,都在诗人中产生了较大的影响。这也许是促成"诗学"一词产生的重要契机。现在我

---

① 《资治通鉴》卷二四六《唐纪六十二·文宗下》,中华书局 1956 年,第 7938 页。
② 《唐语林校证》卷二《文学》,第 149—150 页。

们再回过头来看郑谷那一联诗,其深层的意思就出来了,作为一个文士,最大的荣耀无过于成为某学的学士,最崇重的当然是经学方面的学士了。但郑氏却只是一个衰迟的诗人,所习的专业,按官学的说法,大概也可以算是诗学了,无奈朝廷并无诗学学士的设立。所以"自喜添诗学",为自慰,亦为自嘲。

但是从总体情况来看,"诗学"一词在唐代出现得很晚,并且用例很少。唐代诗学著作,主要还是用诗格、诗式一类词。诗歌创作之事,主要还是被视为术艺,不太被作为崇高的学问来看待。

据以上分析,可知"诗学"一词的后出,与诗歌一门向来未设于官学有关。因为按照汉魏六朝"某学"等词大多因设立官学产生这一规则,"诗学"一词自无发生之可能。到了唐代,诗歌地位大提高,并有设诗学士之议,"诗学"一词,终于依仿经学、书学等词的组词方式而产生。但毕竟是姗姗来迟,并且使用得不太多。当然,唐中期以降,中国学术思想日趋活跃,"某学"这类词汇的出现大大增加,突破了汉魏六朝因官设学的习惯,异端之学如"佛学"[①]、"禅学"一类的词也开始流行。这可视为学术思想的活跃与解放。这同样是"诗学"一词终得生成且流行的学术背景。

从外部的生成条件来看,与"诗学"一词最有亲缘关系的当是"文学"、"词(辞)学"两词。"文学"一词出现于先秦,最早是指文献、典籍[②],发展为也可指称掌管、研究与创作文献的人,汉魏时代

---

① 王辟之撰,吕友仁点校《渑水燕谈录》:"近年,士大夫多修佛学。"(中华书局 1981 年,第 31 页)

② 杨伯峻译注《论语译注·先进篇第十一》:"文学:子游,子夏。"(中华书局 1980 年,第 110 页)《汉书》卷六《武帝纪》:"选豪俊,讲文学。"(第 166 页)

即有"文学"这个官名。在南北朝时期,"文学"一词仍然是文学与学术的合称,并非单纯的"文章之学"或"文词之学"这样的意思,但也包括后者,《世说新语》"文学"一篇,就是先列有关学术的事迹,后列有关文学创作的事迹。但到了后世,"文学"一词越来越多地被用来指称文学创作,如唐元结《大唐中兴颂序》:"非老于文学,其谁宜为。"① "文学"一词,逐渐被赋予"文章之学"或"文词之学"这样的意思。而擅长文学创作的人也常被称为"文学士"②。"词学"一词与"诗学"的亲缘关系似乎更为密切,词学又称辞学,即后来所说辞章之学的意思。唐宋时称翰林学士等文章侍从为词臣,又有博学宏词之试,修辞属文被视为地位崇高、造诣专深的学问,与经学相对,称为词学。《旧唐书·刘知几传》:"(知几)少与兄知柔俱以词学知名,弱冠举进士。"③ 又如《唐语林》载"宣宗厚待词学之臣,于翰林学士恩礼特异,宴游无所间,惟于迁转皆守常法"④。又五代孙光宪《北梦琐言》:"进士杨鼎夫,富于词学,为时所称。"⑤ 词学又作"辞学",如宋初杨亿《杨文公谈苑》:"韩浦、韩洎,晋公浞之后,咸有辞学。浦善声律,洎为古文,意常轻浦。"⑥ 可见"词学"是唐人之常言。自汉迄南北朝,对于写作文章,当时的通常用语是"属文"。善写文章者称"善属文",或"长于文义",这在南

---

① 孙望校《元次山集》,中华书局 1960 年,第 106 页。
② 《新唐书》卷二○二《文艺中》:"武后修《三教珠英》书,以李峤、张昌宗为使,取文学士缀集。"(第 5747 页)《唐语林校证》卷二:"白居易,长庆二年以中书舍人为杭州刺史……时吴兴守钱徽、吴郡守李穰皆文学士,悉生平旧友。"(第 144 页)
③ 《旧唐书》卷一○二《刘子玄传》,第 3168 页。
④ 《唐语林校证》卷二《政事下》,第 88 页。
⑤ (五代)孙光宪《北梦琐言》逸文卷第一,中华书局 1960 年,第 161 页。
⑥ 程毅中主编《宋人诗话外编》,国际文化出版公司 1996 年,第 58 页。

北诸史中是很常见的。说明这个时期，人们在习惯上，仍视文学创作为一般的艺事，并未将它提高到"学"的层次。对善于作文章的人，从南北朝的"善属文"至唐时的"以词学名"、"富于词学"，这种说法上的改变，反映了人们对于文学创作学理性质的认识的进一步深化，也是文学创作地位提高的一个标志。但修辞撰文被称为学，恐怕主要还是由于翰林学士等词臣的存在①。

"文学"、"词学"，当然包括诗歌创作在内，这两个词既然能使用，"诗学"在逻辑上自然也是成立的。所以诗歌创作范畴的"诗学"一词，其字面或许因经学范畴的"诗学"而得，其内涵则是派生于"文学"、"词学"等词而来，是对这两词的更细的区分。在中国古代，艺术创作之事与纯粹的学术都可称之为"学"。这是古代的语言习惯，也反映中国古代学术重视实践、理论与实践紧相结合的特点。从这里可以看到诗学一词传统内涵的学理依据。

除因立为官学而被称为"学"、因地位崇重而始得称"学"等规律外，我们发现使"诗学"这一类词汇得以产生的还有另外一种传统的学术观念。例如，在中国古代何者被称为学，何者不够资格被称为学而只能被称为"艺"、"术"、"技"，与实践者的主体也有很大的关系。我们认为隐然存在着这样的规律，"学"与"道"联系在一起，有道者所从事的术业，才有资格被称为学。这可以引苏轼的下面这段话为证：

> 君子之于学，百工之于技，自三代历汉至唐而备矣。故诗至于杜子美，文至于韩退之，书至于颜鲁公，画至于吴道子，而

---

① 参看钱志熙《唐宋"词学"考论》，中国人民大学国学院《中华国学研究》创刊号，中国人民大学书报资料中心 2008 年 10 月。

古今之变,天下之能事毕矣。①

从"君子之于学,百工之于技"这句话里,我们发现中国古代区别何者为"学"、何者为"技"的一个重要的依据。所以,从逻辑上说,诗歌创作地位的提高,也是"诗学"一词出现的背景。从宋代开始,我国文人在理论上十分重视文学家的道德修养。文与道的关系被提到一个空前的高度来认识。于是,真正的文学包括诗赋,这种曾被视为雕虫小技的东西,也自然因为其实践者主体道德意识的更加自觉化而取得被称为"学"的资格。诗之后,宋词元曲相继盛行,一开始地位低下,被视为淫哇之声,并且介于文学与音乐之间,不被视为君子之学。但后来词曲地位也都提高了,相继出现"词学"、"曲学"等词。赋体虽很早发生,但"赋学"一词使用也比较晚,清李元度有《赋学正鹄》十卷,张维城有《赋学鸡跖集》三十卷②。

其次,创作之事被称为"学",还与中国古人重视实践中的学问,认为凡有一事必有一事之学的观念有关系。这种观念,愈到后来愈为突出,所以清人凡有文学、艺术乃至工艺之事,无不称为学。顾千里为秦敦复《词学丛书》一书作序时,即阐述了这一传统的学问观念:

> 词而言学,何也?盖天下有一事,即有一学,何独至于词而无之。其在于宋、元,如日之升,海内咸睹,夫人而知是有学

---

① (宋)苏轼《书吴道子画后》,孔凡礼点校《苏轼文集》,中华书局1986年,第2210页。
② 马积高《历代辞赋研究史料概述》,中华书局2001年,第300、301页。

也。明三百年，其晦矣乎？学固自存，人之词莫肯讲求耳。迨
竹垞诸人出于前，樊榭一辈踵于后，则能讲求矣。然未尝揭
学之一言以正告天下，若尚有明而未融者，此太史所以大书
特书，而亟亟不欲缓者欤？吾见是书之行也，填词者得之，循
其名，思其义……继自今将复夫人而知有词即有学，无学且无
词，而太史之为功于词者非浅鲜矣。①

这段讲的是"词学"一词的内涵和词可名为学的合理性，明"有一
事即有一学"之理，有助于我们理解"诗学"一词的传统内涵。他
说的词学演变之迹，与诗学的演变也很类似。宋元时为词学盛世，
作词深谙此学，所以不须特别讲求。明代作词者不精此道，等于是
不知词之有学。清人重振词风，则出现了有词即有学、无学且无词
这种观念。其实"诗学"一词在元明清时代的盛行，也有类似的原
因。唐人深谙创作之理，不须特别讲究创作之理，诗学完全体现于
实际的创作中。宋人开始言"学"，元明清写诗，套用顾氏的话，真
正是有诗即有学，无学即无诗。

二

　　"诗学"一词，虽出于晚唐五代，但在最初一个时期中并不
流行。北宋人用此词，除前述的王珪《望都县太君倪氏墓志铭》
外，还有郭祥正《奉和蔡希蘧鹄奔亭留别》一诗。郭诗中有这样
一段：

---

① （清）顾广圻《思适斋集》卷一三，《清代诗文集汇编》，上海古籍出版社
　2010 年，第 482 册，第 736 页。

又如李白才清新,无数篇章思不群。挺特千松霜后见,孤高一笛陇头闻。我于诗学非无意,黄芦不并琅玕翠。漫甘薄禄养残年,两鬓垂丝成底事。①

这一例说的也是写诗的事,是说自己对于诗学虽有所追求,但终恨肤浅乏根基,像黄芦之不能与修竹相比。又北宋末许景衡(1072—1128)《横塘集》卷三《和经臣晚春》一诗也用了此词:

蝶散花犹在,鸦藏柳已阴。敢辞连日醉,恐负惜春心。金缕休频唱,瑶笺正苦吟。独惭诗学浅,三叹岂知音。②

以上数例,用法完全相同。说明此词之传统内涵,在它产生之初期就已相当固定。它是用来概括整个创作系统的。但北宋庆历诗坛欧、苏等家,元祐诗坛苏、黄等家,以及江西诗派,似不太用"诗学"一词来概括诗歌创作之事。这时期流行的诗学著作,多用诗话为名,诗人在交流创作艺术时用得最多的词,则是"学诗"、"诗法"、"诗律"、"句法"等词,这当然不等于他们的观念里没有这个词,而是说明在北宋时期此词还不怎么流行。

南宋以降,"诗学"一词使用渐多,出现于诗句中的如张侃《张氏拙轩集》卷一《食圆用建昌使君叔父韵》:

---

① 孔凡礼点校《郭祥正集》卷一三,黄山书社 2014 年,第 226 页。
② (宋)许景衡《横塘集》卷三,台湾商务印书馆影印《文渊阁四库全书》,第 1127 册,第 181 页。

　　泛观天地间,机者物之先。大阮精诗学,咏物巧回旋。①

阮籍、阮咸叔侄人称大阮、小阮,后来成了叔、侄的代名词。阮籍作
有《咏怀》八十二首,而作者的叔父作了咏汤圆的诗,故有这样的
说法。"大阮精诗学",是说他的叔父,但同样是说阮籍本人精于诗
学。值得注意的是,这种说法,对于我们今天研究诗学史的人来
说,是很难理解的,唐宋以来的诸大家、名家,创作之外,多多少少
都有一些理论主张的表达,即我们今天所理解的"诗学",所以说
杜甫的诗学、黄庭坚的诗学,听起来都不会觉得奇怪。但阮籍这样
的早期文人诗作者,我们是不太会将他看成一个诗学家的。但按
传统的理解,长于创作,深得诗家三昧的,即是造诣精深的诗学家。
韩淲《涧泉集》卷六《昌甫有诗学长句次韵以柬处晦且当应举》:

　　章泉老子之诗学,笔自峥嵘心自泊。暮春静把一杯看,纵
有世情无处著。三传且莫束高阁,待子龙津名一跃。收回旧
话再商量,沈谢应刘都扫却。②

赵蕃字昌父,号章泉,与韩氏并称"二泉",都是当时诗坛的领袖性
人物。所谓"诗学长句",大概是指论诗的长篇诗作。处晦是章泉
的学生,诗学传自"章泉老子",造诣自深,但面临科举考试,作者告
诉他先好好地学习春秋三传等儒家经典,以应付考试。等考中进
士后,再肆力于诗学,一扫沈、谢、应、刘之垒。诗题中有"诗学长

---

① (宋)张侃《张氏拙轩集》卷一,台湾商务印书馆影印《文渊阁四库全书》,
　第 1181 册,第 382 页。
② (宋)韩淲《涧泉集》卷六,台湾商务印书馆影印《文渊阁四库全书》,第
　1180 册,第 652 页。

句",诗中有"章泉老子之诗学",可见"诗学"一词不但内涵明确,并且使用上已很流行。照此义,严羽成系统的诗论《沧浪诗话》理应称"沧浪诗学",但严氏仍遵流行习惯称"诗话"。可见"诗话"一词的流行,也可能是因"诗学"一词使用受阻。此亦有关中国古代诗学理论发展的问题。陈元晋《渔墅类稿》卷八《过南雄调木倅》:

> 句法清严旧有声,亲传诗学自趋庭。①

这一句用《论语·季氏》中孔鲤趋庭,孔子嘱其学诗的故事,但讲的仍是具体的作诗之事。儒家诗学,是理论、学问性质的诗学,但被后来的实践诗学所吸取,影响巨大。后世诗学的不少名词术语,也都与其有渊源关系。关于这个问题,下文中还要论及。

　　从上面我们可以看出,"诗学"一词,最初多出于诗句,其渊源正出于郑谷。郑诗在宋代诗人中有相当大的影响。其"衰迟自喜添诗学,更把前题改数联",语虽浅近,却很能形容大多数诗人创作诗歌的实况,是能被诗人们传诵的,这个词也因此而得以推广;但最初多少带有戏咏的味道,不太为正规的谈艺之语。况且,宋代经学范畴的"诗学"更为流行,创作学范畴的"诗学"为其所掩。加上北宋人尊经心理很重,他们不习惯拿自己的创作与诗经并论,自称为诗学。另外,"诗学"一词,带有推崇的意味,宋人注重学习古人,认为艺术的典范在于古人,从总体上讲,他们把自己的创作看作是对古人的一个无止境的学习过程,因此,"学诗"一词远较"诗学"一词为盛行。然"学诗"与"诗学",实是相为表里的两个词,此词

---

① (宋)陈元晋《渔墅类稿》卷八,台湾商务印书馆影印《文渊阁四库全书》,第1176册,第843页。

的盛行及其所体现的以学为诗的创作,进一步强化古代诗学学古与创新相结合、实践诗学与理论诗学相结合的特色。所以我们有必要对"诗学"流行之前的"学诗"一词略作考察。

　　"学诗"一词,最早见于孔子,《论语·季氏》云:"鲤趋而过庭,曰:'学诗乎?'对曰:'未也。''不学诗,无以言。'鲤退而学诗。"①又《阳货》:"小子何莫学夫诗?诗可以兴,可以观,可以群,可以怨。迩之事父,远之事君,多识于鸟兽草木之名。"②孔子所说的"学诗",是以诗为培养语言能力、养成学问德性的教材,不重于作,与我们今天学习古典诗歌性质比较接近。但由此出发而导致汉儒的"诗之为学"的儒家诗学的出现,所以可视为中国诗学的一个重要的渊源。但宋人的"学诗",与孔门的"学诗"语面虽同,内涵却完全不一样,是指以创作为目的的"学诗",也包括了创作本身。因为宋人往往将其创作诗歌过程,即视为学习的过程。更重要的是,他们所说的"学诗",是以古人的经典艺术为对象的一种艺术继承,所以他们将自己的整个创作经历都视为不断地学习经典、消化经典、逼近经典艺术高度的一个无止境的过程。大诗人如苏轼,在晚年还细和陶渊明的诗篇,黄庭坚在晚年也十分重视学习陶、杜及唐人律体。所以宋人的诗学实践,整体地建立在学古的基础上。所谓"学诗",在很多时候与"学古"是同义词,如陈师道《后山诗话》:

　　　　学诗当以子美为师,有规矩故可学。退之于诗,本无解处,以才高而好尔。渊明不为诗,写其胸中之妙尔。学杜不

---

① 《论语译注》,第 178 页。
② 《论语译注》,第 185 页。

成,不失为工。无韩之才与陶之妙,而学其诗,终为乐天尔。①

诗歌创作基于学古,是江西诗派的一个基本主张,《后山诗话》体现这一观点十分明显,在论述古今诗人的创作时,也最关注其在学古方面的具体表现,如云:"杜之诗法出于审言,句法出庾信。"②"苏诗始学刘禹锡,故多怨刺,学不可不慎也。晚学太白,至其得意,则似之矣。然失于粗,以其得之易也。"③"唐人不学杜诗,惟唐彦谦与今黄亚夫庶、谢师厚景初学之。"④除此之外,江西诗派还十分重视学诗的方法和门径,黄庭坚就十分强调要学经典,有"建安才六七子,开元数两三人"之说⑤。《后山诗话》于此也颇为重视,如云:"黄诗韩文,有意故有工。老杜则无工矣。然学者先黄后韩,不由黄韩而为老杜,则失之拙易矣。"⑥江西诗派流弊产生后,受到了南宋一些诗学家的批评。但主张学古的原则,并没有被否定,"学诗"一词也流行不衰,严羽《沧浪诗话》:

> 学诗者以识为主:入门须正,立志须高,以汉魏晋盛唐为师,不作开元天宝以下人物。若自退屈,即有下劣诗魔入其肺腑之间;由立志之不高也。行有未至,可加工力;路头一差,愈骛愈远;由入门之不正也。⑦

---

① (清)何文焕辑《历代诗话》,中华书局1981年,第304页。
②《历代诗话》,第303页。
③《历代诗话》,第306页。
④《历代诗话》,第307页。
⑤ (宋)黄庭坚《赠高子勉诗》,《山谷内集》卷一六。
⑥《历代诗话》,第305页。
⑦ 郭绍虞校释《沧浪诗话校释》,人民文学出版社1983年,第1页。

《王直方诗话》：

> 方回言学诗于前辈,得八句云:"平澹不流于浅俗;奇古不
> 邻于怪僻;题诗不窘于物象;叙事不病于声律;比兴深者通物
> 理;用事工者如己出;格见于成篇,浑然不可镂;气出于言外,
> 浩然不可屈。"尽心于诗,守此勿失。①

吴可《藏海诗话》：

> 学诗当以杜为体,以苏黄为用。②

吴氏又云：

> 看诗且以数家为率,以杜为正经,余为兼经也。③

当然,从苏、黄一直到严羽,他们在学古的同时,还主张自悟。
所以有"学诗如学仙"④、"学诗如学道"、"学诗浑似学参禅"等种
种说法。比喻是越来越微妙了,但基本的意思是一样的,都是强调
以悟性来学习古人,学古而能自得诗旨,自成面目,乃至自成一家。

---

① 郭绍虞辑《宋诗话辑佚》,中华书局 1980 年,上册,第 92 页。
② 丁福保辑《历代诗话续编》,中华书局 1983 年,第 331 页。
③《历代诗话续编》,第 333 页。此条《沧浪诗话校释》引作:"学诗如治经,当
　以数家为率,以杜为正经,余为兼经,如太白、右丞、韦苏州、退之、子厚、小
　杜、坡、谷、四学士之类。"(第 5 页)
④ 陈师道《次韵答秦少章》:"学诗如学仙,时至骨自换。"黄庭坚《赠陈师
　道》:"陈侯学诗如学道。"赵蕃、吴可、龚相等三人各自作《论诗诗》,都以
　"学诗浑似学参禅"开头。

可见宋人的"学诗",并不仅仅是一个简单的概念,而是一个内涵相对固定的诗学术语。

除"学诗"一词外,"学诗者"、"学者"之类的词,也为宋人所常用,如叶梦得《石林诗话》卷下:

> 诗禁体物语,此学诗者类能言之。①

范温《潜溪诗眼》:

> 山谷言学者若不见古人用意处,但得其皮毛,所以去之更远。②

又同书云:

> 子厚诗尤深远难识,前贤亦未推重。自老坡发明其妙,学者方渐知之。③

《石林诗话》卷下:

> 古今论诗者多矣……司空图记戴叔伦语云:"诗人之词,如蓝田日暖,良玉生烟。"亦是形似之微妙者,但学者不能味其言耳。④

----

① 《历代诗话》,第 436 页。
② 《宋诗话辑佚》,上册,第 317 页。
③ 《宋诗话辑佚》,上册,第 328 页。
④ 《历代诗话》,第 435 页。

　　总之,"学诗"、"学诗者"、"学者"之类的词的经常使用,大抵始于苏黄一派的诗人,而流行于其后宋、元、明、清各代,典籍中斑斑可见,此处不须赘引。

　　宋人不轻言作诗而爱说"学诗",不以作者自居而每称"学者",充分体现了宋诗以学为诗的特点。"学诗"是构成诗学的前提,"学诗"之功夫,即是诗学的造诣。学诗的内容,即是诗学所据以存在者。诗学并非创作的全部,创作中有许多属于情感性、个性的因素,虽为构成诗学的必要条件,却非诗学本身。诗学在一定的意义上,也可以说是诗之可学者,可由后天获得诸如诗之原则、诗之格律、诗之语言等含有可学习性质的因素。钱谦益《梅村先生诗集序》一文,以吴伟业诗歌为例,分析了"诗"与"学"的关系,对于我们理解"诗学"的内涵有所帮助:

　　　　余老归空门,不复染指声律,而颇悟诗理。以为诗之道,有不学而能者,有学而不能者,有可学而能者,有可学而不可能者,有学而愈能者,有愈学而愈不能者。有天工焉,有人事焉。知其所以然,而诗可以几而学也。①

大体的意思,是说诗歌创作有可学者,有不可学者,后者相当于《沧浪诗话》所说"诗有别材"。诗学之存在,依据于诗之可学者,但可学者又是依赖不可学而得以成就。所谓"下学而上达"(《论语·宪问》),诗之可学者,为"下学",这是诗学的主要内涵,诗之不可学者,属于"上达"。但"上达"者也非与"下学"者无关。所以古人所说的诗学,并非简单的几条理论原则所可概括,而是一个极

---

① (清) 钱谦益《牧斋有学集》卷一七,上海古籍出版社 1996 年,第 756 页。

为广博又极为精微的创作实践的体系。

宋代是中国传统诗学体系成熟的重要环节。北宋人虽喜言"学诗",而不昌言诗学,但是正是宋人反复学诗、学古的理论,使得诗学的内涵日益明确,实为后一时期诗家昌言"诗学"的前导。

三

南宋至金元之际,"诗学"一词开始较多地出现在正式的诗论之中,已经成为诗学中的专门术语。南宋蔡梦弼嘉泰四年(1204年)《杜工部草堂诗笺》"附识"论杜甫成就云:

> 少陵先生博极群书,驰骋今古,周行万里,观览讴谣,发为歌诗,奋乎《国风》、《雅》、《颂》不作之后,比兴发于真机,美刺箴规,该具乎众体。自唐迄今,余五百年,为诗学宗师,家传而人诵之。[1]

自元稹为杜甫作墓系铭,有"兼备众体"之说[2],北宋秦观发展为杜诗集大成之说[3],苏轼有杜诗为能事之极的说法[4],江西诗派则奉杜甫为宗派之祖,杜甫在诗歌创作上崇高的经典地位已经论

---

[1]（宋）鲁訔编次,（宋）蔡梦弼会笺《杜工部草堂诗笺》,中华书局《丛书集成初编》本,第1册,第20页。

[2]（唐）元稹《唐故工部员外郎杜君墓系铭》,《元稹集》卷五六,中华书局1982年,第601页。

[3]（宋）秦观《韩愈论》,徐培均笺注《淮海集笺注》卷二二,上海古籍出版社1994年,第751页。

[4]《苏轼文集》卷七〇,第2210页。

定。蔡氏的观点,与诸家大同而少异,其最可注意的则在于以"诗学"来概括杜诗的创作,称其为"诗学宗师"。后来清人毕沅评杜云:"杜拾遗集诗学之大成,其诗不可注,亦不必注。"①与梦弼的说法一脉相承,而所谓集诗学之大成,即前人杜诗集大成之意。清仇兆鳌注杜甫《解闷》"陶冶性灵存底物"一首时说:"此自叙诗学。诗篇可养性灵,故既改复吟,且取法诸家,则句求尽善,而日费推敲矣。"②梦弼之外,另一南宋末人俞文豹《吹剑录外集》里的一个用例,也将该词的内涵宣露得十分明了:

> 近时诗学盛兴,然难得全美,聊随所见,摘录一二。赵东山邮亭诗:风雨送迎地,别离多少人。(下略)③

俞氏说"诗学盛兴",而用以证明其说的则是诸家诗句,更可见"诗学"即指作诗之事。金元之际的大诗人元好问也喜用"诗学"一词,其《杨叔能小亨集引》云:"南渡后,诗学大行,初亦未知适从。溪南辛敬之、淄川杨叔能以唐人为指归。"④又其《陶然集诗序》亦云:"贞祐南渡后,诗学为盛。"⑤元氏还有《杜诗学》一书,则为"杜诗学"一词之开山。但杜诗学为研究杜诗之学,与"诗经学"性质接近,其内涵与我们所讲的"诗学"有一定的差异。元代用例更广,不

---

① (清)杨伦笺注《杜诗镜铨》毕沅序,上海古籍出版社 1980 年,第 1 页。
② (清)仇兆鳌注《杜诗详注》卷一七,中华书局 1979 年,第 1515 页。
③ (宋)俞文豹《吹剑录外集》,台湾商务印书馆影印《文渊阁四库全书》,第 865 册,第 504 页。
④ (金)元好问《遗山集》卷三六,台湾商务印书馆影印《文渊阁四库全书》,第 1191 册,第 424 页。
⑤ 《遗山集》卷三七,台湾商务印书馆影印《文渊阁四库全书》,第 1191 册,第 428 页。

须赘举,其典型者,如毋逢辰在大德十年所作的《王荆公集序》云:

> 诗学盛于唐,理学盛于宋,先儒之至论也。①

又元傅与砺为杨载《诗法源流》作序云:

> 大德中,清江(范)德机先生独能以清拔之才、卓异之识,始专师李杜以上溯三百篇。其在京师也,与伯生虞公、子昂赵公、仲弘杨公、曼硕揭公诸先生倡明雅道,以追古人,由是诗学丕变。范先生之功为多。②

　　诗学作为专门术语并被广泛运用的一个重要标志,就是在元明时期出现了不少以"诗学"命名的著作。最早似为元代四大家之一的范梈《诗学禁脔》③,同为四大家之一的杨载在其所著的《诗法家数》中,也列有"诗学正源"一条。自这两位名家开启先例后,不少诗学著作相继以"诗学"命名,明清人书目中多有著录。如明代晁瑮《宝文堂书目》中著录了《诗学权舆》、《诗学集脔》、《诗学题咏》、《增广事联诗学大成》(原注:洪武刻)、《诗学大成》(原注:元刻一,近刻二)、《诗学阶梯》诸种。明徐惟起《红雨楼书目》,亦著录《诗学大成》(三十卷)、《诗学声容》(二卷)及《诗学须知》三种。明赵用贤《赵定宇书目》著录《诗学统宗》、《诗学权舆》两种。

---

① 日本蓬左文库藏元刊本《王文公文集》。
② 陈衍辑撰,李梦生校点《元诗纪事》卷一三引,上海古籍出版社1987年,第289页。
③ 明人胡文焕从南宋张镃《仕学规范》一书中录出其论诗部分,题名《诗学规范》,编入《诗法统宗》一书。

明高儒《百川书志》著录《诗学体要类编》及范梈《诗学禁脔》两种,前一种有附注云:"国朝汉中训导莱阳宋孟清廉夫编,为目五十有二,杂取诗家诗话以证之也。"① 可见元明此类著作的大概面貌。清人书目,如《虞山钱遵王藏书目录》著录黄溥《诗学权舆》及范梈《诗学禁脔》两种,沈复粲《鸣野山房书目》著录吉水周叙等编《诗学梯航》一卷。《四库全书总目》著录有《诗学正宗》、《诗学汇选》、《诗学禁脔》、《诗学权舆》、《诗学事类》数种。上述诸家外,笔者所见日本大正三年编的《内阁文库汉书目录》著录明代著名学者焦竑所编的《诗学会海大成》明版一种。

元明时的这一类书,大多数是坊间所刻供初学者使用的入门书,其中有不少是托名之作,如《诗学大成》、《诗学权舆》都托名为李攀龙所作,《四库全书总目》已辨其伪②,与中晚唐时诗格、诗式类的书,源流上一脉相承,而与名家所著的诗话不同。今天从它们的书名看,好像都是理论著作,但实际其中大多数都是选录历代作品,以格、法名目加以排列,如《诗学汇选》一书,《四库全书总目》卷一三八列为子部类书类存目,提要云:

> 是书即坊本《诗学大成》中采辑重编,凡三十九门,所录诗自六朝至于明代,妍媸并列,殊为猥杂。③

又卷一九一总集类存目明黄溥《诗学权舆》提要云:

---

① (明)高儒《百川书志》卷一八(与《古今书刻》合刊),古典文学出版社1957年,第280页。
② 见《四库全书总目提要》卷一三七《诗学事类》条、卷一三八《诗学汇选》条,河北人民出版社2000年。
③《四库全书总目提要》卷一三八,第3537页。

　　　　是书兼收众体,各为注释,定为名格、名义、韵谱、句法、格
　　调诸目,复杂引诸说以证之,然采摭虽广,考证多疏。①

这种著述猥杂的情况,使得这种书只在坊间流行,为正规的诗坛所
不屑,《四库总目》作者所表达的意见就有一定的代表性。而明清
著名文人的论诗著作,或沿用诗话之名,或自创新名目如《诗薮》、
《谈艺录》《原诗》之类,似乎不太以诗学为题。但当时这类书在社
会上有很大的市场,明末著名剧作家吴炳《绿牡丹》传奇第二十四
出"叫情"中村学究范虚的独白云:"学生范虚……如今年老,村
学也无人请了,新近买得一本秘书,是《诗学大成》,看了便好做
诗。"② 吴炳在无意中为我们提供了元明时代诗学类著作的市场流
行信息,也可见元明时代,不少人就以这一类的诗学入门书为学诗
的最初教材。诗话与诗格两类著作,本来就是分流而行。唐人诗
格类书及元明人诗学类书,其功能主要是应俗的,是普及性的。源
于欧公的诗话类书,虽然其中水平参差不一,但基本的功能则是适
雅的,是提高性的。

　　我国传统的"诗学"一词,原是对诗歌创作实践体系的一种指
称,随着其运用日广,涵义日益固定,就很自然地被用作阐述诗歌
创作理论的著作的名称,其理论内涵得到加强。但传统诗学主要
存在于创作实践之中,尤其是经典作家的创作实践。元明间以"诗
学"命名的这类书,规定格式法度,不无穿凿附会之嫌、影响模糊之
词,所以只能视为诗学的一种近似的、粗略的描述,并非即是诗学
的本身,更非诗学之全部。元、明、清迄于晚近,"诗学"一词主要还

---

① 《四库全书总目提要》卷一九一,第 5236—5237 页。
② 王季思主编《中国十大古典喜剧集》,上海文艺出版社 1982 年,第 511 页。

是在诗歌创作和评论的实践中使用。

四

　　总结上面两节所论,我们已知"诗学"一词,初见于晚唐五代,而至元代方始流行,明清两代盛行不衰,成为概括诗歌创作实践体系与理论批评的一个总称,也就是对实践诗学与理论诗学的一个整体的概括。前面我们已经对这个词生成的外部原因作了一些探讨。现在我们再从中国古代诗学史发展的内部来揭示此词的生成与流行的背景。

　　称诗歌创作为学,除了中国古代因官设学,小人所习为艺、君子所习为学等方面的原因外,从诗学内部来说,就是诗学体系本身的形成。这个诗学体系,按照传统的理解,包括实践与理论两部分,而且以前者为主要的存在形式。诗学体系的形成是一个极其复杂庞大的问题,我们这里主要讨论的是作为其核心的"诗之为学"、"诗为专门之学"等观念的成熟。因为"诗学"一词基本的内涵,就体现在这些观念上面。

　　所谓"诗之为学",既可解释为以诗歌为研究对象的诗学,也可以理解为将诗歌创作本身理解为一种学问。前者属于学术领域,后者则属于文学创作的领域。古今诗学的基本分野,正在于此。但是,中国诗学从它的发端期来看,却是以理论的、研究性质的诗学为主。那就是近年学术界关注颇多的汉儒的《诗经》学,也有人径称为"汉儒诗学"。它是儒家一系以《诗经》(也延及《楚辞》和汉乐府)为研究对象而造成的一种诗歌学。虽然汉儒诗学的学术观念与今天的诗学很不同,有着浓厚的政治话语的性质,但是就作为纯粹的理论诗学这一点来说,却正好与今天的诗学一致。汉儒诗学的中心话语是艺术学的,但其很多时候,是从文化学的、政治学的、语言学的、文献学的角度来研究诗歌。这种情形,又与我们今天诗学的发展情况有相近之处。正是在这种情况下,产生了儒家一系的"诗之为学"的意识。《汉书·翼奉传》载翼奉之语云:"诗之为学,情性而已。"①翼氏属于今文学派,搞的是具有神学性质的谶纬诗学,他所说的这句话,意思是指以诗为研究人类情性的材料,与古文学派的"吟咏情性"是不太一样的。所以他的"诗之为学",是指纯粹的以《诗经》为对象的学术,与诗歌创作无涉。但是,仍然应该说,"诗之为学"这四个字,对于后来"诗学"一词的孕生,是有着很重要的启示作用的。而事实上,"诗之为学"、"诗之学"这样的说法,正是后来诗家的常用之语。其最好的例证仍然是对用语本身的内涵转化,例如,清人方东树在阐释汉儒"诗之为学,情性而已"这句话时,就主要是从实践诗学方面去说的:

> 传曰:"诗人感而有思,思而积,积而满,满而作。言之不足,故长言之,长言之不足,故嗟叹咏歌之。"愚按:以此意求诗,玩《三百篇》与《离骚》及汉、魏人作自见。夫论诗之教,以兴、观、群、怨为用。言中有物,故闻之足感,味之弥旨,传之愈久而常新。臣子之于君父、夫妇、兄弟、朋友、天时、物理、人事之感,无古今一也。故曰:"诗之为学,性情而已。"②

当然,其所指的对象,已经由汉儒的理论诗学转化为后世的实践诗学。这同时标志着中国古代诗学本身的一个转化,汉儒的诗学在

①《汉书》卷七五,第 3170 页。
②(清)方东树《昭昧詹言》卷一,人民文学出版社 1961 年,第 1 页。

后来诗歌发展史中,已经被成功地转化为实践诗学,当然不是其全部,而是其能够转化的那一部分。这种转化是极其自然的,几乎令当事者感觉不到自己实际上在进行着转化的工作。

但是,实践诗学意味上的"诗之为学",亦即将诗歌创作概括为学问性的活动,却不是紧接着就发生的一种意识。这是因为在中国古代诗歌创作系统还没有完全成熟的阶段,诗人们对于诗歌创作活动的认识主要还是感性化的,更多意识到的是诗歌创作作为人类的一种抒情行为的性质,而较少对其作为一种语言艺术的性质进行思考。诗人们从事创作活动时,依藉其精神及心理等主观条件,更多于依藉其语言艺术的能力。这不是说早期的诗人不具有一种语言艺术,相反,在许多情形中,我们发现他们的语言技巧是极高的。但是诗人运用语言艺术,常是只可意会而难以言传的,远不像他们对自己的抒情愿望之体会真切。所以,几乎是全世界的诗学,都有关于诗歌抒发的理论,但却只有到了高度发达的诗歌系统,才形成完整的关于诗歌表达的理论。抒发是一种个人性的、偶然性的东西,任何一次抒情活动,都是单独的心理体验,前人的抒情并不积淀到后人的抒情里面。而相反,前人的抒情经验和表达方式,却是可以积累起来,作为后人的一种学习内容。而当这个诗歌创作的实践系统越来越成熟时,创作作为一种学问性、学习性的活动的性质,也就越来越清晰。这就是"诗之为学"的意识,而"诗学"这一概念,正是这种意识有了充分发展的标志。

文人诗歌在发展的早期,即魏晋南北朝时期,仍然带有自然的诗歌艺术的意味,文人更多的是从自然抒发方面来反思诗歌艺术,所以对诗歌创作的学理性、学问性一方面认识得不多。也就是"诗之为学"的意识还不太突出。当然,像钟嵘那样考察诗史上各家的渊源流变、指出诗歌艺术在发展中的继承性,还有像刘勰那样对包括诗歌在内的创作学的原理进行体系化的研究，对于中国诗学批评体系的形成，都是起到很重要的作用的。而南朝诗歌修辞方面的发展、诗歌声律学的形成，都增加了"诗之为学"的意识的发展，为唐宋诗学实践体系的形成奠定了基础。

自魏晋历南北朝至唐宋，是中国古代文人诗歌创作实践系统逐渐形成的时期，也正是"诗之为学"意识逐渐生成的时期。诗学中最早明确的是言志缘情这一系的诗学本体论，以及风、雅、颂、赋、比、兴一系的文体学及创作方法论。这两部分以后也一直被视为中国诗学的基本原则。前举元人杨载《诗法家数》一书中，即将风、雅、颂、赋、比、兴"六义"奉为"诗学正源"：

> 诗之六义，而实则三体。风、雅、颂者，诗之体；赋、比、兴者，诗之法。故赋、比、兴者，又所以制作乎风、雅、颂者也。凡诗中有赋起，有比起，有兴起，然风之中有赋、比、兴，雅颂之中亦有赋、比、兴，此诗学之正源，法度之准则。①

南朝时有文论家如钟、刘等人，对诗学作了许多理论的总结，提出了许多诗学理论和术语，可以说是促使中国古代诗学形成的一个重要时期。上述来自儒家系统及南朝文论系统的诗学理论，一直是后世诗学实践的指导原则。但是在诗学实践有了重要发展的南朝及唐宋时代，中国诗学一直是以创作实践为主，而并不着意于理论的进一步发展，并且在理论上没有必须更新的意识。这种特征基本上保持到整个中国古典诗学的终结期。这是古代诗学极不同于现代诗学的地方。这与古代诗学在整体上属于一种艺术实

---

① 《历代诗话》，第 727 页。

践的范畴而不是一个纯粹的学术领域这样的特性是分不开的。也许因为中国诗学很早就已经明确了诗学的本体论和基本的创作方法论，反而给后世的诗人这样的感觉：所谓诗学，其基本理论已经很明确，对于具体的创作者来讲，所要解决的主要是一个实践的问题。所以唐宋时代的诗家，对诗学理论的反思和总结，是远远不及其对艺术实践之热情的。古典诗学整体倾向于实践的性格由此可见。

　　正是因为上面所说中国诗学侧重于艺术实践的原因，所以最初使用的带有概括诗学实践性质的术语，是"诗格"、"诗式"、"诗道"①、"雅道"②、"诗法"这样的词。其中"诗道"、"诗法"两词，自宋迄清，一直很流行。而"诗学"一词，最初出现虽在晚唐，但正式流行却在南宋以降。但它却是对上述术语的一个概括，包容它们的所有内涵。简单地说，也就是诗之所以作为一种艺术的实践而称之为学，正是因为其中有"道"、"法"、"格"、"式"等因素的存在。这些因素并非完全属于个人的东西，而是艺术实践上的一种共同性的东西，可以积累、可以学习。这些因素越来越多地被体认并且得到理论的阐述，就使"诗之为学"或者"以诗为学"这样的意识越来越清晰起来。所以最终出现"诗学"这样的有高度概括性的术语。

---

① 孙光宪《北梦琐言》："白太傅与元相国友善，以诗道著名，时号元白。"（第53页）严羽《沧浪诗话·诗辨》："大抵禅道惟在妙悟，诗道亦在妙悟。"（《沧浪诗话校释》，第12页）

② "雅道"二字为东晋南朝间语，但最初并非指诗歌创作。唐宋人始称写诗为雅道，如郑谷《寄题诗僧秀公诗》："近来雅道相亲少，惟仰吾师所得深。"（上海古籍出版社影印康熙扬州书局刊《全唐诗》第10函第6册）又宋初田锡《吟情》句云："微吟暗触天机骇，雅道因随物象生。"（《全宋诗》卷四一，北京大学出版社1998年，第459页）

实践诗学方面的"诗之为学"这样的观点的明确表达，当在五代和北宋人那里。宋初杨亿的《杨文公谈苑》记载着五代末这样一则逸事：

> 周世宗尝作诗以示学士窦俨，曰："此可宣布否？"俨曰："诗，专门之学。若励精叩练，有妨几务；苟切磋未至，又不尽善。"世宗解其意，遂不作诗。①

此种以诗为专门之学的意识，应该是发源于唐人，尤其是唐末五代，注重苦吟和月锻季炼的风气盛行，诗格、诗式类著作相继出现，诗为专门之学的意识自然随之发生。以此返观"诗学"一词最早出现于晚唐郑谷诗中，似乎并非偶然。

宋人在学习唐诗的过程中，深刻地体会到唐人诗歌中的学理因素，发现"唐人以诗为专门之学"这一事实。如蔡絛《西清诗话》：

> 唐人以诗为专门之学。②

严羽《沧浪诗话》亦云：

> 唐以诗取士，故多专门之学，我朝之诗所以不及也。③

这里已经以"学"来概括通常理解为"作"的唐诗，所谓唐诗，即

---

① 李裕民、李伟国校点《杨文公谈苑　后山谈丛》，上海古籍出版社2012年，第23页。
② 张伯伟编校《稀见本宋人诗话四种》，江苏古籍出版社2002年，第189页。
③《沧浪诗话校释》，第147页。

为唐人在诗歌上的"专门之学"的实践成果,亦即唐人诗学的实践成果。唐人以诗为专门之学,这种意识在宋人那里应该相当普遍。江西诗派对杜诗创作体系的学习,更从实践的角度发现了杜诗的集大成式的体系性。宋人对唐诗创作体系的学习,以及宋以后人对唐宋诗的创作体系的学习和研究,无疑是"诗之为学"意识发展的最重要的动能。诗歌创作在整体上可以理解为一种专门之学,而且其中部分似乎也都可以称之为专门之学。范温《潜溪诗眼》中即有"句法之学,自是一家工夫"①这样的说法,句法可以称为"句法之学",则章法、声律乃至风格,当然也都可以冠以"学"字。

　　事实上,当中国古典诗歌的创作系统完全形成,诗歌艺术从自然艺术完全发展为一种以人工为主而不违自然的艺术时,仅仅依据抒情原理和社会理论来概括诗歌是远远不够了,必须将诗歌作为一门实践性的学问来认识,才能完全体现艺术发展的实际。这正是诗学一词流行于宋元以降的基本原因。

五

　　通过上述数节对"诗学"一词历史上使用情况的考察,我们已经很清晰地把握了它的传统内涵。它是用来指称诗歌创作实践体系的一个高度概括的术语,当然也包括由这个实践体系所引出的诗歌理论和批评。当然,诗歌创作与诗学并不能简单地看成一件事,诗歌创作以诗学为基础,具体的创作中也体现了诗学。诗学是就其学理方面来讲的,诗学肤浅则创作的成就不高,诗学深湛则创作才有可能取得高度的成就。所以当古人看到杰出的作品时,常

---

① 《宋诗话辑佚》,上册,第 330 页。

常会赞扬作者诗学精深。

　　按照诗学的传统内涵,我们今天在研究中国古代诗学史时,其主要的部分应该从诗歌史本身去寻找。我们现在所理解的诗学史,主要是指有关诗歌的理论和批评的历史,近年来,由于文学思想①、文学思潮等研究方法的提倡,使我们在研究诸如文学思想史和诗学史时,也注意到体现于一个作家和一个时代、流派中具体的文学实践活动中的诸如一些诗歌观念、风格主张等内容,这无疑是对传统的文学理论批评史研究方法的一个突破。这在某种程度上说,是接近了传统诗学的内涵的。但是我们从一个时代或一个流派抽绎出来的这些属于诗学史内容的,主要还是一些抽象性的观念和主张,也就是说我们的做法是从具体的诗歌创作活动中剥离"诗学",从诗歌史中剥离"诗学史"。但是依照诗学的传统内涵来说,整个诗歌创作本身就是整体地体现为诗学,而诗歌史从根本说,也就是诗学史。元刘因就已以诗学这个概念来概括诗歌史的源流演变:

　　　　魏晋而降,诗学日盛,曹、刘、陶、谢其至者也。隋唐而降,诗学日变,变而得正,李、杜、韩其至者也。周、宋而降,诗学日弱,弱而后强,欧、苏、黄其至者也。②

这样看来,所谓诗歌史,至少就其最重要的部分来讲,即可理解为诗学史。我们常讲的诗史的源流演变,从根本上讲正是传统所讲

---

① 南开大学罗宗强先生等撰写的中国文学思想史丛书,就体现了这一研究方法。
② (清)顾嗣立编《元诗选(初集)》,中华书局1987年,第129页。

的诗学的源流演变。鲁九皋的《诗学源流考》一篇所述的内容,正是战国迄晚明的中国诗歌史的源流演变。其论唐曰:"唐承六代之余,崇尚诗学。"又论明前七子时云:"是时诗学之盛,几几比于开元、天宝。"而论明末则曰:"自是以后,诗学日坏,隆、万之际,公安袁氏,继以竟陵钟氏、谭氏,《诗归》一出,海内翕然宗之,而三汉、六朝、四唐之风荡然矣。"①正可见其对诗史源流正变的看法。近人黄节的《诗学》一书,其内容也正是叙述历代诗歌创作的情况,与鲁氏的《诗学源流考》一脉相承②。黄节《诗学》可视为传统"诗学"的集结。此后即转朱译亚里士多德《诗学》中"诗学"一义的流行。

从古典诗学的内涵来看,一代之创作风气,亦即一代之诗学。如钱谦益《刘司空诗集序》论明末诗歌风气云:

> 万历之季,称诗者以凄清幽眇为能,于古人之铺陈终始,排比声律者,皆訾謷抹杀,以为陈言腐词。海内靡然从之,迄今三十余年。甚矣诗学之舛也!③

文廷式《闻尘偶记》论清诗云:

> 国朝诗学凡数变,然发声清越,寄兴深微,且未逮元明,不论唐宋也。固由考据家变为学究秀才,亦由沈归愚以"正宗"二字行其陋说,袁子才又以"性灵"二字便其曲诿。风雅道衰,百有余年。其间黄仲则、黎二樵尚近于诗,亦滔滔清浅。

---

① 郭绍虞编选《清诗话续编》下册,上海古籍出版社 1983 年,第 1355—1359 页。
② 黄节《诗学》,北京大学 1922 年排印本。
③(清)钱谦益《牧斋初学集》卷三一,上海古籍出版社 1985 年,第 908 页。

下此者,乃繁词以贡媚,隶事以逞才。品概既卑,则文章日下。
采风者,不能不三叹息也。①

　　文氏此处所论的清代诗学之流变,亦即清代诗歌的流变。他这里
是采取宏观的视野来把握清诗史的,也拈出了肌理、格调、性灵
诸派的嬗变之迹,但从其论述来看,仍是落实在具体的诗歌史方
面的。

　　最后,我们还要指出,传统的"诗学",并非指整个古代诗歌创
作体系,而是主要指古人称为狭义的"诗"即诗骚乐府至五七古近
体的这一部分。从这一方面来讲,"诗学"又是与"赋学"、"词学"、
"曲学"等并列的一个文学术语。前引鲁九皋《诗学源流考》一文
中还有骚学、赋学等词,作者以汉唐人之辞赋能祖述楚辞者为骚
学,如云:"汉兴,《大风》《秋风》之作,振起于上,于是小山《招隐》
之词,《惜誓》《九谏》《九怀》《九叹》之什,群然并作,王逸审定
其旨,并列骚学。"又在论中唐诸家时云:"柳子厚独传骚学。"② 至
于汉赋诸家的创作,则以赋学称之,如论扬、马、班、张之后汉赋之
衰变,则曰:"自时厥后,赋学渐芜,沿及梁、陈、隋、唐,又有古赋、律
赋之别,而赋遂与诗骚不相比附矣。"③ 则可见依鲁氏的观点,祖述
诗骚者,俱为诗学的正源,而汉人变骚为赋,则是已经歧出于诗学
的范围之外了。

---

① 钱仲联主编《清诗纪事·光绪宣统朝编·文廷式》,凤凰出版社 2004 年,第
　3382 页。
②《清诗话续编》,下册,第 1353 页。严羽《沧浪诗话》:"唐人惟柳子厚深得
　骚学,退之、李观皆所不及,若皮日休《九讽》,不足为骚。"(《沧浪诗话校
　释》,第 186 页)
③《清诗话续编》,下册,第 1353 页。

　　综上所述,传统所说的"诗学",其体裁范围是指汉魏以来文人的五七言古近体诗创作系统,诗经、楚辞和汉乐府则为这种文人诗学之渊源。至于汉之赋学、唐宋之词学、元明之曲学,则是于与诗学先后并存的韵文学中的其他体裁系统。其主要的承载体是实际的诗歌创作,而非纯粹的理论和批评。当然,我们也不能把诗学与诗歌创作简单地等同,近代陈衍《沈乙盦诗序》引沈曾植自叙其诗事云:"吾诗学深,诗功浅。"并为其释云:"诗学深者谓阅诗多,诗功浅者作诗少也。"[①] 这里诗学、诗功两分,也有助于我们把握传统"诗学"一词的内涵,即诗歌创作中偏近学理、学术的部分,至天才、功夫这一部分,则多不易阐述。

　　现代"诗学",无论是广义的还是狭义的,其主要性质是作为一种学科的存在,这是其与传统诗学最大的差别所在,而与传统的"诗经学"倒是有性质相似的一面。"诗学"这个概念在中国所发生的古今内涵的变化,是一个很复杂的学术问题,值得深入地研究。本文先尝试对"诗学"一词的发生历史和传统内涵做一些研究,目的不是简单地提倡回到古代诗学的立场上去,而是希望引起今天的诗学研究者,尤其是中国古代诗学、诗学史的研究者的注意,准确把握传统诗学的内涵及其古典式的存在方式。

（原载《中国诗歌研究》2002 年第一辑）

[①]《清诗纪事·光绪宣统朝·陈衍》,第 3253 页。

中国古代诗学演进的几种趋势

——以魏晋南北朝时期的诗学形态为中心

一、人类诗学发展的基本规律与民族诗学发展的特殊性表现的共同作用

诗歌是人类共有的一种文化创造,根源于人类讴吟情感的天性。对此艺术史家与理论家论之已详。由此而言,人类之诗歌,实在有一种共同的性质,而其发生、发展,也体现共同的规律。研究这种共同规律,实为诗歌史学研究的重要课题,同时各种具体的诗歌史研究,也应该贯彻探索这一共同规律的意图。但这种诗的共同性与诗歌发展的共同规律,是存在于各语种、各民族与国度诗歌发展的具体事实中的,即共同规律是通过具体的事物发展表现出来的,所以每一种语言的诗歌发展,都是既体现了人类诗歌发展的共性,同时又体现了其由语言及其他的文化因素综合作用而造成的民族诗歌发展的个性,诗歌的发展正是这两者共同作用的结果。

中国古代诗学的发展,既体现了人类诗歌发生、发展的共性,同时又具有很鲜明的民族诗歌(汉语诗歌)发展的特殊性。这个问题,是可以从多方面来考察的,比如从时间的角度来讲,越往前追溯,中国诗歌史中所体现的人类诗歌发生、发展的共同性表现就

越多,相反的是,越往后发展,中国古典诗歌中独特性的东西也就越多。要论中国古典诗学演进的趋势,这就是一大趋势。并且也无疑是考察中国诗学发展的一个角度。当然,共同性的东西与民族性的东西,应该都是自始至终存在的,失去了人类诗歌发展的共性,以及共同的诗之道,中国古典诗歌也就不成其为诗歌。所以,即使在古典诗歌的民族特征及审美上的个性烂熟的最后一个阶段——这个阶段大致上可定为明清时代,也仍然是在体现着人类诗歌发展的共性。也就是仍然体现着人类以诗歌讴吟情感、创造语言艺术的共性。先秦两汉时代所确立的抒情言志的中国诗学"开山纲领",在此一时期仍是诗歌创作的原则。但是它所沉淀的民族文化及诗歌传统,显然有更加充分的表现。如果从完整地把握明清时期诗歌艺术的性质来看,仅停留在抒情言志的层次上,显然是不够的。比如说,我们举这样一联诗:"白蘋江冷人初去,黄叶声多酒不辞。"[1] 这一联在当时很有名,作者崔华因此而赢得"崔黄叶"雅号。这一联诗,抒情性当然很突出。但之所以获得了艺术上的成功,却在于作者纯熟的语言艺术,凭借灵感,将一些人们熟知的意象与诗意情节,组合成全新的句子,在诗意上是一个创新。诗人写作时的情感状态,果然是孕育这样的诗句的媒介,但其艺术创造的奥秘,却是仅用由"情"到"诗"的认识方法所不能完全解释的。我们不妨再举清代晚期的诗人江湜的一首诗来说明。

---

[1]《许墅舟中别相送诸子》:"溶溶月色漾河湄,晓起频将玉笛吹。同上邮亭忘别绪,独行驿岸解相思。白蘋江冷人初去,黄叶声多酒不辞。此路三千今日始,蓟门回首雪霜时。"见(清)沈德潜编《清诗别裁集》卷六。注云:"原本'丹枫江冷人初去','丹枫'、'黄叶',不无合掌,拟易'白蘋',崔黄叶以为可否?"(上海古籍出版社1984年,第223页)按崔氏以"丹枫"与"黄叶"对,不仅合掌,且境仍不切,沈氏易以"白蘋",更能入神。又此联两句,以"黄叶"句为主。

"连宵雨霰苦纷纷，今上篮舆盼夕曛。万竹无声方受雪，乱山如梦不离云。"[1] 江湜的诗，以白描风趣见长，其艺术的经营很深，但不易见出。像这首诗后面的两句，是所谓的体物入神的诗句，表现一种深静有韵的境界。这样的诗句，如果再用简单的抒情理论来分析，未免肤浅、苍白得无意义。应该说，中国诗歌中有许多比较独特的因素，有些是属于修辞形式的，如声律、对仗，以及深植于民族审美心理里面的一些东西，如和谐性、稳定性等；有些是与文人的精神传统密切相关的，如山水审美。这些因素，一开始就存在于中国诗歌中，但随着文人诗传统的确立，这些构成汉语诗歌民族特点的艺术因素是越来越发展，酝酿得越来越深醇。这就是中国古典诗歌发展的一种趋势。当然，即使在我国古典诗歌发展的最原始阶段——这个阶段大致可划定在《诗经》之前的原始歌谣的时代，民族诗歌的某些特征尤其是体现汉语语言特点的东西，如对称性、齐言为主，也已经表现出来。又如我国古代农耕社会安定性格的较早形成及宗法制度的奠定，在《诗经》中也有鲜明的体现，是《诗经》和谐明朗（风诗）和庄穆有序（大雅、颂）的风格形成的主要原因。而这些早期的诗歌风格，又深远地影响着后来中国诗歌的审美趣味。

　　实际上，考察上面这个问题，已经涉及我国古典诗学在何时成熟、充分体现民族语言与文化特点的古典诗歌艺术在何时成熟的问题。我觉得成熟时期应该在唐代，而从建安时代至盛唐时代，则是持续地走向成熟的时期。沈德潜《唐诗别裁集·凡例》："诗至有唐，菁华极盛，体制大备。"[2] 所谓菁华极盛，即是充分体现诗歌艺术

————————

① （清）江湜《由江山至浦城雪后度越诸岭舆中得绝句九首》，《伏敔堂诗录》，上海古籍出版社 2008 年，第 49 页。

② （清）沈德潜编《唐诗别裁集》，中华书局 1975 年，第 3 页。

审美价值;而体制大备,又说明古典汉语诗歌的艺术体制与形式已经完备。沈氏又于该书的序中说:"有唐一代诗,凡流传至今者,自大家、名家而外,即旁蹊曲径,亦各有精神面目,流行其间。"[①] 也可见唐代是诗歌艺术普遍成熟、诗歌艺术规律在众多的作家流派得以自由地体现的时代。也许可以这样说,盛唐之前的诗史,人类诗歌发展共性的一方面起主导作用,而盛唐之后的诗歌,则是汉语诗歌发展民族特性的一方面起主导作用。而盛唐诗歌,则是两者较好的平衡。以下所论的各种演进趋势,都与这一基本的趋势相联系,都体现了人类诗歌共同规律与民族诗歌文化共同作用的结果。

　　从上面这个角度来考察魏晋南北朝时期的诗学,它主要的一方面应该仍然是体现人类诗歌艺术的共性。最明显的标志,就是这时期写诗的艺术仍然是素朴的,并且诗人们对诗歌艺术讴吟人类情感的这一基本性质,有着十分明确的体认,吟咏情性、言志、缘情也构成了此期诗学的核心。当然,魏晋南北朝诗歌艺术同时也鲜明地体现了其时代的、民族的文化思想及审美趣味,如对乐感的追求、玄学的意趣尤其是东晋以降趋渐突出的表现山水之美及体写事物的风气,都是构成其时代及民族的诗歌艺术风格的重要因素,对于中国古典诗歌的艺术特征的形成有决定性的作用。从艺术形式上看,充分体现汉语及汉字的特点中声律、对偶等诗歌技巧因素,从魏晋以来逐渐加强,终至形成近体诗的前身永明体,为中国古典诗歌高度民族化的艺术形式的初步奠定。但是,上述各项体现民族诗歌艺术特征的因素,在魏晋南北朝时期,都还是处于发展的阶段,并没有将各自的特性充分地表现出来。如声律与对仗,在齐梁陈隋的诗歌中远没有发展成熟。其他如山水描写、理境

---

①《唐诗别裁集》,第 1 页。

创造,也无不如此。从这个意义上,魏晋南北朝诗歌相对于其后的唐诗来讲,是一种尚未成熟的诗歌。但这只是从上述体现民族诗歌特性的各项艺术因素的分析来说,并不能据以判断其艺术价值。因为艺术价值的造成,还取决于其对人类诗歌共性的体现,一种诗歌就民族形式而言未臻充分发展,并不妨碍其充分地表现诗人讴吟情性之本能。诗歌的美,是一种综合的构成,如情感本身之美感、语言之美、物事之美感、技巧之美感等因素,在不同类型的诗歌里并不都是平衡的,如语言技巧高度发展的诗与抒情性十分强的诗,就是两种不同的美感类型的诗歌艺术,他们在艺术价值上,很难强分高低。这也是我们之所以要从人类诗歌艺术之共性与民族诗歌的个性两方面来把握、判断各时期诗歌之艺术特征的理由所在。

二、从依附于音乐的"歌学"向纯粹诗学的演变

人类诗歌发展的共性,除了上述的讴吟情感,还有其他的许多表现。比如,人类诗歌在其初期状态,无一例外的是与音乐舞蹈结合在一起的。艺术史家格罗塞指出:"音乐在文化的最低阶段上显见得跟舞蹈、诗歌结连得极密切。没有音乐伴奏的舞蹈,在原始部落间很少见,也和在文明民族中一样。'他们从来没有歌而不舞的时候,也可以反转来说从来没有舞而不歌的'。挨楞李希对于菩托库多人曾经说,'所以他们可以用同一的字样来称呼这两者'。"①这让我们想起从春秋到汉代,"乐"作为诗、乐、舞、戏数者共名的情况。虽然迄今一部分诗歌仍是与音乐舞蹈配合产生并发生审美

①(德)格罗塞著,蔡慕晖译《艺术的起源》,商务印书馆1984年,第214页。

效果的,但是人类诗歌发展的一大趋势,则是在一定的阶段上,诗歌逐渐从与音乐、舞蹈的结合中独立出来。在我国古代,从音乐的诗歌到纯粹的诗歌的发展运动,并非一次性地进行,而是多次的进行。其主要表现是,当一种诗体从音乐中独立出来,走上纯粹诗歌的发展阶段之后,另一种新的音乐歌词,又在孕育新的一种诗体,成了一个有规律性的"乐—诗"的演进程式。而造成了我国古代任何一种诗体都孕生于音乐母体的突出现象。汉魏六朝诗歌的整个发展进程,最完整地体现了"乐—诗"的演进过程,并给后来的同类的由乐向诗演进的文学发展提供了某种启示。在这一点上同样也体现了汉魏六朝诗歌对后来的诗歌发展史的典范价值。

　　另一方面,从整个中国诗歌史来看,从原始的与音乐舞蹈配合的诗到纯粹诗之成立,汉魏六朝同样是一个居中的时代。此前,并无纯粹的诗歌系统,此后才有作为纯粹的语言艺术的、文学的诗歌系统的存在,并且形成一个不再中断的历史。所以考察此期之诗学,必须重视其间依附于音乐的诗学与纯粹的诗学的递嬗关系。

三、自然艺术性质的发展阶段与高度艺术化的发展阶段

　　诗之艺术,实含自然抒发与艺术经营两要素,自然抒发根于人类抒情的愿望,艺术经营则是审美天性(包括炫艺的天性)的作用。最原始的诗歌创作,亦不能排除其有意识地追求情感与语言的审美表现的动机。同样,最高度的艺术化的诗歌创作,也不能完全脱离其情感抒发的自然本能的作用。《尚书·尧典》论诗云:"诗言志,歌永言,声依永,律和声。"① 前一句话标志自然抒发之义,而后

———————————

① 《尚书正义》卷三,中华书局 1980 年影印阮元刻《十三经注疏》,第 131 页。

三句话则逐层地显示出诗歌的艺术经营之义,只不过这种早期的诗歌的艺术经营,更多的是依赖于音乐艺术的机制。这正是早期诗歌艺术的特点之一,我们在后面还要专门论述。《毛诗·大序》之论诗,同样揭示诗的这一重关系,"诗者,志之所之也,在心为志,发言为诗。情动于中而形于言,言之不足故嗟叹之,嗟叹之不足故永歌之"①。所谓"嗟叹之"、"永歌之",正体现"情动于中而形于言"的一种艺术化,因嗟叹、永歌而发生诗之节奏、韵律,使诗超越一般的语言表达。为达到嗟叹、永歌的抒情效果,诗歌作者也对使用的日常语言加以艺术化,当然《毛诗·大序》所说的仍是音乐艺术中的诗歌艺术经营。等到陆机《文赋》"诗缘情而绮靡"之论出,他所讲的"绮靡"才是一种纯粹的语言艺术的经营,事实上正反映魏晋文人诗艺术与此前的存在于音乐母体中之诗歌艺术的不同性质。虽然我国最古老的两种诗论中都已揭示诗的两元性,但据实际的文本影响来看,人们(包括诗人与诗论家)对于其所揭示的诗的第一要义是完全看出来了,并且不断地翻版与演绎,而对于其隐含的诗的第二要义,则并不十分明白;不少的诗论家都是以一元的方式为诗下定义;不少的诗史家,也都侧重于一元来把握诗歌的发展史。

从诗学构成的两元来看诗歌的发展历史,则诗歌发展史正是摇摆于自然抒发与艺术经营的两极之间;而就一个相对独立的诗歌史(比如汉语古典诗歌史)来讲,总的趋势是艺术经营的一方面越来越发展。当然,在人类的诗歌发展史上,抒情行为也不是一条直线,也是受着各时代诗性精神消长及艺术观念的影响,比如有的时代诗性精神充沛、在观念上重视抒情言志,而有的时代则是古典

---

①《毛诗正义》卷一,中华书局 1980 年影印阮元刻《十三经注疏》,第 270 页。

的、唯美的艺术观占上风，所以自然抒发这一要素也是有变化的，并且相对于艺术经营而变化。但总的说来，自然抒发是一种比较恒常的因素。所以，诗学的发展，最主要的是艺术这一部分，这构成了诗学演进的一大趋势。从这个角度来说，人类的诗歌可分为两种形态，一种是艺术经营的因素很少，基本上是一种自然抒发的诗，原始诗歌就是这样的情形。我们常将此称为自然性的诗，将这样的阶段称为自然发展的阶段。与此相对的则是艺术性的诗，其阶段可称为艺术发展的阶段。这当然是相对的一种划分，但可据以考察诗歌史某阶段特点。我国的诗歌史，魏晋以前实为自然抒发的要素占主要地位的时代，从魏晋南北朝起，艺术经营的要素逐渐增多，到唐代，实为两者平衡的阶段。唐以后的诗史，是艺术经营转为主要性质的时代，而在宋诗、明诗、清诗等几个系统中，艺术经营的因素越来越突出，甚至在某种意义上，窒碍了自然抒发的抒情功能，造成诗的质变。诗的本质的某种程度的失去，以及因此而形成的焦虑与探索，成了明清诗论的核心课题，也是他们不断地重复经典情志理论的原因。当然，自然抒发的本质又常常凭借某些强大的艺术个性、充沛的抒发热情而时时冲决艺术积累的束缚。另外，从我国的诗史来看，体裁的更换也常常是使诗学两要素比重变化的重要机制，一种新兴的体裁，其自然抒发性质要高于人工经营；因为促使新体形成的，是一种鲜活的诗性精神，而它在发展的初期，艺术上积累也远不如后来之丰厚。所以，上述两要素，不仅可作为考察诗歌全史的一个角度，甚至也可以作为考察一种体裁、一个诗歌艺术系统演进的角度。

　　就汉魏六朝的诗歌来讲，其全体处于中国古代诗史自然抒发与艺术经营两者达到平衡的唐诗之前，总的来讲，应该还是自然抒发的一面占据上风的，艺术并未完全成熟。但就中古诗史自身内部的发展来看,汉魏、晋宋、齐梁三阶段,在自然与人工两者之间,比重也是不同。汉魏诗以自然为上,晋宋渐入人工化,齐梁则自然性完全为人工性所遮蔽。汉代并无专业的诗人,无论是楚歌体、谣谚体,都是一种自然抒发性的创作。艺术经营的程度不高,诗体与语言技巧都不高,可以说是民众化的一种诗艺。汉儒作的四言诗,比较古奥一点,但完全是模仿性质,虽非民众的诗艺,然在儒生阶层属于一种普遍的修养,并非专门的诗艺。汉末五言诗,在艺术上比较复杂一些,需要有一定的艺术修养,但基本上也还停留在歌词艺术的层次上,并非纯诗的艺术,所以对作者来说,写像《古诗十九首》这样的诗,也许其对当时流行音乐的素养的要求,比对语言艺术的要求还要高一些。总之,这时的诗歌创作,诗艺专门化程度并不高。可以说,汉代有专业的赋家,却并无专家式的诗人。

相比于汉代,魏晋时代则是出现诗之专门家的时代。所谓诗之专门家,是指具有专门诗家的创作能力,长期从事诗歌创作,在其一生中对诗歌艺术有过持续较久的追求的人。这样的诗人,在汉代并未出现,而在魏晋南北朝时期,则构成诗歌作者的主体,而且时代愈往后,专门家愈多,专门化的程度愈高。这实在是汉魏六朝诗学发展的一大趋势。但是我们看到,在魏晋南北朝时期,非专门家的诗歌创作仍然存在,一些非诗人而因某种自然抒发之冲动驱使而发生写诗的行为,在此期仍然是比较普遍的,并且其作品常得人们的认可、传播、保存,这说明魏晋南北朝时期,相对于后来的唐宋时代,诗歌创作的专门化程度还不是很高。这造成魏晋南北朝诗歌发展的一些特点:如不同诗歌作者在诗歌创作上的能力差距很大,诗歌本身的艺术水平也相差很大。不像唐宋诗家那样,相对来说比较平衡。

四、群体诗学为主的发展阶段与个体诗学为主的发展阶段

诗学演进趋势中,蕴含着多重关系,可以从许多角度去揭示。我认为,人类诗学发展中的另一迄今尚未被揭示的一重关系,即基于个体独立思想与感情之表达的个体诗学与基于群体思想与感情表达的群体诗学之关系。并且在诗歌的发展史上,群体诗学的成熟是早于个体诗学的。

1.群体诗学与政治、宗教诗学之发展早于个体诗学

诗歌发生之根本,在于人类情感与思想、愿望之表达意志,依此理而言,似应该是个体的诗学早于群体诗学与宗教诗学、政治诗学。观我国最早的诗歌理论如《尚书·尧典》有"诗言志,歌永言,声依永,律和声"之说,而《毛诗·大序》于此更加推述,"诗者,志之所之也,在心为志,发言为诗。情动于中而形于言,言之不足,故嗟叹之,嗟叹之不足,故永歌之,永歌之不足,不知手之舞之、足之蹈之也"。其所说的志、情,依我们今天的理解,当然是存在于活生生的个体之中。但大序所说的这种情况,并不能简单断定只是个体的行为,相反看它所形容的,更让人想象起集体的一种抒情言志的行为。因为人类在其生产力发展程度极为低下的原始阶段,个体完全是依附于群体的,以群体的意志为意志,甚至以群体的感情为感情,其为诗咏亦为一人倡而千百人和之,所以原始诗歌,非个人之诗歌,而为一族群、一部落乃至一国家之共同感情的表达,虽由一人作之,实无与于个体之事。《毛诗序》:"言天下之事,形四方之风,谓之雅。"[①]实为对这种古老的群体诗学的一个高度概括。这

---

①《毛诗正义》卷一,《十三经注疏》,第 272 页。

种原始的诗歌,我们今天所知甚少。据常理推测,就一部落而言,其数量不会多,其中也有一定的声调、韵律乃至修辞,尽管与后世发展后的诗学相比,是极其简单、原始的一种写诗技巧,但却不能不视之为诗学之开端。格罗塞在《艺术的起源》一书中给诗歌下这样的定义:"诗歌是为达到一种审美目的,而用有效的审美形式,来表示内心或外界现象的语言的表现。"[1] 既要达到审美目的,并用有效的形式,则最原始之诗歌,也是含有一种语言艺术在里面的,此即为原始之诗学。观我国最早的原始群体诗歌《弹歌》:"断竹、续竹、飞土、逐宍。"[2] 句式为整齐之两言,用韵为一二四入韵,为我国古代诗歌之基本形式特征之一。考察《周易》卦爻辞可知,我国古代两言诗歌曾是很流行的一种形式。然此为原始诗歌形式无疑,但不是最原始的诗歌形式。或者说,这种两言诗学,是原始诗学中比较成熟的形态,而为后世诗学之发端。

2. 群体诗学的一些表现特征

群体诗学时代中,诗人与一般人在诗歌创作能力方面的差距是比较小的。这一方面是由于诗歌的形式简单,语言距离日常语言很近。另一方面也是由于一个原始人的个体,其感情、愿望与思想,与文明时代的人相比是十分简单的,并且共性远大于个性,原始的诗人在这方面也不例外。"原始的诗人,能超过他的听众的水平线(指思想与文化的水平线——引者注)以上的,是极其例外。这决不是造物者没有在这些民族之间造出优秀品质的个人;不过是因为狩猎民族的低级文化,对全体分子一律地作着顽强的苛求,

---

① 《艺术的起源》,第 175 页。

② 逯钦立辑校《先秦汉魏晋南北朝诗·先秦诗》卷一,中华书局 1983 年,第 1 页。

牵制着特殊的个人留于同一的低级发展的水平线上而已。我们可
以看到澳洲的每一个土人,都制备他自己'一家的歌'正如他们各
自为自己制作所需要的工具与武器一样。所以这个人的诗歌和其
他人的诗歌,其价值或多或少是完全相同的。斯托克斯自夸其随
伴土人中有一个名叫妙哥的,说,只要有一个题目触动了他的诗的
想象,他就非常容易而且迅速地作出歌来。但是这种吟咏的天才,
并不是某个人物的特殊秉赋,却是所有澳洲人共有的才能。"①也就
是说,在原始时代,诗人与一般的人在诗歌创作方面的能力的差距
是很小的。甚至可以说并没有后世所说的诗人;或者换一种说法,
每个人都是诗人。这也可以说是群体诗学的一个特点,即在群体
诗学时代,不但诗歌所表达的思想与感情是社会化的,甚至诗歌的
写作能力,也带有社会化的特点。而诗学愈发展,一般人与诗人在
诗歌创作的能力上的差距也就愈大。

　　汉代诗歌中,最为流行的是配乐的乐府与徒歌性质的各种歌
谣、谚语,它们是最典型的群体诗歌,从渊源上讲,与远古以来的
群体诗学是一脉相承的。是群体诗学发展的最高阶段,也是纯粹
自然性质的诗歌艺术发展的最高阶段。但却不能说它们仍是原始
形态的艺术,特别是汉代的乐府,无论是政治性质的、宗教性质的
郊庙歌辞,还是表现群体性质的民间乐府,虽是承续原始的歌乐舞
戏一体这一系统,但是其高度的发展仍然是与我国古代重视礼乐
的政治与文化思想有很大的关系的。这一点已经充分体现民族独
特的文化背景对诗学的作用。相比之下,徒歌性质的歌谣、谚语,
比同时代配乐的歌诗,更多地体现了原始性质的群体诗学的风貌。
汉代之诗学,从本质上讲,是自然性质的诗歌艺术发展的最高阶

---

①《艺术的起源》,第209—210页。

段,也是群体诗学发展的最高阶段。因此其不仅是后世文人诗学中群体诗学之永恒性典范,而且在艺术上直接成为文人的个体诗学之渊源。应该说,汉乐府诗歌,已经超越了人类诗歌的自然发展阶段的成就。甚至,在某种意义上,《诗经》也是这样的。

在群体诗学为主流的时代,即使是表现个体感情的个体诗歌,也是一种形式比较简单、语言技巧不太高的诗歌,而诗人作为一种角色并不明显。汉代的楚歌体创作,就有这个特点。楚歌体和与其同源的文人楚辞、辞赋相比,基本上还是一种民间流行的歌唱形式,对于出自楚文化的汉代上层社会来讲,是一种普及化的、简单的歌唱形式,并不需要特殊的训练,在汉宗室中特别流行。所以从汉高祖刘邦到汉献帝刘协,都能随意作歌。这种情况,表明汉代的楚歌体还处于群体诗学的状态中。其艺术上没有太大的发展,也是由这种性质所决定的。

在参透诗歌史的发展是群体诗学早于个体诗学的规律之后,我们对于汉代诗歌史所表现出来的一系列特征就有了新的认识。事实上,从远古到汉代的诗歌发展史,是以群体诗学为主流的,而个体诗学以及与之相应的纯粹的个体抒情行为则处于非主流的地位。当然,处于群体诗学时代的个体诗学及其抒情行为,也显示出与这种阶段性特征相对应的一些表现。如我们上面所说诗歌艺术发展水平不高、诗歌创作显示出较大的偶然性、诗人与一般人的界限不明显等。虽然有屈原、宋玉等人在楚辞创作上的高度个体抒情行为,但从整个诗歌史的情况来看,楚辞的个体诗学的发生,还是一种带有偶然性的现象,而且在其本体系中,也位于个体诗学与群体诗学相交接处,如果说《九章》与《离骚》代表了屈原的个体诗学,那么《九歌》从形式上说,仍然是群体诗学,是群体性的抒情行为。到了魏晋时期,个体性创作上升为主流,并且获得巨大的发展,而宗教性与政治性的两类则下降到次要的地位,相对汉代来说失去了活力。魏晋以降历代郊庙歌辞艺术上的衰弱,正是由于这个原因。尽管历朝郊庙歌辞多由当时精于经学与辞章艺术的著名文人撰写,但仍然无济于事。这是中古诗歌变迁最重要的趋势。而从这个角度考察汉代诗歌与魏晋诗歌,就能得到许多新的解释。

汉代诗歌,从其创作的性质来说,可以分为三大类:第一类是乐府诗及民间歌谣,它表现的是社会性的感情与生活,可以说是群体性质的创作,虽然民间的诗歌最先往往也是民间诗人个体的创作,但所表现的主要是社会群体的思想与感情;第二类是像《安世房中歌》《郊祀歌》等宗庙乐诗,它们所表现的主要是政治与宗教的思想与感情,可以说是官方性质的创作;第三类则完全是为抒发个人思想感情而作的诗歌,可以说是个体性质的创作,包括作为歌与诗两部分,歌有楚歌体、诗有四言体,后来又有五言新体。前两类我们研究得比较充分,第三类则缺少系统的研究。就汉代的情况来说,群体性质的创作最发达,其次是政治与宗教性质的创作,而个体性质的创作影响最小。

我国从远古到汉代,是群体诗学发生迄于成熟的时期,我国后来的群体诗学,无不以雅颂、乐府的群体诗学为典范。而这个漫长的发生历史中,个体诗学却始终处于潜生的、依附的状态。从魏晋以降,则是中国诗学进入以个体诗学为主体的时代,个体诗学成为文人诗传统的主导性构成部分。虽然后世文人时时援引群体诗学的原则入个体诗学,使我国古代的个体诗学较多地体现了群体的伦理道德,而没有出现西方诗史曾经出现过的放纵、极度浪漫的个体化诗潮。但是中国古典诗学的最大民族发展特点是个体诗学传统发生之早与发展时间之长。在这过程中,中国成为一个诗的国度,中华民族的古典诗歌成为世界诗歌史上成熟程度最高、艺术化程度最高的一种诗歌。

　　本文提出的关于中国古代诗歌史演进的几种趋势，主要是作为一种学术的观点提出来，目的是为了引起学界同仁的共同兴趣。因兹事体大，所以论述主要是提纲挈领式，具体展开与深入尚有待于异日。同时关于群体诗学与个体诗学的问题，笔者另有长篇的论文将要发表。

2004 年 11 月 15 日定稿

（原载北京大学中文系、北京大学诗歌中心编《立雪集》，

人民文学出版社 2005 年）

歌谣、乐章、徒诗

——论诗歌史的三大分野

诗歌的分野，向来处于一种模糊不清的状态。诗歌无疑是人类文学中最古老、原生的文学形式，同时也是最基本、最永恒、最有活力的文学形式。与它相比，其他的一些文学形式，如散文、小说、戏剧等，都有相对的时期性，都有比较清晰的、可探索的源头，而且至少就它们成形的形态来说，都是在人类进入文明时代以后的产物。而诗歌成形的艺术形态的发生，远在原始时代，所谓"歌咏所兴，宜自生民始"①，实为古今众多学者的共同结论。而且从发生历史来看，散文、小说、戏剧等众多文体，追溯其源头，多是从诗歌中派生的，即使在它们独立之后，也往往仍与诗歌的形式与实质发生着种种联系。诗歌的研究，包括诗歌史、诗歌理论与批评等，也可以说是人类对文学进行理性探索方面历史最为悠久的，同时也是成果最为丰富的。众所周知，西方继承亚里士多德的观念，以"诗学"作为整个文学理论的通称。其实在我国古代的学术中也有类似的情况，清代学者章学诚就曾尝试过阐述广义的"诗"的概念，

---

① 《宋书》卷六七《谢灵运传论》，中华书局 1974 年，第 1778 页。

并初步建立起一个以"诗教"为基本范畴的纯文学史体系①。但是，正因为诗歌是这样性质的一种文体，所以其在艺术的形态、性质与功能方面，也可以说是几大文学体裁中幅员最为广阔、景观最为丰富，同时也最为复杂的一种。一方面，诗歌是众多文体中最容易体认的，我们几乎可以跨越民族的审美与语言的局限，直观地判断诗歌的形态；这种情况，是其他文体所难以达到的（戏剧除外，戏剧就其文体性质来说，其实还是属于诗歌的一种）。但另一方面，诗歌又是历时和共时地存在于许多性质十分不同的人类的文化与精神生活的领域。这两方面的情况，使得诗歌分野的研究，不仅是十分必要，而且是饶有趣味的。文学研究的历史中，学者们曾以诗学为名目，创建过数量众多的文学或文艺的理论体系，但却没有见到多少按照严格的学术规范、以诗歌与诗歌史的全部分野为对象而建构的诗歌学的体系。这与文学史著述方面，整体文学史著述的数量远远地多于专门诗歌史的数量的情况有些相似，或者也有一些内部的共同原因。当然，建立一门成熟的、系统的诗歌学，显然只能是一种向往或期待，这里所讨论的诗歌三大分野的问题，或许可以视为诗歌学的基本问题之一。在这里，我们尝试从功能与产生体制的不同着眼，将诗歌分为歌谣、乐章与徒诗三大体系。这不仅是诗歌史的三大分野，同时也可视为诗歌史所经历的三种形态。

一

　　歌谣在诗歌史方面的意义，在于它是最原始、最自然、最普遍、

---

① 叶瑛校注《文史通义校注·诗教》，中华书局 1985 年，第 60 页。关于章氏以诗教为中心的整体文学史观，笔者另有专文论述。

最永恒的诗歌形式。古今关于歌谣的专门阐述与研究很多,对歌谣的定义、范围、形式、内容以及各种具体的歌谣品种都有丰富的研究,但是这些研究绝大多数是将歌谣作为一种独立的民间文学形式来作相对静态的阐述,较少从诗歌史的整体与全部诗歌的有机构成来阐述歌谣在诗歌史中的地位与意义。这曾经是现代的歌谣研究先驱者关注歌谣的动机之一。另外,一般的诗歌史研究者也很少利用歌谣学方面的成果。这种歌谣研究与一般的诗歌史研究分流的现象,大大地削弱了歌谣研究的意义,也使一般的诗歌史研究在深度上受到了限制,甚至也妨碍了人们对诗歌艺术本质的准确理解。这种限制表现在一般的诗歌史研究方面,是由于忽略了歌谣在诗歌史上的意义,因而无法全面地把握诗歌史发生、发展的真相,也无法对高度发达的文人诗的诗歌史方面的原理作出有效的阐述。

　　歌谣为最原始的诗歌形式,其实也是文学的最原始的形式,近人卢前论文学之起源,认为"文体始于歌谣"[1],这一看法无疑是精辟的。这是因为人类文学发生于文字产生之前,经历了漫长的口耳相传的时代。在口耳相传的时代,人类的一些原始的抒情方式逐渐审美化,发明出节奏、押韵等技术,以增强抒情效果,产生审美与娱乐功能,并有助于记忆,于是形成一种口头文学的形式。各原始民族所产生的第一批原始歌谣,即是原始诗学之成立。战国时代,由于侈乐、今乐的异常发达和古乐的衰落,一些学者开始讨论音乐的起源,也包括歌谣的起源问题。其中《吕氏春秋》的《音

---

[1] 关于诗是最古老的文学,为中西古今学者常持之论,如卢前(冀野)《何谓文学》(1929年)第一章《文学之启源及性质》引证中西学者之说,论证"诗为原始文学",并云:"总叙文学之启源,文机发于苦闷,文体始于歌谣,文用起于祷颂。"(《卢前文史论稿》,中华书局2006年,第9—10页)

初》篇根据历史传说分别讨论过东、南、西、北歌曲的起源,显示了战国学者探索诗歌起源的理论兴趣。《吕氏春秋》的探讨在诗歌起源学说上,其实具有很高的价值,因为它是超越了儒家等具体的派别、纯粹从艺术起源角度来讨论的,所以它敢于从神话与传说中寻求诗歌的起源。可惜这一学术的开端,没有被后世的学者所继续发展。汉魏六朝时代的经学家与文史学家,在阐释诗歌发生原理的同时,也探讨过诗歌的起源问题,提出过一些朴素直观的诗歌发生论与起源论。汉儒郑玄《诗谱序》云:"诗之兴也,谅不于上皇之世。大庭、轩辕,逮于高辛,其时有亡载籍,亦蔑云焉。《虞书》曰:'诗言志,歌永言,声依永,律和声。'然则诗之道放于此乎。"① 六朝时代,文学抒情理论发达,诗歌发生于抒情的观点越发清晰,刘勰《文心雕龙·明诗篇》即云:"人禀七情,应物斯感,感物吟志,莫非自然。"② 既然诗歌是基于人类这种自然的天性,则自有人类以来即有诗歌的观点,自然就合乎逻辑地出现了,于是就有如沈约《宋书·谢灵运传论》中所说的"歌咏所兴,宜自生民始"③ 这样的观点出现。上述诸家的观点,足以代表中国诗学中关于诗歌的起源、发生原理与诗史的实际源头的基本内容。所以有学者征引上述郑玄、刘勰、沈约三家之论,指出"郑氏昭其迹,刘、沈推其故"④。所谓昭其迹,即探索实际的中国古代诗歌史的源头,推其故,则是探讨其发生的原理。以此而言,汉魏六朝学者已经具备了一种相当科学的探讨诗歌史的学术方法。至于唐代的孔颖达,则从"燕雀表啁

① 《毛诗正义·诗谱序》,中华书局 1980 年影印阮元刻《十三经注疏》,第262 页。
② 范文澜注《文心雕龙注》卷二《明诗》,人民文学出版社 1958 年,第 65 页。
③ 《宋书》卷六七,第 1778 页。
④ 李维《诗史》,东方出版社 1996 年据石棱精舍 1928 年版编校再版,第 1 页。

噍之感,鸾凤有歌舞之容"这种自然界发生的音乐现象,提出"诗理之先,同夫开辟"①的观点。这虽然已经超出探讨人类诗歌史起源的范畴,但其意义仍在于提示人们认识诗歌发生的原始性与自然性。

西方近现代艺术史家与人类学家,在探讨诗歌起源方面作出了很大的贡献。他们通过大量的田野调查,证明了原始歌谣的存在,其中的基本观点,有与中国古代诗论家相通的地方。如德国艺术史家格罗塞在探讨诗歌的起源时,就十分重视诗歌与人类抒情本能的关系,他认为:"没有一件东西对于人类有象他自身的感情那么密切的,所以抒情诗是诗的最自然的形式。没有一种表现方式对于人类有象语言的表现那么直捷的,所以抒情诗是艺术中最自然的形式。"②这与前引刘勰的"人禀七情,应物斯感,感物吟志,莫非自然"的说法,观点上极为神似。尽管原始歌谣的形式极为简单,"原始民族用以咏叹他们的悲伤和喜悦的歌谣,通常也不过是节奏的规律和重复等等最简单的审美的形式作这种简单的表现而已"③。但这简单的形式,正如格氏所说的那样,是一种语言上的审美形式,所以具备诗歌艺术要素。同样,"大多数的原始诗歌,它的内容都是非常浅薄而粗野的","狩猎部落的抒情诗很少表现高超的思想;它宁愿在低级感觉的快乐范围里选择材料。在原始的诗歌里,粗野的物质上的快感占据了极大的领域;我们如果批评他们说胃肠所给与他们的抒情诗的灵感,决没有比心灵所给的寡少一点,实在一点也不算诬蔑那些诗人"④。同时他还指出,后世所熟

---

①《毛诗正义·序》,《十三经注疏》,第 261 页。
②(德)格罗塞著,蔡慕晖译《艺术的起源》,商务印书馆 1984 年,第 176 页。
③《艺术的起源》,第 176 页。
④《艺术的起源》,第 184 页。

悉的表现两性关系的爱情诗,在原始歌谣中也很罕见,这是因为原始部落,像"在澳洲和格林兰的所谓爱,并不是精神的爱,只是一种很容易在享乐中冷却的肉体的爱"[1]。《吴越春秋》所记载的我国最古老歌谣传说为黄帝时代所作的《弹歌》:"断竹,续竹,飞土,逐宍。"[2] 这首歌,传说是孝子不忍其父母为禽兽所食,作弹以守之。这是对弹的起源的一种后起的解释,充满伦理的意义。我觉得,这首弹歌从内容来看,更像是一首狩猎的歌。它与格罗塞说的狩猎民族诗歌的特点正好符合,也就是灵感来自胃肠之需要的一种抒情诗。格罗塞说的原始民歌表现两性肉欲的宣泄多于情感的抒发的情况,其实也不限于原始歌谣,民间的歌谣野曲中就有大量的证据,如清人冯梦龙的《山歌》《挂枝儿》,其中不少作品,内容上充满了肉欲色彩。这让我们省觉到歌谣的某种本相。但是,不管原始歌谣是如何的形式简单并且内容粗野,格罗塞还是坚定地认为它们是一种纯粹意义的抒情诗,是人类诗歌的原始状态的真实呈现,并且比之后来的高度发达的诗歌,更适宜于作为论证诗歌性质的依据。

　　歌谣作为最原始的一种诗歌形态,同时也是最自然的诗歌形式。正因为如此,歌谣是最普遍,并且从人类自身角度,也可以说是最永恒的一种诗歌形态。所以,研究歌谣的意义,绝不仅仅只是为诗歌史寻找一个起源,更重要的是为诗歌寻找一种发生的原理,体认人类诗歌的一种最广泛、最自然、最本真、最永恒状态。这是因为歌谣根植于人类讴咏性情、感物言志的天性。歌谣的创作是一种群体的创作,在原始的时代或文化落后的社会群体中,人们自

---

① 《艺术的起源》,第 185 页。
② 逯钦立《先秦汉魏晋南北朝诗·先秦诗》卷一,中华书局 1983 年,第 1 页。

然地传承一种最自然、最原始的诗歌形式，以最简单的技巧，创作着歌谣。比如我们会看到这样一种情况，人们会将发生在自己身边的一些生活事件与人物，随时随地编成一段形式上很粗糙的歌谣、顺口溜来诵唱。这里面其实含有一种鲜明的颂美、讽喻、调笑等功能，并能发生娱乐的效果。但是这类歌谣所表现的人与事，只有某一特定的社区、群体、时期中的人们才熟悉，所以它也只对特定的时空范围中的人物产生其艺术的效果，一般不可能扩大到更广大的时空范围。比如在村庄与社区中，会流传一些关于这个村庄、社区发生的人与事的歌谣，它一般只流行于这个村庄、社区的内部，并且只存在于这些人事还在现实地存在着的一个时期。这样的歌谣与其所歌咏的人物与事件是完全连在一起的，甚至就是其中的一部分，歌谣与本事互为阐释，活生生地联系着，离开这个具体的事件背景，往往就难以阐释，也难以产生它在原生语境中的那种审美趣味。这样的歌谣，因为它不具备更高的艺术价值与典型意义，所以不会流传开去，也不会长久地存在，并且因为本身意义的微末，也不会被认真地记录下来。纵使记录下来，也不会有任何的价值。所以它就像一种浮沤，自生自灭。这是歌谣最自然的生态，也可以说是人类诗歌创作最原始、自然的生态。如果说这是一种能力，那么在文化与社会组织高度发达的人群中，这种能力大大削弱，甚至完全失去了。在原始性质的、文化落后的社会群体中，歌谣是随时随地产生着的，而在乐章尤其是徒诗发达的时代与群体中，歌谣的功能部分地为乐章和徒诗所取代。这种情况，在中国古代是比较典型的，中国是一个诗的国度，但这主要是就文人诗的发达这一点而言，相反地，就歌谣而言，反而因为徒诗的发达而与一些原始性的文化国度相形见绌。对于诗歌创作者来说，我们还看到这样一种情况，徒诗创作者虽然拥有高超的诗歌创作能力，但其歌谣讴吟的天性反而被压制了,没有哪一首歌谣是出于文人之手的。诗人达到诗歌艺术的高峰的代价,是失去了他像一个普通的、原始性的人那样的自然抒情的先天能力。可见,这种原始的诗歌创作形式,绝非只有艺术上低级的一面,还含有最自然、本真的诗性的一面,所以文人对自身歌谣创作能力的失去,也绝不是释然如去重负,决然地从低向高的一种心态,而是有着强烈的回归意识。这正是模仿歌谣、乐章成了文人诗经久不息的一种风尚的原因。而且还有一种情况,在文化发达程度较高的时代,当乐章与徒诗不能完全地满足社会群体的讴咏的需求时,这种原始性质的歌谣,仍会大量产生。比如当今时代,文学的各种形式都十分发达,新旧体诗词、流行歌曲都很兴盛,但是歌谣仍然在不断地产生、流行。这是因为歌谣有比它发展程度更高的乐章、徒诗所代替不了的功能。尤其是歌谣的一种群体诗学的功能,是个体诗学的徒诗所无法代替的。然而当今产生在手机、网络中的大量歌谣、韵文段子,虽然借助媒体,流传的人群很广、范围很大,但绝大多数仍然只有当下的传播价值,在事随境迁之后,会自然地消失。所以至少从诗歌艺术的角度来说,没有太多整理、编集的必要。这些歌谣本身虽然是一种自生自灭的浮沤,但其产生的原理却是永恒的。与徒诗只是在诗歌发展的一定阶段上产生、乐章只是在音乐条件具备时出现不同,歌谣与人类的社会生活几乎是同终始的。而且与乐章和徒诗的产生、发展往往更多地依靠社会文化背景,因而形成高低起伏、持续中断的种种态势以及因时代风气变化导致的不平衡的情况不同,歌谣则是在人类的各个时期、各个地域中,呈现着自然的平衡的生态。十六国时代的诗歌,如前秦君臣的唱和,就很大程度地歌谣化了。从文人诗系统来说,可以说是一种退化,就是高度自觉的诗歌让位于自然性的歌谣艺术。

　　歌谣不仅在时间与空间上是最普遍、永恒的一种诗歌形态,而且在内容与形式及艺术的表达上,也是一种最广阔、最丰富的诗歌形态。徒诗是对歌谣与乐章艺术的一种发展,但是这种发展主要是就更丰富的效果及高雅趣味与精致的表现来说的,就内容与形式及艺术表达的广阔性、丰富性来说,后起的徒诗相对于歌谣和乐章,非但不是发展,而且是一种弱化。高度发达的徒诗系统,是从歌谣中选择某些最有效的形式发展而成的。例如在押韵与篇章、句式等方面,歌谣是十分多样的,各地的歌谣呈现出来的样式可以说是千差万别的。但是后起的诗歌,比如中国古代的文人诗,它的诗歌体式是有限的,并且趋于规则化,而且一种新的文人诗的体式,相对旧的诗歌体式来说往往更加规范化。比如魏晋的五言诗,其艺术的形式相对汉乐府来讲更加固定化,形成五言齐言与隔句押韵的体式,后起的格律诗,体制更趋于规范,并在押韵上人为地规定不能押仄声韵。为了弥补这种缺陷,唐宋诗人不仅坚持使用古体,而且广泛地模拟乐府体,并从乐府体上发展出歌行一体。而歌行的准确定义,正可以说是徒诗对歌谣与乐章的模仿体,但它在诗歌艺术形式上的丰富多样,仍然无法与真正的歌谣和乐章相比。唐代的曲子词,它的体式与押韵,远比同期古近体诗丰富多样。夏承焘先生曾作《词韵约例》一文,研究词的用韵之例,文中统计词的用韵之例有 20 多种 [1]。词之所以会有这样丰富的用韵方式,正是因为其文体源于歌谣和乐章。可以说新兴的曲子词,在形式的丰富性上,比唐代的古近体诗有更大的优势,更接近诗歌的普遍形式。这是它最后取代齐言的声诗而成为乐章的主体并为文人广泛采用的原因。

----

① 《夏承焘集》,浙江古籍出版社 1997 年,第 2 册,第 24 页。

同样，文人诗创作的基本方法，也来自歌谣。但不是继承歌谣全部的表现方法，而是从中抽绎、选择一些方法，将它规范化。比如我国古代诗学家，就是从《诗经》抽绎出"六义"的规范，作为后世文人诗发展的基本原则。元人杨载《诗法家数》云："诗之六义，实则三体。风、雅、颂者，诗之体；赋、比、兴者，诗之法。故赋、比、兴者，又所以制作乎风、雅、颂者也。"① 其实我们观察歌谣，可知诗歌的体，绝不止风、雅、颂三种，诗歌之法，也不限于赋、比、兴三者。比如"谐"、"谑"也是诗歌的重要性质之一。朱光潜《诗与谐隐》一文对此有精彩的阐述 ②。可见文人诗从艺术的体制与方法来说，都是对歌谣艺术进行提炼、选择之后再加以发展的，从广泛的角度来说，反而是对歌谣的维度的一种减缩与削弱。从这个意义上说，歌谣永远是徒诗的母体与学习对象，中国古代文人诗艺术发展的真相，正在于就文人诗的全体意趣来说，始终没有放弃对歌谣的模仿学习，并且始终承认歌谣在诗歌史中的祖祢地位。

歌谣的主体是徒歌，《毛传》解释《魏风·园有桃》"心之忧矣，我歌且谣"时说："曲合乐曰歌，徒歌曰谣。"如果从这个意义上讲，歌谣一词，其侧重的意义在于谣。徒歌有两种，一种为歌谣学者称为"自来腔"，包括诵与歌 ③。《传》称"不歌而诵谓之赋"，这说明原始的口头文学时代的赋体，它也是属于徒歌的一种。自来腔的徒歌，是最自然、原始的一种诗歌形式。这种徒歌，经过一定的发展，在某种浓厚的群体的歌唱中，会形成一种更高级的曲调，我国历史上的十五国风、汉代的街陌谣讴、两晋南朝的吴声西曲，乃

---

① （元）杨载《诗法家数》，（清）何文焕辑《历代诗话》，中华书局 1982 年，第727 页。
② 朱光潜《诗论》，生活·读书·新知三联书店 1984 年，第 23 页。
③ 朱自清《中国歌谣》，复旦大学出版社 2004 年，第 112 页。

至敦煌曲子词、宋金之际流行的民间散曲、明清时调,以及我们今天所熟悉的西北信天游、花儿、爬山歌,西南的山歌、对歌,就是属于这一类。它们主要的形态还是徒歌,但已经形成曲调。这种曲调,正是从歌谣向乐章歌词与戏曲发展的一个桥梁。

上述所论,其实也在界定作为诗歌史的一个分野的歌谣的范围,即我们界定歌谣的范围,是从最原始、最自然、最普遍、最永恒这样一些性质,来确定一种具体的诗歌是否属于歌谣。凡不具备这些原生、自然性质的诗歌,相对于歌谣来说,都是后起的诗歌。这一区分的方法,看似抽象,实际上是很清晰的。与其从形式上斤斤计较地区分歌谣与一般的诗歌尤其是文人徒诗的界限,不如从上述的性质上理解歌谣与乐章、徒诗的不同分野。后起的诗歌一方面是诗歌艺术自然发展的结果,另一方面也更多地依赖于文明时代的各种文化条件。可以说,歌谣更是人类学意义上的一种诗歌,这也是为什么歌谣研究同时也属于人类学范畴的原因,而后起的诗歌史研究,却主要是属于文学史范畴的一种研究。

二

乐章即入乐歌词,指配合着舞蹈与器乐演奏的诗歌。原始歌谣的一部分,是与原始的舞蹈与器乐演奏结合在一起的。格罗塞曾指出这样的现象:"音乐在文化的最低阶段上显见得跟舞蹈、诗歌结连得极密切。没有音乐伴奏的舞蹈,在原始部落间很少见,也和在文明民族中一样。'他们从来没歌而不舞的时候,也可以反转来说从来没舞而不歌的'。挨楞李希对于菩托库多人曾经说,'所以他们可以用同一的字样称呼两者'。埃斯基摩人常用唱歌和打鼓来伴舞,而且音乐还在表演中占有这样重要的地位,使得他们不叫那跳舞的建筑为舞场,而叫为歌厅。"①我国古代的踏歌,也是一种配合着舞蹈的歌谣方式。《西曲歌·江陵乐》:"不复出场戏,蹑场生青草。试作两三回,蹑场方就好。"②蹑即踏,所谓"蹑场",即踏歌戏乐之场,杨荫浏认为是"民间的舞蹈广场"③。这可能是后世戏场的一种雏形,因为是载歌载舞,所以称唱歌的场所为"蹑场",这与埃斯基摩人称跳舞的地方为歌厅,正是一样的称呼方式。我国古代的学者在讨论古乐的时候,也普遍认为古代的音乐是以舞蹈为主。《周礼·春官》:"大司乐掌成均之法……以乐舞教国子。"④《周礼》及《礼记》等书记载古代舞蹈甚多,所以汉魏儒者在论到中国古代的音乐时,多认为"乐以舞为主"。《宋书》载:"明帝太和初诏曰:礼乐之作,所以类物表庸,而不忘其本者也。凡音乐以舞为主,自黄帝《云门》以下至于周《大武》,皆太庙舞名也。然则其所司之官,皆曰太乐,所以总领诸物,不可以一物名。"⑤这就是说,中国上古至周代的庙堂音乐,是以舞蹈为主体的,但掌乐之官仍称太乐,而不以舞蹈为职掌之名,是因为舞蹈之外,还有器乐与声歌诸物。有学者论云:"我国自古就是以礼乐治国的国家,乐字中固然是以歌舞为重,礼字中含有舞的成分也不少,简单着说就是一个重舞的国家。"⑥中国古代王朝郊庙及典礼音乐中之所以重舞,正是原始先民重舞、载歌载舞的自然的歌舞艺术形态的延续与发展。传说及典籍中记载的上古与三代的郊庙乐舞,都没有歌词留传,因此有学者认为舞之有歌曲,始于东汉。揆以上述古

①《艺术的起源》,第214页。
②《先秦汉魏晋南北朝诗·晋诗》卷一九,第1062页。
③ 杨荫浏《中国古代音乐史稿》,人民音乐出版社1980年,第147页。
④《周礼注疏》卷二二,中华书局1980年影印阮元刻《十三经注疏》,第787页。
⑤《宋书》卷一九《乐一》,第535页。
⑥ 齐如山《国剧艺术汇考》,辽宁教育出版社2010年,第9页。

代舞蹈与歌曲紧密联系的情形,这一看法还值得商榷。西汉宗庙祭祀之舞的有无歌曲,是一个需要进一步研究的问题。其实舞蹈并非只存在于以"舞"命名的那些大乐中,一般的歌唱也常常伴随着自然的舞蹈形态。上引《毛传》释《魏风·园有桃》中"我歌且谣"时说:"曲合乐曰歌,徒歌曰谣。"① 所谓"合乐",是指声歌有器乐或舞蹈的配合,但从《园有桃》这首诗描写的情形来看,如果说"我歌且谣"的"歌"是指"合乐",恐怕更大可能性是指舞蹈,也就是说诗人有时载歌载舞,有时站在那里徒歌。并且在整个过程中,这两种形态是交互着的,这或是"我歌且谣"的真正意思。同样,原始人在歌唱时,经常伴以拍打身体或生产、生活用具,以此进行伴奏,李斯《谏逐客书》中形容秦国的音乐时说:"夫击瓮叩缶,弹筝搏髀,而歌呼呜呜快耳目者,真秦之声也。"② 所谓"击瓮叩缶"、"搏髀"正是拍打身体与生活器具,可见当时秦国的音乐,伴奏方面还是比较原始的。

由上述所论可见,从源头与原始形态来看,乐章歌诗与徒歌谣,几乎是一样的悠久;但是乐章作为诗歌史的一个分野,其整体上是比歌谣更为高级的一种诗学形态。乐章里的俗乐歌诗,如《诗经》的《国风》,汉乐府的相和、杂曲歌辞,南朝乐府新声,宋金元之际的南北曲,其歌词都来自民间的歌谣与曲调。但是,相对于入乐之前的徒歌谣来说,其性质有很大的不同,甚至在文体上也发生了许多变化。第一,歌谣在流传的过程中是不断地变化着的,同一首歌谣在不同的地区流传,具有不同的版本。"歌谣起于文字之先,全靠口耳相传,心心相印,一代一代地保存着。它并无定形,可以自由地改变、适应。它是有生命的,它在成长与发展,正和别的有

---

① 《毛诗正义》卷五,《十三经注疏》,第 357 页。
② 《史记》卷八七《李斯列传》,中华书局 1959 年,第 2543—2544 页。

机体一样"①。顾颉刚在搜集歌谣的过程中也发现了这个现象："搜集的结果使我知道歌谣也和小说戏剧中的故事一样会得随时随地变化。同是一首歌，两个人唱着便有不同。就是一个人唱的歌也许有把一首分成大同小异的两首的。有的歌因为形式改变，以致连意义也随着改变了。"② 从这个意义上说，歌谣还不能算是一种正式的文学文本。入乐则使歌谣改变了这种原始的传播形态，它必须从歌谣的不同流传版本中选择一个版本，并且使这首入乐的歌谣从此固定下来，成为一个具有固定的乐曲结构的歌诗。往往这之后，这首歌诗就停止了歌谣的传播进程，而进入乐章的传播过程，在一般的情况下，它的文本不再发生变化。所以，在乐章方面，我们几乎很少看到像歌谣那样的，一首乐章歌诗拥有众多版本的情况。第二，歌谣入乐后，文人会对其文字进行润饰，乐师也会因配乐的需要，对其文字进行修饰。这种情况，历来的学者多已注意到。据汉儒的说法："古有采诗之官，王者所以观风俗，知得失，自考正也。"③ 这种采诗之官又叫"行人"："孟春之月，群居者将散，行人振木铎徇于路，以采诗，献之大师，比其音律，以闻于天子。故曰王者不窥牖户而知天下。"④ 许慎《说文解字》云："迊，古之遒人，以木铎记诗言。"⑤ 他们是歌谣的最早记录者，将歌谣第一次整理为文本，在这一过程中，已经对它们进行了文字上的整理。而在献给大师之后，大师在比其音律时，肯定又会对它们进行文字加工。因为

①《中国歌谣》，第 8 页。
② 钱小柏编《顾颉刚民俗学论集·自序》，上海文艺出版社 1998 年，第 3 页。
③《汉书》卷三〇《艺文志》，中华书局 1962 年，第 1708 页。
④《汉书》卷二四上《食货志上》，第 1123 页。
⑤（清）段玉裁注《说文解字注》"五篇上"，上海古籍出版社 1981 年影印经
　韵楼藏版，第 199 页。

这个原因,乐章在文学的修辞艺术方面,比之自然状态的歌谣,已经有很大的进步了。关于"诗三百篇"入乐的问题,先秦典籍多有记载,尤以《左传》襄公二十九年所载季札于鲁观诗①,《论语》所载孔子自卫返鲁然后乐正,雅颂各得其所②,《史记》所载《诗三百篇》孔子皆弦歌之,以求合于韶武雅颂,以及《墨子·公孟篇》所载"诵诗三百,弦诗三百,歌诗三百,舞诗三百"等记载最富权威性,古人论之甚详③。歌谣是纯粹自然的诗歌,而诗三百篇从文体性质来看,是经过较复杂的音乐体系处理的乐诗,其在诗歌发展上的层次,实较自然状态的歌谣为高级。原因是在采集、配乐的过程中,诗歌艺术的诸种因素如体式、修辞、节奏、用韵,也得到了提高。唐楼颖《〈国秀集〉序》云:"昔陆平原之论文,曰'诗缘情而绮靡'。是彩色相宣,烟霞交映,风流婉丽之谓也。仲尼定礼乐,正《雅》《颂》,采古诗三千余什,得三百五篇,皆舞而蹈之,弦而歌之,亦取其顺泽者也。"④ 又马瑞辰论诗入乐云:"诗者,载其贞淫正变之词;乐者,订其清浊高下之节。古诗入乐,类皆有散声叠字,以协于音律;即后世汉魏诗入乐,其字数亦与本诗不同。则古诗之入乐,未必即今人诵读之文,一无增损,盖可知也。"⑤ 这些观点都指出了合乐(舞、弦、歌)对诗歌语言的影响,在语言富于音乐性的同时,修辞上也有进步,这势必影响到它们文体上的变化。顾颉刚通过歌谣与乐歌

①《春秋左传正义》卷三九,中华书局 1980 年影印阮元刻《十三经注疏》,第 304—306 页。

②(清)刘宝楠《论语正义·子罕》,中华书局 1990 年,第 345 页。

③ 见(清)马瑞辰《毛诗传笺通释》卷一《诗入乐说》,中华书局 1989 年,第 1—2 页。

④(唐)元结、(唐)殷璠等选《唐人选唐诗(十种)》,上海古籍出版社 1978 年,第 126 页。

⑤《毛诗传笺通释》卷一《诗入乐说》,第 2 页。

的对比,指出像《诗经》中大量使用衬字、叠字、复沓的章法,不是原来徒歌的歌谣所有的,而是入乐后的改变①。这说明歌谣与乐章在文体上有很大的不同。但是入乐对《诗经》的修辞及文体发生何种影响,则古今学者研究得还是很不够的。汉乐府中的俗乐歌诗,其中大部分也采自民间。《汉书·礼乐志》载:"至武帝定郊祀之礼,祠太一于甘泉,就乾位也;祭后土于汾阴,泽中方丘也。乃立乐府,采诗夜诵,有赵、代、秦、楚之讴。"②这是采集民间歌谣以为祭祀时飨神之用,与司马相如等人所作的郊祀歌十九章配合使用。后者是正式的祭祀歌诗,前者则是作为娱神之用的俗乐歌辞,类似后世祭祀神灵时的戏剧演出。这些采自民间的娱神的俗乐歌诗,当然经过乐师、文士艺术上的加工,不会将民间的歌曲原封不动拿来讴咏。《宋书·乐志》叙述汉乐府古辞时也说:"凡乐章古词,今之存者,并汉世街陌谣讴,《江南可采莲》、《乌生》、《十五》、《白头吟》之属是也。"③这是说这些歌词或曲调,原本出于街陌谣讴,后来成为乐章。可见,即就出于歌谣的一部分乐章而言,其文体性质也已经与原始歌谣不同,在文学艺术的层次上,是较歌谣更高一级的诗歌形态。

合乐对诗歌艺术是一个推进,也可以说合乐是诗歌开始讲究辞章艺术的开始。形成曲调的歌谣,比之"自由腔"的原始徒歌谣,在修辞上还是进了一步。等到与更高一级的器乐与舞蹈配合后,如前所述,其修辞艺术还要进一步的加强。郭绍虞曾经论述过合乐之歌诗比徒歌在修辞上有所进步的问题:"舞必合歌,歌必

① 顾颉刚《论〈诗经〉所录全为乐歌》,原刊北京大学研究所《国学门周刊》 1935 年第 10—12 期。此据《顾颉刚民俗学论集》。
②《汉书》卷二二《礼乐志》,第 1046 页。
③《宋书》卷一九《乐一》,第 549 页。

有辞。所歌的辞在未用文字记录以前是空间性的文学；在既用文字记录以后便成为时间性的文学。此等歌辞当然与普通的祝辞不同；祝辞可以用平常的语言，歌辞必用修饰的协比的语调。所以祝辞之不用韵语者，尚不足为文学的萌芽；而歌辞则以修饰协比的缘故，便已有文艺的技巧。这便是韵文的滥觞。"① 郭氏这里所说的，还是指最早的舞歌等原始性的乐章对韵文艺术发展的促进作用，但也可证以音乐为第一性的乐章歌诗，其对诗歌的文学进步所具有的促进作用。可以说，采歌谣入乐，正是诗歌创作从口头形式转向书面形式的开端。所以，从诗歌艺术的文学化进程来说，乐章也可以视为从歌谣（徒歌）到徒诗之间的一个中介性环节。

但是音乐对诗歌艺术的这种促进作用是有限的。乐章在其原生的体制里，是作为音乐的一部分而存在的。它的音乐性是第一位的，文学性是从属于音乐性的。宋代的学者郑樵就提出"诗在声不在义"的看法："古之诗曰歌行，后之诗曰古近二体。歌行主声，二体主文。诗为声也，不为文也。""诗在于声，不在于义，犹今都邑有新声，巷陌竞歌之，岂为其辞义之美哉，直为其声新耳。"② 郑樵这里所说的诗，包括歌谣与乐章。就乐章来说，它的主要美感效果是通过歌唱与配乐达到的，修辞立意是其次的。甚至存在着这样一种情况，由于演唱者的文化水平低下，他们不但不能准确地理解辞意，甚至会在历代传唱的过程中，发生文字上的讹误，如记录在《宋书·乐志》中的《巾舞歌诗》一首和《今鼓吹铙歌辞》三首，就是由于声辞相杂形成的讹误。《乐志》作者于后组诗下注明："乐人

---

① 朱自清《中国歌谣》引郭绍虞《中国文学史纲要》稿本中《韵文先发生之痕迹》一节，见《中国歌谣》，第 14 页。
② （宋）郑樵《通志二十略·乐略第一·正声序论》，中华书局 1995 年，第 887 页。

以音声相传,训诂不可复解。"① 可见,仅仅流传于配乐歌唱状态的乐章,如果没有书面文本的写作,仍然不能算是一种固定的诗歌文本。这也就是说,乐章的文本化程度虽较歌谣为高,但还具有某种变化性。也正因为这个原因,在乐章中,诗歌的修辞立意艺术的发展,是受到了一定限制的。纯粹诗歌艺术的进一步发展,必须让位给以文学为第一性的徒诗。所以,从诗歌史的进程来说,乐章是继歌谣之后的一个诗歌史发展阶段,但非最高阶段。

除采用歌谣入乐之外,乐章中的另一类,是专门为配合特定的器乐演奏或舞蹈而造作的。《宋书·乐志》在叙述俗乐歌诗时,曾指出这两类。《乐志》作者在列叙汉代乐章古词和《子夜》、《前溪歌》、《阿子歌》、《团扇歌》、《懊侬歌》、《六变曲》、《长史变》、《读曲歌》等之后,总论云:"凡此诸曲,始皆徒哥,既而被之弦管。又有因弦管金石造哥以被之,魏世三调哥词之类是也。"②"魏世三调哥词"即《宋书·乐志》所载的魏氏三祖及曹植所作的乐府诗。刘勰论云:"至于魏之三祖,气爽才丽,宰割辞调,音靡节平。观其《北上》众引,《秋风》列篇,或述酣宴,或伤羁戍,志不出于淫荡,辞不离于哀思,虽三调之正声,实韶夏之郑曲也。"③ 它们是依照汉代流传下来的俗乐曲调创作的,也就是说一开始就作为乐章来创作,又叫倚曲作歌或者倚调作歌,后世词曲创作中倚曲填词的模式可溯源于此。历代王朝的郊庙、鼓吹、朝会等雅颂歌诗,也都属于"因弦管金石造歌以被之"一类。《汉书·礼乐志》记载汉武帝祭祀太一于甘泉,祭后土于汾阴,用李延年为协律都尉,造十九章之歌,即是此

---

① 《宋书》卷二二《乐四》,第 660 页。
② 《宋书》卷一九《乐一》,第 550 页。
③ 范文澜注《文心雕龙注》卷二《乐府》,人民文学出版社 1958 年,第 102 页。
  "淫"字下原注:"孙云:唐写本作怊。"

类;上溯到《诗经》的三颂、大雅,也都是属于这一类。这一类的乐章,比之采歌谣入乐的一类,文本化的程度更高。

就中国古代诗歌史来说,乐章有雅颂之体、俗乐之体与介于雅俗之间的文人之体。即以《诗经》而言,大雅、三颂属于雅颂之体,其源出于原始民族部落集团的祭祀、典礼之乐;十五国风为俗乐之体,其源出于民间歌谣;小雅则为士人之制,其体制是对风诗的一种发展。又以汉代而言,《郊祀歌》《房中歌》属于雅颂之体;相和及杂曲歌辞属于俗乐之体;琴曲歌词则属于文人之体。雅颂之体与文人之体,虽都出于文士之制作,但一为文士代王朝立言,一为文士自身的抒情与创作。

乐章是配合舞蹈、器乐演奏和戏剧表演等音乐艺术形式的歌诗,中国古代的乐章常常是作为歌、乐、舞、戏的综合性艺术的一部分而存在的。从这个角度来说,中国古代的戏剧也是乐章的一部分。中国古代的戏曲来源于汉唐的歌舞大曲,这种歌舞大曲隋唐时代又叫歌舞伎,其文学的部分即为乐章歌诗。中国古代学者在追溯戏曲的源流时,都不约而同地上溯到古乐府,清代尤侗《叶九来乐府序》正是在诗歌史的源流中论述戏曲文体的:

> 古之人,不得志于时,往往发为诗歌,以鸣其不平。顾诗人之旨,怨而不怒,哀而不伤,抑扬含吐,言不尽意,则忧愁抑郁之思,终无自而申焉。既又变为词曲,假托故事,翻弄新声,夺人酒杯,浇己块垒,于是嘻笑怒骂,纵横肆出,淋漓极致而后已。小序所云"言之不足故嗟叹之,嗟叹之不足故永歌之,永歌之不足,不知手之舞之,足之蹈之"也。至于手舞足蹈,则秦声赵瑟,郑卫递代,观者目摇神愕,而作者幽愁抑郁之思,为之一快。然千载而下,读其书,想其无聊寄

寓之怀,忾然有余悲焉。而一二俗人,乃以俳优小技目之,
不亦异乎。予生世不谐,索居多恨,灌园余暇,间作弹词,辟
如学画不成,去而学塑,固无足比数矣。然当酒酣耳热,仰
天呜呜,旁若无人者,其类放言自废者与!吾友叶子九来,
门地人材,并居最胜,方以文笔掉鞅名场,夫何不乐,而潦倒
于商黄丝竹之间,或者游戏之耳。虽然,以叶子之才,荏苒
中年,风尘未偶,岂无邑邑于中者,忽然感触,或借此为陶写
之具,未可知也。是则予所引为同调者也。嗟乎!歌苦知希,
曲高和寡,安得徐文长挝鼓,康对山弹琵琶,杨升庵傅粉挽双
丫髻来演吾剧者,虽为之执爪,所忻慕焉。彼世间院本,满纸
村沙,真赵承旨所谓戾家把戏耳。何足道哉!何足道哉! ①

在作者看来,"假托故事,翻弄新声"的词曲即戏曲,正是从诗歌变
化而来的,他还用《毛诗大序》的"言之不足故嗟叹之,嗟叹之不足
故永歌之,永歌之不足,不知手之舞之,足之蹈之"来说明戏曲的发
生原理。可以说,中国古典戏剧,虽为综合性的叙事艺术,但却是
从诗歌的抒情传统中发展出来的。这至少可以揭示文人戏剧发生
的一种真相。

　　戏曲也可理解为乐章发展的最高形式。我国的古典戏剧与西
洋艺术中的歌剧,都是诗歌的抒情艺术与戏剧的表演、叙事艺术结
合的产物。长期以来,我们对于戏曲中的诗歌部分,基本上将其划
在诗歌史的范畴之外。之所以会造成这样的情形,就是对戏曲与
诗歌的渊源关系没有充分地认识,在迄今执着于单一的徒诗形态

----

① (清)尤侗《西堂全集·西堂杂组二集》卷三,日本东京大学汉籍中心森槐
南原藏顺治乙未刻本。

的诗歌史中,无法为戏曲找到一个定位。现在我们将诗歌史分为歌谣、乐章、徒诗三大分野,认清戏曲为乐章的最高度、最综合、最复杂的形态,就可以将戏曲史与诗歌史有机地联系起来了。

　　古代的戏曲,从其乐章的部分来看,绝大部分都是来源于民间的歌谣小调,都是由民间的小调、说唱演变而来的。兹据齐如山《国剧艺术汇考》所论,略作列举:南戏、元杂剧的曲牌,最初都是小调,此看元明等朝的散曲、小令,便可明了。梆子腔乃是吸收了陕西的小调而成,最初名梆子腔,后因与昆腔等比并,并往各省演出,又特名秦腔。皮黄乃由汉中一带的小调变成,这种小调本地即名曰二簧,大致以汉阴、石泉等地最为发达。川腔即四川戏,原来的形态完全是梆子腔,后又吸收本地小调夹杂其间。滇腔,亦名云南戏,与川剧一样,也是由梆子腔嬗变而来,但吸收本地小调更多。蹦蹦戏,原为京东乐亭县一带民间摘棉花时所唱之民歌。滴笃腔,现在又叫作越剧,从前也是小调。齐如山在列举上述戏曲出于小调的情形后,更进一步指出:“请看以上这些情形,全国所有戏剧,都是由小调变成。在宋朝的杂剧,最初唱的是什么腔调,不得而知,但自元朝起,则都是由小调变成的。杂剧受人欢迎,是因为他有歌有舞,所以不但他吸收小调,而各种小调也都自动的模仿他;模仿他的办法,就是唱自己的腔调,而利用他的舞等等。俟歌与舞及锣鼓,都能呼应合拍喽,那就算是变成了戏剧。”[1] 民间小调之演变为戏剧,与汉乐府俗乐歌词出于赵代秦楚之讴,南朝吴声西曲歌舞伎来自民间的吴声西曲,其原理是一样的,都是由歌谣发展为乐章。从这里我们更清楚地看到戏剧的乐章性质,所以戏剧的歌部分应该归属诗歌史三大分野中的乐章一类。

----

[1]《国剧艺术汇考》第二章《来源与变迁》,第31—36页。

三

　　徒诗创作系统是诗歌史发展到一定阶段上发生的,是诗歌艺术的最高形态。徒诗创作系统的发生,是与个体诗人出现、群体诗学向个体诗学演变联系在一起的。这方面的问题,笔者曾经在以前发表的有关论文中做过一些探讨①。按照诗歌史的发展规律,世界各民族的徒诗系统,都有一个从作为自然诗歌的歌谣与音乐歌诗的乐章中发生的过程。俄国学者维谢洛夫斯基的《历史诗学》(1870—1906)曾对欧洲各民族中不同于"一般诗歌"的个体诗歌的发生问题作过一些探讨。如他叙述欧洲中世纪骑士抒情诗产生的情况:起初,"人民唱着自己古老的歌曲,如带有多神教遗迹的仪式歌唱,爱情歌曲,妇女歌曲,并天真地把这些歌曲带进了神殿庙宇。他们或是继承这些歌曲,或是按照以往的类型不自觉地进行创作,但并不把他们同创作、同个人价值观念联系在一起"。而中世纪的教会则是一方面"贬低这些歌曲,议论它们的多神教内容与罪孽的迷惑力",另一方面为了教人们看书识字,为练习修辞的目的而翻看为数不多的、允许阅读的古典诗人的作品。这样就诱发了人们模仿性的创作。"人们从少数人才能适应的劳动概念过渡到创作的概念,起初是用典范作品的语言,小心翼翼地模仿他们的手法,同时个人和现代的主题逐步渗透进来。当民间语言稳固壮大起来,变得适合于诗歌表现(拉丁语学校在这方面也起了作用),

---

① 参看钱志熙《从群体诗学到个体诗学——前期诗史发展的一种基本规律》(《文学遗产》2005年第2期)、《论汉代诗学的群体诗学特征及其内部的分野》(《中国中古文学研究——中国中古(汉—唐)文学国际学术研讨会论文集》,学苑出版社2005年)、《中国古代诗学演进的几种趋势》(北京大学中文系、北京大学诗歌中心编《立雪集》,人民文学出版社2005年)。

而个人意识的发展又在寻找这种表现时,动机便已具备了。骑士抒情诗及其个体诗人和个体倾向只是本国的、民间的因素同外来的文明的因素相结合的一种新体现而已。这加速了民间诗歌的演变,并对它提出了重大的任务"①。他在这方面还有不少类似的研究性的阐述。我国古代的徒诗系统即中国古代的文人诗,不仅产生的时间很早,而且发展的历史极为长久,这在世界诗歌史中是罕见的。我国古代文人诗高度发达,在近两千年中成为诗歌史的主体,而民间歌谣与音乐歌诗,相比之下显得不那么重要。于是,绝大多数的诗歌史研究者,在认识自己的研究对象时,几乎是不假思索地把文人诗歌史当成了唯一的研究对象。虽然在研究《诗经》乐府及词曲的早期形态时,人们也注意到歌谣及音乐的问题,但是对歌谣与乐章产生徒诗的必然性,一般的研究者仍然是处于模糊的认识中的。而对中国古代徒诗系统发生的真相,尤其是徒诗与歌谣、乐章在发展史中相联系的部分,我们还是缺乏研究。应该说,这些并不是按照已经认识的史实,简单地描述就能一蹴而就的,而是应该作为一个长期探索的课题。在这方面,西方学者关于各民族诗歌史中徒诗系统产生的研究,对我们有借鉴作用。因为从歌谣与乐章中产生徒诗,是诗歌发展史的一般规律,各个徒诗系统产生的文化方面的机制,也有一些相似的地方。比如上述维谢洛夫斯基解释欧洲骑士抒情诗发生的情况,与我国汉魏时期文人诗发生的情况,有些因素还是类似的。两汉时期的儒家教育,对诗歌的态度,也是有些矛盾,尤其是对于风诗中的爱情作品,也有类似中世纪教会"贬低这些歌曲,议论它们的多神教内容与罪孽的迷

---

① (俄)维谢洛夫斯基著,刘宁译《历史诗学》,百花文艺出版社 2003 年,第 41—42 页。

惑力"的情况,这就是"郑声淫"之类的看法;再如《毛诗》用政教
主题曲解爱情主题,使人们对诗歌的真相发生迷惑,也使大多数儒
者感受不到《诗经》蕴藏的抒情力量,压抑了模仿的动机。但是另
一方面,儒家教育在汉代的普及与发展,又造就了一个具有高度文
学素养的士大夫群体,出现一批在诗学上具有较高造诣的儒者文
士。最终,当儒家的礼教思想有所松动,社会的娱乐风气与士人群
体内部的个性思潮产生时,中国古代的文人诗系统就在东汉中晚
期这个历史空间适时地形成了。但是,这一发生是以汉魏时代的
乐府歌词的兴盛为基本前提的。各民族的徒诗写作,发展的情况
是不一样的。比如与我们邻近的日本、韩国、越南等国古代的汉诗
创作,就不是直接在其民族的歌谣与乐章的基础上发生的,而是从
模仿中国古代已经高度发达的文人诗发展出来的。这在徒诗发展
中又是一种新情况,即一些民族的徒诗系统,是从另一个民族已经
高度发达的徒诗系统中移植过来的。这种移植又有两种情况:一
是连语言都不改变地移植过来,如日本、韩国古代的汉诗,它们是
以全面地接受徒诗原生国家的文化与语言为基础的;一是使用本
民族的语言,移译另一民族的徒诗,在诗歌形式、语言风格乃至审
美规范上,都将别的徒诗移译为本国的徒诗,形成本国的徒诗系
统。中国、日本、韩国等东亚各国的现代诗,就部分地属于这样性
质的一种徒诗系统。所以,表面上看,我们无法为中国现代诗找到
歌谣与乐章的母体,其实它们是按照上述的特殊规律发生的徒诗。
如果进行追溯,其移植自西方诗歌,仍都有歌谣与乐章的母体。当
然,我国现代的新诗,也仍有一部分渊源于民间的歌谣与乐章,有
学者曾比较充分地论述过"民歌体新诗是'五四'新诗传统的重要

组成部分"①。当然,中国古典诗歌也是构成新诗的一部分渊源。总之,新诗这样一个徒诗系统的发生,仍然可以从徒诗系统发生的一般规律中得到解释,它与歌谣与乐章还是有曲折的渊源关系的。

　　徒诗究竟主要是从歌谣发展过来,还是从比歌谣更高一级的乐章中发展过来,这是一个值得探讨的问题。后世的诗人创作,有一部分是直接模仿民间歌谣,如唐、宋诗人《竹枝词》及词中的《渔歌子》之类。并且,我们知道,在现代歌谣地位空前提高的历史背景下,新诗创作中的歌谣派,也尝试从歌谣中直接产生新诗。但这些例子都不是典型的,而且都不是真正的发生的问题。从中国诗歌史的发展进程来讲,我们很少看到从自然的、民间的歌谣中直接发展出徒诗系统的情况,大宗诗歌体裁都是从乐章中发展出来的。这个问题是值得进一步探讨的。尝试论之:我认为最关键的一点,是入乐不仅提高了诗歌的修辞艺术,而且提高了诗歌的文化层次。因为自然的、原始性质的歌谣,不仅在文学上处于低级阶段,而且由于多出于没有文化的匹夫匹妇之口,一般来说,是不被上层所看重的。但采诗入乐,则大大提高了这些歌谣的地位,入乐之后所形成的乐章,不仅修辞艺术提高,而且被赋予一种政治与教化的功能,产生一种思想价值。其性质就不仅是匹夫匹妇的作品,而是国家的乐章,属于礼乐的一部分。在我国的周代,甚至因为采诗入乐而形成了诗教。清人陈奂对周代诗教之盛有很生动的描述:"昔者周公制礼作乐,诗为乐章,用诸宗庙朝廷,达诸乡党邦国,当时贤士大夫皆能通于诗教。孔子以诗授群弟子曰:小子何莫学夫诗!又曰:不学诗,无以言。诚以诗教之入人者深,而声音之道与政通

----

① 过伟《民间诗律与新诗发展的思考》,段宝林、过伟、刘琦主编《中外民间诗律》,北京大学出版社 1991 年,第 13 页。

也。"① 从民间自娱的歌谣，到作为朝廷的教化之具的乐章，其地位的提高是不待言的。春秋战国时期的士大夫，又因诗教而形成学诗之风气，外交场合赋诗以言志，诸子之著述多引诗以明理，而且纷纷地阐述以诗言志的思想。虽然这个时期的诗教，只是歌诗、舞诗、诵诗②、用诗，而未发生创作的风气，但是正因为诗教与乐教的关系，中国古代士大夫阶层从此与诗歌发生了不解之缘。战国之世，礼崩乐解，聘问不行，学诗之士，逸在布衣，于是产生了侧隐古诗之义的贤人失志之赋，揭开了中国古代文人文学的序幕。"不歌而诵谓之赋"③，辞赋原本也是歌谣的一种，春秋战国的辞赋家，虽然没有直接使用《诗经》的乐章体制，而是采用了也许与《诗经》有同样悠久的历史的诵体歌谣，同时接受了《诗经》的一些创作方法。这与后来的文人诗歌多由民间歌谣之体发展的原理是一样的。汉代的文人，个别人开始模仿《诗经》写作诗、颂，开了个人作诗的先声；东汉以降，乐府五言流行，文人纷纷效作，至建安终于因文学风气与现实遭遇的交会，形成"五言腾踊"的风气，为中国古代文人诗史的正式开端，亦即徒诗系统的开端。从这里我们可以看到，中国古代士大夫诗歌创作传统的形成，周、汉两代的采诗入乐，是最为关键的前提。可见采诗入乐，是诗歌文化与文学上地位的提高、导致文人诗歌传统的产生的基本前提。虽然从后来的徒诗创作的情况来看，文人也有直接向徒歌的歌谣借用体裁吸取艺术的，但就整体而言，徒诗的创作系统并非直接从歌谣发展过来，

---

① (清) 陈奂《诗毛氏传疏·叙》，中国书店 1984 年据漱芳斋 1851 年版影印，第 1 页。
② 《墨子·公孟篇》："弦诗三百，歌诗三百，舞诗三百。"《史记·孔子世家》："三百五篇，孔子皆弦歌之，以求合《韶》《武》《雅》《颂》之音。"
③ 《汉书》卷三〇《艺文志第十》，第 1755 页。

而是由比歌谣更高一个层次的乐章发展过来的。这可以说是具有普遍性的一个诗歌史规律。

　　乐章引发徒诗创作的机制，值得做深入的研究。中国古代徒诗创作的主体为士大夫阶层。士大夫阶层作为具有很高的文化修养的人群，其基本功能是造成一种精英的文化，我国从春秋到两汉的经学、子学与史学，就是这个群体的主要创造成果。另外，原始时期以来的文学的主体在于神话与歌谣，这两种东西都是群体的创造、民族的集体的精神财富，春秋以来的士大夫阶层，只是它的整理与引用者，非创造者；而且神话多非理性内容，歌谣朴野俚俗，与士大夫阶层主导的理性倾向与高雅趣味是不符合的。所以，歌谣虽为人类讴吟天性，但主要是产生于缺乏文化知识的下层人民，士大夫虽为人类之一群，但就歌谣的创作来说，却是最缺乏创作的动机与兴趣的一群，这正如他们也缺乏创造神话与传说的动机与能力一样。所以，在诗歌尚处于自然的、民众的歌谣的阶段时，士大夫们一般来说是很难意识到自身具有诗歌创作职责的，换言之，诗歌创作并非士人群体固有的传统。同样，除了国家祭祀、仪式，一般的民间祭祀、仪式，其参加主体也是一般的民众，具有高度的文化修养的士大夫，恰恰是将之视为庶民愚昧、粗野的娱乐而远离它。但是，成为国家与上层文化的一部分的乐章，其与士大夫阶层的关系，就比歌谣要接近得多。乐章中俗乐歌诗的一部分虽采自民间，但是经过了一番文学上的润饰，这种工作自然是刺激文学修辞发生的一个契机；而祭祀功能的雅颂歌诗，在较原始的部落中，就是由具有较高文化的巫师们创作的。《诗经》中的三颂与大雅，小部分来自古老的祭歌，大部分则是当时人们为了配合乐舞而创作的，虽然我们不知道其具体的作者，但它们主要是由商周王朝具有最高的文化与修辞能力的卿士们所作，这是可以肯定的。《大雅》的《崧高》云："吉甫作诵,其诗孔硕,其风肆好,以赠申伯。"①
又《烝民》:"吉甫作诵,穆如清风,仲山甫永怀,以慰其心。"② 可见
周王朝有专擅作诗颂的卿士,只是当时文人文学还未普遍发生,专
业作家的身份尚未形成,卿士的写作诗颂,其性质更主要是作为王
臣的职责,而非个人炫艺的需要。而且就乐舞来讲,音乐与舞蹈是
主体,歌诗是附庸音乐舞蹈的,整个都是属于一种集体的创作,并
且乐师、舞师们才是这个集体创作中的主要人物,所以诗人的个人
著作权也就无从说起。但是介于雅颂与国风之间的小雅的创作,
使情形发生了一些变化。由于朝廷乐章、贵族用乐之风的影响,一
些地位较低的士大夫也开始创作乐歌,在一些私人性的宴乐场合
使用。由于他们不是代王言,而是自娱,所以就较多地向自我抒情
一边倾斜,形成"吟咏情性"的作风。《毛诗大序》透露了这一诗风
转变的消息:

> 至于王道衰,礼义废,政教失,国异政,家殊俗,而变风、变
> 雅作矣。国史明乎得失之迹,伤人伦之废,哀刑政之苛,吟咏
> 情性,以风其上,达于事变而怀其旧俗者也。故变风发乎情,
> 止乎礼义;发乎情,民之性也;止乎礼义,先王之泽也。③

《大序》作者认为变风、变雅中有当时属于高级的知识阶层的
"国史"即国士之作,这是一个值得探究的问题。《大序》中所阐发
的诗歌理论,从整体来讲,正是对先秦以来的群体诗学的一种总

---

①《毛诗正义》卷一八,《十三经注疏》,第 567 页。
②《毛诗正义》卷一八,《十三经注疏》,第 569 页。
③《毛诗正义》卷一,《十三经注疏》,第 271—272 页。

结。《大序》作者强调诗歌效用时,认为"正得失,动天地,感鬼神,莫近于诗",所以"先王以是经夫妇,成孝敬,厚人伦,美教化,移风俗"[1]。在讲风、赋、比、兴、雅、颂六义时,也是鲜明地体现群体诗学的原则的,如它解释"风"的含义时,则说:"上以风化下,下以风刺上,主文而谲谏,言之者无罪,闻之者足戒,故曰风。"[2] 这一切,讲的都还是群体的抒情言志问题,其所强调的是诗的群体功用。但当他讲到变风的时候,就转入个体的抒情问题。这是因为《小雅》的创作与后来的个体诗人的创作性质接近,可以说是在群体诗学的体系中个体诗学的发端,而《大序》作者总结这一类型的创作而提出的"吟咏情性"的思想,也就成为后来中国古代文人诗的基本的理论宗旨。《尚书·尧典》的"诗言志"[3],被学者视为中国古代诗学的开山纲领,这是没有错的。但《尧典》所说的"诗言志",从本质上讲,所言仍为群体之志,非为个体之志。中国古代真正的个体抒情思想的表达,应该是《惜诵》中"惜诵以致愍兮,发愤以抒情"[4]。然而屈原的这种发愤抒情的表白,与后来儒家诗学的温柔敦厚的诗教有一定的违碍,所以至少在理论上,此语并非中国古代诗学中个体抒情理论的经典。于是,真正成为后来文人诗创作的基本纲领的,还只能是《毛诗大序》的吟咏情性的思想,情性思想也由此而成为文人个体诗学的核心。此后的南朝诗学,"情性"又常转化"性灵"、"情灵",可以说更加地向个体抒情、个人体验倾斜。从这里我们可以看到,我国古代的个体诗学的最早渊源,是可以追

---

①《毛诗正义》卷一,《十三经注疏》,第 270 页。

②《毛诗正义》卷一,《十三经注疏》,第 271 页。

③《尚书正义》卷三,中华书局 1980 年影印阮元刻《十三经注疏》,第 131 页。

④(宋)朱熹集注《楚辞集注》卷四《九章·惜诵》,上海古籍出版社 1979 年,
　第 73 页。

溯到《小雅》的。通过《大雅》、三《颂》及《小雅》的创作,士大夫阶层与诗歌传统取得一种联系,为后来文人徒诗创作传统的发生埋下了一颗种子。从这里我们可以看出,是乐章而非自然形态的歌谣,引发了个体诗歌的产生。

从《诗经》到民间歌谣及各种民间韵文,汉代可以说具有多种的诗歌资源。但文人五、七言徒诗创作系统,最后还是从乐府歌词中发展出来。《诗经》的四言诗具有很高的修辞艺术,但它在汉代已经完全成为一种经学文献了,而非活着的音乐歌诗。也许正是因为它已经不再是活着的音乐歌诗,所以无法引起文人们对它的模仿,一般来说,模仿总是从活着的乐章那里开始的。可以说,《诗经》的乐章引发文人徒诗创作的可能的历史机遇已经失去了。汉代的上层中还流行着一种与楚辞有同源的血缘关系的楚歌。这是一种徒歌,并且是一种个体性质的创作,但从其中也没有引发徒诗创作的风气。此外,汉代还流行众多的歌谣,和韵文体的谚、诵,它们的体式也很丰富,并且这些汉代歌谣,在后世还常被文人诗作者所借鉴、取效。但在当时,广泛流行的汉代谣谚也没有引发徒诗创作的风气。其原因仍像我们上面分析的那样,它是一种自然的、低级的诗歌形态,不会引起文人的模仿兴趣。我们看到,中古文人五言与拟乐府,最终只从汉魏的俗乐系统中发生。并且经过魏晋时期诗人的个体创作,确立起中国古代文人徒诗创作系统。不但如此,在整个魏晋南北朝时期,各种诗体的发展与盛衰,仍在相当的程度上受到音乐的影响。比如七言体,其实在汉代的歌谣、楚歌体、镜铭、谚诵中都有广泛的使用,但自两汉至魏晋,在诗歌中一直未曾流行。究其原因也只有一个,就是汉魏乐府歌曲中,主要是五言的曲调,七言极罕见。齐梁以降,新声流行,七言歌曲开始比较多地出现,文人徒诗中也就相继产生了七言绝句、七言律诗、七言歌行等多种体裁。这个情况可以进一步证明，徒诗，至少中国古代的徒诗创作，只能是从乐章系统中发展出来的。

与乐章以音乐为主体不同，徒诗是以文学为主体的；徒诗创作的发生，是以个体文学创作机制的成熟为条件的。歌谣是一种自然的诗歌艺术，服从于人类讴吟的天性，但也因为受到这种自然形态的限制，其诗歌艺术的发展是极为缓慢的，甚至可以说是很少有发展的；并且与徒诗系统有一种连续的发展历史不同，各个时代的歌谣都是在各自的民间土壤中生长，并不存在后一代歌谣在前一代歌谣上发展的历史。从这个意义上，歌谣没有像徒诗那样的发展历史。这也可以说歌谣没有史。当一种歌谣在艺术上迅速发展时，它也就开始摆脱了自然发展历史，转化为一种自觉的诗歌艺术。乐章与歌谣相比，具有更多的社会文化内容，其在诗歌艺术的发展层次上高于歌谣，但它是以音乐为主体的，在语言艺术方面受到了一定的限制。高度发达的诗歌艺术，则只有出现了徒诗创作系统后才能实现。

徒诗是诗人个体的创作，其创作的主体是具有高度修养的士人群体。在徒诗的创作中，不仅有歌谣那样的讴吟情性与朴素的语言游戏的动机，而且有突出的个人表现的灵性与才情、显示艺术创造力的动机。钟嵘《诗品序》曾经对齐梁时期诗歌艺术普及之后，诗人追求、较量诗艺的情形作过生动的描写：

> 使穷贱易安，幽居靡闷，莫尚于诗矣。故词人作者，罔不爱好。今之士俗，斯风炽矣。才能胜衣，甫就小学，必甘心而驰骛焉。于是庸音杂体，人各为容。至使膏腴子弟，耻文不逮，终朝点缀，分夜呻吟，独观谓为警策，众睹终沦平钝。次有轻薄之徒，笑曹、刘为古拙，谓鲍照羲皇上人，谢朓今古独步。

而师鲍照,终不及"日中市朝满"；学谢朓,劣得"黄鸟度青枝",徒自弃于高明,无涉于文流矣。观王公搢绅之士,每博论之余,何尝不以诗为口实,随其嗜欲,商榷不同。淄渑并泛,朱紫相夺,喧议竞起,准的无依。①

钟氏在《诗品序》开端这一段中,首先阐述了诗歌创作的发生原理,诗发生于人们因自然界与社会生活的种种感触、遭遇而形成的抒情愿望,并且能使"穷贱易安,幽居靡闷"。也就是说,个体的诗歌创作,与群体的诗歌创作一样,都服从于充分的抒情规律。但除这一抒情规律之外,徒诗较之自然形态的歌谣,更易形成一种群体创作风气,形成一种较艺的风气。其实,在民间歌谣艺术方面,歌手之间也是有较量艺术的动机的,但是歌谣的较艺,主要是一种歌唱艺术的较艺,虽然也有修辞的因素,但不是主要的；并且,在古代的场合,歌声稍纵即逝,如果不凭借特殊的媒体,这种较艺只能存在于一个很短的时间与很小的空间之中。徒诗作为一种书面写作的文学,凭借文字的记录与文献的传播,完全超越这种局限,使这种较量艺事成为存在于更广大的时间与空间中的社会事件。另外,在徒诗创作中,歌唱艺术与音乐艺术方面的较量已经不存在,徒诗的音乐因素也属于其修辞艺术的一部分。在中国古代,诗歌的吟咏方式,对创作与传播有一定的影响,但是我们不能夸张这种作用。人们衡量一首徒诗的艺术,只是看文本,与临时性的诵读、吟咏毫无关系。所谓"三分诗七分吟"的故事,正说明诗人们的较量只在诗歌艺术本身,不像歌手的较量在于歌唱艺术,也不依靠某种曲调。吟咏是诗人创作的重要辅助手段,但在中国古代,并不存

---

① 陈延杰注《诗品注》,人民文学出版社 1980 年,第 3 页。

在一种可以与歌唱相媲美的吟咏、诵读的独立艺术形式①。所以徒诗的较量,是一种纯粹的语言艺术的较量,没有受时间与空间局限的音乐的因素。也正因为这样,只有到了徒诗系统中,纯粹的诗歌艺术才能得到一种无止境发展的可能性。

但是,徒诗艺术的这种无止境的发展,也会带来某些消极的因素。这种消极因素的最常见的表现就是因为片面追求修辞艺术、片面重视形式技巧,而削弱了诗歌艺术的抒情本质。这时候,一些有识之士,常常提出诗歌史上的一些经典的歌谣与乐章来启示人们重新认识诗歌的本质;同时在创作中,也会适时地采用当代的一些歌谣、乐章来打破徒诗发展过度形式化的僵局。比如,中古的文人诗经过了晋宋时代的发展,形成了一种过度的修辞化的风格,诗歌的音乐性、抒情性受到了削弱,形成"疏慢阐缓,膏肓之病,典正可采,酷不入情"的作风②。齐梁的一部分诗人,适时地采用了吴声、西曲的歌曲风格来改革晋宋诗风,在理论上也提出"杂以风谣,轻唇利吻"的主张③。同样,唐人对国风与汉乐府的整体重视,也是为了从乐章与歌谣中体会诗歌的本质。国风与乐府甚至被奉为文人诗学习的经典。这一切,都是因为徒诗虽然是诗歌艺术的最高形态,但歌谣与乐章却体现了诗歌艺术最自然、最普遍、最永恒的一种形态。事物的起源,总是与事物的本质联系在一起的,所谓起源,其实就是本质的一种体现。从方法论上说,我们体认、探讨一种事物的本质,最可取的做法不是从它的高级发展形态中寻找,而是应该从它的最自然、最原始的形态中寻找。因为在事物的原始

① 参看王静、马玉坤、白贵编著《朗诵的知识与实践》第二章《朗读的源流及其发展历史》的相关论述,中国广播影视出版社 2020 年,第 29—38 页。

②《南齐书》卷五二《文学传·贾渊》,中华书局 1972 年,第 908 页。

③《南齐书》卷五二《文学传·贾渊》,第 908—909 页。

形态中,本质是整个地呈现出来的,可以说,本质的第一次呈现,就是事物的形成,所以,发生学与原理学往往是联系在一起了,歌谣与乐章对于诗歌史研究的重要性,也在于这里。

徒诗与徒歌都是以文学为第一性的,乐章则是以音乐为第一性。从这个意义上说,徒诗可以视为原始的徒歌的一种回归,在形式上也有某种相似性。这种徒诗与徒歌的关系,体现了口头文学与书面文学的关系。这也是值得深入研究的①。但从诗歌史发展的进程来看,在徒歌与徒诗之间,有乐章这个重要的环节。据此也可以说,徒诗是在更高级的阶段上回复了徒歌的功能与体性,在这里我们看到了人类诗歌的一致性。

余　论

上面我们分别阐述了歌谣、乐章、徒诗这三个诗歌史的基本分野。从诗歌艺术的发展来讲,这三个分野具有某种历时性,即从歌谣到乐章再到徒诗,体现了人类诗歌发展的一般规律。但从诗歌艺术的形态来讲,它们又是并时存在的。在徒诗创作系统形成之后,歌谣与乐章仍然存在着,并且其存在的普遍性与恒久性,似乎都非徒诗可比。另外,徒诗系统是不断嬗替的,当一种徒诗系统发展到比较高的程度后,就会有新的徒诗系统从乐章系统中发展出来。在我国古代,继汉魏乐府产生文人五七言诗徒诗系统之后,词与曲的系统,都分别经历了从乐章到徒诗的发展历史。甚至戏曲

---

① 顾颉刚《论〈诗经〉所录全为乐歌》一文,论述到徒歌与徒诗在抒情方式、文体等方面有某种相同表现,而与乐章不同。参见《顾颉刚民俗学论集》,第 257、258 等页。

中也出现了主要供案头欣赏的一种类型,借用文人诗的概念,似乎可以称为文人戏曲,或者前人所说的案头剧。现代新诗创作中的歌谣派,也曾试图从歌谣中发展出一种白话诗体,同时新诗与现代流行歌曲交互影响的现象也十分突出。这些现象都说明从歌谣、乐章到徒诗,是诗歌史发展的一种基本规律。对这一规律的理解,不仅为诗歌史研究提供着重要的线索,使诗歌史研究更加自觉化,而且对于诗歌创作,比如我们今天面临的新诗发展的问题,也有重要的启示作用。

从诗歌史的研究来看,歌谣、乐章、徒诗这三个分野的关系是密切而又复杂的。我们这里讲的都还是属于一般规律与基本分野的问题。其实在涉及具体的诗歌系统与诗歌作品时,三者的分野往往是很复杂的。比如,我们这里所说的徒诗的概念,只是从创作与产生的形态上说的,其实文学史上的歌谣与乐章,在其脱离了原生的环境,成为一种传世的文献之后,在功能上也已经变成徒诗的一种。另外,一部分的徒诗,在传播的过程中也会被乐章所采用,如唐代的声诗,就是属于这种情形。徒诗不仅有成为乐章的情况,甚至作为诗歌的高级形态的个体诗人的徒诗,有时在传播过程中也会因为其适俗性强而逐渐成为一种大众的诗歌,甚至著作权被模糊。这种情况,实际上是徒诗的歌谣化。在唐宋时期是存在着这种现象的。一部分文人诗,由于在民间流传广泛而成为俗诗之一种。事实上,我们看到,在民间的说唱、评书、戏剧中,文人的诗歌是被大量配以小曲来演唱的。同样,在宋元话本小说中,也大量使用文人诗,有些说到作者的名氏,大部分则被当作无名氏之作来使用。这种情况,可以说就是徒诗的歌谣化。此外,民间对联,有学者也认为是民间文学的一种①。我们知道,民俗性的春联、婚联、挽联、墓联之中,也有大量采用以往的文人诗句的。可以说,个体的诗歌,在这种民俗的文化中,重新被熔化为一种群体的诗歌。这正是人类诗歌的本质性作用的结果。

将诗歌进行分野,其目的不在于研究上的分治,而是通过分野达到一种整体性的诗歌史视野,因为只有通过将诗歌分为歌谣、乐章、徒诗三大分野,才能完整地把握诗歌史的全部,并明了全部中各局部的联系。同时也只有通过这种研究,才能将根据各种时间与空间而划分的具体诗歌史研究与一般的诗歌学理论及比较诗学的研究联系起来,形成一种真正意义上的诗歌学。

（原载《中山大学学报（社会科学版）》2011 年第 1 期）

---

① 参见段宝林《中国民间文学概要（增订本）》,北京大学出版社 2002 年。

表现与再现的消长互补

——中国诗歌发展史上的一种规律

"表现"一词因西方现代的表现主义流派而风行，又因克罗齐、科林伍德等表现论美学家的阐发而成了一个重要的美学范畴。表现主义流派反对艺术仅仅只是复制世界，主张艺术应直接表现作者的主观精神世界，给西方注重再现的艺术传统带来很大的冲击。表现论的美学家们则提出艺术即表现、表现即直觉、表现即美等一系列逻辑推论，也是西方美学观念上的一次重要的推进。在我国，表现的艺术观念和美学思想也有较大的影响。创作上，我国现代重视抒情、重视主观表现的诗歌创作风气，与西方表现主义有某种相通之处。美学理论上，朱光潜等接受了表现论美学家的一些原则，并将它与我国传统的美学思想联系起来。在中国传统文学研究方面，表现与再现这一对范畴也被研究者们所乐用，尽管场合不同、对象不同，甚至各自的涵义也不太一样。其中中国古典诗歌研究方面，论者们常从比较诗学的观念出发，根据西方古代叙事诗发达而中国古代抒情诗发达，以及西方诗学重形象、中国诗学重意境等比较明显的差异，认为中国古典诗歌具有表现性的特征。

西方的表现主义流派与表现论美学，对于"表现"这一概念的理解是有其特殊的内涵的。而一般的批评研究所运用的"表现"，则基本上脱去了表现主义者特有的主义倾向,只是与"再现"组成相对立而又相依存的一对美学范畴来使用,指存在于艺术创作中的一重基本关系。在我国一般的批评研究中所使用的这对范畴,也只是一般意义上的。本文正是在这种意义上研究中国古典诗歌发展史和传统诗学中表现与再现两种诗美观的相互关系。

从比较诗学的角度提出中国古典诗歌具有表现特点,而西方古典诗歌具有再现特点(值得补充的是,这个结论也常常推广到东西方艺术的整体比较方面),是基本上符合实际的。而且,传统诗学中的一些固有范畴如情志、比兴、兴象、风神、意境等,也可以从表现理论的角度获得新的阐释。但是上面说过,表现与再现是存在于艺术创作中的一重基本关系,它们当然同样体现于中国古代的诗歌创作和诗学理论中。所以从更加深入研究的需要来看,仅从比较诗学的角度指出中国古典诗歌具有表现特征是不够的,假如离开这种比较诗学背景,简单地认为表现是其固有特征,传统诗学的精髓即在表现诗美观的提倡,则更会导致片面的认识乃至谬误。从中国古典诗歌的发展史来看,表现的诗美观念虽然特别突出,但再现的诗美观念对中国古典诗歌的艺术发展同样起着很重要的推动作用。笔者通过考察,初步得出了这样的结论:既充分体认到诗歌艺术的表现本质,又不忽视再现功能对于诗歌艺术的重要性,并且在艺术实践上将表现与再现的完美融合作为最高的诗美理想,这正是中国传统诗学的基本特征。另外,从诗史发展的角度来看,表现与再现这两种诗美观,并不总是处于平衡的状态,而是以消长互补、矛盾统一的关系为常态。这也可以说是中国诗歌发展史上的一种规律。

本文所要论述的就是上面所提出的这个问题。

一、儒家诗学体系中的表现诗美观和再现诗美观及其调和方式

从发生的先后来看，在我国传统诗学中，表现诗美观的发生早于再现诗美观。而且可以说，再现诗美观是从对表现诗美观的原始命题的辩证式的阐发过程中产生的。这也决定了在以后的整个古典诗艺和诗学的发展过程中，表现诗美观总体上处于主导的地位，属于矛盾双方中的主要方面。这符合诗歌艺术的本质，因而能够不断地、有力地推动诗史的发展。我想它也应该是传统诗学对今后的诗歌发展的最重要的启发之一。

我国最早出现、也可以说是最重要的诗学命题是"诗言志"，它见于《尚书·尧典》。其文云：

> 帝曰：夔！命汝典乐，教胄子。直而温，宽而栗，刚而无虐，简而无傲。诗言志，歌永言，声依永，律和声，八音克谐，无相夺伦，神人以和。夔曰：於！予击石拊石，百兽率舞。①

这段文献在文字上或许经过后儒的润饰，但其中所叙述的情态和所表达的思想应非后儒所能伪制。这里描写了先民以诗乐舞为一体的艺术形态，并且交代出它与祭祀、教育之关系。其场景性的真切，当非后人所能假想。值得注意的是，这段文献并非专门论诗，而是以诗乐舞整个综合艺术形态为论述对象的。但"诗"的体制上的独立性已被确认，它在这个综合艺术形态中的重要位置也已被认识到了。从"诗言志"至"律和声"数语，描写了诗在创作中、

①《尚书正义》卷三，中华书局 1980 年影印阮元刻《十三经注疏》，第 131 页。

诵读中、演唱中的表现艺术的性质,是我国诗学中表现诗美观的最早的、较有系统的阐述。后来的《诗大序》又对其进行阐发:

> 诗者,志之所之也,在心为志,发言为诗。情动于中而形于言,言之不足故嗟叹之,嗟叹之不足故永歌之,永歌之不足,不知手之舞之,足之蹈之也。①

这里把诗歌具有的表现性描述得更生动,"情动于中而形于言"比"诗言志"揭示得更直截。

我国诗学之所以能在发源之初就触及诗的表现本质,除了在艺术上我国诗歌一开始就形成抒情传统、抒情诗成熟得特别早这一原因外,跟我国古人最早是从诗乐舞综合艺术形态中体认诗的本质这一认识角度也有重要的关系。人们将诗作为广义的"乐"来看待,诗学理论孕生于"乐"学理论中。所以诗的表现性被很自然地揭示出来。这也可以说是我国传统诗学在生成上的最大特点。

除了《尚书·尧典》,先秦时期的另一些文献也接触到"诗"与"志"的关系问题,如《左传》(襄公二十七年)"诗以言志"②、《庄子·天下》"诗以道志"③,《孟子·万章》"说诗者,不以文害辞,不以辞害志;以意逆志,是为得之"④,《楚辞·悲回风》"介眇志之所

---

① 《毛诗正义》卷一,中华书局 1980 年影印阮元刻《十三经注疏》,第 269—270 页。
② 《春秋左传正义》卷三八,中华书局 1980 年影印阮元刻《十三经注疏》,第 1997 页。
③ (清)郭庆藩辑《庄子集释》卷一〇下,中华书局 1961 年,第 1067 页。
④ (清)焦循《孟子正义》卷一八,中华书局 1987 年,第 638 页。

惑兮,窃赋诗之所明"① 等。尽管各家所说的意思或不太一样,但也能说明"诗"与"志"的关系,在当时已被普遍地意识到。另外,诗歌艺术的抒情功能也被诗人屈原通过自身的创作实践深切地体会到了。《九章·惜诵》"惜诵以致愍兮,发愤以抒情"② 就是屈原对其创作心理的描写。在屈原那里,他所假想的倾诉对象不仅有人,更有神,他是在向君主和神灵倾诉内心郁愤的强烈需要的促使下而写诗的。所以除"抒情"一词外,屈原还自铸出"陈辞"一词,《离骚》有"就重华而陈辞"、"跪敷衽以陈辞兮,耿吾既得此中正"③,《九章·抽思》有"结微情以陈词兮,矫以遗夫美人"④。有时屈原还因"抒情"、"陈辞"不能成功而痛苦不已:"怀朕情而不发兮,余焉能忍与此终古"⑤,"申旦以舒中情兮,志沉菀而莫达"⑥。这些材料可以证明,屈原因其诗歌显著的抒情特征和他这种通过倾诉以求得心理平衡的创作心理,已经很自觉地体认到诗与主体精神的关系,对我国传统诗学中表现诗美观的形成同样有着奠基作用。他的抒情观念被汉代的拟楚辞体作家们所继承,他们虽然创作不出像屈原作品那样的具有强烈抒情效果的诗歌,但基本上保持直抒其情的创作传统。庄忌《哀时命》亦云"志憾恨而不逞兮,杼中情而属诗"⑦,与屈原的创作观一脉相承。而汉儒在建立儒家诗学体系时,虽然主要以《诗经》为依据,但同时也吸取了楚辞的

---

① (宋)朱熹集注《楚辞集注》卷四,上海古籍出版社 1979 年,第 100 页。
②《楚辞集注》卷四,第 73 页。
③《楚辞集注》卷一,第 12、15 页。
④《楚辞集注》卷四,第 85 页。
⑤《楚辞集注》卷一《离骚》,第 19 页。
⑥《楚辞集注》卷四《九章·思美人》,第 91 页。
⑦《楚辞集注》卷一四,第 162 页。

诗美观念,楚辞也应是他们建立儒家诗学体系的必要材料之一。

上面我们探寻了我国古代表现诗美观发生之源和发生的特点。其核心思想即"言志"和"抒情"。郑玄《诗谱序》云:"《虞书》曰:诗言志,歌永言,声依永,律和声。然则诗之道放于此乎?"[1]郑氏之语有预见性,其后整个中国诗史,都将"言志"和"抒情"奉为诗歌创作的基本原则,千古诗人都在孜孜不倦努力接近这条"诗道"。

现在我们再来看再现诗美观的发生及其发生的特点。表现诗美观主要发生于对诗歌创作内部规律的体悟,而再现诗美观,从我国古代的发生情况来看,常常以诗歌与外在文化、外在思想观念发生关系为契机。用传统的话来说,表现诗美观主要来自对"诗之体"的体认,而再现诗美观则主要来自对"诗之用"的思考。我国传统诗学中再现诗美观的发生,是以儒家的伦理观念、教化观念为思想基础的。

再现诗美观的发生虽然晚于表现诗美观,但其萌生也在先秦时期。《论语·阳货》记载孔子论述"学诗"之语云:

> 诗可以兴,可以观,可以群,可以怨。迩之事父,远之事君,多识于鸟兽草木之名。[2]

在这里,孔子认为诗"可以兴"、"可以怨",是对诗的表现本质的肯定。而"可以观"及"多识于鸟兽草木之名"这种观点,则蕴含着再现诗美观的萌芽。从"可以群"及"迩之事父,远之事君"这些观

---

[1]《毛诗正义·诗谱序》,《十三经注疏》,第262页。
[2]《论语注疏》卷一七,中华书局1980年影印阮元刻《十三经注疏》,第2525页。

点,我们又可以看到孔子认为诗能再现社会的伦理关系,具有一种伦理的功能。同样,在《尚书·尧典》的那段文献中我们也可以看到,那个合诗乐舞为一体的广义的"乐",也不是纯粹地为表现而表现,而是要求这种"乐"能完成教化、祭祀等伦理性的目的。可以说是一种具有伦理性内涵的表现诗美观。又我们看《左传·襄公二十九年》所记载的季札观乐,也蕴含着对诗乐艺术的再现功能的认识。当然,季札没有将这种再现理解为单纯的"摹仿"、"复制",而是注重精神性的再现,或者说间接的、通过表现而达到的再现目的。这种通过表现而达到的再现,也正是传统诗学的再现诗美观的特征之一。整个儒家诗学体系正是通过这种辩证方式而达成了表现诗美观与再现诗美观的调和。

　　《毛诗序》是对先秦诗学的继承和发展。在这篇文献中,作者对诗的表现本质、再现功能、教化作用都有比较深入的论述,奠定了整个中国古典诗学的宏基。在这里,教化作用正是联系表现本质与再现功能的中介。诗因为具有表现情志的特点,所以能达到风教的目的,"风以动之,教以化之"①。但为了真正达到风教目的,又须给诗以一种外在性的伦理规范,并且要求诗能再现社会生活和社会政治。这种再现仍然可以是精神性的,以审美体验为中介的:

　　　　情发于声,声成文谓之音。治世之音安以乐,其政和;乱世之音怨以怒,其政乖;亡国之音哀以思,其民困。②

----

①《毛诗正义》卷一,《十三经注疏》,第 269 页。
②《毛诗正义》卷一,《十三经注疏》,第 270 页。

可以看出,这与季札观乐的方式十分接近。儒家再现诗美观强调的是再现社会,再现抽象性的上层建筑关系。因此与西方诗学中那种以再现具体事物为主的再现诗美观在性质上很不一样。也因此,《毛诗序》作者认为既可以直接再现社会的整体,即"言天下之事,形四方之风"[①];也可通过个人的情志的表现达到再现社会的目的,即"以一国之事,系一人之本"[②]。从这里,儒家再现诗美观的特点就看得很清楚了,它完全是从"诗用"的角度去阐发的。

儒家诗学思想对诗史和诗学史的影响是很深远的。其对我国古典诗歌艺术特征之形成所起的巨大作用,在今天的学术界不是肯定得过分,而是估计得还很不足。所以我们研究中国诗史上表现、再现诗美观的问题,必须从考察儒家诗学体系开始。

二、在表现与再现两极间移动的诗史发展规律

轫创于先秦、完成于汉的儒家诗学体系,是在依据儒家社会政治思想来研究以《诗经》为主,旁及楚辞、汉乐府诗这些诗歌艺术系统的过程中产生的。它虽然表现了严重的庸俗社会学的倾向,可是仍然吸取并总结了自先秦至汉的诗歌审美经验。这也正是它能够比较准确地揭示诗歌艺术本质、概括出诗歌创作中的一些基本关系的原因。可以说,儒家诗学体系虽以儒家思想为基础,但又有超越儒家思想之处。正如宋代朱熹的文学批评活动虽与他的理学思想有联系,但又有超越理学的地方。原因就是审美体验在这里起了作用。儒家诗学体系之所以能形成比较合理的诗美观,跟

①《毛诗正义》卷一,《十三经注疏》,第272页。
②《毛诗正义》卷一,《十三经注疏》,第272页。

《诗经》、楚辞、乐府诗这几个诗歌艺术系统在诗美上的丰富性并显示诗美观方面的各种倾向有关。也就是说,它们以各自的方式实现了表现与再现的诗美观,并达到了完全的融合,为诗史提供了典范。《诗经》艺术既是表现的、又是再现的。但在赋、比、兴三种创作方法中,赋更多地体现了再现的诗美观,而比、兴则更多地体现了表现的诗美观。又从体裁方面,国风以抒发风格为主,倾向于表现性;而雅、颂则以铺叙形容为主,倾向于再现。明末许学夷《诗源辩体》云:

> 风者,王畿列国之诗,美刺风化者也。雅颂者,朝廷宗庙之诗,推原王业、形容盛德者也。故风则比兴为多,雅颂则赋体为众;风则微婉而自然,雅颂则齐庄而严密;风则专发乎性情,而雅颂则兼主乎义理:此诗之源也。[1]

许氏所分析的"风"与"雅"、"颂"的差异,基本上接近于我们所说的表现与再现之不同。许氏还说"风人之诗,最善感发人"[2],则是从鉴赏者的角度肯定风诗的表现功能。当然,风诗同样运用赋的方法,而且从认识的角度来看,风诗从整体上成功地再现了先民的社会生活情景,所以是表现中有再现,或者说通过表现而达到再现。与《诗经》相比,楚辞艺术中表现的诗美观更占主导地位,在那里,感情是白热化的,而用来抒情的事物则是变幻了其客观形象,失去其客观性质,完全成为一种表现的符号。杜牧《李长吉歌

---

①(明)许学夷《诗源辩体》卷一,人民文学出版社1987年,第1—2页。
②《诗源辩体》卷一,第20页。

诗叙》评李贺的诗"盖骚之苗裔"①,正是因为李贺的诗歌在表现生活与事物时,多变幻其形象。但楚辞自屈原之后,由于楚国宫廷辞赋家群体主体精神的坠失,无法保持屈原作品中的那种强烈的抒情性,于是"情"减"物"增,由主观表现渐转为客观的再现。这种趋势的继续发展,就导致了完全以再现为创作方式的"汉赋"体的形成。这当然跟大一统的政治局面对文学的特殊要求直接有关。对满足统治者的物欲侈心、润色鸿业而言,文人的主观抒发自当让位于客观的"形容"。但"赋体"也因表现性太过微弱而失去了作为诗歌的资格。与汉赋同时的汉乐府,从它反映社会现实、风俗民情的广度和逼真性来看,是较多地体现了再现观念的诗,可是乐府诗的作者在再现各种生活情节和风俗画面时,倾注了浓厚的感情,有时也投放了丰富的幽默情趣,甚至运用夸张、漫画化、喜剧化的表现性的方法。从诗美类型来看,乐府诗可以说是运用再现的方法而臻于表现之境界。这为我国诗史创造了《诗经》、楚辞之外的又一种典范性的诗美类型。后世那些重视反映现实的诗人,多是力求由再现观念出发来达到表现的效果。其关键在于不是粗糙地再现、机械地复制,而是追求积极的、逼真的、把握住特征的再现,这种再现,就能得到表现的效果。我们后面会论述到,杜甫的不少作品,是属于这种诗美类型的。

　　《诗经》、楚辞和汉乐府,是三个基本上相对独立的艺术系统,它们虽然在发生时代上有先后,但看不出有明显的承接嬗变关系,是在各自的文化土壤中自生出来的。因此它们的发生特点与后世的诗歌很不同。从表现诗美观与再现诗美观的关系来看,这三个系统各自内部都有所调和,但三个系统之间却不存在消长互补的

---

① (清) 王琦等注《李贺诗歌集注》,上海古籍出版社 1978 年,第 4 页。

关系。但这以后的始于东汉中晚期的整个中国古代的文人诗发展史，却是一个递嬗传移的大系统，其中各代各期、各家各派，在表现诗美观与再现诗美观的关系处理上，常常呈现出消长互补的现象。下面就准备对此现象作些描述，并揭示其种种外因内果。

东汉中晚期至西晋，是文人诗发展史上的第一个相对完整的周期。从体制上看，这时的文人诗以乐府诗为母体，但它同时也吸取《诗经》、楚辞的艺术精神和表现方法。最初的文人诗，曾出现比较单纯的再现性的作品，如班固的《咏史》和张衡的《同声歌》，尽管一是扶翼教化之作、一是侈叙房室之篇，但在再现方式上是相同的。本来整个汉代盛期的文学，就是再现观念占上风，所以前期文人诗也未能超越这种时代文学观念的制约。到了东汉晚期，由于士人群体自我精神的觉醒，加之当时整个社会也流行重情、任哀乐的风气，在此条件下出现了有较强的自我抒发、自我表现意识的文人群。而此期产生的以古诗十九首为代表的汉末五言诗，也正是表现性很强的作品。它也奠定了整个文人诗艺术史以表现诗美观为主导思想的传统。这也是因为文人诗从总体上看是一种自抒型的诗歌，以士大夫阶层自身的精神生活为主要的表现对象，主体性一直很明确，所以在整个发展史上能够保证表现诗美观的主导性地位。

建安诗歌比起汉末五言诗来，再现的诗美观有所增加。与汉末文人的消极对待现实、对现实抱有某种绝望感不同，建安诗人则是以比较积极的态度来适应现实并改造现实。又从与儒家思想的关系来看，汉末五言诗作者，至少从他们的作品来说，是希望摆脱儒家伦理规范、放弃儒家理想的一批文人。但建安诗人则不是无条件地放弃儒家思想，他们反对伪儒而寻找儒家的真义。因为上述思想方面的原因，他们不放弃现实责任，并能以此为契机比较主动地接受儒家诗学观念。某种意义上可以说，建安诗歌是儒家的表现与再现完美结合的诗美理想的第一次实践。正始诗人阮籍，从他所作的《乐论》可以看出，他在相当程度上接受过儒家的艺术思想，并有探求其真义的愿望。所以他的诗歌创作，与儒家的诗学思想也不是绝无关系。钟嵘说阮诗"其源出于《小雅》"，"洋洋乎会于《风》《雅》"[1]，也不是毫无根据的比附。阮诗从基本特征来看，是以表现诗美观为主导的，但诗人并没有放弃再现的目的，从他的诗里也反映出当时的社会现实。所以阮诗也正是属于比较典型的通过表现而达到再现目的的诗美类型。

西晋诗歌作为文人诗发展史上第一个相对完整的周期的最后一个阶段，在诗美特征方面又属于一种新的类型。经历前面几个阶段，文人诗已经创造出成熟的、具有典范价值的诗美类型，西晋诗人以它们为范式而创作，因而带有浓重的古典主义色彩。从诗美观念来看，则是比较教条化的表现诗美观。诗人们无疑也在追求诗歌美的实现，但不是从艺术精神上去体悟而是从已成范式中去把握。他们基本否弃了在诗史上曾经起过相当大作用的再现诗美观，没有积极地用诗来再现现实。这当然与当时政治现实和文人谦柔自牧的心态有关系。但因为缺乏再现观念，构不成再现观念与表现观念的矛盾运动，西晋诗歌在发展上就缺少了一种有力的生长机能。这种现象在中国诗史上有一定的典型性。如明代的复古主义诗歌，就是模仿前人所创造的诗美类型，为教条化的表现诗美观所支配，而停止了诗史发展中诗美观念的矛盾运动。西晋从表面上看正是一个崇儒的时代，但儒家诗学的表现与再现完美结合的诗美理想却正是在这个时期坠失的。

西晋之后的东晋，在文人诗发展史上是一个低谷，诗歌领域被

---

[1] 陈延杰注《诗品注》卷上，人民文学出版社1961年，第23页。

"玄言诗"这种比较特殊的诗体所占据。也许可以说，支配着玄言诗创作的仍然是那种教条化的表现诗美观。表面上看，玄言诗也是以"主体精神"为表现对象，但它不是表现个体活生生的感情世界，而是表现没有个性的理念，亦即"玄"的境界。据他们自己看，这是主体所能拥有的客观的道。但玄言诗却以客观的"道"为契机将诗史潜引进客观的表象世界，从而将自然山水引进诗歌。而一种有着新的内涵的再现诗美观即再现自然美的诗美观也在这种特殊背景下潜生。到了晋宋之际，随着诗歌艺术的复兴，这种再现诗美观终于打破了西晋以来诗史运动的凝固状态，它与表现诗美观之间的显著的矛盾和不平衡，却成了推动诗史发展的动力。

晋宋之际的诗歌复兴，从它的起点来看，也受到过古典化、模拟化的影响。当玄言诗存在的文化基础（即门阀政治的格局与它的主要意识形态玄学）发生变化后，玄言诗也开始退出诗歌发展的主流。诗人们开始重新回顾汉魏西晋的文人诗艺术传统，但起先却仍然摆脱不了西晋时期的那种模拟化、古典化的创作方式。元嘉三大家谢灵运、颜延之、鲍照都从事过拟古诗、拟古乐府的创作。但是再现自然山水之美的审美意识越来越自觉化，它甚至成功地从玄学家以自然为"道"的世界表象的哲学思维中走出来，进一步确定自然美的客观独立的属性。这并未局限于山水境界，而是扩大到山水之外的事物乃至人类自身，即在一切对象上确认美的客观属性，企图将各种自然美客观地再现出来。从这个意义上说，南朝时期的山水诗、咏物诗和描写女性美的宫体诗，在诗美观上都是以再现为主导的。而追求形似的观念正是这种再现诗美观的基本内涵。这里我们还想再引用一下早已为人们所熟习的刘勰的这段话：

> 自近代以来,文贵形似。窥情风景之上,钻貌草木之中。吟咏所发,志惟深远;体物为妙,功在密附。故巧言切状,如印之印泥,不加雕削,而曲写毫芥。故能瞻言而见貌,即字而知时也。①

刘勰的这段话带有一点贬义色彩。作为一个敏感的文学史家和理论批评家,他感觉到这时期的诗歌在相当程度上是再现性超过了表现性,或者说再现没有达到表现效果,即停留在形似阶段而没有向"神似"进一步发展。但正是这种再现诗美观促使文人诗进入一个新的周期运动之中。而且,儒家诗学只建立起面向社会的再现诗美观,那里面包含着明显的伦理目的,而南朝时期再现的诗美观则指向客观美,将自然山水、客观事物引入诗歌艺术的范围之内。所以可以说,写作方法上的再现诗美观,是在南朝时期才真正确立起来。这也是南朝诗歌对诗史发展的最大的贡献。

可是,南朝时期再现诗美观的片面发展,也导致了对诗歌艺术本质的较严重偏离,以致成了西晋教条的表现诗美观之后的又一诗史之教训。这时期的诗歌,虽然不是完全放弃表现诗美观,但大部分作品都绮靡、涂饰,刻画物色、影写艳丽,失去了诗歌艺术的表现性。当时诗人非但对具象的东西进行摹写,即使对抽象性的思想感情,也一反汉魏诗人寄兴托物、自然抒发的作法,而采取勉强的赋写手法,但多是流于晦涩。元嘉诗人立意追求艰深,特别喜欢状难状之景、写难写之意,但因缺乏适当的再现技巧,结果多流于鄙累。当然他们也有一些作品由再现而臻表现,由形似而入神似。

---

① 范文澜注《文心雕龙注》卷一〇《物色》,人民文学出版社1958年,第694页。"即",一作"印"。范文澜注:"疑作即。"

如谢灵运的佳句"池塘生春草,园柳变鸣禽"①、"云日相晖映,空水共澄鲜"② 等,已无刻板再现之病。许学夷《诗源辩体》云:

> 五言至灵运,雕刻极矣,遂生转想,反乎自然。如"水宿淹晨暮"等句,皆转想所得也。观其以"池塘生春草"为佳句,则可知矣。然自然者十之一,而雕刻者十之九。沧浪谓灵运"透彻之悟",则予未敢信也。③

所谓"转想"而"反乎自然",也未尝不可以理解为对"诗道"即诗歌艺术表现本质的忽然之悟。因为"自然"是我国古代表现诗美观的基本内涵之一。又许氏分析颜延年五言诗云:

> 延年五言,如"流云蔼青阙,皓月鉴丹宫"、"故国多乔木,空城凝寒云"、"庭昏见野阴,山明望松雪",亦佳句也。至如"飞奔互流缀,缇毂代回环"、"疲弱谢凌遽,取累非缠牵"、"早服身义重,晚达生戒轻"、"未殊帝世远,已同沦化萌"、"发轫丧夷易,归轸慎崎倾"等句,皆艰涩深晦者也。④

从上述许氏所举的谢、颜两家诗我们可以看到,元嘉诗坛刻板再现之外,仍有一些再现而取得表现效果的艺术境界,开示中国古典诗歌写景状物之方向。

但是进一步将诗歌从刻板再现的诗美观中解脱出来,增强其

---

① 黄节注《谢康乐诗注》卷二,人民文学出版社 1958 年,第 35 页。
②《谢康乐诗注》卷二,第 47 页。
③《诗源辩体》卷七,第 109—110 页。
④《诗源辩体》卷七,第 113 页。

表现性的还是永明诗人沈约、谢朓及梁陈之际的诗人阴铿、何逊。他们的山水诗虽然渊源于元嘉山水诗，但剔除其模山范水的刻画痕迹，把握有特征性的景物关系，并通过抒情的方式和抒情诗的艺术结构来表现山水景物。可以说，从元嘉诗人确立再现的诗美观、打破旧的平衡、推动新的运动以来，这以后的整个南朝诗史，一方面是再现观念的进一步推进，从再现山水到再现各种事物，直到再现女性美；另一方面也在不断地寻求再现与表现的新的融合。这一诗歌史的逻辑发展过程，至盛唐时期达到了高峰。在盛唐诗人的代表性作品里，表现与再现达到了完美的统一。张戒《岁寒堂诗话》中的一段论述，其实正接触到这个问题。张氏云：

> 建安、陶阮以前诗，专以言志；潘陆以后诗，专以咏物；兼而有之者，李杜也。言志乃诗人之本意，咏物特诗人之余事。古诗、苏李、曹刘、陶阮，本不期于咏物，而咏物之工，卓然天成，不可复及。其情真、其味长、其气胜，视三百篇几于无愧，凡以得诗人之本意也。潘陆以后，专意咏物，雕镌刻镂之工日以增，而诗人之本旨扫地尽矣！①

张氏所说的"建安、陶阮以前"、"潘陆以后"，语意有些混乱。其实就是汉魏文人诗和两晋南朝文人诗这两个部分，只是他认为东晋后期的陶渊明是一个特例。张氏说的"言志"、"咏物"分别是中国古代表现诗美观和再现诗美观的核心概念。诗歌艺术本质是表现性的，所以张氏认为"言志"为诗之"本旨"，与之相联系的"情真"、

---

① （宋）张戒《岁寒堂诗话》卷上，丁福保辑《历代诗话续编》，中华书局1983年，第450页。

"味长"、"气胜"等,都是成功的表现型诗歌的基本特征。而他所说的"不期于咏物,而咏物之工,卓然天成",正说明真正成功的表现型诗歌,不是单纯的表现,而是融再现于表现之中。张氏认为这是《诗经》及汉魏诗的特征。可见他没有简单地否定再现方法,而是对专意咏物、雕镌刻镂的再现方法持批评的观点,认为它偏离了诗歌艺术的本质。

　　张戒认为李杜诗咏物、言志兼而有之,正是盛唐诗表现与再现完美统一的典范。汉魏文人诗和盛唐文人诗是诗史上的两个典范,这两个时期的代表性作品实现了诗的本质。但是我们也已经看到,达到这种艺术高峰的诗史发展进程,正是一个表现与再现的消长互补、矛盾统一的运动过程。当再现的诗美观一度强化,虽也常给诗歌艺术带来负面的影响,但没有它的出现,诗史发展中的停滞局面也难以打破。而诗史上的每一次艺术上的真正成熟,又都是表现的诗美观充分地融化、吸取了再现诗美观及再现型作品的艺术技巧之后出现的。但是每当达到新的完美的融合、出现典范的诗美之后,一个新的矛盾运动又隐潜地展开。盛唐之后的中晚唐至北宋时期,又是一个新的矛盾运动的过程。

　　盛唐之后的诗史,一个突出的现象就是流派的形成,"至元和、晚唐,则其派各出,厥体甚殊"[1]。初盛唐时期,尽管也存在着社会矛盾和现实问题,但社会的发展总体上呈上升趋势,士人群体有着比较统一的价值标准。与此相应,在诗歌创作方面,尽管存在着不同的风格追求,但都是因个性、才性及经历之不同而自然相异,基本上不存在艺术观念上的原则性的差异。诗人之间,异趋同归、自由而能相包容。这是诗道之盛的一种表现。盛唐诗坛在这方面表现

①《诗源辩体·凡例》,第1页。

得尤其突出。中晚唐时期,社会矛盾激化,士人群体也失去了统一的价值标准,彼此的生活方式和人生追求都很不一样。由此而致艺术观念、审美理想上的分歧。这应该是盛唐以后诗歌出现流派现象的外部原因。从内因来看,这也是由我们所说诗史发展的新的矛盾运动导致的。各种诗歌流派的歧异,从根本上说是因诗美观念之不同而造成。

中唐至北宋初的诗坛,尽管流派众多,体格各异,但观其大势,实可区分为以保守为性格的表现诗派和以革新为性格的再现诗派。表现诗派的主要特征是拘守初盛唐成法、以成熟于盛唐时期的格律诗体为主要体裁。像大历十才子和刘长卿等人,其诗学根基都是在盛唐时期奠定的,所以其诗美观也主要接受了盛唐时期表现诗美观。又由于经历安史之乱这一时代巨变,其感情世界受到了很大的挫伤,使他们成为一个感伤色彩浓厚的诗人群体。这也是他们的诗歌趋向于表现型的重要原因。他们讲究体、格、境的细腻把握,追求某种似在非在、似隐似现的艺术上的法式,将近体诗艺术向婉切、精约、优美的方向发展;抒感伤幽微之情,造清新轻丽之象。其旨趣虽欲追盛唐而造作每邻于齐梁。这是因为保守的表现派与真正的表现派外表相近而内质不同。因为他们将表现美作为法式、技巧来把握,而非作为一种精神来体验。他们像运用技巧似地运用他们的直觉,成功者也能造成精致惬人的意象,但乏风骨、少元气,有时且难免圆熟、陈旧。沈德潜云:"中唐诗近收敛,选言取胜,元气不完,体格卑而声调亦降矣。"[1] 又云:"七律至随州(刘长卿),工绝亦秀绝矣,然前此浑厚兀奡之气不存。降而君平(韩

---

[1](清)沈德潜编《唐诗别裁集》卷一一,中华书局1975年,第157页。

翃)、茂政(皇甫冉),抑又甚焉。风会使然,岂作者莫能自主耶?"①
这一派在晚唐、五代作者甚众,然造诣都很有限。五代时的南唐
诗,宋初的晚唐体、西昆体,都应属于这一派。

另外,则是具有革新精神的再现派的崛起,其中最有影响的是
韩孟诗派和元白诗派。韩孟派的诗人追求强烈的形象效果,尚奇
尚怪,一反传统的以中正平和、优游不迫为尚的诗美观。如王建评
韩愈的诗体云"咏伤松桂青山瘦,取尽珠玑碧海愁",又云其笔端
"鞭驱险句物先投"②,正是指出韩诗搜揽物象、追琢奇异的写作特
点。韩氏还首开以文为诗的作风,强化了诗的再现功能,而在一定
的程度偏离诗的本质。苏轼认为韩诗虽"豪放奇险",而"温丽靖深
不及"柳宗元的诗③。《王直方诗话》也记载:"洪龟父言山谷于退之
诗少所许可,最爱《南溪始泛》,以为有诗人句律之深意。"④言外即
韩诗大多数作品是缺乏"诗人句律之深意"的,陈师道甚至说"退
之于诗本无解处"⑤。我们后面要论述到,北宋盛期这些重要诗人之
所以对韩愈各有程度不同的批评,正是那时期诗人追求表现与再现
再度完美融合的诗美观念的反映。韩孟派中的其他诗人,如孟郊、
贾岛乃至李贺,也都有追琢穷搜,穷其意、尽其象的特征。但比之韩
愈,这几位诗人倒是常能由再现而臻于表现,创造了真正的诗美。

元白派的诗人早年提倡诗歌讽谕现实、再现社会的功能,大量

①《唐诗别裁集》卷一四,第 195 页。
②(唐)王建《寄上韩愈侍郎》,《王建诗集》卷六,中华书局 1959 年,第 52
  页。"物",一作"最"。
③(宋)苏轼《东坡题跋》卷二,《丛书集成初编》第 1590 册,第 37 页。
④ 郭绍虞辑《宋诗话辑佚》卷上,中华书局 1980 年,第 88 页。
⑤(宋)陈师道《后山诗话》,(清)何文焕辑《历代诗话》,中华书局 1981 年,
  第 304 页。

创作新乐府诗；中年以后致力于叙事尽情的长篇歌行；并继承发展杜甫以写实、白描的方式再现切近的生活情景的近体诗格；又创制了能容纳抒情、叙事、状物、论理等多种功能为一体，并在内容上包罗万象的长篇律体。从这各种体裁的创作情况来看，元白诗派虽与韩孟诗派趣尚不同，但也是在很突出的再现诗美观支配下展开创作的。

中唐再现诗美观的强化，一方面是这些诗人希望打破日益凝固、停滞的格律诗艺术系统对诗人创作思维、诗歌题材开拓的束缚，是诗史自身发展规律所驱使。另一方面，也是由当时激烈变化的社会现实及适应这种变化而发生的思想文化上的变革思潮之刺激而产生的。我们在论述儒家再现诗美观的形成时说过，再现诗美观的产生，往往与社会和思想文化的变化有很直接的关系。中唐再现派诗歌的发生，就是一个比较典型的例证。

表现与再现两种诗美观的分歧，从中唐一直延至北宋前期。在这个过程中，局部的融合虽时有成果，尤其是流派意识不是特别强的刘禹锡、柳宗元、杜牧、李商隐等人，倒常能折衷取之，融合表现与再现，创造比较理想的诗美。但从整体趋势来看，全面的、积极的融合并未出现。从这个意义说，这种新的融合就成了宋代诗人的一个课题。事实上典范性的宋诗风格的出现，也正是一种新的融合的结果。至此中国古典诗史的主要逻辑进程已经完成。这以后元、明、清三代诗史，当然仍在这种矛盾运动中进行，但基本上是在模仿式的重复前面的那些周期。因此宋诗以后，新的典范性的诗美类型并没有出现。限于篇幅，这些问题只能从略，或待以后有机会再作探讨。

（原载《文学遗产》1996 年第 1 期）

群体的影响与个体的超越

——试探杰出文学家的成功规律

文学家的存在具有一定的群体性,接受群体的影响是文学家成长的必要的条件。中国古代的许多重要作家,往往和同时的文人社会、文人群体有着密切的关系,有些作家甚至明显地隶属于某些文学流派、文人团体。这正证明了文学家的存在具有一定的群体性。当然,从理论上对此作出解释,还是一个十分缺乏研究的课题。进而言之,这种群体的影响究竟在什么样的条件下、或以什么样的形式对个人的文学创作发生作用,它与文学家个人的创造、个人的独立发展之间又是怎样的关系呢?这个问题比前一个问题更缺乏理论方面的解释。这些问题或许可以概括为这样一种关系,即文学创作中的"群体性"与"个体性"的关系。在此,拟以中国古代一些杰出作家的艺术发展过程为例加以探讨。

一

研究一下中国古代那些杰出文学家的文学发展道路,我们发现几乎所有的杰出作家都曾参与过当时最高水准的文人团体,或者曾经归属于代表着当时文学发展主流的文学流派。总而言之，许多杰出的作家都曾身处具有浓厚的文学风气和很高文学创作水准的文人群体之中。如屈原与楚国宫廷的辞赋家群体；曹植与邺下文人集团；谢灵运与当时以王谢家族为代表的门阀士族文人群体；谢朓与永明文学革新集团；庾信与梁朝宫廷文人集团；王维、李白、杜甫与初盛唐之际的诗人群体；欧阳修与洛阳文人集团；苏轼、黄庭坚与政治上主要倾向于"旧党"的北宋后期文人群体。很难想象，如果没有这些文人群体的影响和培植，这些作家还能取得我们今天所看到的崇高成就。研究这些作家的创作，我们发现不仅作家作品的基本风格与当时基本的文学风尚具有一致性，而且表面上看起来最有独创性的文学风格也与群体的文学倾向有深层的联系。例如北宋诗人黄庭坚，早年学习过魏晋古体和中晚唐近体诗，也受到了他的前辈诗人欧阳修、梅尧臣等人的影响，并通过欧、梅与中唐的韩孟诗派发生关系，又受到庆历之后由学韩孟转为学杜诗的风气影响；元丰以后他与苏轼及苏门文人发生关系，比较多地吸取同代诗人的艺术风格。可见，像他这样被视为风格上最为出奇创新的诗人，实际上却是与当时整个诗坛的创作风气密切相关的。如果不顾及北宋中期诗坛上错综复杂的变化局面，也就很难对黄诗的风格成因作出合理的解释。

从上面所举的例证中我们可以看到，处身于具有浓厚的文学风气和很高的创作水准的文人群体中，是一个杰出作家艺术上取得成功的重要条件之一。所以，在许多杰出作家的创作经历中，都有过一个与当时的文人群体联系得十分密切的阶段。形成这种与群体的密切联系不是什么外力的作用，而是文学家们自身的需要。可以说，这是文学家社会的一种向心力，是文学创作活动具有群体性的一个证明。因此，在中国古代整个社会的社交活动不太活跃的情形下,文人社会的社交活动却是十分活跃的,所谓"以文会友",正是文人社会的一个重要的交际原则。所谓"攒眉入社为吟诗"①,文人在相轻的同时,又不得不相寻、相结。由于印刷、传媒技术的高度发达,现代社会中的文学家可以凭借传媒迅速地接触同期作家的创作,并且能够及时地发表自己的作品,接受整个文学界的反馈。因此,比之于古代文人,现代社会中的文学家反而不大感觉到文学家社会中社交生活的必要性。文人社会的联系,从这一点上看,现代比古代反而减少了。中国古代文人社会群体性强,文人之间社交活动活跃,还跟中国古代文学与仕宦、科举相结合的社会机制有关。

　　但是,如果进一步研究杰出作家与文人群体的关系,我们还会发现另一种有典型性的现象,这些作家进入创作高峰,艺术上趋向全面成熟的阶段,却往往是与自己所属的文人群体关系最为疏离的时期。例如,屈原是在离开楚国宫廷、流放沅湘时创作《离骚》、《九章》、《九歌》等作品的。曹植前期的创作活动是在邺下文人集团的群体创作氛围中展开的,充分接受了同期作家的影响,并成为邺下文人集团中首屈一指的作者。但是,奠定了他作为中国文学史上第一流文学家的地位的还是诗人晚年僻处下国、离群独居时的创作。此时他将新兴的文人五言诗与古老的风骚传统重新接续起来,有为文人五言诗的发展开源浚流、继往开来的功绩。建安作家们的群体性格是比较外向的、乐于合群的,这种性格在曹植的身上表现得更加突出,所以当他后期被迫过孤独的生活时,他感到了极大的痛苦。他之所以屡次冒着受到更深的猜忌的危险上表曹丕、曹叡父子,请求他们让自己回到朝廷,固然是因为建功立业的

---

① (清)袁枚《随园诗话》卷七载陈浦句,人民文学出版社 1998 年,第 225 页。

愿望的驱使,但跟忍受不了这种孤独也有一定的关系。然而,这种被迫远离群体的遭遇,客观上却使他的创作得到独立发展的机会,从而不仅超越了其他建安诗人,而且也超越了他自己前期的创作。谢灵运出守永嘉,也与曹植一样极不愿意过这种离群索居生活,其初离建康时所作的赠送别者诗中即悲叹"将穷山海迹,永绝赏心晤"①,到达永嘉后又有"索居易永久,离群难处心"②之叹,但是,正是永嘉时期的创作奠定了诗人的文学史地位。又如庾信,在他的时代,南朝文学的水平远远高于北朝文学,但庾信的文学史地位却是在流寓北朝之后奠定的,这时他与南朝的文人群体也差不多是完全隔绝着的。唐宋以来的许多杰出作家,由于隐居和贬谪等原因,经常或是主动、或是被动地远离人文荟萃之地,远离原先相互切磋、相互推激的群体。但往往在这样的时期,他们的创作得到了很大的发展。

综合上面所说的这两种现象,我们可以看到,上述的这些中国古代的杰出作家,他们的文学之路都经历了这样两个过程:前期有机会生活在他们当时最为优秀的文人群体之中,充分接受群体的影响,并常常置身于文学发展的主流之中,吸取了时代的基本的文学精神,并将时代的文学风格融化在个人的创作中。后期或者说是趋向成熟的时期,则常常因主观或客观的原因脱离了群体,走上了以个体独立发展为主的创作阶段。在中国古代,这样的文学发展道路是很有典型意义的。产生这种现象,跟中国古代的文教、官吏制度等社会文化方面的因素有关系。但这只是表面性

---

① 《永初三年七月十六日之郡初发都》,黄节注《谢康乐诗注》,人民文学出版社 1958 年,第 27 页。
② 《登池上楼》,《谢康乐诗注》,第 35 页。

的原因，或者说只是外因，更内在的原因是这样一条文学发展道路很好地体现了文学创作中群体性与个体性这一对矛盾统一的关系。

二

　　文学的群体性是由文学作为一种社会文化的基本性质决定的。因此文学创作活动也是一种社会性的行为。文学家所运用的语言来自一般的社会语言，他们所采用的体裁和文学样式，也是群体创造的产物。甚至于文学作品的风格，尽管与作家个性因素联系密切，但基本的风格范畴却不是个人性的东西，而是整个文学传统的产物。作家从这些风格范畴中选择其中的一种或几种作为自己在风格上的追求方向，通过创作将抽象的、一般的风格范畴转化成具体的、活生生的作品风格。但是读者、鉴赏者在欣赏某一具体作品的风格美时，仍然是从那些抽象的、一般的风格范畴出发的。除语言、体裁、风格具有社会性外，文学作品中所表现的生活内容、思想感情，也都是社会的产物。

　　文学家与一般社会文化的关系，在许多方面是通过文人群体这个中介来联系的。有些表面上看起来是个人性的东西，其实都是通过群体而获得的。比如，作家的人生观和审美观，以及作家对待现实的态度，都受群体倾向支配。从观念的互相联系和互相影响来看，我们很难想象一个文学家能够绝对独立地形成他的人生思想和创作思想。以中国文学史为例，我们可以看到，历代的文人及其创作与各种社会思潮的关系十分密切。例如东汉中晚期，由于政治矛盾的激化，一般儒生仕宦道路被阻塞，儒生的社会地位降低。于是一部分儒生开始怀疑儒家（尤其是汉代的官方儒学）的价值观念，追求一种新的思想观念和行为方式。就中与文学发展最为密切的就是东汉一部分儒生追求自然、自由的自我觉醒，形成重视感情抒发的风气。在这样的背景中，东汉中晚期的文人群体从整个儒生群中蜕生出来，成为当时士林中一个特殊的群体。这里我们看得很清楚，这些人是群体性地走上文学道路的。有好多文学创作的新倾向，也是群体中酝酿出来的。比如中唐时期韩、柳等人的古文运动和元、白等人的新乐府运动，都是群体性的。同时这两个文学流派与中唐后半期重新探寻儒学以拯济现实的大思潮又是密切相关的。所以，无论是白居易的新乐府诗还是韩愈的古文，都有必要联系中唐后期的思潮背景来研究。

就文学创作的性质来说，创作的动机一方面来自自我表现的需要，例如成功的抒情作品常常是作者在强烈的抒情愿望的促激下产生的。所以创作有一种自我性。但另一方面，创作又是面向社会的行为，是文学家追求社会认同、追求实现自己的社会价值的一种手段。因此，文学家必须遭逢一个重视文学创作、文学风气浓厚的时代。例如，魏晋南北朝时期的文学创作风气兴盛，就跟这个时期的社会观念由汉代的"重德轻才"向此期的"重才轻德"转变有关系，而向社会显露才性，正是这个时期文学家们的一种重要的创作动机。也因此，作家个人的审美趣味、创作方法，也深受群体风气的影响。

从上面的论述可以看到，文学家是依靠文人群体的力量走上文学道路的。这就是作为作家在艺术上取得成功的必要条件——群体作用。尤其是在作家文学生涯的前期，这种群体作用显得更加重要。所以，能否遇到一个优秀的文人群体，能否置身于文学史发展的高峰时期，也是能否成为一个杰出的文学家的决定性的条件。可见,一个成功的文学家,必须经历依附群体、认同群体的阶段。

当然,群体作用是通过个体的独立完成来实现的。而且在整个文学发展道路上,个体作用始终是不可缺少的一种内在因素。一些杰出的文学家,常常在他们创作的初期阶段就显示出一些个性色彩,如曹植邺下时期的作品,就已经形成一种宏丽、高华的特点,在群体风格还处于比较素朴的阶段,曹植个人的创作就已经形成文辞整丽的特点。可见,即使在积极接受群体影响、置身群体之中的阶段,杰出的作家仍然能够充分发挥个体的作用。等到风格趋向成熟时,个体的作用越来越显得重要起来了。杰出的文学家总是在这时候由依附、认同群体的阶段转向脱离、超越群体的阶段。在某种意义上甚至可以这么说,文学家脱离群体后的个体独立发展阶段所经历的时间越长,他的文学成就也就越大。

三

群体作用与个体作用是一种矛盾统一的关系。一方面作家凭借群体的力量走上文学道路,使他成为文人群体中的一员,这也就是通常所说的登上文坛;另一方面,进入了群体之后的作家,他的发展又有可能受到群体的制约。当作家掌握纯熟的创作技能和当代流行文风文体之后,群体作用有可能变为一种消极的阻力,妨碍作家向更高的、更富于创造性的文学境界发展。例如刘宋时期的两位诗人谢灵运和颜延之,他们年龄相近,早年的文学经历也相近,都是接受当时崇尚典雅的诗坛风气影响。从诗歌的语言技巧来看,颜延之比谢灵运显得更加纯熟。但是,颜延之基本上是一位"当时体"的作家,他未能像谢灵运那样走上一条个人独立发展的道路,其创作也终于局限于技巧纯熟而内容贫乏、缺乏新颖趣味的格局之中。事实上,像颜延之这样没有获得充分的个人独立发展机会的作家,在文学史上是占大多数的,有不少作家甚至因为过于追求认同群体的文学风气、过于追求当代风格而落入趋时媚俗一流。

从中国文学史看,也有一些时期文学创作风气比较浓厚,统治者对文学活动也比较提倡,群体的文学素养也普遍较高,但是却没有培养出杰出、卓越的文学家,这主要就是因为这些文学家群体基于政治等方面的原因,在精神上缺乏个体独立性。这些时代的文学,群体风格过于强力地支配着个人的创作。例如西晋太康、元康时期的诗坛,由于君权统治意识的强化,依附于君权的西晋文人群体丧失了前面几个时代文人们独立、自由的思考精神,文学上也产生了与君权政治相和谐的温雅、典丽、颂美等风格。在西晋前期,很少有人能够超越这种群体的文学风气而走上个体独创的道路。一直到西晋后期,政治矛盾愈趋激化,才出现一些摆脱群体习气,赢得了独立精神的文学家,如左思、张协、郭璞、刘琨等人。南朝后期的诗坛,也是群体风气过于浓厚的时代,整个文人群体都陶醉于一种靡丽、空虚的文风中,以玩饰文藻来代替许多更有价值的思想活动和感情追求。这种情形,到了梁武帝统治的时期达到了顶点。由此可见,虽有文学素养普遍较高的文人群体而没有提供个体独立发展的机遇,杰出的文学家还是不易产生。而且,由于长期没有出现杰出的文学家,群体的文学品格也会愈来愈走向平庸,或是走向群体的因袭复古、玩弄形式技巧,或是走向品味低下。因为杰出的文学家不仅造就了自己,而且为整个群体提供新的典范,并能不断地刺激整个群体的创造力。例如苏轼对文学史的贡献就不局限于其个人的成就,而是带动了北宋后期的整个文坛。这种情形，可说是个体对群体的反馈，是个体与群体关系中的又一个方面。

四

杰出作家超越群体影响走上独立发展道路，并不仅仅是一种外在的形式，而是一种心灵的生长。这个阶段常常伴随其人生的某些困境和危机。其艺术上的独立发展与生命中的新经历往往联系在一起。所以这种发展决不是单纯文学形式上的翻新和立异，更不是什么风格、技巧上的新试验。其实，古代有些杰出文学家在创作上的飞跃和突破，甚至是在自身尚没有充分自觉时就已实现，是跟意外的心灵能量的暴发有关的。例如屈原的《离骚》，尽管今天的评论家可以从文艺美学的角度对其艺术结构、创作方法、语言特征等作出系统的分析，但对屈原自身来讲，这一不朽的杰作只是在极为痛苦甚至是迷乱的精神状态下创作的。《离骚》无与伦比的巨大魅力就在它的感情强度，这是一种以崇高事物为对象的感情，所以尤为常人所难及。

脱离群体常常要借助于某些外在的契机。在中国古代作家那里，隐逸、贬谪常常成了促使个体脱离群体、走上独立发展道路的重要机缘。隐逸本是一种社会性的行为，也可能与政治有一定的关系，与文学则没有必然的关系。但从魏晋以降，隐逸与文学发生了密切的关系，这是因为文学在这时期已成为士人群体的一种重要活动，在隐逸阶段致力于文学创作，也成了隐逸者用来调适心理的一个重要方式。汉代张衡在《归田赋》中就已经这样描述隐逸生活："弹五弦之妙指，咏周孔之图书，挥翰墨以奋藻，陈三皇之轨模。"① 这里所讲的虽为一般的写作,但也可以看到隐居著述已成为隐士的一种生活模式。《南史·隐逸传序》更明白地指出隐逸者"故须含贞养素,文以艺业。不尔,则与夫樵者在山,何殊异也?"②在这里,隐逸者差不多成了专业文学家。可见,经历了魏晋南北朝时期,许多隐逸文学作品产生,非隐逸者也模仿隐逸风格,隐逸与文学的关系已经十分密切。唐及唐以后的有些隐逸行为,甚至包含着文学上的动机,是中国古代文学家自觉地寻求文学上的独立发展道路的一种表现。所以盛唐时诗歌创作最为兴盛,而隐逸之风也同样兴盛。当然并不是每一个隐逸行为都能成为一个文学上独立发展的事实,有些文士一开始就追求离群独处,忽略了群体影响的重要性,其文学成就也受到了限制。这正可证明,所谓个体独立发展,只有在充分接受了群体影响之后才有可能达到。

　　作家走上独立发展道路,常常需要以思想上的成熟作为条件。这时期的作家,不仅艺术上趋向成熟,对人生、社会乃至宇宙自然也已经形成比较成熟的看法。这一点,好多隐逸者都是具备的,因为隐逸行为本身就是思想成熟的标志,已经形成独立的、确定不移的人格,所谓"君子以独立不惧,遁世无闷"③。真正的隐逸,是人生行为的一个重要抉择,会伴随着痛苦的思想矛盾。这种抉择过程,即有可能使将要隐逸者经历一个心灵生长的过程,就文学家而言,就会成为文学上新的发展的一种契机。例如陶渊明少年时即接受儒家弘道济世观念,又深受其远祖陶侃功业的激励,具有相当强烈

①（梁）萧统编,（唐）李善注《文选》,中华书局 1977 年,第 223 页。
②《南史》卷七五《隐逸传上》,中华书局 1975 年,第 1856 页。
③《周易正义》卷三《大过》,中华书局 1980 年影印阮元刻《十三经注疏》,第 44 页。

的建功立业的思想。其《杂诗》之四中有"丈夫志四海"① 之语,又《杂诗》之五自称少壮时"猛志逸四海,骞翮思远翥"②,都是少年时代功业心的表白。但另一方面,陶氏又深受东晋时代爱尚真率自然、追求超脱世外的人生观的影响,自称"少无适俗韵,性本爱丘山"③、"弱龄寄事外,委怀在琴书"④。上面这两种思想是完全矛盾的,但在陶渊明的意识中可以统一,前者代表着名教,后者即是自然,名教与自然的合一,即是当时士人的最高理想,也是陶渊明的基本理想。陶氏《祭从弟敬远文》有云:"余尝学仕,缠绵人事。流浪无成,惧负素志。"⑤ 又《归去来兮辞》序云:"尝从人事,皆口腹自役。于是怅然慷慨,深愧平生之志。"⑥ 这里所说的"素志"、"平生之志",就是指名教与自然合一的理想。但是屡次出仕的经历,使他深感现实与理想的差距,真率自然的人格与仕宦之事是不能相容的。在保持人格与仕宦之间,诗人必须做出一种抉择。在诗人出仕彭泽县令的前后,正是他思想矛盾最为激烈的时候。从此期创作的《荣木》、《饮酒》二十首、《归去来兮辞》、《归园田居》等重要作品中,可以看到作者此际的复杂心态。从陶渊明的整个创作生涯来看,此期前后正是他创作上的高潮期。从陶渊明的例子可以看到,隐逸作为一种行为上的抉择和思想上的归属,是极需独立思考精神的,因而能促使文学家心灵的生长,有利于他在文学创作上摆脱群体风气,走上独立追寻的道路。陶诗之所以大远于时风,形

----

① 逯钦立校注《陶渊明集》,中华书局 1979 年,第 116 页。

②《陶渊明集》,第 117 页。

③《归园田居》之一,《陶渊明集》,第 40 页。

④《始作镇军参军经曲阿》,《陶渊明集》,第 71 页。

⑤《陶渊明集》,第 194 页。

⑥《陶渊明集》,第 159 页。

成其独特的美学风格，与陶渊明坚定独立的人格是分不开的。当然，隐逸对创作的影响不仅只有这些，隐居之后的作家，弃绝人事，将从前对世事和政治的热情全部转移到文学事业上来，从而获得到了充沛的诗情和充量的诗材。

除了隐逸，在中国文学史上，宦游、漫游、贬谪也是使作家的文学创作获得新的发展并使之走上个体独立发展道路的良好契机。从行动的方向来看，上述这几种行为跟隐逸行为一样，一般的情况下都是从文化和文学的中心地域走向文化的边缘地带，甚至是走向文化落后的地区。这时，作家一般都要离开自己所曾归属的文人群体，当然也即是离开曾经支配着他的整个创作活动的文学环境，这就无疑为一位杰出的作家提供了超越群体的外部条件。中国古代的隐逸文学传统是以陶渊明为代表的魏晋隐逸文人奠定的。贬谪文学的渊源则可溯至屈原，尽管屈原的流放与后世的贬谪性质及遭遇的严重程度很不同，尤其是屈原没有后世贬谪者的一种自我调适的心理，但是就政治上遭受打击、生活上受到挫折这一点来看，后世的贬谪者与屈原有共同的地方。事实上，像汉代的贾谊、建安诗人曹植、刘宋时的谢灵运等人，都曾将他们的贬谪遭遇与屈原的流放等同而观，从而更自觉地接受了屈原文学精神的影响。因此将屈原看作是贬谪文学传统的奠基者也是合适的。唐代被贬谪南方尤其是岭南的作家，基本上继承屈贾传统，以悲哀为主。但到了宋代，苏轼、黄庭坚等又开创了一种新的贬谪文学传统，将贬谪文学的基本精神由以悲剧性为主改变为具有一定的喜剧色彩。当然这里所说"喜剧"主要是指一种调释，即黄庭坚所说的"情之所不能堪，因发于呻吟调笑之声"（《书王知载〈胸山杂咏〉

后》）①。但是无论是以悲剧的心理去体验，还是以旷达、通脱的喜剧性的心理去体验，贬谪作为个体遭受打击、迫使个体离开群体的事实的性质是一致的。所以，它都能作为逆境强烈地刺激个体心灵的生长，为他的创作提供新的能量。另外，贬谪的遭遇一般都是在个体已经深入社会、进入群体之后发生的，许多文学家遭受贬谪都与他们持有独立的思想和坚定的人格有关，也就是说贬谪遭遇一般都发生在作家思想、文学将要走向全面成熟的时期，所以此期获得脱离群体的契机，从创作的整个发展过程来看，是一个合适的时机。再者，贬谪之后的作家也跟归隐之后的作家一样，能够获得将精力专注于创作的机会。一般的遭贬者，在遭贬之前往往是其政治热情最高、于政治上投注精力最多的时期，因此创作常会出现停滞的现象。等到遭贬之后，反而有条件全身心投入创作活动，出现个人创作上的高潮。例如黄庭坚在元祐间因参与《实录》编修等事务，创作中曾出现歉收现象，尤其是元祐四年至八年"数年之间作诗绝少"②，他自己也有"废诗"③、"不复能作诗"④ 之叹。但绍圣元年贬官黔州后，他又开始进入晚年的创作高潮，创作风格也从元丰、元祐时期的过分造奇转向对自然平淡的艺术风格的追求。另一种现象是，当作家政治上处于顺达的时期，他的创作有可能与官方意志发生关系，在中国古代的政治体制下，一个政治上处于顺境

---

① （宋）黄庭坚著《宋黄文节公全集》正集卷二六，刘琳等校点《黄庭坚全集》，四川大学出版社 2001 年，第 666 页。

② （宋）任渊《山谷内集诗注》年谱，台湾商务印书馆 1983 年影印《文渊阁四库全书》，第 1114 册，第 15 页。

③ 《书赠王长源诗跋》，（宋）黄庭坚《豫章黄先生文集》卷三〇，《四部丛刊初编》影印嘉兴沈氏藏宋本，第 13 页。

④ 见《山谷内集诗注》年谱引黄庭坚《书老杜诗跋》，影印《文渊阁四库全书》，第 1114 册，第 15 页。

的名作家,极有可能从一个单纯的作家变为一个御用文人,至少是朝御用文人的方向发展。此外,群体的束缚也是不可忽视的。如元祐期间,苏门文人在诗风上就有过于追求统一的倾向。尤其是苏、黄倡唱酬之风,创作叠韵诗、窄韵诗,诗坛群起而应之,这给苏、黄自身的创作也带来了不好的影响。苏轼在贬谪黄州与贬谪海南两个时期之间,是政治上比较顺达的时期,但创作上却是质量松懈的时期。这些例子都能说明,在作家创作的盛期,摆脱群体的制约是十分必要的。

在没有发生隐逸、贬谪等特别事件的场合,中国古代的许多有成就的作家,还常常通过宦游、漫游等行为方式得到适宜于创作发展的条件。漫游现象不仅在中国文学中是一个重要现象,在世界文学中都有一定的普遍性。漫游对文学的意义,以往注意较多的是漫游中作家浪漫的生活色彩、起伏多变的情绪状态以及山川风物等因素对创作的影响。其实漫游还是作家摆脱现实、摆脱群体的一种形式,作家借漫游的形式,保持他在思想上和文学创作上的一种独立性。中国历代文人都有漫游经历,但漫游之风最盛是在初盛唐时期,李白的作品则是中国古代漫游文学的代表。宦游是一种调和色彩较浓的行为方式,不少文人自觉地追求亦官亦隐、亦宦亦游的生活方式。南朝的谢灵运和谢朓,是这种模式的确立者。谢灵运在永嘉太守任上创作山水诗的成功,对后来的南朝诗人产生积极的影响,不少文人都借出宦外郡的机会积极写作山水诗、纪游诗,其中南齐诗人谢朓的成就最为突出。谢朓出身门阀高族,从小生活在文学风气浓厚的家族中,"少好学,有美名,文章清丽"①。出仕之后,先后参与竟陵王萧子良、祭酒王俭、随王萧子隆等王侯

①《南齐书》卷四七《谢朓传》,中华书局1972年,第825页。

门下的文人集团,与沈约、王融、萧琛、萧衍、范云、陆倕、周颙、钟嵘等当时著名文人都有交往切磋的关系。他与沈约、王融等一起创制永明体诗歌,成为永明文学革新的重要成员。建武二年诗人出守宣城,达到了创作高峰,成为超越时流的南朝时期的杰出诗人。《宁国府志·良吏列传》云:"明帝时,以中书郎出为宣城内史。每视事高斋,吟啸自若,而郡亦告治。初,朓尝有言:'烟霞泉石,惟隐遁者得之,宦游而癖此者鲜矣。'及领宣城,境中多佳山水,双旌五马,游历殆遍。风流文采,扬炳一时。诗曰:'高阁常昼掩,荒阶少诤词。'又云:'既欢怀禄情,复协沧洲趣。'其标致可以想见之。人至今称谢宣城云。"①上面这段描述,正是中国古代文学家宦游生活的"标本"。谢朓出守宣城前,其诗风受永明体制约很明显,出守之后,开始追溯他以前的写景文学传统,吸取谢灵运的影响,创造出一种情景结合、声律谐和的新风格,成为对唐诗影响深远的一位诗人,从一位"当时体"的作家发展为有诗史地位的作家。

五

在研究杰出文学家的创作发展道路时,确定他们何时进入个体独立发展阶段是很重要的。这也是给作家的创作进行分期研究的重要依据。但在这里,我们又不能仅仅满足于寻找隐逸、贬谪、宦游、漫游等外部性的变化形迹,而应该重视作家在这一阶段心灵世界和艺术表现上的质的变化。从思想方面来看,处于这种发展过程中的作家,都自觉地将通过书本等所得到的那些思想观念由外在转为内在,将其融化为真实的生活境界,从而在一定的程度上

_____

①《宁国府志》卷八,明嘉靖刻本,第142页。

达到了思想与行为的统一。这一过程也可称为从外砺转向内化，是个体自觉的基本内涵。

从艺术表现上看，杰出文学家走上个体独立发展道路是一次决定性的飞跃，因而富有顿悟色彩。南宋诗人杨万里独创"诚斋体"的经历就是一个典型的例子。在杨万里的时代，诗坛上影响最大的是江西诗派，同时晚唐诗、王安石绝句等也是诗人学习的对象。可以说，那个时期的诗风是群体性明显，而作家的个性过于缺乏，也就是所谓的时风浸染太盛。杨万里也被时风所笼罩，先后力学江西诗派及晚唐诗、王安石诗，但"学之愈力，作之愈寡"，创作上面临困境。据他说，与他同时的许多诗人也都有这种困惑，他把这称之为"诗人之病"，曾经认为这是无法克服的。后来他赴任常州，体验到一种自由、闲适的心境，一日作诗"忽若有悟，于是辞谢唐人及王、陈、江西诸君子，皆不敢学，而后欣如也"。并云"自此每过午，吏散庭空，乃携一便面，步后园、登古城，采撷杞菊、攀翻花竹，万象毕来，献予诗材"[1]。从此诗人进入了自由活泼、生机益然的艺术世界，创造了独特的"诚斋体"。

当然，这种顿悟是以丰富的积累为前提的。历史上那些杰出的文学家，都是在积累极为丰富的前提下走上个体独立发展道路的。正像《庄子·逍遥游》中所讲的"水之积也不厚，则其负大舟也无力"、"风之积也不厚，则其负大翼也无力"[2]，造就杰出的文学家，也需要有特别丰富的积累。这种积累是全面的，除文学创作的各项要素外，思想观念、心理素质甚至身体条件都很重要。尤其是

---

① 《诚斋荆溪集序》，《诚斋集》卷八〇，《四部丛刊初编》影印缪氏艺风堂藏影宋写本，第7—8页。

② （清）郭庆藩《庄子集释》，中华书局1961年，第7页。

当作家在逆境中走上个体独立发展道路时,个体的各方面都在经受着考验,需要有很有力的精神支柱。中国古代不少杰出的文学家,如屈原、曹植、陶渊明、杜甫、苏轼、黄庭坚等人,都是思想方面的强者,也是持有坚定人格、富于理想精神的人。他们在走上个体独立发展道路时,不仅在孜孜追求艺术上完满的理想,同时还负有道义上的使命。

　　从理论上对文人群体与作家个体之间的关系进行研究,是一个值得重视的课题。本文只对其中的一个方面做了初步的研究。从这里我们可以看到,任何过分重视群体的作用或将个体作用绝对化、把创造力的问题简单化的文学观念,在理论上都有偏差。同时对于作家们来说,正视群体作用和个体作用这一矛盾统一的关系是有必要的。

1994 年 10 月 26 日改毕

（原载《江海学刊》1996 年第 1 期）

从群体诗学到个体诗学

——前期诗史发展的一种基本规律

　　本文所要研究的,是这样一个问题,即诗歌史上存在着个体创作与群体创作这样两种基本形式,同样存在群体诗学与个体诗学这样两种性质不同而又构成相对统一之关系的诗学①。从人类诗歌发展史来讲,群体诗学的成熟早于个体诗学。这对考察我国古代从远古到魏晋南北朝的诗歌发展史,有重要的认识价值。我们可以由此对诸如《诗经》的诗史地位,汉乐府诗反映社会生活的艺术功能,《诗经》、汉乐府的经典价值的形成,汉与魏晋南北朝两个时期的诗歌在诗歌史上的不同表现以及魏晋南北朝诗歌的文人化个体化等现象,从一个新的角度来认识,超越以往仅孤立地从当时的时代文化背景来解释的研究方法。再进一步地看,我们发现,其实群体诗学与个体诗学从本质上说,更是构成诗歌史发展的一重

---

① 钱志熙《"诗学"一词的传统涵义、成因及其在历史上的使用情况》,载首都师范大学中国诗歌研究中心编《中国诗歌研究》第 1 辑。该文主要讨论从晚唐到近代"诗学"一词的使用情况,并分析传统所讲的"诗学"一词内涵,除了指诗歌理论与批评,还指构成诗人创作之能力的学理性因素。从这个意义上说,诗学是构成诗歌创作的基础,诗学的主体存在于诗歌创作中;从这个意义上说,诗歌史即诗学史。本文就是在这个意义上使用"诗学"一词的。

关系,因此不仅在早期诗歌发展中存在诸如从群体诗学向个体诗学转变这样重要的事实,而且在后来的诗史中,这一重关系同样存在,同样发生作用。尤其在我国古代诗歌史,群体诗学的原则与个体诗学的原则,始终在起着对立统一的辩证发展的作用。

一

原始诗学的群体诗学性质,我们尝试从下述几个角度来认识。

第一,从发生的角度来看,诗是感情的产物,我国最早的诗学理论《尚书·尧典》即标示"诗言志"之说,大约产生于汉代的《毛诗大序》继此而更加畅发其旨:

> 诗者,志之所之也,在心为志,发言为诗。情动于中而形于言,言之不足故嗟叹之,嗟叹之不足故永歌之,永歌之不足,不知手之舞之,足之蹈之。①

近现代艺术史家不止一次地论证过,原始人类最初使用诗歌,是一种自然的抒情行为。照这样说来,诗歌应该是从个体的生命愿望中萌芽的。但是纯粹自然化的语言抒发只是诗歌的萌芽,并不等于诗歌本身。作为原始艺术之一种的诗歌,是社会文化与大众意志的产物。所以我们除看到诗歌发生的情感机制外,还应该看到社会机制。事实上,不管任何时候,诗歌在作为个人的抒发行为之外,都同时具有社会文化的性质。个体的抒情愿望使诗歌创作成为可能,而社会文化的作用使诗歌成为现实。现代的西方学者在

---

①《毛诗正义》卷一,中华书局 1980 年影印阮元刻《十三经注疏》,第 269 页。

研究原始诗歌时,是将其作为原始社会文化的一部分来看待的。我国古代的学者将诗歌源头追溯到传说中上古帝王的时代,郑玄《诗谱序》云:"诗之兴也,谅不于上皇之世。大庭、轩辕,逮于高辛,其时有亡,载籍亦蔑云焉。《虞书》曰:'诗言志,歌永言,声依永,律和声。'然则诗之道,放于此乎?"①这是汉儒圣贤制礼作乐说的理论前提下的诗歌起源论。这种说法的实质,在于将诗视为国家政治与圣贤道德的产物。当然,这种国家政治按我们今天对原始社会状态的了解,实际上属于部落联盟政治,所谓上古帝王或远古圣贤,也都是一些部落联盟的首领或大祭师一流的人物。郑玄所说的"诗之兴",即是我们刚才说的原始诗歌的成立。诗的发生之机虽在感情,诗之真正形成则在于社会文化。诗歌是原始社会文化发展到一定程度的产物。从这个意义上说,诗歌发生于群体。

　　第二,从表现的内容来看,原始诗歌所表现的思想感情,是一种群体性的东西。具体的感情虽然存在于个体之中,但对原始人类来说,很少有纯粹的个体性的感情抒发。尤其是作为一种艺术品的诗歌,它取决于社会、群体的政治、宗教等方面的需要,所表达的主要是群体的情感与思想。真正有价值的思想感情,只存在于群体之中。我们初看《尚书·尧典》的"诗言志",很容易将这个"志"看成是个体所有的思想感情,所谓"在心为志,发言为诗"。但再看接下去的"歌永言,声依永,律和声,八音克谐,无相夺伦",以及"击石拊石,百兽率舞"可知,这时的诗是存在于歌乐舞三者合一的先民的原始性的宗教艺术中的,实际上是一种群体的抒情行为。曾守正先生的《战国时期"诗言志"的双重观念》一文,认为在荀子作"佹诗"及屈原"发愤以抒情"之前,所谓"诗言志"的

---

①《毛诗正义》卷首,《十三经注疏》,第262页。

"志",是一种经典化的东西,其具体的内涵是礼义、道、道德、政治及外交意图等 ①。可见,"诗言志"的"志"并非纯粹个体性的东西,而是群体意志。它虽然存在于个体的心中,却非个体所独有,而是通于群体而言。而这其中"圣人"自然是这种"志"的最完整的拥有者。所以儒家诗学理论中有"圣人制礼作乐"之说。"诗者,志之所之也,在心为志,发言为诗。情动于中而形于言,言之不足故嗟叹之,嗟叹之不足故永歌之,永歌之不足,不知手之舞之,足之蹈之"是对《尧典》"诗言志"的一个发展,这里面确实包含着个体诗学的抒情原则,更多地侧重于个体的心灵活动来分析诗歌的发生原理,这在某种意义上可说是个体诗学原则的初步发现。但我们从这里所逐层展开的情况来看,原始的诗歌活动中,并没有完整的、独立的、贯穿始终的个体存在,而是个体在抒发的阶段,就已融入群体,尤其是"言之不足故嗟叹之,嗟叹之不足故永歌之,永歌之不足,不知手之舞之,足之蹈之",正是诗乐舞三位一体的原始群体抒情行为的形象描述。

　　原始的诗或许从个体的心灵出发,但在形成的过程中,自然而然地转化为群体性的抒情行为,这正是早期群体诗学的一种真相。因为人类在其生产力发展程度极为低下的原始阶段,个体完全是依附于群体的,以群体的意志为意志,甚至以群体的感情为感情,其为诗咏,亦为一人倡而千百人和之,所以原始诗歌,非个人之诗歌,而为一族群、一部落乃至一国家之共同的感情之表达,虽由一人作之,实无与于个体之事。《毛诗序》:"言天下之事,形四方之

---

① 韩国慕山学术财团资助东亚人文学会《东亚人文学》2002 年第 2 辑,第 171—190 页。

风,谓之雅。"① 实为对这种古老的群体诗学的一个高度概括。

第三,原始诗学的群体诗学性质还突出地表现于它在创作、发表与传播的过程中,多以集体的状态存在。这里尤其应该注意的是,原始的歌谣与音乐舞蹈紧密结合在一起,这更使其在绝大多数场合下,是一种集体的抒发、表演的行为。我国传说古帝王时代的诗歌,大部分都是与音乐歌舞结合在一起,如《吕氏春秋·古乐》载:"昔葛天氏之乐,三人操牛尾,投足以歌八阕,一曰载民,二曰玄鸟,三曰遂草木,四曰奋五谷,五曰敬天常,六曰建帝功,七曰依地德,八曰总禽兽之极。"② 看得出来,这是一个比较成熟的上古歌舞剧,是部落群体的创作与表演。原始与民间的诗歌创作中存在着群体(或称集体)创作的现象,这对文学史家与批评家来说是熟悉的,尤其是研究早期诗史与民间歌谣的学者。俄国文学史理论家维谢洛夫斯基在他的《历史诗学》中,着重研究早期的合唱队时期诗歌创作,也指出早期诗歌创作是一种群体的创作行为。关于我国先秦诗歌的群体创作与个体创作的问题,学者们也时有论及。如赵敏俐先生在他的《论〈诗经〉在中国文学史上的创作论意义》一文中,就从"个体诗人"的出现这一角度,来分析《诗经》在诗歌发展史上的意义③。其基本的理论前提也是认为原始诗歌是一种群体的创作,后来发展为个体的创作。曾守正先生的《战国时期"诗言志"的双重观念》一文也涉及这个问题,其中主要观点认为《诗经》基本上还是"集体创造",到荀子作"佹诗",初步体现了个人作诗的意识,屈原的"发愤以抒情",是"个别创作主体的自觉与

①《毛诗正义》卷一,《十三经注疏》第 271—272 页。

② 王利器《吕氏春秋注疏·古乐篇》,巴蜀书社 2002 年,第 536 页。

③ 原载《东方论坛》1996 年第 2 期,后收入赵敏俐《周汉诗歌综论》,学苑出版社 2002 年。

强调"。

第四,从诗歌创作的技术层面来看,原始诗学也带有群体性的特点。通常我们会觉得原始的诗歌创作是一种纯粹自然的抒情行为,其实原始诗歌作者,虽然对诗歌原理认识甚少,但并非全无意识。原始诗歌发展到较高的形态,也有一种相对固定的艺术形式,其中也有一定的声调、韵律乃至修辞格,尽管与后世发展了的诗学相比,是极其简单、极其原始的,但却不能不视之为诗学之开端。艺术史家不止一次地论证过,原始人类最初使用诗歌,是在一定的感情的驱使下,对于日常语言的变化使用,即在某种场合,语言越出了正常的交际功能,以一种模糊的形态来表达感情,并且在语气、节奏与修辞上都出现了一些通常的语言运用中所没有的变化。这些变化,用格罗塞的话来说,就是"有效的审美形式",他给诗歌下了这样一个定义:"诗歌是为达到一种审美目的,而用有效的审美形式,来表示内心或外界现象的语言的表现";"要将感情的言辞表现转为抒情诗,只须采用一种审美的有效形式;如节奏、反复等";"原始民族用以咏叹他们的悲伤和喜悦的歌谣,通常也不过是用节奏的规律和重复等等最简单的审美的形式作这种简单的表现而已。"[1] 但是,情感的抒发虽然是诗得以发生的机制,但不等于诗本身。"诗"的形成的根本的标志,还是在于大众所意识到的一种不同于日常语言使用的表达的习惯,形成"有效的审美形式",这就是原始诗学的发轫。换句话说,原始人类从完全自然的个体抒发,到对这种抒发的有意识的利用,并且进而确认了诗作为一种表达形式的存在。我们所说的原始诗学,主要是在这个层次上。在这个层次,抒情与诗的形式的运用,就变得比较复杂。

————————

[1]（德）格罗塞著,蔡慕晖译《艺术的起源》,商务印书馆 1984 年,第 175—176 页。

正如原始社会一切财富都是公共所有一样,诗这种精神财富自然也是公有财产,即使那些艺术的形式如句式、韵律、体调原本曾是某一个体的创造。从这个意义上说,原始诗学是群体性的。当然在后世的以个体诗学为主流的时代,诗歌的艺术形式在很大程度上也是公共性的。这是因为诗的体制形式,本来就是若干世代中无数诗人共同积累的结果,但是在个体诗学中,这种公共性的艺术形式的运用,被打上鲜明的个性的标志,它是与个人风格结合在一起的。而且那些在形式与技巧上作出突出的创造的诗人,他们的成果虽也会被他人所运用,但在一个相当长的时期,是作为个人的成果而获得承认的。例如永明诗人和后来的沈、宋等人在格律诗艺术形式上的创造,沈、宋在完成近体诗体制中所作的贡献,在诗歌史上就一直被作为他们个人性的成果来叙述。这在原始诗学时代是不可能的。与原始诗学一样,民间诗学也存在着类似的情况。它是作为一种群体的、公共的东西而存在,个人性不太突出。

早期诗学或民间诗学的诗歌艺术形式与技巧等公共化,也是因为一些形式从根本上讲也是群体的共同创造,像举重、拉纤等劳动中所形成的号子,就是众人一起创作的,在战斗、狩猎、祭祀等活动中产生的一些诗歌艺术形式与技巧,也有这种情况。公有化的另一个原因,还在于这种诗学从技术的层面来讲还是属于比较低级的阶段,不像后来的诗学那样复杂,需要长期的学习与训练才能获得。所以,在原始社会,诗歌不仅是公共的,而且也是普及的,每一个人,只要具有适当的情感状态,都可以自由地进入诗歌创作的领域。总之,诗歌艺术不具备专门性技能性质,或者说专门性程度很低,这也是群体诗学的一个重要标志。虽然在民间诗歌的创作中有民间歌手,原始时代也有可能存在创作的量与质两方面都超过一般人的原始诗人,但在群体诗学时代中,诗人与一般人在诗歌创作能力方面的差距是比较小的。这一方面是由于诗歌的形式简单,距离日常语言很近。另一方面也是由于,一般来说,原始人的个体,其感情、愿望与思想,与文明时代的人相比是十分简单的,并且共性远强于个性,原始的诗人在这方面也不例外。"原始的诗人,能超过他的听众的水平线(指思想与文化的水平线——引者注)以上的,是极其例外。这决不是造物者没有在这些民族之间造出优秀品质的个人;不过是因为狩猎民族的低级文化,对全体分子一律地作着顽强的苛求,牵制着特殊的个人留于同一的低级发展的水平线上而已。我们可以看到澳洲的每一个土人,都制备他自己'一家的歌',正如他们各自为自己制作所需要的工具与武器一样。所以这个人的诗歌和其他人的诗歌,其价值或多或少是完全相同的。斯托克斯自夸其随伴土人中有一个名叫妙哥的,说,只要有一个题目触动了他的诗的想象,他就非常容易而且迅速地作出歌来。但是这种吟咏的天才,并不是某个人的特殊秉赋,却是所有澳洲人共有的才能"①。诗学越发展,一般人与诗人在诗歌创作能力上的差距也就越大。

二

从上面的论述可知,人类诗学的早期形态是群体诗学。群体诗学的原始发展阶段是漫长的,这时候的诗学处于纯粹自然的形态中,其发展的趋势则是十分缓慢的。只有在获得了某种较高的文化系统之后,才能比较迅速地摆脱原始的自然的发展阶段,进

---

① 《艺术的起源》,第 209—210 页。

入民族诗学发展的第一个黄金时期。但是这个黄金时期的主要标志，并非个体诗学取代群体诗学，而是群体诗学的成熟。从这个意义上说，人类的诗歌发展史，经历了两种不同性质的诗学的成熟，即群体诗学的成熟与个体诗学的成熟。而整个诗歌史，也可以划分为群体诗学的时代与个体诗学的时代。就我国诗史来讲，从上古到两汉，是群体诗学为主流的发展时代，而魏晋以降，则是个体诗学为主流的发展时代。中国古代诗人，将《诗经》与汉乐府作为诗的经典，但习惯的看法，又认为唐宋时代是古典诗歌的成熟期。这里其实包含着逻辑上的矛盾。现在我们知道，诗学从其形态上看存在着群体与个体两种，对这个问题就可以解释了。事实上在这之前，《诗经》和汉乐府也都是成熟的诗歌艺术，它们所代表的是群体诗歌的最高发展阶段。我们将《诗经》看作是中国古代诗歌的源头，这从其与后世诗歌的影响关系来说是对的，但我们同时要看到，《诗经》决非中国古代诗歌史的实际开端。"早在荷马之前就有颂歌诗人与祭司歌手，可是荷马史诗这一宏伟现象却掩盖了更古老的开端；他也就成了一切的诗的源头"①。《诗经》也是这样的，在《诗经》之前有着漫长的群体诗歌发展的历史，《诗经》与其后的汉乐府一样，都是群体诗学发展到高级阶段的产物，并非诗歌艺术的原始形态，而是诗歌艺术的成熟形态。较之后世的文人诗的个体诗学的成熟形态，《诗经》、汉乐府在艺术的形态上是简单、朴素的，但并不影响其艺术精神的实现与艺术规律的体现，这就是后世文人常常追慕的"风雅之道"、"乐府诗的现实精神"。可见《诗经》之成为后世诗人的经典，不是由于其原始之朴陋，而是由于其所体现的群体诗学的高度成熟。同样，

①（俄）维谢洛夫斯基著，刘宁译《历史诗学》，百花文艺出版社2003年，第320页。

汉乐府诗之成为艺术经典,也是由于这个原理,它们代表着群体诗学发展的最高形态。

群体诗学的另一个重要表现,就是诗与乐舞等艺术处于一种综合性的艺术体系之中,其中诗与歌的不分,是普遍的形态。所以在群体诗学时代,诗歌艺术的独立性不强。典型的人类早期的群体诗学,其发展历史是始终伴随着这一综合性的艺术体系的。反过来也可以说,诗脱离音乐而获得独立,便是诗歌史从群体诗学时代向个体诗学时代的迈进。原始的诗歌,常与乐舞结合。格罗塞在论原始音乐时说:"音乐在文化的最低阶段上显见得跟舞蹈、诗歌连结得极密切。没有音乐伴奏的舞蹈,在原始部落间很少见,也和在文明民族中一样。'他们从来没有歌而不舞的时候,也可以反转来说从来没有舞而不歌的',挨楞李希对于菩托库多人曾经说,'所以他们可以用同一的字样称呼这两者'。"① 这后一句,让我们想起中国古代从先秦到两汉的时代,经常使用的"乐"这一概念。"乐"是诗、乐、舞及早期戏剧等诸种艺术的总名,同样在一定场合也可以作为其中某一种类的专称。但是我们应该知道,这个"乐"的综合性艺术体系,从原始状态发展到文明社会的状态,经历了很漫长的历史。在这个过程中,群体诗学也逐渐地从原始的状态走向文明的状态。从整个诗歌史来说,诗歌艺术在脱离了音乐歌舞之后,才获得了充分的发展,所以与音乐结合时期的诗学,是属于诗学的初级阶段,而且缺乏独立形态。宋人郑樵在论《诗经》、乐府诗时倡诗在声不在辞之说,也就是说在它们的艺术功能中,音乐性

---

①《艺术的起源》,第214页。

占据第一位，文学性占据第二位①。这也意味着与音乐的结合，限制了诗歌艺术的独立发展。但是，此外我们应该看到，在群体诗学的发展中，音乐是与诗歌共同发展的同伴，高度发展的音乐艺术也是促进诗歌艺术发展的重要机制。我国古典诗歌之所以在《诗经》与汉乐府两个体系中发展到群体诗学的最高阶段，与周汉礼乐文化的发展是分不开的。

三

群体诗学以表现群体性的思想感情为其基本内涵，即《毛诗序》所说的"言天下之事，形四方之风"。从这个意义上讲，汉代的诗歌，是以群体诗学为主流，也就是说，相对于后来的魏晋时代以个体诗学为主流，汉代可以说仍处于群体诗学的时代。上节我们已经分析过汉乐府诗的创作性质。乐府中如《房中歌》、《郊祀歌》，虽多才人文士的创作，但其内容完全是表达大一统王朝的政治与宗教意识的，是属于群体诗学中的政治、教化与宗教这样几类。相和歌辞中，除个别作品如大曲《满歌行》是表现个体的意识外，绝大多数作品所表达的都是社会的客观事象，反映社会大众的审美情趣与伦理观念，如《陌上桑》、《孤儿行》等，实为撷取社会事件、充注大众爱恶是非之观念的诗歌。乐府之外的汉代杂歌谣辞，比起配乐的诗歌，更多体现群体诗学时期诗歌的原始状态。所谓杂歌谣辞，是指汉代入乐的乐府歌辞之外的那些歌谣及韵文体的谚

---

① （宋）郑樵《通志二十略·乐略第一·正声序论》，中华书局 1995 年，第 887 页。关于这个问题，拙著《汉魏乐府的音乐与诗》（大象出版社 2000 年）及拙文《乐府古辞的经典价值——魏晋至唐代文人乐府诗的发展》（《文学评论》1998 年第 2 期）有详细的论述。

语。通常很容易将杂歌谣辞与乐府歌辞的区别简单地理解为入乐与未入乐之区别,甚至将它们看作是乐府歌辞的候补。其实就现在被编为"杂歌谣辞"的作品来看,谚语与乐府邈不相干不待言,即使是体制与乐府歌辞比较接近的杂歌辞与谣辞,也是性质很不相同的两类诗歌,两者在创作状况与目的、传播形态与功能等方面都是不相同的。它们在诗学上与乐府歌辞属于不同的系统,一为歌谣系统,一为乐歌系统。逯钦立《先秦汉魏晋南北朝诗》中"汉诗"立"杂歌谣辞"一类,在文献上厘清了杂歌谣辞与乐府歌辞、琴曲歌辞等入乐歌辞的界限,大大有助于其真相之呈现。

　　杂歌谣辞的主要功能,是反映社会全部或某一部分人的意志,起褒贬是非及干预时事政治、品评人物良窳的作用。与乐府通过娱乐功能产生伦理功能不同,杂歌谣辞是直接以讽喻美刺为功能,不仅娱乐功能几乎不存在,其修辞饰事的艺术功能也是很其次的。从现存的典籍中可以看到,至迟在春秋战国时期,以政治与风俗为主题的歌谣就已经很流行,并且对政治、时事及政治人物的行为直接起到干预的作用。因为这些歌谣多出于替国君贵族驾车的车夫之口,所以多名之为舆人诵,如《国语·晋语》讽喻晋惠公的"舆人诵",《左传·僖公二十八年》的"舆人诵"。盖春秋战国时期,我国尚存在一种城邦国家的民主政治①,各阶层的人物都有一定的言论自由,国君等统治者有听取的义务,《国语·周语》载邵公谏周厉王弭谤云:"故天子听政,使公卿至于列士献诗,瞽献曲,史献书,师箴,瞍赋,矇诵,百工谏,庶人传语,近臣尽规,亲戚补察,瞽史教

———————

① 此处采用日知《中西古典文明千年史》(吉林文史出版社1997年)一书中的看法,此书着重阐述在中国古代专制帝国形成之前的春秋战国时期,存在着一种与古希腊城邦国家相似的古代文明世界的民主政治。

诲,耆艾修之,而后王斟酌焉。"①虽然这里所说的不免有所理想化,不能完全相信,但是也可见当时的人们对政治是有讨论的权利的。为了达到婉辞谲谏的目的,一些像舆人这样的常得接近统治者的人物,经常采取歌谣的形式。这在当时是合法的。汉代的歌谣,可以说是直接继承春秋战国的舆诵之风,但在大一统的政治中,民主政治消沉,统治者周围的那些人物,逐渐失去舆诵谲谏的职能,舆诵的创作与流传更为民间化,而也因此更具民间讽喻的性质。当然,不排除一些政治上有势力的人物对歌谣议政的操纵。与汉乐府比较,杂歌谣辞是更为古老的一种诗歌形态,更多地体现群体诗学的原始风貌。后世文人诗歌中提倡讽喻美刺这一派,其真正渊源是杂歌谣辞这一类,而非乐府。所以白居易的新乐府,如按汉代标准来看,应该称"新歌谣",或说文人拟歌谣。

如上所论,无论是汉乐府还是汉歌谣,都是属于群体诗学的范畴,所以,汉代诗学最大的特点是群体诗学极为发达。而汉代的个体诗学,则相对于后来各代来讲,基本上还处于萌芽阶段。造成这一特点,与许多诗学史现象一样,是由诗歌史本身与历史文化两方面的原因造成的。所谓诗歌史本身的原因,即我们上面所论的,人类诗学发展的基本规律是群体诗学早于个体诗学而成熟,在早期的诗歌发展史中主流是群体诗学,而汉代正处于这一发展趋势的终端,是中国古代群体诗学发展成熟并即将转入以个体诗学为主的阶段之前的一个时期。所谓历史文化的原因,是汉代社会作为中国第一个长治久安的大一统王朝及其相应的一系列社会文化表现。

---

① 徐元诰《国语集解·周语上》,中华书局 2002 年,第 11—12 页。

四

　　与群体诗学相对的个体诗学,代表了诗学发展的更高的阶段。所谓个体诗学,即建立在独立的个体的基础上的一种个人的思想感情表达的行为。在这种创作活动中,诗歌被深深地打上个体的印痕,它不仅是完整意义上的自我抒发,而且是个体的创造意识、传播愿望都十分突出的一种行为,即通过诗而获得个人在艺术上的声誉包括诗歌史上的地位。我们所熟悉的"诗人"一词,虽然最早是用于对《诗经》作者的称呼,但其在后代的流行正是个体诗学内涵的比较完整的表达。虽然个体诗人所抒发的思想感情与人们相通,并且引起共鸣,但这些思想感情始终被视为他的个人所有,与他的个性紧密地联系着,同样他的风格与诗艺上的种种表现,虽然也与一般的风格与诗艺相通,并且被后人所借鉴,但作为他个人的独立创造这一性质,是永远也不会改变的。这便是"诗人"资格的取得。我们所说的个体诗学,就是在上述的意义上说的。总之,个体诗学是指个人的思想感情、个性化的艺术风格,以及通过诗歌艺术的创造与传播来实现个体的生命价值这些内涵。从这个意义上说,个体诗学的成熟,代表着诗歌史的高度发展。

　　中国古典诗歌中个体诗学的发生与发展,也经过了曲折的过程。即使在群体诗学的时代,个体在诗歌创作中就已发挥着重要的作用,任何的创造,不管其在后来过程中发生何种变化,加入何种机制,但在最初的一刻,无疑都是发生于个体的心灵中。但在群体时代,诗歌表现的内容与诗歌的过程,最终转化为群体的创作活动,变为群体共同的拥有。不管这种转化是发生在哪个环节,或是个体抒发在当刻就立即得到群体的狂热的呼应,或是个人创作出他的诗歌，但在传播中逐渐失去个人著作权，或是最终被官方音乐机构所采集改编，总之结果是一样的。在我国古代，国家政治的建立，使诗学的群体性发展到一种极致，诗作为礼乐的一部分，所承担的是宗教政治与风俗教化的功能。这不仅表现于创作的阶段，而且也表现于对诗的批评与阐释之上，汉儒的诗学就是这一群体诗学的最高的理论总结。在他们的解诗中，民间一般的抒情行为，也都被诠解为与政教相关的主题。

比较典型的个体诗学的发生，准确地讲，是诗歌创作中个体作用的因素增加并上升为主流。我们前面说到过，我国古代诗史，在魏晋之前，基本上还属于群体诗学的时代。但这只是就阶段性特征而言，并不是说此前就完全不存在个体诗学的形态。就《诗经》而言，"三颂"与"大雅"，是典型的群体诗学形态。"风诗"则是民间群体诗学的一种提高，这在前面已经讨论过。比较而言，"小雅"中的作品，个体抒情的因素明显增强，个体诗人的社会及文化的各种身份特征也较多地反映在诗里。可以说，是初步表现出个体诗学的特点来。作为儒家群体诗学最高理论总结的《毛诗序》也注意到了这一现象，从而同样地为后世的文人诗提供了个体诗学的基本原则：

> 至于王道衰，礼义废，政教失，国异政，家殊俗，而变风变雅作矣。国史明乎得失之迹，伤人伦之废，哀刑政之苛，吟咏情性，以风其上，达于事变而怀其旧俗者也。故变风发乎情，止乎礼义。发乎情，民之性也；止乎礼义，先王之泽也。是以一国之事，系一人之本，谓之风；言天下之事，形四方之风，谓

之雅。①

从本文的思考角度看来,诗序的这段话,正是对发生于《诗经》内部的群体诗学向个体诗学的初次倾欹的历史真相的一个高度的理论概括。无疑,这种宏观的概括,舍弃了历史中复杂的因素,部分地以逻辑代替了历史,但是它抓住了历史中最主要的东西。我们前面已经分析过,商周礼乐文明中发展出来的群体诗学,是群体诗学的高级形态,它促进了诗学的发展,同时也成了个体诗学发生的一种温床。因为在这个群体诗学中,知识阶层已经成了主要的创作者,他们就是《毛诗序》所说的"国史"。他们的个体精神已经形成,只是在王道政治还景气、礼乐制度还健全的情况下,他们所承担的还是表现群体思想感情的功能。但到了政治变化、礼乐不行的时候,他们就很自然地转变为个体抒情者,即"吟咏情性"。当然,他们的个体抒情,仍然是体现政教诗学的伦理价值观,这就是"发乎情,止乎礼义"。这一原则自汉儒奠定,遂成为中国后世诗学的基本原则。这也可见中国古代文人诗的个体诗学发源于群体诗学,并且始终为群体诗学原则所制约。

　　个体诗学的进一步发展,则是在"周道浸坏"的战国时代,其最大的成果就是屈原、宋玉等辞赋家的创作:

　　　　古者诸侯卿大夫交接邻国,以微言相感,当揖让之时,必称诗以谕其志,盖以别贤不肖而观盛衰焉。故孔子曰"不学诗,无以言"也。春秋之后,周道浸坏,聘问歌咏不行于列国,学诗之士逸在布衣,而贤人失志之赋作矣。大儒孙卿及楚臣

----

①《毛诗正义》卷一,《十三经注疏》,第271—272页。

屈原离谗忧国,皆作赋以风,咸有恻隐古诗之义。其后宋玉、唐勒,汉兴枚乘、司马相如,下及扬子云,竞为侈丽闳衍之词,没其风谕之义。是以扬子悔之,曰:"诗人之赋丽以则,辞人之赋丽以淫。如孔氏之门人用赋也,则贾谊登堂,相如入室矣,如其不用何?"[①]

虽然这里所说的"周道浸坏,聘问歌咏不行于列国",并不是群体诗学衰落的全部理由,但"学诗之士逸在布衣,而贤人失志之赋作矣",确是个体诗学发生的两个最重要的原因:一是一批具备较高诗学修养的布衣"学诗之士"的出现,二是贤人之失职而生不平之感情。个体诗学的两个条件,一是个体抒情的自觉,二是个体独具的专门化程度较高的创作能力,至此已经具备。但是楚辞家的个体诗学,又逐渐弱化为非主流的诗学。汉代诗学的主流,仍然回归到发生于民间、经礼乐制度而提高的群体诗学中来,与周代的群体诗学前后辉映。

五

从诗歌史发展的大势来看,魏晋南北朝时期是我国古代个体诗学确立、发展的时期。关于这一段诗歌史中所体现的人的个体性自觉及艺术本身的自觉,学术上已经有很充分的讨论。但是以往我们只是从这一时期的社会思潮出发来解释上述诗歌现象。其实,通过前面的探讨我们发现,魏晋南北朝诗歌史不同于前面诗歌史的这些重要的表现,同样也是诗歌史从群体诗学时代发展到个

① 《汉书》卷三〇《艺文志十》,中华书局 1962 年,第 1755—1756 页。

体诗学时代这一规律在起作用,某种意义上说,这是更内在的、更带有必然性的,而具体的时代文化精神则是外在的、带有偶然性的(除非是我们考虑到在整体的文化与精神史方面存在着类似的发展规律)。也就是说,诗史发生从群体诗学到个体诗学的转化,是一种必然的趋势,但其实现则有赖于文化史与精神发展史方面的气候。

魏晋文人诗的个体诗学,是从汉乐府诗的群体诗学中发展出来的。东汉时期,随着乐府新声在社会各阶层的广泛流行,文人逐渐成为其中重要的参与者,并且由此而产生文人创作五言诗的新风气。这其中有些仍然是按照群体诗学的模式而产生的,如《古诗十九首》和传为李陵、苏武所作一批赠别诗,虽然在语言艺术上表现出超越群体诗学水准的新因素,但它的性质仍然是汉末流行的新声乐曲,其所抒写的主要还是群体性的感情,其中尤以写思妇游子之情为多。可以看出,这是在中下层文士群中流行的一种乐诗。其中的情事,看起来好像是个性与主观性很强,实际都是社会生活中具有典型性的人物与情节表现,如《行行重行行》一诗,看起来像是写某个具体的人物的事情,但实际上是诗人浓缩了夫妇之别的社会性主题所塑造的一个典型人物。有时情节虽然很奇创,富于个性化,如《涉江采芙蓉》这首诗,情节不为不奇,但其表达的感情,仍是一种典型化的生活感情。从这个意义上说,无名氏的创作,仍属于群体诗学的范畴。但作者往往以个人的亲历为素材,其个人抒情的性质开始凸现,成为魏晋个体抒情诗学之奠基。汉末的郦炎、侯瑾、秦嘉、赵壹、蔡邕等人,其表现个体思想感情的倾向已经很明显,摆脱官方乐府与民间新声丽曲的群体诗学表现模式,使五言诗史向个体诗学迈出了第一步。

新兴的五言诗从无名氏创作向有名氏的诗人的转化,正是个体诗学成立的一个标志。到了建安时期，不仅"五言腾踊"①，而且出现了一批写作五言诗与乐府诗的诗人，形成了一个诗人群体。这个群体，不仅对一般的社会来说具有一种独特性，即使对具有较高文化与文学素养的知识阶层来说，也是具有独特性的。诗歌创作虽然不能说是他们的职业，但却是只有他们擅长而一般人甚至一般的学者文士都不太能胜任的专门性的创作活动。他们写诗，已经不像汉代皇室贵戚之作楚歌体、儒学者之作四言体那样，只是因事感发，偶一为之，而是大量地、经常性地进行。随着诗歌创作水平的提高，对于诗艺的批评活动也开始出现了，曹丕《与吴质书》说刘桢五言诗"妙绝时人"②，可见当时人对于诗人们的艺术上的水平高低是有评论的。曹植《与杨德祖书》中说："世人之著述不能无病，仆尝好人讥弹其文，有不善者，应时改定。"又说："刘季绪才不能逮于作者，而好诋诃文章，掎摭利病。"③其所说的"著述"、"文章"，自然也是包括诗歌在内的。可见建安诗人在创作时经常是伴随着一种批评活动的。诗歌批评的出现，也标志着诗歌艺术开始脱离音乐母体，并且在政教、娱乐等实用功能之外，其艺术功能开始明确。这正体现了个体诗学内涵的具备。这种诗歌批评活动，与诗歌史的发展同步行进，只是没有像创作的成果那样，随时以文本的形式记载下来，但我们从齐梁之际钟嵘《诗品》可以发现，批评活动已经发展为蔚为大国的形势，这个历程，也是诗歌艺术发展的历程，个体诗学发展的历程。

个体诗学的一个重要标志是诗歌为个人所有，诗人通过创作

---

① 范文澜注《文心雕龙注》卷二《明诗》，人民文学出版社 2000 年，第 66 页。
② 高步瀛选注《魏晋文举要》，中华书局 1989 年，第 8 页。
③ 赵幼文校注《曹植集校注》，人民文学出版社 1998 年，第 153、154 页。

来显示自己的才华,杰出的诗人,还致力于艺术上的卓越建树,以使自己的作品垂之久远,从而通过艺术的创造,实现人生的价值。在魏晋南北朝时期,出于玄学自然观及门阀政治等方面的原因,"才性说"极为流行,士人阶层普遍崇尚天才,对于各种艺术及技艺如书法、绘画、音乐、棋艺的热衷,均与此有关。而"博学善属文",尤为最能显示才能的一种专业性的能力。再加上朝野之上,常以文艺论定身价,以为仕途进取之资,这样就扇炽起前所未有的诗歌创作与诗歌批评的风气,钟嵘《诗品序》云:

> 若乃春风春鸟,秋月秋蝉,夏云暑雨,冬月祁寒,斯四候之感诸诗者也……凡斯种种,感荡心灵,非陈诗何以展其义? 非长歌何以骋其情? 故曰:"诗可以群,可以怨。"使穷贱易安,幽居靡闷者,莫尚于诗矣。故词人作者,罔不爱好。今之士俗,斯风炽矣。才能胜衣,甫就小学,必甘心而驰骛焉。于是庸音杂体,人各为容。至使膏腴子弟,耻文不逮,终朝点缀,分夜呻吟,独观谓为警策,众睹终沦平钝。次有轻薄之徒,笑曹刘为古拙,谓鲍照羲皇上人,谢朓今古独步。而师鲍照,终不及"日中市朝满",学谢朓,劣得"黄鸟度青枝",徒自弃于高明,无涉于文流矣。观王公缙绅之士,每博论之余,何尝不以诗为口实,随其嗜欲,商榷不同。淄渑并泛,朱紫相夺,喧议竞起,准的无依。近彭城刘士章,俊赏之士,疾其淆乱,欲为当世诗品,口陈标榜,其文未遂,感而作焉。①

钟嵘这一段话,有好几个层次的意义。先是讲诗的发生原理及其

---

① 陈延杰注《诗品注》,人民文学出版社 1980 年,第 2—3 页。

存在依据，后来又讲到在他的时代诗的繁荣景象。比起《尧典》及
《毛诗序》《乐记》等，钟嵘的诗歌发生说，更重视个体的抒情原则，
是建立于个体诗学立场上的一种诗歌发生说。应该说，抒情需要
之说，只解释了诗的发生的原因。而诗的发展与繁荣，是诗作为
一种艺术价值得到了普遍的承认之后才能取得的。自然阶段的诗
人创作，以抒情为主要的动机；自觉阶段的诗人创作，则以艺术价
值的实现为主要的动机。而重视艺术价值的原因，除审美的方面
外，就是显示才华，诗人对于妙绝时人的诗艺，有一种梦寐以求的
热情。同时，社会对于诗艺的批评与鉴赏，眼光也主要是投注于品
评各个诗人、各种风格的美丑高下。这时候还出现以诗歌批评为
自职的批评家，希望为纷纭无准的社会上有关诗的评论，定出一些
艺术批评的标准来，希望充当诗歌批评中"镜子"那样的角色。如
此，则不仅创作成为专擅的能力，批评也成为专擅的能力，具备这
样能力的人，即钟嵘所说的"俊赏之士"。可见诗歌批评的发展，也
是个体诗学发展的产物。与之相应，我国古代诗歌理论体系也在
魏晋南朝时期形成。"一种原创性诗学不是在某一特定文化体系
发轫之初就出现的，而是出现于紧随其后的某个时期，在诗人由无
名氏变成公认的作者、诗被赋予独立性存在之后"①。我国古代的
诗学是典型的原创性诗学，它的出现，既是诗史发展的产物，又是
以儒学为主流的中国传统文化发展的产物。从发生的历史时期来
看，它的确出现于儒家文化体系之后，汉代儒家诗学是其初具规模
时期。但从先秦到两汉的诗歌理论，还是处于依附音乐理论的大
背景中，就如此期的诗依附于乐一样。诗歌理论的完全独立并形

---

① （美）厄尔·迈纳著，王宇根、宋伟杰等译《比较诗学》，第 32 页，中央编译出
　　版社 1998 年。

成一个完整的体系,是在魏晋南北朝时期,而这时确实是诗人由无
名氏变成公认的作者、诗被赋予独立性的时期。

结　语

　　诗歌是人类感情活动与审美天性的产物,所以世界上任何一
个民族都有其原始诗歌。但诗歌的发展,却依靠着文化的发展,尤
其是文化中适宜、促进诗歌发展的因素。因此不同的语言、文化系
统中的诗歌,其发展的程度是不平衡的。我国古代的诗歌,在《诗
经》与汉乐府的群体诗学时代,就已经获得了超越自然诗歌的高度
的发展,体现出民族文化的独特性,为后来的个体诗学的发展奠定
了坚实的基础。从这一点我们又发现这样一个规律,个体诗学是
在群体诗学高度发展的前提下发生的,因此,不是每个民族、每种
文化,都能达至由群体诗学向个体诗学发展的高度。尤其是比起
其他民族的诗学,我国古代诗歌发展的一个重要现象,就是个体诗
学发生的时代很早,所以它的发展的历史也比任何一个民族都要
长。我们前面说过,诗歌艺术的真正独立的发展,在脱离了群体诗
学之后的个体诗学时代才能实现。个体诗学的最重要的机制,是
促进诗歌语言艺术向可能达至的最高高度发展。我国古代诗歌艺
术的高度发达和无双繁荣,正是因为上述的原因。

(原载《文学遗产》2005 年第 2 期)

从歌谣的体制看"风诗"的艺术特点

——兼论对《毛诗》序传解诗系统的正确认识

朱熹云:"凡诗之所谓风者,多出于里巷歌谣之作,所谓男女相与咏歌,各言其情者也。"① 又其注《国风》云:"国者,诸侯所封之域;而风者,民俗歌谣之诗也。"② 事实上,朱熹解诗对汉儒旧说的部分突破,也正是建立在这一基本认识上的。自此之后,风诗采自歌谣,已成学者们熟知的事实;而重视《诗经》与歌谣的关系,从歌谣的角度来认识《诗经》的艺术价值并据以说诗解诗,更是现代《诗经》学的一个特点③。古今学者通过对《诗经》歌谣性质的论证,确立了民间作者作为《诗经》中国风的创作主体的观点,并且认识到风诗的内容多为民间社会的生活与感情之表现。这一建树,无疑是巨大的。尽管如此,我认为《国风》作为歌谣艺术的真相,仍有很大的一部分被遮蔽着。这种遮蔽主要表现在对《国风》

---

① (宋)朱熹集注《诗集传·序》,上海古籍出版社 1980 年,第 1 页。

② 《诗集传》卷一,第 1 页。

③ 参见顾颉刚编著《古史辨》第三册下编所载顾颉刚《从〈诗经〉中整理出歌谣的意见》,上海古籍出版社 1982 年,第 589—592 页。魏建功《歌谣表现法之最要紧者——重奏复沓》,同上书,第 592—608 页。又参见洪湛侯《诗经学史》的有关论述,中华书局 2002 年,第 629—635 页。

（包括《雅》、《颂》的一部分作品）作为歌谣体的文体性质缺乏深入的研究。

风诗是从上古的抒情歌谣发展过来的,保持了歌谣简单、朴素的风格,以自我抒发为特点,而缺乏客观、完整的叙事观念。因此,它在功能上是典型的表现性的诗,而缺乏再现性的功能①。风诗的这种性质,实际上也可以说是抒情诗尤其是短篇抒情诗的艺术特质,构成了后人追慕的审美理想。另一个事实是,风诗因歌谣体的朴素的艺术表达方式而形成诗歌本事指向的不确定性,使其主题与本事常常无法探明,导致"诗无达诂"的接受事实。事实上,《诗经》的解释,一直是依赖于历史文化方面的信息以及批评者的诗歌观念、诗歌审美方式等的文本之外的因素来完成的。所以,任何一种《诗经》解释系统都是相对性的。我们应该看到它们的相对性,尤其是对于近现代学者普遍诋疑的《诗序》与《毛传》,我认为不应简单地否定,在文献不足的情况下,以采取存疑的态度为好。为了更明确地阐述风诗原本的歌谣体制,本文所采用的一个入手的方法,就是将现存的、可以确定是与风诗产生时间相近的先秦时代的古歌谣辞作为参照,论定歌谣的表现特点尤其是其本事与文本的关系,以更直观地体认《诗经》歌谣体的性质及其表现的特点。

一

《诗经》中的《国风》虽来自歌谣,但现在所见的风诗作品,并非歌谣的自然状态,而是经过了选诗配乐的处理,所以在文体上

---

① 关于诗歌艺术中表现与再现的问题,参看笔者《表现与再现的消长互补——中国诗歌发展史上的一种规律》一文,见《文学遗产》1996 年第 1 期。

已经发生了一些变化。关于"诗三百篇"入乐的问题,古人论之甚
详①。歌谣是纯粹自然的诗歌,而"诗三百篇",从文体性质来看,是
经过较复杂的音乐体系处理的乐诗,其在诗歌发展上的层次,实
较自然状态的歌谣为高级。原因是在采集、配乐的过程中,诗歌
艺术的诸种因素如体式、修辞、节奏、用韵,也得到了提高。唐楼
颖《国秀集序》云:"昔陆平原之论文,曰'诗缘情而绮靡';是彩色
相宣,烟霞交映,风流婉丽之谓也。仲尼定礼乐,正《雅》《颂》,采
古诗三千余什,得三百五篇,皆舞而蹈之,弦而歌之,亦取其顺泽者
也。"②所谓"取其顺泽者",即选其修辞之佳者,其中即包含修饰润
泽之意。又马瑞辰论诗入乐云:"不知诗者,载其贞淫正变之词;乐
者,订其清浊高下之节。古诗入乐,类皆有散声叠字,以协于音律;
即后世汉魏诗入乐,其字数亦与本诗不同。则古诗之入乐,未必即
今人诵读之文一无增损,盖可知也。"③这些观点都指出了合乐(舞、
弦、歌)对诗歌语言的影响,在语言富于音乐性的同时,修辞上也
做了相应的润饰。这势必影响到它们的文体,使其发生某些变化。
但是关于入乐对《诗经》的修辞及文体发生何种影响,则古今学者
研究得还是很不够的。以至有将《诗经》中风诗简单地等同于歌
谣的倾向。实际的情形是,风诗虽出于歌谣,但已成为乐诗,其文
体性质已经发生某些变化,所以我们较难从风诗中直接体会其歌

---

① 关于"诗三百篇"入乐的问题,先秦典籍多有记载,而尤以《左传》襄公
  十九年所载季札于鲁观诗,《论语》所载孔子自卫返鲁然后乐正,雅颂各得
  其所,《史记》所载诗三百篇孔子皆弦歌之,以求合于韶武雅颂,以及《墨
  子·公孟篇》所载"诵诗三百,弦诗三百,歌诗三百,舞诗三百"等记载最富
  权威性,古人论之甚详。参见(清)马瑞辰《毛诗传笺通释》卷一《诗入乐
  说》,中华书局1989年。
② 《唐人选唐诗(十种)》,上海古籍出版社1978年,第126页。
③ 《毛诗传笺通释》卷一,第2页。

谣的本相。可以说,风诗的歌谣体制及其艺术特征在相当的程度
上被隐蔽着。

　　为了更好地体认风诗的歌谣本相,本文采取的方法是从与《诗
经》产生时代相近的春秋时代的未入乐的歌谣着手,来推想风诗未
入乐之前的原始文体的样子。先秦时代的歌谣,篇幅都极为短小,
结构极为简单,抒情方式朴素原始,最能体现歌谣的本相,对于我
们了解风诗的艺术真相是一个很好的参照。上古的歌谣,如《弹
歌》"断竹,续竹,飞土,逐宍"① 为二言四节八个字,《燕燕歌》"燕
燕往飞"② 为四言一句,涂山氏《候人歌》只有"候人"两字加上"猗
兮"两个语气词③,其篇幅之短小,结构之简单,几不成体;但最能
体现歌谣直抒胸臆、缘事而发、情节单一的特点,可以说是风诗歌
谣的远祖。稍后的歌谣,篇幅开始变长,渐具歌章之特点,但情节
仍然十分简单,如《尚书大传》所载的《夏人歌》《麦秀歌》,其体
裁、章句,与风诗已十分相近。

　　春秋时期的歌谣,是风诗的同时代的产物,其与风诗歌谣,体
制最为接近。这个时期的士大夫、士君子,一方面在外交与其他议
事论理的场合引诗、赋诗;另一方面,无论民间或上层贵族,仍有
因事作歌的习惯,或言志、或抒情、或舆诵风议,大抵都是因事所
激,发为声歌。可以说,在周乐体系定型和《诗经》成集的同时或
之后,歌谣创作仍在继续着。后世学者也一直将歌谣视为风雅之
遗逸,如明杨慎编《风雅逸篇》《古今风谣》等诗,就体现了上述思
想④。后者实际上是包括风诗在内的一个古老歌谣传统之延续,即

① 逯钦立《先秦汉魏晋南北朝诗·先秦诗》卷一,中华书局 1983 年,第 1 页。
② 王利器《吕氏春秋注疏·音初篇》,巴蜀书社 2002 年,第 631 页。
③《吕氏春秋注疏·音初篇》,第 619 页。
④ 参见(明)杨慎编《风雅逸篇(外二种)》,古典文学出版社 1958 年。

杨慎所说的"鲁、卫、齐、晋、郑、宋、吴、赵、成、徐、秦、楚,君臣、民庶、妇女、胥靡、俳优,杂歌、讴、操、曲诵、祝、相曲"[①]。这个歌谣系统,应该是我们考察风诗歌谣原生态的重要文献。由此可见,所谓歌谣,并非只是下层民间所有,而是社会上下共同使用、传播的一种群体性的诗歌样式,这对于正确理解《国风》作者是重要的。《国风》中相当一部分歌谣,是上层所作的,尤其被古人视为体现"文王之化"的《周南》《召南》,其中不乏贵族阶层的创作。

与风诗中绝大部分作品作者、本事、写作情况失载不同,春秋时期的歌谣,多出于《左传》《国语》等文献,其作者、本事与写作情况,都有完整的记载。通过这些历史的记载,我们能清晰地看到歌谣发生的机制与表达上的特点。这对于我们了解《诗经》中风诗的艺术性质,尤其是对于了解作为歌谣体的风诗在表现本事方面的特点,是一个很好的参照。现举其中著名几首于下:

1.《左传》隐公元年载郑庄公与武姜母子所赋:

> 公入而赋:"大隧之中,其乐也融融。"
> 姜出而赋:"大隧之外,其乐也泄泄。"遂为母子如初。[②]

郑庄公母子之"赋",所用的实为歌谣之体,不过不是唱,而是诵,即所谓"不歌而诵谓之赋"[③]。两人所赋的诗句合在一起,正是一首完整的歌谣。如采为乐诗,重叠唱和,则与风诗无异。

2.《左传》僖公五年,晋士蒍有感于晋国政治之乱,及晋

---

① 《风雅逸篇·序》,第3—4页。
② 《春秋左传集解》第一,上海人民出版社1977年,第7页。
③ 《汉书·艺文志》,中华书局1982年,第1755页。

侯与二公子之间的矛盾，"退而赋"（《史记·晋世家》"赋"作"歌"）云：

> 狐裘尨茸，一国三公，吾适谁从？ ①

此诗与《桧风·羔裘》修辞、意趣相近，《羔裘》共三章：一、"羔裘逍遥，狐裘以朝，岂不尔思，劳心忉忉"；二、"羔裘翱翔，狐裘在堂，岂不尔思，我心忧伤"；三、"羔裘如膏，日出有曜。岂不尔思，中心是悼"。《毛诗》"小序"："《羔裘》，刺时也。晋人刺其在位不恤其民也。"② 朱熹《诗集传》亦云："旧说桧君好洁其衣服，逍遥游宴，而不能自强于政治，故诗人忧之。"③ 土蔫之歌如叠章演唱，则与《羔裘》正相匹配。从而知歌谣与风诗，实为同类。

　　3.《左传》宣公二年载《宋城者讴》：

> 郑公子归生受命于楚伐宋。宋华元、乐吕御之。二月壬子，战于大棘。宋师败绩，囚华元……宋人以兵车百乘，文马百驷，以赎华元于郑。半入，华元逃归……宋城，华元为植，巡功。城者讴：
> 睅其目，皤其腹，弃甲而复。于思于思，弃甲来复。④

　　4.《左传》成公十七年声伯之歌：

---

①《春秋左传集解》第五，第 252 页。
②《毛诗正义》卷七，中华书局 1980 年影印阮元刻《十三经注疏》，第 381 页。
③《诗集传》卷七，第 85 页。
④《春秋左传集解》第一〇，第 536—537 页。

初,声伯梦涉洹,或与己琼瑰,食之,泣而为琼瑰,盈其怀。从而歌之曰:

> 济洹之水,赠我以琼瑰。归乎归乎,琼瑰盈吾怀乎!①

5.《国语·晋语》优施所作的《暇豫之歌》:

> 骊姬告优施曰:"君既许我杀太子而立奚齐矣。吾难里克,奈何?"优施曰:"吾来里克,一日而已。子为我具特羊之飨,吾以从之饮酒,我优也,言无邮。"骊姬许诺,乃具,使优施饮里克酒。中饮,优施起舞。谓里克妻曰:"主孟啖我。我教兹暇豫事君。"乃歌曰:"暇豫之吾吾,不如鸟乌。人皆集于苑,己独集于枯。"里克笑曰:"何谓苑?何谓枯?"优施曰:"其母为夫人,其子为君,可不谓苑乎?其母既死,其子又有谤,可不谓枯乎?枯且有伤。"②

6.《战国策·齐策·齐人有冯谖者》所载冯谖客孟尝君门下,三次弹铗作歌:

> 长铗归来乎!食无鱼。
> 长铗归来乎!出无车。
> 长铗归来乎!无以为家。③

---

① 《春秋左传集解》第一三,第 775 页。
② 徐元诰《国语集解》,中华书局 2002 年,第 276 页。
③ (汉)刘向集录《战国策》卷一一,上海古籍出版社 1985 年,第 1 册,第 395—396 页。

这实际上也是一首完整的歌谣。虽然据本文的叙述,是分三次作成的。

这些古歌谣的特点是篇幅短小,大多只有两三句,很少有超过四句的;但其体制、章句与风诗实为一类,修辞、意趣都很接近。只是风诗多叠章,而古歌谣多只有单章。关于这一点,下文还要论述。在表达的方式上,这些歌谣都是因事而发,但不长于叙述,以直抒胸臆为主,有时杂用比兴,内容极为简单。它们的结构比之后世诗歌也要简单得多,起结无端,无"起承转合"之类的章法,没有一个完整的叙述或抒情的结构,多为片断式的表达。一般来说,如果没有相关记载,是很难猜想这些歌谣的本事的。即以上举歌谣而言,如郑庄公与武姜所赋《大隧之歌》(拟名,下同)、声伯的《琼瑰之歌》、优施的《暇豫之歌》、冯谖《弹铗之歌》,假如只有歌词,而没有任何的本事记载,试想我们能够准确地判断其作歌的人物的身份与所表达的思想、情感的性质吗?我们甚至有可能将《大隧之歌》猜想为男女幽会之词,而将《琼瑰之歌》解为男女相悦而赠以琼瑰。当然,有些歌谣,如《宋城者讴》:

　　　　睅其目,皤其腹,弃甲而复。于思于思,弃甲来复。

如果没有丧失本事,我们也能知道它大概是对战败者的讽刺,但具体讽刺对象是谁?是有关于哪一次战争?作歌者又是什么身份?这些内容,从歌谣本身都是看不出来的。这正是歌谣尤其是周代歌谣的体制与表现特点。歌谣与本事之间,主要是一种主观表现(主观抒情)的关系,而非客观再现(客观叙述)的关系。这一点对于我们认识《国风》的艺术性质是有很重要的启示性的。

二

　　《国风》与上述歌谣实为同一种体制,好多的作品,也都是只有两三句至四五句这样的篇幅。但是因为配乐歌舞的关系,衍为叠章的结构,或二叠,或三叠。如《尚书大传》载的《夏人歌》,其语云"夏人饮酒,醉者持不醉者,不醉者持醉者,相和而歌":

　　　　盍归乎薄,盍归乎薄,薄亦大矣。(薄即亳,地名)①

又如传说是微子朝周时所作的《麦秀歌》:

　　　　麦秀渐渐兮,禾黍油油。彼狡童兮,不我好兮。②

这类歌谣,与风诗的体制及语言表达已经比较接近。设想上述两歌,按风诗的特点加以两叠或三叠,对动词与形容词作些改变,跟风诗就没什么不同了。如《魏风·十亩之间》:

　　　　十亩之间兮,桑者闲闲兮,行与子还兮。
　　　　十亩之外兮,桑者泄泄兮,行与子逝兮。③

又如《召南·江有汜》:

---

① 参考(清)杜文澜辑《古谣谚》卷一,中华书局 1958 年,第 2 页。
②《古谣谚》卷一,第 3 页。
③《毛诗正义》卷五,《十三经注疏》,第 358 页。

　　江有汜。之子归，不我以。不我以，其后也悔！

　　江有渚。之子归，不我与。不我与，其后也处！

　　江有沱。之子归，不我过。不我过，其啸也歌！　①

我们将《十亩之间》与《夏人歌》、《江有汜》与《麦秀歌》这两组诗作一比较，发现它们的结构、情节、句式及抒情方式，其实很相近，只是《诗经》作品是叠章的，所以显得篇章较具规模，而修辞上也增加了复沓的成分。可见风诗与歌谣，是同一种文体，是直接沿承上古以来抒情歌谣的体制而来的。只是风诗入乐之后，配乐演奏、载歌载舞，其规模扩大了，所以其歌辞的篇制，也要相应地扩大，而这一点在风诗中是通过叠章的方式来解决的。可见这种叠章即历来被视为《诗经》最重要的修辞与章法的特点"复沓"，不一定是歌谣的原始文体的特点，而是入乐后为了突出演奏的效果、扩大表演的规模而产生的文体与修辞上的变化。

　　风诗绝大部分为短篇作品，每章不过三五句，如《芣苢》、《螽斯》、《麟之趾》、《鹊巢》、《采蘩》、《羔羊》、《摽有梅》、《甘棠》、《江有汜》（以上《周南》、《召南》）、《式微》、《二子乘舟》（以上《邶风》）、《鹑之奔奔》、《相鼠》（以上《鄘风》）、《芄兰》、《河广》、《有狐》、《木瓜》（以上《卫风》）。这些作品，其体制与上述古歌谣实际上是一致的，只是因为叠章而篇幅扩大。其中如《召南·甘棠》：

　　蔽芾甘棠，勿剪勿伐，召伯所茇。

　　蔽芾甘棠，勿剪勿败，召伯所憩。

---

① 《毛诗正义》卷一，《十三经注疏》，第 292 页。

蔽芾甘棠,勿剪勿拜,召伯所说。①

《鄘风·相鼠》:

　　相鼠有皮,人而无仪。人而无仪,不死何为。

　　相鼠有齿,人而无止。人而无止,不死何俟。

　　相鼠有体,人而无礼。人而无礼,胡不遄死。②

　　一美一刺,正是属于《春秋左传》中常见的以刺美人物为内容的"舆诵"一类的歌谣。

　　除了上述典型的叠章体之外,还有一些半叠章体。它们主要的部分也是叠章体,但往往在最后一章发生变化,不再使用叠章,如《召南·采蘩》:

　　于以采蘩,于沼于沚。于以用之,公侯之事。

　　于以采蘩,于涧之中。于以用之,公侯之宫。

　　被之僮僮,夙夜在公。被之祁祁,薄言还归。③

《何彼襛矣》:

　　何彼襛矣,唐棣之华。曷不肃雍,王姬之车。

　　何彼襛矣,华如桃李。平王之孙,齐侯之子。

---

① 《毛诗正义》卷一,《十三经注疏》,第 287 页。
② 《毛诗正义》卷三,《十三经注疏》,第 319 页。
③ 《毛诗正义》卷一,《十三经注疏》,第 284 页。

其钓维何,维丝伊缗。齐侯之子,平王之孙。①

像这样的短篇诗歌,基本也还是歌谣体的配乐叠章,但最后一章的结构有所变化,带有乱词味道,属于歌谣中较复杂的体制。由此可以认定,《诗经》里的短篇叠章体作品,尤其是《国风》中的这类作品,其基本的体制正是歌谣体。不仅是风诗以歌谣为主体,《小雅》中的《伐木》、《天保》、《采薇》、《菁菁者莪》、《鸿雁》、《白驹》、《黄鸟》、《斯干》、《谷风》、《无将大车》、《瞻彼洛矣》、《青蝇》、《鱼藻》等,也都是叠章复沓之体,是模拟歌谣体的。可见歌谣体,是《诗经》基本的体制。风诗及雅颂的长篇作品,则是在歌谣体的基础上发展出来的。

三

古歌谣是一种比较纯粹的讴吟体,所谓“饥者歌其食,劳者歌其事”②、“感于哀乐,缘事而发”③,这就形成其比较朴素、单纯的抒情诗的特点。它虽然是“歌其事”,但重在抒哀乐之情。《魏风·园有桃》中诗的主人公所说的“心之忧矣,我歌且谣”,正反映了大部分风诗的抒情特点。相对于歌谣的抒情性来讲,它们的再现事件的功能是比较弱的。虽说是“缘事而发”,但并不叙事,而是写因事所激的哀乐、美刺之情。我们看前文所引的史书中记录的那些歌谣,都是直接抒发当下的情绪感受与即目所见的人事状态,如庄公

---

①《毛诗正义》卷一,《十三经注疏》第 293 页。

②《春秋公羊传注疏》卷一六,中华书局 1980 年影印阮元刻《十三经注疏》,第 2287 页。

③《汉书·艺文志》,第 1756 页。

与武姜之"赋",说的只是他们母子和好如初的当下感受,亦即"大
隧之中"与"大隧之外"即时即地的抒情。又如宋城者讽刺败军之
将华元,也只是写其狼狈窜归的样子,可以说是即目而书。再如冯
谖弹铗,即歌其"食无鱼"、"出无车"、"无以为家"的当下情景,并
无任何的解释之语、议论之辞。这些正反映歌谣的表现特点,它是
最直接、最纯真的抒发情感。所谓"歌其事"、"缘事而发",真正的
意思就是指这种抒情方式。

　　风诗短篇,其性质与歌谣完全一样。它最突出的性质是直接
抒情,亦即"心之忧矣,我歌且谣"。如《王风·黍离》:

　　　　彼黍离离,彼稷之苗。行迈靡靡,中心摇摇。知我者谓我
　　心忧,不知我者谓我何求。悠悠苍天,此何人哉!
　　　　彼黍离离,彼稷之穗。行迈靡靡,中心如醉。知我者谓我
　　心忧,不知我者谓我何求。悠悠苍天,此何人哉!
　　　　彼黍离离,彼稷之实。行迈靡靡,中心如噎。知我者谓我
　　心忧,不知我者谓我何求。悠悠苍天,此何人哉!　①

　　关于《黍离》的作者及主题,向来有多种说法。此诗作者无疑是怀
抱着巨大的忧伤;但所忧为何事,诗中毫无涉及。他只是一味地抒
情,而不交代其情感所由发生的事件。这正是歌谣最朴素的抒情
方式,即最直接、本真地呈露作者当下的感情状态,不作概括叙述、
解释说明的文字。风诗乃至雅颂中的一大部分诗歌,都属于这种
性质。宋人梅尧臣对《诗经》的这一特点体会得最准确,其语云:

----

① 《毛诗正义》卷四,《十三经注疏》第330页。

"圣人于诗言,曾不专其中。因事有所激,因物兴以通。"① 这正是
歌谣的特点,它是因事所激而发生的讴吟。具体地说,歌谣风诗之
"情"即事之情,触事而起,事生情生,事尽情尽,并且作歌之人,往
往身在事件之中。并非要对此事做客观的再现与记录,更少涉及
事外的一些背景性因素。

　　其次,风诗中的短篇作品,在再现方面,一般只是就很具体的情
节、人物行动或当下场景作极为简单的描写。许多作品,都只有极单
纯的、具体的情节、场景,如《芣苢》这首诗,只是写采芣苢这件事本
身,而没有任何关于人物与事件的背景的信息透露出来,所抒的情,
即是采芣苢的过程中采摘者的感情活动。又如《王风·君子阳阳》:

　　　　君子阳阳,左执簧,右招我由房,其乐只且!
　　　　君子陶陶,左执翿,右招我由敖,其乐只且!　②

这首诗只表现具体的奏乐舞蹈、相招作乐的行动。《小序》解云:
"《君子阳阳》,闵宗周也,君子遭乱,相招为禄仕,全身远害而已。"
朱熹则猜想是妇人乐其夫不再行役之辞,"盖其夫既归,不以行役
为劳,而安于贫贱以自乐,其家人又识其意而深叹美之"③。其根据
是由前篇《君子于役》而来,认为两篇为一人之作。后人如黄庭
坚,又以《君子阳阳》为君子乐道不怨之诗④。这些解释也许有些是

---

① (宋)梅尧臣《答韩三子华韩五持国韩六玉汝见赠述诗》,朱东润编年校注
　《梅尧臣集编年校注》,上海古籍出版社1980年,中册,第336页。
②《毛诗正义》卷四,《十三经注疏》,第331页。
③《诗集传》卷四,第43页。
④ (宋)黄庭坚《答晁元忠》,刘琳等校点《黄庭坚全集》,四川大学出版社
　2001年,第462页。

正确的,但是从《君子阳阳》一诗本文中得不到任何有关这一类的
信息。这些诗只是写了具体的情绪状态如"阳阳"、"陶陶"与几个
动作,其背后有无更深的含义,以及此君子究竟是什么样的人,诗
中毫无交代之语。像这样的诗,在风诗中是很多的。这也是由歌
谣体的表现方式所决定,歌谣只就眼前所见之事象讴咏,全不涉及
前因后果之交代。

　　风诗中美刺人物之作,也只是写眼前之事,随意联想,并无
客观介绍人物之笔墨,缺乏后世人物诗的那种传记意识。如《周
南·麟之趾》:

　　　　麟之趾,振振公子。于嗟麟兮!
　　　　麟之定,振振公姓。于嗟麟兮!
　　　　麟之角,振振公族。于嗟麟兮!　①

这首诗只是以祥兽麟为兴赞美公子(这应该是一种人们熟悉的比
兴意象),但公子究竟为何人,是在什么场合赞美,诗中是没有任何
的交代的。又如《甘棠》一诗,虽然诗中明提"召伯",但只是睹甘
棠而思召伯,告诫人们要珍护这棵树,召伯曾在树下面歇过。于
此,作者抒发了对召伯的怀念、感戴之情。至于召伯是怎样的一个
人,为什么作者如此地怀念、感戴他,诗中并无任何交代。总之,风
诗的绝大多数作品,都只有这样一种简单的情景与场景。而单一、
具体的情节与场景,除了表露一定的感情倾向外,其思想主题往往
是难以判断的,这是造成"诗无达诂"的根本原因。

　　风诗与歌谣之所以形成这样的特点,跟它们最早的生成背景

─────────

①《毛诗正义》卷一,《十三经注疏》,第283页。

有关系。自然状态的歌谣,是与其产生的特定地域及事件背景密
切联系在一起的。其所由产生的某个事件或人物,实际上是大家
所熟悉的,其所反映的事件(政治性的或社会性的)也是大众所熟
悉的。大众不仅熟悉该事件及人物,而且具有对于它们的一种共
同的认识。其所联系的政治背景,也是大家所熟悉的。比如,《尚
书大传》所载的《夏人歌》"盍归乎薄,盍归乎薄,薄亦大矣(薄即
亳,地名)",据说所表达的是时人对夏桀统治的不满,以及对汤武
的向往。这在这首歌谣的最初传播环境中,是不必要说明的。所
以歌谣既不必对事件做专门的交代,也不必过多地发表议论,它的
写作目标,是以一种有独创性的言辞,畅达地表现大众或个人郁积
的喜怒是非之情,即所谓"因事有所激,因物兴以通"。歌谣往往是
在事件的当下出现,直接依附于时地人物,往往就属于这个事件本
身。《春秋左传》里面记载的歌谣,基本上都是这样的。如《左传》
襄公十七年所载"筑城者讴":

> 宋皇国父为太宰,为平公筑台,妨于农收。子罕请俟农功
> 之毕,公弗许。筑者讴曰:
> 泽门之晳,实兴我役。邑中之黔,实慰我心。
> 子罕闻之,亲执扑,以行筑者,而抶其不勉者,曰:"吾侪小
> 人,皆有阖庐以辟燥湿寒暑。今君为一台,而不速成,何以为
> 役?"讴者乃止。或问其故,子罕曰:"宋国区区,而有诅有祝,
> 祸之本也。"①

百姓苦于筑城之役,而以歌谣表达他们的情绪,赞扬子罕(邑中之

---

① 《春秋左传集解》第一六,第 937—938 页。

黔)、怨恨皇国父(泽门之晰),而子罕则从统治者的立场考虑,对于这首赞许他的歌谣出人意料地采取禁抑的做法。这首歌谣直接产生于筑城事件中,本身就是筑城事件的一部分。所以它没有必要对事件与人物本身作出完整的交代,而直接抒发因事而生的情绪,正是典型的"缘事而发"。同样,姜氏与庄公的《大隧之歌》也只是写他们两人在进出大隧时的情绪状态,而对大隧之会的前因后果乃至两人之间的关系,没有任何表述。于此可见,所谓"缘事而发"真正的内涵,是指缘事而发为歌吟,歌谣与事紧相结合在一起,并非缘写事件本身。说到底,对于往往身处事件之中的歌者而言,其讴咏作歌,只是为了发抒因事所激之哀乐好恶之情,而根本缺少叙事的动机。这是表现者与表现对象关系过于紧密而其艺术创作的自觉性又比较低这两方面的原因造成的。因此,歌谣其实不是再现式,而是表现式的。如果仅就其文本本身来看,它们在反映历史事件与完整的主题方面的功能是很弱的。我国现存的上古歌谣,都是在历史文献中记载着,是依附于某一事件与人物的,我们可以通过关于这一事件的历史记载,来准确地把握其思想主题,不会产生任何歧解。

风诗来自歌谣,其产生的方式,与其他歌谣也是一样的。主要功能是因事抒情,其涉及的人与事,在最初的传播环境中,听众们都是很熟悉的。所以作歌者的写作原则,不是对事情与人物作实录式的再现,而是着重表现作者自己的感情、愿望、思想,重在一种效果,无论是歌颂的效果,还是讽刺的效果。这时候,写作的努力往往放在比、兴、赋等艺术手法的成功使用,比如《相鼠》这首诗,我们只感受到其绝妙的讽刺效果,至于是因何人何事而作,则一点都看不出来。但最早创作这首歌的作者,很可能是有一个或一类具体的讽刺对象的。但是它们不像一般《左传》等史书中记载的歌谣那样,是作为历史事件的一部分记载下来,它们脱离了所由产生的具体的历史事件,先是进入音乐表演系统中,后来又作为诗歌文献而著录。我们设想,在最初的传播阶段,风诗中的大部分作品,它们所产生的具体的时、地及其本事、意旨,可能还是清楚的。到了后来,随着它们作为乐歌的功能的进一步强化,其事件与意义显得次要了,于是它们逐渐丧失了原始的本事与主题,成为单纯的诗歌文本。其功能已经发生了变化。实际上,在完全脱开了其所依附的历史事件与人物,脱离了其最初传播的固定范围之后,它们也就丧失了本事,其主题也变得模糊起来了。这正是《诗经》尤其是其中《国风》部分历来解读纷纭的主要原因。

四

由于歌谣的上述体制性质,风诗中许多作品的主题,甚至部分诗歌的感情性质,都存在一种不确定性。如《邶风·式微》一诗:

> 式微,式微,胡不归? 微君之故,胡为乎中露!
> 式微,式微,胡不归? 微君之躬,胡为乎泥中! ①

此诗体制是典型的歌谣,缘事而发,但其所缘为何事,诗句没有任何透露。《毛传》曰:"黎侯寓于卫,其臣劝以归也。"② 陈奂《诗毛氏传疏》据有关史书,对黎、卫关系作了疏证,又云:"《列女传·贞

---

① 《毛诗正义》卷二,《十三经注疏》,第 305 页。
② 《毛诗正义》卷二,《十三经注疏》,第 305 页。

顺篇》以诗为黎庄夫人及傅母作,此三家义也。"① 可见毛诗与三家诗,都认为此诗的本事是黎侯寓卫。但这从文本中是完全看不出来的,所以现代的说诗者,普遍解为劳动者服力役的歌谣,好像更切合于文本。但是,我们却不能因此而完全否定上述毛传与三家诗的说法,这是因为歌谣的缘事而发,写情而不纪事。前面我们所引的那些有确定历史本事的古歌谣,也都是如此。尤其是加上比兴语言的使用,如微子朝周时所作的《麦秀歌》:"麦秀渐渐兮,禾黍油油。彼狡童兮,不与我好兮。"就是近于比兴之表达。有时候,一首诗或美或刺,古今的说法也往往是截然不同的。如《召南·羔羊》:

> 羔羊之皮,素丝五紽。退食自公,委蛇委蛇。
>
> 羔羊之革,素丝五緎,委蛇委蛇,自公退食。
>
> 羔羊之缝,素丝五总。委蛇委蛇,退食自公。②

《毛传》曰:"羔羊,鹊巢之功致也。召南之国化文王之政,在位皆节俭正直,德如羔羊。"今人认为:"此诗讽刺了统治者养尊处优,肥马轻裘,海吃海喝,无所事事的奢侈生活。"③两种说法,实际上都不可能从诗句中找到明确的依据。这样一来,《毛传》的说法,在缺乏有力证据的情况下,也就不好轻易否定。甚至是一些情节与场景都比较复杂的诗,由于没有明确地交代事件的背景与性质,其主题仍然难以确定。如《秦风·蒹葭》:

---

① (清)陈奂《诗毛氏传疏》卷三,中国书店 1984 年据漱芳斋 1851 年版影印,第 29 页。

②《毛诗正义》卷一,《十三经注疏》,第 288 页。

③ 华锋、边家珍、乘舟《诗经诠译》,大象出版社 1997 年,第 29 页。

蒹葭苍苍，白露为霜。所谓伊人，在水一方。溯洄从之，
道阻且长。溯游从之，宛在水中央。

蒹葭萋萋，白露未晞。所谓伊人，在水之湄。溯洄从之，
道阻且跻。溯游从之，宛在水中坻。

蒹葭采采，白露未已。所谓伊人，在水之涘。溯洄从之，
道阻且右。溯游从之，宛在水中沚。①

这是一首怀人诗，现在已经普遍将它作为爱情诗来欣赏，而且是经
典性的爱情诗，它所表现的缠绵悱恻的情绪，隐约迷离的意境，也
都很适宜于将它作为爱情诗来欣赏。但是它并不像《关雎》《静
女》那样，直接出现爱恋的情节。它的情节是很具体的一种行动
表现，即因空间的阻隔，欲追随伊人而不得。伊人究竟是什么样的
人，诗中并没有明确告诉我们。《毛传》云："刺襄公也，未能用周
礼，将无以固其国焉。"而伊人谓"知周礼之贤人"②。朱熹《诗集
传》则直解为"彼人"③。陈子展《诗三百解题》引汪凤梧《诗学女
为》承其说："《蒹葭》，怀人之作也。秦之贤者抱道而隐，诗人知其
地而莫定其所，欲从靡由，故以蒹葭起兴而怀之，溯洄溯游往复其
间，庶几一遇之也。自毛、郑迄苏、吕无不泥《序》说秦弃周礼。黄
茅白苇，朱传一扫空之，特未定其所指耳。然谓秋水方盛之时，所
谓彼人者乃在水之一方，上下求之而皆不可得，则已明为怀人之作
也。"④无论是爱情之说还是贤人之说，从诗句本身都是无法得到充
分的依据的。所以，此诗的本事是无法求得的，除非《毛传》所依

①《毛诗正义》卷六，《十三经注疏》，第 372 页。
②《毛诗正义》卷六，《十三经注疏》，第 372 页。
③《诗集传》卷六，第 76 页。
④ 陈子展撰述《诗三百解题》，复旦大学出版社 2001 年，第 468 页。

据的是关于本诗的最原始的本事传说。而陈氏所说的"朱传一扫
而空",也未必如此。

　　风诗里另一类作品,其具体的情事是清楚的,但是背景、本事
就不一定很明确。如《关雎》写男子恋爱之心理,《葛覃》写女子
归宁之事,《卷耳》之怀行役,《樛木》之颂君子,《螽斯》之歌繁衍,
《桃夭》之颂新嫁,《兔罝》之颂武夫,《芣苢》之叙采获,《汉广》之
思游女,《汝坟》之思君子,《麟趾》之歌公子,《鹊巢》之观新婚,
《采蘩》、《采蘋》之状祭祀,《甘棠》之歌召伯,等等,它们的具体的
主题都是明确的。但是,从《毛传》以来的说诗者,对国风诸篇所
作的种种解说,如以后妃之德、后妃之本解《关雎》、《葛覃》,又如说
"《卷耳》,后妃之志也,又当辅佐君子求贤审官"[①] 等等,很明显,从
风诗作品的文本中一点都没有反映。这些解说到底依据什么? 后
人是不知道的。

　　风诗虽然因为上述朴素的抒情而使它的本事与主题往往难以
逆探,但以歌谣每有本事例之,风诗中的每一个作品,都应该有其
产生的背景与写作的原因。只是它不像纯粹的歌谣那样,被嵌在
具体的历史事件中,本义绝难发生歧义之解。风诗是被从其原始
的歌谣传播环境中分离出来,进入官方的乐诗系统中,即所谓"采
诗"。"采诗"使这些歌谣的文本得以保存,并在更大的范围中传
播,但却使其失去了本事与原初的接受、解读时空环境。所以,对
于诗的解读,从原始歌谣到乐诗,会有一个很大的变化。我们现在
所能见到的,只是乐诗的解释系统。这个系统,应该是渊源于西周
的太师,其中当然反映了周代统治者的意志。《周南》、《召南》中
的作品,原本来自民间"感于哀乐,缘事而发"的歌谣,是民间之情

---

①《毛诗正义》卷一,《十三经注疏》,第 277 页。

事,但是采入周乐后,被赋予了王化的伦理性质。而且乐师们对每一首歌诗,都有他们自己的阐释。《周礼·春官·宗伯下》记载大司乐"以乐德教国子,中、和、祇、庸、孝、友,以乐语教国子,兴、道、讽、诵、言、语"①,又记载"大师掌六律、六同,以合阴阳之声","教六诗:曰风,曰赋,曰比,曰兴,曰雅,曰颂,以六德为之本,以六律为之音"②。所记虽然不见得就是《诗经》这个系统,但是至少可以证明,乐师们对于《诗经》,不仅是掌握其音乐歌舞,而且还要对其伦理方面的意义作出阐述。儒家认为《诗序》乃子夏所作,后人多表怀疑。但《毛诗》这个解诗系统,并非后儒某家某人的杜撰,而是其来有自,渊源应该追溯到"大司乐"、"太师"这些人那里。清人陈奂《诗毛氏传疏·叙》:

　　叙曰:昔者周公制礼作乐,诗为乐章,用诸宗庙、朝廷,达诸乡党、邦国,当时贤士大夫,皆能通于诗教。孔子以诗授群弟子,曰:"小子何莫学夫诗?"又曰:"不学诗,无以言。"诚以诗教之入人者深,而声音之道与政通也。卜子子夏亲受业于孔子之门,遂櫽括诗人本志,为三百十一篇作序。数传至六国时鲁人毛公,依序作传,其序意有不尽者,传乃补缀之,而于诂训特详。授赵人小毛公。诗当秦燔锢禁之际,犹有齐鲁韩三家诗萌芽间出。三家多采杂说,与《仪礼》《论语》《孟子》《春秋内外传》论诗往往或不合。三家虽自出于七十子之徒,然而孔子既没,微言已绝,大道多歧,异端共作。又或

---

① 《周礼注疏》卷二二,中华书局 1980 年影印阮元刻《十三经注疏》,第787 页。
② 《周礼注疏》卷二三,《十三经注疏》,第 795、796 页。

借以讽动时君,以正诗为刺诗,违诗人之本志。故齐、鲁、韩可废,毛不可废。齐、鲁、韩且不得与毛抗衡,况其下者乎?①

陈奂这里所论述的,正是从周乐诗教的解诗到孔门诗学、小序、毛传的一脉相承关系。他一意维持这个系统的权威性,当然不无可商,因为他没有看到从原始的歌谣的接受系统到乐诗的接受系统之间的变化差讹。后世说诗家的一种努力,则是尽力恢复歌谣的原义。但是我们通过上述对风诗与本事、主题之关系的了解,可以看到歌谣的本义是很难找回的。序传的解诗系统虽然已经与歌谣本义发生变化,但是毕竟是最早的一个解诗系统,并且应该是保存风诗原始的解读信息最多的一个系统。序传保存了原始歌谣的一部分的创作背景、作者情况及写作动机等信息。而后起的种种解诗系统,只能通过文本或对《诗经》时代社会历史的研究,乃至借助诸如文化学、人类学来完成。我们已经知道,风诗是典型的表现型的诗歌,它的文本多不能反映本事、背景;所以后世的解读,也只能是相对的。而序传的说诗,虽不必迷信,但也不应该全数推翻,应该承认它仍然是最权威的一个解诗系统。陈奂又论云:

窃以《毛诗》多记古文,倍详前典。或引申、或假借、或互训、或通释、或文生上下而无害,或辞用顺逆而不违,要明乎世次得失之迹,而吟咏情性,有以合乎诗人之本志。故读诗不读序,无本之教也。读诗与序而不读传,失守之学也。②

---

①《诗毛氏传疏》卷首,第1页。
②《诗毛氏传疏》卷首,第2页。

所谓"多记古文,倍详前典",正是肯定《毛诗》记载了较多的原始的解诗信息,并且承传了周代诗教的解读传统,所以其在《诗经》解读方面的价值是后世的各种解诗系统所无法取代的。当然,后世对《诗经》的解读,也有它们的功绩,但却不能视为定论。

总之,《诗经》歌谣的体制决定了它缘事而发的抒情方式,造成它以具体的情节与情感为表现对象的表现方式;于是产生了诗歌本事、主题、寄托的不确定性,导致"诗无达诂"的阐释原则的产生,自有其历史的合理性。

五

缘事而发、兴感无端,其本事乃至主题往往无法逆探,这不仅是风诗的特点,也正是大部分抒情诗尤其是短篇抒情诗的特点。只是文人所创作的一些抒情诗,有名氏、诗题等诗歌文本之外的记载,所以通过题目的提示或知人论世等手段,我们能够比较充分地了解诗歌本事与主题。比如唐人绝句,尤其是作为唐绝典范的盛唐绝句,大多都是这样的。如王维的《送元二使安西》:"渭城朝雨浥轻尘,客舍青青柳色新。劝君更尽一杯酒,西出阳关无故人。"①《送沈子福归江东》:"杨柳渡头行客稀,罟师荡桨向临圻。唯有相思似春色,江南江北送君归。"② 李白的《黄鹤楼送孟浩然之广陵》:"故人西辞黄鹤楼,烟花三月下扬州。孤帆远影碧空尽,唯见长江天际流。"③ 高适《别董大》:"千(本集"千"作"十",《唐诗选》残卷

①（清）赵殿成笺注《王右丞集笺注》卷一四,上海古籍出版社1984年,第263页。
②《王右丞集笺注》卷一四,第264页。
③（清）王琦注《李太白全集》卷一五,中华书局1977年,第734页。

作"千")里黄云白日曛,北风吹雁雪纷纷。莫愁前路无知己,天下
谁人不识君。"[1] 岑参《送崔子还京》:"匹马西从天外归,扬鞭只共
鸟争飞。送君九月交河北,雪里题诗泪满衣。"[2] 很明显,这些诗如
果没有题目,是不能逆探其中的人事关系乃至行动的方向的,比如
"元二使安西"、"崔子还京"这样的情节。还有一些诗,像李白的
《清平调词》,其写杨妃之本事,也完全是外在于诗歌文本的。如果
不知道它的作者与本事,我们也只能得到这样一个信息,这是写一
个受君王宠爱的妃子的故事。又如李白的《朝辞白帝城》,是李白
贬谪夜郎遇赦放归时作;我们知道这个本事,将此诗放在这个具体
的人物与本事中来理解,就能很准确地把握它的诗意。但事实上,
这首诗内容对于作者的身份与事件的背景,是没有任何的表现的。
也就是说从这里面看不到有关作者与事件的历史信息。由此可
见,像唐人绝句这一类抒情短诗,与风诗在艺术表现方面是属于一
个类型。明杨慎说:"唐人之诗,乐府本效古体,而意反近;绝句本
自近体,而意实远。故求风雅之仿佛者,莫如绝句,唐人之所偏长
独至,而后人力追莫嗣者也。"[3] 升庵认为绝句本自近体,这说法不
完全准确。但是他认为唐人绝句比起有意复古的唐人古乐府更接
近风雅的传统,即更近自然抒情、更有音乐性、更近比兴之道,这是
很有见地的。可以说唐人绝句,在体制上与国风歌谣有相近之处。
这也是论者往往将国风、盛唐诗相提并论的原因,如袁枚云:"凡药
之登上品者,其味必不苦,人参、枸杞是也。凡诗之称绝调者,其词
必不拗,《国风》、盛唐是也。"[4] 这实际上是说,《国风》与盛唐诗,都

---

① 刘开扬笺注《高适诗集编年笺注》,中华书局 1981 年,第 193 页。
② 刘开扬笺注《岑参诗集编年笺注》,巴蜀书社 1995 年,第 347 页。
③（明）杨慎《升庵集》卷二《唐绝增奇序》,明刻本。
④（清）袁枚《随园诗话·补遗》卷二,人民文学出版社 1960 年,第 597 页。

是诗歌抒情原则的最高的体现。

　　事实上,任何一个诗歌阐释,都是需要借助于历史学方面的信息来完成的。而《诗经》之阐释上的种种困境,则是由于依附于它们的历史信息是模糊的,风诗比之雅颂,这一情况显得更加突出。但正是这个原因,使我们在阅读、欣赏这些作品时,具有更多想象的空间,更能摆脱历史而达到纯粹审美。事实上,执意为风诗寻找确凿的本事与主题,主要是历代《诗经》学家们的事情。对于诗人来说,自古以来,一直对《诗经》进行着自由的欣赏与阅读,无数人从中得到了对诗歌的抒情原则与表现方法的启示。而在文学史上发生的无数的属于诗人的自由阐释,事实上要比汉宋几家几派的解诗重要得多。闻一多在《匡斋尺牍》中说:"汉人功利观念太深,把《三百篇》做了政治课本,宋人稍好点,又拉着道学不放手——一股头巾气;清人较为客观,但训诂学不是诗;近人囊中满是科学方法,真厉害。无奈历史——唯物史观的与非唯物史观的,离诗还是很远。明明一部歌谣集,为什么没人认真的把它当文艺看呢!"[1] 这一番话,对于经学家的批评是对的,但最后一句话所作的判断,却是不符合历史事实的。《诗经》一直是诗人们学习的诗歌艺术经典,是一部中国诗史的源头活水,怎么能说"没人认真的把它当文艺看呢!"

　　《国风》阐释上的困境,却正是其在审美上积极的地方,充分发挥诗歌审美的特性。可惜历来的理论家,对这一审美特性很少揭示。宋人黄庭坚对此独有深见,其《胡宗元诗集序》将《诗经》与楚辞、后世诗人之诗进行比较:

　　　　庆荣而吊衰,其鸣皆若有谓,候虫是也;不得其平,则声若

---

①《闻一多全集》卷一,生活·读书·新知三联书店 1982 年,第 356 页。

雷霆,涧水是也;寂寞无声,以宫商考之则动而中律,金石丝竹是也。维金石丝竹之声,《国风》《雅》《颂》之言似之;涧水之声,楚人之言似之;至于候虫之声,则末世诗人之言似之。[①]

所谓"寂寞无声,以宫商考之则动而中律",不仅是对《诗经》简穆自然风格的形象描述,同时也是指《诗经》为读者提供了审美上的极大的自由性与主动性。《诗经》中的作品,尤其是短篇作品,所表现的往往只是一种单纯的情绪、单一的行动、具体的场景或单纯的比兴之象,不以思想的深度表达、事件的整体再现见长,所以其文本表现的是一种宁穆、单纯、自然的审美风格,给读者以极大想象空间,正是所谓"寂寞无声,以宫商考之则动而中律"。也就是说,《诗经》所创造的是最纯粹的诗歌抒情风格,读者从中能够领悟到最纯真的诗意。而从本文的分析可知,《诗经》尤其是风诗的这些艺术性质,从根本上说,是歌谣体的体制与表现特点造成的。后世无法企及的属于《国风》的淳朴自然的艺术魅力,正在于此。清人刘毓崧《古谣谚·序》从谣谚来论证"诗言志"这一古老诗学原则的正确性,其语曰:"抑知言志之道,无待远求。《风》《雅》固其大宗,谣谚尤其显证。欲探《风》《雅》之奥者,不妨先问谣谚之途。诚以言为心声,而谣谚皆天籁自鸣,直抒己志。如风行水上,自然成文。言有尽而意无穷,可以达下情而宣上德。其关系寄托,与《风》《雅》表里相符。"[②] 这无疑是很有道理的。而在诗歌艺术变得复杂高级的文人诗时代,诗人往往通过对《国风》和古歌谣的学习,来体会诗歌艺术的抒情本质。

(原载《北京大学学报(哲学社会科学版)》2005 年第 2 期)

---

① 《黄庭坚全集》,第 410 页。
② 《古谣谚》卷首,第 1 页。

从王官诗学、行人诗学到诸子诗学

——先秦时期诗学及其发展进程的再认识

在中国古代诗学的发展史上，先秦无疑是十分重要的时期，它的前端的发展情形虽然模糊不清，但从西周到春秋战国时期，其诗学的发展轮廓却是清晰可见的。这个基本的轮廓就是周代盛时的王官诗学、春秋时期的行人诗学，以及春秋战国思想家们的诸子诗学。这三种形态，或称三个时期的诗学，前后嬗连、发生与演变之迹十分明显。历来治中国古代诗学史及一般的批评史者，虽然也注意到先秦诗学的发展情形、重要范畴及诸子诗学的重要观点，但多是分散之论，孤立地看问题，比如"言志说"这样的重要问题，多只是用诠释学的方法来简单地解释它的内涵，作简单的价值评价，而没有将其放在先秦诗学的整体背景中考察其在历史上的存在情况，以及在当时语境中的完整内涵。事实上，"诗言志"代表了先秦时代人们对诗歌的基本认识，可以说是先秦诗学的一个基本原则，贯穿在作诗、赋诗、用诗、解诗的一切诗歌活动中，而非如后世诗学家所理解的仅仅是一种单纯的创作观念。并且，从王官诗学到行人诗学，再到诸子诗学，言志是最重要的传承要义与观念维系①。

---

① 关于"诗言志"说在先秦时期的发生、发展历史，笔者另有专文探讨。

所以，在批评史的研究中，仅仅用内涵诠释和价值评判的方式来把握诸如此类的命题是远远不够的，亟须建立一种立足于诗学本位的历史学的、发生发展学的方法。本研究中提出王官诗学、行人诗学、诸子诗学这三个概念，就是为了重新构建先秦诗学的相对完整的发展历史，使相关的诗学思想与诗学范畴都能落在合适的历史位置上。同时通过这种历史脉络的把握，呈现其盛衰之迹，重新认识先秦时期作为中国古代诗学的开创期的重要性，以补充以往批评史叙述在认识上的不足。

一

先秦时代的诗学，一般的研究都是笼统地叙述，缺乏分期的意识。据笔者所知，近人黄节曾经对先秦诗学尝试做过溯源与分期的工作：

> 《汉书·艺文志》于《六艺略》叙《诗》六家，又别为《诗赋略》。此歌诗与三百篇分流之证也。班孟坚曰："哀乐之心感而歌咏之声发。"古者民俗歌谣，皆谓之诗。十五国风所采是也。《击壤》、《卿云》，亦皆可歌，不尽比于琴瑟，是故古无所谓诗学也。诗之兴其始于"颂"乎？欧阳庐陵曰："古者登歌《清庙》，大师掌之。"是故四始之体，唯"颂"专为郊庙颂述功德而作。其他率因触物比类，宣其性情，恍惚游衍，往往无定。未若"颂"之立为专体也。诗之有学，此其初期也。《传》曰："登高能赋，可为大夫。"班孟坚曰："言感物造耑，材知深美，可与图事也。降及春秋，诸侯卿大夫，交接邻国，当揖让之时，必称诗以论其志。"故孔子曰"不学诗，无以言"也。诗之有学，此

其中期也。班孟坚曰:"春秋之后,周道浸微,聘问歌咏,不行
于列国。学诗之士,逸在布衣,而贤人失志之赋作矣。大儒孙
卿及楚臣屈原,离谗忧国,皆作赋以风,咸有恻隐古诗之义。"
是故诗学之兴也,其后期则成于赋乎? 姑舍义而言其学,则其
流虽分,而其源则合。学诗者可以深观矣。①

黄节以"颂"体的兴起为诗学的起源。这是因为他认为风诗属于歌
谣,是一种比较自然的抒情行为,还不属于完全自觉的艺术行为。
而颂则为比较自觉的修辞艺术,体现更多的学理因素。这与黄节
《诗学》的整体指向是相关的,它立足于作为文人的自觉创造的诗
歌艺术上,并且侧重于诗歌创作中的学理性部分,即传统意义上的
"诗学"的源流演变。所以,他以颂体为诗学的开端。当然,这只能
代表他个人的一种判断方式。事实上,歌谣、风诗与颂在修辞艺术
的自觉性上的差别,只是一种程度的不同,并非根本性质的不同。
歌谣与风诗也有它的体制与修辞方面的自觉反思,比如风诗里面
就有诸多对美、刺、颂的表述,也有对诗歌艺术的反思,这是批评史
者反复指出过的,毋庸赘述。可见以颂体为自觉的诗学行为之开
始,只能算是一种梳理方法。但是黄节第一次对先秦诗学进行分
期,仍然堪称卓见,其分期方式也值得重视。然而,他的论述中所
显示对于先秦诗学的整体的、历史的把握方式,在此后的批评史著
作有关先秦诗学的研究中反而被削弱了。

　　中国古代诗学究竟何时发生,这与寻找中国古代诗歌史的起
点一样,是无法完全究明的问题。《吕氏春秋》中的《古乐》篇曾讨
论上古三代的诗乐,《音初》篇也曾探讨四方歌曲的起源,显示古

―――――――――

① 黄节《黄节诗学诗律讲义》,天津古籍出版社 2007 年,第 5—6 页。

人建构艺术史("乐史")的自觉意识。根据《尚书·尧(舜)典》记载,那个被称为中国古代诗论开山大纲的"诗言志"说,如果我们相信作者所言,那就是舜对其乐官夔的一番训诲,也可以说是舜的诗歌思想。郑玄《诗谱序》云:"《虞书》曰:诗言志,歌永言,声依永,律和声。然则诗之道,放于此乎?"① 即是认为《尚书·尧(舜)典》中的这十二个字,是成形的诗歌思想的开端,也就是诗学史的开端。古代学者对此抱有深信者不在少数,《宋史·乐志》即称:"虞庭言乐,以诗为本。"② 当然,现代学者一般认为这是周代乐官的思想,至于其记载,或者在更后的时代③。但这至少是周代传述的舜帝多种政教施设的一种,似乎也未可完全抹去其渊源于上古的影迹,并且像"诗言志,歌永言,声依永,律和声"这样成体系的表述,不会是最原始的诗歌思想,而是一种具有成熟形态的诗学思想。这里阐述了诗歌艺术的几种因素及其相互关系,尤其是陈述早期诗乐舞一体的艺术表现形态,是立足于"乐"的整体观念中对"诗"的特殊侧重,可以说是中国第一个诗歌本体论。在它之前,应该有更为古老的艺术意识的发展历史。事实上,被后人称为诗乐舞结合一体的中国古代艺术体系,其发源也可以追溯到原始部落的祭祀乐舞,由此发展到周代合政教祭祀为一体的国家的乐政、乐教体系,经历了十分漫长的过程。这其间自然也会有对这一诗乐舞体系的传述与评论。而《尧典》诗学思想的阐述,其要点在于对诗教的伦理功能的强调。正是这一种诗教观念的自觉,促使了人们对漫长时代中自然存在着的诗乐舞一体的艺术形态进行反思,

①《毛诗正义》卷首,中华书局1980年影印阮元刻《十三经注疏》,第262页。
②《宋史》卷一四二,中华书局1977年,第3339页。
③ 参看顾颉刚、刘起釪《尚书校释译论》,中华书局2005年,第1册,第358—368页。

并使之腾升为一种观念式的存在。而在其中,"诗"这一因素第一
次获得特殊的重视,不能不说《尧典》诗学思想是中国诗学的一个
开端。所以,如果追溯中国古代的诗学思想的发生,与诗歌本身的
发生一样,从逻辑上说应该是很久远的事实。

　　古人称之为"虞庭言乐"的《尚书·尧(舜)典》中的诗论,至
少给了我们这样一个重要的启示,就是古代形态相对成熟的诗学
思想,发端于国家礼乐制度的建立,始于上古时代的乐官典乐。这
当然不是最原始的诗歌产生与传播的状态,却是对诗歌进行理性
省思的开端,亦即我们所说的诗歌理论的开端。《史记·周本纪》:
"居二年,闻纣昏乱暴虐滋甚,杀王子比干,囚箕子。太师疵、少师
彊抱其乐器而奔周。"① 据此,则《周礼》所载的太师、少师等乐官制
度,商代已经具备。当然,我们现在能够确定的,中国古代完整的
乐官制度是周代建立的。后世诗学所能寻索到的直接渊源,也是
以诗教观念为核心的周代诗学。可以说,周代是王官诗学的正式
确立和系统化的时期。班固《汉书·礼乐志》:

　　　　周道始缺,怨刺之诗起。王泽既竭,而诗不能作。王官失
　　业,《雅》、《颂》相错,孔子论而定之,故曰:"吾自卫反鲁,然后
　　乐正,《雅》、《颂》各得其所。"②

从"王官失业,《雅》、《颂》相错"可见,周室盛时职掌诗乐、诗教者
为王官。那么,周代诗学之重镇,当然在于王官诗学。古代学者普
遍认可周代存在着王官掌诗的制度,尤其是唐代诗人。如白居易

————————

① 《史记》卷四,中华书局 1982 年,第 121 页。
② 《汉书》卷二二《礼乐志》,中华书局 1962 年,第 1042 页。

等写作新乐府,也是援用周代采诗制度,欲待朝廷采诗入乐。其他如杨巨源"周官正采诗"①,陆龟蒙"谩欲陈风俗,周官未采诗"②,说明唐代诗人普遍相信存在周官采诗之事。

我们现在所见的,关于王官职掌诗乐、诗教的最早事实,是《尚书·尧(舜)典》所记载的舜命夔典乐的事实:

> 帝曰:"咨! 四岳,有能典朕三礼?"佥曰:"伯夷!"帝曰:"俞,咨! 伯,汝作秩宗。夙夜惟寅,直哉惟清。"伯拜稽首,让于夔、龙。帝曰:"俞,往,钦哉!"
>
> 帝曰:"夔! 命汝典乐,教胄子,直而温,宽而栗,刚而无虐,简而无傲。诗言志,歌永言,声依永,律和声。八音克谐,无相夺伦,神人以和。"
>
> 夔曰:"於! 予击石拊石,百兽率舞。"③

《尚书·尧(舜)典》记载了舜在即位之初对"十二牧"的官守任命。舜命四岳典"三礼",又命夔典乐,这是周代礼乐之治的制度的由来。这种理想的乐政,也许是周代士大夫的理想化的叙述,但是从原始部落开始,承担着祭祀、兵戎、娱乐等多种功能的歌乐舞为一体的综合艺术系统就已经存在。到了国家建立之后,这个综合艺术系统作为国家政治的一部分被继续发展着。所以,《尧(舜)典》所叙的"夔典乐",仍然可视为周代王官掌乐的来源,也就是王官诗

①《春日奉献圣寿无疆词》其六,《全唐诗》卷三三三,中华书局1960年,第3735页。

②《袭美见题郊居十首因次韵酬之以伸荣谢》其四,《全唐诗》卷六二二,第7161页。

③《尚书正义》,中华书局1980年影印阮元刻《十三经注疏》,第131页。

学的渊源。

　　关于周代王官职掌诗乐的情况,比较详细地记载在《周礼》一书中。《周礼》又称《周官书》,一般认为是对周代官制的系统记载,但也有学者认为它并非实际存在官制的记载,而是一种理想化的王官制度设置。但王官掌乐这个基本事实,应该是存在的。《周礼·春官·宗伯》记载春官大宗伯职掌礼乐的制度。其前叙云:"惟王建国,辨方正位,体国经野,设官分职,以为民极。乃立春官宗伯,使帅其属而掌邦礼,以佐王和邦国。"① 其中具体掌乐人员如下:

　　　　大司乐,中大夫二人;乐师,下大夫四人,上士八人,下士十有六人,府四人,史八人,胥八人,徒八十人。

　　　　大胥,中士四人;小胥,下士八人,府二人,史四人,徒四十人。

　　　　大师,下大夫二人;小师,上士四人;瞽矇,上瞽四十人,中瞽百人,下瞽百有六十人;眡瞭三百人;府四人,史八人,胥十有二人,徒百有二十人。

　　　　典同,中士二人,府一人,史一人,胥二人,徒二十人。

　　　　磬师,中士四人,下士八人,府四人,史二人,胥四人,徒四十人。

　　　　钟师,中士四人,下士八人,府二人,史二人,胥六人,徒六十人。

　　　　笙师,中士二人,下士四人,府二人,史二人,胥一人,徒十人。

　　　　鎛师,中士二人,下士四人,府二人,史二人,胥二人,徒

_____

① 《周礼注疏》卷一七,中华书局 1980 年影印阮元刻《十三经注疏》,第752 页。

二十人。

　　韎师，下士二人，府一人，史一人，舞者十有六人，徒四十人。

　　旄人，下士四人，舞者众寡无数，府二人，史二人，胥二人，徒二十人。

　　籥师，中士四人，府二人，史二人，胥二人，徒二十人。

　　籥章，中士二人，下士四人，府一人，史一人，胥二人，徒二十人。

　　鞮鞻氏，下士四人，府一人，史一人，胥二人，徒二十人。①

以上乐工人员，各有职掌。论其身份，主要由士大夫和胥徒这两个阶层的人员构成。胥徒属于一般的乐工，而士大夫属于知识阶层、王官阶层。其中大司乐为中大夫二人，乐师为下大夫四人，大师为下大夫二人，是乐官里面地位最高的。他们具有很高的文化水平，不是一般的演乐人员。尤其是大司乐，不但负责整个乐政，同时掌成均之法，"治建国之学政"：

　　大司乐掌成均之法，以治建国之学政，而合国之子弟焉。凡有道者，有德者，使教焉。死则以为乐祖，祭于瞽宗。以乐德教国子，中、和、祗、庸、孝、友；以乐语教国子，兴、道、讽、诵、言、语；以乐舞教国子，舞《云门》《大卷》《大咸》《大磬》《大夏》《大濩》《大武》。以六律、六同、五声、八音、六舞大合乐。以致鬼、神、示，以和邦国，以谐万民，以安宾客，以说远人，以作动物。②

────────

①《周礼注疏》卷一七，《十三经注疏》，第 754 页。

②《周礼注疏》卷二二，《十三经注疏》，第 787—788 页。

《周礼》将音乐教育的内容分为乐德、乐语、乐舞三部分。其中乐德以"中、和、祇、庸、孝、友"为内容，属于伦理的目标，它与《尧典》中所说的"教胄子，直而温，宽而栗，刚而无虐，简而无傲"这一部分相当。而"以乐语教国子，兴、道、讽、诵、言、语"，则是关于歌诗的部分，与"诗言志，歌永言，声依永，律和声"的内容相类，可以说是对"言志"的方法的展开论述。可见所谓"乐语"，其实就是综合艺术中的歌诗、诵诗等内容。朱自清《诗言志辨》对此仅作分析："这六种'乐语'的分别，现在还不能详知，似乎都以歌辞为主。'兴'、'道'（导）似乎是合奏，'讽'、'诵'似乎是独奏；'言'、'语'是将歌辞应用在日常生活里。这些都用歌辞来表示情意，所以称为'乐语'。"① 所谓"乐语"，即歌诗与相关文辞，或者说"乐语"就是诗歌的另一种说法。所以这部分讲的就是早期的诗歌教学的内容。这个真相，在大师所掌的部分展示得更清楚：

> 大师掌六律、六同以合阴阳之声。阳声：黄钟、大蔟、姑洗、蕤宾、夷则、无射。阴声：大吕、应钟、南吕、函钟、小吕、夹钟。皆文之以五声：宫、商、角、徵、羽；皆播之以八音：金、石、土、革、丝、木、匏、竹。教六诗：曰风、曰赋、曰比、曰兴、曰雅、曰颂。以六德为之本，以六律为之音。②

所谓"六诗"，并非六种诗歌，而是诗的六种要素，即后来所说的"诗六义"。乐语中的"兴、道、讽、诵、言、语"与六诗"风、赋、比、兴、雅、颂"两者之间，应该有着对应、相类似的关系。乐语中的"兴"、

---

①《朱自清全集》第六卷，江苏教育出版社 1996 年，第 138 页。
②《周礼注疏》卷二三，《十三经注疏》，第 795—796 页。

"讽"、"诵"与六诗中的"兴"、"风"、"颂"也极为相似。从这里我们可以发现，早期王官诗学在探讨分析诗歌艺术的要素时，曾经有过不同的说法，其重要范畴从发生到最后确定是有一个过程的。而"六诗"（后来的"六义"）的产生，绝非孤立的，而是在与六律、六德相配合的过程中确定的。"六德"为本，是对言志的伦理功能的规范，对"诗言志"的进一步解释，"六律为之音"是对"律和声"的具体化。"教乐语"、"教六诗"其实是性质相同的教学内容，主要是分析诗歌的艺术要素，甚至是传授创作诗歌的方法。这其中包括了丰富的作诗、赋诗（引诗言志）内容，当然也包括歌唱、吟诵的各种艺术。我们不能不说这些构成王官诗学的一个体系，甚至可以说是诗歌教育的体系。其中留传给后世的最重要的诗学范畴，就是言志与六诗。后来《毛诗·大序》改称"六义"，其实是一种在内容上的缩小。"六诗"为诗教的六大部分，"六义"则只是儒者对诗歌的六种解读方法。另外，到了《毛诗·大序》的撰写时代，"六义"已是一个独立的诗学系统，不再与"六德"、"六律"相依存。不与"六律"相依存这一点尤其值得注意。这种变化在诗学发展史上具有阶段性标志的意义。

成均之法由大司乐掌握，可见上古教育隶属于音乐。这与《尧典》中舜命夔典乐教胄子可谓一脉相承。为什么国家教育始于音乐呢？我想最主要可能还是上古歌乐舞一体的综合艺术，包含了多种艺术形式，而"乐语"中的"兴、道、讽、诵、言、语"、六诗中的"风、赋、比、兴、雅、颂"包含了修辞表达的能力。我们知道，韵文是最早成熟的文体，早于散文，所以最早成熟的一种教育形式主要是凭借诗歌即乐语来进行的。这就是大司乐掌成均之法的来由。可以说，古代教育是从乐教、诗教发端的。这样一个事实，有助于我们了解为何中国古代是以礼乐为治，而诗歌在后来的儒家教育中一直占有很重要的位置。但是我们也看到,从最早舜帝任命"十二牧"之一的"夔"典乐,到《周礼》中只是中大夫职位的大司乐"掌成均之法",乐政与乐教在整个王官体系中的位置其实是下降了。可以说,音乐、舞蹈、歌诗,在上古的政治中具有远比后来为高的地位 ①。

　　王官诗学以"兴、道、讽、诵、言、语"传授乐语,又以"风、赋、比、兴、雅、颂"六诗教诗,其间的相应关系如何,我们不得而知。它的主要功能是进行诗教,但同时也在传授诗歌创作的方法。《诗经》作品,现代学者普遍强调其采自歌谣的性质,但也不能不承认其中的三颂与大雅中的作品为上层之作,只是很少将它们与《周礼》中所说的大司乐教乐语、大师教"六诗"联系起来。如果考虑到《尧典》所说的夔教胄子的诗教,并不完全是后人的假托,则贵族学诗的历史其实远早于周代。那么,《诗经》作品,至少是其中的雅颂部分,应该是王官诗教的成果。而在周代的贵族与士大夫阶层中,作诗也应该是他们具备的一种能力,虽然无法想象有后世文人诗创作的那种风气。《小雅·巷伯》记载:"寺人孟子,作为此诗。凡百君子,敬而听之。" ②《小雅·节南山》也有"家父作诵,以究王讻" ③,《大雅·崧高》:"吉甫作诵,其诗孔硕,其风肆好,以赠申

----

① 关于大师教六诗的问题,近来有学者认为《毛诗》小序即是采诗的史官或乐官所作,即国史所作(按:此说宋人程颐、严粲等已发)。如王小盾、马银琴认为:"其中一部分序例以说解诗歌的仪式功能为内容,它们直接关联于周代的礼乐仪典。另一部分序用'美□□'、'刺□□'格式,它们直接关联于当时的采诗、献诗制度。"(王小盾、马银琴《从〈诗论〉与〈诗序〉的关系看〈诗论〉的性质与功能》,《文艺研究》2002 年第 2 期)此说虽新颖,然并无确据。

②《毛诗正义》卷一二,《十三经注疏》,第 456 页。

③《毛诗正义》卷一二,《十三经注疏》,第 441 页。

伯。"① 这种创作所秉承的正是"诗言志"与美刺的原则,而"家父
作诵"之"诵",正是大司乐所教的乐语中的"诵"。"吉甫作诵"的
"诵",当然也是六诗中的"颂"。这是诗人的自叙,其作者的身份可
以说是确凿无疑。寺人孟子、家父、吉甫所作的小雅与大雅,并非
民间歌谣之体,而是上层流行的雅颂之体,正是王官诗教的成果。
前引黄节《诗学》以颂体为诗学之开端,也强调了颂体创作具有士
大夫自觉创作的特点。另外,据《毛诗》小序之说,大雅中的许多
作品,都是周代王公卿士所作,如召康公作《公刘》《泂酌》《卷阿》
等诗以戒成王,召穆公作《民劳》《荡》以刺厉王,武卫公作《抑》
刺厉王亦以自警,凡伯作《板》《瞻卬》刺厉王,凡伯作《召旻》刺
幽王,芮伯作《桑柔》刺厉王,这是属于刺的作品。至于美的作品,
则有尹吉甫作《烝民》《韩奕》《江汉》等诗以美宣王,召穆公作
《常武》以美宣王。又《吕氏春秋·古乐》篇记载:"周文王处岐,诸
侯去殷三淫而翼文王。散宜生曰:'殷可伐也。'文王弗许。周公旦
乃作诗曰:'文王在上,于昭于天。周虽旧邦,其命维新。'"② 据此,
则《文王》一篇,古人传说为周公之作。

　　风诗中的作品,我们现在一般认为主要采自歌谣,这在先秦有
"采诗"之说可证,宋代朱熹的《诗集传》也强调风诗作为里巷歌谣
的性质。但如果依照《毛传》,十五国风中的作品,也有不少属于
上层人物之作。其中不乏王公卿士所作,如《豳风》的《七月》,序
称:"陈王业也。周公遭变,故陈后稷先公风化之所由,致王业之艰
难也。"③《鸱鸮》序称:"周公救乱也。成王未知周公之志,公乃为

①《毛诗正义》卷一八,《十三经注疏》,第 567 页。
② 许维遹《吕氏春秋集释》卷五,中华书局 2009 年,第 127 页。
③《毛诗正义》卷八,《十三经注疏》,第 388 页。

诗以遗王,名之曰《鸱鸮》焉。"①《东山》则为大夫所作以慰东征将士。后来曹丕作《燕歌行》以抒思妇之怀,其实仍然秉承《东山》的遗意,正是后人创作上"征圣"的行为。另外,诗中有明确记载并为今人所承认的,还有许穆夫人所赋《载驰》,也是上层人物之作。在《春秋左传》等文献中,我们也看到王公卿士大夫作诗的若干记载。由此可见,王官的诗教,不仅培养歌诗、诵诗、舞诗等能力,同时也培养诗歌创作的能力。古人俗语云:"熟读唐诗三百首,不会作诗也会吟。"据此,我们难道真的相信,周代诗教只有教诗、用诗的功能,而没有培养诗歌创作能力的功能吗?

如果我们承认王官诗学的实际存在,则我们对《诗经》与周代诗歌创作的真相就有重新认识的必要。而对儒家一系所说的"王泽竭而诗亡"②的说法,当然也会有新的认识。这种说法即认为王泽竭、王官失职正是诗歌创作衰落的原因。

王官诗学确定了中国古代诗学最重要的基因,那就是注重伦理,以教化为主要目的。而诗属于乐,诗教属于乐教,也构成中国古代最基本的诗学思想。后世的诗学,不断地演绎王官诗学的原则,《毛诗·大序》就是其中最重要的一个文本。

二

王官诗学是先秦诗学的基础,后两个阶段的诗学即春秋行人诗学和诸子诗学,都是在王官诗学的泽润下产生的,而后来《诗经》学的"三家《诗》",其渊源亦应追溯到王官诗学。这一点,清人陈

---

①《毛诗正义》卷八,《十三经注疏》,第394页。
②《隋书》卷三二《经籍志》,中华书局1973年,第918页。

奂之说最得要领。其《诗毛氏传疏·叙》曰：

> 昔者周公制礼作乐，诗为乐章，用诸宗庙朝廷，达诸乡党邦国，当时贤士大夫皆能通于诗教。孔子以诗授群弟子，曰："小子何莫学夫诗？"又曰："不学诗，无以言。"诚以诗教之入人者深，而声音之道与政通也。卜子子夏亲受业于孔子之门，遂橐括诗人本志，为三百十一篇作序。数传至六国时鲁人毛公，依序作传，其序意有不尽者，传乃补缀之，而于诂训特详。授赵人小毛公。诗当秦燔锢禁之际，犹有齐、鲁、韩三家诗萌芽间出。三家多采杂说，与《仪礼》《论语》《孟子》《春秋》内外传论诗往往或不合。三家虽自出于七十子之徒，然而孔子既没，微言已绝，大道多歧，异端共作。又或借以讽动时君，以正诗为刺诗，违诗人之本志。故齐、鲁、韩可废，毛不可废。①

陈氏之论，虽然独宗毛传，贬低三家，但叙述先秦至后世的诗学源流，莫此为详。从以大司乐、大师为主体的王官诗学到以孔子为代表的诸子诗学，再到齐、鲁、韩、毛四家诗的经学诗学，其间有一个早期诗学发展的重要环节，即春秋贤士大夫的诗学，所谓"贤士大夫皆能通于诗教"。上文已经论述过，贤士大夫不仅是诗教的传承者，而且他们之中也有人创作诗歌。但到了春秋时期，诗道有所消歇，作诗之事不常经见，但也并非绝迹。其最著名者，为《春秋左氏传》闵公二年的许穆夫人赋《载驰》之事②。又如《春秋左传》隐公

---

① （清）陈奂《诗毛氏传疏》卷首，中国书店 1984 年据漱芳斋 1851 年版影印，第 1—2 页。
② 《春秋左传诂》卷六，中华书局 1987 年，第 266 页。

元年载郑庄公与武姜母子所赋："公入而赋：'大隧之中，其乐也融融。'姜出而赋：'大隧之外，其乐也泄泄。'遂为母子如初。"①《左传》僖公五年，晋士蔿有感于晋国政治之乱，及晋侯与二公子之间的矛盾，"退而赋"："狐裘尨茸，一国三公，吾谁适从？"②《左传》宣公二年载《宋城者讴》："睅其目，皤其腹，弃甲而复。于思于思，弃甲复来。"③《左传》成公十七年《声伯之歌》："初，声伯梦涉洹，或与己琼瑰食之，泣而为琼瑰，盈其怀。从而歌之，曰：'济洹之水，赠我以琼瑰。归乎归乎，琼瑰盈吾怀乎！'"④ 以及《国语·晋语》载优施所作的《暇豫歌》："暇豫之吾吾，不如鸟乌。人皆集于苑，己独集于枯。"⑤ 乃至《战国策·齐策》所载冯谖客孟尝君门下，三次弹铗作歌："长铗归来乎，食无鱼！""长铗归来乎，出无车！""长铗归来乎，无以为家！"⑥ 这些春秋战国时代贤士大夫所赋之诗，体制与风诗都十分接近。这未尝不是王官诗学盛行时代贤士大夫浸润诗教的成果⑦。这些诗歌，未必都合"六义"之旨，但其体制多出于风诗，是可以肯定的。《庄子·外物》还记载了一个儒以《诗》、《礼》发冢的故事：

---

①《春秋左传诂》卷五，第 187—188 页。

②《春秋左传诂》卷七，第 277 页。《史记·晋世家》"赋"作"歌"，《史记》卷三十九，第 1646 页。

③《春秋左传诂》卷一〇，第 396 页。

④《春秋左传诂》卷一一，第 485 页。

⑤ 徐元诰《国语集解》，中华书局 2002 年，第 276 页。

⑥ 诸祖耿编撰《战国策集注汇考》，凤凰出版社 2008 年，第 591 页。

⑦ 参见钱志熙《从歌谣的体制看"风诗"的艺术特点——兼论对〈毛诗〉序传解诗系统的正确认识》，《北京大学学报（哲学社会科学版）》2005 年第 2 期。

> 儒以《诗》、《礼》发冢,大儒胪传曰:"东方作矣,事之何
> 若?"小儒曰:"未解裙襦,口中有珠。《诗》固有之曰:'青青
> 之麦,生于陵陂。生不布施,死何含珠为?'接其鬓,压其顪,
> 儒以金椎控其颐,徐别其颊,无伤口中珠!"①

这个故事虽然是虚构的,并且完全是一种调侃,但其中也透露这
样的事实,即熟于《诗经》的儒士,能够运用比兴之法来作诗。《孟
子·离娄下》所说的"王者之迹熄而诗亡,诗亡然后《春秋》作"②,
所说的应该是从春秋到战国这个时期,由于王官诗教制度的衰落
而各种诗教及诗歌创作活动衰歇的历史事实。

当然,春秋士大夫诗学并没有形成一种诗歌创作的浓厚风气。
他们主要还是将《诗经》作为一种经典,根据"《诗》、《书》义之
府"③的原则,作为外交及论政的依据,所以春秋诗学又可以称为行
人诗学。

《春秋左传》所载诸多行人赋诗的事实,虽然备受学者关注,爬
梳考证者不少,但对于其在早期诗学发展中的意义,则鲜有中肯之
论。我想至少有这样几个方面可以确定其在诗学上的地位:一、春
秋行人赋诗、君臣引诗,其实是周代诗教、诗乐制度在春秋时代的
延续与变化,也是证明周代的确存在兴盛的诗乐与诗教的一个基
本证据;二、春秋赋诗、引诗是连接周代诗教与诸子诗学、儒家学诗
之间的一个中间环节;三、春秋赋诗、引诗开启了一种解释诗学,其
中的断章取义、引诗以证等方法,对后世的诗学影响很大。因此,

---

① (清)王先谦《庄子集解》卷七,中华书局 1987 年,第 239 页。
② (清)焦循《孟子正义》卷一六《离娄章句下》,中华书局 1987 年,第 572 页。
③《春秋左传诂》卷八,第 327 页。

我们在重新建构早期诗学的历史时,必须重视春秋赋诗、引诗这一种类型。

春秋行人诗学不但是诗学发展的重要环节,而且是春秋战国诸子文学发生的重要基础。清代学者章学诚著《文史通义》,考镜学术之源,曾论述战国之文学与六艺及诗教之关系:

> 战国之文既源于六艺,又谓多出于《诗》教,何谓也? 曰:战国者,纵横之世也。纵横之学,本于古者行人之官。观春秋之辞命,列国大夫聘问诸侯,出使专对,盖欲文其言以达旨而已。至战国而抵掌揣摩,腾说以取富贵,其辞敷张而扬厉,变其本而加恢奇焉,不可谓非行人辞命之极也。孔子曰:"诵《诗》三百,授之以政,不达;使于四方,不能专对,虽多奚为?"是则比兴之旨,讽喻之义,固行人之所肄也。纵横者流,推而衍之,是以能委折而入情,微婉而善讽也。①

章氏此论,推衍源流,寻其绝绪,所说的正是本文所谓"行人诗学"的内涵。但他的观点主要是受到孔子之说的启发,是从行人赋诗对士大夫文学修养乃至诗学技能的养成着眼的。事实上,班固《艺文志·诗赋略》在叙述辞赋的发生时,也将之归于行人诗学的溉养:

> 传曰:"不歌而诵谓之赋,登高能赋可以为大夫。"言感物造耑,材知深美,可与图事,故可以为列大夫也。古者诸侯卿大夫交接邻国,以微言相感,当揖让之时,必称《诗》以谕其志,盖以别贤不肖而观盛衰焉。故孔子曰"不学《诗》,无以言"

---

① (清)章学诚《文史通义》,中华书局 1956 年,第 17 页。

也。春秋之后,周道浸坏,聘问歌咏不行于列国,学《诗》之士逸在布衣,而贤人失志之赋作矣。大儒孙卿及楚臣屈原离谗忧国,皆作赋以风,咸有恻隐古诗之义。[1]

这里强调卿大夫交接邻国"称《诗》以谕其志"这个现象,又联系孔子学诗之事,是认为春秋士大夫中存在着比较兴盛的学诗风气,实为后来辞赋兴起重要的背景。前引黄节分先秦诗学为三期,以颂声之兴为第一期,士大夫交接邻国称诗言志为第二期,而以学诗之士逸在布衣为第三期,并谓后期诗学转化为赋学。其观点正是对班固之说的一个发展。

现代学者强调屈原创作与楚民族诗歌的关系,在这方面挖掘了丰富的事实。但这只是屈原创作渊源的一部分,从自觉的创作意识之养成,以及艺术方法的提高来看,以屈原为代表的楚廷辞赋家群体,正是将其学习《诗经》的实绩结合到楚国的原始歌曲中来,造成中国文学史上第一个文人诗歌创作的实绩。屈、宋等人正是属于春秋战国时代行人诗学的范围里面的。《史记·屈原贾生列传》在叙述屈原的教养与作为时说:

屈原者,名平,楚之同姓也。为楚怀王左徒。博闻疆志,明于治乱,娴于辞令。入则与王图议国事,以出号令;出则接遇宾客,应对诸侯。王甚任之。[2]

从这样的介绍可见,屈原正是春秋战国时代习《诗》《书》,明礼义

①《汉书》卷三〇,第 1755—1756 页。
②《史记》卷八四,第 2481 页。

的贤士大夫的代表,其娴于辞令并能"接遇宾客,应对诸侯",正是属于行人之流。班固正是从学诗之士逸在布衣的背景来解释屈原的辞赋创作,并且明确地指出其有"恻隐古诗之义",将屈辞与《诗经》联系起来。事实上,这样的看法,司马迁(或淮南王刘安)等人已经提出,"国风好色而不淫,小雅怨诽而不乱。若《离骚》者,可谓兼之矣"①。王逸《楚辞章句》亦云:"而屈原履忠被谮,忧悲愁思,独依诗人之义而作《离骚》。"② 又云:"《离骚》之文,依《诗》取兴,引类譬谕。故善鸟香草,以配忠贞;恶禽臭物,以比谗佞;灵修美人,以媲于君;宓妃佚女,以譬贤臣;虬龙鸾凤,以托君子;飘风云霓,以为小人。"③ 所谓"诗人之义"即是《大序》所说的六义,其中比兴两义,尤其为屈原所重,并且结合楚地原始歌曲的修辞方法加以发展。由此可见,屈宋辞赋乃至战国辞赋家群体,其文学的基本教养,正是春秋行人诗学涵养的成果。而章学诚所说的"战国之文,出于诗教",于此可得一更加具体的证明。由此可见,春秋诗学作为周代诗教的一种直接成果,奠定了中国古代发达的文人文学的基础。

行人诗学可以说是王官诗学的衍生,也可以说是王官诗学的直接成果。如果说王官诗学主要属于教诗的范畴,同时也兼有作诗的内容,那么行人诗学主要属于用诗的范畴。从诗学的内涵来讲,是一种缩小。但是它衍生出辞赋这个系统,可以说直接导引出中国古代的文人文学。其对文学史的实际影响,恐怕比诸子诗学更为巨大。

---

① 《史记》卷八四,第 2482 页。
② 王逸《离骚经章句叙》,(宋)洪兴祖《楚辞补注》,中华书局 1983 年,第 48 页。
③ 王逸《离骚经章句小序》,《楚辞补注》,第 2—3 页。

三

继行人诗学之后,诸子诗学在周代诗教的背景下产生,或者说是周代诗教沾溉的结果,此即前引陈奂所说"诗教之入人者深"。诸子作为王官之学的继承者或批判者,普遍地具有诗教的学养,这从其大量地征引《诗》《书》可以得到证明。春秋诸子多称《诗经》为"周诗":

> 且不惟《誓命》与《汤说》为然,周《诗》即亦犹是也。周《诗》曰:"王道荡荡,不偏不党,王道平平,不党不偏。其直若矢,其易若底。君子之所履,小人之所视。"①

但春秋战国也可以说是周代诗教分裂的时代。王官之学衰落后,士阶层的私学兴起,儒、道、名、法、阴阳、纵横诸家蜂起,他们虽然都有六艺之学、王官之学的背景,但是此时学术上进入了百家争鸣时代。所以,在崇尚周代诗教的儒家一派来说,这时候是王官失业、诗教衰落的时代。儒家一派的诗论有一个重要观点,认为周代诗乐之盛是与王道政治相始终的。但他们也认为存在着一个"王泽既竭,而诗不能作"②的时期。从逻辑上讲,诸子时代正属于这个"诗不作"的时代。所以儒家一系将恢复周代诗教作为重要的工作。《孟子·离娄下》:

> 孟子曰:王者之迹熄而诗亡,诗亡然后《春秋》作。晋之

---

① (清)孙诒让《墨子间诂》卷四,中华书局 1986 年,第 114 页。
② 《汉书》卷二二《礼乐志二》,第 1042 页。

乘，楚之梼杌，鲁之春秋，一也。其事则齐桓晋文，其文则史，孔子曰：其义则丘窃取之矣！①

后来班固《汉书·礼乐志》：

周道始缺，怨刺之诗起。王泽既竭，而诗不能作。王官失业，《雅》、《颂》相错，孔子论而定之，故曰："吾自卫返鲁，然后乐正，《雅》、《颂》各得其所。"②

依儒家一系的说法，无论是作《春秋》，还是正《雅》、《颂》，都是为了弥补"王泽既竭而诗不能作"的缺憾，它们都是为了恢复或绍述周代的诗教。尤其是正《雅》、《颂》，它本身就是传统的王官之业。随着诗的不作，诗学方面似乎也有所衰落，原来执掌诗学的王官失业，于是诗学方面出现混乱，导致《雅》、《颂》相错。孔子继起，整理《雅》、《颂》。从这里可以看到，孔子为代表的儒家一派诗学是直接王官诗学而来的。

当然，其他诸子各派的诗学，也都是在王官诗学和西周礼乐教化的背景下发生的。原本士大夫们对《诗》、《书》有着统一的看法。《春秋左传》僖公二十七年记载赵衰之说："《诗》、《书》，义之府也；礼、乐，德之则也。"③ 正反映了士大夫们对《诗》、《书》等经典的统一认识。百家蜂起后，思想界产生很大的分歧，即我们所说的百家争鸣，这当然也反映在对《诗》、《书》的看法上。如道家一派

---

① 《孟子注疏》卷八，中华书局 1980 年影印阮元刻《十三经注疏》，第 2728 页。
② 《汉书》卷二二，第 1042 页。
③ 《春秋左传诂》卷八，第 327 页。

的《文子》中这段话,是站在道家的返朴归真的立场上批评周室的尚文饰伪:

> 施及周室,浇醇散朴,离道以为伪,险德以为行,智巧萌生,狙学以拟圣,华诬以胁众,琢饰《诗》《书》,以贾名誉,各欲以行其智伪,以容于世,而失大宗之本,故世有丧性命,衰渐所由来久矣。①

上文引到,《庄子·外物篇》中有"儒以《诗》《礼》发冢"之讥,也代表了道家一派对周代以来所传诗教的不以为然。另外,墨家之非乐,法家之贬斥、禁抑诗书之艺,都是诗教观念分裂的表现。而中国古代艺术观念之分歧与流派之形成,自不能不追溯至诗教观念之分裂这一事实。

然而,诸子诗学之所以成为后来汉儒诗学之渊源,更主要的还是其绍述周代诗教的观念,从各自的学派立场出发,对《诗》及乐的问题提出自己的看法。其中一个重要的现象,就是诸子几乎无例外地继承"诗言志"的观点。以孔子诗学为例,他所说的"诗三百,一言以蔽之,曰思无邪"②,就是对言志说的一个发挥。但孟子又提出"以意逆志"之说,作为对言志诗学的一种个人的发展。又如《庄子·天下篇》:

> 《诗》以道志,《书》以道事,《礼》以道行,《乐》以道和,《易》以道阴阳,《春秋》以道名分。③

---

① 王利器《文子疏义》卷一二,中华书局 2000 年,第 504—505 页。
②《论语注疏》卷二,中华书局 1980 年影印阮元刻《十三经注疏》,第 2461 页。
③《庄子集解》卷八,第 288 页。

《尧典》里诗言志是与"歌永言、声依永、律和声"并提,但到《庄子·天下篇》中"《诗》以道志"是与"《书》以道事"、"《礼》以道行"等并提。这一条最突出地反映了将诗的属性概括为"言志",或者说"诗"即"志",成为春秋战国诸子的共同看法。经过这样一个发展,"志"作为诗歌的本体的观念得到了强化。

从《尧典》到《周礼·春官宗伯》,再到《毛诗大序》,中国早期诗学作为政教诗学的特点是十分突出的,诸子诗学尤其是其中的儒家诗学,自然也属于这个大的体系,可见早期诗学群体原则的强大。但是正如上面所说,诸子时代是诗教观念分歧的时代,相比上述三种诗学文本,诸子诗学可以说比较多地体现个体的思想创造的特点。但是,由于诸子诗学整体上处于"王泽既竭而诗不能作"的诗歌艺术衰落的时代,所以其成果主要不是对诗歌艺术本身的阐述,而是对《诗》作为一种重要经典的文化价值及其经典特征的肯定。《尧典》提出"诗"、"歌"、"声"、"律"四范畴,《周官》提出"兴、道、讽、诵、言、语"六种乐语,以及"风、赋、比、兴、雅、颂"六诗,这都是对诗歌艺术的直接的阐述。可见王官诗学虽然重视政教,但因为在活生生的艺术活动中展开,所以不可能不同时对艺术本身作出阐述。相比之下,对并不作诗的诸子来说,诗学只是一种知识教养,《诗》只是经典的一种。所以,诸子谈诗,往往将其作为经典的一种来论定,亦即在多种经典之中,来确定《诗》或"乐"的功用。从这个意义上,我们可以说诸子诗学其实是一种文化诗学。当然,诸子诗学对诗的审美功能也有所阐述,如孔子所论的兴观群怨,就是对王官诗学的巨大发展,在阐述诗的政教、群体原则的同时,强调诗的艺术特征即"兴"、诗的个体抒情原则即"怨"。但在更多的场合,孔子所重视还是诗的文化功能。从"子曰:兴于诗,立于礼,成于乐"①,到"诵诗三百,授之以政,不达,使于四方,不能专对,虽多亦奚以为"②,尤其是孔子认为诗在兴观群怨之外,"迩之事父,远之事君。多识于鸟兽草木之名"③,《诗》作为文化教养之经典的价值,昭然可指。其他诸子在这方面的表现可能更加突出,如《管子》一书,也多次提到《诗》的功用,无一不是从文化教养方面着眼的:

> 凡人之生也,必以平正。所以失之,必以喜怒忧患。是故止怒莫若诗,去忧莫若乐,节乐莫若礼,守礼莫若敬,守敬莫若静。内静外敬,能反其性,性将大定。④
>
> 桓公曰:"何谓五官技?"管子曰:"诗者,所以记物也。时者,所以记岁也。春秋者,所以记成败也。行者,道民之利害也。易者,所以守凶吉成败也。卜者,卜凶吉利害也。民之能此者,皆一马之田,一金之衣。此使君不迷妄之数也。六家者,即见其时,使豫先蚤闲之日受之。故君无失时,无失策,万物兴丰无失利。远占得失以为末教,诗记人无失辞,行殫道无失义,易守祸福凶吉不相乱,此谓君棅。"⑤

诗者所以记时物,与《论语》孔子命伯鱼学诗,多识于草木虫鱼之名,是同一意思。反映了春秋诗学在"言志"、"无邪"之外另一种功用。

---

①《论语注疏》卷八,第 2487 页。
②《论语注疏》卷一三,第 2507 页。
③《论语注疏》卷一七,第 2525 页。
④ 黎翔凤《管子校注》卷一六《内业》,中华书局 2004 年,第 947 页。
⑤《管子校注》卷二二《山权数》,第 1310 页。

在一种文化诗学的视野中,诸子不仅离开诗之艺术本体,而且也在相当程度上摆脱了王官诗学的政教观念与伦理导向,将《诗经》作为文化经典之一,在经典群中寻索、确定其功能。除上述所引诸条外,还可举荀子之论:

> 故《书》者,政事之纪也;《诗》者,中声之所止也;《礼》者,法之大分,类之纲纪也,故学至乎《礼》而止矣。夫是之谓道德之极。《礼》之敬文也,《乐》之中和也,《诗》、《书》之博也,《春秋》之微也,在天地之间者毕矣。
>
> 《礼》、《乐》法而不说,《诗》、《书》故而不切,《春秋》约而不速。①

《礼记》又在"诗教"之外,提出"乐教"、"易教"、"书教"、"春秋教"等多种经典教养功能:

> 孔子曰:入其国,其教可知也。其为人也温柔敦厚,《诗》教也;疏通知远,《书》教也;广博易良,《乐》教也;洁静精微,《易》教也;恭俭庄敬,《礼》教也;属辞比事,《春秋》教也。②

这种在经典体系中论述《诗》之功能的方法,可以视为诸子的一种新创,而为汉代的一些学者所继承。如班固《汉书·艺文志》:

---

① 《荀子·劝学》,(清)王先谦《荀子集解》卷一,中华书局1988年,第11、12、14页。
② 《礼记·经解》,《礼记正义》卷五〇,中华书局1980年影印阮元刻《十三经注疏》,第1609页。

> 六艺之文:《乐》以和神,仁之表也;《诗》以正言,义之用也;《礼》以明体,明者著见,故无训也;《书》以广听,知之术也;《春秋》以断事,信之符也。①

这仍然是诸子的论述方式。由此可见,诸子在政教诗学之外,别创一种文化诗学,成为中国古典诗学中的另一派。近时面世的上博简《孔子诗论》"诗亡隐志,乐亡隐情,文亡隐言"②,也是属于这种论诗的方法。

诸子时代,私家著述风气兴起。从逻辑上讲,正是文本化的诗歌理论与批评的开端。章学诚《文史通义》论曰:"周衰文弊,六艺道息,而诸子争鸣,盖至战国而文章之变尽,至战国而著述之事专,至战国而后世之文体备。"③观乎此,则论诗、解诗之文本化,也应以战国为开端。《毛诗》大序传为子夏所作,六国时鲁人毛公依序作传。而鲁诗的创立者鲁人受学于齐人浮丘公,浮丘公传自荀子。韩诗为文帝时诗博士韩婴所作。现存《韩诗外传》的体例,多为前叙某一历史事实,最后引诗以证。这些事件并非所引诗句的本事,但却能阐发诗句的义理。这种做法,当然也与春秋诸子引诗以证是一脉相承的。由此可见,战国正是诗论兴起的时代。在中国古代诗学发展史上,实具有非常重要的地位。

2016 年 10 月 8 日初稿

（原载《北京大学学报(哲学社会科学版)》2017 年第 1 期,

中国人民大学《报刊复印资料》全文转载）

---

①《汉书》卷三〇,第 1723 页。

② 俞绍宏《上海博物馆藏楚简校注》,中国社会科学出版社 2016 年,第 39 页。

③《文史通义》,第 16 页。

先秦"诗言志"说的绵延及其不同层面的含义

　　《尚书·尧典》的"诗言志"之说,先为春秋行人赋诗所遵引,成为赋诗的原则,后来又经先秦诸子从各自的立场加以阐述,其在先秦时代有着很广阔的绵延,可以说是先秦时代唯一的诗歌定义,并对后世产生深远的影响。朱自清的《诗言志辨》称其为诗学开山纲领,并将先秦的"诗言志"概括为"献诗言志"、"赋诗言志"、"教诗明志"、"作诗言志"这样四种类型,并对其历史演变有所展示,为后人的研究提供了广阔的视野①。但作为我们现在所见的中国古代第一个关于诗歌的表述,或者说最早的、也是最具权威性的诗歌本体论,它产生的历史文化方面的契机,以及它的原始义与各种后续发生的意义,亦即"诗言志"因叙述者的不同而存在的不同层面的含义,需要做详细的判别。作为先秦时代诗教活动的核心观念,存在着掌乐者、作诗者、用诗者、论诗者等种种不同的叙述者的"诗言志"说或者说"诗志"论,也存在着不同的创作状态中"诗言志"的事实:有倾向于群体伦理原则的群体之"志",如最早的诗乐舞一体的综合艺术形态中的"诗言志",《尧典》以及先秦诸子所说的诗言

---

①《朱自清全集》第六卷,江苏教育出版社1990年,第127—158页。

志,主要是倾向于表达群体的社会伦理观念的群体性质的言志;但也有倾向于个体的主观感情的如班固《汉书·艺文志》所说的“贤人失志之赋”之“志”。这些情况,业已存在于被统称为“诗言志”的先秦时代的诗论与诗歌创作中。所以,在很长的历史时期中,“诗言志”不仅是人们认识诗歌本质与功能的一种基本思想,而且是支配人们从事各种诗歌活动的原则与方法。

一

为了全面理解“诗言志”的含义,需要引证一下今文《尚书·尧典》(古文《尚书·舜典》)中这一段原文:

> 帝曰:“夔!命汝典乐,教胄子,直而温,宽而栗,刚而无虐,简而无傲。诗言志,歌永言,声依永,律和声。八音克谐,无相夺伦,神人以和。”
> 夔曰:“於!予击石拊石,百兽率舞。”①

对于这一段文字,古代学者普遍相信是舜帝的言论,称之为“虞庭言乐”②。它所包含的诗乐舞三位一体的综合艺术理论的性质,也被古今学者所普遍认知③。近现代学者一般认为这是周代乐官

---

① (清)孙星衍《尚书今古文注疏》,中华书局 1986 年,第 68—71 页。
②《宋史》卷一四二《乐》十七,中华书局 1985 年,第 3339 页。
③ 张少康《中国文学理论批评发展史》第一章第三节《诗、乐、舞三位一体与“诗言志”的提出》中,对先秦诗论、乐论中有关诗舞乐三位一体的艺术形态作了详细的论述。(北京大学出版社 1995 年,第 21—24 页)

的思想,至其记载,或者在更后的时代①。但也有人认为它属尧舜时代的思想②。我想,应该将这段文字所依藉的文本与其中的思想分别开来,文本的产生年代是一回事,思想的产生年代是另一回事。后者不能完全凭文献考证的方法得到,而是要放在思想的发展史中来讨论。《尧典》中展示了这个著名的"虞庭言乐"的基本背景,即舜继尧即位,设官分职,向包括夔在内的"十二牧"分配各人掌管的政治职责。其中命伯夷"典朕三礼",命夔典乐,可以说是中国古代礼乐之治的开端,也很可能是中国古代王朝设官分职的开始,所以在上古文书中得到郑重的记载,或者说作为重要的事件被不断地追溯。由此可见,中国古代第一个关于诗与乐的理论体系的出现,是古代国家政治形态成熟的成果之一。同时,产生这个诗歌理论体系还有一些重要的前提或条件:一是"诗"这个概念的成熟,它标志着中国古代诗歌艺术的成熟;二是"志"这个概念的确定,并被赋予明确的伦理内涵,它标志着

---

① 参看顾颉刚、刘起釪《尚书校释译论》,中华书局 2005 年,第 1 册,第 358—368 页。

② 古风《中国传统文论话语存活论》第五章《言志》:"目前学术界有四种观点:其一,尧时说。法国学者卑奥根通过对《尚书·尧典》的星象记载和汉儒解释的研究,认为这确实是尧时的天文记录(高鲁《星象统笺》);日本学者铃木虎雄《支那诗论史》认为,诗言志是'尧舜时代的诗论'。其二,远古说。范文澜认为,'《尧典》等篇,大概是周朝史官掇拾传闻,组成有系统的记录……其为远古遗留下来的史实,大致可信'。如按范说,那'远古遗留下来的史实',就不仅是指'禅让',也应该指'诗言志'。顾易生赞同范说,认为诗言志说'属古已有之,非晚周儒家之徒所创立'。其三,春秋战国说。……其四,秦汉说。……""笔者的结论是:'诗言志'产生的大致年代是商前期;《尧典》成篇的年代要晚一些,是商后期;《尚书》成书的年代要更晚一些,是西周早期。"(社会科学文献出版社 2013 年,第 223、227 页)关于诗言志出于商代早期,上书作者的主要依据是《尚书·商书》中"言"、"志"的运用频率较高。可备一说。

中国古代伦理道德观念的成熟。近人根据文字学的考证,认为早期诗即志,然而这在逻辑上是说不通的。如果志就是诗的同义词,"诗言志"这句话就成为没有意义的了。也有学者对"志"的含义进行解释,如闻一多认为:"志有三个意义:一、记忆;二、记录;三、怀抱。"① 也有人认为"志"与"意"相通。从"志"字的本义来讲,这些解释或许有一定依据。但是,在"诗言志"这一阐述中,诗作为一种艺术、志作为其表现的对象这样一个关系是明确的。而根据本文中对"教胄子"的人格养成目标来看,这里的"志"并非只具有记忆、记录、怀抱等内容的单纯的心理名词,而是具有明确的伦理内涵的一个伦理学的范畴。有学者已指出"诗言志"观念产生于理性觉醒初期,标志着巫术礼仪活动向政治礼仪活动的转化②。究竟这个"虞庭言乐"文本产生于何时,我们现在还无法明确地回答。但是根据我们上面的分析,可以知道,古代国家设官分职的政教体系的确立,礼乐之治观念的明确化、伦理观念的成熟,以及诗乐舞三位一体的综合艺术系统中"诗"主导功能的明确化,这些都是中国古代第一个诗歌理论

---

① 详见朱自清《诗言志辨》引杨树达、闻一多等人之说。《朱自清全集》第六卷,第134页。

② 成复旺《中国文学理论史简编》第一章第一节《中国文学理论的萌芽》:"从'神人以和'和'击石拊石,百兽率舞'的说法来看,这里仍然保留着巫术意识和巫术活动的痕迹,但这里所说已经不是、至少不纯粹是巫术礼仪活动,而主要是一种教育帝王或贵族的子弟的政治礼仪活动了。'直而温,宽而栗,刚而无虐,简而无傲'等等是这种政治礼仪活动应达到的教育目的,从巫术礼仪活动到政治礼仪活动的进步过程,就是理性的觉醒。因而可以说,'诗言志'这种中国最古老的文学观念,产生于从巫术礼仪活动向政治礼仪活动转变的过程之中,产生于理性觉醒的初期。于此可见,文学理论的萌芽是与理性的萌芽、礼乐制度的萌芽大体同步的。"(中国人民大学出版社2004年,第7页)

体系产生的条件。从逻辑上说,只要具备上述各种历史文化条件,这个诗歌理论体系就必定产生。所以,我们没有必要纠结于这个文本的具体产生时间,何况这里还存在着思想本身的产生、传述,文本的记录等好几个层面。与其刻意地纠结于《尧典》文本的产生时间,不如将探讨的重点转向中国古代第一个诗歌理论表述、最早的诗歌本体论产生的具体条件在何时具备,即最早的具有政教功能的国家政治在何时形成。

　　根据人类学家的研究,我们知道歌乐舞一体是一种原始的艺术形态。中国古代最早具备艺术史观念的《吕氏春秋·古乐》篇对这种原始的艺术形态有所记载:

　　　　昔葛天氏之乐,三人操牛尾,投足以歌八阕:一曰载民,二曰玄鸟,三曰遂草木,四曰奋五谷,五曰敬天常,六曰建帝功,七曰依地德,八曰总禽兽之极。①

这个葛天氏"八阕"之乐,从形态上看,与"虞庭之乐"是相近的。或者说,即是"虞庭之乐"的原始形态。可见,"虞庭言乐"是一种高度发达的、建立在成熟的政教制度与自觉的伦理道德观念之上的艺术形态。它所表达的并非原始的艺术意识,而是成熟的诗歌思想。并且这个思想,并非单纯地在艺术活动中自发萌生,而是离不开政教与伦理观念的外在赋予。所以,"诗言志"并非如有些学者所理解的那样,只是单纯地表达了诗是心灵、情志的表达这样的

———————————

① 许维遹《吕氏春秋集释》卷五,中华书局 2009 年,第 118 页。

思想①,而是先天地含有伦理之志内容的。由此,我们也就明白这样一个事实,这个观念虽然在后世影响久远,至今仍然活在人们的诗歌观念之中,但是却不断地被更多立足于诗歌创作本身的缘情说、性灵说、抒情说补充与挑战。

追溯诗歌思想的发生渊源,尤其是萌芽,大概与追溯诗歌本身起源一样难以穷究。但是《尚书·尧典》这个文本给了我们一个重要的启示,即问题的重点应该放在最早的、自觉的诗歌本体论发生这个历史事实上。这种本体论,体现了高度概括的范畴运作,并以一种周至、直击而又具有独断论姿态的论述方式出现。这就只能在人类的思维与诗歌艺术发展的一定阶段才能出现。而从《尧典》中我们已经看到,这个第一次对诗歌进行表述的需要,来自政教功能的强调与伦理领域对诗歌的责求。一方面是"诗"即"歌辞"已经从歌乐舞一体的混沌状态中被分析出来,这其中对"诗"、"歌"、"声"、"律"等各艺术要素的分析,就其思辨性来讲完全不亚于现代的艺术分析。"诗言志",即歌辞的性质在于表达内心的思想与情感(这种思想情感是被赋予伦理内容的)。即使在现代的歌唱活

---

① 杨鸿烈《中国诗学大纲》(1924年)曾征引早期文献中各种诗言志的表述,但认为"这许多定义里说'诗是言志的'、'诗是志的表现',而这个'志'到底是什么东西呢? 按照上文,那么就是'在心为志'、'思虑为志'的'志'了;要是诗只是发表心里的思虑,岂不是诗就是言语,言语就是诗了吗?""就退一步说,这个'志'要当'情志'的'志'讲,如《关雎·诗序》'在心为志,发言为诗,情动于中,而形于言'就是发于情感的'志',但纯文学都是以情感为惟一绝对不可少的元素,这样何以从'小说'、'戏曲'里来区别诗呢? 所以,无论如何,这个定义是没有采用的价值。"(台湾商务印书馆1970年"人人文库"本,第32页)作者显然忽略了"诗言志"作为第一个诗歌本体论(或如作者所说的"诗歌定义")发生本身的重要的历史价值,以及言志论所具有的伦理内容,更是忽略了言志论对诗歌创作史产生的深刻影响。

动中,人们最主要的关注也是在于音乐的效果,而歌辞的文学性与内容价值,主要是通过音乐的效果来自然达到的。此即宋代郑樵所强调的"诗在于声,不在于义"①。但是政教观念的导引,逼使乐教的掌持者必须对歌辞的文本进行特殊的关注,从而产生了"诗言志"这样一个侧重于意义系统的诗歌本体论。这不是一般的音乐活动所能引发的观念。而以"乐"作为诗歌的本体或以"情"作为诗歌的本体等其他诗歌本体论,都被这个"诗言志"掩蔽住了。由于诗存在于乐中,所以对诗的言志的本质的体认,很自然地扩展到对乐的言志性质的论定。《礼记·礼器》:"礼也者,反其所自生;乐也者,乐其所自成。是故先王之制礼也以节事,修乐以道志。"②这个"修乐以道志"的思想,明显是由"诗言志"说发展过来的,但它已经是诸子时代的思想。对此,下文中还要讨论。

总之,我们在研究"诗言志"这个本体论时,首先需要关注的就是上述中国古代产生第一个诗歌本体论的艺术发展自身的条件与历史文化的契机。

二

从历史发展的脉络来看,《周礼·春官宗伯》等篇所记载的乐教制度,与《尧典》所记载的"虞庭言乐"是一脉相承的,而六种"乐语"、"六诗"则是对"诗言志"的具体展开,即围绕"言"的方法的一种探讨。

---

① (宋)郑樵《通志二十略·乐略第一》,中华书局 1995 年,第 887 页。
②《礼记正义》卷二四,中华书局 1980 年影印阮元刻《十三经注疏》,第 1441 页。

　　上面我们已经论述过，“诗言志”作为中国古代最经典也最早的诗歌本体论，是在政教国家建立、伦理道德及乐教制度建立的时代出现的。古代学者普遍认可周代乐教、诗教制度的存在。《礼记·王制》记载：

　　　　乐正崇四术，立四教，顺先王《诗》《书》《礼》《乐》以造士。春秋教以《礼》《乐》，冬夏教以《诗》《书》。王大子，王子，群后之大子，卿大夫元士之适子，国之俊选，皆造焉。凡入学以齿。①

　　又《礼记·内则》记载：“十有三年，学乐，诵诗，舞勺，成童舞象，学射御。”这与《尧典》舜命夔典乐以教胄子是同样的事实。关于这种制度，在《周礼》里面有更为具体的记载：

　　　　大司乐掌成均之法，以治建国之学政，而合国之子弟焉。凡有道者，有德者，使教焉。死则以为乐祖，祭于瞽宗。以乐德教国子，中、和、祗、庸、孝、友；以乐语教国子，兴、道、讽、诵、言、语；以乐舞教国子，舞《云门》《大卷》《大咸》《大磬》《大夏》《大濩》《大武》。以六律、六同、五声、八音、六舞大合乐。以致鬼、神、示，以和邦国，以谐万民，以安宾客，以说远人，以作动物。②

---

①《礼记正义》卷一三，《十三经注疏》，第 1342 页。
②《周礼注疏》卷二二，中华书局 1980 年影印阮元刻《十三经注疏》，第 787—788 页。

又记载：

> 大师掌六律、六同以合阴阳之声。阳声：黄钟、大蔟、姑
> 洗、蕤宾、夷则、无射。阴声：大吕、应钟、南吕、函钟、小吕、夹
> 钟。皆文之以五声：宫、商、角、徵、羽；皆播之以八音：金、石、
> 土、革、丝、木、匏、竹。教六诗：曰风、曰赋、曰比、曰兴、曰雅、
> 曰颂。以六德为之本，以六律为之音。①

《周礼》将音乐教育的内容分为乐德、乐语、乐舞三部分。其中乐
德以"中、和、祇、庸、孝、友"为内容，属伦理的目标，与《尧典》中
所说的"教胄子，直而温，宽而栗，刚而无虐，简而无傲"这一部分
相当。"六律"、"六同"、"五声"、"八音"等则是对"律和声"的具
体展开，其对中国后来音乐思想的影响也极其深远。"以乐语教
国子，兴、道、讽、诵、言、语"，则是关于歌诗的部分，与"诗言志，歌
永言，声依永，律和声"的内容相类，可以说是对"言志"的方法的
展开论述。乐语即歌辞。朱自清《诗言志辨》对此仅作分析："这
六种'乐语'的分别，现在还不能详知，似乎都以歌辞为主。'兴'、
'道'（导）似乎是合奏，'讽'、'诵'似乎是独奏；'言'、'语'是将
歌辞应用在日常生活里。这些都用歌辞来表示情意，所以称为'乐
语'。"② 与之相类，还有六诗"风、赋、雅、颂、比、兴"。两者相比较，
乐语中的"兴"、"讽"、"诵"与六诗中的"兴"、"风"、"颂"也极为相
似。从这里我们可以发现，早期王官诗学在探讨分析诗歌艺术的
要素时，曾经有过不同的说法，其中重要范畴的发生与最后确定是

---

① 《周礼注疏》卷二三，《十三经注疏》，第795—796页。
② 《朱自清全集》第六卷，第138页。

有一个过程的。六种"乐语"与"六诗"（后来的"六义"）的产生，绝非孤立的，而是在六律、六德相配合的过程中确定的。"六德"为本，是对言志的伦理功能的规范，是对"志"的伦理内容的进一步解释；"六律为之音"是对"律和声"的具体化；而六种"乐语"、"六诗"则是对言志的具体方法的展开。"教乐语"、"教六诗"其实是性质相同的教学内容，其中主要是分析诗的艺术要素，当然也是提示诗歌创作的方法。这其中包括了丰富的作诗、赋诗（引诗言志）内容，当然也包括歌唱、吟诵的各种艺术。我们不能不说这些构成了早期诗教活动的一个完整的体系。作为这个体系核心的，则是"诗言志"的观念。

由此可见，流传后世，成为百代诗学之准绳的"六义"，其实是对古老的"诗言志"的经典原则的展开。可见中国古代诗学的传承与发展，是以规范、经典的方式展开的，也可以说是以一种极为权威的方式展开的。并非像一般的人想象那样，只是一种孤立、散漫、偶然性的孤明独发，或者如一些人所认为的那样，只是一种朴素的、缺少系统性的存在。

三

《诗经》作品中包含明确的美、刺观念，但没有关于诗言志的直接表达。这似乎也向我们提出这样的暗示，即明确的"言志"观念，似乎并非作诗者的直观认识，而是掌乐者即诗教实践者的一种观念表述。

春秋士大夫赋诗，大多数场合都是指用诗、引诗之事，但也有少部分作诗之事。在这些赋诗活动中，"言志"或"诗即志"都可以说是一种自觉的观念。《春秋左氏传》"襄公二十七年"载赵孟命随从诸人赋诗观志之事：

> 郑伯享赵孟于垂陇，子展、伯有、子西、子产、子大叔、二子
> 石从。赵孟曰："七子从君，以宠武也，请皆赋以卒君贶；武亦
> 以观七子之志。"子展赋《草虫》。赵孟曰："善哉，民之主也，
> 抑武也不足以当之。"伯有赋《鹑之贲贲》。赵孟曰："床笫之
> 言不逾阈，况在野乎？非使人之所得闻也。"子西赋《黍苗》之
> 四章。赵孟曰："寡君在，武何能焉。"子产赋《隰桑》。赵孟
> 曰："武请受其卒章。"子大叔赋《野有蔓草》。赵孟曰："吾子
> 之惠也。"印段赋《蟋蟀》。赵孟曰："善哉，保家之主也；吾有
> 望矣。"公孙段赋《桑扈》。赵孟曰："'匪交匪敖'，福将焉往？
> 若保是言也，欲辞福禄得乎？"卒享。文子告叔向曰："伯有
> 将为戮矣！诗以言志，志诬其上，而公怨之，以为宾荣，其能久
> 乎？幸而后亡。"叔向曰："然。已侈！所谓不及五稔者，夫子
> 之谓矣。"文子曰："其余皆数世之主也。子展其后亡者也，在
> 上不忘降。印氏其次也，乐而不荒。乐以安民，不淫以使之，
> 后亡，不亦可乎？"①

文子所说的"诗以言志"，正是引述《尧典》古训，可见此古训在春
秋士大夫那里，是一种常识。言志之说，在春秋行人赋诗时代已是
一种流行的观点。赵孟要随从他的七人赋诗，并说要从他们的赋
诗中观他们的志。这说明在先秦时期，诗言志不仅是指作诗之事，
同时也指引诗之事。同样的，赋比兴风雅颂，也不仅是作者之事，

①《春秋左传正义》卷三八，中华书局 1980 年影印阮元刻《十三经注疏》，第
　1997 页。

同时也可以是赋者之事。事实上,孔子所说的"兴观群怨",其原始的意义,也是指用《诗》之事。这些事实启发我们,《尧典》中"诗言志",作为以诗教胄子的一种行为,所说也是诗在教化上的一种功用,即诗具有言志的功用。在一定的观念诱导与方法指导下,胄子们在诵诗、歌诗、舞诗的过程中表达自己的意志,砥砺自己的人格。而歌诗的文本是原创的还是已有的,这在古人那里,似乎并没有太多的区别。所以,"诗言志"是包括了作诗者、学诗者、用诗者各个方面的意义,非后世文人诗人所强调的作诗言志这一项。《尧典》的教胄子"诗言志",大多数场合是指胄子诵诗、歌诗以言志。这应该是"诗教"的基本内容,所以上述春秋士大夫的赋诗言志,正是沿用诗教的传统方法。换言之,在诗教活动中,"胄子"们是经常展开这类"赋诗言志"的活动的。而春秋时代的士大夫即使在诗教有所衰落的情况下,仍然保持着赋诗言志的传统,并且将之作为贵族的一种基本教养。在这里,我们就为春秋士大夫赋诗言志找到了一种根源,并且得以窥见古老诗教方式从上古到春秋时代的一种延续。

学界近年有这样一种观点,认为周代诗教重在乐,以义说诗的做法始于儒家一派。其实,从《尧典》所记载的夔典乐教胄子和《周礼》记载的大师教诗可以看出,对《诗》或"诗"的意义系统的重视,是诗教甚至乐教的固有原则。《礼记·乐记》记载子夏为魏文侯说古乐:

> 魏文侯问于子夏曰:"吾端冕而听古乐,则唯恐卧;听郑卫之音,则不知倦。敢问古乐之如彼何也?新乐之如此何也?"子夏对曰:"今夫古乐,进旅退旅,和正以广,弦匏笙簧,会守拊鼓,始奏以文,复乱以武,治乱以相,讯疾以雅。君子于是语,

于是道古，修身及家，平均天下。此古乐之发也。今夫新乐，进俯退俯，奸声以滥，溺而不止，及优侏儒，獶杂子女，不知父子。乐终，不可以语，不可以道古。此新乐之发也。今君之所问者乐也，所好者音也。夫乐者，与音相近而不同。"①

"古乐"即六代之乐，包括《诗经》在内，所谓"君子于是语，于是道古，修身及家，平均天下"，正是指在正统的乐教活动中对乐的思想内容的阐述。这其中当然也包括对诗义的解说。我们再看班固《汉书·礼乐志》记载：

汉兴，乐家有制氏，以雅乐声律世世在大乐官，但能纪其铿锵鼓舞，而不能言其义。②

亦可见不仅是歌诗，就是乐舞都有它们的意义系统的解说，类似于我们今天所说"乐曲主题"。而雅乐之衰，正在于声律虽在，而"义"已亡。

所以，以义释《诗》是诗教固有的传统。也正是因为这样，春秋士大夫的赋诗言志、引诗论政、外交赋诗言志这样的活动才能产生。诗教除音乐歌舞的艺术熏陶之外，一直都有对于"诗"义，亦即"诗志"的解说。并且在王官诗学的时代，这种解说具有一种统一性与权威性。《春秋左传》僖公二十七年记载赵衰所说的"《诗》、《书》，义之府也；礼、乐，德之则也"③，就反映了春秋士大

---

①《礼记正义》卷三八、卷三九，《十三经注疏》，第 1538、1540 页。
②《汉书》卷二二，中华书局 1962 年，第 1043 页。
③《春秋左传正义》卷一六，《十三经注疏》，第 1822 页。

夫对《诗》、乐的蕴义功能的认识,这正是广泛的"诗言志"观点。春秋士大夫在外交及论政等场合,采用引诗来表达自己的观点(思想感情等)的方式,正是遵循"诗言志"古训,是对承传悠久的诗言志文化传统的发扬。到了诸子时代,诗义的解说才出现多歧的现象。

根据"诗言志"、"《诗》、《书》,义之府也;礼、乐,德之则也"的原则,士大夫引用诗篇来表达自己的主观意志,同时也经常引诗来作为人事的衡鉴,作为评论人事的依据。如《春秋左传》僖公二十四年载时人引诗评论郑子臧服用不当:

> 郑子华之弟子臧出奔宋,好聚鹬冠。郑伯闻而恶之,使盗诱之。八月,盗杀之于陈、宋之间。君子曰:"服之不衷,身之灾也。《诗》曰:'彼己之子,不称其服。'子臧之服,不称也夫。《诗》曰:'自诒伊戚。'其子臧之谓矣。"①

又如同书僖公十九年载引诗评论宋公之不修内德:

> 宋人围曹,讨不服也。子鱼言于宋公曰:"文王闻崇德乱而伐之,军三旬而不降,退修教而复伐之,因垒而降。《诗》曰:'刑于寡妻,至于兄弟,以御于家邦。'今君德无乃犹有所阙,而以伐人,若之何?盍姑内省德乎?无阙而后动。"②

又如同书成公九年的"君子曰"引诗评论莒国之武备简陋:

①《春秋左传正义》卷一五,《十三经注疏》,第1818页。
②《春秋左传正义》卷一四,《十三经注疏》,第1810页。

君子曰："恃陋而不备，罪之大者也；备豫不虞，善之大者也。莒恃其陋，而不修城郭，浃辰之间，而楚克其三都，无备也夫！《诗》曰：'虽有丝、麻，无弃菅、蒯；虽有姬、姜，无弃蕉萃。凡百君子，莫不代匮。'言备之不可以已也。"①

以上几条，都是引诗中明文来评论时人。有时他们也从一些具体的、浅近的事实中引申出重大的意义，如同书襄公八年：

晋范宣子来聘，且拜公之辱，告将用师于郑。公享之，宣子赋《摽有梅》。季武子曰："谁敢哉！今譬于草木，寡君在君，君之臭味也。欢以承命，何时之有？"②

所谓"譬于草木"，就是说《摽有梅》中所写的梅子届时而落，收获须得及时，宣子以此来暗示鲁君将用师于郑之事，也是取"及时"之义。又如同书襄公十五年君子以《卷耳》诗"嗟我怀人，寘彼周行"来评价楚国之善于用人：

楚公子午为令尹，公子罢戎为右尹，蒍子冯为大司马，公子橐师为右司马，公子成为左司马，屈到为莫敖，公子追舒为箴尹，屈荡为连尹，养由基为宫厩尹，以靖国人。君子谓："楚于是乎能官人。官人，国之急也。能官人，则民无觊心。《诗》云：'嗟我怀人，寘彼周行。'能官人也。王及公、侯、伯、子、

----

① 《春秋左传正义》卷二六，《十三经注疏》，第1906页。
② 《春秋左传正义》卷三○，《十三经注疏》，第1940页。

男、甸、采、卫大夫,各居其列,所谓周行也。"①

《卷耳》一诗,现代一般的解释,是写女子采卷耳而怀行役之君子。"嗟我怀人,寘彼周行"说因怀人而采卷耳不盈顷筐,怀之既深,并将此不盈顷筐之卷耳亦置之于大道之旁。这两句是连着上面"采采卷耳,不盈顷筐"而来的,都是赋法。然后下面的情节,都是望大道而怀行役之人。《左传》"君子"摘取这两句,将这个具体事象,寄于别种深意。这是典型的"断章取义"之法。后来《毛传》解"嗟我怀人,寘彼周行"为"思君子官贤人,置周之列位"似即来源于此②。荀子《解蔽篇》则是说采卷耳之人因怀人之故,故采采而不盈顷筐:"《诗》云:'采采卷耳,不盈顷筐。嗟我怀人,寘彼周行。'顷筐易满也,卷耳易得也,然而不可以贰周行。故曰:心枝则无知,倾则不精,贰则疑惑。"③ 显然,荀子是解"周行"为普通的道路的。然《左传》解"周"为周备、周全之意,《毛传》直接解为周朝之官列,是明显的增字之解。按照这种说法,"采采卷耳,不盈顷筐"与后面的"嗟我怀人,寘彼周行"之间是不相连接的,所以《毛传》认为"采采卷耳,不盈顷筐"两句为兴。

　　像上面这种情况,都是用比较具体的诗歌形象来寄托高远的思想以及重大事情,类似于司马迁《屈原贾生列传》中所说的:"其称文小而其指极大,举类迩而见义远。"④ 我们再看《春秋左传》文

①《春秋左传正义》卷三二,《十三经注疏》,第1959页。
②(清)陈奂《诗毛氏传疏》卷一:"《毛传》以怀人为思君子、官贤人。以周行为周之列位,皆本左氏说。"中国书店1984年据漱芳斋1851年版影印,第13页。
③(清)王先谦《荀子集解》卷一五,中华书局1988年,第398页。
④《史记》卷八四,中华书局1982年,第2482页。

公三年记载君子用诗评论秦国君臣的一条：

> 秦伯伐晋，济河焚舟，取王官及郊。晋人不出，遂自茅津济，封殽尸而还。遂霸西戎，用孟明也。君子是以知秦穆公之为君也，举人之周也，与人之壹也；孟明之臣也，其不解也，能惧思也；子桑之忠也，其知人也，能举善也。《诗》曰："于以采蘩，于沼于沚。于以用之，公侯之事。"秦穆有焉。"夙夜匪解，以事一人。"孟明有焉。"诒厥孙谋，以燕翼子。"子桑有焉。①

这其中"于以采蘩，于沼于沚。于以用之，公侯之事"，按照《毛传》的说法，是写君夫人"奉祭祀"之事，现在君子用来评论秦穆公的人君之德，可以说是"举类迩而见义远"。这是因为引诗的君子熟谙比兴之义。这也可见，明六义不仅在论诗、作诗中是重要的，在引诗、赋诗言志中恐怕也是重要的。

《诗》之所以被称为"义之府"，被作为评论、衡鉴人事的依据，更重要的恐怕还是因为，从根本上说，《诗》作为一种经典，昭示着伦理道德的规范。《春秋左传》隐公三年：

> 君子曰："信不由中，质无益也。明恕而行，要之以礼，虽无有质，谁能间之？苟有明信，涧溪沼沚之毛，蘋蘩蕴藻之菜，筐筥锜釜之器，潢汙行潦之水，可荐于鬼神，可羞于王公，而况君子结二国之信，行之以礼，又焉用质？《风》有《采蘩》、《采蘋》，《雅》有《行苇》、《洞酌》，昭忠信也。"②

---

①《春秋左传正义》卷一八，《十三经注疏》，第 1840 页。
②《春秋左传正义》卷三，《十三经注疏》，第 1723 页。

这里阐述的是一种守礼重信的道德观念,认为如果有了这种道德观念,没有"质"也可以结两国之信,反之,信不由中,质无益也。于是作者举祭祀为例,寻常的溪涧中野菜,如"蘋蘩蕰藻"之类,放在很普通的器具中,足可荐鬼神而羞王公,物虽微而能用,在于荐者的至诚之意。由此推论,作者得到这样一个结论,《风》诗中的《采蘩》、《采蘋》,《雅》诗中《行苇》、《泂酌》这些作品,所写的是各自的采摘、涤、汲以供祭祀的具体事情,但作者将这些具体事情细致描写出来,写出祭祀者的一种诚意,其中昭示的正是"祭如在,祭神如神在"的忠信之义。

从上面的分析,我们完全可以得出这样的结论:春秋士大夫用诗以言志的做法,正是《尧典》所举示"诗言志"的原则的具体实践。美国学者倪豪士曾通过对《左传》襄公二十七年叔孙赋《相鼠》以讽庆封,以及襄公十四年卫献公使大师歌《巧言》之卒章等例子的分析,得出下述结论:"诚如孔子所言'诗可以兴',春秋时代的文人可借《诗》去宣泄及激发自己的情感。他们对《诗》熟悉亦正如孔子所言'诗言志',可透过诗表达自己的志向。这种情况尤可在《左传》的外交辞令中窥见。"[1]事实上,这正是"诗言志"的本义之一。

四

从春秋到秦汉之际,应该是"诗言志"的思想被广泛地传述、论证的时代。其中诸子对于诗与志的关系的指说尤其值得注意。

---

[1]（美）倪豪士著,林传龙、吴佩蓉合译《公元前六世纪的庆封、卫献公与〈诗经〉——〈左传〉引〈诗〉初探》,陈致主编《中国诗歌传统及文本研究》,中华书局 2013 年,第 19 页。

比之春秋士大夫的赋诗、引诗,诸子诗学的一个重要特点,是他们
对《诗经》或一般诗歌的关注与论证,更趋向于一种整体性。孔子
的诗论这方面就表现得很突出。他关于诗的所有论述,几乎都是
指向《诗经》的全体的:

　　　　子曰:诗三百,一言以蔽之,曰思无邪。①
　　　　子曰:诗可以兴,可以观,可以群,可以怨。迩之事父,远
　　之事君。多识于鸟兽草木之名。②
　　　　子曰:兴于诗,立于礼,成于乐。③
　　　　子曰:诵诗三百,授之以政,不达,使于四方,不能专对,虽
　　多,亦奚以为。④

这其实是诸子时代诗学的一般情况。我们现在看不到孔子对“诗
言志”的直接引述,但孔门论诗显然是春秋士大夫引诗、用诗风气
的发展,孔子所说的“兴”、“观”、“群”、“怨”四原则,主要也是指
用诗之事。其中“兴”与乐语六种“兴道讽诵言语”之兴,以及“六
诗”“风赋比兴雅颂”之兴,应该是有承传关系的。另外,孔子在
教育中重视人格培养与道德砥砺自不待言,经常根据弟子的言行
以观其志。尤其是《论语·先进篇》“子路、曾皙、冉有、公西华侍
坐”一节中,孔子令群弟子各言其志,正来自“言志”的传统。孔子
没有像赵孟一样让群弟子赋诗言志,而是让其直叙其志,这可能是

①《为政第二》,《论语注疏》卷二,中华书局1980年影印阮元刻《十三经注
　疏》,第2461页。
②《阳货第十七》,《论语注疏》卷一七,《十三经注疏》,第2525页。
③《泰伯第八》,《论语注疏》卷八,第2487页。
④《子路第十三》,《论语注疏》卷一三,《十三经注疏》,第2507页。

言志的新传统。但其中如曾皙所言："莫春者,春服既成,冠者五六人,童子六七人,浴乎沂,风乎舞雩,咏而归。"① 其言语体段,与歌诗已十分接近。

孟子对"志"的阐发最为著名,可以称之为先秦"志"论铺张扬厉的发展:

"……夫志,气之帅也;气,体之充也。夫志至焉,气次焉;故曰:'持其志,无暴其气。'""既曰'志至焉,气次焉',又曰'持其志,无暴其气'者,何也?"曰:"志壹则动气,气壹则动志也。今夫蹶者趋者,是气也,而反动其心。""敢问夫子恶乎长?"曰:"我知言,我善养吾浩然之气。""敢问何谓浩然之气?"曰:"难言也。其为气也,至大至刚,以直养而无害,则塞于天地之间。其为气也,配义与道。无是,馁也。是集义所生者,非义袭而取之也。行有不慊于心,则馁矣。我故曰:告子未尝知义,以其外之也。必有事焉而勿正,心勿忘,勿助长也。无若宋人然:宋人有闵其苗之不长而揠之者,芒芒然归,谓其人曰:'今日病矣!予助苗长矣!'其子趋而往视之,苗则槁矣。天下之不助苗长者寡矣。以为无益而舍之者,不耘苗者也;助之长者,揠苗者也。非徒无益,而又害之。""何谓知言?"曰:"诐辞知其所蔽,淫辞知其所陷,邪辞知其所离,遁辞知其所穷。生于其心,害于其政;发于其政,害于其事。圣人复起,必从吾言矣。"②

①《论语注疏》卷一一,《十三经注疏》,第2500页。
②《孟子注疏》卷三,中华书局1980年影印阮元刻《十三经注疏》,第2685—2686页。

　　我们知道,"志"的问题,孔子与弟子曾经展开认真讨论,孟子对"志"的讨论,可以说是将这个原本属日常语言范畴的"志"更加地哲学化。由"志"引出"气"、"言"、"义"、"辞"等范畴,这就将这个问题立足于言语与文辞的立场上。孟子对"诗言志"说的重要发展在于进一步提出"以意逆志"的观点:

　　　　咸丘蒙曰:"舜之不臣尧,则吾既得闻命矣。《诗》云:'普天之下,莫非王土。率土之滨,莫非王臣。'而舜既为天子矣,敢问瞽瞍之非臣,如何?"曰:"是诗也,非是之谓也。劳于王事而不得养父母也。曰:'此莫非王事,我独贤劳也。'故说诗者不以文害辞,不以辞害志。以意逆志,是为得之。如以辞而已矣,《云汉》之诗曰:'周余黎民,靡有孑遗。'信斯言也,是周无遗民也。孝子之至,莫大乎尊亲。尊亲之至,莫大乎以天下养。为天子父,尊之至也。以天下养,养之至也。《诗》曰:'永言孝思,孝思惟则。'此之谓也。《书》曰:'祗载见瞽瞍,夔夔斋栗,瞽瞍亦允若。'是为父不得而子也。"①

孟子"以意逆志"的观点,正是来自对《诗经》作品的讨论。"说诗者不以文害辞,不以辞害志。以意逆志,是为得之。""文"是指一种修辞的手法,如比兴、夸张之类,因为能造成文饰的效果,所以称为"文"。这个"文"的含义,即同于《周易》"文言"之"文",亦即孔子所说"言之不文,行而不远"。"辞"即一般意义说的文辞、言辞,是一个表达意义的单位。"不以文害辞"即说不因文饰比如一些特殊的修辞方法而影响对言辞意思的准确理解。"不以辞害

①《孟子注疏》卷九,《十三经注疏》,第2735—2736页。

志",是说不因为诗歌文辞的表现,而影响对其中所表示的"志"的理解。"以意逆志"则是说发挥读者的正确的理解力来领会诗中之志。孟子这几句话的基本内涵并不复杂,其意义是在于作为一种阅读与批评的方法具有丰富的启发性。另外,从认识"诗言志"说的传播与传承的历史来看,孟子关于诗志说的论说,透露出当时诗志说使用上的普遍性来。即"诗"的主要承载就是"志"。"辞"是言志的工具,而"文"则是对"辞"的一种修饰,其目的仍然是更好地言志。

孟子的这个关于诗志的新理论,是在读者对诗意发生错误理解的场合产生的。《孟子·告子下》中还记载了一个纠正高叟说诗的事情,与上面所述之事具有同样性质:

> 公孙丑问曰:"高子曰:《小弁》,小人之诗也。"孟子曰:"何以言之?"曰:"怨。"曰:"固哉,高叟之为诗也!有人于此,越人关弓而射之,则己谈笑而道之,无他,疏之也。其兄关弓而射之,则己垂涕泣而道之,无他,戚之也。《小弁》之怨,亲亲也。亲亲,仁也。固矣夫,高叟之为诗也!"曰:"《凯风》何以不怨?"曰:"《凯风》,亲之过小者也。《小弁》,亲之过大者也。亲之过大而不怨,是愈疏也;亲之过小而怨,是不可矶也。愈疏,不孝也;不可矶,亦不孝也。孔子曰:'舜其至孝矣,五十而慕。'"①

孔子就已说过"诗可以怨",并且说过:"诗三百篇,一言以蔽之,思无邪!"高子却以"怨"来怀疑《小弁》为小人之作,这就引起孟子

① 《孟子注疏》卷一二,《十三经注疏》,第2756页。

的不满,以他的辩才又一次纠正对于《诗》"志"的误解。《孟子》中这些有关如何正确领会《诗》"志"的记载,可能反映下述事实:即在诸子时代,或者说在儒家一派中,如何正确理解《诗》"志",已经成为一个问题,同时对于具体的《诗经》作品的理解,已经出现分歧。这意味着解《诗》时代的到来,以及不同解《诗》流派的出现。虽然《尧典》"诗言志"的原则以及孔子关于《诗经》的权威观点仍得到共同维护,但落实到对具体作品主题的认识即《诗》中之"志"的具体阐释上,却出现了种种不同的说法。这在乐官教诗时代、行人赋诗时代,似乎没有明显地表现出来。行人赋诗之能实现,无疑是赋者与领受者之间存在着对诗意的比较统一的理解。到诸子时代,如何准确理解诗中之"志"的问题出现了,并且开启解诗的风气。从这个意义上,整个的解诗风气,如四家诗的存在,正是以"诗志论"为基本的理论前提的。所以,"诗志论"最后被落实在汉儒的解诗之上,同时其原始具有的政教功能也自然被汉儒解诗者所接受,形成了诸如毛诗的注重美刺之说、鲁诗的注重通经之用、齐诗的偏向形而上之论、《韩诗外传》的引同类史事以证诗等多种方法。可见,"诗言志"说实是两千多年经学《诗》学大厦之主梁与拱顶。其端底都在先秦时代传承久远、已成为极强的经典观念。对它真正有所突破,还是后来的文人诗学发生之后。

五

诸子时代是《诗经》进一步经典化的时代,但经典化的并非只有《诗经》一种,还有其他多种经典,它们与《诗经》组成一个系列。这时,《诗》志论又被赋予一种新的含义,即在各种经典之中,"志"作为《诗》这一经典的属性而出现。《庄子·天下篇》云:

其在于《诗》《书》《礼》《乐》者,邹鲁之士、搢绅先生多能明之。《诗》以道志,《书》以道事,《礼》以道行,《乐》以道和,《易》以道阴阳,《春秋》以道名分。其数散于天下而设于中国者,百家之学时或称而道之。①

在《尧典》中,"诗言志"与"声依永"、"律和声"放在一起,实际上是对诗歌艺术的各个要素的分析,可以说是一种艺术理论体系。但在《庄子》这里,《诗》道志与《书》道事、《礼》道行、《乐》道和、《易》道阴阳、《春秋》道名分放在一起论述,所体现的是一种经典系列的功能表述,其实也可以说是文化学意义上的《诗》的特征的认定。《诗》"志"论这一变化可以说是悄然不觉地发生的。我们甚至可以说,这种对每个经典的属性的指定方式,其实是源于"诗言志"之说。当《诗》进入一个经典的系列,而"志"仍然作为《诗》的一种本质、特性存在时,为其他经典寻找同样的本质性规定的思辨方法就很自然地产生。但我们看到,在这方面,不同的思想家有不同的概括方式。晚于庄子的《荀子·儒效》:

圣人也者,道之管也。天下之道管是矣,百王之道一是矣。故《诗》《书》《礼》《乐》之归是矣。《诗》言是,其志也;《书》言是,其事也;《礼》言是,其行也;《乐》言是,其和也;《春秋》言是,其微也。②

比较《庄子》与《荀子》,他们对《诗》的特点的概括都继承了传统

---

① (清)郭庆藩《庄子集释》卷一〇下,中华书局1961年,第1067页。
②《荀子集解》卷四,第133页。

的"《诗》志"论,而对其他经典属性的论定,则各不相同。当然有时候也会产生对《诗》论做出补充或者用另外的范畴来概括《诗》的本质属性的情况。如《荀子·劝学篇》论述各种经典在养成人格方面的作用时说:

> 故《书》者,政事之纪也;《诗》者,中声之所止也;《礼》者,法之大分,类之纲纪也,故学至乎《礼》而止矣。夫是之谓道德之极。《礼》之敬文也,《乐》之中和也,《诗》、《书》之博也,《春秋》之微也,在天地之间者毕矣。①

"《诗》者中声之所止"可以说是关于诗的新的定义,但仔细地分析,它仍是对"诗言志"的演绎。"中声之所止","中声"即内心所发声音,类似我们所说的"心声",所止者,中声止于《诗》。它与后来《毛诗大序》"诗者,志之所之也。在心为志,发言为诗"②的含义近似,中间可能存在着渊源关系。当然,用与《诗》志论完全不同的概念来概括《诗》的本质的思考方式也开始出现了,如《管子》一书作者对《诗》的经典作用就有与儒家一派颇不相同的认识:

> 凡人之生也,必以平正。所以失之,必以喜怒忧患。是故止怒莫若诗,去忧莫若乐,节乐莫若礼,守礼莫若敬,守敬莫若静。内静外敬,能反其性,性将大定。(《管子·内业》)③

---

① 《荀子集解》卷一,第 12 页。
② 《毛诗正义》卷一,《十三经注疏》,第 269 页。
③ 黎翔凤《管子校注》卷一六,中华书局 2004 年,第 947 页。

　　桓公曰："何谓五官技？"管子曰："诗者，所以记物也。时者，所以记岁也。春秋者，所以记成败也。行者，道民之利害也。易者，所以守凶吉成败也。卜者，卜凶吉利害也。民之能此者，皆一马之田，一金之衣。此使君不迷妄之数也。六家者，即见其时，使豫先蚤闲之日受之。故君无失时，无失策，万物兴丰无失利。远占得失以为末教，诗记人无失辞，行殚道无失义，易守祸福凶吉不相乱，此谓君棣。"（《管子·山权数》）[1]

《管子》在不同场合中，对《诗》（或诗）作了好几种概括：一是止怒莫若《诗》，二是《诗》者所以记物也，三是《诗》记人无失辞。他所侧重的，基本是一种功利的作用。其中的《诗》者所以记物，与孔子命伯鱼学诗，多识乎草木虫鱼之名，是同一意思。反映了春秋诸子对于诗的认识，已经不只是其言志的功能，还有其他方面的文化功能。

六

　　"虞庭言乐"这一思想体系的最后阶段的发展，为《礼记·乐记》与《毛诗大序》。虽然关于两个重要文献的产生年代，历来的说法存在着种种分歧，但是从基本的思想系统来看，它们属儒家一派的礼乐、诗教思想的总结，这一点应该是没有问题的。以此来看，它们当然也是诸子诗学的产物。

　　《礼记·乐记》系统地传述了《尧典》的诗学体系：

---

[1]《管子校注》卷二二，第1310页。

> 乐者,德之华也。金石丝竹,乐之器也。诗言其志也。歌咏其声也,舞动其容也。三者本于心,然后乐气从之。是故情深而文明,气盛而化神。和顺积中而英华发外,唯乐不可以为伪。①

首先强调乐德,然后是乐器,然后依次推出"诗言其志"、"歌咏其声"、"舞动其容"。这里论述的内容与次序,与《尧典》是完全一致的,但阐述的方式,明显地趋向于通俗化,并且长于演绎,正是诸子文体的特点。又《礼记·礼器》:

> 礼也者,反其所自生;乐也者,乐其所自成。是故先王之制礼也以节事,修乐以道志。②

"先王修乐以道志",说的正是"虞庭言乐"之事。由"诗言其志"引出"修乐以道志",正是"诗乐舞"一体的艺术形态的反映。诗因为属文本体系,所以是"言志"的最主要的承载,但是从乐教的整体看法来说,整个"乐"的系统,无不是围绕着伦理教化功能而展开,所以从"诗言其志"到"修乐以道志",是一个自然的过渡,可能也是诸子时代的一种常识性的思想。

　　但是,《乐记》作为礼乐政教思想的总结性成果,其理论的系统与深入,与《尧典》《周礼》不可同日而语,完全可以说它已达到今人所说的"艺术原理"专著的高度。其对《尧典》的基本的发展思路我们可以这样理解:即由"诗志"论发展出"乐志"论,

---

① 《礼记正义》卷三八,《十三经注疏》,第 1536 页。
② 《礼记正义》卷二四,《十三经注疏》,第 1441 页。

再立足于"乐"的立场,全面阐述乐的发生原理与社会内容、其原始所具有的教化功能以及圣人对这种教化功能的利用。《乐记》"诗志"、"乐志"的最重要发展是提出"心"的范畴:"乐者,音之所由生也,其本在人心之感于物也。"[1] "凡音者,生于人心者也"[2],这是对"言志"的阐述与发展。同时在音乐的功能方面,《乐记》相对《尧典》、《周礼·春官宗伯》的一个重要发展,就是承认乐是由人心的自然需要出发,人心对乐有一种自然的娱乐功用。单从这两点来讲,可以说《乐记》的艺术观念与现代艺术观念已经没有太大的不同。但是作为一个政教体系的艺术理论体系,《乐记》最后仍要回归到伦理的标准上来。于是它将音乐分解为"声"、"音"、"乐"三个范畴:

> 凡音者,生于人心者也;乐者,通伦理者也。是故知声而不知音者,禽兽是也;知音而不知乐者,众庶是也。唯君子为能知乐。是故审声以知音,审音以知乐,审乐以知政,而治道备矣。是故不知声者不可与言音,不知音者不可与言乐。知乐则几于礼矣。礼乐皆得,谓之有德。德者得也。[3]

上述应该是沟通一般的艺术理论与儒家特殊的政教观念的艺术理论的重要理论前提。我们可以看到,《乐记》是一种具有艺术哲学品格的艺术理论,它应该是诸子时代思辨哲学的一种成果。

除了"凡音者生于人心"及"人心不能无乐"这样的观念外,

---

①《礼记正义》卷三七,《十三经注疏》,第 1527 页。
②《礼记正义》卷三八,《十三经注疏》,第 1528 页。
③《礼记正义》卷三八,《十三经注疏》,第 1528 页。

《乐记》影响后世诗学深远之处还在于"情"的提出：

> 凡音者,生人心者也。情动于中,故形于声。声成文,谓
> 之音。①

在艺术活动中"情"的概念的提出,是先秦至汉艺术思想发展的重
要环节,这个问题同样需要从复杂、广阔的思想文化背景上来探
讨。如果说《乐记》还是侧重于从"乐"的整体来论"情",到了《毛
诗大序》中,"情"就是一个单纯的诗学范畴了。这就是我们大家
熟悉的一段文字：

> 诗者,志之所之也。在心为志,发言为诗,情动于中而形
> 于言。言之不足,故嗟叹之。嗟叹之不足,故永歌之。永歌之
> 不足,不知手之舞之,足之蹈之也。情发于声,声成文谓之音。
> 治世之音安以乐,其政和;乱世之音怨以怒,其政乖。亡国之
> 音哀以思,其民困。故正得失,动天地,感鬼神,莫近于诗。先
> 王以是经夫妇,成孝敬,厚人伦,美教化,移风俗。②

这一段文字,正是结合《尧典》"诗言志"说与上述《乐记》"人
心"、"音"、"乐"之说而成的。至此,漫长时代传述的"诗言志"说,
就有了一个合理的归结,并因"情"的补充而完整化,同时也保证
了其在艺术实践的价值,从而成为前人所说的中国整个诗学史的
"开山纲领"与不二原则。

---

① 《礼记正义》卷三八,《十三经注疏》,第 1527 页。
② 《毛诗正义》卷一,《十三经注疏》,第 269—270 页。

　　总结本文所论:"诗言志"作为中国第一个诗歌本体理论,是传统所说的"虞庭论乐"的核心内容。我们的研究重点,应该放在探寻早期诗歌本体论形成的历史文化条件之上。这个条件大体上可以概括为国家政教体系的成立、诗乐舞综合艺术形态之发达、伦理观念的成熟这样三个方面的事实。作为一个基本的观念,"诗言志"从其产生之后,即成为人们认识诗歌的经典思想,其在先秦时代的诗学与诗歌文化中有极广泛的绵延,并且表现为一种很稳固、统一的认识。这一点可以从春秋士大夫的赋诗、用诗中得到证实,更可以从诸子对于这个观念的普遍接受中得到证实。同时,"言志"在早期的使用中,虽然是对诗歌创作行为的一种解释,但更重要还是对诗歌功用的解释,即《诗》或"诗"的文本,具有"言志"的功能。从"虞庭论乐"时代开始,"言志"不仅是作诗的原则,更是"诗教"、用诗的原则,从胄子到"行人"的诸子,都以一种"言志"的方法来学诗、诵诗、用诗。终于由此而产生对于《诗》或"诗"的文本意义的充分追寻,引出解诗的端绪。所以,"言志"实可视为经学《诗》学发生的拱极。另一方面,在诸子的时代,"诗"志论由作为与声、律相结合的艺术要素的认定,发展为《诗》志作为《诗》基本经典属性,与其他诸种经典并存而分别的依据。同时,其他经典属性范畴的建立,很可能也是"诗言志"阐述方式的推广。对"志"的进一步解释,乃至于用其他的新范畴来代替《诗》志论的理论也有所展开。从权威性来讲,言志论作为一种独断性认识,事实上从其产生之初绵亘至魏晋诗人的时代。汉魏之际诗人自然地接受这个观念,体现汉末"言志"诗风气的兴盛。在后续的诗歌发展中,新的诗歌本体论也对言志说作了补充,但从未将之完全淘汰。甚至可以说,"言志论"一直是中国古代诗歌本体论的核心范畴。比之上一段(即从先秦到两汉)言志的发生成因及发展真相的探讨,恐怕在后一段诗学"言志论"的实践价值的研究,是一个更为复杂的问题。此问题本文暂不作展开,只能留待后续的研究来解决。

2016 年 12 月 3 日

(原载《文艺理论研究》2017 年第 5 期)

论《毛诗·大序》在诗歌理论方面的经典价值及其成因

　　《毛诗》序传是一种经学文献，又是一种诗学的文献，向来的学者都以经学诗论或儒家诗论来指称它，还是比较合适的。但是由于冠以经学的名义，其在诗歌理论与批评方面的价值一直没有得到充分的重视。虽然《毛诗》序传是一个在诂训的体制下建立的诗歌理论与批评体系①，其理论表达的功能比较弱，但古文经学实事求是的治学精神，还是使其在思想与方法上较"三家《诗》"更贴近了诗歌的本体，并由此而造成其在理论与批评方面的价值。一方面，由于《毛诗》是承传周代以来的诗教传统，所以对于诗歌的

---

① 《诗序》是一个带有诂训性质的理论文本，清人于鬯《香草校书》卷一一《诗一·毛诗国风》条："鬯案：此著毛字，其为后人所题甚显。孔颖达《正义》云：诗国风，旧题也。毛字汉世加之，其言固无不通。然止望文立说耳。窃谓旧题当作风诗二字，不但无毛字，亦无国字。何以知之？序云：风，风也，教也。风以动之，教以化之。诗者，志之所之也。在心为志，发言为诗。先释风字，次释诗字，明旧题是风诗二字。释风释诗而不释国，明无国字也。"又云："其先释《关雎》后妃之德，然后释风诗，是古书体例小题在上、大题在下之证。又如《蟋蟀》篇序，先释蟋蟀，后言'此晋也而谓之唐'，亦明彼旧题蟋蟀在上，唐在下。"（中华书局1984年，第209页）按于氏此说，正可证明《诗序》是一种诂训式的理论文本。

政教功能给予充分的重视,由此而形成《毛诗》在理论上的经学的、先验的色彩。但在另一方面,《毛诗·大序》深入揭示了诗歌的本质,并第一次对诗歌的创作原理与艺术方法做了系统的阐述,不但最大程度地贴近了在文人个体诗学形成之前的歌谣、乐章的群体诗学的发展实际,而且也为后世的文人诗创作奠定了最基本的艺术观念与诗歌的界域。从某种意义上说,《大序》对中国古代诗歌理论的影响是笼罩性的,在整个中国古代诗学的发展历史上,还没有出现过一个在理论上能够全面取代、超越《大序》的诗论文本。至于在实际的诗歌创作上,《大序》对后世的文人诗史的影响更是巨大的,其所揭示的风刺教化与吟咏情性这两种基本的创作方式,也一直是文人诗歌创作的两个基本原则。至于《毛诗》序传在批评方面的价值,首先在于其对《诗经》本身的解读与批评,尽管自宋以来,《毛诗》的序传受到种种的质疑,甚至出现试图全面取代《毛诗》解《诗》系统的朱熹一派的《诗经》学,但客观上说,后世并没有形成一个能够全面取代《毛诗》的解《诗》系统。其次则是《毛诗》序传的理论及其批评方法,对后世诗歌理论批评史的影响也是极为深远的。本文准备从上述的这些问题出发,尝试重新认识《毛诗》序传在诗歌理论与批评方面的价值,认识它在中国古代诗学中无法取代的经典性。甚至,笔者认为《大序》在对风与雅的解释方面,深刻阐述了艺术创作原理,对人类的文学艺术有一种永恒的规范作用。

一

《毛诗》是对周代以来诗教说诗、用诗的传承,先秦典籍多采诗、用诗、教诗之记载,可证汉以前诗教之盛,实为中国文化史与文学史上一段难以完全复原的史实。诗教至汉代已经不复存在,所谓礼崩乐解,诗教之失也是其中的一个内容。代之而起的,则是汉儒之说诗。汉儒说诗的渊源,也是出于诗教,但由于采诗、用诗、教诗诸种内容的失去,《诗经》失去了它在周代礼乐文明原生态中的那种艺术与政教的实际功用,成为单纯的文本流传,而《诗》学也从广大的诗教变为狭窄的经典诠释之学。用今天的术语来说,周代的诗教,本来涉及音乐学、政治学、社会学、诗歌学等多个领域,到诗教失传的汉代,则缩小为狭窄的经学,其与当时的现实政治与文化及文学的关系,也只是以经学的形式发生作用的。其中的一个重要变化,就是从声歌之学变为义理之学。宋人郑樵首揭此秘,对于我们理解汉儒《诗》学与先秦诗教之关系,深有启发:

　　古之达礼三:一曰燕,二曰享,三曰祀。所谓吉、凶、军、宾、嘉,皆主此三者以成礼。古之达乐三:一曰风,二曰雅,三曰颂。所谓金、石、丝、竹、匏、土、革、木,皆主此三者以成乐。礼乐相须以为用,礼非乐不行,乐非礼不举。自后夔以来,乐以诗为本,诗以声为用,八音、六律为之羽翼耳。仲尼编《诗》,为燕享祀之时用以歌,而非用以说义也。古之诗,今之辞曲也,若不能歌之,但能诵其文而说其义,可乎?不幸腐儒之说起,齐鲁韩毛四家,各为序训而以说相高,汉朝又立之学官,以义理相授,遂使声歌之音湮没无闻。然当汉之初,去三代未远,虽经生学者不识诗,而太乐氏以声歌肄业,往往仲尼三百篇,瞽史之徒例能歌也。奈义理之说既胜,则声歌之学日微,东汉之末,礼乐萧条,虽东观、石渠议论纷纭,无补于事。①

① (宋)郑樵撰,王树民点校《通志二十略·乐略第一》,中华书局1995年,第883页。

义理说诗是《诗》学作为经学的根本,应该说它也是渊源于诗教时代的。《周礼》所载的"大司乐掌成均之法","以乐语教国子,兴道讽诵言语"①,即是以义说诗的先驱。同样,我们看《礼记·乐记》所载子夏答魏文侯,认为古乐之功用,"君子于是语,于是道古,修身及家,平均天下"②,也是义理说诗。再看《汉书·礼乐志》记载"汉兴,乐家有制氏,以雅乐声律世世在大乐官,但能纪其铿鎗鼓舞,而不能言其义"③。正是说像制氏这样的乐工,由于文化水平低,没法传承周代大师以来所流传的雅乐之义。可见郑樵所说的周代相传的声歌之学的《诗》学,原本就包含义理之学在里面。只是在礼乐文明的时代,诗学上的义理之学是紧紧地依附在礼乐的本体上的,相承有故,并不随意生发。自声歌之学失传后,义理之学独长,并且失去礼乐本体的规范,愈益发展无尽,所以整个后代的《诗经》学史,一言以蔽之,只是训诂之学、义理之学的发展历史,辞章之学尚在其次。汉儒说《诗》,自然是先秦相传的诗教时代的义理系统的继承,但"三家《诗》"多自我作古,加入过多的汉代新学如谶纬学、阴阳学、天人学、心性学的内容,《毛诗》承传有序,主要是继承先秦儒家一派说诗系统,最为近古,可以说是周代相传的诗教系统在义理说诗时代的一个总结。其价值自非其他流派的诗学所能比,也非后世诸儒及现代中外诸家解诗系统所能取代。

　　《毛诗》承传诗教时代诗学的独特价值,古今学人多有阐述,清人陈奂的论述最为切要:

---

①《周礼注疏》卷二二,中华书局 1980 年影印阮元刻《十三经注疏》,第787 页。

②《礼记正义》卷三八,中华书局 1980 年影印阮元刻《十三经注疏》,第1538 页。

③《汉书》卷二二,中华书局 1962 年,第 1043 页。

　　昔者周公制礼作乐,诗为乐章,用诸宗庙朝廷,达诸乡党邦国,当时贤士大夫皆能通于诗教。孔子以《诗》授群弟子,曰:"小子何莫学夫诗?"又曰:"不学诗,无以言。"诚以诗教之入人者深,而声音之道与政通也。卜子子夏亲受业于孔子之门,遂橐括诗人本志,为三百十一篇作《序》。数传至六国时鲁人毛公,依《序》作《传》,其《序》意有不尽者,《传》乃补缀之,而于诂训特详。授赵人小毛公。《诗》当秦燔锢禁之际,犹有齐、鲁、韩三家《诗》萌芽间出。三家多采杂说,与《仪礼》《论语》《孟子》《春秋》内外传论《诗》,往往或不合。三家虽自出于七十子之徒,然而孔子既没,微言已绝,大道多岐,异端共作。又或借以讽动时君,以正诗为刺诗,违诗人之本志。故齐、鲁、韩可废,毛不可废。齐、鲁、韩且不得与毛抗衡,况其下者乎?①

又曰:

　　《毛诗》多记古文,倍详前典,或引申、或假借、或互训、或通释,或文生上下而无害,或辞用顺逆而不违,要明乎世次得失之迹,而吟咏情性,有以合乎诗人之本志。故读《诗》不读《序》,无本之教也;读《诗》与《序》而不读《传》,失守之学也。②

《毛诗》在经学上有一种独特价值,正是因为它是从诗教时代流传下来的诗学之集结,其在诗歌理论与批评方面之所以具有完整地

---

① (清)陈奂《诗毛氏传疏》卷首"叙录",中国书店1984年据漱芳斋1851年版影印,第1—2页。
② (清)陈奂《诗毛氏传疏》卷首,第3—4页。

揭示《诗经》艺术系统,并能衣被百代诗学的作用,也是因为它是来自采诗、用诗、教诗时代的诗学,是对于古代乐诗系统的理论阐述与艺术批评的传承。所以其价值非后世一家之诗学可比。清代章学诚著《言公》三篇,阐明古代无私家著述,至汉代经师,仍以传承一家之学为主,重在明道,而非徒为文辞。其言云:"古人之言,所以为公也,未尝矜于文辞,而私据为己有也。志期于道,言以明志,文以足言。其道果明于天下,而所志无不申,不必其言之果为我有也。"① 又曰:"汉初经师,抱残守缺,以其毕生之精力,发明前圣之绪言,师授渊源,等于宗支谱系;观弟子之术业,而师承之传授,不啻凫鹄黑白之不可相淆焉,学者不可不尽其心也。"②《毛诗》序传之所以在诗歌理论与批评方面具有独特的价值,正是因为它是言公时代的学术成果。《大序》不为宏篇大论,而只是在首篇《关雎》之序中加入关于《诗》三百篇的总论,其作法只是"多记古文,倍详前典"而已。这正是言公时代著述之特点,与后世一家著述之长于演绎相比,大序只是重在对古文前典的归纳与引述。明乎此,则后人斤斤计较于大、小《序》的作者年代,而于其实际之价值则少所阐发,岂非舍本逐末之学,其不贻笑于郑渔仲、章实斋诸家者,难矣!

　　《毛诗》的得名,据郑玄《诗谱》云:"鲁人大毛公为诂训传于其家,河间献王得而献之,以小毛公为博士。"③ 其称《毛诗》,一是因为毛公所传,二是因为毛公所训。《毛诗》首先是毛公所传的《诗经》古文本,这个本子包括《诗经》本文与《诗序》,实是先秦时代流

---

① 叶瑛《文史通义校注》,中华书局 1985 年,第 169 页。
②《文史通义校注》,第 172 页。
③《毛诗正义》卷一,中华书局 1980 年影印阮元刻《十三经注疏》,第 269 页。

传的一部带有本事与诗义解说的《诗三百篇》著作。苏辙的《诗集传》认为孔子叙《书》赞《易》,未尝详言,因而认为《诗经》的各篇小序唯首句可能为子夏传孔子之意,其余多为后儒所增①。此论虽属臆测,但我们看出土的上博楚简《孔子诗论》,载孔氏论诗,倒多只有一二句话,有时候甚至只用一个字概括一首诗的特点,可证苏说有一定的道理。另《孔丛子》载孔子论诗,也是只言片语以表一首之旨,苏辙首句为孔子所传的说法,也可能受到它的启发。"序"很可能不是一次性形成,在其口传或文本传写的过程中,应该是不断增添、修改的。但是,这个增添、修改,不是苏辙他们认为的那样是汉儒的工作,而是在毛公所传之古本中已经定本。总之,《毛诗》的原始部分,为先秦流传的编排有序、雅颂各得其所,并附有诗教时代流传诗本事与诗义解说的一个完善的古本,是无可疑。《毛诗》之得名的第二含义,是指其为毛公所训,所以又称《毛诗诂训传》。班固《汉书·艺文志》载:《毛诗》二十九卷,《毛诗故训传》三十卷。"②历来学者都认为两者实为同一书,因编排不同而卷数有所差异。至于"诂"、"训"、"传",清马瑞辰认为是毛诗解诗的三种体例,其《〈毛诗诂训传〉名义考》云:"毛公传诗多古文,其释《诗》实兼诂、训、传三体,故名其书为《诂训传》。"③毛公称其书为"诂训传",并不称其为"序诂训传",可见毛公所做的工作,只是"诂"、"训"、"传",不包括"序"。其实,对于战国至汉的毛诗传人来说,篇名、序、本文构成《诗三百篇》整体,都属于"经"。"序"即是经文,则后儒是不可能对其进行增改的。有学者经过研究发现,唐人

---

① (宋)苏辙《诗集传》,日本同朋舍出版《京都大学汉籍善本丛书》本。
②《汉书》卷三〇,第 1708 页。
③ (清)马瑞辰《毛诗传笺通释》卷一,中华书局 1989 年,第 5 页。

引《毛诗》称"诗云"、"诗曰"时,其内容不仅是指《诗经》文本,也包括《诗序》。这说明在唐代经学里,《诗经》文本与诗序是不可分离的 ①。我们现在发现,唐人的这种做法,正是沿承汉代以来的观念,即诗序并非后儒阐释,而是很早就与《诗经》文本联系在一起的,是经文的有机组成部分。自宋以来的《诗经》学者,昧于这一事实,大开疑序之风,将序与汉儒的传、疏相等同,所以对其大加诋疑。《毛诗》的诗歌理论与批评,主要体现于《诗序》部分,可以说《诗序》是迄今所知的第一部诗歌理论与批评的著作,它是孔门对西周以来流传的古老的诗学的写定本。

二

《毛诗·关雎》篇的序,又带有全书总序的性质,所以向来称为《大序》。《大序》是由《关雎》之解开始的,这是因为在《毛诗》旧本中,《关雎》一题是最先出来的,然后才是《风诗》一目。这是清人于鬯的说法 ②。在解完《关雎》题意后,才是解风诗之名义与体制,最后还是归结到《关雎》一篇。其解《关雎》云:

> 《关雎》,后妃之德也,风之始也,所以风天下而正夫妇也。故用之乡人焉,用之邦国焉。③

这是对《关雎》之义及其功用的解释,"后妃之德"是《关雎》一篇

---

① 谢建忠《〈毛诗〉及其经学阐释对唐诗的影响研究》,巴蜀书社 2007 年,第76—77 页。

②《香草校书》卷一一《诗一·毛诗国风》。

③《毛诗正义》卷一,《十三经注疏》,第 269 页。

之义,《大序》最后还有具体的阐发:"是以《关雎》乐得淑女以配君子,爱在进贤,不淫其色,哀窈窕,思贤才,而无伤善之心焉,是《关雎》之义也。"① 这是诗教时代人们对《关雎》内容的基本的理解,这种理解并非自由阐发的结果,而是在诗教风化宗旨的基本准则上形成的一种带有权威性、经典性的解释。"风之始也"这四句,则是真实地记载诗教时代《关雎》这一乐章的功用,因为它讲的是从恋爱到婚姻成礼的全过程,是夫妇之道的开端,所以诗教实施者用它来风天下而正夫妇,从乡人到邦国的燕飨场合都使用此篇。无疑,这是诗教时代最流行的一个乐章。从诗序作者对《关雎》一篇的解题,可知他们并非主观地阐释,而是客观地记载了诗教时代人们对《关雎》这一乐章诗义与功用的权威看法。同样,《小序》各篇,也都是以周代的说诗、用诗为依据,并非后儒某家之杜撰。

《诗序》作者用来解诗的基本术语为"风","风之始也,所以风天下而正夫妇也",这里涉及风的名与义,即作为诗类名的"风",与作为诗义的"风"。因此,《关雎》之序后,作者着重叙述"风"这一范畴,事实上是对诗的艺术本体与伦理功能的集中阐述:

> 风,风也,教也。风以动之,教以化之。诗者,志之所之也。在心为志,发言为诗,情动于中而形于言。言之不足,故嗟叹之。嗟叹之不足,故永歌之。永歌之不足,不知手之舞之,足之蹈之也。情发于声,声成文谓之音。治世之音安以乐,其政和;乱世之音怨以怒,其政乖。亡国之音哀以思,其民困。故正得失,动天地,感鬼神,莫近于诗。先王以是经夫妇,

---

① 《毛诗正义》卷一,《十三经注疏》,第 273 页。

> 成孝敬,厚人伦,美教化,移风俗。①

诗歌之所以具有风教的功能,是因为它是人们情志的自由表达。
这种情志的自由表达,有个体的,也有群体的,如《吕氏春秋》所载
的四方音之始,都是个体的自由表达,但是文献所载的各种原始的
舞蹈,又都是群体的情志表达。但无论是集体的还是个体的,都是
以自由、自发为原则,所以能够反映政俗、民情,不仅可观,而且可
感。诗教的功能,正是确立在诗歌的这种艺术本质之上。上述反
映的正是在诗教时代,人们由诗的功能所引发的对诗的本质及其
基本的艺术状态的思考。《左传·襄公二十九年》所载吴公子季札
在鲁国观周乐所发表的一系列评论,也都集中在关于乐与政治风
俗之关系的问题上,可见这种诗歌批评方法,是诗教时代人们评论
诗歌的基本方法。但季札观乐比起《毛诗》序传的批评来,更多地
表达观者对诗乐艺术的美感体验,实是诗教时代最生动的观乐、评
乐的文本记录。比较起来,《毛诗》序更趋于理性的评论了,其所以
为经典而非纯粹的艺术批评者,正以此。但它比较正面地、客观地
叙述诗教时代的基本理论与批评原则,价值非后儒随意阐发者所
能比。另外,这一段的内容,多出于《礼记·乐记》,更可见其作为
古老的"言公"时代的明道之"公言"的特点。其所以能为后世百
代诗学之总纲,也正是因为它是诗教时代"公言"之传述。

　　《大序》在概括诗的艺术本体与伦理功能之后,紧接着阐述艺
术体制与创作方法,即诗之"六义":

> 故诗有六义焉:一曰风,二曰赋,三曰比,四曰兴,五曰雅,

---

① 《毛诗正义》卷一,《十三经注疏》,第 269—270 页。

六曰颂。上以风化下，下以风刺上。主文而谲谏，言之者无罪，闻之者足以戒，故曰风。至于王道衰，礼义废，政教失，国异政，家殊俗，而变风、变雅作矣。国史明乎得失之迹，伤人伦之废，哀刑政之苛，吟咏情性，以风其上。达于事变，而怀其旧俗者也。故变风发乎情，止乎礼义。发乎情，民之性也；止乎礼义，先王之泽也。是以一国之事，系一人之本，谓之风；言天下之事，形四方之风，谓之雅。雅者，正也。言王政之所由废兴也。政有小大，故有小雅焉，有大雅焉。颂者，美盛德之形容，以其成功，告于神明者也。是谓四始，诗之至也。①

"六义"非儒家经学时代的概括，而是诗教盛行时代的诗学基本理论，是太师教诗、用诗的旧义。《周礼·春官·大宗伯》记载："教六诗，曰风，曰赋，曰比，曰兴，曰雅，曰颂。以六德为之本，以六律为之音。"② 又曰："掌九德、六诗之歌，以役大师。"③ 可见六义是大师诗学的基本纲领。六义不只是简单的六个范畴，而且是围绕着这个六个范畴的一门系统而又博大精深的学问，或许可以称之为"六义之学"。《大序》对六义的阐述，不是对大师六义之说的发挥，而是对先秦口述的"六义"之学的最为概括的阐述。正因此，其包含的意蕴也极为丰富，决不能视为几个简单的教条。

　　"六义"按通常的理解，风、雅、颂是诗之体制，赋、比、兴是诗的方法。至于其排列的次序，孔颖达《毛诗正义》是这样分析的：

---

① 《毛诗正义》卷一，《十三经注疏》，第271—272页。
② 《周礼注疏》卷二三，《十三经注疏》，第796页。
③ 《周礼注疏》卷二三，《十三经注疏》，第797页。

　　六义次第如此者,以诗之四始以风为先,故曰风。风之所用,以赋、比、兴为之辞。……既见赋、比、兴于风之下,明雅、颂亦同之。①

又云:

　　然则风、雅、颂者,诗篇之异体;赋、比、兴者,诗文之异辞耳! 大小不同而得并为六义者,赋、比、兴是诗之所用,风、雅、颂是诗之成形,用彼三事,成此三事,是故同称为义。②

但这样理解并不全面。六义所强调的是诗之六种要义,在这个意义上,六者是等同的。不仅赋、比、兴三者是写作方法,风、雅、颂三者也具有写作方法或艺术原则的意义。或者说,赋、比、兴是更加具体的方法,而风、雅、颂是更加抽象一点的艺术原则。所以都称为"义"。至于《大序》所说的"六诗",其言重在六义之名,即诗之六种要义。因为六义是重在说义,不重在释名,所以作者在这里不强调风、雅、颂是体制,赋、比、兴是方法这样的区别,而是强调六者都指向一种诗之要义。它们的排列是以六义在整个诗歌创作中的意义的重要性为依据的。"风"作为体制之名,是指十五国风,但《大序》之论"风"不重在阐说"风诗"义,而重在阐述"风"作为诗歌艺术最基本的原则的意义。所谓"风天下","风,风也,教也。风以动之,教以化之","上以风化下,下以风刺上。主文而谲谏,言之者无罪,闻之者足以戒,故曰风",其所指向的并不仅仅是

---

①《毛诗正义》卷一,《十三经注疏》,第271页。
②《毛诗正义》卷一,《十三经注疏》,第271页。

风诗的创作原则,而是整个诗歌艺术的创作原则。作为六义之首的"风",其实是指古代诗歌理论家所概括的诗歌艺术的一种基本性质。"诗"与"风"两个概念,甚至是可以互换的,所以大序在说"风"之后,即接"诗者,志之所之也"一段。这一段在说"诗",同样也在说"风"。这里让我们不禁窥想这样的一种情形,在先民的诗学语境中,"风"很可能也是诗歌的一种全称。诗歌出于风谣,风诗当然是全部诗歌的基础。雅、颂实为后起的种类与名目。风之义广,而雅、颂之义狭。风可兼雅、颂之义,雅、颂不能兼风之义。《大序》言"是以一国之事,系一人之本,谓之风;言天下之事,形四方之风,谓之雅"。可见,从"风"之广义来说,雅也可以称为风。又《大雅·崧高》:"吉甫作诵,其诗孔硕,其风肆好,以赠申伯。"朱熹《诗集传》:"风,声。"① 实则诵(颂)、诗、风,都是意义相通的名词。可见雅、颂俱可以称风。大序列"风"为六义之首,不是以风诗居三诗之首,而是以"风"义居六义之先。其下赋、比、兴、雅、颂,也都是据其义之主次而列的。赋为最常用之法,比、兴为一些特殊修辞方法,这是所有诗歌都要使用的,所以依此排列。而雅、颂各自作为诗之一义,则只有在一部分的诗歌里体现,体现了雅正之义的诗,则称雅,体现了颂美之义的诗,则称颂。当然,雅、颂之义,风诗也不是全无,但毕竟风诗之中,雅、颂之义极少。以此而言,六义所指向的,是所有的诗歌,但其义之用,有大小、广狭之别也。然俱为诗之必不可少者,所以称为"诗之六义"。侧重名目,则称"六诗",也是说诗教之要义,有此六种,为大师所掌也,并不是说有六种诗。

　　风、雅、颂三种本为诗之体制之名,《大序》作者就因名而说义。赋、比、兴是诗之方法,其义自明,其概念与内容之间关系,在诗教

---

① (宋)朱熹《诗集传》卷一八,上海古籍出版社 1958 年,第 213 页。

时代的人们来说,是明确的。所以《大序》作者于"六义",只解说风、雅、颂,而对赋、比、兴则不加任何的解释。这是因为赋、比、兴是具体的方法,易于明白;风、雅、颂是更加抽象、更多地涉及艺术本质与艺术理想的创作原则,所以需要深入地阐述。

三

周代诗教是立足于教化之义来论诗,其所体现的是一种群体诗学的原则。诗学发生于群体,原始歌舞多为群体的抒情行为,歌谣虽有个体所作的,但其传播、流行乃至入乐,都体现为一种群体的行为。不仅在抒情行为上个体的意识并不明显,即在创作上也缺少自觉的个人著作权的意识。及至国家建立,群体诗学更是以政教的形式出现,贵族与宫廷的燕飨与庙堂的乐章,以及乡社燕射用乐,都是群体的行为而非个体的行为[1]。在这样的体制中,诗歌艺术的基本原则,是建立于群体、统一的伦理价值观念之上的。《大序》的诗学,即是典型的群体诗学的理论。人类的一切艺术行为中都包括着群体与个体的关系。一切艺术理论,也都是从群体与个体两端来阐述艺术的本质与功能。但由于侧重点的不同,不同的艺术观念与理论,在探讨艺术的本质时,会表现出对个体与群体的各自偏重。与西方现代的艺术理论相比较,中国古代的乐论与诗论,显然是更加侧重于艺术的群体本质的。但是《大序》的理论

---

[1] 参见钱志熙《从群体诗学到个体诗学——前期诗史发展的一种基本规律》(《文学遗产》2005 年第 2 期)、《论汉代诗学的群体诗学特征及其内部的分野》(《中国中古文学研究——中国中古(汉—唐)文学国际学术研讨会论文集》,学苑出版社 2005 年)、《中国古代诗学演进的几种趋势》(北京大学中文系、北京大学诗歌中心编《立雪集》,人民文学出版社 2005 年)等相关论文。

价值,不是在于简单地陈述了群体诗学的原则,而是其对诗学中群体与个体关系的新的揭示。这种揭示的逻辑起点,即是《大序》在阐述了诗的政教功能的同时,又挖掘了这种功能由之发生的诗的抒情本质。我们前面说过,抒情行为有群体抒情的,也有个体抒情的。王道政治景气的时代,群体抒情的行为占主流,即使是纯粹的个人抒情行为,也很快会引起群体的呼应,从而纳入"风天下"、"风以动之,教以化之"的群体行为中。这种时候,很难说具有独立的个体抒情行为。尽管真正的所谓王道之诗,只是一种理想,但它的确指向人类追求群体艺术的理想。这种艺术,其实也是指向人类共同的福祉,即所谓众人熙熙,如登春台。但是诗歌的更重要的本质,在于它是个体的不平之鸣,是个体通过抒情而得以宣释情绪的行为。对于诗歌艺术有真切体会的大师们,不可能完全忽略这个事实,于是《大序》对个体诗学原则也进行了阐述,这个原则就是"吟咏情性"。《大序》以此来概括变风、变雅的创作精神,并使之成为泽润千古诗人的基本原则。从这方面来说,《大序》不仅充分地阐述了人类群体诗学的原则,或者说诗学中的群体原则,同时也为后世个体诗学奠定了基石,实为千古诗家的广大教化主。

但是,《大序》的个体诗学原则,仍然是建立在群体的伦理价值观念之上的,是在群体原则与个体表现之间展开一种辩证性的论述。个体抒情所指向的,仍是群体的伦理。这个群体伦理,《大序》称之为"礼义",其具体的内容则为"先王之泽":

> 达于事变,而怀其旧俗者也。故变风发乎情,止乎礼义。发乎情,民之性也;止乎礼义,先王之泽也。①

---

① 《毛诗正义》卷一,《十三经注疏》,第 272 页。

这是《大序》的个体诗学原则与现代西方的个体艺术主张完全不同的地方，体现了中国古代的艺术理想。从纯粹属于人性的自然表现的个体抒情愿望出发，到最后归宿于体现礼义之原则，这一切都是个体的自觉行为。但个体之所以能够做到这一点，就是因为个体原是来自群体、依存于群体。所谓"先王之泽"，无疑是人类社会理想、人类社会群体原则的代名词。到了这个地步，我们看到《大序》对人类艺术中群体与个体关系的阐述，不可谓不深刻之极。

不仅如此，从对风与雅的区分性解释中，《大序》还概括了诗歌的两种基本类型，在诗歌乃至一切艺术的分类中都有重要的意义：

> 是以一国之事，系一人之本，谓之风；言天下之事，形四方之风，谓之雅。①

孔颖达《毛诗正义》解云：

> 诗人作诗，其用心如此，一国之政事善恶，皆系属于一人之本意，如此而作诗者，谓之风。言道天下之政事，发见四方之风俗，如是而作诗者，谓之雅。言风雅之别，其大意如此也。一人者，作诗之人，其作诗者道己一人之心耳。要所言一人心，乃是一国之心，诗人览一国之意以为己心，故一国之事，系此一人使言之也。但所言者直是诸侯之政行风化于一国，故谓之风，以言其狭故也。言天下之事，亦谓一人言之。诗人总天下之心、四方风俗以为己意而咏歌王政，故作诗道说天下之事，发见四方之风。所言者乃是天子之政，施齐正于天下，故

---

① 《毛诗正义》卷一，《十三经注疏》，第 272 页。

谓之雅,以其广故也。风之与雅,各是一人所为。风言一国之事系一人,雅亦天下之事系一人。雅言天下之事,谓一人言天下之事,风亦一人言一国之事。序者逆顺立文,互言之耳。[①]

孔氏此段解说,似详而未深得要领。尤其是他强调"一人"为作诗之人,并且最后说"雅言天下之事,谓一人言天下之事,风亦一人言一国之事。序者逆顺立文,互言之耳",对《大序》作者的深刻用意不能尽知。《大序》这里对风与雅的区别的陈说,其实是指向两种不同的艺术,"风"是以表达个体的内容为特点的艺术,"雅"是以表现群体的内容为特点的艺术。所谓"饥者歌其食,劳者歌其事"[②],又如朱熹所说"凡诗之所谓风者,多出于里巷歌谣之作,所谓男女相与咏歌,各言其情者也"[③]。但是"风"虽是表现个体的内容,以表现个体的情感与事件为特点,个体却是生活在一定的社会之中,个体所遭遇之事、所激发之情,是包含着社会生活的内容的。个体中含有群体,是群体系于个体。群体之所以能从个体呈现出来,或者说个体的生活与感情中能体现群体的性质,就是因为个体是联系于群体,依存于群体的。具体到《国风》来讲,《大序》将这个社会的单位确定在"一国"的范围内,所以说"以一国之事,系一人之本"。而"雅"虽也是个体诗人所作,但其表现的不是个体诗人的生活与情感,而是天下之风、四方之事。而天下之风、四方之事之归结在于王政。所以,"风"是通过个体而呈现群体的,并因此而形成其普适于群体的思想价值与认识价值。再进而言之,"以一

---

① 《毛诗正义》卷一,《十三经注疏》,第 272 页。
② 《春秋公羊传注疏》卷一六,中华书局 1980 年影印阮元刻《十三经注疏》,第 2287 页。
③ (宋)朱熹《诗集传序》,《诗集传》卷首,第 2 页。

国之事,系一人之本"也是对前面"发乎情,止乎礼义"云云的进一步阐述。"一国之事"之所以能"系一人之本",正是因为其抒情者是浸润于先王之泽,是能止乎礼义的。其抒情者是原本就服从于群体原则的自觉成熟的个体。"雅"直接表现群体性的主题,所表现的是天下之事、四方之风。"雅"之作者,因为表现的是相关于王政的天下之事,所以其在表现之时,是具有自觉的价值判断的。用我们今天的话来说,是有明确的主题的,甚至是主题先行的。"雅"中所表现的普适的思想价值与认识价值,是作者自觉造成的。而"风"之作者,在以一人之本来系一国之事时,是从个体的生活与情感出发,未必有自觉地表现"一国之事"的意图。其普适的思想价值与认识价值,是通过具体的艺术形象呈现出来的。"风"是典型的通过个别来体现一般的艺术。《大序》的"以一国之事,系一人之本",即包含着这样的艺术哲学。但是这个"系",孔氏等儒家学者,都过于强调其主观自觉性。并且将"一人"直接理解为作者,而没有看到《大序》所说的是"一人之本",是着重指表现的内容是属于个人性的。

总之,《诗序》的基本性质,是儒家系统所传承、总结的周代礼乐文明时代的诗教理论。以孔子为代表的儒家学派,以"述而不作"为其基本宗旨,《诗序》就是传述他们所谓圣贤的思想成果。它不仅反映周代诗教客观存在的事实,而且作为一种成立于诸子百家与文人学士兴起之前的诗学经典,其价值非后世流派性质的文人诗学理论所能代替。它是先民以其朴素的实事求是之心来认识诗歌艺术的结晶,体现了人类良知在艺术领域中的实践与认识的最初成果。《诗序》篇幅虽短,但其蕴藏的理论内涵是极为丰富的,其所指向的不仅是《诗经》艺术,而且是整个诗歌艺术。《诗经》对中国古代诗歌史的影响,文本固然是一方面,但《诗序》——包括大、小序的影响，恐怕绝不亚于文本。后世的诗人，正是通过《诗序》来接受《诗经》的。《诗序》的理论，也一直是中国古代诗歌创作的基本理论。笔者甚至感觉到，《诗序》及《毛诗》的兴废，不仅仅是一个经学史问题，其对实际发生着的诗歌史，也有深刻的影响。至少我们可以看到这一点，《毛诗》之兴，与东汉文人诗之兴起是同步的，而宋儒对《毛诗》及《诗序》的质疑，与诗风的唐宋之变，也有秘响旁通的关系。自魏晋以降，文人诗论之主干都来自于《大序》，以情性、比兴为基本原则，唐人说诗，也直承此论。至宋以后，《诗序》受到质疑，情性之说的影响缩小，诗道由唐诗时代的统一转化为宋诗时代的分歧，其间的关系是值得深入探讨的。这些问题，因为涉及过大，暂时还无法畅论。愿提出与学界同仁共同探讨。

（原载《北京大学学报（哲学社会科学版）》2012 年第 4 期）

乐府古辞的经典价值

——魏晋至唐代文人乐府诗的发展

一、乐府古辞的经典价值及其生成原因

汉乐府诗的某些艺术特征，如叙述故事的生动性，情节上的戏剧性，以及语言朴素而又能逼真再现某一动作、心理等等，常令后世文人感到神奇莫测，不可企及。我国古典诗歌经过魏晋尤其是南朝时代的发展，已经形成了通过物色以抒写情志，将自然的审美与主观的表达结合起来这一基本的艺术特征，而意境、兴象、意象则是这一艺术特征的重要内涵。以此反观汉乐府，就会发现它是一种与后来的成熟期的文人诗美学特征很不相同的一种诗。如《陌上桑》之喜剧色彩，《上邪》想象之奇特及其非凡的感情强度；《有所思》通过动作表现出人物曲折复杂的心理活动，以及游仙诸作之幻想、动物寓言诗的奇趣，都将我们引入了一个与唐诗宋词风光完全不同的另一个诗歌世界。

文人诗包括文人拟乐府诗，虽然是从汉乐府诗这一母体中发展出来的，但自晋宋以降，文人诗发展的主要方向是走向文人诗自身的审美理想，走向典雅、清丽，走向语言的精美，充分地表现出自然情趣和自然美。在这一诗歌发展进程中，汉乐府诗的经典价值

被淡忘了。一直到了唐代,文人诗已经达到自身的审美理想之后,诗人们才重新发现古乐府诗的经典价值。尽管诗人们已经在创造声律美、风骨美、兴象美方面达到了很高的境界,掌握了丰富的艺术经验,但是从他们拟乐府古辞的这一批诗中,我们看到他们在力求返璞归真,希望在某些因素上重现原作的美学特征。可以说,唐代诗人通过学习汉乐府诗的创作实践,确立了汉乐府诗的经典地位。而在理论上论证汉乐府诗经典价值的,则是明清时期崇尚汉魏派的诗人,许多诗学著作都对其艺术特征作出分析。如许学夷《诗源辩体》:

> 汉人乐府五言,如《相逢行》、《羽林郎》、《陌上桑》等,古色内含而华藻外见,可为绝唱。
>
> 汉人乐府五言《焦仲卿妻诗》,真率自然而丽藻间发,与《陌上桑》并胜,人未易晓。何仲默云:"古今惟此一篇。凡歌辞简则古,此篇愈繁愈古。"王元美云:"《孔雀东南飞》质而不俚,乱而能整,叙事如画,叙情若诉,长篇之圣也。"
>
> 汉人乐府杂言如《古歌》、《悲歌》、《满歌》、《西门行》、《东门行》、《艳歌何尝行》,文从字顺,轶荡自如,最为可法。[①]

胡应麟的《诗薮》也有不少篇幅论及汉乐府,并且在整体上肯定乐府民歌的经典价值:

> 《诗》三百五篇,有一字不文者乎? 有一字无法者乎?《离骚》,《风》之衍也;《安世》,《雅》之缵也;《郊祀》,《颂》之阐

---

① (明)许学夷《诗源辩体》卷三,人民文学出版社 1987 年,第 68—69 页。

也：皆文义蔚然，为万世法。惟汉乐府歌谣，采摭闾阎，非由润色。然质而不俚，浅而能深，近而能远，天下至文，靡以过之。后世言诗，断自两汉，宜也。①

周之《国风》，汉之乐府，皆天地元声。运数适逢，假人以泄之。体制既备，百世之下，莫能违也。②

当胡应麟感觉到一种经典作品其独特的成就无法企及、其创造规律无法窥探时，他就用"元声"、"运数"这种先验范畴来解释。这种说法带有一些神秘性，但却是富于启发性的。当我们从艺术发展的特定阶段所具有的性质及一定社会文化背景中寻求解释时，就能对"元声"、"运数"作出科学的解释。"元声"这样的概念，派生于"元气自然"之说。此说源于汉代王充诸家。

尽管汉乐府诗是文人诗的母体，但它自身的性质却不是纯粹的诗。后世的诗人和诗评家以他们自己所理解的诗歌体裁观念，以他们自己从事诗歌创作的经验来揣摩汉乐府诗，很难对其艺术特征的生成作出合理解释。汉乐府诗在语言艺术方面是相当自由的，用后人的那一套体物抒情、炼句炼境的诗学法则来描述其艺术特征是不太适合的。上面所引的胡应麟、许学夷等人的评论，就是这样一套文人诗的诗学话语。我们再看胡应麟底下这一段评论：

《孔雀东南飞》一首，骤读之，下里委谈耳；细绎之，则章法、句法、字法、才情、格律、音响、节奏，靡不具备，而实未尝有

_____

① （明）胡应麟《诗薮》内编卷一，上海古籍出版社1979年，第3页。
② 《诗薮》内编卷一，第127页。

纤毫造作,非神化所至而何? ①

胡氏似乎已经注意到《孔雀东南飞》这首长篇乐府故事诗的性质,可他无法越出文人诗的创作经验及其诗学话语系统,用成套诗学术语去把握,但又无法找出这个经典作品的创作匠心,于是只有归因于"神化所至"。这是文人作者阐释乐府古辞经典价值的基本方式。从批评的角度来说,这自然是容许的;从创作方面的吸取经典影响来看,更有它合理的一面。但也正是这种创作系统方面的根本性的隔阂,使经典的复现成为一个梦想,这一点胡应麟他们未必觉悟到。复古派在实践上失败的症结正在这里。在这一方面,《诗源辩体》的作者许学夷稍微迈出了一步,他曾尝试从乐府诗的音乐性质方面认识其艺术特点:

> 汉人乐府五言与古诗,体各不同。古诗体既委婉,而语复悠圆,乐府体既轶荡,而语更真率。(下流至曹子建乐府五言。)盖乐府多是叙事之诗,不如此不足以尽倾倒,且轶荡宜于节奏,而真率又易晓也。赵凡夫谓:"凡名乐府,皆作者一一自配音节。"予未敢信。乐府如长歌、变歌、伤歌、怨诗等,与古诗初无少异,故知汉人乐府已不必尽被管弦,况魏晋以下乎。若云采词以度曲,则《十九首》、苏李等篇,皆可入乐府矣。②

许氏虽然认为乐府诗不是所有作品都配乐,怀疑赵凡夫的说法,但肯定汉乐府诗总体上是依附于音乐的,所以他说:"汉人乐府五言,

①《诗薮》外编卷一,第131页。
②《诗源辩体》卷三,第67页。

轶荡宜于节奏,乐之大体也。"①

　　乐府诗在它的原生时期,是依存于一个更大的艺术系统之中的。这个艺术系统融歌、曲、舞及萌芽的戏剧因素等多种艺术样式为一体,每一种样式都依靠着其他的艺术样式,并把自身的性质赋予别种样式。所以,乐府诗所承担的艺术功能比纯粹的诗体要复杂得多。而汉乐府诗的一些重要的特征,也是与此分不开的。朝廷典礼性乐章与特有的仪式、排场和祭祀活动相协调,具有华丽典雅的风格。又因汉承楚俗,巫风仍在,武帝复袭秦始皇求仙之风,所以祭礼仪式实如一场人神交合的诗剧,《安世房中歌》《郊祀歌》中某些神灵活动的场景,其实正是以写实的笔法对祭祀仪式进行描写。在失去上述的凭借,并且失去汉人独有的那种活生生的神灵观念之后,后世的宗庙歌词虽然模仿汉人之作,但却表现不出那种宏伟、奇肆的诗剧风格。明代徐祯卿说"《安世》楚声,温纯厚雅;孝武乐府,壮丽宏奇"②,在文人眼里被看成是纯粹的诗歌风格,而实际上这种风格与其说是文学的创造,不如说是神灵祭祀这一艺术化的宗教活动赋予的,它与后世文人之造作宏伟是不一样的。如《郊祀歌》中的《天地》一歌中那种在后人看来是如此神奇壮丽的诗境,在当时却不过是写实而已,虽然有神秘的幻想在内,但这种幻想存在于整个仪式乃至整个汉代神仙文化的观念中,并非诗人的幻想。离开了这种宗教艺术的背景,就无法确切地认识《郊祀歌》的艺术性质。同样,文人要复现这样的艺术风格也是不可能的。

---

① 《诗源辩体》卷三,第67页。
② (明)徐祯卿《谈艺录》,(清)何文焕辑《历代诗话》,中华书局1981年,第764页。

　　汉代是一个娱乐文化十分发达的时代,汉代的乐府也并不仅仅只有歌乐,还包括百戏众艺等诸多娱乐形式。其中的歌乐,当然是最核心的部分,即并非单纯的如山歌、时调式的东西,而是与高度发达的乐府艺术系统联系在一起。汉武帝"立乐府,采诗夜诵,有赵、代、秦、楚之讴"①,为乐府艺术奠定了基础,同时也标志赵、代、秦、楚各处单纯的地方民歌转化为与汉代的娱乐音乐紧密结合的一种性质比较特殊的民歌。到了汉哀帝下诏裁减乐府人员时,朝廷乐府已成为一个极为庞大的艺术系统。不仅如此,乐府艺术此时已由朝廷回输到民间市井巷陌之中、豪富吏民之家。所以《汉书·礼乐志》说虽然哀帝大量裁减乐府人员,罢郑卫之声,"然百姓渐渍日久,又不制雅乐有以相变,豪富吏民湛沔自若"②。这条重要材料告诉我们这样一个事实,乐府由朝廷的娱乐艺术漫为市井的娱乐艺术,而东汉时代的乐府,正是以市井为最重要的发展基地,具有市井艺术的特点。不仅乐府诗是这样,东汉的文人诗如张衡《同声歌》、蔡邕《青青河畔草》乃至无名氏的古诗十九首,也都是在市井新声的氛围中产生的。《宋书·乐志》云"凡乐章古词,今之存者,并汉世街陌谣讴"③,所指示的正是上述这样一种事实。所谓街陌谣讴并非自发的、原始性的歌讴,而是一种成熟的乐府娱乐艺术的产物。所以乐府古辞不仅与文人创作不同,而且与普通所理解的民歌也有很大的差异。

　　汉代乐府艺术的各部分与诗歌的关系也有所不同。朝廷的祭祀音乐虽然都有歌词配合,但基本上没有派生新词的功能。鼓吹

---

①《汉书》卷二二《礼乐志》,中华书局 1962 年,第 1045 页。
②《汉书》卷二二《礼乐志》,第 1074 页。
③《宋书》卷一九《乐志》,中华书局 1974 年,第 549 页。

曲用于朝会、仪仗,虽有歌词配合,但究竟是以曲为主、以词为辅的。现存的铙歌十八曲,除《巫山高》、《有所思》、《上邪》三曲疑本为赵代秦楚之讴而为短箫铙歌所借用者①,其余都是作词以配曲。其歌词的功能,止于宣叙曲意而已,都十分简单。作为一种制度化的音乐,似乎也没有多少派生歌词的功能。乐府音乐中派生歌词的功能最强,与诗歌发展关系最为密切的是流行于市井巷陌之间,肆演于豪富吏民之宅的相和曲。它的艺术形式,《宋书·乐志》有一个简单的、但也足够说明问题的记载:

> 《相和》,汉旧歌也,丝竹更相和,执节者歌。②

这是一种与丝竹曲调相配合的演唱艺术。在汉代的乐府系统中,这是最轻型、也最易于流行的一种大众化的娱乐艺术。我们可以想象,豪富吏民之家配备这些声伎人员是很容易的,而普通的城市居民也能享受活跃于街巷之中的艺人们的表演。《鸡鸣》"黄金为君门,璧玉为轩闼堂。上有双樽酒,作使邯郸倡"③,说的正是豪富之家蓄养声伎的情形。又从《相逢行》"小妇无所为,挟瑟上高堂。丈人且安坐,调丝方未央",及《古诗为焦仲卿妻作》中"十五弹箜篌"④等句,可知东汉民间的良家女子学习丝竹之乐的也大有人在。

　　乐府古辞的基本性质,从它的原生状态来看,首先是一种音乐艺术,然后才是文学艺术。宋代郑樵有鉴于此,倡诗在声不在义之

---

① 参阅王运熙先生《汉代鼓吹曲考》,载《乐府诗述论》,上海古籍出版社1996 年。

②《宋书》卷二一《乐志三》,第 603 页。

③《宋书》卷二一《乐志三》,第 606 页。

④《乐府诗集》卷三四、卷七三,中华书局 1979 年,第 508、1033 页。

说，其《通志·乐略·正声序论》云：

> 呜呼！诗在于声，不在于义，犹今都邑有新声，巷陌竞歌
> 之。岂为其辞义之美哉，直为其声新耳！①

作为一种强调，郑樵的观点是合乎乐诗发展事实的。在诗歌还没有从音乐这一母体中脱离出来之前，它作为文学创作的性质是退居其次的，其立意、修辞、篇章结构方面并不像纯粹的诗作那样刻意经营。它在语言艺术上是否成功，很大程度上取决于能否很好配合音乐艺术，将某种音乐的特性很好地发挥，同时这种音乐的样式也自然地规范了诗歌作品的特点。就相和曲辞来说，因为是流行于市井巷陌的弹唱艺术，所以其作品大部分都具有故事诗的特点，所写情事虽有哀乐悲喜，但都是市民所关注的，能愉悦或引起共鸣的社会事象。如《公无渡河》一诗只有四句篇幅，但在其背后流传着狂夫堕河、妻止不住的悲剧故事，它直接记录了狂夫之妻的哀号，并以哀切的瑟调宣叙其悲痛欲绝的情绪。这两者的结合加以演唱的神情、动作，能把听者直接带入场景。我们设想，相和曲辞没有不面向当时的听者观众的，《公无渡河》在演唱的同时，可能会配以舞蹈动作，因为这本身就是一个绝好的舞蹈题材。舞曲的歌词一般都是比较简单的，词要以宣叙舞容为主。汉乐府诗有《俳歌辞》，它也是一篇舞曲歌词。歌辞之后有这样的说明："右侏儒导舞人自歌之。古辞俳歌八曲，此是前一篇。"②可见是汉人旧词。这篇舞曲歌词，很形象地描写了"侏儒导舞"的情状。有些乐府诗可

---

① 《通志二十略·乐略第一》，中华书局 1995 年，第 887 页。
② 《南齐书》卷一一《乐志》，中华书局 1972 年，第 195 页。

能还有扮演的场面,如《长歌行》:

> 仙人骑白鹿,发短耳何长。导我上太华,揽芝获赤幢。来
> 到主人门,奉药一玉箱。主人服此药,身体日康强。发白复更
> 黑,延年寿命长。①

汉代神仙术盛行,方士兜售仙药之事也是到处可见的。有些方士
沿袭巫倡遗风,同时从事演艺活动。上面这首乐府诗,可以说是一
首兜售仙药的"广告词"。"仙人骑白鹿,发短耳何长"两句语有奇
趣,但却是方士为了炫俗化装奇特的写照。这些都说明,汉乐府诗
不仅与音乐结合,而且还与一种堪称戏剧萌芽的艺术形式相结合。
　　作为一种表演性的弹唱歌词,汉乐府诗不是纯粹意义上的诗,
它不是面对读者,满足读者的文学趣味,而是面向观众和听者,满
足他们的娱乐趣味。所以它不似文人诗那样追求立意深长和圆熟
的语言技巧,而是要用情节的生动乃至一种戏剧性的效果来餍足
观听者的心理。汉乐府的情节的感染力和语言的朴素传神,一直
被后世文人奉为典范,事实上这正是上述功能的产物。汉乐府诗
并无纯粹诗的章法,它们的章法隐藏于音乐的节奏旋律中,也隐藏
在观听者的欣赏心理中,它以能抓住观听者的心理为章法。在习
熟徒诗的章法的文人看来,乐府诗的章法简直是变化神奇,不可捉
摸,或张或弛,或驰骤或舒缓,都与情节密切配合。如《陌上桑》极
其铺叙,但无论是形容罗敷服饰行具之美,还是形容路人为罗敷美
貌所吸引而颠倒忘形,还是罗敷夸耀夫婿的语言,无不与观听者的
心理变化相适应,实在是一个出神入化的喜剧小品。后世文人摹

---

① 《乐府诗集》卷三〇,第 442 页。

仿此诗的很多,但失去了乐府诗的这种艺术环境,是无法达到那样的艺术效果的。同样,《孤儿行》不避琐细地写出孤儿生活全部细节,配以缓慢的音乐节奏,紧紧地抓住了观听者的心理。当他们听到"头多虮虱,面目多尘"时,不嫌歌词俚俗,唯有感叹其境遇之艰。当听到"足下无菲。怆怆履霜,中多蒺藜。拔断蒺藜肠肉中,怆欲悲。泪下渫渫,清涕累累"[①] 时,不会觉得其叙述之太过细琐,只会觉得其细节展示得还不够。我们可以说,乐府诗的艺术特征、经典价值是作者、说唱者、演奏者、观听者共同创造的。

汉乐府诗的写实性,被文人奉为诗歌写实艺术的典范,但却不能把它理解为只是实际生活的照搬式的描写。事实上,除了那些让我们能够生动地回想起实际生活情景的写实之句外,乐府诗还有许多夸张、造奇的描写,如《陌上桑》中就有喜剧性的夸张在里面。它们的情节也不是完全照搬实际生活,为了突出某种效果,甚至可以超越生活的常情常理。最典型的还是《陌上桑》这首诗,按生活的逻辑来看,它在情节上有许多矛盾。罗敷既是"侍中郎"、"专城居"的夫人,却又从事普通农妇的劳作,这是怎么都说不通的,所以这只是喜剧性的夸张,是罗敷愚弄使君的一番信口乱道。使君照理说也能很容易弄清罗敷的真实身份,但作者既把他当作丑角,必肆意愚弄而后快,观听者也深知此理,不会像后世的读者那样感到费解。这一切全靠现场的那种喜剧效果来达到。乐府诗中还有《乌生》、《枯鱼过河泣》这样的寓言故事性篇章。从反映社会矛盾来讲,它们的精神是写实的,但情节却完全是想象性的,细节和心理刻画又符合写实原则,能够将观听者引到一个感觉上很真实的境界。如《枯鱼过河泣》,意悲语谐,颇有黑色幽默的味道:

①《乐府诗集》卷三八,第 567 页。

　　　　枯鱼过河泣，何时悔复及。作书与鲂鲵，相教慎出入。①

总之，汉乐府诗的写实性，与一般诗歌的写实不一样，造成它写实上的高度和写实方式的，不仅是一种诗体的功能，更有说唱、表演方面的效应。

　　关于汉乐府的经典价值，最后要谈的是它在再现社会生活，反映现实问题方面的价值。后世的文人乐府诗作者中，有专从这方面来认识乐府诗传统的一派，可以中唐新乐府运动为代表。但需要指出的是，汉乐府诗与文人诗在这方面仍有性质的不同。文人乐府诗径直追求这种价值，在一种明确的观念指导下进行创作；汉乐府诗作者、说唱者首先追求的是一种娱乐的功能，所以要做到故事的生动性，成功地再现社会生活中的种种画面，要选择最能引起观听者兴趣的事件。这就使得汉乐府诗比后世文人诗更全面地反映了社会生活的各部分，不仅揭露现实的问题，还再现了社会的风俗。如汉乐府中有不少反映社会中求仙风俗的诗，也有反映家庭生活的诗。这些诗，如果拿文人的标准来看，似乎都没有太大的思想价值，但它们再现了社会生活，也真实地反映了民众的生活观念。如《陇西行》一诗通过对一位能干的主妇待客情形的描摹，为当时妇女提供一个行为的典范，反映了汉代社会一般民众的家庭观念和妇女观。汉乐府诗中的《上邪》、《有所思》及《古诗为焦仲卿妻作》也都生动地描写汉代妇女的形象，同时反映汉代社会的妇女观。汉乐府诗的思想价值不仅取决于作者方面，也取决于听者方面。大众的娱乐心理与大众的伦理道德观念联系在一起，只有与这种大众的观念相符合，或可供这种观念评判的人物事件，才能

_____

① 《乐府诗集》卷七四，第 1044 页。

引起他们的兴趣和共鸣,从而使娱乐效果得到圆满的实现。所以,与文人诗追求这类思想价值的创作行为比较,汉乐府诗通过满足大众的伦理道德需要以达到娱乐目的,使反映社会现实生活等思想的追求显得更为内在。文人在有意识地反映现实问题、干预政治等目的支配下进行创作,则是比较外在的一种赋予。汉乐府诗事与理、情与境都融然无间,没有观念与形象游离之病,也正是基于它作为娱乐艺术的这一性质。

二、乐府诗创作系统的转化与文人乐府诗传统的确立

从乐府古辞到文人拟乐府,是从一个创作系统转到另一个创作系统。汉乐府诗是一种社会性的娱乐艺术,文人拟乐府则是一种个人的创作。汉乐府诗依存于歌、乐、舞、戏诸因素相结合的综合性的艺术系统中,文人拟乐府则是脱离其他艺术形式的纯粹的诗体。但就诗歌本身来说,汉乐府诗是在一个单一、独立的诗歌环境中生长;而文人拟乐府诗则与其他诗歌体裁并存,并且相互影响。最后要指出一个最显著、同时也最容易被忽略的差异,那就是汉乐府诗是一种原创性的经典,而文人拟乐府则是以经典为模仿、学习对象的。尽管拟乐府具有复现经典的意图,但是它们却是性质如此不同的两种创作,所以复现从根本上说是不可能的。而文人拟乐府之所以能够发展为一个独立的系统,并且长期作为众多诗体中的重要一体而存在,其根本原因也不在于复现,而在于发展。拟乐府之能保持其诗体上的独立性,也不是因为它们简单地袭取古乐府的一些因素,而是文人根据自己对乐府诗性质的理解形成创作上的一些规范,以保持它们在诗体上的独立性。但是,这些规范是变化、发展着的。

文人创作乐府诗的历史,是可以追溯到乐府艺术发生的汉当代。乐府作为社会性的艺术,并不排除文人的参与。古辞中像《折杨柳行》、《西门行》、《怨诗行》、《满歌行》,从所表现的意识来看,似是文人士子之吟唱而入乐者,其语言也比较文人化。如《满歌行》,从"自鄙栖栖,守此末荣"及"去自无他,奉事二亲"① 等语可以推测作者是一位下层官员,他遭遇世道之不平,发生了忧生的生命意识,并且从一位儒者变为庄周思想的信徒。他已经从官场上退下来,或者准备退下来。我们说,汉乐府诗的主流是再现社会事象以引起观听者的兴趣,此诗却是文人的自抒其思,但却被谱上乐曲演唱。这里透露出一个重要的信息,即随着乐府艺术的发展,文人参与其间者日渐增多,听赏者当然更多,使此等表达文士情思的作品能进入乐坛,取得一席之地。而乐府诗也就逐渐由以说唱故事为主转向抒写情志为主。这一极其重要的变化,引出了"古诗十九首"等汉末五言诗,也直接开启了建安曹操等人的乐府创作。汉末文人诗从总体上看,是属于汉乐府音乐的大系统的。但它们产生的时间较晚,没有被纳入汉魏官方乐府之中,其音乐不为魏晋乐师所传承,于是失去了音乐的标志,被通称为无名氏古诗。

除了那些无名氏所作外,有名氏所作的亦有数例,如张衡《同声歌》、蔡邕《饮马长城窟行》(一作古辞)及辛延年《羽林郎》、宋子侯《董娇娆》。辛、宋这两首,郭茂倩将其收入"杂曲歌辞",是具有特见的。后世编者不知其性质,于其题上各加一"诗"字,其情形与总称汉末无名氏作品为古诗正属同类。汉代的文人乐府诗艺术的性质无异于汉代的民间乐府诗,但开启了后世文人乐府诗表现情志哲理的一类,所以不妨将其称为文人乐府诗的鼻祖。

---

①《乐府诗集》卷四三,第 637 页。

　　汉乐府作为社会性的娱乐艺术,其盛期止于汉代。汉末大乱,使社会的经济和文化都遭到很大的破坏,随着京洛等繁华城市的废墟化,乐府艺术也迅速衰微。虽然民间仍有歌人在活动,并且奇迹般地产生了《古诗为焦仲卿妻作》这样的长篇说唱,成为乐府说唱艺术的顶峰之作,但是乐府诗创作主体已经转向文人。建安诗人继承汉代文人创作乐府诗传统,其乐府诗仍然与音乐关系密切。曹操、曹丕和曹叡以宫廷乐工声伎自随,作为乐歌,付诸伶人。曹植说乃父"躬著雅颂,被之琴瑟"①。裴松之《三国志·魏志·武帝纪》注引王沈《魏书》,也说曹操"登高必赋,及造新诗,被之管弦,皆成乐章"②。曹丕更是热衷于声色之娱,刘桢《赠五官中郎将诗》云:"清歌制妙声,万舞在中堂。"③曹丕自己所作的《善哉行》更描写出他日常耽沉声伎的生活情状。魏明帝曹叡分汉相和曲为二部,"更递夜宿"④,继承乃父乃祖深嗜乐府音乐之遗风,他所留下的诗,也全是乐府诗。

　　曹魏"三祖"创作乐府诗的方式按旧曲调制新词,其情形可能与早期词家的倚声填词很接近。其他建安诗人的乐府诗如阮瑀《驾出北郭门行》、陈琳《饮马长城窟行》,甚至包括徐幹《室思》、繁钦《定情诗》,大体都有音乐方面的依据。但一般诗人难得有"三祖"这样的音乐方面的条件,所以所作乐府诗数量很少。就乐府诗从音乐系统转向纯诗系统而言,建安乐府诗是一个过渡。一方面,曹操曹丕的乐府诗风格最接近汉乐府古辞,与音乐仍保持同步的关系;但另一方面,又是通过他们的创作,奠定了文人创作乐府诗

---

①《武帝诔》,赵幼文《曹植集校注》卷二,人民文学出版社1984年,第199页。
②《三国志》卷一《武帝纪》,中华书局1982年,第54页。
③逯钦立《先秦汉魏晋南北朝诗·魏诗》卷三,中华书局1983年,第369页。
④《宋书》卷二一《乐志》,第603页。

的传统。他们的乐府诗按旧曲调而不摹拟旧篇、袭用旧事,这一点
与晋宋间人的拟乐府不一样,可以称之为拟调乐府,是文人乐府诗
的第一阶段。

　　尽管早期文人乐府诗仍与音乐发生关系,但此时的音乐已经
经典化,音乐制度渐趋凝固,失去了乐府发生时代的俗乐新声的活
力,也不再派生新的曲调了。可以说,汉乐府经典地位的最初奠
定,是由于它在音乐上的经典性。从内容方面来看,文人的拟调乐
府诗也渐由客观再现走向主观表达,如曹操以乐府诗言志论政,意
理横生,开魏晋文人乐府诗注重立意说理、于旧题外别立新义的风
气。汉乐府浮现社会百态、表现大众意趣的作风渐渐坠失了。曹
丕和曹叡的乐府诗也是别立新义的。在乐府诗文人化的进程中,
曹植是一个很重要的人物。曹植当然还有接触乐府音乐环境的机
会,他的一部分作品也仍然带有拟调的性质,其中《鼙舞歌》五篇,
作者自称是依前曲作新歌,并说不敢充之黄门(即朝廷乐府),近以
成下国之(即藩国)陋乐 ①。这说明曹植的藩国中也有音乐机构,当
然其规模是不能与黄门乐府相比的。《宋书·乐志》著录了曹植乐
府诗中为晋乐所奏的《鼙舞歌》、《野田黄雀行》、《七哀诗》这样几
篇。但是曹植的乐府诗渐渐脱离了乐府曲调,向徒诗的方向发展。
这种脱离曲调的现象,被称为"乖调"。从音乐的角度来讲,显然
是不合格的,但从文学的角度来讲,却是一种发展。刘勰《文心雕
龙·乐府》云:"子建、士衡,咸有佳篇,并无诏伶人,故事谢丝管,俗
称乖调,盖未思也。" ② 陆机不依旧曲调,于旧题外别立新义等作法
都承自曹植,所以后人将他与曹植相提并论。

---

① 《曹植集校注》卷二,第 323 页。
② 范文澜《文心雕龙注》,人民文学出版社 1962 年,第 103 页。

乐府诗由社会性的娱乐艺术变成文人自娱情志的个人性创作,其性质已经发生了变化。而曹植、陆机等魏晋诗人作品进一步脱离了曲调,其性质自然有了更为根本性的改变,音乐的性质渐趋淡化,而文学的性质则大大地增强了。曹植乐府诗注重立意,其中《薤露行》《惟汉行》《鰕䱇篇》,都是言志之作;其《升天行》《五游咏》《远游篇》《仙人篇》《驱车篇》等游仙乐府诗,也继承了楚辞及汉人辞赋表现游仙主题的传统,通过游仙婉曲地反映对现实的不适情绪,其实也是一种言志。这与汉乐府实写社会上求仙活动是不一样的,具有更加自由奔放的幻想色彩。汉乐府中描写社会求仙情景的歌辞,虽然也不乏幻想因素,但那是民间的幻想,单纯真率,没有太多的言外之意。曹植的游仙乐府诗,则更多地表现了文人追求精神世界的自由的幻想性愿望。曹植乐府诗中也有《美女篇》《名都篇》《白马篇》《姜薄命行》篇属于客观再现的作品,与汉乐府的以客观再现为主的传统相接。但曹植的这些作品,实际上还带有寄托己志的性质,是对《诗》《骚》传统比兴艺术的一种发展。由此可见,从内容方面看,曹植乐府诗完全是文人化了的,是重义而不重乐的。再看艺术表现,也可发现,曹植乐府诗更加自觉地追求诗歌的语言艺术,骋词逞气,多为俪句,追求词句的新奇效果,而洋洋清绮、动心盈耳的音乐效果则明显减弱了。许学夷《诗源辩体》就指出了这一点:

> 汉人乐府五言,体既轶荡,而语更真率。子建《七哀》《种葛》《浮萍》而外,体既整秩,而语皆构结。盖汉人本叙事之诗,子建则事由创撰,故有异耳。较之汉人,已甚失其体矣。
>
> 子建乐府五言,《七哀》《种葛》《浮萍》《美女》而外,较

汉人声气为雄,然正非乐府语耳。①

　　西晋陆机的乐府诗,更向典雅、藻丽发展,离汉乐府风格更远了:

　　　　士衡乐府五言,体制声调与子建相类,而俳偶雕刻,愈失其体,时称"曹陆为乖调",是也。②

陆机的乐府诗绝大多数是于旧题外别立新义,追求辞丰义伟的风格。有些作品也依傍旧题,但内容上有很大的变化,语言风格差异更大。如拟古辞《陌上桑》的《日出东南隅行》,从歌咏美女这一点来说,和《陌上桑》有着相近的主题,开头"扶桑升朝晖"③几句,也是模仿"日出东南隅,照我秦氏楼"这样一种写法。但接下去并不亦步亦趋。因为陆机无法构思类似于《陌上桑》那样的情节,所以只能作单纯的描写之笔,句句镂金错彩,但效果却不可能像《陌上桑》那样生动。《陌上桑》具有比较完整的故事情节,整体上呈现出一个喜剧性的结构,使人物的形象、性格十分鲜明地凸现出来。其情节的推进是能紧紧抓住观听者的心理的,其喜剧性的表现如"行者见罗敷"这几句夸张性的描写,是能引起现场的轰动效应的。而陆机的《日出东南隅行》虽然也构设了一个洛水边仕女游春的场面,但因缺乏情节,无法表现出人物的独特性格,终成为一篇体现贵族趣味的泛泛咏美之作。《陌上桑》的语言表现极富于动态效

①《诗源辩体》卷四,第 81 页。
②《诗源辩体》卷五,第 90 页。
③《先秦汉魏晋南北朝诗·晋诗》卷五,第 652 页。

果，每一个诗句都能化为鲜明的动态形象，具有戏剧语言的特点。陆机《日出东南隅行》中虽然秀句丽辞络绎而出，但人物形象终究是沉晦不明的。它只可以作为修辞的典范供文人们揣摩。原作与陆作的差异，根本原因在于功能性质的不同，原作是一个直接诉之于视觉、听觉，面向一般社会民众的喜剧性的说唱小品，而陆作则纯粹是文人诗创作。

建安诗歌高潮过去之后，魏晋之际的诗坛上，拟古的风气逐渐流行开来。这种拟古的现象，与建安后政治及文化中的某些保守倾向有关，但从诗歌史自身的发展规律来看，正标志着汉魏诗歌经典地位的确立，汉乐府也由音乐经典发展为诗歌经典，当然同时被奉为经典的还有建安文人的乐府诗。这时期出现了以傅玄为代表的模拟旧篇、袭用旧事的拟篇乐府。如傅玄的《秋胡行》《艳歌行》《青青河边草》《有女篇》《云中白子高行》，都属此类。傅氏严守汉乐府再现客观事象的原则，与建安诗人及陆机多以乐府旧题写主观情志不一样。可以说，通过傅玄，汉乐府诗以再现客观事象为主的特征，被作为乐府诗创作的一个原则确定下来，五言诗与拟乐府诗才判为两体。这是因为脱离了音乐之后，乐府五言与一般的五言诗的区别，只能由语言风格及题材性质、叙事的立场和角度这些因素来完成。傅玄的拟乐府诗其本身的价值虽不高，但在拟乐府诗的写作方式方面却对后人影响很大。

东晋前中期玄言诗风流行的时代，文人乐府诗的创作几近绝迹。主要的原因是这时期崇尚简贵、典雅、玄远、祛情的文学思想，与乐府诗的艺术传统相差太大。其次与西晋末遭遇乱离，礼乐坠失也有一定的关系。东晋后期，随着诗歌艺术的复兴，诗歌创作的潮流开始从玄言诗风中超越出来，重新回归汉魏西晋的诗歌传统。文人乐府诗创作也迎来转机，一些诗人开始重新利用乐府旧题，其至陶渊明都涉足于此。陶集中《怨诗楚调示庞主簿邓治中》、《拟挽歌辞三首》，即属拟乐府诗。又如何承天在晋末义熙中依鼓吹旧乐作《铙歌》十五篇。至刘宋时期，拟乐府诗的创作十分兴盛，谢灵运、谢惠连、颜延之、鲍照、惠休、吴迈远、刘铄等诗人，都有一定数量的旧题乐府诗传世。可以说，乐府诗与山水诗构成了刘宋诗坛两大诗歌种类。

　　刘宋文人乐府诗的拟作性质是比较突出的。有模拟旧篇、沿袭旧义，如谢灵运的乐府诗多沿袭前人感伤时序推移、世事兴衰、生命短暂等主题，主要以陆机之作为模拟对象。也有沿用旧事的，如颜延之的《秋胡行》。也有以汉魏乐府诗风格为典范来推陈出新的，如鲍照的旧题乐府诗。他的乐府诗虽不呆板地规模旧篇，但自觉地追求乐府诗的风味。他的乐府诗从精神上看是极富个性和主观性的，体现文人乐府诗的特征，但在叙述形式上尽可能化主观为客观，以符合乐府诗的客观性特点。更具体地说，就是鲍照的乐府诗一方面是感于哀乐、缘事而发的，另一方面作者又尽可能使所表现的内容具有一种社会性。可以说，鲍照是真正领会了汉乐府诗的艺术精神，把握住汉乐府诗思想和艺术方面的某些重要特征，在这样的前提下做出了他个人的乐府诗方面的创造。他的作品标志着文人拟乐府诗的成熟，也是汉乐府到唐代李白等人的古乐府之间的一个重要环节。

　　从刘宋拟乐府诗中可以发现这样一个现象，不仅汉乐府是取法效仿的对象，而且曹植、陆机等家的乐府也成了取效的对象。降之齐梁时代，汉乐府诗的经典地位更渐被淡忘，这与刘宋以后汉魏旧乐衰歇，吴声西曲兴盛有关系 [①]，但更主要的是文人于乐府诗的

―――――――

① 详见拙著《魏晋诗歌艺术原论》第六章第五节，北京大学出版社 1993 年。

趣味已完全由音乐转向文学。以南朝人词章绮丽、诗句偶合的标准来取择前代乐府，魏晋文人的拟作自然更符合他们的文学趣味。所以钟嵘《诗品》除班婕妤《团扇歌》外，汉乐府五言都未论列。刘勰虽设《乐府》一篇，但其范围是包括远古歌谣和《诗经》在内的整个古今歌乐系统；其论魏晋文人乐府诗的篇幅最多，而汉乐府却论述得很简单。《昭明文选》所选汉乐府古辞，惟有《青青河边草》、《昭昭素月明》、《青青园中葵》及班婕妤《怨歌行》这几篇，可能是因为这几首古辞词彩比较鲜明，修辞风格比较接近文人之作。魏晋以降的文人乐府诗的收录情况是：曹操二首、曹丕二首、曹植四首、石崇一首、陆机十七首、谢灵运一首、鲍照八首、谢朓一首，另挽歌类中有缪袭一首、陆机三首、陶渊明一首。从这里可以发现，陆机拟乐府诗收了二十首，数量上居绝对的多数。这很可以反映齐梁间文人心目中的典范乐府诗，不是古辞而是文人拟作，陆机尤被奉为大宗。明代许学夷对《文选》在汉乐府与文人拟作之间做这样的取舍很不理解，也很不满意："昭明录子建、士衡而多遗汉人乐府，似不能知。"[1] 沈德潜也说："昭明独尚雅音，略于乐府（指汉乐府）。"[2] 持有类似看法的明清诗人想来不在少数。这里反映了这样一个事实：在南朝时期，文人拟乐府有了自己的经典，而古辞的经典价值反而被淡忘。从诗歌发展史的角度来看，南朝文人与明清文人，对乐府诗经典的取舍标准很不一样，它告诉我们，文人乐府诗内部，存在着创作思想的不同，这种不同体现于不同的作者之间，更体现于不同的时代之间。

　　齐梁陈隋时代，诗坛上新声艳体流行，是诗体由古体向近体转

---

①《诗源辩体》卷五，第 90 页。
②（清）沈德潜《古诗源》例言，中华书局 1963 年，第 1 页。

变的一个过渡时期。拟乐府诗的风气趋向衰歇。古辞中唯有《长安有狭斜行》等较少篇章,因是歌咏市井间甲第中仕贵妇艳之事,具有艳体的性质,所以南朝文人多有拟作。其拟作题目有直接用《长安有狭斜行》这一旧题,也有改称《三妇艳》、《中妇织流黄》的。《相逢行》情节与《长安有狭斜行》很相近,南朝人亦多拟作,题作《相逢行》或《相逢狭路间》。南朝诗坛上此两篇拟作独盛。

古辞《相逢行》为晋乐所奏,语言可能经过文人们的修饰,但基本上还保持巷陌说唱的面貌。它和《长安有狭斜行》、《鸡鸣》等作品,都是写市井富豪官宦人家的生活,可以说是市井百姓投向贵族社会的一瞥,其含意有艳羡、也有讽刺,反映了民众面向贵族社会时的复杂心态,但流露得很真率。沈约等人的拟作,从写作方式上看是拟篇,亦步亦趋地追随原作的情节结构,其所有的创新余地只是以一种文人诗的语言来替换通俗真朴的民间语言。这种拟篇法的开创者是傅玄和陆机,可以说是拟乐府诗中最没有发展前途的一种,却成了齐梁间拟古乐府的常法,可见文人乐府诗已陷入了发展的困境。

正当拟篇法走向没落时,始于沈约、谢朓等人赋《铙歌》曲名的一批乐府诗,开出了文人乐府诗赋咏题义的一派,使乐府创作从拟篇走向赋题,创作上获得了更大的自由。赋题就是紧紧抓住旧曲的题面意义,刻意形容。汉乐府诗有曲调名,无诗题,有所表现的内容与曲调名意义相符的,也有内容与曲调名完全无关的。如《陌上桑》一为写罗敷采桑事,应该是该曲最早的配词,一为括楚辞《山鬼》篇的杂言歌辞,与《陌上桑》题目毫无关涉,而曹操的《陌上桑》则写游仙之事。魏晋以降,曹植《美女篇》、陆机《日出东南隅行》都是歌咏美女之作,但不一定出现罗敷的故事情节。傅玄的《艳歌行》则是模拟旧篇,写罗敷之事。齐梁以后的《陌上桑》

拟作，多刻意形容陌上桑树之色，罗敷故事反成一个点缀。如吴均《陌上桑》：

> 嫋嫋陌上桑，荫陌复垂塘。长条映白日，细叶隐鹂黄。蚕饥妾复思，拭泪且提筐。故人宁如此，离恨煎人肠。[1]

相对于古辞来说，曹操是依旧曲调造新词，曹植与陆机是于旧题外别出新义，傅玄是拟篇法，吴均则是赋题法。

齐梁陈隋最喜欢赋咏的一套旧曲名是汉旧曲"横吹曲辞"，它们没有古辞留存（一说原本无辞），所以时人完全是在曲名上发挥的。由于其中的《陇头》、《出关》、《入关》、《出塞》、《入塞》、《望行人》、《关山月》、《紫骝马》、《骢马》等曲名，都与边塞征行之事相关，所以就出现了一批乐府边塞诗，直接开出唐代边塞诗一派。而唐诗中的歌行，实际上也是由赋题法衍生的，甚至元白新乐府即事名篇、无复依傍的作法，也与赋题法有渊源相承的关系。可以说，齐梁人所确立的赋题法，是文人乐府诗史的一大革新。

整个魏晋南北朝时期，拟乐府诗的基本发展趋势是文人化和纯粹诗歌化。到了赋题法的确立，这一进程基本上完成了，也就是说文人乐府已经完全成为诗歌的一体，它与音乐已经完全没有实质性的关系，与乐府旧辞也只有题目上的联系，甚至只是采用乐府诗的命题法，而被视为乐府诗。从风格来看，建安曹操、曹丕和曹植的一部分乐府诗，保持了汉乐府诗一些风格特征。傅玄的部分拟作，也有意模仿汉乐府的语言，但流于率易因袭。西晋以降的诗人中，只有鲍照曾有意识地学习汉乐府的风格。文人乐府诗愈来

---

[1]《乐府诗集》卷二八，第 412 页。

愈远离了汉乐府诗的风格。齐梁陈隋的赋题乐府诗,完全采用新的诗体,融入了时代风格之中,可以说已经完全忘却汉乐府的风格传统。整个魏晋南北朝文人乐府发展的进程,可以说是一个摆脱乐府诗的原生风格,确立文人风格的过程。汉乐府诗在风格上的经典地位,在这一发展过程中非但没有得到加强,反而逐步地被削弱了。

三、文人乐府诗创作思想的深化和唐乐府的繁荣

齐梁赋题法乐府诗抛弃了晋宋拟篇法,也不再沿用旧的体制,而是采用了新兴的永明声律体,古题乐府诗完全并入了格律诗的系统。或者说,正在形成之中的格律诗系统,接受了旧乐府的主题系统。初唐诗人基本上沿袭齐梁以来赋题、用新体写旧题的作法,多用近体诗写旧题。如现存《卢照邻集》中《刘生》、《陇头水》、《巫山高》、《折杨柳》、《梅花落》、《关山月》、《上之回》、《战城南》诸诗,《杨炯集》中《从军行》、《刘生》、《骢马》、《出塞》、《有所思》、《梅花落》、《折杨柳》、《紫骝马》、《战城南》诸诗,都是赋题法五律体乐府诗。这是初唐人作旧题乐府的常法,从郭茂倩的《乐府诗集》中可以得到大量的例证。所谓初唐沿袭齐梁陈隋余风,我们从乐府这一方面也可以得到一个很具体的证据。

用近体所作的古题乐府,与一般的近体诗的差别还是在于主题的前定性。单独一篇,读者很容易忽略它与其他同体裁作品的差别,但将许多篇同题之作放在一起,就能看出它们的系统性,是出于同一母题,即所谓"《落梅》、《芳树》,共体千篇;陇水巫山,殊

名一意"①。而其立意，仍是依古辞旧曲的，与一般歌咏山水、酬应人事的近体诗选择主题方面的随意性不一样。当时也称这种立意依傍古辞旧曲为"古兴"，即所谓"言古兴者，多以西汉为宗"②。这种现象说明了这样一个事实：文人乐府诗在失去了音乐的依藉，并且又失去了旧的体裁形式后，主要是靠一个主题群或一种主题类型来维持自身的独立性的。如果说汉乐府的特点是重音乐，文人乐府的特点则是重文辞和意义。郑樵《通志·乐略·乐府总序》云：

> 今乐府之行于世者，章句虽存，声乐无用。崔豹之徒，以义说名；吴兢之徒，以事解目。盖声失则义起，其与齐、鲁、韩、毛之言诗，无以异也。乐府之道或几乎息矣。③

郑樵倡言"诗在于声，不在于义"④，认为汉乐府的特质在于音乐性，其辞义是依附于音乐而存在的。但当汉乐府诗失去音乐之后，研究者们只能从辞义方面去把握它们，所以说"声失则义起"。这也是文人乐府诗不同于乐府古辞的地方。这种依傍古题古曲名的作法，主题上呈现出一种保守性，在具体的表达上，则尽可能追求新意，追求超过前人，正如元稹在《乐府古题序》中所说的那样："沿袭古题，唱和重复，于文或有短长，于义咸为赘剩。"⑤但是，这种与前人在文辞方面竞较短长的旧题新作，也促使诗歌语言向精美化发展。从这一点上看，齐梁至初唐的赋题法近体古乐府，对于近

----

① 李云逸《卢照邻集校注》卷六，中华书局 1998 年，第 339 页。
②《卢照邻集校注》卷六，第 339 页。
③《通志二十略·乐略》，第 884 页。
④《通志二十略·乐略》，第 887 页。
⑤《元稹集》，中华书局 1982 年，第 255 页。

体诗艺术的成熟是作出了应有的贡献的。

　　但是，唐乐府并没有停留在齐梁旧规里面。如王勃的乐府诗《杂曲》、《秋夜长》、《采莲曲》、《临高台》、《江南弄》，都作杂言体，渊源于鲍照的杂言体乐府诗。这是对用五律体作乐府诗的一个突破。另外，初唐比之齐梁，乐府诗的制题也趋于自由。诗人们领会了乐府体的一些基本特征后，开始创作新题乐府，并由此衍生出歌行一体。当然初唐新题乐府，如刘希夷《公子行》、《春女行》，卢照邻《长安古意》、骆宾王《帝京篇》，多是流连风物、感叹人生之作，其作用主要在于娱情，与中唐元白新乐府以讽喻现实、补裨时政为目的的作法是不一样的，但它却为唐诗歌行体的兴盛打开了大门。这标志着文人乐府诗创作思想的深化，应该说，齐梁赋题法是乐府由摹拟走向创造的第一步，而唐人的新题乐府则是由摹拟走向创造的第二步。而且新题乐府摆脱了用近体作乐府的千篇一律的局面，作者能够自由地选择体裁，恢复了乐府古辞无固定体制的特点，更有利于作者创造力的发挥。卢照邻《乐府杂诗序》说拟古乐府是"辛勤逐影，更似悲狂，罕见凿空，曾未先觉。潘、陆、颜、谢，蹈迷津而不归；任、沈、江、刘，来乱辙而弥远"①。这是我们现在看到的最早对拟古乐府提出质疑的言论。在这同时，卢氏对新题乐府则给予较多的肯定，认为这是一种有发展前途的创作方式："其有发挥新题，孤飞百代之前；开凿古人，独步九流之上。自我作古，粤在兹乎！"②"自我作古"四字，道出了唐乐府以创造为复古的实质，也是唐乐府超过前代乐府的原因所在。

　　从体裁的运用来看，歌行成熟后，唐人的拟古题乐府也逐渐放

---

①《卢照邻集校注》卷六，第339页。
②《卢照邻集校注》卷六，第339—340页。

弃了律体,采用歌行体。如唐乐府诗的第一大家李白的古题乐府,绝大多数都是运用歌行体写的。歌行体中,五言歌行的渊源可以直追汉乐府,七言歌行也可以追溯到曹丕《燕歌行》及鲍照《拟行路难》等,杂言歌行则可追溯到汉《郊祀歌》和《铙歌》十八曲。所以唐乐府放弃律体而采用歌行体,正是诗体的复古。这是初唐以来提倡学习汉魏风骨的诗歌思想在乐府诗创作上的体现。唐代是格律诗成熟的时代,但格律诗却没有因成熟而走向独盛,这与唐人矫正齐梁陈隋诗风,提倡汉魏诗歌传统的诗歌思想之深入人心是分不开的。乐府诗在唐代不仅得到复兴,而且成为唐代诗坛上与格律诗、古诗并重的三大体裁系统之一,使唐诗艺术百花齐放、竞相斗艳,促使了唐诗的繁荣,也促使了文人乐府诗自身的繁荣。在唐代诗坛上,乐府诗不仅是作为一种体裁而存在,更是作为一种诗歌审美理想来发生影响的。

在格律诗已经成熟的唐代,诗人们从古题乐府和新题歌行中获得自主处理诗体的自由,这也可以说是返璞归真,在诗的壮年、成年时代重享诗的童年时代的自由、纯真的创作乐趣。汉乐府诗的有些艺术魅力和抒情特点正是与诗体的自由相关的。如铙歌中的《上邪》,此诗作者将一种积郁在她胸中的怨情和强烈的爱情以喷薄的方式表达出来,如果不是自由体则很难使抒情达到这样白热化程度。类似的作品如“杂曲歌辞”中的《悲歌》,如泣如诉,声情俱现,最后“肠中车轮转”一语,大胆造奇,却使全诗的抒情强度提高了几个维度。又如铙歌《有所思》,发挥杂言自由体的长处,将复杂的人物动作和心理变化十分细致地表现出来了,一首五七言律诗不可能写得那样的真切凸现并表现事件本身的细节。唐代诗人带着回顾诗歌童年时代的心情将眼光投向汉乐府,发现了一种与文人诗长期追求十分不同的更本真、更朴素,并且在某种意义上说也是更能再现现实生活中人生和人心的诗歌美。于是,汉乐府的经典地位再一次得到了确认,而这一确认是在一种自觉的诗歌美学思想的前提下得到的。

当然,唐代诗人只是领会了汉乐府诗诗体自由的原则,并不模拟古辞篇体,长短错落一依其旧。如《将进酒》一篇,古辞是一篇短小的劝酒歌,李白的拟作"黄河之水天上来",仍然是一篇劝酒歌,但篇幅数倍于古辞,节奏驰骤也完全不同于古辞。古辞是配曲之辞,篇章句度与乐曲是相应的,李白所作则完全任心而运,篇章句度的变化完全由作者的情感变化和灵感的生灭牵引着。从这一意义上说,唐人的歌行体拟乐府诗,比古乐府的自由度还要大。这就更有利于诗人想象力、笔力的发挥,更容易造成独特的风格。李白、李贺乐府诗创作上的成功,与这种"自我作古"的自由运用是分不开的。

近体诗的语言典雅、规范,以情景交融、兴象华妙为主。这种诗歌语言在表现人对自然山水的审美感受及人心中其他飘忽、微妙的感情方面,有它独特的长处。而且在这种诗歌语言中逐渐形成了一大批具有固定的象征意义的意象和典故。但是随着这种近体诗语言的成熟,也暴露出它们在表现方面的一些局限,尤其是在完整地、朴素率真地表现生活中事物、事件方面,这种诗歌语言常常是无法胜任的。它在表现思想的深度方面也不如古体诗语言。所以,对诗歌美具有多方面的追求、对诗歌反映社会生活和表达严肃思考都有很高的要求的唐代诗人,不满足于近体诗这一种诗歌语言,他们仍然需要继承和发展古体和乐府体这两种诗歌语言。也正是在这样一种诗歌发展的机制中,汉乐府古辞在语言艺术方面的经典价值被唐代诗人发现了。从那里领悟到诗歌语言创造的艺术规律,形成一种独特的语言审美观。如杜甫诗歌中那种朴质真率,使人情世味盎然浮现的语言艺术,就是自觉接受汉乐府影响的结果。他的《三吏》、《三别》、《兵车行》等即事名篇的新乐府,创造性地发展了汉乐府的语言风格。他甚至将这种朴素的、以白描传神的乐府、风谣的语言风格引入近体诗中,使近体诗语言发生了质的变化。

我们前面已经说过,汉乐府古辞的特点不仅在于朴素再现,更有一种表现的强度,如夸张、想象之奇特,趣味的生动等。唐代诗人中,李白、杜甫、孟郊、李贺等人都以他们自己的个性学习古辞、古歌谣的这种语言艺术。如杜甫的《悲陈陶》的首四句:

> 孟冬十郡良家子,血作陈陶泽中水。野旷天清无战声,四万义军同日死。[1]

在写一场恶战过后的死寂这一点上,它借鉴了铙歌《战城南》:

> 战城南,死郭北,野死不葬乌可食。……水深激激,蒲苇冥冥。枭骑战斗死,驽马裴回鸣。[2]

李白《远别离》写娥皇、女英泪成斑竹的故事,其语言正脱胎于《上邪》"山无陵,江水为竭,冬雷震震夏雨雪,天地合,乃敢与君绝"[3]。又如孟郊的《古怨》表现一位深陷在爱情中却不为对方所深信的女子的怨咒之情,与《上邪》、《有所思》乃至《古诗为焦仲卿妻作》

---

① (清)仇兆鳌《杜诗详注》,中华书局1979年,第314页。
②《宋书》卷二二《乐志》,第641页。
③《宋书》卷二二《乐志》,第643页。

等诗,在抒情方式上有些相似。上述这样的例子,在唐诗中是可以找出不少的。这说明,汉乐府的语言艺术,在唐诗时代有效地发挥了它的经典作用。

但是,唐代诗人是在文人诗艺术的高峰上学习汉乐府诗的,各个诗人也都是在具有成熟的个人风格之后吸取汉乐府的元素的。所以,他们的学习汉乐府,是将其融入自身的艺术个性之中。胡应麟《诗薮》内编卷一云:

> "波滔天,尧咨嗟,大禹湮百川,儿啼不窥家。其害乃去,茫然风沙",太白之极力于汉者也,然词气太逸,自是太白语。"兔丝附蓬麻,引蔓故不长。嫁女与征夫,不如弃路傍",子美之极力于汉者也,然音节太亮,自是子美语。[1]

胡氏所指出的现象,在李杜和其他学习汉乐府语言艺术的唐代诗人那里,是有普遍性的。汉乐府是民间的,乐曲歌词的语言风格,总体上看是一种自然化、共性化的语言风格;唐乐府是个人的,纯诗歌的语言风格,是更加个性化的。

总之,唐乐府的繁荣以及它在文人乐府诗史上的高峰地位的达到,是文人乐府诗创作思想深化的实践结果。唐乐府的繁荣也是与整个唐诗的繁荣背景联系在一起的。假如从学习经典这个角度来看,唐乐府完全是创造性的学习,而非简单的复现。

从汉乐府到唐乐府,乐府诗史有机的发展历程已经完成了。五代至宋元,歌行体虽在延续,但已经是唐歌行的余波,而文人拟乐府则基本上已经成为历史。郭茂倩编撰《乐府诗集》收录汉至

---

[1]《诗薮》内编卷一,第20页。

唐的乐府古辞和文人乐府,正是对这一诗歌品种的发展历程的完整的总结,标明在时人的观念里,乐府文学的发展已经成为历史。五代宋元拟乐府的顿衰,原因是多方面的,但最主要的一个原因是词与曲的相继兴起。因为在文人拟乐府诗的诸种动机中,有一个动机是很基本的,就是在诗乐分流后,通过拟乐府这种形式,在意念上回顾诗乐同源的诗歌原生状态。这样我们也就很容易明白,为何词曲兴盛的时代,拟乐府对文人失去了吸引力。这种形式上的诗乐联姻在一种真正的诗乐联姻面前,自然变得没有太大的意义了。从这里我们也可以反观魏晋至唐的诗歌发展历史上,文人拟乐府之所以经久不衰,是因为承担上述这种功能。但是词、曲虽然否定了文人拟乐府,使之成为历史,但从其艺术性质来看,却正是遥应着汉乐府的,甚至可以说它们才是汉乐府的嫡承。这就是后人也喜欢将词、曲称为乐府的理由。

当然拟乐府作为一种体制,在宋、元、明诗歌中仍然延续着,但其创造余地,主要是在风格的层面上。在元末和明清时代,还有一个文人拟古乐府的余潮。这是与新的一轮诗歌复古思潮相关的,也是中国古典诗歌的结束期出现的许多回光返照的现象之一种。限于论文的篇幅,这些问题只能另作研究了。

(原载《文学评论》1998年第2期)

论魏晋南北朝乐府体五言的文体演变

——兼论其与徒诗五言体之间文体上的分合关系

五言出于汉乐府,为魏晋文人所继承,成为魏晋南北朝诗坛的主要体裁。其时四言虽存而已僵化,纯为模拟之体;七言虽行而未盛,且多为歌词之作,未演化为纯粹的诗体;惟有五言独领风骚,为诗坛的主角。钟嵘在论到当时诗坛上各体的使用情况时说:"五言居文词之要,是众作之有滋味者也,故云会于流俗。"[①]清焦循论历代文体"一代有一代之所胜"时说:"欲自楚骚以下撰为一集,汉则专取其赋,魏晋六朝至隋则专录五言诗,唐则专录其律诗,宋专录其词,元专录其曲。"[②]这些重要观点,都揭示出五言诗在汉魏六朝的诗坛上居主流地位的真相。同时作为一代文学之胜的汉魏六朝的五言诗,不仅在纵向上存在不同时期的体制风格的演变,而且在横向上存在五言诗内部各种体制的差异。其中最重要的,我认为就是乐府五言与徒诗五言在体制、功能、取材、语言风格等多种艺术因素方面的差异的问题。乐府诗作为一个诗歌系统的独立性,

---

① (南朝梁)钟嵘《诗品序》,见陈延杰《诗品注》,人民文学出版社1980年,第2页。

② (清)焦循《易余籥录》卷一五,李盛铎《木犀轩丛书》本,清光绪乙酉德化李氏木犀轩刊。

已经得到研究者比较充分的阐述。从文献编辑的角度来讲，如明冯惟讷《古诗纪》、张溥《汉魏六朝百三名家集》、近人逯钦立《先秦汉魏晋南北朝诗》等唐前总集，在编集诗人作品时，也都是将乐府与徒诗分作两类来编辑，可见这个问题在古代的诗歌文献的编纂者那里是相对清晰的。但是在诗歌史和诗学史的层面上，对于魏晋南北朝文人五言诗创作中存在的乐府体五言与徒诗体五言在文体上复杂的分流与相互影响的关系问题，我认为基本上还是模糊的。因此本文提出这一课题，并尝试对其进行初步的探讨。

一

　　魏晋五言诗，无论是乐府五言，还是徒诗五言，其渊源都出于汉乐府。现在我们通过相关研究已经基本清楚，五言诗发生于音乐，在一个很长时间里，都是作为一种流行歌词的文体而存在的。西晋挚虞《文章流别论》云："五言者，'谁谓雀无角，何以穿我屋'之属是也。于俳谐倡乐多用之。"[1]就反映了五言诗在魏晋之际仍多用于俗乐歌词的真相。但挚氏的诗体观显然是倾向于复古的，即尊四言雅体而轻视此外的各种出于俗乐的体制，事实上经过汉魏之际文人作者的努力，脱离音乐体制的徒诗体五言已经确立。五言之脱离音乐而独立，其渊源究竟应该追至何时，是一个需要仔细考察的问题。一般来说，人们都将最早的五言诗追溯到班固的《咏史诗》，钟嵘《诗品序》称："自王、扬、枚、马之徒，词赋竞爽，而吟咏靡闻。从李都尉迄班婕妤，将百年间，有妇人焉，一人而

---

[1]（清）严可均校辑《全上古三代秦汉三国六朝文·全晋文》卷一七，中华书局 1958 年，第 1905 页下。

已。诗人之风,顿已缺丧。东京二百载中,惟有班固《咏史》,质木无文。"① 李陵、班婕好五言诗,现在一般的看法认为是托名之作。这样一来,现在可知的文人五言诗之最早作品,就是班固的《咏史诗》。班固《咏史诗》称为"诗",但与后世的纯诗仍有区别,因为汉魏时期,"诗"仍有歌词之一义,其时以"诗"名篇者,仍多为歌词之体 ②。而班固《咏史诗》,正是模拟并时的说唱故事的乐府体而作,其体制实同于后世的"即事名篇"的新乐府。其他东汉有名氏与无名氏的五言诗,如古诗十九首之类,虽称为"古诗",但其体制实多为歌词。只是汉末清商乐兴起,乐府的风格由叙事转向抒情,又因为文人参与歌曲制作,文词艺术提高,并且多汲取《诗》《骚》的比兴法及词语,由此开出了魏晋文人五言诗的一派,与汉乐府五言诗俨成两流。钟嵘品录五言诗,有关汉代作品,有"古诗"、"汉都尉李陵"、"汉婕好班姬"(上品)、"汉上计秦嘉、嘉妻徐淑"(中品)、"汉令史班固"、"汉孝廉郦炎"、"汉上计赵壹"(下品)等家,将其视为文人五言的直接渊源,而对汉乐府古辞则未曾涉及。可见在齐梁人的观点中,上述汉代的作家与作品是徒诗五言的源头。尽管上述汉人五言与音乐的离合关系我们现在尚不能完全清楚,像《古诗十九首》等作品似为当时的清商新声;但从文体的方面来说,文人五言诗与乐府之分流,的确胚孕于此。清人沈德潜已经指出这一点,其《古诗源·例言》:"风骚既息,汉人代兴,五言为标准矣。就五言中,较然两体:苏李赠答,无名氏十九首,古诗体也;《庐江小吏妻》、《羽林郎》、《陌上桑》之类,乐府体也。昭明独尚雅音,略于乐

---

① 《诗品注》,第1页。
② 参见钱志熙《汉魏乐府的音乐与诗》,大象出版社2000年,第71—72页。

府,然措词叙事,乐府为长。"①萧统《文选》于汉乐府古辞,仅录四首,这与钟嵘《诗品》不涉及汉乐府,恐怕有共同的原因,值得深入研究。其中有一点,就是反映了他们对五言诗源起于汉乐府这一重要的诗歌史实已经不清楚了。

魏晋文人的乐府体源于乐府俗乐歌词,早期建安诗人曹操、阮瑀、陈琳诸人之作,完全保持了汉乐府诗古质的文体特点,与徒诗五言的竞取新事、多抒胸情不同。乐府诗多用旧题,其选题与庀材,或多或少地受到古辞的影响,形成一个自身内部衍生的题材系统。如《蒿里行》、《薤露歌》为汉丧歌,"至汉武帝时,李延年分为二曲,《薤露》送王公贵人,《蒿里》送士大夫庶人"②。曹操感愤汉末时事作《薤露》、《蒿里行》,虽然没有记载是作丧歌之用,但其中的《薤露》写"贼臣持国柄,杀主灭宇京。荡覆帝基业,宗庙以燔丧",《蒿里行》写"铠甲生虮虱,万姓以死亡。白骨露于野,千里无鸡鸣。生民百遗一,念之断人肠"③,一悼帝主宗庙,一哀生民万姓,正符合所谓《薤露》送王公贵人,《蒿里》送士大夫庶人"的旧制,也可间接证明吴兢《乐府古题要解》所说不谬。十六国时期西凉张骏的《薤露行·在晋之二世》哀愤西晋王朝的倾覆,则是沿用曹操成法,且作者的身份也相近。至曹植的《薤露行》,则感慨怀王佐之才者立功立言的理想,主题上有较大的变化,但细绎其意,如开篇即言"天地无穷极,阴阳转相因。人居一世间,忽若风吹尘"④,虽旨

①(清)沈德潜《古诗源·例言》,中华书局1963年。
②(唐)吴兢《乐府古题要解》卷上,丁福保辑《历代诗话续编》本,中华书局1983年,第25页。
③逯钦立辑校《先秦汉魏晋南北朝诗·魏诗》卷一,中华书局1983年,第347页。
④《先秦汉魏晋南北朝诗·魏诗》卷六,第422页。

在抒发士人建功立业的强烈愿望，但仍是从感慨生命之短暂开始，与古辞的主题仍有某种联系。其《惟汉行》诗题用曹操《薤露》开头两字，以怀君国、期建功立名为旨，则同时又是对曹操《薤露》哀汉朝主题的衍生。而且曹植用《薤露》一曲抒发其生命情绪，与贵为王侯的身份正相符合，所以他用"送王公贵人"的《薤露》，而不用"送士大夫庶人"的《蒿里》。至于傅玄的《惟汉行》，写汉高祖刘邦依赖群英的智力，脱险鸿门创建汉朝的史事，则是专取曹操《薤露》叙说汉事这一点，并且深合相和歌辞说唱故事之体制。六朝人拟《蒿里行》，也坚守其作为"送士大夫庶人"的挽歌的宗旨，如鲍照的《代蒿里行》，就反映寒庶士人凋谢之哀，诗一开头就写"同尽无贵贱，殊愿有穷伸"，最后又说"人生良自剧，天道与何人。赍我长恨意，归为狐兔尘"①，正是典型的庶士的挽歌。六朝至唐的乐府体挽歌词，如缪袭、陆机、陶渊明、鲍照、祖孝征、孟云卿、白居易等人之作，类多抒写寒贱丧亡之感，正是继承汉乐府《蒿里歌》"送士大夫庶人"的古辞旧义，所以郭茂倩《乐府诗集》将这些诗都归于《蒿里》的拟作之例②。

　　乐府诗形成这种内部衍生的题材系统的方式是多种多样的，对此前人的研究已经有所揭示，但是阐述最多的是模拟旧篇的写作方式。其实，有些文人乐府用旧题，从表面的内容上丝毫都看不出其与所拟"古辞"之间的联系。在这种时候，读者往往会产生文人拟乐府与古辞或旧篇毫无关联的印象。但事实上，每一拟作新篇，都是以其各自的方式，取得其以古题名篇的依据，同时也取得其作为一首乐府诗的资格。一个最典型的例子，就是嵇康的《代秋

---

① 《先秦汉魏晋南北朝诗·宋诗》卷七，第 1258 页。
② （宋）郭茂倩《乐府诗集》卷二七，中华书局 1979 年，第 396—403 页。

胡歌诗》七章,分别表现"富贵尊荣,忧患谅独多"(其一)、"贫贱易居,贵盛难为工"(其二)、"劳谦寡悔,忠信可久安"(其三)、"役神者弊,极欲令人枯"(其四),表面看来与鲁秋胡故事没有任何关系,但实际上正是由秋胡因富贵徇欲而致身家倾覆的悲剧而引发的人生哲理的思考,是用老子思想来分析秋胡悲剧。最后"绝智弃学,游心于玄默"(其五)、"思与王乔,乘云游八极"(其六)、"徘徊钟山,息驾于曾城"(其七),则是针对前面现实人生的悲剧根源,提出理想的超现实的仙玄境界①。可以说,嵇氏的《代秋胡歌诗》之所以用旧题名篇的理由,除了可能用旧调之外,最重要的是因为实际上它是评论秋胡故事的一首歌诗。与嵇康同时的傅玄以及刘宋时期颜延之都作有拟《秋胡行》的乐府诗,他们都是叙述与评论兼重的。嵇康则完全舍弃了故事本身(因为故事是一般人都知道的),直接进行评论并作人生哲学方面的升华。这反映了魏晋思辨潮流对拟乐府系统的影响。晋宋的一部分古题乐府,如陆机、谢灵运的作品,明显地呈现出哲理化、议论化的倾向。它们与古辞旧篇的联系,正是通过上述嵇康式的以议论代叙事的方式达到的。

　　早期文人乐府诗,仍然相当多地继承汉乐府的一些文体特点。其中"魏氏三祖"的乐府诗,仍是入乐歌词,仍然保持入乐歌词的特点,与徒诗五言自然分流②。如曹操《善哉行·自惜身薄祜》虽是写主观之事,但用讲述故事的方式,正是使用乐府说唱之体,类似于后世的"道情歌"。曹丕的《折杨柳行》先侈陈神仙之事,最后加以驳斥,也是汉乐府说教之体的继承。它们的语言风格都是质直

---

① 《先秦汉魏晋南北朝诗·魏诗》卷九,第479—480页。
② 参考《汉魏乐府的音乐与诗》"六(二)"中"建安文人乐府诗的合乐情况"一节(第146—154页)。

俚俗，并且"结体散文"①，不事偶俪。曹植五言乐府，文人化程度
更高，并且融合《诗》《骚》，丰辞伟像，显出词源深广的特点，但是
与其五言诗感物言志不同，其乐府整体上看，仍是取材于客观，以
客观寓主观。在文体方面，基本上是采用叙述体，受俗乐说唱体的
影响仍然很明显。如其《怨歌行》：

> 为君既不易，为臣良独难。忠信事不显，乃有见疑患。周
> 公佐成王，金縢功不刊。推心辅王室，二叔反流言。待罪居东
> 国，泣涕常流连。皇灵大动变，震雷风且寒。拔树偃秋稼，天
> 威不可干。素服开金縢，感悟求其端。公旦事既显，成王乃哀
> 叹。吾欲竟此曲，此曲悲且长。今日乐相乐，别后莫相忘。②

作者是以说唱道古的方式来叙述周公故事的。同样，曹操的四言
体乐府《短歌行·周西伯昌》《善哉行·古公亶父》也是属于说唱
道古的乐府说唱体。可见咏史诗源于汉魏乐府的说唱道古的一类
作品。曹植这种乐府诗，一反其事资偶对、骈词逗气的作风，纯用
散体，不事雕藻，正是乐府五言的正体。

　　但是，建安诗人的乐府五言，在文体上相对于汉乐府五言来
说，也产生了很大的变化。从内容方面来看，汉乐府是以客观为
主，多表现社会事象，阮瑀《驾出北郭门行》、陈琳《饮马长城窟行》
明显继承了这一传统。但是，曹操乐府开始较多地写主观情志，其
后曹丕、曹植、曹叡继承这种做法，曹植又多使用比兴寄托的方法，

---

① 《文心雕龙·明诗》，范文澜《文心雕龙注》卷二，人民文学出版社1958年，
　第66页。
② 《先秦汉魏晋南北朝诗·魏诗》卷六，第426页。

开创了抒情言志的文人乐府新传统,某种程度上表现出与徒诗五言的趋同。这种内容上的改变,使乐府在文体特点上也发生了一些变化,主要是此期的乐府诗开始讲究文辞。刘勰论曹氏乐府云:"至于魏之三祖,气爽才丽,宰割辞调,音靡节平。"① 所谓"气爽",是主观情志增多的结果,"才丽"则是注重文辞的结果,刘勰这里虽然没有说到曹植,但实际是包括了他的,并且某种意义上说,曹植在"气爽才丽"方面是最有代表性的。这种"气爽才丽,宰割辞调"的结果,是使建安乐府在文体上与纯粹的五言体有趋向于合流的趋势。其中尤其是曹丕的追求靡丽、曹植的追求骈词偶俪、曹叡的模拟典雅,都是对汉乐府质朴文体的一种改造。

另一方面,邺下时期,也是徒诗五言兴盛的时期。建安七子之作,除了个别的乐府作品外,其余都是五言。曹丕《又与吴质书》称刘桢"其五言诗之善者,妙绝时人"②。这里的"五言诗",应该是专指乐府之外的徒诗五言。邺下文人的五言诗,一部分作品受到原为抒情歌曲的《古诗十九首》等汉末五言诗的影响,以言情比兴为体,如曹丕《杂诗》,徐幹《情诗》、《室思五首》,王粲《杂诗·日暮游西园》,曹植《赠王粲诗·端坐苦愁思》、《杂诗六首》,刘桢《赠从弟三首》,等等。此外的大多数五言诗,如公宴、酬赠及表现平居生活中感怀之作等,都是直写眼前情事,无复依傍古人,可以说是最清楚地展示了文人五言诗在表现对象上不断开拓的发展趋向,与乐府五言在一个特定的题材与主题系统中内部衍生的情况正好相反。这类五言诗在艺术表现上的特点,是描写性明显增加,缘情之外,兼重体物,描写日常生活的内容明显增加。如刘桢《赠徐幹》:

---

① 《文心雕龙注》卷二,第 102 页。
② 《全上古三代秦汉三国六朝文·全三国文》卷七,第 1089 页下。

　　　　谁谓相去远,隔此西掖垣。拘限清切禁,中情无由宣。思
　　子沉心曲,长叹不能言。起坐失次第,一日三四迁。步出北寺
　　门,遥望西苑园。细柳夹道生,方塘含清源。轻叶随风转,飞
　　鸟何翻翻。乖人易感动,涕下与衿连。仰视白日光,皦皦高且
　　悬。兼烛八纮内,物类无颇偏。我独抱深感,不得与比焉。①

　　这种描写性增加、比兴之意减少的写法,预示魏晋诗歌将向体物的
方向发展,文体也日趋骈俪化。与乐府的题材类型受到古辞的限
制不同,徒诗五言体,遵循作者自由创造的原则,或抒情言志,或体
物叙事,随着诗歌艺术的发展,其题材与境界也在不断地扩大。邺
下时期兴起的各种五言诗新题材,如述恩荣、狎风月的"公宴诗"、
贵游诗,共同抒发情志、歌唱友情的酬赠诗,自我吟哦、具有无题诗
性质的"杂诗",在五言诗题材领域上都有明显的开拓。这类徒诗
五言体,在艺术的传统上,更多的是汲取《诗》《骚》的传统,尤其
是比兴的艺术传统,构成唐人所说的"建安风骨"的主要内涵。

　　当然,在乐府五言与徒诗五言平行发展的第一个阶段,建安
诗人在创作上区分乐府五言与徒诗五言的意识还不特别明显。并
且,这个时期的乐府诗,基本上还是入乐歌词,自然地保持着歌诗
的文体特点,而徒诗五言则已脱离音乐。所以,建安诗坛乐府五言
与徒诗五言的分流现象,更多是由于音乐等客观条件造成的。在
主观上,诗人们并没有刻意于两者之间在文体上的差别,尤其是邺
下时期的乐府五言与徒诗五言,都有趋向壮丽宏大、骋词尚气的作
风。因此,可以说这个时期的乐府五言与徒诗五言,在文体自然分
流的同时,还存在合流的现象。另外,此期的五言诗,还较多地受

────────────

①《先秦汉魏晋南北朝诗·魏诗》卷三,第370页。

到乐府叙事传统的影响,其文体使用方面,则是散句多于偶句。可以说,在建安时期,乐府五言与徒诗五言两种体制相互影响关系中,乐府五言占有主导地位。

二

　　西晋乐府五言与徒诗五言的文体差别,情况变得更加复杂。要明了这一点,先得对魏晋乐府的流变做一些研究。建安乐府,相对于汉乐府来说,"事"的因素已经减少,而注重修辞的"言"的因素与偏重哲理与议论的"意"的因素在增加,这是文人乐府诗发展的自然趋向。三曹的乐府诗,内容上已经相当个人化,汉乐府取材客观的原则在相当程度上被削弱了。此后,继承自汉乐府的取材客观的原则与文人自身诗歌创作注重个体的言志抒情,其实构成了文人乐府诗创作中的一重矛盾的关系。魏晋之际的傅玄,因为"博学善属文,解钟律"[1],大量模拟汉魏旧篇,重新凸显了原生乐府诗的"事"的因素,坚持汉乐府取材客观的原则,可能是在有意识地纠正三曹乐府过于个人化的倾向。同时在文体上,傅玄的大部分作品,保持汉乐府散句为主的叙述文体,如《苦相篇》:

　　　　苦相身为女,卑陋难再陈。男儿当门户,堕地自生神。雄心志四海,万里望风尘。女育无欣爱,不为家所珍。长大逃深室,藏头羞见人。垂泪适他乡,忽如雨绝云。低头和颜色,素齿结朱唇。跪拜无复数,婢妾如严宾。情合同云汉,葵藿仰阳春。心乖甚水火,百恶集其身。玉颜随年变,丈夫多好新。昔

────────────

[1]《晋书》卷四七《傅玄传》,中华书局1974年,第1317页。

为形与影，今为胡与秦。胡秦时相见，一绝逾参辰。①

全诗以散句为体，表现出很强的叙事性，体现傅玄乐府诗继承了汉乐府五言文体传统的努力。另外，傅氏的乐府诗在修辞上多用排比，也是有意识保持汉乐府及歌谣的修辞特点。但是由于原生乐府是在一个十分广阔的社会时空中产生的，傅玄作为个体诗人，不可能在取材方面拥有这么大的空间，所以他的乐府诗，除了个别作品取材于现实外，大多数都是采用了改写旧题的方法，其叙事效果远不及汉乐府，乐府叙事文体在他这里有些趋于僵化。同时，傅氏乐府也不可避免地受到五言诗中偶对尚丽作风的影响，相比于乐府古辞，傅玄乐府诗的文辞趋于整饬雅丽。部分作品如《有女篇·有女怀芬芳》开始追求赋法与藻饰的风格，开后来西晋乐府绮靡之风：

> 有女怀芬芳，媞媞步东厢。蛾眉分翠羽，明目发清扬。丹唇翳皓齿，秀色若圭璋。巧笑露权靥，众媚不可详。令仪希世出，无乃古毛嫱。头安金步摇，耳系明月珰。珠环约素腕，翠羽垂鲜光。文袍缀藻黼，玉体映罗裳。容华既已艳，志节拟秋霜。徽音冠青云，声响流四方。妙哉英媛德，宜配侯与王。灵应万世合，日月时相望。媒氏陈束帛，羔雁鸣前堂。百两盈中路，起若鸾凤翔。凡夫徒踊跃，望绝殊参商。②

后来张华《轻薄篇》、《游猎篇》，陆机《日出东南隅行》一类铺陈词

---

① 《先秦汉魏晋南北朝诗·晋诗》卷一，第 555 页。
② 《先秦汉魏晋南北朝诗·晋诗》卷一，第 557 页。

藻的乐府诗,即是沿傅玄之流而扬其波,开出乐府五言诗赋法铺陈一体。傅玄乐府诗的上面两种倾向,成为后来晋宋乐府五言文体上的两种主要倾向,即铺陈藻饰的赋法文体与散直不尚藻饰的叙事文体。傅氏乐府对汉乐府客观叙事传统的重新确立,对于这一传统在后世的延续,起到了关键的作用。因为,造成脱离音乐后的晋宋乐府五言诗与徒诗五言在文体上的分野的根本依据,就是这个来自汉乐府的客观叙事传统以及以散行为主的文体特点。

陆机的乐府诗,总体的倾向是沿着傅、张等人铺陈藻饰的赋法文体加以发展的,并且在内容上"言"和"意"的因素已经多于"事"的因素,其中表现得最多的是时序推迁、荣衰变化以及天道幽玄、个人无法把握自己的命运等个体的生命意识。这些内容,其实是从汉乐府《长歌行》之类的作品中衍生出来的。另一方面,比较傅、张的乐府诗,陆机的乐府五言的叙事功能大大削弱,偶俪与藻饰成了陆氏乐府的主要文体特征:

　　玉衡既已骖,羲和若飞凌。四运循环转,寒暑自相承。冉冉年时暮,迢迢天路征。招摇东北指,大火西南升。悲风无绝响,玄云互相仍。丰冰凭川结,零露弥天凝。年命时相逝,庆云鲜克乘。履信多愆期,思顺焉足凭。慷慨临川响,非此孰为兴。哀吟梁甫巅,慷慨独拊膺。①

　　游客芳春林,春芳伤客心。和风飞清响,鲜云垂薄阴。蕙草饶淑气,时鸟多好音。翩翩鸣鸠羽,喈喈仓庚吟。幽兰盈通谷,长秀被高岑。女萝亦有托,蔓葛亦有寻。伤哉客游士,忧思一何深。目感随气草,耳悲咏时禽。寤寐多远念,缅然若飞

① 《梁甫吟》,《先秦汉魏晋南北朝诗·晋诗》卷六,第 661 页。

沉。愿托归风响,寄言遗所钦。①

曹植乐府已经有较多的俳偶因素,但文体上还是以叙述为主,较大
程度上保持乐府诗的叙事文体,陆机在曹氏基础上进一步偶俪化,
造成一种尚修辞、重意理的乐府文体,并且为后来的谢灵运、沈约
等晋宋乐府诗作者所继承,成为汉魏乐府文体之外新的乐府文体。
但是,陆氏的部分作品中,仍然一定程度保留汉乐府的叙事文体,
尤其是一些叙事性强的作品如《长安有狭邪行》、《饮马长城窟行》、
《门有车马客行》等,而且文体基本上保持汉魏五言散直的结体:

> 门有车马客,驾言发故乡。念君久不归,濡迹涉江湘。投
> 袂赴门途,揽衣不及裳。拊膺携客泣,掩泪叙温凉。借问邦族
> 间,恻怆论存亡。亲友多零落,旧齿皆凋丧。市朝互迁易,城
> 阙或丘荒。坟垄日月多,松柏郁芒芒。天道信崇替,人生安得
> 长。慷慨惟平生,俛仰独悲伤。②

在陆机五言整体上高度的俳偶雕藻的风格中,这些诗表现出的散
直的、长于叙述的文体特点是很值得注意的。石崇的《王明君辞》
等作品,也都是使用散直文体,堪称西晋叙事乐府的代表作。这说
明在西晋诗坛五言诗普遍绮靡化的风气中,乐府五言中的一部分
仍然保持本色当行的叙述文体。可见乐府五言与徒诗五言文体分
流,在晋宋文人的创作意识中渐趋明确。

　　当然,西晋徒诗五言体,一部分诗人与诗作也仍然继承汉魏的

---

①《悲哉行》,《先秦汉魏晋南北朝诗·晋诗》卷五,第 663 页。
②《先秦汉魏晋南北朝诗·晋诗》卷五,第 660 页。

散直文体，尤其是张载、左思两人的五言诗，造句以散直为主，修辞不尚藻饰。如张载《七哀诗》其一，虽多写景状物之词，但基本上保持散行的叙述文体。左思的《咏史八首》《娇女诗》等以抒情叙述见长的作品，完全继承汉魏诗散行文体。其《招隐诗》《杂诗》内容多体物状景之笔，文体上则较多地采用俳偶的形式。潘岳的《悼亡诗》文体也是以散行为主的。陆机是西晋俳偶雕藻诗风的代表，但其《拟古诗十二首》，仍然较多地使用散行的文体，与上述他的乐府叙事诗多用散行的情况相近。结合上述西晋乐府诗多继承汉乐府文体的情况，可以发现，西晋五言诗的体制，仍然较多地继承汉魏体制。但是，就五言俳偶雕藻作风的形成来看，西晋无疑是奠定时期，陆机、张华、潘岳、张协等人的五言诗中，对仗已成为主要的修辞方法，与此相应的是状物写景的因素明显增加。徒诗五言的对仗、雕藻、体物这几种艺术因素的增加，代表着五言诗发展基本趋向。上述几项无疑是文人诗新的写作技术，在汉乐府里是不发达的，邺下以来拟乐府的对仗、雕藻因素的增加，是乐府五言受徒诗五言影响的结果。大量地接受徒诗五言写作技术的结果，使乐府本身的文类与文体特征趋向模糊。但同时，一种保持乐府诗文体特征的创作意识也逐渐明确起来了。

三

东晋前中期是汉魏五言抒情传统衰微的时期[①]，文人拟乐府创作风气，在东晋诗坛上近于消歇。其时门阀士族沿承西晋已有

---

① 参见钱志熙《魏晋南北朝诗歌史述》第五讲之一"东晋前期诗风不盛的原因"一节的有关论述（北京大学出版社 2005 年，第 93—97 页）。

的尚雅颂、尊四言的文体思想而变本加厉,仍视五言为俗体。西晋
傅、张制作郊庙歌诗,犹多用五言及杂言,至《宋书·乐志》所载曹
毗、王珣所作《晋江左宗庙歌十三首》,则全用四言雅体,可以反映
此期正统的文学观念,较西晋更加崇雅。尽管西晋陆机的乐府有
雅化的倾向,开创了一种注重"言"、"意",以修辞与说理见长的拟
乐府作风,但这并没有改变乐府源出俗乐的根本性质,所以,陆氏
乐府在东晋前中期的诗坛也没有产生什么影响。

　　东晋中期,士族中出现"共重吴声"的现象,渐有模仿吴声歌
曲的创作,拟古乐府写作的传统也随之开始复苏。其全面的复兴
则在晋宋之际,《宋书·乐志》载:"《鼓吹铙歌十五篇》,何承天义熙
中私造。"① 陶渊明也有《怨诗楚调示庞主簿》、《拟挽歌辞三首》,也
属拟乐府体制。元嘉诗坛的诸家,尤其是元嘉三大家谢灵运、颜延
之、鲍照,都写作了相当数量的拟乐府。谢灵运的乐府诗渊源出于
陆机,其《长歌行》、《豫章行》、《折杨柳行》、《君子有所思行》、《悲
哉行》等篇,都是写迁逝之感,写法上也像陆氏乐府一样,以"言"、
"意"为主,较少"事"的因素,描写物色的成分,较陆氏有所增加。
其文体也是以俳偶摛藻为特点的,如《长歌行》主要写时序逝流,
人生易老的主题:

　　　　倏烁夕星流,昱奕朝露团。粲粲乌有停,泛泛岂暂安。徂
　　龄速飞电,颓节骛惊湍。览物起悲绪,顾已识忧端。朽貌改鲜
　　色,悴容变柔颜。变改苟催促,容色乌盘桓。亹亹衰期迫,靡
　　靡壮志阑。既惭臧孙慨,复愧杨子叹。寸阴果有逝,尺素竟无

---

① 《宋书》卷二二,中华书局 1974 年,第 661 页。

观。幸赊道念戚,且取长歌欢。[1]

稍晚于谢灵运的谢惠连、沈约等人的拟古乐府,也是沿用陆、谢的体制,谢惠连《豫章行》《塘上行》《却东西门行》《长安有狭斜行》,沈约《长歌行·连连舟壑改》《长歌行·春隰荑绿柳》《豫章行·燕陵平而远》《江蓠生幽渚》《却东西门行》,都是注重“言”、“意”,俳偶雕藻较陆、谢毫不逊色。由此可见,陆机改变汉魏风格的拟古乐府,在晋宋乃至齐梁时代,已成为拟乐府的一种典范。萧统《文选》“乐府类”选“陆士衡乐府十七首”,数量远远超过其他诸家。这种情况,与上述谢、沈等南朝诗人的拟古乐府以陆机为模仿对象的现象,反映了共同的问题,即以陆氏为代表的重言意、尚俳偶雕藻的拟乐府作风,已成晋宋南朝拟古乐府的正宗。钟嵘《诗品》追溯五言诗源流不及相和歌曲等汉乐府五言诗,恐怕也与上述文体学背景有关系。

　　但是,作为乐府正宗的叙事体,在刘宋时期也有很大的发展,并且通过鲍照等人的创作,取得了比重“言”、“意”派更为突出的成绩。鲍氏的古乐府,文体出于汉魏,其《代东门行》一首,最能体现其于汉魏叙事乐府的深造有得之功:

　　　　伤禽恶弦惊,倦客恶离声。离声断客情,宾御皆涕零。涕零心断绝,将去复还诀。一息不相知,何况异乡别。遥遥征驾远,杳杳白日晚。居人掩闺卧,行子夜中饭。野风吹秋木,行子心肠断。食梅常苦酸,衣葛常苦寒。丝竹徒满座,忧人不解

---

[1]《先秦汉魏晋南北朝诗·宋诗》卷二,第1148页。

颜。长歌欲自慰,弥起长恨端。①

此诗全篇以散直为体,其对仗之处如"伤禽恶弦惊,倦客恶离声"、"遥遥征驾远,杳杳白日晚"这样的句子,也完全是追效汉魏诗自然为体的对仗方式,不同于晋宋五言之对仗。与雕藻俳偶的乐府诗相比,此诗恢复了汉魏乐府的真精神,自曹操《苦寒行》之后,鲜有达到这种境界的。当然,此诗的追琢精警,又体现文人拟乐府的特点。通过鲍照这种创作实绩,已经近于断绝的汉魏乐府叙事传统与叙事文体,又得到了恢复,并且为唐人古乐府的复兴埋下了伏笔。鲍照的自叙性乐府《松柏篇》,据篇前小序,是受傅玄乐府《龟鹤篇》的影响而作的。这首诗篇幅很长,共四十六韵,是晋宋五言诗中少见的长篇,但纯用散行,语多白描,显示作者刻意追摹汉魏古体,不沾染晋宋俳偶雕藻之风的努力。这让我们想起西晋左思的《娇女诗》,也是运用散行白描的文体。《娇女诗》虽然以"诗"为题,但这里的"诗"仍是歌词之意,实际上是属于乐府叙事诗体制的。它与蔡琰的《悲愤诗》一样,都应归入乐府诗范畴,是新题乐府的开端。

东晋后期,玄言诗风趋于衰微,言志抒情、感物兴思的诗风重又兴起。其时作者如谢混、殷仲文的五言诗,大多追摹西晋潘陆以降的体制风格,而谈玄之气,未能尽除。另一方面,陶渊明崛起于寒微隐逸之际,其五言诗如《杂诗十二首》《饮酒二十首》《咏贫士七首》《读山海经十三首》等,学习阮籍《咏怀》、左思《咏史》、郭璞《游仙》等体制而不以模拟为能,从诗史的源流来看,正是恢复了汉魏诗的言志比兴传统。陶氏五言在文体上以散行为主,其对偶之

---

① 《先秦汉魏晋南北朝诗·宋诗》卷七,第1258页。

处，也不像西晋潘、陆一流的雕饰藻彩，而与汉诗的自然为体的对仗风格接近。这种情况说明，晋宋之际的五言诗坛上，存在着效法西晋俳偶雕琢与效法汉魏散直自然的两种文体宗尚。

刘宋时期的徒诗五言体，渊源于西晋，以俳偶体物为基本体制。宋初谢灵运将山水题材大量引入诗中，成为山水诗体制的奠定者，然追寻其诗体方面的渊源，实可追溯到邺下的描写园囿与晋人的纪行之作，其基本的功能在于写景与言情。由于写景，而多用俳偶；又因为早期写景深受汉赋铺陈体物的影响，所以多尚藻彩。灵运山水诗，虽然境界有着超越时流的创新，但体制并未完全摆脱晋宋五言诗的影响：

> 江南倦历览，江北旷周旋。怀新道转迥，寻异景不延。乱流趋孤屿，孤屿媚中川。云日相辉映，空水共澄鲜。表灵物莫赏，蕴真谁为传。想像昆山姿，缅邈区中缘。始信安期术，得尽养生年。①

关于谢灵运五言诗的渊源，钟嵘认为"其源出于陈思，杂有景阳之体。故尚巧似，而逸荡过之"②。王世贞则云："谢灵运天质奇丽，运思精凿，虽格体创变，是潘、陆之余法也。其雅缛乃过之。"③ 其实魏晋五言徒诗的基本体制，创自邺下而经过西晋诸家的发展，所以上述钟、王二家之论谢诗渊源，都是大致不差的。上述所论，不仅是谢诗的渊源，同样是整个刘宋五言诗的渊源。颜延之、鲍照的纪

---

① 《先秦汉魏晋南北朝诗·宋诗》卷二，第 1162 页。
② 《诗品注》，第 29 页。
③ 罗仲鼎《艺苑卮言校注》，齐鲁书社 1992 年，第 131 页。

述帝王、亲藩之游的雅颂之作,虽然在取材与风格上与谢诗有所不同,但基本的体制仍出西晋的俳偶雕藻,只是他们也像谢灵运一样,在写景艺术上较西晋潘陆有很大的发展,对仗技巧也更加纯熟,所以在境界之美、修辞之工这些方面,完全超过西晋潘陆诸家。但在另一方面,鲍照是一位具有比较自觉的复古意识的诗人,他的一部分五言诗,学习了汉魏五言的体制,结体偶句与散行相结合,追求驰骤奔逸之气,其《拟古诗八首》《绍古辞七首》《学古诗》、《古辞》《拟青青陵上柏》《学刘公幹体五首》等作品,都是属于这种体制。其他诗人也有类似的拟古之作。他们所谓的拟古,所拟的主要是驱遣散句、重视意脉、杂用比兴等汉魏古诗的艺术特点。这也说明在晋宋时期,无论是乐府五言还是徒诗五言,都有古体与今体两种不同的体制。

四

　　齐梁时期,模拟汉魏乐府旧篇的创作风气整体衰落,鲍照等人开创的以旧题写今事、自铸伟辞的拟代方法也没有被很好地继承。永明中,沈约、谢朓、王融等人,因创作永明新乐章的余兴,赋写向来被用于朝廷鼓吹乐的汉铙歌旧曲,开创了赋曲名的“赋题法”拟乐府创作,为拟乐府推出新的方法。梁代宫体诗人萧纲、萧绎等人,沿承此种方法赋写有曲无词的“横吹曲辞”,推广了赋题法的运用。风气所及,齐梁陈隋文人拟乐府,无论古辞的存否,而且不论古辞旧篇的题材类型,唯以赋写咏物的方法来写作旧题。这种赋题法,对唐人乐府诗创作也有直接的影响。赋题本是乐府写作的一种方法,晋宋人乐府也时有赋题的写法,因为乐府古题本来就与内容有直接的关系。像《苦寒行》这样的古题,其摹写情事,当然不出寒苦之辞，但曹操所作，仍以具体的事件为对象，重在叙事，不能说是赋题。至陆机等人所作的《苦寒行》，则泛泛咏写绝域从军苦寒之事，词浮于事，已经接近于齐梁文人的赋题法。但晋宋拟乐府，所重仍在古辞旧篇的内容与题旨，模范曩篇是基本的创作方法。赋题法的明确，是从齐梁沈、谢等人开始。沈约早年所作乐府，仍用模范曩篇的旧法，永明以后所作，则用赋题新法，他个人就代表了乐府诗从晋宋拟篇法到齐梁赋题法的改变①。

乐府诗从拟篇向赋题的转变，使得汉魏乐府的叙事传统更见衰落，即使保持叙事模式的拟乐府，其叙事文体也由汉魏的散行为主转化为以偶俪为主。如王僧孺《白马篇》：

> 千里生冀北，玉鞘黄金勒。散蹄去无已，摇头意相得。豪气发西山，雄风擅东国。飞鞚出秦陇，长驱绕岷嶮。承谟若有神，禀算良不惑。濿泹河水黄，参差嶂云黑。安能对儿女，垂帷弄毫墨。兼弱不称雄，后得方为特。此心亦何已，君恩良未塞。不许跨天山，何由报皇德。②

《白马篇》原作为曹植之诗，原调为《齐瑟行》，因为以"白马饰金羁"开头，所以题为《白马篇》，其内容是写豪侠从军之事，并非专咏白马。王僧孺此篇却以咏白马为主，中间虽然写到从军之士，但也只是作为白马的骑手身份出现在作品中，最后"不许跨天山"，仍然着笔于白马之事。这正是典型的齐梁拟乐府赋题的作法，并

---

① 钱志熙《齐梁拟乐府诗赋题法初探——兼论乐府诗写作方法之流变》，《北京大学学报（哲学社会科学版）》1995 年第 4 期。
②《先秦汉魏晋南北朝诗·梁诗》卷一二，第 1760 页。

非模拟旧篇。但是,此诗仍然保持叙事模式,只是全用偶俪文体,可以说是典型的齐梁偶俪体叙事乐府诗。宫体诗人萧纲的拟乐府诗,如《从军行》、《陇西行》、《京洛篇》、《怨歌行》等,虽然在内容表现上,多学习汉魏的叙事传统,但其文体也是专尚偶俪的。当然,齐梁乐府中,仍有个别作品保持散行叙事的文体特点,如何逊的《门有车马客》、萧纲《长安有狭斜行》,用的就是散行之体,但这一类在当时是少见的。拟乐府叙事的偶俪化,始于曹植的拟篇,至齐梁时期,成为了乐府诗叙事的主流文体。这也标志汉魏乐府的叙事文体,到这个时期差不多完全失传了。

　　永明时期沈约、谢朓创制赋曲名体乐府,同时使用当时新创造的声律技术。沈、谢之作如《芳树》、《临高台》等虽多用仄韵,但篇制短小(以八句为常),并且缘以声律,宫商相谐,实为永明新体的一种。其中的平韵之作,正是后来五律体的前身,如谢朓《同赋杂曲名·曲池之水》:

　　　　缓步遵莓渚,披衿待蕙风。芙蕖舞轻带,苞笋出芳丛。浮云自西北,江海思无穷。鸟去能传响,见我绿琴中。[1]

由于沈、谢创体的影响,这种讲究声律的拟乐府,在齐梁时期迅速流行,成为乐府五言的主要体制,文人创作各类新旧乐府,都采用这种体制。尤其是梁大同中,宫体诗人重新提倡声律体,其拟乐府诸作,体制更讲究"回忌声病"、"约句准篇"的技巧,近体化的程度又进了一步。如萧纲《和湘东王横吹曲辞·折杨柳》:

---

[1]《先秦汉魏晋南北朝诗·齐诗》卷三,第1418页。

　　杨柳乱成丝，攀折上春时。叶密鸟飞碍，风轻花落迟。城高短箫发，林空画角悲。曲中无别意，并是为相思。①

　　正是通过上述作品，乐府五言的文体，由古体演化为近体，至唐初卢照邻等人的赋横吹歌辞乐府，仍是使用近体五言的体制②。可以说，在近体诗发生的早期，乐府体是占主流地位的。在整个唐代乐府诗系统中，虽然后经盛中唐诗人复兴古乐府体，但近体乐府始终是乐府的一种。

　　发源于齐永明时期的近体乐府，与一般的近体诗相比，仍然较多地保持乐府叙事文体的特点。如卢照邻的《刘生》：

　　刘生气不平，抱剑欲专征。报恩为豪侠，死难在横行。翠羽装剑鞘，黄金镂马缨。但令一顾重，不吝百身轻。③

　　另如为人熟知的杨炯《从军行》，更是近体诗叙事名篇。这种以叙事为主的近体乐府，与一般的近体讲究情景交融、以兴象为体，文体是不同的。这表明乐府五言近体诗，与一般的五言近体，在文体上仍然是分流的。由此可见，近体诗中的叙事艺术传统，是通过齐梁近体乐府诗为中介间接地继承了汉魏乐府的叙事传统。

　　乐府五言与徒诗五言虽然外表上完全属于一种体裁，但在各个时期，其风格、体制都有分流的现象。就魏晋南北朝时期来说，这种分流构成了这一时期诗人创作的最重要的体裁意识，类似于

---

① 《先秦汉魏晋南北朝诗·梁诗》卷二〇，第 1911 页。
② 钱志熙《论初唐诗歌沿袭齐梁陈隋诗风及其具体表现》，北京师范大学文学院主办《励耘学刊》第 1 辑，学苑出版社 2005 年，第 120—122 页。
③ 祝尚书《卢照邻集笺注》卷二，上海古籍出版社 1994 年，第 93 页。

唐人古、近两体分流。尤其是当文人拟乐府五言体不再是入乐歌词的时候，如何使其区别于一般的五言诗，就是作者在创作上需要解决的问题。从建安三曹的依旧曲调，到傅玄、张华等人的拟旧篇，到陆机、谢灵运的将古辞主题抽象化形成重言、重意的一派，再到鲍照的以古题赋新事的"代乐府"。在这种创作方法演变的同时，乐府五言的体制也在演变，受并时的五言诗的偶俪化、雕藻化、赋化的影响；但同时乐府文体最重要的特征即叙事文体，始终没有被徒诗五言的尚丽尚偶风格所完全同化，汉魏乐府的散行、不重雕饰的文体特点，在各个时期，也都不同程度地保持着。即使到了齐梁时期赋题法取代晋宋的拟篇法，乐府与近体诗合流，但近体乐府，仍然保持着重"事"的特点。可以说，魏晋南北朝乐府五言的文体特征及其与徒诗五言的分合关系，是中古时期诗歌体裁方面很重要的问题，值得深入地探讨。

（原载《中山大学学报（社会科学版）》2009 年第 3 期）

齐梁拟乐府诗赋题法初探

——兼论乐府诗写作方法之流变

唐代诗人元稹在《古题乐府序》中辨别历代歌诗之"同异"时，提到了乐府诗的三种写作方法：

> 沿袭古题，唱和重复，于文或有短长，于义咸为赘剩，尚不如寓意古题，刺美见事，犹有诗人引古以讽之义焉。曹刘沈鲍之徒，时得如此，亦复稀少。近代唯诗人杜甫《悲陈陶》、《哀江头》、《兵车》、《丽人》等，凡所歌行，率皆即事名篇，无复倚傍。予少时与友人乐天、李公垂辈，谓是为当，遂不复拟赋古题。①

文人乐府诗"沿袭古题"又有三种情况：一是依旧曲调作新词，仍然冠以旧调的题名，如建安诗人的乐府诗；二是不遵原曲调，只是摹拟旧篇章，黄初至晋宋的古题乐府多是这种写法；三是既不遵原曲调，也不摹拟旧篇，而是赋写古乐府诗的调名题名，弃古意而造新词，齐梁至唐代的古题乐府多是这种写法。元稹所讲的"沿

---

①《元稹集》卷二三，中华书局 1982 年，第 255 页。

袭古题,唱和重复"其实只是概括第三种情况,当时人即称为"拟赋古题"。而"寓意古题,刺美见事"则是唐代诗人对齐梁赋古题法的一种改良。循此以往,进一步的革新就是"即事名篇,无复倚傍"的新乐府写作法。在这些改良和革新的比照下,尤其是从元白等人批评现实、讽喻时政的宗旨来看,单纯的赋古题法显得十分陈旧,不合理。它的被否弃似乎也是理所当然的。但是,需要指出的是,"拟赋古题"在齐梁时代是一种富有创新性和革新意义的新方法,而且从文人乐府诗的发展历史来讲,没有"拟赋古题法"的确立,也就没有"寓意古题,刺美见事"的改良方法的出现,同时也不可能适时地推演出"即事名篇,无复倚傍"的新乐府写作法。可以说,齐梁诗人确立"拟赋古题法",其革新性丝毫不亚于元白等人的新乐府运动。本文就准备对这一被文学史家们所忽略了的乐府诗发展史上的重要环节作些探索。

一

从整个汉魏乐府和拟汉魏乐府的诗歌系统的发展历史来看,汉魏时期是乐府诗和它的音乐母体相依共存、同体发展的时期,而自魏晋初以降出现不付管弦歌唱的乐府诗,开始了乐府诗与它的音乐母体逐渐脱离关系的历史。与这个逐渐与音乐母体脱离关系的过程相适应的,就是乐府诗写作方法的几次演变。因为乐府诗与它的音乐母体脱离关系后,如何保持其自身特点(即相对于一般诗体而言),始终是这一独特诗歌系统在发展中所要解决的主要问题。历代乐府诗写作方法的演变也是围绕着这个主题而展开的。

所谓"拟乐府","拟"的基本含义就是在诗乐分流之后,以纯粹的书面创作的形式,去摹拟生长于音乐母体中具有歌辞、舞词等功能的原始乐府诗,保持原始乐府诗的某些基本特点。从这个意义上讲,建安诗人曹操、曹丕等依旧曲调制新辞,仍然是原始乐府诗的一种创作方法,其性质与后来的拟乐府诗是不同的。脱离乐曲、侧重文字意义和文学性质的"拟乐府诗"是从曹植开始的,并经张华、陆机等家的大力发展。他们并不遵旧调,也不拟旧篇,甚至改旧题、制新题,如张华《轻薄篇》、《游猎篇》、《游侠篇》实可视为元白新题乐府的远祖。但是,魏晋诸家的拟乐府,尽管脱离了具体的乐曲,可并没有脱离乐府音乐的具体背景,乃至仍然能够假借有关乐曲的曲调旋律来谋篇行文,所以这个时候,如何保持乐府诗的诗体特点并不是一个突出的问题。倒是如何追求进一步的"文学化"成了曹、陆诸人乐府诗创作的一个"主题"。与曹、陆等人差不多同时出现的一个拟乐府诗流派,则运用摹拟旧篇章的写作方法,尤以傅玄为突出。这种"拟篇法",题材主题都沿袭旧篇章,唯在词藻文义上计工拙、求变化。类似于"改编"、"改写"。两晋之际大乱,乐府音乐严重失散,也影响了拟乐府诗的创作,东晋时期文人拟乐府几近绝迹。晋宋之际的诗人复兴诗歌传统,也继承乐府诗艺术传统,促成了拟汉魏乐府诗创作的又一次繁荣。但是他们基本上是继承了沿袭旧主题、旧题材的摹拟作风,最典型的如谢灵运的乐府诗,完全是步趋曹植、陆机等人的作品。如陆、谢的这两篇乐府诗:

陆机《悲哉行》

游客芳春林,春芳伤客心。和风飞清响,鲜云垂薄阴。蕙草饶淑气,时鸟多好音。翩翩鸣鸠羽,喈喈仓庚吟。幽兰盈通谷,长秀被高岑。女萝亦有托,蔓葛亦有寻。伤哉客游士,忧思一何深。目感随气草,耳悲咏时禽。寤寐多远念,缅然若飞沉。愿托归风响,寄言遗所钦。[1]

谢灵运《悲哉行》

萋萋春草生,王孙游有情。差池燕始飞,夭袅桃始荣。灼灼桃悦色,飞飞燕弄声。檐上云结阴,涧下风吹清。幽树虽改观,终始在初生。松茑欢蔓延,樛葛欣萦萦。眇然游宦子,晤言时未并。鼻感改朔气,眼伤变节荣。侘傺岂徒然,澶漫绝音形。风来不可托,鸟去岂为听。[2]

寻文按义,两诗形似之迹十分明显。谢惠连、沈约所作的《悲哉行》,题材主题也与此相似。当然也有像鲍照那样的诗人,力求在古题中寓今事、出新意、抒真情。但这种作法在当时毕竟是比较特殊的,一般的诗人都是摹拟旧篇。这种情况,很不利于拟乐府的发展,尤其是刘宋后期,南朝新声大盛,汉魏旧乐迅速沦替,乐府诗的创作上也无形中形成了新声乐府重创新、写今事、制新词而旧题乐府重摹拟、写旧事、袭旧篇的畛域之分。这使拟汉魏乐府诗的创作面临严重的困境,并有随其音乐系统一起完全坠失、成为历史陈迹之可能。而事实上宋齐之际汉魏乐府旧题的拟作确在迅速减少。

齐梁拟乐府诗的"拟赋古题法"就是在乐府诗面临发展中的困境时出现的,它采用专就古题曲名的题面之意来赋写的作法,抛弃了旧篇章及旧的题材和主题。这种写作方法比较成功地摆脱了拟乐府诗创作传统中因袭模拟的作风,体现了齐梁诗人在艺术形式、表现方法上追求创新的艺术观念。同时也为汉魏乐府旧题的发展寻找到新的路子。

---

[1] 逯钦立辑校《先秦汉魏晋南北朝诗·晋诗》卷五,中华书局1983年,第663页。
[2]《先秦汉魏晋南北朝诗·宋诗》卷二,第1151页。

　　这里我们首先要明白"赋题"的特定含义，它是严格地由题面着笔，按着题面所提示的内容倾向运思厎材。如以唐人乐府为例，李白《蜀道难》专写蜀道之难，句句着力于形容"难"字，王维《少年行》专写游侠少年的行径。又如张籍的赋铙歌曲名《朱鹭》，直接咏写朱鹭鸟，李贺的赋铙歌曲名《艾如张》，专写艾罗张于野、禽鸟罹灾的意思，都是在这些字面奇僻的调名上作文章，窥入题中，极意形容而出。这是真正的赋咏（或称赋写）题意，其题面与内容的关系不是一般诗题与诗中所写对象之间的关系。同时，汉魏古诗抒写自由，后来的近体诗虽格律严密而运思也比较自由，都不同于赋题乐府诗的赋咏题面、以尽题为宗旨的作风。

二

　　齐梁之前的乐府诗中，也有切题之作，如《游侠篇》专写游侠，《行路难》写世路艰难之意，但不是明确的赋咏古题法。赋题作为一个明确的方法而出现，是始于齐代永明末沈约倡议写作的赋汉鼓吹曲名。沈约取汉铙歌十八曲中的《芳树》、《有所思》、《临高台》、《钓竿》这几个曲名，运用齐代诗坛流行的体裁和风格，以清词丽语赋咏题意，当时称之为"赋曲名"。一时的诗人们纷起唱和效法，今所见有：

　　　　王融《同沈右率诸公赋鼓吹曲二首》：《巫山高》、《芳树》。（融另有《临高台》一首。）
　　　　谢朓《同沈右率诸公赋鼓吹曲名二首》：《芳树》、《临高台》。
　　　　刘绘《同沈右率诸公赋鼓吹曲二首》：《巫山高》、《有所思》。

此外,梁武帝萧衍集中的《芳树》、《临高台》、《有所思》,范云的《巫山高》,可能都是同时唱和之作。据谢朓《临高台》下附注"时为随王文学",可知作于永明八年左右。后谢朓在宣城太守任上,作《同赋杂曲名·秋竹曲》,宣城郡文士檀秀才、江朝请、陶功曹、朱孝廉等效法唱和。沈约、谢朓等人的赋曲名具有倡议并推行新法的意思,因为它符合乐府诗发展中革新的需要,也符合齐梁诗坛咏物赋写、形容靡丽的创作风气,所以很快就推广开来了,一时诗人纷纷响应,使得赋写古题成了齐梁陈诗坛上的一个重要诗歌品类,造成了拟汉魏乐府创作的又一次繁荣。仅就郭茂倩《乐府诗集》所收录的齐梁人拟乐府之作,数目就已十分可观。后来萧绎、萧纲有赋汉横吹曲的唱和之作,也有倡导赋题的意思,但已在此法早已流行之后(如萧纲《和湘东王横吹曲三首》等作)。

汉鼓吹铙歌十八章原为军乐歌诗,其体制较汉代的相和曲辞、杂曲歌辞为尊。魏晋至齐各代,则用这一批乐曲为军旅凯旋之乐,其乐曲乃至文字上的"韵逗曲折"多沿用汉乐,而内容则改写各朝开国之事,歌颂历代开国君主赫奕丕烈的功勋,题目也都改过,如缪袭作《魏鼓吹曲》,改《朱鹭》为《楚之平》、改《思悲翁》为《战荥阳》、改《芳树》为《邕熙》、改《有所思》为《应帝期》等。历朝制作鼓吹曲,咸准此法。这批铙歌自魏晋各代用于朝廷典礼之后,体制愈趋尊严。除曹丕作有《临高台》一首外,未见其他魏晋诗人有拟铙歌旧篇的作品。何承天在晋末义熙中作《铙歌十五章》,虽是私人创制,但目的也是为了备朝廷典礼之用,而非个人吟咏情性、流连风光之作。沈约等人的赋鼓吹曲名之作,其性质与历朝的鼓吹歌诗完全不同。同时,他们也不采用魏晋人通行的拟旧篇、写旧事的方法,不去摹拟汉铙歌原作,而是借用当时流行的咏物赋事的诗格,直接从"芳树"、"有所思"、"临高台"这些字面意义上发挥。如沈约《芳树》：

> 发萼九华隈，开跗寒露侧。氤氲非一香，参差多异色。宿
> 昔寒飙举，摧残不可识。霜雪交横至，对之长叹息。①

这其实是一篇咏物诗。永明诗人盛行咏物，并有同题唱和的习惯，观谢朓集中《同咏乐器》《同咏坐上玩器》《同咏坐上所见一物》等题，可见当时斯风之盛。拟乐府诗的赋题法正是仿照这种同题咏物的作法而创造出来的。但因为众多的乐府旧题名、旧曲名形式多样，并非总是像《芳树》《朱鹭》那样可以按咏物格来写作，所以拟乐府的赋题又不等于咏物。而沈约诸人赋曲名的意义也不是为咏物诗添一新格，而是为拟乐府诗创一良法。正像永明诗人在声律方面的建树一样，当时的成就虽不甚高，但影响后代诗体发展甚巨，永明诗人的赋题乐府诗，也影响了梁陈至唐的整个文人拟乐府诗创作。

赋题法由沈约首倡，其革新性更加突出。沈约曾经仿效陆、谢诸人，用以摹拟为旨的拟篇法来写作乐府诗。现存沈氏集中的《日出东南隅》《长歌行》《君子行》《豫章行》《从军行》《相逢狭路间》等二十余篇拟篇乐府诗，完全是步趋陆机、谢灵运、鲍照诸家的同题之作，主题、题材乃至篇制、词义都陈陈相因，与齐梁拟赋古题乐府诗迥异。沈氏是由宋入齐梁的作家，年辈高于永明诗人王融、谢朓等人。他在齐梁时期倡导新风，提倡新体，提出了"文章三易"等重要的创作主张，可他早年在刘宋时期的那段创作经历，却是受刘宋时期复古风气影响甚深。他的拟篇乐府诗风格典重滞涩，是

---

① 《先秦汉魏晋南北朝诗·梁诗》卷六，第1620页。

典型的晋宋体,而非齐梁体。举《长歌行》为例:

> 连连舟壑改,微微市朝变。来功嗣往迹,莫武徂升彦。局途顿远策,留欢恨奔箭。拊戚状惊澜,循休拟回电。岁去芳愿违,年来苦心荐。春貌既移红,秋林岂停蒨。一倍茂陵道,宁思柏梁宴。长戢兔园情,永别金华殿。声徽无惑简,丹青有余绚。幽篇且未调,无使长歌倦。①

《长歌行》属汉相和曲,自古辞《青青园中葵》始,就确立了此调感物兴思、泛咏人生盛衰之变的传统主题。沈氏此作正符合这一标准。这首诗风格较晦涩,句法拗折、组词峭硬,其中"拊戚状惊澜,循休拟回电"、"春貌既移红,秋林岂停蒨",立象尽意,但理路虽明而形象不清,与齐梁时的情景交融、清便流易的作风迥异。

沈氏在刘宋时期的以复古为尚的创作,并没有取得应有的成功,他的拟篇古题乐府诗,成就比陆机、谢灵运还要低。因此沈氏在刘宋时并未占得文坛一席地位。但正是这种经历促使沈氏入齐后在创作上改弦更张,自觉站到年轻一代诗人谢朓、王融等人的行列中,并确定了他本人后半生在文学创作上以趋时求新为目标的发展道路,积极地尝试新体、寻求新法。而拟乐府的赋题法,正是沈氏文学革新活动中的一个项目,而且明显是以他早年的拟篇法为革新对象的。

三

沈约等人的拟乐府诗赋题法的创立并能迅速推行,并不是一

---

①《先秦汉魏晋南北朝诗·梁诗》卷六,第 1614 页。

件偶然的事情,而是体现了齐梁诗歌艺术发展的必然趋势,是齐梁诗坛的创作风气和审美趣味在拟乐府诗领域的反映。汉乐府民歌"感于哀乐,缘事而发",汉魏文人诗追求慷慨抒情、自然流露的创作风格,所以都具有质朴而不事刻划的特点。西晋以降,诗歌创作中赋写刻划的风气渐开,到了刘宋时期,山水景物、风云草木以它本然的状态进入诗歌,赋物写景、追求形似,本身就成了艺术的目的。这一变化,从总体的趋势来看,是使诗歌艺术的对象由主观走向客观。刘勰《文心雕龙·物色》云:

> 自近代以来,文贵形似,窥情风景之上,钻貌草木之中。吟咏所发,志惟深远;体物为妙,功在密附。故巧言切状,如印之印泥,不加雕削,而曲写毫芥;故能瞻言而见貌,即字而知时也。[1]

这段话比较准确地概括了南朝诗赋注重赋写刻划的风气。汉魏诗歌物为我用,物为情意所驱遣;南朝诗歌我为物用,神思逐物。当时诗赋创作的一个重要的艺术标准就是形似,要从文字中呈现出物的完整的形象,并明确地区分出彼物与此物的界限。《梁书·王筠传》中的一段话很能代表南朝人的这种艺术观念:

> (沈)约于郊居宅造阁斋,筠为草木十咏,书之于壁,皆直写文词,不加篇题。约谓人云:"此诗指物呈形,无假题署"。[2]

这正是刘勰所讲的"巧言切状,如印之印泥"。这样做的结果,就是

---

[1] 范文澜《文心雕龙注》卷一〇《物色》,人民文学出版社 1958 年,第 694 页。
[2]《梁书》卷三三《王筠传》,中华书局 1973 年,第 485 页。

人为地将自然按照事事物物的分界细细地区划开来。魏晋人所追求的整体的、目击道存的自然在齐梁人的审美世界中消失了。形似咏物成了南朝人诗歌思想的核心原则,非但咏物诗赋大盛,就是一般的抒情叙事、描写山水景观的诗歌,也带上了泛咏物诗的色彩。宫体诗将男女之情从诗中排斥掉,只是将女人作为一种"物"来咏写,在他们的审美趣味中,女人本身和女人的衣饰、美容工具在审美上没有价值高下之分。无论是风景,还是事物和人事,在南朝诗人的审美世界里,都不是集中它们、统一它们,使它们一齐趋向心灵的主旋律;而是分割它们、刻划它们,使它们成为无数个独立的形似之象。

上述追求所造成的南朝诗歌在外形和创作程序上的一个重要变化,就是使诗歌从汉魏时的无题状态变为南朝时期的有题状态,而在创作上,制题成为重要的程序,切题尽题则成了写作的主要任务。《诗经》三百篇拈篇首字为目,其实就是后人所说的无题诗。汉乐府多有调名而无严格意义上的题名,汉魏文人诗也多处于无题状态,题目与内容之间并没有必然的联系。真正开始重视制题的是刘宋诗人,最初如谢灵运,其山水诗篇篇有题,其题有为全诗叙述梗概的作用,所以近于小序,还不太符合齐梁人的制题标准。比较接近齐梁人制题标准的是江淹的作品,他的拟古诗、咏风景诗、叙人事诗,都有重题、尽题的特点,在这方面开南朝风气之先。

拟乐府诗赋题法正是在南朝诗坛重题的风气下创立的,而这一方法所运用的主要艺术手法即是赋写刻划。沈约等人从铙歌十八首里面首先选取《芳树》、《有所思》、《临高台》、《巫山高》这几个曲名,主要是因为这些曲名题面很美,很符合永明诗人流连风物、吟咏情事的创作趣味。由于同样的原因,赋横吹十八曲的曲名,在齐梁陈时代也十分风行。横吹曲是汉代乘舆武乐,见于《晋书》记载。郭茂倩《乐府诗集·横吹曲辞》云："《乐府解题》曰：汉横吹曲二十八解，李延年造。魏晋已来，唯传十曲：一曰《黄鹄》，二曰《陇头》，三曰《出关》，四曰《入关》，五曰《出塞》，六曰《入塞》，七曰《折杨柳》，八曰《黄覃子》，九曰《赤之扬》，十曰《望行人》。后又有《关山月》、《洛阳道》、《长安道》、《梅花落》、《紫骝马》、《骢马》、《雨雪》、《刘生》八曲，合十八曲。"① 横吹诸曲古无辞，也没有魏晋人的拟作。后人有认为古辞已亡的，如《古乐苑》云："其辞并亡，唯《出塞》一曲，诸本载云古辞，今列诸家拟者于后。"② 其实是古本无辞。王运熙先生也认为横吹曲可能是有声乐无歌辞③。横吹曲之所以本无古辞，可能是因为它本是据胡乐改制的新声曲，声制特殊，难以配辞，也可能是因为作为乘舆仪仗之乐，本来就不需有歌辞。根据魏晋人拟乐府诗的原则，必须有古辞方能拟作，尤其是对于拟篇法的作品来说，更是一定得有古辞作为模拟对象的。所以横吹曲辞无魏晋宋人之作。但对齐梁诗人来讲，他们的拟乐府本来就是按题取义，无关于旧辞原作，而且无古辞更有利于他们摆脱限制，自由发挥，所以赋横吹曲在齐梁陈时代特别盛行，成为当时拟乐府诗中的一个重要品类。按照齐梁人的趣味来看，横吹诸曲的曲名是一些很美丽的文字，并且内容上提示性强。如《陇头》、《出关》、《入关》、《出塞》、《入塞》、《折杨柳》、《关山月》等曲，一望便知是有关边塞征行、关山赠别等主题的乐曲。按照拟赋古题的作法，这批作品自然就成了描述征夫思妇之事的边塞诗。可见边

---

① （宋）郭茂倩《乐府诗集》卷二一《横吹曲辞一》，中华书局1979年，第311页。

② （明）梅鼎祚编《古乐苑》卷一二《横吹曲辞一·汉横吹曲》，明万历十九年吕胤昌校刊本。

③ 王运熙《乐府诗论丛·汉代鼓吹曲考》，中华书局1962年，第48页。

塞诗在齐梁间兴起,完全是拟乐府诗赋题法的产物,而并没有更多的现实原因。这也可以证明齐梁诗歌重题面,而题面对于内容有很大的制约作用。

因为是缘题赋写,所以齐梁陈人所作的乐府边塞诗并没有太多的生活实感。但是从审美趣味来看,这批古曲名边塞诗,却能将齐梁陈诗人从软靡之极、绮碎之极的创作气氛中引导出来,走入相对来说比较刚健、浑厚、充实的艺术境界。如《关山月》一题,多写边塞龙沙、关河月色之中征夫思妇的离情别绪,如萧绎之作:

> 朝望清波道,夜上白登台。月中含桂树,流影自徘徊。寒沙逐风起,春花犯雪开。夜长无与晤,衣单谁为裁? ①

徐陵之作:

> 关山三五月,客子忆秦川。思妇高楼上,当窗应未眠。星旗映疏勒,云阵上祁连。战气今如此,从军复几年。②

宫体诗唯写女色,不写感情。这些边塞诗中所出现的男女主人公,却是以追求爱情为他们的生活目的的。征战和别离,使爱情显示出她美好的价值,成为一种生活的理想。而主人公在无望中默默地追求着他们爱情的圆满,这一行为本身就是对恶劣现实的默默的控诉。在这里,女性连同爱情,显示出她们的社会价值。同时对于诗歌创作本身来讲,也使一直弥漫着过分阴柔气息的齐梁诗坛上,

---

① 《先秦汉魏晋南北朝诗·梁诗》卷二五,第 2033 页。
② 《先秦汉魏晋南北朝诗·陈诗》卷五,第 2525 页。

出现了阳刚之美、充实之美开始发生的前兆,预示我国古代的诗歌风格将出现一次大革新。这一成果完全是拟乐府赋题法的产物。直到唐代,边塞诗中仍有缘题赋写的一类,可以说是直接继承齐梁人的创作方法。从创作者主观的方面来看,齐梁诗人从一般的咏物、丽情发展到拟赋古题,多少含有不满于他们自身所造成的过分靡丽绮碎的风气而开始追求比较古朴的艺术理想的成分,从这个意义上讲,赋题法的确立和赋题乐府的盛行,实是齐梁诗坛美学思想的一种转机。宫体诗人萧绎、萧纲等人,同时又是拟乐府诗的能手,对于他们既写绮靡的宫体诗,又作颇有风云之气的边塞诗这一现象,历来因为没有从乐府赋题法去寻找原因,都将它视为一种矛盾现象。其实正是乐府古题唤醒了齐梁陈诗人久已沉沦的阳刚之美、充实之美的审美理想。如萧绎《陇头水》:

> 衔悲别陇头,关路漫悠悠。故乡迷远近,征人分去留。沙飞晓成幕,海气旦如楼。欲识秦川处,陇水向东流。①

萧纲的《雁门太守行》:

> 陇暮风恒急,关寒霜自浓。枥马夜方思,边衣秋未重。潜师夜接战,略地晓摧锋。悲笳动胡塞,高旗出汉墉。勤劳谢功业,清白报迎逢。非须主人赏,宁期定远封。单于如未系,终夜慕前踪。②

---

①《先秦汉魏晋南北朝诗·梁诗》卷二五,第 2032 页。
②《先秦汉魏晋南北朝诗·梁诗》卷二〇,第 1906 页。

这些诗境界阔大，气象浑成，颇有风骨，令人对一向写作软靡绮碎诗歌的萧氏兄弟另眼相看。文学是人学，风格即人格，这当然是正确的，但是文学也有它自己的独立性，风格、主题、题材相对于作者来说，都有它的独立性。作者所选择的文学形式，能反过来对作者起作用。齐梁时期的拟乐府诗对齐梁作家审美理想的引导就是这样一种作用。

四

齐梁赋题拟乐府诗在体裁的运用上也有明显的创新之处，在这方面它们对后来的文人拟乐府诗的启发在于确立了拟乐府诗体制适时而变的发展原则，而抛弃了晋宋拟乐府诗模拟旧体的作法。

永明诗人赋曲名乐府诗不是运用乐府古体，而是运用讲究声律偶对、篇制整齐的永明新体。对于何为永明新体，学术界的认识一直比较混乱。其实永明新体是沈约、谢朓、王融等人于永明末所尝试的一种新体裁。《南齐书·陆厥传》说得最清楚：

> 永明末，盛为文章。吴兴沈约、陈郡谢朓、琅邪王融以气类相推毂。汝南周颙善识声韵。约等文皆用宫商，以平上去入为四声，以此制韵，不可增减，世呼为"永明体"。①

这里所讲的"永明体"，并非指诸人的所有作品，而是指他们永明末尝试创作的新体。据现存沈、谢诸人集中的作品看，主要是指谢朓、王融的诸王鼓吹曲、永明乐歌、同题分咏的咏物诗以及本文所

①《南齐书》卷五二《陆厥传》，中华书局 1972 年，第 898 页。

讨论的赋曲题拟乐府诗这样几类。谢朓于永明八年为随王文学时作《隋王鼓吹曲》十曲。王融也为竟陵王萧子良作《齐明王歌辞》七首。谢作每篇五言十句为主，王作每篇五言十二句为主，篇制十分整齐。虽时用仄韵，但偶对和声病都见出一定的规则性。这正是《陆厥传》中所说的"永明体"的尝试作品。后来诸人时有诗文之会，多同题唱和之作，尤以咏物为主，也时有艳情之作。另外，谢朓《离夜诗》，王融、沈约、刘绘都有和作，都以《饯谢文学离夜诗》为题目。这些作品都是永明体的尝试作品。大概当时有一个不成文的规定，凡是诗会同题唱和之作，都用诸人共同创制出来的永明新体，至于个人的单独创作，仍多用旧体。另外，从谢朓、王融所作的新乐歌辞还可发现，所谓永明新体，并非只是声律运用的新体，同时也是与新乐相配合的新歌辞体。它的产生，还有音乐上的一种机缘。当时所作的讲究声病的新体虽然不都是配乐应歌之作，但都具有歌辞的资格。至此，我们业已明白，沈约等人用永明新体赋汉鼓吹曲名，正是因为它具有新歌辞体的性质，用它来拟作乐府旧题是很合适的。

从体裁篇制来看，永明诗人的赋曲名乐府诗与《隋王鼓吹曲》、《齐明王歌辞》十分相近，可以说是同一种诗体。举谢朓《隋王鼓吹曲》中的《送远曲》与沈约的赋曲名诗《有所思》为例：

送远曲

北梁辞欢宴，南浦送佳人。方衢控龙马，平路骋朱轮。琼筵妙舞绝，桂席羽觞陈。白云丘陵远，山川时未因。一为清吹激，潺湲伤别巾。①

---

① 《先秦汉魏晋南北朝诗·齐诗》卷三，第 1416 页。

有所思

　　西征登陇首,东望不见家。关树抽紫叶,塞草发青芽。昆明当欲满,葡萄应作花。流泪对汉使,因书寄狭邪。①

　　大抵永明新体,并不像后来的五律那样体制完全固定,在句数上可以八句,也可以十句、十二句,在用韵上以平声为主,也可以用仄声。但同一批作品,体制常常是十分统一的,如永明诸家赋曲名乐府诗,体制就很统一。统览齐梁陈的赋题拟乐府诗,大部分都是运用新体。这是拟乐府体制运用上的一大革新。

　　在齐梁时代汉魏旧乐系统解体,南朝新乐系统迅速兴起的局面下,齐梁诗人将乐府旧题和部分的传统题材移植于属于新乐系统的新诗体内。它的意义不仅是为当时的拟乐府诗创作寻找到一条新路,而且奠定了乐府诗体制适时而变的发展原则。同时也为新旧音乐系统交替时,仍有存在价值的旧音乐系统中的文学遗产如何承传到新乐系统的文学创作中这一问题提供了一个解决的范例。后来唐人拟乐府诗多用近体诗的体裁,部分作品也可作声诗歌唱,即是继承了南朝诗人的这一原则。在乐府、近体诗、词、曲等系统更替嬗变之际,都能看到这一原则的成功运用。

　　由永明诗人所开创的拟乐府诗赋题法引起了文人乐府诗题材、主题及艺术风格的大革新。从吴兢《乐府古题要解》中我们可以看到,吴氏以寻找古乐府的主题为他的著作目的,处处指出齐梁陈拟乐府诗不遵古意、另创新词的情况:

　　　　《度关山》　曹魏乐奏武帝所赋"天地间,人为贵",言人君

---

①《先秦汉魏晋南北朝诗·梁诗》卷六,第 1622 页。

当自勤劳,省方黜陟,省刑薄赋也。若梁戴暠云"昔听《陇头吟》,平居已流涕",但叙征人行役之思焉。

　　《鸡鸣》　古词:……。若梁刘孝威《鸡鸣篇》,但咏鸡而已。

　　《对酒行》　曹魏乐奏武帝所赋"对酒歌太平",其旨言王者德泽广被,政理人和,万物咸遂。若梁范云"对酒心自足",则言但当为乐,勿殉名自欺也。①

　　吴氏尊古乐府旧意,薄齐梁拟乐府的唯咏题面,从发扬汉魏乐府的现实主义精神来看,他的见解自有可取之处。但他并没有完全了解齐梁以降乐府诗主题的变化是由于当时的诗人普遍地运用了赋题法,更没有看到赋题法在乐府发展史上的革新意义。

　　齐梁诗人所创立的"拟赋古题法"为唐代诗人所继承。唐代诗坛上,拟乐府诗仍是一个重要的诗歌品类,而李白、李贺、孟郊等人尤其擅长此体,创作出许多震烁古今的拟乐府作品。但唐代诗人只是在写作方法上继承了齐梁诗人的赋题法,在文学精神上则是追尚汉魏乐府的现实主义精神,并效法汉魏诗歌的兴寄之风。这就是元稹所说"寓意古题,刺美见事"、"引古以讽"。从拟乐府诗的写作上,我们也可以看到唐诗近承齐梁艺术方法而远追汉魏艺术精神的特点,对此需另做系统的研究。

――――――――――

① 以上三则,分别见于丁福保辑《历代诗话续编》,中华书局 1983 年, 第 24—25,26,26 页。

论齐梁陈隋时期诗坛的古今分流现象

　　齐梁迄于初唐的诗坛,诗歌史发展的一个主要的脉络,就是从永明声律体到定型的近体的发展过程。近体定型的结果,不仅促使了近体诗艺术的成熟,而且也直接导致了唐诗中古体与近体的分流。胡应麟在论到初盛唐之际五言律体成熟时,说这个时候是"新制迭出,古体攸分,实词章改变之大机,气运推迁之一会也"[①],指的就是这种古近体分流的情况。从这个角度来观看,从齐梁到初唐沿袭陈隋诗风的这一段诗歌史,可以说还是古体与近体融而未分的一种状态。但是,这样说决不可理解为从齐梁到初唐,诗坛上只有从永明声律体向近体的一个发展方向,更不能说在这个发展阶段中,诗歌体制方面不存在任何的古今新旧的问题。事实上,说此时古体与近体融而未分,只是相对于唐诗中古体、近体界域分明的情况而言。其实在齐梁陈隋诗歌体制的内部,同样存在着新旧体的问题。这个时期虽然主流的诗风是讲究声律、俳偶与咏物、绮艳的新体,但是以元嘉体为中心的晋宋体仍然在使用,而汉魏诗歌的经典价值,虽然从整体上看未被发现,但管中窥豹式地模拟汉

---

① (明)胡应麟《诗薮·内编》卷四,上海古籍出版社1979年,第58页。

魏作风的创作现象,仍有不少。我们将这种情况称为齐梁陈隋诗坛的古今体分流现象。它是唐诗古近体分流的前面一个环节。某种意义上说,不仅唐诗的近体是从齐梁声律体发展出来的,甚至唐诗的古体与部分的歌行体,与齐梁陈隋诗坛上的倾向于晋宋体、模拟汉魏体的一派,也有渊源的关系。我们这样说,决非没有充分地认识到,陈子昂到李白的复古诗学是一个新的起点,并不是从齐梁陈隋诗坛上带有复古倾向的一派中导出的。但齐梁陈隋时期沿承晋宋古体、管窥汉魏古体的一派,对初盛唐复古诗学还是有启迪与先驱的意义的。我们知道,在文学主张的表述中,当事人在交代他们的文学主张、文学渊源时,常常将一些当代自然存在的、次要的因素忽略掉。唐代复古派在交代他们与诗歌传统的关系的时候就是这样,他们特别地侧重诗骚与汉魏的传统对他们的作用,而对齐梁陈隋时期沿袭旧体、带有复古倾向的那些诗人们的影响则自然地忽略掉了。这种忽略在作家那里是允许的,甚至是必要的,但文学史研究者却有责任将其重新钩沉出来。本篇研究齐梁陈隋诗坛古今体分流现象,即是抱着这样的意图。

一

　　诗歌体制与风格(简称诗体)的古今的问题,是中古文人诗艺术系统发展中的一个基本问题。中古文人诗主要有五言诗与乐府诗两类,其渊源都出于汉乐府,而且魏晋南北朝乐府诗的主要体制也是五言①。汉末迄建安的文人诗,其基本的性质仍为音乐歌辞。

---

① 钱志熙《论魏晋南北朝乐府体五言的文体演变——兼论其与徒诗五言体之间文体上的分合关系》,《中山大学学报(社会科学版)》2009 年第 3 期。

邺下曹植、刘桢等人的五言诗才开始摆脱音乐的母体,形成以修辞
为尚、内容上主要表现个体的思想感情倾向,自此至西晋太康、元
康及刘宋元嘉等代,都是沿着这个倾向发展的。其结果是形成与
以音乐为母体的汉魏诗歌在体制与风格上完全不同的晋宋文人诗
的风格。明代许学夷曾经从修辞的角度论述晋宋体与汉魏体的不
同:"建安五言,再流而为太康。然建安体虽渐入敷叙,语虽渐入构
结,犹有浑成之气。至陆士衡诸公,则风气始漓,其习渐移,故其体
渐俳偶,语渐雕刻,而古体遂淯矣。此五言之再变也。(下流至谢
灵运诸公五言。)"① 近人郝立权也曾综论陆诗修辞艺术上相对于
汉魏的变化:"考其体变,盖有三焉:两京以来,文咏迭兴。贞臣黄
鹄之制,降将河梁之篇,并缘性致情,不为藻缋。下逮曹王,偶意渐
发。兹则事资复对,不尚单行。命笔裁篇,贵于偶合。导齐梁之先
路,绾两晋之枢机:此其一也。汉魏之顷,敷辞贵朴,假彼吟唱,写
兹性灵。安雅为宗,比兴是尚。兹则联字合趣,契机入巧,申歌西
路,则照景同眠,安寝北堂,则瑶蟾入握:此其二也。书称言志,礼
戒雷同。凡厥咏歌,必由己出。兹则轨范囊篇,调辞务似。神理无
殊,支体必合。摹拟之途既开,附会之辞屡见:此其三也。"② 郝氏
所说的这三个变化,其实正概括了晋宋体的特点。

相对于汉魏体而言,晋宋体可以说是一种今体。而另一方面,
在诗体逐代新变的同时,也形成了一种以汉魏体为学习、模拟对象
的创作思想及实践的诗学倾向。以诗人而论,左思、陶渊明、鲍照
就较多接受了汉魏诗歌的体制与风格。晋宋诗人的各类拟古诗、
拟乐府的写作,则是这一诗学倾向最直观的表现。最先尝试拟古

---

① (明)许学夷《诗源辩体》卷五,人民文学出版社 1987 年,第 87 页。
② 郝立权《陆士衡诗注》,人民文学出版社 1958 年,第 1 页。

之作的，是陆机的《拟古诗十二首》，所拟的对象是《古诗十九首》。陶渊明的《拟古诗九首》，则是以《古诗十九首》及其他汉魏的比兴言志之体为模拟对象的。虽然两家的拟古在内涵上完全不同，陆用的是袭其意而不师其辞的方法，陶则是重在精神的继承而不以辞句模拟为事，但标榜拟古的基本做法是相同的，而在诗体的运用上都程度不同地带有模拟汉魏体的倾向。在刘宋元嘉时期的诗歌创作中，拟古、拟乐府的创作更是蔚为风气，但这个时期模拟的对象，有汉魏，也有西晋，如谢灵运的拟魏太子《邺中集》是模拟建安时期邺下诗体，其拟乐府虽用汉魏旧题，但在主题与语言风格上却是拟陆机的乐府诗；谢惠连的乐府诗也是杂拟魏晋曹丕、陆机各家的，可以说已经挑移了汉乐府的祖祢地位。鲍照的拟古诗、拟乐府，情况比较复杂，虽然也受到两晋乐府的影响，但总体上是以汉魏风格为学习对象的。其他诗人拟古诗也有类似的情况，如刘铄的《拟古诗》，模拟的对象虽然是《古诗十九首》，但又运用了陆机的师其意而变化其辞的模拟方法，并且语言风格也受到陆机的影响。

　　从上述情况可见，诗体的今古之变，在晋宋诗人那里就已存在。它的基本内涵是以汉魏为古体，特点是结体散直、风格自然；晋宋流行的以潘、陆、颜、谢的诗歌为今体，特点是俳偶雕刻。这是诗歌脱离音乐后在艺术性质与功能上的不可避免的变化，尤其是如偶对、人工化的声韵、隶事这几项在音乐的歌诗艺术中并不占主要地位的艺术要素，在脱离音乐的文人诗艺术中却显得越来越突出，其发展也可以说是直线式的[1]。从这个意义上说，晋宋诗人拟古诗、拟乐府的实质，正是文人诗作者对音乐的歌诗艺术的模拟。这种模拟的内在动机，正在于对诗歌脱离音乐后日趋修辞化、人工化

---

[1] 参见王瑶《中古文学史论》，北京大学出版社 1986 年，第 261—285 页。

的倾向的纠正。

二

　　古今体分流的现象,在齐梁诗坛上变得更加突出了,并且有了新的内涵。即齐梁声律俳偶、绮靡咏物之体为今体,而汉魏、晋宋之体为古体。其中晋宋之体,则是齐梁体的主要的革新对象。钟嵘《诗品序》在批评其当代风气时说:"次有轻薄之徒,笑曹、刘为古拙,谓鲍照羲皇上人,谢朓今古独步。"① 沈约《宋书·谢灵运传论》认为他们发现的"浮声"、"切响"、"低昂互节"的写作技巧为骚人以来未睹之秘,"张、蔡、曹、王,曾无先觉;潘、陆、颜、谢,去之弥远"②。钟嵘所说的"笑曹刘为古拙",也许正是针对上述沈约等人这一类言论的。两者的倾向虽然不同,但都说明当时的诗歌创作中的确存在着古今体的问题。晋宋体相对汉魏体的变化,主要还是在修辞的方面形成一种俳偶雕藻的风格,但在体裁上,与汉魏相比还是没有什么根本的变化。齐梁体相对于晋宋体,则是体制上的一种变化。永明体不仅因声律的使用而迥异于此前的晋宋诗体,而且因使用声律而引起的语言艺术上的种种精巧化的表现,使得诗歌整体都表现出全新的风貌。同时,典型的永明体,不仅使用声律与偶对,而且诗歌的篇幅趋于短小,并且渐呈固定化的趋势③。这时再来看汉魏晋人的诗,就觉得它们的体制已经过时,归之于古的范畴,于是古今体分流的问题就在诗歌创作与批评中变得突出

---

① 陈延杰《诗品注》,人民文学出版社 1961 年,第 3 页。
②《宋书》卷六七《谢灵运传》,中华书局 1974 年,第 1779 页。
③ 钱志熙《略说近体诗与古诗的渊源关系》,《古典文学知识》1998 年第 2 期。

起来了。其中最有代表性的一个评论文献，就是《南史·何逊传》载范云评何逊诗的几句话："顷观文人，质则过儒，丽则伤俗，其能含清浊，中今古，见之何生矣。"① 这里所说的"中今古"即古体与今体之间取得调适。这里的"清浊"，主要是指律调来说。清是指新体的律调谐婉，浊则是指古体的不尚声律，其中的晋宋体表现为节奏舒缓的特点。但范云这里，"浊"是指一种古典的风格，不含贬义。"今"指齐梁时期流行的新体，"古"则是指晋宋古诗，也包括汉魏之体。从这里可以看出，以汉魏晋宋五言诗为古体的体制观念，在齐梁时期就已初步形成。唐诗中古体与近体的分流直接导源于此。

　　齐梁诗不仅在批评的意识上开始形成古体、今体的观念，而且在实际的创作中，也初步表现出古今两体分流的现象。沈约的拟古乐府，其中拟相和歌辞、杂曲歌辞的如《日出东南隅行》《昭君辞》《长歌行》两首、《君子行》《从军行》《豫章行》《相逢狭路间》《江蓠生幽渚》等十余首，是用魏晋拟乐府体来写的，以陆机、谢灵运为模范，篇体较长，修辞奥衍，节奏重滞。其赋鼓吹曲名的《芳树》《临高台》《有所思》，赋横吹曲名的《洛阳道》，还有《携手曲》《夜夜曲》《永明乐》等一批新声杂曲，则用齐梁新体，篇体短小，缘以声律，修辞以清新谐婉为体。但沈约的这两类风格上有古今之不同的乐府诗，前一类很可能是在他还没有与谢朓、王融等人创制永明体之前时写作的，后一类则是创制永明体的新成果。两者比较，可以清晰地看出沈约从晋宋古体走向齐梁新体的转变道路。在谢朓的创作中，其短篇多用声律，风格也比较轻绮新巧，尤其是像《隋王鼓吹曲十首》《永明乐十首》这类使用声律体制的配

①《南史》卷三三《何逊传》，中华书局 1975 年，第 871 页。

乐的新雅歌诗,正是所谓的永明体的代表作。但他的五言长篇,仍然多取晋宋的体制,其《游山诗》《游敬亭山诗》等篇,正是用谢灵运体制的结果,而创作时间,则是在尝试了永明体之后。可以说,谢朓在与王(融)、沈(约)、周(颙)、范(云)等人尝试新体后,其实又自觉地学习元嘉三大家的体制与风格。值得注意的是,谢氏能于古质凝重的晋宋风格中,杂以齐诗之英秀,这其实正是唐人五古风格之先声。如《怀故人诗》:

> 芳洲有杜若,可以赠佳期。望望忽超远,何由见所思。行行未千里,山川已间之。离居方岁月,故人不在兹。清风动帘夜,孤月照窗时。安得同携手,酌酒赋新诗。①

《之宣城郡出新林浦向板桥诗》:

> 江路西南永,归流东北骛。天际识归舟,云中辨江树。旅思倦摇摇,孤游昔已屡。既欢怀禄情,复协沧洲趣。嚣尘自兹隔,赏心于此遇。虽无玄豹姿,终隐南山雾。②

上一首汲取《古诗十九首》中《涉江采芙蓉》及《明月何皎皎》的意境,复古的意趣很浓。这种加入了齐梁诗风华的古风,也是唐人古风的直接学习对象。下一首写生的感觉很强,与当时一般的声律、隶事见长的作风也是异趣的,其渊源自然出自元嘉体。谢朓、沈约

---

① 逯钦立辑校《先秦汉魏晋南北朝诗·齐诗》卷三,中华书局 1983 年,第 1429 页。
②《先秦汉魏晋南北朝诗·齐诗》卷三,第 1429 页。

长篇的纪事、言志、酬赠、雅颂的五言诗,其基本体制仍然是属于晋宋体的,只是采用了一些声律谐婉、体物浏亮的作法,比较元嘉体,减少了滞重奥衍之气,正是范云所说"含清浊,中今古"的一种体制。可见,在谢、沈等人的创作中,是存在着古今两体相济的诗学策略的。如果以唐诗古、近体的标准来看,这一类的诗正是后来唐人古体的先声。在实际的体制与写作方法上,也是唐人古体的重要学习对象。李白、杜甫的写山水、纪行的一类五古,就有直接渊源于大、小谢的。

典型的永明体,是指篇体轻短、通篇使用"前有浮声,则后须切响"、"一简之内,音韵尽殊;两句之中,轻重悉异"①这一永明声律技术来创作的诗歌。这是唐诗近体的前身,其在齐代,尚属初试。梁代重要诗人何逊的诗歌,虽部分地采用这种新体,但其主要的体制,仍为源自晋宋的长篇的五言诗。上引范云"含清浊,中今古"之评,正是指何逊的诗歌不纯用齐梁声律谐婉之体,而是兼取晋宋乃至汉魏体不讲声律的体制。这种看法,反映出作为永明体创制者之一的范云,也并不是走纯用声律的一路。这与上述谢朓不纯用声律体的诗学观点是一致的。可见永明诗人虽然创制了永明新体,但并不简单地放弃晋宋旧体。唐宋古、近兼用的诗学取向,在谢朓、范云与何逊那里已经表现出来了。何逊最常用的诗体,是纪事、抒怀、写景三结合的长篇五言,其句法也是兼用元嘉体与永明体的,可以说是一种清新与奥衍相杂的诗风。如《赠诸游旧诗》:

弱操不能植,薄伎竟无依。浅智终已矣,令名安可希。扰

---

① 《宋书》卷六七《谢灵运传》,第 1779 页。

扰从役倦,屑屑身事微。少壮轻年月,迟暮惜光辉。一途今未是,万绪昨如非。新知虽已乐,旧爱尽暌违。望乡空引领,极目泪沾衣。旅客长憔悴,春物自芳菲。岸花临水发,江燕绕樯飞。无由下征帆,独与暮潮归。①

此诗前面七联的对仗方式,都是两句写一意,这种意思密迩的对仗方法,出于陆机、谢灵运,但它在修辞上趋于轻巧流畅,是齐梁体的修辞风格。何逊还尝试了模仿汉魏体的创作,他的乐府诗《门有车马客》《学古赠丘永嘉征还诗》《拟青青河边草》《学古诗三首》则在题材与表现的方法上,都用了汉魏诗体,当然,正如当时学汉魏体的五言诗与乐府诗都无法排除绮丽的修辞一样,何逊的这些学汉魏体的诗歌,也加进了晋宋的雕藻与齐梁的绮艳两种风格。但是,这些诗句法上仍相当程度地继承了汉魏五言结体散直的体制。如《拟青青河边草转韵体为人作其人识节工歌诗》:

> 春兰(一作园)日应好,折花望远道。秋夜苦复长,抱枕向空床。吹台下促节,不言于此别。歌筵掩团扇,何时一相见。弦绝犹依轸,叶落才下枝。即此虽云别,方我未成离。②

这种转韵之体,也是齐梁诗的一种,它的渊源出于汉魏乐府,与并时的声律体是不同的。何逊之诗,部分地采用了永明声律,但结体基本上还是晋宋型的③,能将元嘉体与永明体两种风格、体制参合

---

① 《先秦汉魏晋南北朝诗·梁诗》卷八,第 1685 页。
② 《先秦汉魏晋南北朝诗·梁诗》卷八,第 1693 页。
③ 钱志熙《魏晋南北朝诗歌史述》,北京大学出版社 2005 年,第 173—174 页。

在一起,对后来唐人的古体创作有一定的影响。从以上分析的这些情况来看,范云评价何逊的"中今古",正说明了何逊本人自觉地采用的一种调和晋宋体与齐梁体,甚至追溯汉魏体的诗学取向。

除了何逊之外,风格趋向于古质的,还有吴均、刘孝绰等诗人,《梁书·吴均传》称吴均"文体清拔有古气,好事者或效之,谓为'吴均体'"①,可见齐梁诗坛上的确存在着古、今体分流的现象。而吴均追求"清拔有古气",其动机正是出于对时俗之体的不满。吴均虽在篇体上多用轻短的篇幅,但其诗多用比兴,重寓意,风格上慷慨尚气,与并时徒以咏物绮靡见长、缺乏寓意的诗风不同。如其古题乐府《战城南》:

> 前有浊樽酒,忧思乱纷纷。小来重意气,学剑不学文。忽值胡关静,匈奴遂两分。天山已半出,龙城无片云。汉世平如此,何用李将军。②

又如《胡无人行》:

> 剑头利如芒,恒持照眼光。铁骑追骁虏,金羁讨黠羌。高秋八九月,胡地早风霜。男儿不惜死,破胆与君尝。③

像这样的诗,并非属于永明体,而是学习汉魏慷慨悲哀之体的结果。在吴均之前,对沈约声律之说提出过质疑的陆厥,史家说他

---

① 《梁书》卷四九《吴均传》,中华书局 1973 年,第 698 页。
② 《先秦汉魏晋南北朝诗·梁诗》卷一〇,第 1719—1720 页。
③ 《先秦汉魏晋南北朝诗·梁诗》卷一〇,第 1721 页。

"体甚新变"①,这正是与吴均接近的一种情况。陆厥诗的体制多模拟歌诗,表现在句法、节奏上,多用仄韵,节奏紧促,一方面改宋诗迂缓之调,另一方面与永明体声律的谐婉作风也是异趣的,其实是学习汉魏歌诗的风格。他的拟作如《蒲坂行》、《南郡歌》、《邯郸歌》、《左冯翊歌》、《京兆歌》、《李夫人及贵人歌》、《中山王孺子妾歌》、《临江王节士歌》,采用《汉书·艺文志》中的歌诗名目,写法是用永明诗人的赋题法,但在风格上却与沈约等人不同,是有意识地学习汉魏的体现。吴均正是继承了陆厥这一种作风。他们对唐代诗歌是有影响的,如李贺乐府歌诗之探寻前事,用的正是陆厥的方法,吴均的上述诗歌,在意境上对唐人边塞乐府也有启发。

另外如梁武帝之诗,长篇之作多沿用晋宋侈言名理之风,虽然本身成就不高,但从诗学的倾向来看,也是超越齐梁今体的一种表现。

综观上述,我们可以得出这样的结论:在永明新体出现之后,一方面是声律体越来越发展,被以声律、流丽为宗的诗风越来越被推广,至梁陈宫体诗人而造极;另一方面,一些造诣较高、试图对流俗的诗风与诗体有所超越的诗人,又常常自觉地学习晋宋乃至汉魏的诗体与诗风,造成一种可以视为唐人古风、古体之先声的诗歌。

三

绮艳是齐梁陈隋诗风的一个重要特点,但描写男女之情,尤其是征夫思妇之情,本来就是汉魏晋宋以来诗歌创作的一个重要

---

① 参见(南朝梁)萧子显《南齐书》卷五二,中华书局1972年,第897页。

主题。所以不能简单地将写艳情看成是齐梁诗的一个特点。事实上,齐梁陈隋的艳情诗中,也有古体与今体之别。

汉魏涉及男女之情和女性题材的诗歌,从立意方面来讲,可以分为言情与写色两类。言情即我们今天所说的爱情题材作品,《诗经》的十五国风中,即有男女相悦、征夫思妇等类。男女相悦,现存的汉乐府缺少这类作品,但从建安诗人繁钦《定情诗》来看,汉代民间歌谣中也应该有这一类情诗。风诗中的征夫思妇主题,因为与儒家诗教中的"经夫妇,厚人伦"的宗旨相符合,同时在内容上又有一定的审美价值,所以为后世文人所继承。汉魏晋乐府与五言徒诗的创作中,有一种言情的风气,曹丕《燕歌行》、徐幹《室思》、张华《情诗》都是典型的言情之作,这可以视为汉魏诗歌的一个传统。但除此之外,汉魏乐府中还有明显具有写色意味的一类诗,汉乐府写采桑女故事的《陌上桑》和描写富贵家庭妇女作乐的《长安有狭斜行》、《相逢狭路间行》,在描写上都显示夸炫女色的倾向,成为后来宫体一类艳诗的起源。后来傅玄的《艳歌行有女篇》、陆机的《日出东南隅行》都是渊源于《陌上桑》的。它的倾向是言情成分少,写色成分多。建安时曹丕因为爱好女乐,其乐府诗《善哉行》诸首,多描写欣赏女乐的情形,如:"有美一人,婉如清扬,妍姿巧笑,和媚心肠。知音识曲,善为乐方。"①

就言情与写色两类来说,汉魏晋诗歌是以言情为主流的,写色之作只是略见端倪。并且像《陌上桑》、《长安有狭斜行》等诗,并非纯粹夸炫色相,而是含有讽刺意味的。到了齐梁诗歌中,情形刚好相反,写色成了主流,汉魏式的言情成了一种旧的传统。新一轮的以写色为主的绮艳诗风,源于刘宋时期的鲍照、鲍令晖、惠休、江

---

①《先秦汉魏晋南北朝诗·魏诗》卷四,第391页。

淹等家,《周书·庾信传论》论庾信绮艳作风之渊源云:"然则子山之文,发源于宋末,盛行于梁季。其体以淫放为本,其词以轻险为宗。故能夸目侈于红紫,荡心逾于郑卫。"① 但是以鲍照为代表的刘宋绮艳诗风,从立意来说,仍然是继承汉魏言情传统的。齐代的绮艳走向咏物化,其中专咏女性事物的,如沈约的《十咏二首》,现存《领边绣》、《脚下履》二首,均可见一斑;同时还有一种专为士大夫猎艳生活写生的作品,如沈约的《六忆诗》写与情人幽会之乐,何逊《嘲刘郎诗》写刘郎与"妖女"黄夜私通的实况。梁武帝本人也是情色之作的大力倡导者,他的乐府诗多用南朝吴声、西曲的体制写情之艳,较民间歌曲有过之而无不及,在当时可能是付之清商署。《南史·徐勉传》载:"普通末,武帝自算择后宫《吴声》、《西曲》女妓各一部,并华少,赉勉。"② 可见梁武宫廷,仍有吴声西曲的伎乐,其中的歌诗,可能有梁武帝自己写的,这与魏之三祖将自己创作的乐府歌诗付与铜爵台、清商署的情形一样。清商在当时属于一种歌舞伎,属于女乐之一种,不仅有歌唱,还有舞蹈的成分,梁陈清商歌诗之内容侧重咏写情色,与这种音乐体制是有关系的,后来的宫体色艳之风,亦导源于此。武帝拟吴声西曲,基本保持民间歌曲的特点,只是修辞更尚新艳,风格愈趋轻靡:

　　　　恃爱如欲进,含羞未肯前。朱口发艳歌,玉指弄娇弦。(《子夜歌二首》之一)

　　　　艳艳金楼女,心如玉池莲。持底报郎恩,俱期游梵天。

---

①《周书》卷四一《庾信传》,中华书局1971年,第744页。
②《南史》卷六十《徐勉传》,第1485页。

（《欢闻歌二首》之一）①

这种活色生香的写法,从情色的诗歌方面,可以说算是一个发展,直接开启了后来的宫体之风。从诗风的今古来说,上述写色为主的绮艳诗风,正是齐梁流行的作风。与此同时,他们对汉魏的言情题材与作风,也有所效仿,这一类的作品仍是以征夫思妇为主要的题材类型。为了区别于流行的艳体,这类的情诗多用"古意"、"学古"、"闺怨"之类的题目。早期的这类作品,如梁武帝《古意诗二首》、何逊《和萧咨议岑离闺怨诗》、吴均《闺怨·胡笳屡凄断》等,都曾学习汉魏风格,与上面所讲的写色一类是异趣的。其中以"古意"为题的闺怨题材、征夫思妇题材的作品,尤其值得注意。如萧衍《古意诗》之一:

飞鸟起离离,惊散忽差池。嗷嘈绕树上,翩翩集寒枝。既悲征役久,偏伤垄上儿。寄言闺中妾,此心讵能知。不见松萝上,叶落根不移。②

此诗用了传统的禽鸟、松萝之类的比兴意象,突出了悲征役、叙闺思的主题,这都是作者所理解的"古意"的一些具体因素。梁武帝之前,已有《古意》,如《乐府诗集·杂曲歌辞十四》载刘宋颜竣《淫思古意》:

---

① 《先秦汉魏晋南北朝诗·梁诗》卷一,第 1518 页。
② 《先秦汉魏晋南北朝诗·梁诗》卷一,第 1534 页。

春风飞远方，纪转流思堂。贞节寄君子，穷闺妾所藏。裁书露微疑，千里问新知。君行过三稔，故心久当移。①

王融《和王友德元古意》：

游禽暮知返，行人独未归。坐销芳草气，空度明月辉。擎容入朝镜，思泪点春衣。巫山彩云没，淇上绿条稀。待君竟不至，秋雁双双飞。②

王融的这一首，王闿运的《八代诗选》选入"齐已后新体诗"中③，可以说是用齐代讲究声律偶对的新体写的古意。大多时候，宋齐人说的"古意"，多用比较顽艳的笔墨，杂以比兴，来写思妇的情事。他们之所以称这类诗为古，大概是因为古诗、古乐府里多此类，并且这个古，也是指《诗经》，因为《诗经》中就有思妇一类的诗。其渊源实出于晋宋人拟古诗中写征夫思妇的一类，如陶潜拟古诗中"荣荣窗下兰"一首，就是写君子行役、思妇念行人的主题。

齐梁陈隋以"古意"为题的诗歌，并非只有征夫思妇一类，但"古意"诗中显然就这个题材写得最多。若干作品也受到渲染情色的时风影响，如吴均《和萧洗马子显古意诗六首》之一、二、三首：

贱妾思不堪，采桑渭城南。带减连枝绣，发乱凤凰簪。花舞依长簿，蛾飞爱绿潭。无由报君信，流涕向春蚕。

①（宋）郭茂倩《乐府诗集》卷七四《杂曲歌辞十四》，中华书局 1979 年，第1050 页。
②《先秦汉魏晋南北朝诗·齐诗》卷二，第 1397 页。
③（清）王闿运《八代诗选》卷一二，广文书局 1970 年，第 751 页。

妾本倡家女，出入魏王宫。既得承雕辇，亦在更衣中。莲花衔青雀，宝粟钿金虫。犹言不得意，流涕忆辽东。

春草可揽结，妾心正断绝。绿鬓愁中改，红颜啼里灭。非独泪成珠，亦见珠成血。愿为飞鹊镜，翩翩照离别。①

梁元帝萧绎的《古意》诗，情色倾向更突出：

妾在成都县，愿作高唐云。樽中石榴酒，机上葡萄纹。停梭还敛色，何时劝使君。②

但是这一类的诗与那些活色生香的今体艳诗还是有所不同的，基本差别就是它们保持了一个客观的言情的模式，这是他们采用"古意"为题的用意所在。唐人的"古意"，如王绩"古意"六首中之"桂树何苍苍"：

桂树何苍苍，秋来花更芳。自言岁寒性，不知露与霜。幽人重其德，徙植临前堂。连拳八九树，偃蹇二三行。枝枝自相纠，叶叶还相当。去来双鸿鹄，栖息两鸳鸯。荣荫诚不厚，斧斤亦勿伤。赤心许君时，此意那可忘。③

李白《古意》：

①《先秦汉魏晋南北朝诗·梁诗》卷一〇，第1745—1746页。
②《先秦汉魏晋南北朝诗·梁诗》卷二五，第2053页。
③《全唐诗》卷三七，中华书局1960年，第478页。

　　　君为女萝草,妾作兔丝花。轻条不自引,为逐春风斜。百丈
托远松,缠绵成一家。谁言会面易,各在青山崖。女萝发馨香,
兔丝断人肠。枝枝相纠结,叶叶竞飘扬。生子不知根,因谁共芬
芳。中巢双翡翠,上宿紫鸳鸯。若识二草心,海潮亦可量。①

都是写男女之情,比兴之法,虽远承汉魏,但渊源其实是出于齐梁
的。沈佺期的名篇《古意·卢家少妇郁金堂》,更是直接从齐梁“古
意”中演变出来的。

　　除了以“古意”之类为题的诗歌是明确地学习汉魏言情之外,
其他的拟乐府也多取法汉魏。如《玉台新咏》卷七所选梁武帝的
《捣衣》、《拟长安有狭邪》、《拟青青河边草》、《代苏属国妇》、《有所
思》等,虽然多以绮艳为体,但从立意来讲,都属于学习汉魏言情作
风的诗歌。梁末王褒、庾信、萧绎等人在江陵作《燕歌行》,也远追
建安曹丕的《燕歌行》,其中王褒之作最为时人所推许:

　　　初春丽景莺欲娇,桃花流水没河桥。蔷薇花开百重叶,杨
柳拂地数千条。陇西将军号都护,楼兰校尉称嫖姚。自从昔
别春燕分,经年一去不相闻。无复汉地关山月,唯有漠北蓟城
云。淮南桂中明月影,流黄机上织成文。充国行军屡筑营,阳
史讨虏陷平城。城下风多能却阵,沙中雪浅讵停兵。属国小
妇犹年少,羽林轻骑数征行。遥闻陌头采桑曲,犹胜边地胡笳
声。胡笳向暮使人泣,长望闺中空伫立。桃花落地杏花舒,桐
生井底寒叶疏。试为来看上林雁,应有遥寄陇头书。②

----

①《全唐诗》卷一六七,第1728页。
②《先秦汉魏晋南北朝诗·北周诗》卷一,第2334页。

《北史·王褒传》云："褒曾作《燕歌》,妙尽塞北寒苦之状。元帝及诸文士并和之,而竞为凄切之辞,至此方验焉。"① 虽然这些向来被视为齐梁绮丽的代表作,但它们与一般的宫体是有所区别的,关键的地方正在于它们沿用了征夫思妇的传统主题,所以也是属于"古意"一类的。其人物与事迹也都托言汉人,唐代诗人托意汉事的叙述模式正是沿承齐梁的。初唐歌行虽以绮艳为大宗,但其特点是以言情为主,而非以写色为主,从传统来看,正是汉魏言情的发展,相对齐梁宫体一般的情色作风,其实也是一种复古。而上述梁末王褒等人的《燕歌行》,正是初盛唐边塞歌行的渊源之一。高适名篇《燕歌行》正是从王、庾诸家变化而出的。

从上述情况可知,在以写色为主,咏写今人今事的宫体艳诗之外,齐梁诗人也有意识追求汉魏的言情传统。《玉台新咏》一书就透露了这一信息。唐代刘肃《大唐新语》记载了《玉台新咏》编写缘由:"梁简文帝为太子,好作艳诗,境内化之,浸以成俗,谓之宫体。晚年改作,追之不及,乃令徐陵撰《玉台集》,以大其体。"② 所谓"大其体",就是指此书编集艳情诗,由齐梁上溯到汉魏乐府及古诗,这可以说是艳体内部的复古溯源行为,这种倾向跟梁武帝的提倡汉魏言情是有关系的。可见,齐梁陈隋诗坛上古今体分流现象,在绮艳诗风的内部也是存在的。

四

　　齐梁陈隋时期的"古意"诗、"学古"诗以及一些追求汉魏风格

---

① 《北史》卷八三,中华书局 1974 年,第 2792 页。
② (唐)刘肃《大唐新语》卷三,中华书局 1984 年,第 42 页。

的拟乐府,是晋宋拟古到唐代复古之间的一个过渡。这类诗虽然
受到齐梁绮丽风格的影响,但其以情事为主的内容特点,杂以比兴
的表现方法,以及文体上程度不同的对汉魏诗风的模仿,都可以表
明其为唐代复古一派的先驱。其中的一部分作品,继承了汉魏从
军、游侠之类的主题:

> 长安美少年,羽骑暮连翩。玉羁玛瑙勒,金络珊瑚鞭。阵
云横塞起,赤日下城圆。追兵待都护,烽火望祁连。虎落夜方
寝,鱼丽晓复前。平生不可定,空信苍浪天。

> 巩洛上东门,薄暮川流侧。浑浑车马道,行人不相识。日
夕栖鸟远,浮云起新色。寸心空延伫,对面何由即。飞轮倘易
去,易去因风力。

> 昔随张博望,辞帝长杨宫。独好西山勇,思为北地雄。十
年事河外,雪鬓别关中。季月边秋重,严野散寒蓬。日隐龙城
雾,尘起玉关风。全狐君已复,半菽我犹空。欲因上林雁,一
见平陵桐。(何逊《学古诗三首》)①

> 青丝控燕马,紫艾饰吴刀。朝风吹锦带,落日映珠袍。陆
离关右客,照耀山西豪。虽非学诡遇,终是任逢遭。人生会有
死,得处如鸿毛。宁能偶鸡鹜,寂寞隐蓬蒿。(王僧孺《古意
诗》)②

> 十五好诗书,二十弹冠仕。楚王赐颜色,出入章华里。作
赋凌屈原,读书夸左史。数从明月宴,或侍朝云祀。登山摘紫
芝,泛江采绿芷。歌舞未终曲,风尘暗天起。吴师破九龙,秦

---

① 《先秦汉魏晋南北朝诗·梁诗》卷八,第 1693—1694 页。
② 《先秦汉魏晋南北朝诗·梁诗》卷一二,第 1761 页。

兵割千里。狐兔穴宗庙,霜露沾朝市。璧入邯郸宫,剑去襄城
水。未获殉陵墓,独生良足耻。悯悯思旧都,恻恻怀君子。白
发窥明镜,忧伤没余齿。(颜之推《古意诗二首》之一)①

何逊的《学古诗三首》,一写长安的从军少年,二写巩洛游士,三写
出使异域者,都是表现功名之士的意气与蹉跎。刘峻的《古意》也
是写功名之士的慷慨感激之状。在齐梁时代士大夫普遍流于文
弱、缺乏刚强之气的群体风气中,作者认为这样的人物与情事,都
非当世所有,所以,"古意"不仅指诗体是学习汉魏的,而且也指人
物是古人而非今人。后来唐人的"古意",如沈佺期的《古意》,卢照
邻的《长安古意》,也都采用托言古人古事的方法,正是继承齐梁作
者的遗意。颜之推的《古意》诗在体制上有所变化,采用了第一人
称的写法,写一位深受楚王赏识的文章功名之士,在国亡之后对故
国旧主的追怀,以及对旧京的黍离之悲,实际是作者写自己在梁亡
后流寓北朝、思念故国的身世的寄托。但因为托意楚臣,并且其写
法也受到晋人左思《咏史》其一、刘琨《扶风歌》等自叙式诗风的影
响,所以仍以"古意"命题。

北朝周隋之际,这种以功名之士为表现对象的诗歌更是呈现
某种流行之势,如卢思道的《从军行》,杨素的《出塞二首》,薛道衡
的《出塞二首》,虞世基的《出塞二首》,隋炀帝的《饮马长城窟行》、
《白马篇》,都属于这一主题。这些诗歌,比起上述齐梁人之作,形
象更加鲜明,风骨更加刚健,明显地表现出革除绮靡之风的倾向,
如杨素《出塞二首》之一:

---

① 《先秦汉魏晋南北朝诗·北齐诗》卷二,第 2283 页。

漠南胡未空，汉将复临戎。飞狐出塞北，碣石指辽东。冠军临瀚海，长平翼大风。云横虎落阵，气抱龙城虹。横行万里外，胡运百年穷。兵寝星芒落，战解月轮空。严鑣息夜斗，骄角罢鸣弓。北风嘶朔马，胡霜切塞鸿。休明大道暨，幽荒日用同。方就长安邸，来谒建章宫。①

从诗最后两句来看，这类写出塞从军之事的诗歌，仍然是托言汉事，而非直写今人。后来唐代李白、王昌龄等人的边塞从军之作，仍多托言汉事。追溯其渊源，正是出于齐梁古意、拟古之类，可以看出与齐梁陈隋的写作方式是一脉相承的。周、隋之际，一方面是梁亡后，江右绮靡之风煽于关右；但另一方面，文坛又形成相当规模的复古崇雅的风气。上述崇尚汉魏风骨的诗风，正是与这一背景相关的。《隋书·文学传序》说："炀帝初习艺文，有非轻侧之论，暨乎即位，一变其风。其《与越公书》《建东都诏》《冬至受朝诗》及《拟饮马长城窟》，并存雅体，归于典制。"② 也是这一风气的反映，但其渊源仍出于齐梁的崇尚古体这一派。

庾信向来被视为杜甫之前的一位集大成诗人。庾信的集大成，并不只是集南朝与北朝之大成，也是集魏晋南北朝诗歌艺术之大成。齐代以来古今体分流的现象，在庾信的创作中也是比较突出的。而且，由于近体的进一步成熟，庾信诗歌中近体与古体的分流已经相当清晰了。庾信集中《王昭君》《昭君辞应诏》《出自蓟北门行》《怨歌行》《燕歌行》，多为汉魏言情之体，并且多用代言之体，风格相对来说也比较古质。新声杂曲如《舞媚娘》《乌夜

---

①《先秦汉魏晋南北朝诗·隋诗》卷四，第 2675 页。
②《隋书》卷七六《文学》，中华书局 1973 年，第 1730 页。

啼》、《杨柳歌》,风格则流丽绮艳,是典型的梁陈体。他的五言诗,则绝大多数沿承晋宋体,篇幅较长,虽然讲究对仗工稳,但基本上不使用声律技术,如《喜晴应诏敕自疏诗》:

> 御辩诚膺录,维皇称有建。雷泽昔经渔,负夏时从贩。柏梁骖驷马,高陵驰六传。有序属宾连,无私表平宪。河堤崩故柳,秋水高新堰。心斋愍昏垫,乐彻怜胥怨。禅河秉高论,法轮开胜辩。王城水斗息,洛浦河图献。伏泉还习坎,归风已回巽。桐枝长旧围,蒲节抽新寸。山薮欣藏疾,幽栖得无闷。有庆兆民同,论年天子万。①

庾信这类诗由于普遍使用对仗,所以很容易被认为是声律体。但事实上,从曹植、刘桢等邺下诗人开始,五言诗中对仗成分就已经显著增加,到了元康的潘、陆和元嘉的谢、颜,对仗的比例更是远远高于散行。可见晋宋诗体本来就不避对仗,唐人古体为了与近体区别开来,刻意不使用对仗,但初唐古体仍以对仗居多。齐梁诗家的长篇五言,正是沿承这种晋宋体制而来的,虽然局部地声律化了,但与短篇相比,声律程度明显低得多。这种情况,从沈约、谢朓到何逊、庾信都是如此。即以上面这首《喜晴应诏诗》而论,它并没有按照"前有浮声,后须切响"、"一简之内,音韵尽殊;两句之中,轻重悉异"的声律原则来安排。庾信的其他篇幅在十句以上的五言诗,也大多是这样,常常比较随意地安排声律,有合律的句子,也有大量不合律的句子。这并非作者声律技术不过关,而是这一体本来就不须刻意讲究声律。当然,与唐代的古体诗刻意回避声

---

① (清)倪璠注《庾子山集注》卷四,中华书局 1980 年,第 289 页。

律,甚至创造出"三平调"等古体的声律特点以区别于近体不同,齐梁的这类诗,并不刻意回避声律技巧。庾信集中,如《同颜大夫初晴诗》、《和李司录喜雨诗》、《奉和赵王西京路春旦诗》、《奉和夏日应令诗》、《伤王司徒褒诗》等,都属此类,都是从晋宋体中发展过来的。这种体裁,主要用于一些内容上比较厚重的主题,如叙事、抒怀、酬赠、应制、应教这一类。而五言八句的短篇,则多用于流连风物、即景抒情这一类,集中如《舟中望月诗》、《对雨诗》、《喜晴诗》都属此类。有些比较随意、讲究风趣的应酬类诗也有用这种短篇的体裁的,如《正旦蒙赵王赉酒诗》、《卫王赠桑落酒奉答诗》、《就蒲州使君乞酒诗》、《答王司空饷酒诗》之类。至于《咏画屏风》二十五首,则反映了庾信五律体意识的更加成熟。另外,五绝一体,在庾信这里也已经完全趋于定型。五言八句与五言四句的这两种诗体,是庾信诗集中合律的程度最高的两类诗。

　　庾信的《拟咏怀二十七首》,专学阮籍,是陈子昂《感遇三十八首》的先导。虽然从齐梁以来,模拟汉魏古诗、古乐府的作风一直没有中断,但是庾信的这组诗,在复古诗学的进程中,仍有特殊的地位。它完全放弃了齐梁诗歌流连风物的作风,恢复汉魏言志的传统。这一组诗在题材内容与体制风格上与阮籍的《咏怀诗》都有很大的不同,与我们平常看到的模拟之作很不一样。所以有学者认为这些诗并非拟阮之作,余冠英据《艺文类聚》引庾信这一组诗题中无"拟"字,认为并非模仿阮籍,并说"阮诗寄易代之感,庾述丧乱之哀,各有千秋,不相高下"[1],肯定庾信这组诗艺术上的创造性与成就,指出其与普通的以步趋古人为宗旨的模拟之作的不同,是很对的。但魏晋南北朝时期以"拟古"、"古意"之类为标题的创

---

① 余冠英选注《汉魏六朝诗选》,人民文学出版社 1978 年,第 293 页。

作,本来就是一种只取古人的精神风格等因素的一种创造性的拟古。庾信这组诗述梁朝丧乱之事,多怨恨之言,虽未明斥灭梁的北朝,但毕竟不能全无顾忌,其以"拟"为言,多少也有托辞古人的意思。不能因为《艺文类聚》这样一个孤证就断言庾信原作中本来就没有"拟"字。另外,《拟咏怀》其一"步兵未饮酒,中散未弹琴"明白地以阮籍、嵇康自比,说自己的心事苦闷与阮、嵇相同,即是对诗题"拟咏怀"的自注。又《拟咏怀》其四:"唯彼穷途恸,知余行路难。""穷途恸"即指阮籍,这两句诗即引阮籍为知音。也可以视为"拟咏怀"之注脚。《拟咏怀》所咏之"怀",是庾信羁留北朝初期的痛苦、愤懑、忧郁、追悔的怀抱。造成庾信这种怀抱的原因,就是江陵陷落、梁朝灭亡,以及庾信自身作为使节而被强留、结果被迫出仕敌国的个人遭遇。《拟咏怀》的内容,正是围绕上述两个方面展开的。某种意义上可以说是一组咏写时事的诗,只是在写作的方法上多借古事以写今情,其措辞有深隐、曲折的特点。这既是梁代诗歌隶事方法的发展,同时也是对魏晋咏怀、咏史传统的继承,尤其是受到阮籍《咏怀诗》言近旨远、托辞深隐作风的影响。《拟咏怀二十七首》中一些作品,多托言古人古事,如:

　　榆关断音信,汉使绝经过。胡笳落泪曲,羌笛断肠歌。纤腰减束素,别泪损横波。恨心终不歇,红颜无复多。枯木期填海,青山望断河。(其七)

　　悲歌渡辽水,弭节出阳关。李陵从此去,荆卿不复还。故人形影灭,音书两俱绝。遥看塞北云,悬想关山雪。游子河梁上,应将苏武别。(其十)

　　摇落秋为气,凄凉多怨情。啼枯湘水竹,哭坏杞梁城。天亡遭愤战,日蹙值愁兵。直虹朝映垒,长星夜落营。楚歌饶恨

曲,南风多死声。眼前一杯酒,谁论身后名。(其十一)

周王逢郑忿,楚后值秦冤。梯冲已鹤列,冀马忽云屯。武安檐瓦振,昆阳猛兽奔。流星夕照镜,烽火夜烧原。古狱饶冤气,空亭多枉魂。天道或可问,微兮不忍言。(其十二)

六国始咆哮,纵横未定交。欲竞连城玉,翻征缩酒茅。析骸犹换子,登爨已悬巢。壮冰初开地,盲风正折胶。轻云飘马足,明月动弓弰。楚师正围巩,秦兵未下崤。始知千载内,无复有申包。(其十五)

日晚荒城上,苍茫余落晖。都护楼兰返,将军疏勒归。马有风尘气,人多关塞衣。阵云平不动,秋蓬卷欲飞。闻道楼船战,今年不解围。(其十七)

萧条亭障远,凄惨风尘多。关门临白狄,城影入黄河。秋风苏武别,寒水送荆轲。谁言气盖世,晨起帐中歌。(其二十六)①

这些诗一直以来都直接被看成是作者的自叙,这其实是不太准确的。虽然这里面表现的情事属于学者常说的"乡关之思",但其表现方法,却是继承了前述"古意"、"学古"、"拟古"这一类作法,往往以托言古人、咏怀古事的方式来表现。如"榆关断音信"这一首,向来被视为庾信自述,其实是乐府《王昭君》之类诗的一个演变,作品所咏时代为汉代,而诗歌的主人公为王昭君、蔡琰这样的流落塞外的女性。腰如束素,泪损横波,都是典型的女子形象。倪璠注此两句云:"自言关塞苦寒之状,若闺怨矣。"其实这首诗塑造的就是女性形象,作者是用这个女性形象来寄托自己的乡关之思。

①《庾子山集注》卷三,第233—248页。

这种寄托的特点在《拟咏怀二十七首》的其他的作品里，也有不同程度的体现。由齐梁的隶事到用古事与今情，到创造出寄托咏怀精神，庾信的这一组诗对齐梁诗格的确有质的突破。它将汉魏的精神风骨与齐梁的写景传神相结合，造成了一种立体、深沉而又生动空灵的艺术效果，实为盛唐诗歌艺术之先机。阮籍的影响，从刘宋以后变得很模糊，庾信重开学习阮籍的风气，对唐代的复古派有直接的影响，《拟咏怀二十七首》在体制上与唐人的古风一类诗是十分接近的。

　　齐梁以来古今体分流的现象，到庾信的创作中，达到接近清晰的界域。从隋唐之际的诗家一直到初唐四杰，基本上是沿承庾信的体制发展的，其基本趋向是古体与近体的分流愈趋明显。当然，唐诗古体与近体的完全分流，两种体裁各自成熟，则是初盛唐之际完成的。其中沈、宋的创作，标志着近体艺术的成熟，而陈子昂、张九龄等人的复汉魏之古，则标志唐代古风、古体的确立。胡应麟《诗薮》在论初唐五律体之成立时说："五言律体，兆自梁、陈。唐初四子，靡缛相矜，时或拗涩，未堪正始。神龙以还，卓然成调。沈、宋、苏、李，合轨于先；王、孟、高、岑，并驰于后。新制迭出，古体攸分，实词章改变之大机，气运推迁之一会也。"① 所谓"新制迭出，古体攸分"，正是指从齐梁以来一直存在着的古今两体分流的情况，从比较模糊的状态，达到俨然分野的状态。这正是唐诗体制成熟的关键一步，但它的过程与来历却不能不追溯到永明时期。这是本文撰写的目的。

（原载《河南师范大学学报（哲学社会科学版）》2011 年第 1 期）

---

① （明）胡应麟《诗薮·内编》卷四，上海古籍出版社 1979 年，第 58 页。

论唐代格式、复古两派诗论的形成及其渊源流变

　　唐代是中国古代诗歌理论与批评实践发展历史上的重要时期。在这个时期,一方面,形成于上古、至汉代体系化的儒家诗学理论在实践上得到比较充分的应用;另一方面,从更加具体的创作实践中提炼出来的一些诗学范畴与观点,有效地被使用在创作与批评方面。总结唐代诗论的理论体系及其内部分野,不仅有助于了解唐诗艺术的成因,而且也使诗歌批评史中的一个重要环节得以完善建构。

　　与唐代诗歌创作实践及诗歌体裁系统中客观存在的矛盾对立相应,唐代诗歌理论内部也存在不同的流派,并且可以概括为复古派与格式派的对立。这是唐诗中复汉魏之古、推崇风雅之旨与沿承齐梁诗格、探求近体艺术的格律和境界这两种不同的创作实践的反映。只有着眼于此,我们才能厘清唐代诗论的流派与分野,将看似纷繁、零散的唐代诗学的一些重要范畴进行各自的归依。尤其是格式派诗学,向来所重视的都是具体的琐碎格式,似乎缺乏艺术思考上的高度。但事实上,此派诗学除了格律、格势等技巧性的或称修辞学范畴的内容外,更有透入诗歌审美本质的境界论、冥搜论及诗玄论等精髓之论。通过思辨分析,我们发现格式派所依据

的是六朝成熟的性灵说的诗歌本体论,与复古派所依据的言志说的诗歌本体论,正有着对立与互补的关系。

一、有关唐代文论、诗论存在不同派别的以往看法

关于唐代诗歌理论的发展存在不同的流派,学术界已经有所阐述。较早如朱东润认为唐人论诗:"自《诗图》《诗格》等之作家以外,大都可分两派。一、为艺术而艺术,如殷璠、高仲武、司空图等。二、为人生而艺术,如元结、白居易、元稹等。"朱氏从治乱这两种不同的社会现实出发,大概认为艺术论者多发于"唐代声华文物最盛之时",而当"天下大乱之际,则感怀怅触,哀弦独奏,而为人生而艺术之论起",并且认为"至于杜甫,则其诗虽为人生而作者居多,而其论则偏于为艺术而艺术,元白推重其诗,而不取论也"①。所谓为人生、为艺术,正是二十世纪三四十年代流行的区分标准,作者以此来概括唐代诗论,将杜甫与元白的诗论分为两流,实具特见。但作者看重的是著名诗人、诗论专著的诗论,将《诗图》《诗格》之类排除在外,未暇对其做理论上的分野,并且将为人生与为艺术绝然区分开来,也有过于简单化的嫌疑。

对于唐代诗论的不同流派,学术界常用注重政教与注重审美的对立来概括。如成复旺、黄保真、蔡钟翔《中国文学理论史·隋唐五代宋元时期》概括了隋唐五代文学理论发展的几个特点,其中第三点是"思想斗争集中地表现在政教中心论与审美中心论这两种不同倾向的对立统一"②。该书第二章谈到白居易与中唐诗论

① 朱东润《中国文学批评史大纲》,上海古籍出版社 2016 年,第 99—100 页。
② 成复旺等《中国文学理论史》(二),北京出版社 1987 年,第 3 页。

的两大流派时指出："以皎然为代表的一派，继殷璠之后，发展了中国古代的诗歌美学；以白居易为主将的新乐府运动的倡导者，则把政教中心的正统诗学推上了高峰。"① 当然，正如此书著者所说，这两种倾向并非完全对立，而是对立统一关系。但是，这其中的理论流脉的勾勒，还是存在进一步研寻的余地，如殷璠在理论上是继承陈子昂等的兴寄、风骨之论，主要是属于复古诗论。皎然论诗推重齐梁，实与之有本质的不同。另外，白居易虽强调政教，但其理论的本质与初盛唐复古一派相承。所以，仅以中唐一段来区分流派，显然难见唐代诗论两派发展的来龙去脉。陈良运的《中国诗学批评史》则比较强调两派统一的方面，称儒家诗论为功利主义，齐梁诗论则用唯美理论来指称，对于唐代诗论，则在对风骨论与诗境说做了分别的讨论后，将杜甫、元结、白居易及古文家的诗论，归纳为"政教与审美结合的现实主义诗论"②。这提供了思考唐代诗论流派的另一种思路，即交融或称折中的一种思路。

唐代诗论以及唐代文学批评理论的分野，自然是对前代文论不同倾向的继承与发展，也可以说是唐代诗论的不同流派、倾向可以追溯到唐以前。张少康《中国文学理论批评发展史》指出，从隋到初唐批评齐梁文风存在两派理论，一派是李谔、王通到王勃，完全否定齐梁文风，重又将文学理论回复到依附于经学的思想中；另一派是魏征《隋书·文学传论》、令狐德棻《周书·王褒庾信传论》的看法，在批评的同时，基本肯定其文学发展上的贡献③。关于盛唐理论方面，该书指出："与李白同时，盛唐的诗歌理论中还有侧重于

①《中国文学理论史》(二)，第107页。
② 陈良运《中国诗学批评史》，江西人民出版社2001年，第64、168、195、235页。
③ 张少康、刘三富《中国文学理论批评发展史》，北京大学出版社1995年，第303页。

艺术的一派,他们注意探讨诗歌的审美特征,从反对齐梁尚词而不尚意兴的偏向出发,特别强调创造诗歌的整体审美意象,对诗歌艺术做出了重要的新贡献。在总结盛唐诗歌艺术的基础上,提出了极为重要的'兴象'论与'诗境'论。"①

　　上述各家观点,都指向一个事实,即在唐代诗歌理论发展中存在对立倾向的不同流派,同时它们又相互影响、相互补充,构成唐代诗论的一种完整性。但上述考察,基本都忽略了唐诗创作中"古近对立"这个基本事实;并且把思想与艺术完全对立起来,将儒家诗教与齐梁诗学简单地区分为政教与审美的对立,而且继续以此来归纳唐代诗论,所以在思考方式上还有调整的必要。本文认为,唐代诗论两大派是唐以前两种重要的诗歌理论体系在唐代的各自延续,更是唐代诗歌创作内部不同创作倾向的反映,是由于对诗歌传统及诗歌体裁的不同选择造成的。一派是源于齐梁声律讨论的格式派;一派是以汉魏诗歌为经典、上溯风雅传统的复古派。从体制角度来讲,复古派理论主要依托古风与古乐府,而格式派理论则以发源于齐梁声律的近体为主要依托,这是唐人诗歌理论中与创作实践的关系最为密切的两大派。复古派与儒家诗论的关系更为密切,但它并非直接从儒家诗论中发展出来,而是从南北朝后期至初唐的复古实践中发展出来的,它与儒家诗论的有机结合,经历了一个整合过程。格式派虽然注重形式,但在唐代诗学普遍以儒教为宗旨的背景下,也多援引儒家诗论为冠冕,甚至有将儒家诗论格式化的做法。所以,这一派与儒家诗论的关系也值得深究。儒家诗论实际上是整个唐代诗学的冠冕,也是其基础。所以,仅用儒家政教、齐梁审美这样的对立方式来归纳唐以前及唐代诗歌理论的

①《中国文学理论批评发展史》,第317页。

流派有其局限。

二、格式派诗论的发展脉络

　　唐代诗论的两派,复古派是以批判齐梁陈隋诗风(包括唐朝当代创作的这种倾向)来达到其理论上的建设,所以历来被视为更加正面、更加具有理论高度的一派,甚至被视为唐代诗论的主流,而格式派常常被排除在理论的范围之外。但是就唐代诗论发展的内在逻辑来说,格式派的诗论先于复古派发生,它其实是处于一个更加自然、与创作实践有着更加紧密关系的地位。这两者的关系,与唐诗体裁中近体与古体的关系有些类似。唐人古体虽然源于汉魏,但是其体制的确立与观念的明确,却是在古、近体明确分流之后。也就是说,唐人古体是与近体作为立异的对象而确立起来的。同样,唐代复古派理论虽然较多秉承儒家诗教观念,但其理论发生的真正起点,在于对齐梁陈隋诗风的批判。所以,探讨唐代诗论的逻辑起点,实在于随着近体的产生而出现的声律、格式之论。

　　格式派是随着近体诗的产生与发展而兴起、注重诗歌形式与具体创作方法的诗学流派,当然也包括用格式、法式的方法来阐述古体及乐府歌行的做法,它最具标志性的特点,就是对于法式、格式的重视。宋陈应行《吟窗杂录》载浩然子序云:"余于暇日编集魏文帝以来至于渡江以前,凡诗人作为格式纲领以淑诸人者,上下数千载间所类者亲手校正,聚为五十卷。"① 所谓"诗人作为格式纲领以淑诸人者",正可概括此类诗学著作的基本宗旨及特点。它是

━━━━━━━━━

① (宋)陈应行《吟窗杂录》,中华书局1997年王秀梅整理影印本,第9页。

希望以比较系统的方式来阐述诗歌创作的各个具体方面,给学习者提供一种龟鉴。张伯伟《全唐五代诗格汇考》一书,是目前为止对此格式类诗学著作搜集最为齐备的一种。书中对此类著作做过这样的概括:"诗格是中国古代文学批评中某一类书的名称。作为某一类书的专有名词,其范围包括以'诗格'、'诗式'、'诗法'等命名的著作,其后由诗扩展到其他文类,而有'文格'、'赋格'、'四六格'等书,乃至'画格'、'字格'之类,其性质是一致的。"① 这是比较准确的说法。但是,我们提出格式派作为唐代诗学与诗论的一个流派,却不只是指成文的格式类著作,而且还指唐代重视格式、修辞及意境的一种论诗方式,或者说一种理解与把握诗歌艺术的方式,如杜甫论诗重视句法、标准、诗律,刘禹锡论诗重视意境,都属此派的范畴。

　格式诗学的兴起,源于南朝时代注重艺术表达、寻味艺术本质的论诗风气的兴起,此时流行的性情说、性灵说,是此派的思想基础。自宋明帝分儒玄文史为四种学问,文学与儒学分流,南北朝时期的文学主张开始由以言志为本,转向以性灵为主。这种性灵的主张,以个体的才性为文学的根本,而才性最直观地体现为扬文摘藻,因此形成了一种重视文学创作内部规律及形式要素的思考方式,这与齐梁文学的创作情况是相符合的。南朝代表性文论家刘勰、钟嵘都是性灵说的倡导者。钟氏论诗有"摇荡性情,形诸舞咏"② 之说,性情即性灵。刘氏《文心雕龙》言及性灵处尤其多,其中《情采》"综述性灵,敷写器象"③ 八字,最为简要地概括了文学创

① 张伯伟《全唐五代诗格汇考》,江苏古籍出版社2002年,第1页。
② 曹旭《诗品集注》,上海古籍出版社1994年,第1页。
③ 范文澜《文心雕龙注》,人民文学出版社1958年,第537页。

作本于性灵的南朝文学思想。刘氏论文诸篇,如《镕裁》《声律》、《章句》《丽辞》《比兴》《夸饰》《事类》《练字》《隐秀》等,即传统所说的文术之论,实是唐人格式派理论的原则与借镜,由此可见重性灵与重文术、尚格式之间逻辑上的内在联系。初唐史家论文学,虽然仍然宗述经诰、阐扬教化,但重点在于性灵。姚思廉《陈书·文学传序》云:

> 《易》曰"观乎人文以化成天下",孔子曰"焕乎其有文章"也。自楚汉以降,辞人世出,洛汭、江左,其流弥畅。莫不思侔造化,明并日月,大则宪章典谟,裨赞王道;小则文理清正,申纾性灵。至于经礼乐,综人伦,通古今,述美恶,莫尚乎此。①

李延寿《南史·文学传序》的说法也与之相似,称"大则宪章典诰,小则申抒性灵"②,正是初唐论文的基本论调。虽然以典诰为旨归,而论文章创作的原理,实以"申抒性灵"为主,即"宪章典诰"之文,也未尝不以"性灵"为依藉。李延寿在《南史·文学传论》部分,就完全是在阐发"性灵"作为文章之根本的原理:

> 文章者,盖情性之风标,神明之律吕也。蕴思含毫,游心内运,放言落纸,气韵天成。莫不禀以生灵,迁乎爱嗜,机见殊门,赏悟纷杂,感召无象,变化不穷。发五声之音响,而出言异句;写万物之情状,而下笔殊形。畅自心灵,而宣之简素,轮扁之言,未或能尽。然纵假之天性,终资好习,是以古之贤哲,咸

---

① 《陈书》卷三四,中华书局1972年,第453页。
② 《南史》卷七二,中华书局1975年,第1761—1762页。

所用心。①

"情性之风标"的"情性",实为"性灵"的另一种说法,所以下文强调"禀以生灵"、"畅自心灵",都是性灵的另种说法。上文自"机见殊门"以下,说的都是文术。倡性灵之说者,必重文术,于此可见。《南史》此论代表了复古之论流行之前唐人论文的基本格局。这个格局即以"人文化成天下"的教化之论为冠冕,而其重心实在性灵之旨,由性灵而进于格律,"文章者,盖情性之风标,神明之律吕"一语,就明白地揭示出这种关系。其论文重视文章中的各种艺术要素,专注于"音响"与"异句",以及写物穷形的咏物艺术,这都是六朝诗赋的成就之处。《南史》的这段议论确凿地证实,唐人诗赋理论的声律格式一派,从大的范畴来说,正是统辖在性灵论的文学思想中的。格式派诗论虽盛于唐代,但其兴起却正在南朝。张伯伟《诗格论》已经指出这一点:"一般说来,在古代文学批评著作中,作为专有名词的'诗格'是到唐代才有的。不过,在唐代以前,也已经出现了类似于'诗格'的著作。空海《文镜秘府论》西卷'论病'云:'(周)颙(沈)约已降,(元)兢、(崔)融以往,声谱之论郁起,病犯之名争兴。家制格式,人谈疾累。'皎然《诗式》'中序'亦提到'沈约《品藻》',《宋秘书省续编到四库阙书目》列为沈约《诗格》一卷。据郑元庆《湖录经籍考》说:《诗格》又名《品藻》。"②事实上,隋刘善经的《四声指归》,正是此类著作的先导。其中《论体》、《定位》二篇③,论文分四体,文有四术,远追曹丕《典论》之说,近效刘

①《南史》卷七二,第1792页。
②《全唐五代诗格汇考》,第2页。
③据王利器考证之说,见王利器《文镜秘府论校注》南卷中的相关论述(王利器校注《文镜秘府论校注》,中国社会科学出版社1983年)。

勰《文心雕龙》之法,正透露了格式类著作的渊源。

初唐八史的文学主张,大抵上都属于南朝性灵论范畴,其用词或有"性灵"、"性情"、"情灵"之不同。如《隋书·经籍志·集部总论》:"文者,所以明言也。古者登高能赋,山川能祭,师旅能誓,丧纪能诔,作器能铭,则可以为大夫。言其因物骋辞,情灵无拥者也。"① 又如《周书·王褒庾信传论》论从屈原到贾生之辞赋云:"并陶铸性灵,组织风雅。"② 其总论文章之辞云:"原夫文章之作,本乎情性。覃思则变化无方,形言则条流遂广。虽诗赋与奏议异轸,铭诔与书论殊途,而撮其指要,举其大抵,莫若以气为主,以文传意。"③ 所谓"覃思则变化无方,形言则条流遂广",正是着眼于文术而言的,循此而究其理,则形成对诗文法式、格式的重视。由此可见,注重性灵必然导致对文学内部规律与外部形式的双重重视,这代表了以陈子昂为代表的初盛唐复古诗学兴起之前的唐诗的基本理论主张。

格式派诗论的形成,应该是六朝时期诗赋创作中的几种形式要素越来越突出的结果。有学者认为,从晋宋以来,诗赋中的对偶、用事(用典)、声律三项修辞因素直线式发展④。南北朝文学中的性灵论,可以说是与这种文学上的唯美追求互为因果的,上面所论刘勰文术之论与性灵之说的关系,已经说明这个问题。另外,从萧统《文选》的"事出于沉思,义归乎翰藻"⑤、萧绎《金楼子》的"流

----

① 《隋书》卷三五,中华书局 1973 年,第 1090 页。
② 《周书》卷四一,中华书局 1971 年,第 743 页。
③ 《周书》卷四一,第 744—745 页。
④ 参见王瑶《中古文学史论》中的相关论述(北京大学出版社 2017 年)。
⑤ (南朝梁)萧统《文选》,中华书局 1997 年影印本,第 2 页。

连哀思"①之说中,我们都可以看到,梁代一些文学家开始将儒家经典、诸子的著作与纯粹的文学作品相区别。当时的"文笔之辨"更是重视纯文学作品的各种表现特点,由此而发展出诗赋创作中的声律论。这一派将诗歌理论与批评引上完全注重形式的道路,齐梁到初唐时期最盛,代表作有沈约的《四声》、刘善经的《四声指归》、上官仪的《笔札华梁》、元兢的《诗髓脑》等。这是中国古代首次出现的完全注重诗歌的体制与形式、关注具体创作技巧的一派诗学。后来出现的诗格、诗式类的著作,如传为王昌龄所作的《诗格》、齐己《风骚旨格》、徐夤《雅道机要》等,也都是属于这一类,其中最优秀的著作为中唐诗僧皎然的《诗式》。这一类诗论,虽然侧重形式,尤其重视对近体诗的声律、格式的探讨,但最终指向诗歌的艺术特质,提出"诗道"、"雅道"、"风骚旨"这样一些概念,并且衍生出境界、玄妙等审美范畴。

格式派以六朝性灵说、文笔论为理论基础,在理论的发展上有一个过程,或者说逻辑进程,即从声律对仗的讨论,进入格式、境界、玄妙的讨论。王昌龄《诗格》论作诗,对此逻辑进程有所透露:

> 凡作诗之体,意是格,声是律,意高则格高,声辨则律清,格律全,然后始有调。用意于古人之上,则天地之境,洞然可观。②

这里以声律、意格来论诗,并进而论调,调成然后见天地之境。所谓天地之境,还是从客观事物来讲的,境界论的美学实质,是将外在之境内化为心中之境,最后化为文章之境:

---

① 许逸民《金楼子校笺》,中华书局 2011 年,第 966 页。
②《全唐五代诗格汇考》,第 160—161 页。

　　夫作文章,但多立意。令左穿右穴,苦心竭智,必须忘身,不可拘束。思若不来,即须放情却宽之,令境生。然后以境照之,思则便来,来即作文。如其境思不来,不可作也。①

　　在这里,境界存在于艺术构思中,即所谓境思,接近于现代美学所说"形象思维"。由此可见,境界之论,是与声律意格理论联系在一起的,是近体格式派理论的最高发展,格式、法式是形式方面的表述,而境界论则是更为逼近艺术特质的一种把握方式,其所重视的是诗歌的审美特质。

　　从初唐格式诗学向中晚唐发展的过程中,杜甫的创作及其诗法、诗律理论是一个关键环节。杜甫是近体诗艺术的立法者,同时也确立了近体诗基本的诗学范畴,其中最核心的是"法",与之同义的有"标准"、"律"等词②。杜甫多次展示近体艺术的微妙境界,他确立的一个重要范畴就是"入神"。《寄薛三郎中》云:"赋诗宾客间,挥洒动八垠。乃知盖代手,才力老益神。"③《敬赠郑谏议十韵》云:"谏官非不达,诗义早知名。破的由来事,先锋孰敢争。思飘云物外,律中鬼神惊。毫发无遗憾,波澜独老成。"④"诗义"仍是"六义"的意思,但在这里只是冠冕,这也证明我们上面说的,唐代格式派诗论也是以儒家六义、风雅等义为冠冕的。但杜甫的核心观点在于"破的"、"律中",这些都是关于法度精微的另一种说法。在这种思维方式中,诗的规律及本质,不再简单地用"言志"、"缘情"等观念来把握,甚至也不用"风骨"、"兴象"等范畴来指揭,而是展示

---

① 《全唐五代诗格汇考》,第 162 页。
② 参见钱志熙《杜甫诗法论探微》,《文学遗产》2001 年第 4 期。
③ (清)仇兆鳌《杜诗详注》卷一八,中华书局 1979 年,第 1622 页。
④ 《杜诗详注》卷二,第 110 页。

为艺术活动的过程与结果,这个过程就是怎样"破的"、"中律"。这里预设了一种理想的诗的"目标",艺术创作的过程即是对这个微妙精奥的目标的击中。杜甫的实际创作虽然与复古派仍有重要联系,甚至可以说他也是属于初盛唐复古诗学阵营的主要人物,但他的论诗方式与陈子昂、李白、白居易等所代表的典型的复古派论诗方式完全不同。前引朱东润之论也指出了一点,认为杜甫的诗论,偏向于为艺术而艺术一派。虽然我们不能简单地将杜甫归于格式派,但其精神实质,是与格式派一致的。中晚唐的格式派正是总结了杜甫的艺术经验、吸收了杜甫的诗论精髓,才发展出比南朝至初盛唐格式诗学更加精微的诗学理论,其中皎然、刘禹锡之论,苦吟派诗人磨镌澄练之体,都发源于杜甫。

中唐以降的诗学,复古一派在白居易这里得到了发展,就体裁诗学来说,就是元白一派的乐府诗论的系统化,它不仅伴随元白自身的乐府创作,而且导引整个中晚唐的讽喻乐府诗创作。但是,中晚唐诗论更具实质性发展的是格式派的诗论,其中皎然、刘禹锡的诗论处于诗学思维发展脉络的核心。皎然是格式派的代表人物,也代表了中晚唐格式派诗论的最高成就。皎然论诗,仍推经典为冠冕,发端即谓"夫诗者,众妙之华实,六经之菁英。虽非圣功,妙均于圣"①,其论汉"李少卿并古诗十九首",也强调其与西汉初"王泽未竭,诗教在焉"②的关系,这证明格式派与复古派一样,都是以儒家诗教为冠冕。但其真正宗旨,却在强调性情之真、心地之精,实为发挥文章性灵之说。在具体的创作方面,他则强调"作用"之功,他认为李陵、苏武之作"天予真性,发言自高,未有作

---

① 李壮鹰《诗式校注》,人民文学出版社 2003 年,第 1 页。
②《诗式校注》,第 103 页。

用"，"《十九首》辞精义炳，婉而成章，始见作用之功"①。又如《文章宗旨》论谢灵运云："康乐公早岁能文，性颖神彻，及通内典，心地更精。故所作诗，发皆造极，得非空王之道助邪？夫文章，天下之公器，安敢私焉？曩者尝与诸公论康乐，为文直于情性，尚于作用，不顾词彩而风流自然。"②六朝性灵之说，虽旁宗《诗大序》"情性"之论，但主要是来自玄学才性之说，也受到佛教般若心性之说的影响，或者可以说，性灵一派的文论，来自道佛思想的启发。此中消息，正从皎然论谢诗得"空王之道助"中透出。至于"直于性情，尚于作用"，性情即性灵；"作用"即为人工之力，"作用"之阐发，即为"格式"。性情与作用，正是皎然论诗的基本纲领。从皎然的理论中，我们又一次清晰地看到，性灵说与格式派之间的确有一种逻辑上的联系。因为文章之事，即举才性为其根本，则自然关注创作本身的原理，这是南朝至隋唐之际创作理论发达的根本原因。皎然诗论的精华在于境论，经刘禹锡的发挥，达到唐人境象之说的最高理论造诣。关于这一点，笔者有关刘禹锡诗论的文章中已经论述过③。

中晚唐论诗重在揭示诗道之精微，这是格式派诗学发展的必然趋势。杜甫"破的"、"律中"、"下笔有神"之说，已发其端。皎然论诗云："至如天真挺拔之句，与造化争衡，可以意冥，难以言状，非作者不能知也。"④刘禹锡论诗，也强调冥会之功："诗者，其文章之蕴邪！义得而言丧，故微而难能。境生于象外，故精而寡和。千里

---

①《诗式校注》，第103—104页。

②《诗式校注》，第118页。

③钱志熙《刘禹锡的诗论、诗艺与他的哲学思想的关系》，《国学研究》第38卷，北京大学出版社2016年，第1—24页。

④《诗式校注》，第1页。

之缪,不容秋毫。非有的然之姿,可使户晓。必俟知者,然后鼓行于时。"① 这种说法,都在强调诗道之难知。所以其中的一个重要表现,就是以妙、玄论诗。如皎然《诗式序》云:"夫诗人造极之旨,必在神诣,得之者妙无二门,失之者邈若千里,岂名言之所知乎? 故工之愈精,鉴之愈寡,此古人之所以长太息也。"② 以"玄"论诗,实为中唐常见的论诗方式,如白居易"常爱陶彭泽,文思何高玄"③,又如韩愈"举目无非白,雄文乃独玄"④。白居易《江楼夜吟元九律诗成三十韵》畅发"以玄论诗"之旨尤其清楚:

> 昨夜江楼上,吟君数十篇。词飘朱槛底,韵堕绿江前。清楚音谐律,精微思入玄。收将白雪丽,夺尽碧云妍。寸截金为句,双雕玉作联。八风凄间发,五彩烂相宣。冰扣声声冷,珠排字字圆。文头交比绣,筋骨软于绵。潨涌同波浪,铮拟过管弦。⑤

白氏此处论诗,与其早年的《与元九书》等提倡六义之标、讽喻之旨的复古诗论俨为两流,正是较量艺事之精的格式派的论点。我们将唐代诗歌理论分为格式与复古两派,其主要分野不在于人,而在于理论的性质与内涵。白氏上文的核心之旨在于"清楚音谐律,精微思入玄",其下所论,如"寸截"、"双雕"、"八风"、"五彩"、"冰扣"、"珠排"、"文头"、"筋骨"等,无一不是格式家之语。其具体论

---

① (唐)刘禹锡《刘禹锡集》卷一九,中华书局 1990 年,第 238 页。
② 《诗式校注》,第 2 页。
③ 白居易《题浔阳楼》,《全唐诗》卷四三〇,中华书局 1960 年,第 4740 页。
④ 韩愈《酬蓝田崔丞立之咏雪见寄》,《全唐诗》卷三四五,第 3872 页。
⑤ (唐)白居易《白居易集》卷一七,中华书局 1979 年,第 350—351 页。

述对象,则是当时流行的元白千字律诗,韦縠《才调集》最推重此类诗作。由此可见,"以玄论诗"是近体格式派较量艺事、主张精思入神理论的一种发展,其在中唐兴起,并非偶然。晚唐仍多此类论调,如李群玉"诗玄自入冥"①、方干"诗思入玄关"②、王贞白"诗句造玄微"③。至于司空图《二十四诗品·高古》之"虚伫神素,脱然畦封。黄唐在独,落落玄宗"④,如不结合其时代以玄论诗风气之盛行,"落落玄宗"四字,殆不可解。晚唐诗僧齐己也是以玄论诗的重要论家,其论玄之句"他皆恃勋贵,君独爱诗玄"⑤,直接以标"诗玄"二字,以为诗家艺事之极致。又如"天策二首作,境幽搜亦玄"⑥,则直接将中晚唐诗家的诗境、诗玄及冥搜之论连接起来,"境幽搜亦玄"正是中晚唐近体诗写作尤其是五律写作崇尚的宗旨。以玄论诗最典型的体现,就是姚合的《极玄集》和韦庄《又玄集》。姚氏在《极玄集》题记中说:"此皆诗家射雕之手也。合于众集中更选其极玄者,庶免后来之非。"⑦又韦庄在《又玄集》序中指出:"昔姚合撰《极玄集》一卷传于当代,已尽精微。今更采其玄者,勒成《又玄集》三卷。"⑧姚、韦这两个集子是以玄论诗的集大成者,姚氏所说的"诗家射雕手",正是杜甫所说的"中的"之论,由此可见玄论与"中的"之论的关系。论诗道之精微而能得,则为"中的"之说;强调其精微而难工,则为玄妙之论。这原是一个宗旨的两种不

---

① 李群玉《东湖二首》,《全唐诗》卷五六九,第 6593 页。
② 方干《送道上人游方》,《全唐诗》卷六四九,第 7450 页。
③ 王贞白《忆张处士》,《全唐诗》卷七〇一,第 8064 页。
④ 郭绍虞《诗品集解·续诗品注》,人民文学出版社 1963 年,第 11 页。
⑤ 齐己《赠浙西李推官》,《全唐诗》卷八三九,第 9460 页。
⑥ 齐己《谢虚中上人寄示题天策阁诗》,《全唐诗》卷八四〇,第 9477 页。
⑦ 傅璇琮等编《唐人选唐诗新编(增订本)》,中华书局 2014 年,第 672 页。
⑧《唐人选唐诗新编(增订本)》,第 773 页。

同表达方式。

　　玄妙之说外还有冥搜之说，也是格式派论诗的逻辑演进，"冥搜"与境界、兴象、诗玄诸论是环络相结的。令狐楚《进张祜诗册表》云："凡制五言，苞含六义，近多放诞，靡有宗师。前件人久在江湖，早工篇什，研几甚苦，搜象颇深。辈流所推，风格罕及。"① 所谓"研几甚苦，搜象颇深"，是冥搜论之主要内容②。"冥搜"原是一个哲学性质的词语，如白居易《永崇里观居》"真隐岂长远，至道在冥搜"；后来又多指景物之冥搜，如高适《陪窦侍御灵云南亭宴诗得雷字》"连唱波澜动，冥搜物象开"；渐至以冥搜指诗歌创作之事，如陆龟蒙《补沈恭子诗》"异才偶绝境，佳藻穷冥搜"③。其他例子还很多，如李中《和毗陵尉曹昭用见寄》"冥搜万象空"④，贯休《怀卢延让》"冥搜忍饥冻，嗟尔不能休"⑤，齐己《题中上人院》"高房占境幽，讲退即冥搜。欠鹤同支遁，多诗似惠休"⑥。从以上所举可知，"冥搜"二字为中晚唐诗家之常言，其意与苦吟、中的、入玄相近，但各有所侧重，其完整的意思，即为冥搜诗句、冥搜诗境。这些诗论范畴，十分清晰地呈现了中晚唐时期的诗论，从强调诗歌的外在功能以及伦理本体，向注重诗歌体物造境的内部规律的转变，与此期古风、歌行转衰，近体大盛，五言律成为体裁的重心是一致的。

①（唐）令狐楚《令狐楚集》，甘肃人民出版社1998年，第84页。
② 关于"冥搜"，近年来有相关论文从诗境方面来讨论这个问题，参见陈勇《"冥搜"与唐人诗境说》，《中国诗学》第二十一辑，人民文学出版社2016年；查正贤《论唐人创作中的"冥搜"概念与"冥搜得境"的命题》，《北京大学学报（哲学社会科学版）》2017年第3期。
③《全唐诗》卷六一七，第7115页。
④《全唐诗》卷七五〇，第8545页。
⑤ 胡大浚笺注《贯休歌诗系年笺注》卷一八，中华书局2011年，第839页。
⑥《全唐诗》卷八三八，第9451页。

从哲学方面来看,诗玄说、玄妙说、冥搜说都是以玄禅思想为基础,或者说是由玄禅思想诱发的,它们与六朝性灵说,在思想的分野方面是相同的。这再一次证明,格式诗学主要依托佛道玄禅,与复古诗学主要依托儒学具有一种相对性。

总结格式派诗论发展的基本脉络,可以做如下概括:格式派诗论是由性灵诗学派生的,同时文学上的性灵之说也是它的基本理论基础,思想上则多得到佛道两种思想的影响,晚唐境论、玄论多由诗僧与耽于佛理的文人提倡,也可窥见此中消息。从具体的内容来看,它发源于声律、偶对之学,进之于格式、法式的探讨,到这一步,基本还都着眼于外在的形式美学;它的进一步发展是提出了诗境、诗玄、冥搜等重要范畴,以"中的"、"入玄"为目标。这一唐代诗论思维发展的逻辑,是在近体诗的整体发展过程中展开的。

三、复古派诗论的发展脉络

复古派的诗论在唐代影响最大,实绩也最为显著,但在理论的阐述与总结方面,不及格式派自觉,这与复古派专崇儒家诗论、以儒家诗论为基本的诗学教程有关[①]。不仅唐代复古派诗论是这样,就是整个中国古代的文人诗学,也都是理所当然地奉儒家诗论为基本的理论原则,缺乏建构新理论系统的兴趣。复古派诗论几乎没有形成专著、甚至连专论都很少,它主要体现在具体的创作活动中,寄于相关的诗序、书信,或者更多地腾为口说。如果说格式派诗论主要是依托近体诗的发展而兴起,其思想的渊源实为性灵诗

---

① 参见钱志熙《唐代儒家诗论及其基本范畴——兼论儒家诗教观念对唐人诗论与创作的巨大影响》,《华南师范大学学报(社会科学版)》2017 年第 4 期。

学,那么复古派的诗论则与唐人古体和古乐府的创作分不开,其渊源为儒家思想,同时东晋南朝史家与文论家针对玄虚诗风而提出的诗骚宗旨、建安风骨,也是其理论的直接渊源。

与格式派诗学重在正面的建构不同,复古派诗学是通过对前代或当代诗歌创作的批评来提倡一种诗歌理想,并且提出复古的主张,它更多地体现为一种批评理论。从思想及文化的成因来看,它深受儒家复古思想的影响。儒家以三代之治为理想,孔门以周诗为教,所以复古派将诗歌理想寄托在周诗之上。汉儒已经开始用诗教的思想,如用讽喻之说来批评其当代辞赋上劝讽的失衡,扬雄还提出“诗人之赋丽以则,辞人之赋丽以淫”的观点。五言诗创作兴起之初,文人普遍援用《尧典》“诗言志”之说,但同时也深受辞赋尚丽及清商乐多哀思的风格的影响,所以曹丕《典论·论文》提出“诗赋欲丽”①,至陆机在《文赋》中更进一步提出“诗缘情而绮靡”②之说。后来李白《古风其一》的“扬马激颓波,开流荡无垠”、“自从建安来,绮丽不足珍”③,正是指诗赋相沿的绮丽一流,同时也是针对曹丕、陆机的上述观点而发的。这应该是复古派中最为严格的一种批评,前于李白如王通、李谔已经引发此论,李谔《上隋文帝书》中将齐梁丽靡追至建安,认为“魏之三祖,更尚文词,忽君人之大道,好雕虫之小艺”④;后于李白如白居易的《与元九书》,以“六义”为标准批评历代的文人诗,几乎无一幸免。这自然是复古诗学中最为激烈的主张,完全站在儒家教化的立场上评论诗歌,差不多否定了整个文人诗歌传统。事实上还有比较温和的一派,

①《文选》卷五二,第 2270 页。
②《文选》卷一七,第 766 页。
③（清）王琦注《李太白全集》卷二,中华书局 1977 年,第 87 页。
④《隋书》卷六六,第 1544 页。

这一派站在文人诗歌本身的立场上,更重视诗歌艺术风格本身。最早是东晋南朝时以诗骚宗旨批评玄言诗,并初步确立建安诗风的经典性,如檀道鸾《续晋阳秋》即述从建安到西晋,虽质文有变,但"宗归不异":"至过江,佛理尤盛,故郭璞五言,始会合道家之言而韵之。询及太原孙绰转相祖尚,又加以三世之辞,而诗骚之体尽矣。"① 钟嵘《诗品序》也说:"永嘉时,贵黄、老,稍尚虚谈,于时篇什,理过其辞,淡乎寡味。爰及江表,微波尚传:孙绰、许询、桓、庾诸公诗,皆平典似道德论。建安风力尽矣。"②

初盛唐复古派诗学最重要的主张,就是提倡建安风骨,或称汉魏风骨。其思想渊源正可追溯到檀道鸾的"诗骚之体"、钟嵘的"建安风力"。在檀道鸾和钟嵘的观点中,玄言诗风的兴起是建安诗风失落的第一层。但这种诗歌批评,已经脱离简单的教化说,充分肯定文人五言诗本身的艺术传统,并认为这个传统上接诗骚。在实际的创作中,宋、齐、梁重视抒情,从逻辑上看,应该是对汉魏抒情传统的恢复。但由于玄言的盛行、佛玄哲学及其体悟自然的生活方式的形成,山水诗开始流行。在艺术趣味上,体物写景流行,这在很大程度上又改变了重新恢复汉魏抒情传统的方向,使诗歌创作中赋化的倾向更加严重。这种赋化的倾向,加上士族文化向世俗享乐发展,终于导致了诗歌向乐舞、声色、事物的倾倒,所以山水诗之后又出现咏物诗,咏物诗之后又出现宫体诗。玄言、山水、咏物、宫体这几种南朝的风气先后相续,使得诗歌又一次远离汉魏风骨。具体到艺术形式方面,则是对仗、声律、用典这几项修辞艺术的因素,与上述的内容互为表里。与此同时,南朝至初唐的文论家

---

① 徐震堮《世说新语校笺》,中华书局 1984 年,第 143 页。
② 《诗品集注》,第 28 页。

开始反思甚至比较激烈地批评齐梁陈隋之风,其中令狐德棻《周书·王褒庾信传论》的批评最为严厉,他以庾信为核心否定南朝轻险、淫放之风:"然则子山之文,发源于宋末,盛行于梁季。其体以淫放为本,其词以轻险为宗。故能夸目侈于红紫,荡心逾于郑、卫。"① 但是《隋书·文学传论》却有相对温和的看法,对南朝齐梁之际、北朝魏齐之际的诗风基本上是肯定的,并且认为"江左宫商发越,贵于清绮;河朔词义贞刚,重乎气质"②,认为"若能掇彼清音,简兹累句,各去所短,合其两长,则文质斌斌,尽善尽美矣"③。可见唐初以雅正为基本宗旨的诗歌主张,是要合南北朝两种文学风格为一体,以达到尽善尽美的理想目标,这并非简单地否定齐梁体,当然《隋书》也以轻险、淫放来批评梁代大同之后的文风,包括周隋之际的文风,并且肯定了隋代复古、复雅的作风。

上述东晋至初唐诗论中对风骚宗旨、建安风骨的提倡,以及对齐梁周隋"淫放"、"轻险"诗风的批评,构成唐代复古派诗论的基本主张,也可以说是理论渊源。但是,唐代复古派诗论的真正起点,是重新提倡古风的创作实践的发生,其理论的基本内容,则是明确地主张学习汉魏并上溯风雅,对齐梁陈隋诗风采取整体性的否定的态度。陈子昂、李白、白居易三家的观点,虽然前后变化很大,但都贯穿上述宗旨,其中陈氏《与东方左史虬修竹篇序》云:"文章道弊,五百年矣。汉魏风骨,晋宋莫传,然而文献有可征者。仆尝暇时观齐梁间诗,彩丽竞繁,而兴寄都绝,每以永叹!"④ 李白《古风》其一云:"大雅久不作,吾衰竟谁陈。王风委蔓草,战国多荆

①《周书》卷四一,第744页。
②《隋书》卷七六,第1730页。
③《隋书》卷七六,第1730页。
④ 徐鹏校点《陈子昂集》,上海古籍出版社2013年,第16页。

榛。龙虎相啖食,兵戈逮狂秦。正声何微茫,哀怨起骚人。扬马激
颓波,开流荡无垠。废兴虽万变,宪章亦已沦。自从建安来,绮丽
不足珍。"① 与上述两家不同,白居易《与元九书》则进一步靠向儒
家诗教之说,以"六义"为评衡诗史的唯一标准,实际上已经放弃
"建安风骨"的审美标准,所以自李陵、苏武以下,无一幸免于其苛
评②。

　　上述三家观点,分别代表了初唐、盛唐、中唐三个时期的复古
诗学的诗歌史观,从理论的发展逻辑来看,显示了唐代复古派诗论
由批评齐梁诗风、提倡汉魏风骨出发,逐渐向儒家诗教的整体理论
靠近的轨迹。但是,这个过程是随着唐诗的发展而展开的,其间最
积极的建树,是风骨、讽喻思想的复活,并且发展出兴寄、讽喻等重
要的诗学范畴。例如李白从表面上看,连建安诗歌也加以否定,但
实际的创作上,他提出"蓬莱文章建安骨"这样的理念③。孟棨《本
事诗》载:

　　　　白才逸气高,与陈拾遗齐名,先后合德。其论诗云:"梁
　　陈以来,艳薄斯极。沈休文又尚以声律,将复古道,非我而谁
　　与?"故陈、李二集律诗殊少。尝言:"兴寄深微,五言不如四
　　言,七言又其靡也。况使束于声调俳优哉?"④

从这段叙述可见,唐人将陈子昂与李白作为复古诗学的两个最重
要的人物,而且两者在理论上也是一脉相承的,李白完全接受陈氏

①《李太白全集》卷二,第87页。
②《白居易集》卷四五,第960—961页。
③《宣州谢朓楼饯别校书叔云》,《李太白全集》卷一八,第861页。
④ 丁福保辑《历代诗话续编》,中华书局1983年,第14页。

的风骨说、兴寄说,这两说是复古诗论最核心的范畴。复古诗学的主要建树在于范畴而非体系,在范畴的使用上,主要方式在于根据具体的创作实践,对儒家以及魏晋南北朝文论家的范畴进行重新的阐述,赋予更具体的意义,比如"六义"、"言志"、"吟咏性情"、"风骨"、"讽喻",以及融合了比兴与感物、将古老的比兴诗学与六朝兴起的情景诗学相结合的"兴象"之说。殷璠《河岳英灵集》序云:

> 至如曹、刘诗多直语,少切对,或五字并侧,或十字俱平,而逸驾终存。然挈瓶庸受之流,责古人不辨宫商徵羽,词句质素,耻相师范。于是攻异端,妄穿凿,理则不足,言常有余,都无兴象,但贵轻艳。虽满箧笥,将何用之。①

殷氏论诗,虽有"神来、气来、情来"的"三来"之说,以及"雅体、野体、鄙体、俗体"的"四体"之说,近于格式之论,并且声律风骨并重,但是核心思想似有折中两派的特点。而从上面这段文字来看,他肯定曹刘之"逸驾",对齐梁诗风有明显的批评,所以,其大端正属于复古一派。其中"理则不足,言常有余,都无兴象,但贵轻艳",与陈子昂批评齐梁诗风的观点一脉相承。"兴象"一词,正是从"兴寄"一词中发展出来的,但它比"兴寄"更能概括唐诗意象创造的特点,即在景物事象中包含多量的主观情兴。由此可见,由风骚的"比兴",到陈子昂等人的"兴寄",再到殷璠的"兴象",正是唐人发展六义中"比兴"范畴的一个过程。所以"兴象"是属于复古诗论的范畴,与"境界"属于格式诗论的范畴正相对应,成为唐诗

---

① 《唐人选唐诗新编(增订本)》,第156页。

美学的两个重要范畴。大体上说,盛唐重兴象,而中晚唐重境界。对于这些范畴,学术界已经有不少研究,本人近年也做了一些新的阐释,但联系唐代复古诗学的实践来进行具体的阐述,仍然是一项未及系统展开的工作。

四、复古派与格式派各自的诗史观与诗史建构

唐诗源于汉魏六朝诗,唐代诗人在继承诗歌传统的同时,也逐渐建构起诗史的系统,但各家各派都有自己的倾向。大略而言,重近体者溯自齐梁,复古风者追于汉魏,所以归结唐人诗史观,大端为重汉魏与近齐梁两大流派,对汉魏六朝各时期的诗歌风气演变,则不复像南朝文论家那样作细致的阶段性的分析。其意趣实在其当代创作主题,是作家式的文学史建构。

唐代诗人建构汉魏六朝诗史影响后代之深刻者,是复古一派的正变源流说,其基本的诗史观是风雅为源,骚为少变,汉魏之兴寄,风骨为正流,晋宋为衰,齐梁陈隋为绮靡之极。唐代复古派诗论主要文献的基本诗史建构是相近的,对后人评价、研究魏晋南北朝诗歌史影响很大。可以说迄今为止,魏晋南北朝诗歌史的基本建构,仍是南朝文论家、史家及唐代史家、诗人共同奠定的。

格式派在诗史建构方面的成果,不及复古派突出,且缺少系统,这与格式派创作理论的体系化形成有趣的对比,也说明其基本性质属于写作方法之论。但是其对诗史的见解,颇有与复古派相对的表现,对汉魏中心说有一定的突破。如皎然《诗式·文章宗旨》推崇谢灵运诗,认为其"能上蹑风骚,下超魏晋。建安制

作,其椎轮乎?"① 他认为谢诗上蹑风骚,并从建安之作中发展过来,这两点好像与前面的复古派诗学有相近的地方。但他又认为谢诗超过了魏晋,而建安仅仅是它的椎轮,这与复古派的推崇汉魏,可谓大相径庭。如果说推崇谢诗是因为崇重祖德的观念,还不足据此判断其整体诗史观,那么皎然质疑陈子昂的《感遇》,并且极力为齐梁诗人辩护,则可以认为是针对复古派流行之论而发的。他还拿阮诗与陈诗相比,认为陈诗远逊阮诗。表面上看,这是针对卢藏用《陈伯玉集序》"道丧五百年而有陈君"之论而发②,实际的意图是直接指向陈子昂提倡汉魏风骨、贬斥齐梁陈隋之绮靡之论。这个观点在《诗式》卷四"齐梁诗"一条中表现得更为明显:

　　评曰:夫五言之道,惟工惟精。论者虽欲降杀齐梁,未知其旨。若据时代,道丧几之矣,诗人不用此论,何也? 如谢吏部诗"大江流日夜,客心悲未央",柳文畅诗"太液沧波起,长杨高树秋",王元长诗"霜气下孟津,秋风度函谷",亦何减于建安? 若建安不用事,齐梁用事,以定优劣,亦请论之:如王筠诗"王生临广陌,潘子赴黄河";庾肩吾诗"秦皇观大海,魏帝逐飘风";沈约诗"高楼切思妇,西园赴上才";格虽弱,气犹正,远比建安,可言体变,不可言道丧。大历中,词人多在江外,皇甫冉、严维、张继、刘长卿、李嘉祐、朱放,窃占青山白云、春风芳草以为己有。吾知诗道初丧,正在于此,何得推过

---

①《诗式校注》,第118页。
②《诗式校注》,第221页。

齐梁作者。①

这番议论是针对以六义论诗、以为齐梁六义尽丧这类观点而发
的。开头说五言诗的要义在于追求精工,言外之意是五言之外,
如诗骚等体又另当别论。他指责贬低齐梁诗的论者不知道从更
宏大的诗道即风骚宗旨出发立论,而只将其与同时的五言建安诗
相比。作者认为如果从更高的标准来看,说齐梁因时代之降而道
丧还有一定道理;若只以建安诗为标准来否定齐梁诗则是一种
偏见。这反映了在主张风雅方面,格式派与复古派是相近的,都
是标举风骚宗旨的(《风骚旨格》)。它们的区别主要在于重汉魏
还是肯定齐梁。皎然即对建安与齐梁作了一番比较,虽似不贬建
安,但实际是认为齐梁较建安更为精工。其中"格虽弱,气犹正,
远比建安,可言体变,不可言道丧"这几句话,很明显是针对盛唐
流行的建安风骨之说。作者虽然认为诗歌经典还是风骚雅颂,但
却认为齐梁诗不逊于建安,甚至超过建安。这反映了中晚唐时代
的格式派诗论者试图在复古派的诗史建构之外,重构一种齐梁中
心论的诗史观。

　　格式派的诗史观强调诗的"变",不同意简单的古盛今衰的观
点。它是以近体为中心来建构诗史的,沈约《宋书·谢灵运传论》
已开其端,其中汉魏以来三变之说即是,沈约系统地阐述五言诗的
声律原则,可见体变说与声律说之间有一种依存关系。复古派以
"复"论文学,格式派则以"变"论文学,由此形成不同的诗史建构。
中唐刘禹锡也属于格式派,其论诗重境,观点与皎然一脉相承。他
的观点对于传统的复古派也有突破:"片言可以明百意,坐驰可以

---

① 《诗式校注》,第273页。

役万景,工于诗者能之。风、雅体变而兴同,古今调殊而理冥,达于诗者能之。工生于才,达生于明,二者还相为用,而后诗道备矣。"①此论正是中唐格式派理论精华的体现。"工"指具体的创作才能;"达"则是对诗史的一种认识。他认为风、雅、颂之不同者在于"体",相同者在于"兴",也就是诗的共同特质。不同时代、不同体裁甚至不同语言的诗中存在着可称为诗之本质的那种东西,即诗道,也就是诗歌艺术的创作规律,这个规律存在于具体广泛的诗歌中,存在于古今中外的诗史中,所以刘氏说"古今调殊而理冥"。这种诗史观念,与陈子昂、李白、白居易一派复古诗史观截然不同。

　　五代后唐、后晋之际修成的《旧唐书》中的《文苑传序》,理论倾向明显属于格式派,以沈氏三变之说来张其本,并且明显地推崇近体,认为唐人之作,尤其是其中宫商辑洽的近体之作,有胜于建安、江左的地方:

　　　　臣观前代秉笔论文者多矣。莫不宪章《谟》、《诰》,祖述《诗》、《骚》,远宗毛、郑之训论,近鄙班、扬之述作。谓"采采芣苢",独高比兴之源;"湛湛江枫",长擅咏歌之体。殊不知世代有文质,风俗有淳醨,学识有浅深,才性有工拙。昔仲尼演三代之《易》,删诸国之《诗》,非求胜于昔贤,要取名于今代。实以淳朴之时伤质,民俗之语不经,故饰以文言,考之弦诵。然后致远不泥,永代作程,即知是古非今,未为通论……近代唯沈隐侯斟酌《二南》,剖陈三变,摅云、渊之抑郁,振潘、陆之风徽。俾律吕和谐,宫商辑洽,不独子建总建安之霸,客儿擅江

---

①《刘禹锡集》卷一九,第237页。

左之雄。①

　　本来盛唐论诗多以建安、江左并称,如王维"盛得江左风,弥工建安体"②,《旧唐书》此序,也是建安与江左并提的。更根本的是,此序明确否定"是古非今",对复古诗论中的祖述《诗》、《骚》,独重比兴等论一一进行批判。其强调新变,标举自永明之唐人近体的倾向很明显。从上述两面来看,此序实为典型的格式派的诗论与诗史观。联系晚唐五代近体兴盛、古风衰微,兴寄减而冥搜物象之风盛,就容易理解这种诗论的立论依据。

　　唐代格式、复古两派诗论的不同,是唐诗内部不同艺术倾向的表现,是我们了解唐代诗歌史的重要切入点。复古派虽以儒家诗学思想为重要理论基础,但已经成为独立的理论体系,或者说儒家诗教通过复古派的有机发展,已经成功地转型为唐代富于实践性的诗歌理论,其中风骨、兴象、讽喻等重要范畴成为复古派最高的理论创造。格式派渊源于齐梁陈隋声律论,一直被视为一种技术性的表达,缺乏对艺术问题的形而上层面的思考,但在基本的理论建构上,格式派也是以风雅之说为其冠冕的。从深层的背景来看,声律、格律的一派理论,是南北朝文笔论的衍生,也可以说是由性灵论文学观念所导生的,其与以"言志论"为基本宗旨的复古派,正好构成对立互补的关系。更重要的一个事实是,从理论发展逻辑来说,境界论应该被视为格式派的重要范畴及最高理论创造。这其中当然有许多错综复杂的事实及环节需要做详细研究,但是梳理出它们的渊源、脉络及逻辑进程是首要的工作。

---

① 《旧唐书》卷一九〇,中华书局 1975 年,第 4982 页。
② 陈铁民《王维集校注》卷三,中华书局 1997 年,第 225 页。

本文在前人有关唐代诗学流派之论的基础上,进一步概括出格式、复古两派,略作勾勒,粗明脉络,目的在于提出这个问题。具体的引证难免有挂一漏万之嫌,论述更多未周之处,只能有待于今后的深入研究。

（原载《中国高校社会科学》2018 年第 5 期）

唐人比兴观及其诗学实践

中国古代诗论的主要特点是范畴诗学。历代诗人、诗论家通过一些重要的诗学范畴,实现了诗学思想的传承与发展,而诗歌理论在创作上的体现,也是通过范畴进行的。诗学范畴在具体的创作中起了很重要的作用。中国古代诗学的内在体系,是通过一些重要的范畴而达到其完整性、体系性的。前人在讨论唐代诗学时,或是认为唐人缺乏诗学,或是将用作初学者指导书的格法类著述作为唐人诗论的全部。而事实上,我们观察唐人诗学,发现虽然缺少后来宋、元、明、清诗学那样的系统性诗学著作及分析性的诗歌批评,但是从来不缺乏范畴。甚至可以这么说,唐代成熟的诗人自觉的诗歌创作活动,一直是在范畴的运作中进行的,其日常的诗歌批评活动也是如此。唐人诗学的范畴,相比于后来时代的诗学,还有一个特点,就是继承传统十分明显。与唐代学问重视述古(如中唐以前的经史之学主要是沿承汉魏六朝)一样,唐人在诗学范畴上,也是以传承诗骚及六朝为主的。尤其突出的如风雅比兴及情性等范畴。唐人较多地使用传统的风雅、六义、风骨等范畴来规范其诗歌创作,展开日常的诗歌批评。初一看只是简单地重复前人的范畴,在理论上没有多少新的发展。但事实上,唐人的范畴并不停留在援引前人成说的层次上,更重要的是通过具体的创作与批评的实践,对这些传统的范畴做出发展,赋予其新的内涵,并且解决其与当代诗学实践之间的某些矛盾。同时,唐人还创造了一系列能够及时体现其当代诗歌艺术发展的新的范畴。因此,研究唐人诗学,范畴的研究是十分重要的。当然,唐人的诗学范畴是实践性的,其内涵往往是在具体的创作与批评活动中体现出来的,因此有一种相对的不确定性。尤其是在具体的创作与批评中,其范畴的使用常常带有很大的感性与偶然性,许多时候是飘忽不定的,随着主观感受而不断变化。因此,某种意义上说,唐人(甚至整个中国古典诗学)的诗学范畴是具有不可穷尽性的。但是,在无数感性的、偶然性的范畴思维中,还是凝结了一批相对固定、贯穿于唐代诗学的整体或某一重要部分中的范畴,我们可以对之进行相对客观的研究,作为解明唐代诗学之关键点。笔者前曾著文,对唐人诗学的情性、通变及诗境等范畴作过研究①,其用意正在于此。

本文主要研究唐人诗学中的比兴范畴。众所周知,这完全是一个传统的范畴,汉儒与六朝诗论家都对其内涵作过阐释,后来宋元明清经学家与诗论家也作过一些重要的阐述。而唐人除唐初孔颖达在解经时对比兴作过理论阐释外,基本上没有对比兴的内涵作过什么重要的阐述。所以,我们研究古代的比兴理论发展史时,比较关注上述的理论阐述;而研究具体诗歌创作的比兴问题时,则比较重视那些被公认为用比兴方法创作的《诗经》、《楚辞》、汉魏古诗等作品,而对唐人诗学中比兴范畴的运用,唐诗创作中的比兴问

---

① 具体可参看钱志熙《情性与通变——唐人诗学的基本思想与方法》(《长江学术》2006 年第 1 期)、《唐诗境说的形成及其文化与诗学上的渊源——兼论其对后世的影响》(《文学遗产》2013 年第 6 期)中的论述。

题,缺乏系统、深入的研究。

一

　　比兴出于六义。《毛诗·大序》叙六义云:"故诗有六义焉,一曰风,二曰赋,三曰比,四曰兴,五曰雅,六曰颂。"①《周礼·春官·大宗伯·大师》称"大师掌六律六同","教六诗,曰风、曰赋、曰比、曰兴、曰雅、曰颂"②,"六诗"实即"六义",孔颖达《毛诗正义》论之甚详,其结论曰"然则风雅颂者,诗篇之异体;赋比兴者,诗文之异辞耳","赋比兴是诗之所用,风雅颂是诗之成形。用彼三事,成此三事"③,可以说是对汉魏以来经学家关于六义的主流看法的一个总结。《周礼》贾公彦疏解"六诗"之义亦云:"按《诗》上下,惟有风雅颂是诗之名也,但就三者中有比赋兴,故总谓之六诗也。"④ 两家之说,可以判定《周礼》"六诗"即《毛诗》"六义"。风、雅、颂为诗之体,赋、比、兴为诗之用。这也是唐人对六义的理解。"六义"之说在唐代诗学中仍然流行,唐人论比兴,实不离乎六义之旨。白居易《读张籍古乐府》"为诗意如何? 六义互铺陈。风雅比兴外,未尝著空文"⑤,即为著例。唐人或单举风雅,或单举比兴,或兼提风雅比兴,其义皆可互通,都是标举诗歌创作的宗旨。六义之中,之所以多举"风雅"而少及颂,是因为风雅可以概"颂"之义,

---

①《毛诗正义》卷一,中华书局 1980 年影印阮元刻《十三经注疏》,第 271 页。
②《周礼注疏》卷二三,中华书局 1980 年影印阮元刻《十三经注疏》,第 795—796 页。
③《毛诗正义》卷一,《十三经注疏》,第 271 页。
④《周礼注疏》卷二三,《十三经注疏》,第 796 页。
⑤ 顾学颉校点《白居易集》卷一,中华书局 1979 年,第 2 页。

而颂不能兼风雅之义；又多言比兴而少及赋，是因为赋为文体之常用，不烦特举而自在，而比兴则是诗体之特殊性所在。大抵诗人无有能比兴而不能赋者，然有能赋而不能比兴者。齐梁体之缺失，正在能赋而不能比兴。而历代的郊庙乐章之不足，正在有颂而少风雅比兴之义。所以，唐人论诗之取于六义者，以风、雅、比、兴四者为重。而风雅与比兴又形成两对相互关涉的范畴。所以，我们首先要清楚，不仅唐人比兴之说出于六义，而且每举比兴之说，常兼有六义之义，尤其是同时含有风雅之义。

　　唐人比兴说也是对汉魏六朝经学家与文论家比兴说的继承与发展。《周礼》虽著"六诗"之名，但没有对其内涵做出解释。《左传》所记春秋时期君臣之歌诗、赋诗，及春秋战国诸子百家之引诗、论诗，没有涉及完整的"六义"之说，更鲜言"比兴"。至汉儒解诗说诗，才多举"六义"、"比兴"。刘勰指出"毛公述传，独标兴体"，是因为"风通而赋同，比显而兴隐"①。但《毛诗·大序》多论风雅之义，而对比兴未有具体阐述。后来的经学家，逐渐对比兴之义展开阐释活动。在汉儒那里，"比兴"主要是作为"《诗经》学"的范畴被阐释的，并没有扩大到一般的诗歌乃至文章的领域中。但是，在实际的创作中，《楚辞》作者与汉魏以降的诗人，都使用了比兴的方法，赋体虽然有学者认为是取六义中赋义而成体，但实际的创作中也多运用比兴之法。这是开启后来诗赋创作中运用比兴方法的一个直接渊源。正因为这个原因，六朝文论家论比兴，已经不局限于《诗经》，而是扩大到一般诗学与文章学的范畴，其代表性表述即刘勰《文心雕龙·比兴》。这是比兴说发展中决定性的一步。唐人在具体的创作与批评中使用比兴说，在逻辑上其渊源即可追溯到

---

① 范文澜《文心雕龙注》卷八，人民文学出版社 1958 年，第 601 页。

刘勰。

进入唐代,诗歌创作繁荣,理论与批评也随之活跃,比兴理论更多地与具体创作相结合,进入了这个学说新的发展阶段,同时也奠定了比兴作为中国古代诗歌创作中重要的指导性范畴的基础。朱自清认为言志、比兴、温柔敦厚诗教说为古代诗歌理论的三个基本学说[①],可见其影响之深远。徐正英认为,自先秦至唐代比兴说的演变轨迹,可归纳为两条线索,即儒学经师之释比兴与文论家、作家对比兴的阐发。比兴的解说史,则可分为三个阶段,即"两汉为比兴概念的诠释阶段,魏晋南北朝为原始含义的阐释向文论性阐发的过渡阶段,唐代为风雅比兴说正式建构和这一文学主张发生重大影响的阶段"[②]。这个归纳基本上是准确的。

作为诗人所标榜并实践的创作方法的比兴,与经师及文论家解释的比兴有一个不同:经师与文论家的比兴,是一个阐释学中的范畴,总是将比与兴作为两种修辞的方法来分别诠释,即比与兴是两个范畴,即"六义"中的"二义";而诗人在具体的创作实践中使用的比兴范畴,在许多场合并不着意区别比与兴两义,而是合比兴为一义,将"比兴"作为具有联合词组性质的一个范畴来使用,视之为一种创作方法与主张。当然,在具体的创作中,比法与兴法还是有所区别的。比兴的使用上的这种分合情况,仍可追溯到六朝文论家,其中刘勰《比兴》篇在比兴说的发展历史上具有重要地位。刘勰仍然将比兴分开来说,并且他更重视兴的作用,认为"炎汉虽盛,而辞人夸毗,诗刺道丧,故兴义销亡"[③]。他认为魏晋以降的

---

① 朱自清《诗言志辨》,华东师范大学出版社 1996 年,第 49、82 页。
② 徐正英《先秦至唐代比兴说述论》,《西北师大学报(社会科学版)》2003 年第 1 期。
③《文心雕龙注》卷八,第 602 页。

诗赋创作中,实际是比法的单独发展。但如其书中使用的"风骨"、"情采"等范畴一样,比兴在刘勰这里已经从六义中提取出来,成为一对诗学范畴。其实魏晋以降的文人,在具体的创作中已经不再对比与兴两种方法作过多的分别,他们通常将比兴作为一个词组来使用,如《梁书·文学传》载萧纲《与湘东王书》:"比见京师文体,懦钝殊常,竞学浮疏,争为阐缓。玄冬修夜,思所不得,既殊比兴,正背《风》《骚》。"① 这种用法,已开启唐代诗家使用比兴以论创作的先例,并且开启了唐人将比兴视为一对组合紧密的范畴的使用习惯。

唐人每论及比兴之旨,俱是比兴并提,如"词蔚古风,义存于比兴"②,"学贯儒墨,词精比兴"③,"学综幽赜,词含比兴"④,"声尘邈超越,比兴起孤绝。始信郢中人,乃能歌白雪"⑤,"其诗大略以古之比兴,就今之声律,涵咏《风》《骚》,宪章颜、谢"⑥,"绍儒门之学行,工诗人之比兴"⑦,"有时放言以畅天理,且以园公歌咏于紫芝,宏景怡悦于白云,故属词之中,尤工比兴"⑧,"四始五际,今既远矣。会情性者,因于物象;穷比兴者,在于声律"⑨。上述众多的用例,反

①《梁书》卷四九,中华书局 1973 年,第 690 页。
② 唐代宗《授刘晏吏部尚书平章事制》,《全唐文》卷四六,上海古籍出版社 1990 年,第 217 页。
③ 苏颋《授卢藏用检校吏部侍郎制》,《全唐文》卷二五一,第 1119 页。
④ 苏颋《授郑惟忠太子宾客制》,《全唐文》卷二五二,第 1125 页。
⑤ 储光羲《酬李处士山中见赠》,《全唐诗》卷一三八,中华书局 1960 年,第 1397 页。
⑥ 独孤及《唐故左补阙安定皇甫公集序》,《全唐文》卷三八八,第 1744 页。
⑦ 常衮《授孙会侍御史制》,《全唐文》卷四一一,第 1867 页。
⑧ 权德舆《中岳宗元先生吴尊师集序》,《全唐文》卷四八九,第 2214 页。
⑨ 权德舆《右谏议大夫韦君集序》,《全唐文》卷四九〇,第 2215 页。

映了唐人使用比兴的一个事实,即比兴是被看作诗歌创作的一种基本方法,这是唐人对经学比兴说的一个重要发展。不仅如此,在唐人的用例里面,我们发现一个比较普遍的现象,他们多直接用"比兴"来指称诗歌创作。如温庭筠《上盐铁侍郎启》:

> 然素励颛蒙,常耽比兴。未逢仁祖,谁知风月之情;因梦惠连,或得池塘之句。莫不冥搜刻骨,默想劳神。未嫌彭泽之车,不叹莱芜之甑。其或严霜坠叶,孤月离云。片席飘然,方思独往;空亭悄尔,不废闲吟。①

其《上封尚书启》也有同样的表达方式:

> 某迹在泥途,居无绍介。常思激励,以发湮沉。素禀颛愚,夙耽比兴。因得诛茅绝顶,薙草荒田;默想劳神,冥搜刻骨。②

和他同时的李商隐也有类似的表达方式:

> 某比兴非工,颛蒙有素。然早闻长者之论,夙托词人之末。③

从上述引文中"常耽比兴"、"夙耽比兴"、"比兴非工"可见,唐人常常直接称写诗为"比兴"。比较接近上述温、李的用法的,还有如欧阳詹《送李孝廉及第东归序》:

---

① 《全唐文》卷七八六,第 3647 页。
② 《全唐文》卷七八六,第 3647 页。
③ 李商隐《献侍郎钜鹿公启》,《全唐文》卷七七八,第 3599 页。

迩来加取比兴属词之流,更曰进士,则近于古之立言也,为时稍称。①

所谓"比兴属词",即指诗赋创作。又如权德舆:

且君富于文谊,恬于利欲,比兴声律,播于士林。②

又如梁肃:

唐兴九世,天子以人文化成天下,王泽洽,颂声作,洋洋焉与三代同风。其辅相之臣曰邺侯李公泌,字长源,用比兴之文,行易简之道。③

唐人直接称诗歌创作为比兴,犹如直接称其为风雅一样。风雅是体而兼有法,比兴是法而兼指体。在唐人看来,比兴即是诗歌的基本创作方法,同时也是诗歌的基本功用。由此可见比兴这一对范畴在唐代诗学中的重要性。

唐人不仅视比兴为诗学的基本创作方法,而且对诗歌之外的比兴艺术也有所论述。比兴虽出于《诗经》,但古人论比兴,每视为文章之一法,而不局限于狭义的诗学。刘勰《比兴》所论的对象,即包括诗赋二体。事实上,在唐人的文学观念中,文章还是一个大文学的概念,包括诗赋箴铭诸文体。唐人论汉魏六朝文学的正变

①《全唐文》卷五九六,第 2670 页。
②(唐)权德舆《送司门殷员外出守均州序》,《全唐文》卷四九一,第 2221 页。
③《丞相邺侯李泌文集序》,《全唐文》卷五一八,第 2328 页。

盛衰,也都是合诗赋之类而论之。所以,唐人称文章之比兴,虽然
重在诗歌,也兼及其他文体。史学家刘知几即常论比兴之义,甚至
将其视为史学之一法。《史通·内篇·叙事第二十二》即将史传撰
写的夸饰、形容之法追溯到文章的比兴之道:

> 昔文章既作,比兴由生。鸟兽以媲贤愚,草木以方男女,
> 诗人骚客,言之备矣。洎乎中代,其体稍殊,或拟人必以其伦,
> 或述事多比于古。当汉氏之临天下也,君实称帝,理异殷、
> 周;子乃封王,名非鲁、卫。而作者犹谓帝家为王室,公辅为
> 王臣。盘石加建侯之言,带河申俾侯之誓。而史臣撰录,亦同
> 彼文章,假托古词,翻易今语。润色之滥,萌于此矣。降及近
> 古,弥见其甚。至如诸子短书,杂家小说,论逆臣则呼为问鼎,
> 称巨寇则目以长鲸。邦国初基,皆云草昧;帝王兆迹,必号龙
> 飞。斯并理兼讽谕,言非指斥,异乎游、夏措词,南、董显书之
> 义也。①

他在这里把史传中"假托古词,翻易今语"以及种种形容之语,都
归于比兴之流。虽然从史传存真的角度,他反对这种做法,但就
"比兴"一词的用法来说,内涵有所扩大。由此可见,诗文用典,
其实也可以归为比兴。这个问题,需要专门讨论。又《史通·外
篇·古今正史第二》:

> 而世人叙事,罕能自远,或言皆比兴,全类咏歌,或语多鄙

---

① (唐)刘知几《史通》卷六,辽宁教育出版社1997年,第53页。

朴,实同文案,而总入编次,了无厘革。①

《外篇·杂说上第七》:

> 《左传》称仲尼曰:"鲍庄子之智不如葵,葵犹能卫其足。"
> 夫有生而无识,有质而无性者,其唯草木乎? 然自古设比兴,
> 而以草木方人者,皆取其善恶薰莸、荣枯贞脆而已。必言其含
> 灵畜智,隐身违祸,则无其义也。寻葵之向日倾心,本不卫足,
> 由人睹其形似,强为立名。亦由今俗文士,谓鸟鸣为啼,花发
> 为笑。花之与鸟,安有啼笑之情哉? 必以人无喜怒,不知哀
> 乐,便云其智不如花,花犹善笑,其智不如鸟,鸟犹善啼,可谓
> 之谎言者哉? 如"鲍庄子之智不如葵,葵犹能卫其足",即其例
> 也。而《左氏》录夫子一时戏言,以为千载笃论,成微婉之深
> 累,玷良直之高范,不其惜乎! ②

刘知几认为比兴是文章之道,并且看到史传撰写中也有使用
比兴之法,有类诗人之咏歌。虽然他对这些具体的比兴之例持否
定态度,批评其夸饰不实。但他并不是就认为史传不能用比兴之
法,而是认为要用得妥当。不仅文章,艺术如书画之类,唐人也多
以比兴之义去理解。如于邵《进画松竹园表》:

> 臣所以缘义祝寿,出幽入微,不散氤氲之容,同成俯仰之

---

①《史通》卷一二,第 106 页。
②《史通》卷一六,第 133 页。

势。征画图之旨,诚惭创物;求比兴之义,庶近爱君。[1]

观此,则知唐人论绘画,也用比兴之说。又张怀瓘《六体书论》:

> 法本无体,贵乎会通。观彼遗踪,悉其微旨。虽寂寥千载,
> 若面奉徽音,其趣之幽深,情之比兴,可以默识,不可言宣。[2]

此则以比兴论书法。由此可见比兴之说在唐代艺术领域的活跃作用,它不仅是一种诗歌理论,而且还可视为广义的艺术理论。而源于《诗经》学的比兴范畴,以及源于《诗经》、《楚辞》的比兴艺术传统,在唐代被作为一种基本的艺术方法来使用,对唐诗艺术精神的造成起到了决定性的作用。

二

比兴理论及比兴艺术传统的这种发展,其实是汉魏六朝以来文学艺术发展的一个结果。这里涉及文人诗歌与源出于歌谣、乐章的《国风》、乐府在创作方式上的不同。赋、比、兴应该是来自原始歌谣作者们对其修辞艺术的自觉体认,而由教习六诗的太师们提炼总结出来。所以,从本质上说,比兴是来自歌谣的原始性的修辞方法。古老的歌谣,都是出于人心之自然表达,其特性在于抒发,而非交流,即所谓"男女有所怨恨,相从而歌,饥者歌其食,劳者

---

① 《全唐文》卷四二五,第 1917 页。
② 《全唐文》卷四三二,第 1951 页。

歌其事"①。所以其语言的表现,主要是追逐情绪的飘忽变化与人心的微妙律动,存在着一种明显的无意识性。当诗人要有所抒发时,往往被莫名的情绪所驱使,不知其所要表达的是什么,这时触目或联想到的事物,只要在这个情绪流之中,都可能成为"兴"的表达对象。随意兴发,随韵宛转,词之所发,象之所生,常不知意之所在,义之所明。这种情况在儿歌、童谣中表现得最为突出。故风诗、歌谣,多以兴开端。及至歌头已起,节奏已顺,则诗人对于自己所要表现的内容,逐渐清晰起来,于是或用比法以达到言在此而意在彼的作用,或用赋法来直叙其事、直抒其情。这样看来,在风诗歌谣中,比、赋两法是明确的,而兴法则是不明确的。古人解诗,其义多依比与赋的部分,而其辞则重在兴之使用。盖兴义虽微,却是开放式的,是人心向自然万物的自由开放。经生深感兴之重要而不易体认,故"毛公述传,独标兴体"。但随着诗歌艺术的发展,尤其是当修辞艺术上属于自然性的歌谣、乐章向属于自觉性的文人诗歌发展时,后者的创作状态既不同于歌谣之应心肆口、随意吟叹,也不同于乐章之每依乐段而成文,其修辞艺术更加自觉,而创作、著述之意更加明显。所以汉魏文人诗中,兴法逐渐减少,而比法增加。建安诗人所作,多用比法。尤其是在古人认为源出于诗的辞赋中,赋义日广,而比法也得到较多的使用,兴法差不多完全消失了。刘勰《文心雕龙·比兴》揭示了这一艺术上的变化:"炎汉虽盛,而辞人夸毗,诗刺道丧,故兴义消亡。于是赋颂先鸣,故比体云构,纷纭杂遝,倍旧章矣。"②可见,汉魏以降,诗赋艺术中比盛

①(汉)何休《春秋公羊传注疏》卷一六,中华书局1980年影印阮元刻《十三经注疏》,第2287页。
②《文心雕龙注》卷八,第602页。

而兴衰,是文学发展史上的一个重要现象。但诗人论诗,并不因为比盛兴衰而单提比体,而仍然比兴并提。这是因为比与兴虽是两种不同的修辞方法,但性质很接近,都是索物以言情志,引类以为讽喻,所以古人的习惯,总是比兴并提。事实上,兴义虽然隐约难明,但它更能体现诗歌艺术兴感无端的表现性特点。所以古人虽比兴并提,其所重常在于兴。孔子论诗:"诗可以兴,可以观,可以群,可以怨。迩之事父,远之事君。多识于鸟兽草木之名。"① 兴观群怨四者之中,兴是诗的本质之用,正因为诗可以兴,才有可观、可群、可怨的作用。可观、可群、可怨,不限于诗,别的文体与非文学手段也可以达到,兴则是诗特有的本质。孔子又说:"兴于诗,立于礼,成于乐。"② 孔子所说的"兴",不完全等同于六义之"兴",而是对古兴之说的发展。他主要是从用诗方面来揭示诗的某种本质性的功用。叶嘉莹曾著文论述孔子诗学中"兴"的重要意义,认为《论语》中记载孔子论诗,如《学而》中孔子赞扬子贡"始可与言诗已矣,告诸往而知来者",以及《八佾》中"起予者商也,始可与言诗已矣"诸条,皆可阐述"诗可以兴"之义。并说"'兴'是中国诗歌里的真正精华,是我们中华诗学的特色所在"③。可以说,孔子在理论上已经扩大"兴"的内涵,并且赋予"兴"以诗的本质性作用的意义。刘勰论比兴,也特重兴之价值,说:"观夫兴之托喻,婉而成章,称名也小,取类也大。"④ 又当其批评汉魏以来比盛兴衰时也说:"辞赋所先,日用乎比,月忘乎兴,习小而弃大,所以文谢于周人

---

① 《论语·阳货第十七》,《论语注疏》卷一七,中华书局 1980 年影印阮元刻《十三经注疏》,第 2524 页。

② 《论语·泰伯第八》,《论语注疏》,《十三经注疏》,第 2487 页。

③ 叶嘉莹口述《红蕖留梦》,生活·读书·新知三联书店 2013 年,第 313 页。

④ 《文心雕龙注》卷八,第 601 页。

也。"① 以兴法的衰微为后人之作不及周诗的原因所在。可见古人论艺，多重兴而轻比，将兴看成是一种更加根本的艺术方法。

那么，在诗骚之后的文人诗歌中，兴是否真的减少了，甚至消失了呢？从艺术的发展历史来看，汉魏以降的诗赋创作中，《诗经》中的那种歌谣之兴的古法是消歇了。这是因为兴这种古老的修辞方法，是与原始性的思维方式联系在一起的②。它在文学的自觉时代的文人诗歌创作中无法以其原生态的方式继续使用。但作为一种艺术传统的六义中的兴义，不是消失了，而是意蕴被扩大了。在文人诗学的时代，兴更多地被用来揭示诗歌艺术的本质属性。前面我们说过，兴在诗歌中的效用是巨大的，是人心向自然万物的自由开放。而人心在抒情活动中向自然万物的自由开放，正是诗歌艺术的本质所在，是其无穷魅力的发生之源，所谓"诗可以兴"、"兴于诗"，都是这种艺术本质的体现。所以，从广义上说，抒情活动中人心向自然万物的自由开放，都可被视为兴的艺术。即以魏晋南北朝诗歌而言，其间大量兴起的各种咏物诗与山水诗，即是兴法的发展。兴的本质，在于由外物的触发而引起主观感情的一种联动，即所谓感物兴思。魏晋诗赋创作中感物说的盛行，即是兴义的扩大③。所以，作为古老的歌谣修辞艺术之狭义的"兴"法虽然较少被文人诗作者继承，但兴的艺术精神却得以充分地发展。因此，从狭义的"兴"法到文人诗歌的比兴范畴，兴义是有一个巨大的发展的。了解了这个过程就会明白，比、兴二法，虽然经师、论家之解释多执着其异，而诗人论艺则主要是体认其同，而不执着计较其异。

----

① 《文心雕龙注》卷八，第 602 页。

② 参看赵沛霖《兴的源起》一书的有关论述（中国社会科学出版社 1987 年）。

③ 参看钱志熙《魏晋诗歌艺术原论（修订本）》第四章第五节《西晋文人的自然观和西晋文学的意象》（北京大学出版社 2005 年，第 212—215 页）。

唐诗比兴艺术的发展,并非简单地继承诗骚的比兴之法,而着重于"比兴"的艺术精神。在具体的创作中,不仅兴与比融合,常常难以明确地区别二者,即使是兴与赋,也常常难以严格区别。如写山水景物及吟咏事物之作,皆可以视为赋,但从其感发情思、融寄主观内容来看,也可视为兴。其间的区别,在于体物赋事时,有无情灵摇荡的感发,有无思想与情感的寄托。所以,唐人论比兴的重点,在于诗之有无感发,有无寄托。以上应该是唐人对传统的比兴范畴发展的一个主要方面。比、兴两法不能不融合于一个艺术范畴者,就是因为诗歌艺术的这种发展。

由于上述所论的兴义扩大,兴作为诗歌艺术之基本精神被诗人把握,用来指揭诗的本质属性。所以,就唐代诗学中的比兴这一范畴而言,其重心实在于"兴":

> 未睹风流日,先闻新赋诗。江山清谢朓,花木媚丘迟。吏部来何暮,王言念在兹。丹青无不可,霖雨亦相期。昔我投荒处,孤烟望岛夷。群鸥终日狎,落叶数年悲。渔父留歌咏,江妃入兴词。今将献知己,相感勿吾欺。(张子容《赠司勋萧郎中》)①

> 至于诗之为称,言以全兴;诗之为志,赋以明类。亦有感于鬼神,岂止明夫礼义。王泽竭而诗不作,周道微而兴以刺。(李益《诗有六义赋》)②

> 然去诗未远,梗概尚存,故兴离别则引双凫一雁为喻,讽君子小人则引香草恶鸟为比,虽义类不具,犹得风人之什二三

---

① 《全唐诗》卷一一六,第1178页。
② 《全唐文》卷四八一,第2178页。

焉……陵夷至于梁陈间,率不过嘲风雪、弄花草而已。噫! 风
雪花草之物,三百篇中,岂舍之乎,顾所用何如耳。设如"北风
其凉",假风以刺威虐也;"雨雪霏霏",因雪以愍征役也;"棠棣
之华",感华以讽兄弟也;"采采芣苢",美草以乐有子也。皆兴
发于此,而义归于彼。(白居易《与元九书》)①

就诗的本质来讲,单举比不可以概兴,而举兴则可以概比,所以张
子容"渔父留歌咏,江妃入兴词","兴词"即比兴之词,亦即诗歌。
同样,李益说"诗之为称,言以全兴",亦以"兴"为诗之主要特征,
他还说"周道微而兴以刺"。至于白居易所说的"兴离别则引双凫
一雁为喻",又云"兴发于此,而义归于彼",其举六义比兴,而单提
兴而不言比,则可知兴可兼比,比不能兼兴。然而唐人对于"兴"
的理解,其义不重在自由联想、引起歌词的节奏谐和等特质,而在
于寄托之义、美刺之风。以美刺论兴,也源于古人,前引刘勰之论,
即认为"诗刺道丧,故兴义消亡"。白居易举《诗经》数例,以为都
是"兴发于此,而义归于彼",也是重于寓意。这正是文人诗之兴法
与风诗、歌谣之兴法的不同,文人重视兴的美刺讽喻之义,这是文
人诗对兴义的又一发展。前面已经论述过,孔子提出"诗可以兴"、
"兴于诗"等重要观点,扩大了兴的内涵,尤其是将"兴"视为诗的
基本功用,对后来的文人诗的比兴诗学影响极大。唐人论兴或比
兴,正是从诗用方面来讲的。循此,则唐人比兴学与风谣比兴传统
的深层联系也就可以找到,其中儒家诗学起了中间环节的作用。

————————

① 《全唐文》卷六七五,第 3052 页。

三

　　前节论述唐代诗学的比兴范畴,是以兴为中心,兴指向诗歌的
本质。因此,在唐代诗学比兴观的发展中,兴是一个很活跃的、富
于生发性的概念。"兴"是唐诗中最常用的诗语,唐人作诗常说"诗
兴"(《全唐诗》所见如李白《酬殷明佐见赠五云裘歌》"顿惊谢康
乐,诗兴生我衣"①、刘长卿《送郭六侍从之武陵郡》"知君诗兴满沧
洲"② 等 34 例)、"雅兴"(《全唐诗》所见如朱湾《重阳日陪韦卿谯》
"雅兴谢公题"③ 等 5 例)、"吟兴"(《全唐诗》所见如许棠《寄黔南李
校书》"从戎巫峡外,吟兴更应多"④、李咸用《送曹税》"落帆当此
处,吟兴不应慵"⑤ 等 17 例)。此外,唐人所用为诗题者,如秋兴、古
兴、杂兴之类,更是十分常见。这些诗语,虽然诗人在使用时未必
都自觉地意识到其与比兴传统的关系,但反映出兴的确是唐代诗
学中的一个重要范畴。在传统的比兴概念的基础上,唐代诗学中
形成一系列以"兴"为核心的新范畴,如兴寄、兴象、兴谕(白居易
《读谢灵运诗》"岂惟玩景物,亦欲摅心素。往往即事中,未能忘兴
谕"⑥)、讽兴、感兴(皇甫松《古松感兴》⑦、李涉《感兴》⑧、鲍溶《感

①《全唐诗》卷一六七,第 1728 页。
②《全唐诗》卷一五一,第 1579 页。
③《全唐诗》卷三〇六,第 3479 页。
④《全唐诗》卷六〇三,第 6965 页。
⑤《全唐诗》卷六四五,第 7393 页。
⑥《全唐诗》卷四三〇,第 4742 页。
⑦《全唐诗》卷三六九,第 4153 页。
⑧《全唐诗》卷四七七,第 5424 页。

兴》①、郑谷《感兴》②)、寄兴(刘禹锡《令狐相公见示赠竹二十韵仍命继和》"高人必爱竹,寄兴良有以"③)、寓兴(鲍溶《寓兴》④、朱庆余《和刘补阙秋园寓兴之什十首》⑤、贾岛《寓兴》⑥)等。这些新范畴对于唐代诗歌的创作与批评,起到了决定性的作用。下面我们将主要围绕"兴寄"、"讽兴"、"兴象"等范畴展开讨论。

兴寄是以兴为核心的系列范畴中最重要的一个。"兴寄"一词,晋宋间人已见使用,如僧肇在《答刘遗民书》中提到:

> 威道人至,得君念佛三昧咏,并得远法师三昧咏及序。此作兴寄既高,辞致清婉。能文之士,率称其美,可谓游涉圣门,扣玄关之唱也。⑦

唐人以兴寄论诗,据现存文献,似首见于陈子昂的《与东方左史虬修竹篇序》:

> 文章道弊五百年矣。汉魏风骨,晋宋莫传,然而文献有可征者。仆尝暇时观齐梁间诗,彩丽竞繁,而兴寄都绝。⑧

---

① 《全唐诗》卷四八六,第 5517 页。
② 《全唐诗》卷六七四,第 7705 页。
③ 《全唐诗》卷三五五,第 3986 页。
④ 《全唐诗》卷四八五,第 5504 页。
⑤ 《全唐诗》卷五一四,第 5873 页。
⑥ 《全唐诗》卷五七一,第 6620 页。
⑦ (清)严可均辑校《全晋文》卷一六四,中华书局 1958 年影印、1987 年印刷《全上古三代秦汉三国六朝文》,第 2410 页。
⑧ 《陈伯玉集》卷一,《四部丛刊》本。

在这里,兴寄与风骨构成初盛唐复古诗学的一对核心范畴。风骨是六朝时期出现的一个新范畴,兴寄则依托古老的比兴观及儒家的"诗可以兴"而产生。两者之间有一个互补的关系。如果说"汉魏风骨"还较多地依附于诗歌经典,人们在实践它时,不能完全离开对经典的学习;那么,兴寄完全是一个独立的美学范畴。在盛唐时期,风骨一词的影响与使用,似较兴寄更为流行。遗憾的是,我们现在无法找寻陈子昂"兴寄"一词的直接渊源,也无从了解它在当时口传的诗学批评中的使用情况。到了中唐时期,柳宗元《答贡士沈起书》也使用了"兴寄"一词:

> 得所来问,志气盈牍,博我以风赋比兴之旨……嗟乎!仆常病兴寄之作,堙郁于世,辞有枝叶,荡而成风,益用慨然。间岁,兴化里萧氏之庐,睹足下《咏怀》五篇,仆乃拊掌愜心,吟玩为娱。告之能者,诚亦响应。①

柳宗元的表述明显受到陈子昂的影响,可以窥见在唐代诗学实践中,陈氏的兴寄之说其实是一直在发生影响的。又从柳氏之述,我们也可以清楚看到,所谓兴寄,亦即风赋比兴之旨,亦即诗之内涵。这样可以反观陈子昂的兴寄说,其核心内容仍是六义之旨。我们前面论述过,唐人比兴说,是与六义说联系在一起的,同样,其"兴寄"、"讽兴"诸说,也是与六义之说相关联的。这是我们在讨论唐人比兴说时要特别地加以注意的。

就兴寄之义来说,兴是诗之体,寄是诗之用。兴寄即是通过诗歌艺术创作来寄托作者的主观情志。唐人论比兴,重在兴起主观

---

①《全唐文》卷五七五,第 2574 页。

情志,兴托主观精神。柳冕《与徐给事论文书》:

> 文章本于教化,形于治乱,系于国风。故在君子之心为
> 志,形君子之言为文,论君子之道为教。《易》云:"观乎人文,
> 以化成天下。"此君子之文也。自屈宋以降,为文者本于哀艳,
> 务于恢诞,亡于比兴,失古义矣。虽扬马形似,曹刘骨气,潘陆
> 藻丽,文多用寡,则是一技,君子不为也。①

从这里我们可以看到,唐人所理解的比兴,并非单纯的艺术方法,
而是强调主观情志的表现,并且包括了一种对诗歌的伦理要求。
从这个意义说,兴寄说又是直接贯穿着诗言志的思想的。兴寄说
是对比兴说的一种发展,它不是硬性地强调使用传统的比法或兴
法,而是超越于具体的修辞法之上的一种创作原则与精神。虽然
唐人对诗骚及魏晋诗人的比兴艺术也有许多具体的汲取,但将比
兴或兴寄作为其当代诗学的基本原则,则显然不能局限于传统的
比兴法。所以"兴寄"一词的出现是适时的,并且唐人将言志、缘
情、风骨、情性等内容,融汇在兴寄这一范畴中。

　　初盛唐的复古派诗学,当然是重视诗歌的伦理价值的,但并没
有将其放在诗论的核心位置。他们重视诗歌艺术整体的审美理想
与典范风格,所以诗论的重心在于兴寄与风骨这一对范畴。到了
中晚唐时期,唐诗的时代风格业已形成。而世乱政衰、教化不行的
现实局面,刺激了一部分坚持儒家理想的诗人们的用世之心,出现
了主要派生于儒家教化诗学的新乐府一派的诗学主张。在这种诗
学变动中,传统的比兴说与讽喻说相结合,产生了讽兴之说。元稹

---

①《全唐文》卷五二七,第 2372 页。

《乐府古题序》在概括诗史时,强调了讽兴的传统:

> 况自《风》《雅》至于乐流,莫非讽兴当时之事,以贻后代
> 之人。沿袭古题,唱和重复,于文或有短长,于义咸为赘剩。
> 尚不如寓意古题,刺美见事,犹有诗人引古以讽之义焉。①

其以"讽兴当时之事"概括从《风》《雅》到汉魏乐府的传统,正是为其
新乐府创作张本。"讽兴"又作"兴讽"。白居易曾用讽兴赞扬韦应物
之作:

> 如近岁韦苏州歌行,清丽之外,颇近兴讽。②

元白又以讽兴之义来标榜自身的创作。白居易在编集时首重讽谕一类:

> 自拾遗来,凡所遇、所感、关于美刺兴比者,又自武德讫元
> 和,因事立题,题为新乐府者,共一百五十首,谓之讽谕诗。③

元稹《叙诗寄乐天》在说到自己的各类诗歌时,也特重具有"古
讽"、"乐讽"、"律讽"三种:

> 其中有旨意可观,而词近古往者,为古讽。意亦可观,而
> 流在乐府者,为乐讽。词虽近古而止于吟写性情者,为古体。

---

① 冀勤点校《元稹集》卷二三,中华书局1982年,第254页。
②《全唐文》卷六七五,第3053页。
③《全唐文》卷六七五,第3053页。

词实乐流,而止于模象物色者,为新题乐府。声势沿顺属对稳切者,为律诗,仍以七言、五言为两体。其中有稍存寄兴、与讽为流者为律讽。①

从将"稍存寄兴、与讽为流"的律诗称为"律讽"可见,前两类"古讽"、"乐讽"的性质,正是在于存有寄兴之旨、讽喻之义。这番话当然也是元白讽兴说的典型表达。从而可知,元白的讽兴说,较陈子昂的兴寄之说更强调讽喻之义,与儒家的六义之说的渊源关系更为密切。最能说明元白讽兴说出于六义的,还是白居易的《与元九书》。此文认为周衰秦兴,六义始刓。至骚人之作及苏李五言,六义始缺,但犹有比兴之旨,可以说是"去诗未远,梗概尚存"。到了晋宋时代,"以康乐之奥博,多溺于山水;以渊明之高古,偏放于田园。江鲍之流,又狭于此,如梁鸿《五噫》之例者,百无一二焉。于时六义浸微矣"。至齐梁以下,凡咏物色,不过"嘲风雪、弄花草"而已,虽有靡丽,而讽兴之义全失,可以说是"六义尽去矣"。"唐兴二百年,其间诗人,不可胜数。所可举者,陈子昂有《感遇》诗二十首,鲍防有《感兴》诗十五首。又诗之豪者,世称李杜。李之作才矣,奇矣,人不逮矣,索其风雅比兴,十无一焉"②。从这里可以看到,在元白派的理论中,讽兴实为六义之根干,讽兴失则六义衰缺。唐人的比兴理论,从兴寄发展到兴讽,是对儒家传统诗教的一种回复。而在具体的创作中,兴讽的影响与兴寄一样大,奠定了中晚唐以讽喻为宗旨这一派的理论基础。由此可见,传统的比兴说对唐代诗学的巨大影响。

兴象范畴是唐代诗学对传统比兴说的另一重要发展。盛唐的

---

①《元稹集》卷三〇,第352页。
②《全唐文》卷六七五,第3052页。

诗歌批评家殷璠在《河岳英灵集》中多次提到"兴象"这一范畴,其中最重要的是序文中以"都无兴象"来批评齐梁体诗歌的一段:

> 至如曹刘诗多直语,少切对,或五字并侧,或十字俱平,而逸驾终存。然挈瓶庸受之流,责古人不辨宫商徵羽,词句质素,耻相师范。于是攻异端,妄穿凿,理则不足,言常有余;都无兴象,但贵轻艳。虽满箧笥,将何用之。自萧氏以还,尤增矫饰。武德初,微波尚在。贞观末,标格渐高。景云中,颇通远调。开元十五年后,声律风骨始备矣。实由主上恶华好朴,去伪从真。使海内词场,翕然尊古,南风周雅,称阐今日。①

从本段论述中可知,兴象这个范畴的提出,仍然与初盛唐复古诗学的大背景相关。或者可以说,兴象说仍然是属于复古诗学的范畴。殷璠从批评齐梁轻艳诗风的立场提出兴象这个范畴,联系陈子昂"齐梁间诗,彩丽竞繁,兴寄都绝",可见两者在理论上的继承性。殷氏继承陈子昂一派的复古诗学传统,论诗提倡风骨,并且阐述了唐诗逐步摆脱齐梁诗风的经过。由此可知,由比兴至兴寄,再到兴象范畴的提出,在脉络上是清晰的。但殷氏是在总结了陈子昂以后盛唐诗学发展的条件下提出自己的理论的,对复古诗学有所发展。其主要表现为在体制上,兼重古近体,所谓"既闲新声,复晓古体。文质半取,风骚两挟"②,所以他在论风骨时,强调声律风骨兼备,并以此作为开元诗风成熟的标志。陈子昂以兴寄与风骨并提,

---

① (唐)殷璠《河岳英灵集·序》,《唐人选唐诗(十种)》,上海古籍出版社1978年,第40页。
② 《河岳英灵集·集论》,《唐人选唐诗(十种)》,第41页。

殷氏同样是兴象与风骨并提。从这里也可以看出来,兴象说的确是由兴寄说发展过来的。同时的高适《答侯少府》"性灵出万象,风骨超常伦"①,正是以万象与风骨相提并论。可见,将兴象(或物象)与风骨并提,在初盛唐之际是一种比较普遍的诗学思想。殷璠在对诗人、诗作进行具体的批评时,也常用兴象这个范畴。如其评陶翰云:"既多兴象,复备风骨。"②又其评孟浩然云:"浩然诗,文彩丰茸,经纬绵密,半遵雅调,全削凡体。至如'众山遥对酒,孤屿共题诗',无论兴象,兼复故实。又'气蒸云梦泽,波动岳阳城',亦为高唱。"③可见,兴象在殷氏诗学中是一个成熟的范畴。

　　兴象是兴寄与物象的结合,从大的诗史发展脉络来看,兴象说正是传统比兴说与六朝以来体物缘情的情景诗学的结合。冥搜物象是六朝传统,齐梁诗歌多咏物之作、山水之词,应该说是具备物象的,但重在形似写物、属词比事,缺少兴寄的精神,所以说它缺乏兴象。我国古代诗歌,在晋宋以前,以抒写情事为主,物象浑然于其中。晋宋之后,山水与咏物之风兴起,写景艺术越来越发达,物象成了诗歌的主要表现内容,以至刘勰《文心雕龙》专设《物色》一篇来论述这个问题。但六朝的山水诗,多为纯粹地描摹景物,古人称为摹山范水,缺乏主观情感的融入。咏物也是这样,多形似写物,着重于纯客观的再现。与此相反,兴象之作则情景交融,能够表现出丰富的、具有多层次的美感的景象、物象、事物。总之,兴象是唐代诗人在进行诗歌创作与批评时的一个重要范畴。兴象说的提出,标志着中国古典诗歌艺术的成熟。

---

①《全唐诗》卷二一一,第2198页。
②《河岳英灵集》,《唐人选唐诗(十种)》,第69页。
③《河岳英灵集》,《唐人选唐诗(十种)》,第91页。

虽然现存文献中没有看到"兴象"一词的广泛使用,但唐人诗学中存在一种象的美学,正是兴象说产生的基础。这种象的美学,其实是丰富而富于思辨性的。"象"是《周易》与道家的重要概念,后来佛教也常用。到了唐代,"象"是诗歌中经常出现的词,亦即唐诗中重要的诗语,同样也是文人对自然景物进行审美时的重要概念。唐诗中有不少以象为核心的诗语,诸如"万象"(《全唐诗》所载如苏颋《奉和圣制登太行山中言志应制》"登临万象悬"[①] 等94例)、"气象"(《全唐诗》所载如孙逖《夜到润州》"天高气象秋"[②] 等39例)、"景象"(《全唐诗》所载如张籍《和左司元郎中秋居十首》"东园景象偏"[③] 等24例)、"物象"(《全唐诗》所载如常建《西山》"物象归余清"[④] 等34例)等。可见"象"在唐诗的构词中是十分活跃的,因此完全可以构成唐诗中的一种"象"的美学。这正是兴象说形成的一种基本语境。或者说,兴象说正是唐人"象"的美学与传统比兴说的一种新结合。

唐人所说的"景象"与"物象"是客观性的,它们构成诗歌的客观取材。但是在具有易理与佛、道思想的唐人的思维中,决不仅将象视为纯粹客观的东西,而是在审美与写景造物中理解象与情、理、意等因素的关系。刘长卿"心镜万象生,文锋众人服"[⑤] 一句,正可见唐人意识到"象"的实质,在于主客观相遭遇而呈现的。象不仅存在于外,也存在于内,准确地讲,是内外相依而存在的。唐人继承了六朝的传统,在写作中重视冥搜物象,如高适《陪窦侍御

---

① 《全唐诗》卷七四,第809页。
② 《全唐诗》卷一一八,第1193页。
③ 《全唐诗》卷三八四,第4323页。
④ 《全唐诗》卷一四四,第1457页。
⑤ 刘长卿《赠别于群投笔赴西安》,《全唐诗》卷一五〇,第1552页。

灵云南亭宴诗得雷字》"连唱波澜动,冥搜物象开"①、李幼卿《游烂柯山》"物象不可及,迟回空咏吟"②、孟郊《赠郑夫子鲂》"文章得其微,物象由我裁"③、贾岛《吊孟协律》"集诗应万首,物象遍曾题"④、陆龟蒙《袭美以紫石砚见赠以诗迎之》"君能把赠闲吟客,遍写江南物象酬"⑤等,此种例子很多。但是比起六朝诗人来,唐人更重视象与情、理、意的关系。如钱起《宴郁林观张道士房》"灭迹人间世,忘归象外情"⑥,可见象可含情。宋之问《入崖口五渡寄李适》"因冥象外理,永谢区中缘"⑦,可见观象可以见理。司空图《二十四诗品·缜密》"意象欲生,造化已奇"⑧,则象中自然含意。刘禹锡论诗云:"诗者,其文章之蕴邪! 义得而言丧,故微而难能。境生于象外,故精而寡和。"⑨这些概念以及其中反映的审美意识,与兴象说都是相通的,甚至可以说是属于兴象说的范畴。象与情、意、理的关系,其实构成了广义的比兴关系。

在具体的诗论方面,"物"、"物象"、"象"等概念也是唐人所常用的。《风骚要式》中有"物象门",并引"虚中云:'物象者,诗之至要。'苟不体而用之,何异登山命舟,行川索马。虽及其时,岂及其用"⑩。又《金针诗格》论诗有内外意云:"二曰外意,欲尽其象。象,

---

① 《全唐诗》卷二一四,第 2240 页。
② 《全唐诗》卷三一二,第 3518 页。
③ 《全唐诗》卷三七七,第 4234 页。
④ 《全唐诗》卷五七二,第 6636 页。
⑤ 《全唐诗》卷六二五,第 7181 页。
⑥ 《全唐诗》卷二三七,第 2625 页。
⑦ 《全唐诗》卷五一,第 620 页。
⑧ 《全唐诗》卷六三四,第 7286 页。
⑨ 《刘禹锡集》,中华书局 1990 年,第 238 页。
⑩ (汉)徐衍《风骚要式》,张伯伟编撰《全唐五代诗格校考》,陕西人民教育出版社 1996 年,第 429 页。

谓物象之象,日月、山河、虫鱼、草木之类是也。"①《雅道机要》亦有
"明物象"之说,其所举之例有:"残月,比佞臣也。珍珠,比仁义也。
鸳鸯,比君子也。荆榛,比小人也矣。以上物象不能一一遍举。"②
可见唐人深知"象"在诗歌写作中的作用,并且同样深知写象之意
义,在于立象以尽意,因象以见意。这正是广义的比兴诗学,是唐
人诗学广大深微、无穷妙用之处。故《二南密旨》论比兴,不离物
象,其语曰:"取类曰比。感物曰兴。"又曰:"比者,类也,妍媸相
类、相显之理。或君臣昏佞,则物象比而刺之;或君臣贤明,亦取物
比而象之。""兴者,情也,谓外感于物,内动于情,情不可遏,故曰
兴。感君臣之德政废兴而形于言。"③上述唐人论诗之语,虽然没有
直接用到兴象一词,但都可以归入兴象说的范畴。

四

　　唐人比兴说及由其派生的一系列包含比兴思想的诗学范畴,
是在唐诗的体系中展开的。作为唐人诗学的一种普遍性的思想,
不同阶段的诗学、不同的诗歌体裁、不同倾向的创作实践,都以各
自的方式来继承并发展比兴观与比兴艺术传统。这其中,唐诗古
近体并存的体裁系统与比兴诗学的关系,尤其需要深入的研究。
　　唐人提倡比兴,与复古诗学的兴起有很大的关系。唐人比兴
说的第一特征,是提倡风雅与风骚的传统,并以此来规范与评论其
当代的创作。这在唐代诗学中是一种比较普遍的思想。对于这一

---

①《金针诗格》,《全唐五代诗格校考》,第 326 页。
②(唐)徐寅《雅道机要》,《全唐五代诗格校考》,第 405 页。
③(唐)贾岛《二南密旨》,中华书局 1985 年,第 1 页。

点，作为有唐三百年文学之总结的唐末五代之际刘昫《旧唐书·文苑传序》（《全唐文》作《文苑表》）有比较全面的概述：

> 臣观前代秉笔论文者多矣，莫不宪章谟诰，祖述诗骚。远宗毛、郑之训论，近鄙班、扬之述作。谓"采采芣苢"，独高比兴之源；"湛湛江枫"，长擅咏歌之体。殊不知世代有文质，风俗有淳醨，学识有浅深，才性有工拙。昔仲尼演三代之易，删诸国之诗，非求胜于昔贤，要取名于今代，实以淳朴之时伤质，民俗之语不经，故饰以文言，考之弦诵，然后致远不泥，永代作程。即知是古非今，未为通论。夫执鉴写形，持衡品物，非伯乐不能分驽骥之状，非延陵不能别雅郑之音。若空混吹竽之人，即异闻韶之叹。近代唯沈隐侯斟酌二南，剖陈三变。摅云渊之抑郁，振潘陆之风徽。彼律吕和谐，宫商辑洽，不独子建总建安之霸，客儿擅江左之雄。①

刘氏这里代表了晚唐崇尚近体一派的观点，对以传统的风骚比兴来评价当代创作有所质疑，这反映了唐诗体制中古近体的矛盾。但他指出前代论文者，莫不"祖述诗骚"，"独高比兴之源"，却是概括了有唐一代比较普遍的一种诗学思想。可见提倡比兴，意在复古，是唐人明确地意识到的。前述陈子昂、殷璠、白居易等人的思想，已经清楚地表明此点。杜确《岑嘉州集序》中的一段叙述，更是直接揭示了比兴之说与唐人革除齐梁体及开元时代复古诗学的兴起的关系：

---

① 《旧唐书》卷一九〇，中华书局 1975 年，第 4981 页。

　　　　自古文体变易多矣,梁简文帝及庾肩吾之属,始为轻浮绮
　　　靡之词,名曰宫体。自后沿袭,务于妖艳,谓之摛锦布绣焉。
　　　其有敦尚风格,颇存规正者,不复为当时所重,讽谏比兴,由
　　　是废缺。物极则变,理之常也。圣唐受命,斫雕为朴。开元之
　　　际,王纲复举,浅薄之风,兹焉渐革。其时作者凡十数辈,颇能
　　　以雅参丽,以古杂今,彬彬然,灿灿然,近建安之遗范矣。①

杜氏批评梁简文以后轻浮绮靡之风流行,自是唐初以来文史家之
常论。其独重讽谏比兴,并认为开元十数辈能以古杂今,近建安遗
范,则是站在总结初盛唐复古诗学成就的立场上的。唐诗最接近
传统的比兴艺术的,也主要在古风、古乐府一类中,尤其是直接以
感遇、古风以及诗题带有"古"字如"古意"、"古兴"、"古怨"等的
一类诗中。关于这个创作系统与风骚及汉魏古诗的关系,学术界
已经注意得比较多。但此体在唐代的整个源流演变,仍需全面的
梳理;而复古思想在唐代的普遍性,也是需要深入地去认识的。
　　但是,比兴说对唐诗的影响,并不局限于古风、古体一类。唐
代比兴诗学发展,或者说唐诗发展的一个重要趋向,就是源出齐梁
的近体系统在其发展过程中越来越多地接受风骨、比兴的观念,并
且形成近体诗的比兴艺术。前引殷璠《河岳英灵集序》在提出兴
象的同时,又提出声律、风骨这两个重要概念,就反映了兴象论与
近体创作的关系。独孤及《唐故左补阙安定皇甫公集序》论大历
十才子之一皇甫冉的诗歌,就揭示出这方面的事实:

　　　　盖存于遗札者,凡三百有五十篇。其诗大略以古之比兴,就

————————————

①《全唐文》卷四五九,第 2077 页。

今之声律,涵咏风骚,宪章颜谢。至若丽曲感动,逸思奔发,则天机独得,有非师资所奖。每舞雩咏归,或金谷文会,曲水修禊,南浦怆别,新声秀句,辄加于常时一等,才钟于情故也。①

所谓"以古之比兴,就今之声律",就是将原本属于古风、古体的比兴传统,汲取到近体诗中来。可以说,如何将比兴之说与源出齐梁、本乏比兴的近体诗联系起来,是唐代诗学的重要课题之一。权德舆《右谏议大夫韦君集序》记述韦渠牟学诗的经历和对诗学的一番体悟,尤其能够启发我们认识唐人在具体的创作实践中是如何将风雅比兴传统与其当时重视物象、声律俳偶相结合而形成新的审美标准的:

> 初君年十一,尝赋铜雀台绝句,右拾遗李白见而大骇,因授以古乐府之学,且以瑰琦轶拔为己任。至弱冠,乃喟然曰:"四始五际,今既远矣。会情性者,因于物象;穷比兴者,在于声律。盖辩以丽,丽以则,得于无间,合于天倪者,其在是乎!彼惠休称谢永嘉如芙蓉出水,钟嵘谓范尚书如流风回雪,吾知之矣。"遂苦心藻虑,俪词比事,纤密清巧,度越群伦。②

李白曾传授韦渠牟古乐府之学,将其作为自己终生提倡的复古诗学的传人。但韦氏最后并没有完全走李白为他选择的诗学发展道路。他认为"四始五际,今既远矣",与复古派普遍高唱风雅传统的诗学是有所立异的,至少是表示出某种质疑。但他不是消极地质

---

①《全唐文》卷三八八,第1744页。
②《全唐文》卷四九〇,第2215页。

疑,而是有积极的建树,即认为吟咏情性需要因于物象;而穷比兴之旨则在于声律。这可以说是将作为儒家诗学核心范畴的"情性"与"比兴",和齐梁以来作为主要创作方法的冥搜物象与声律偶对结合起来。这种诗学思想,是在中唐时代兴起的,主要是为了解决近体诗与传统比兴说的矛盾。但同时也引发了中晚唐近体诗创作中逐渐增加比兴方法的诗学趋向。晚唐的杜牧、李商隐、温庭筠、韩偓等都是古近体兼长,在吸取齐梁以来绮艳体物之风的同时,兼尚诗骚以来的比兴寄托之法。

由上面所论可知,比兴与声律的结合,正如比兴与情景诗学的结合一样,是唐人对比兴说的一个重要发展。其对后世诗学的影响是巨大的。反过来我们也可以说,声律与比兴的结合,是近体诗摆脱以形似咏物、绮靡为主要特征的齐梁体的关键。在这里,我们依稀感觉到唐人比兴诗学在艺术思想上的一种深刻性。

比兴源于古歌谣及风骚,风体重兴而兼比,骚体尚比而兼兴,汉赋则比兴多失。汉魏诗人,在继承风骚比兴的基础上又有发展。所以,在唐人诗学中,风雅与风骚,都与比兴相联系。汉魏诗人在继承诗骚比兴的基础上,发展了文人诗的比兴艺术,实是后世文人诗比兴艺术的直接源头,尤其是风骨与比兴结合,为后来初盛唐复古派提供重要的艺术启发。魏晋刘宋诗歌中,仍多比兴,但至齐梁则渐衰,至梁大同后形似写物、轻艳绮靡愈盛。唐人正是在这种情况下重新提倡比兴,并且通过各流派的各自实践,发展了传统的比兴学说,使古老的比兴说与以五七言体为主的古近体诗结合起来。这在比兴诗学的发展史上是最具决定性的。此后的中国古代诗学发展,比兴一直作为基本的艺术方法被推崇。

(原载《文学遗产》2015 年第 6 期)

唐诗境说的形成及其文化与诗学上的渊源

——兼论其对后世的影响

在古代诗学的众多范畴中,境界与意境无疑是现代学者讨论得最多的。并且,与其他古典诗学范畴在现代基本上已经不再使用不同,境界与意境在现代的文艺创作与批评中仍被广泛地使用,并且有很大的发展。这与王国维的《人间词话》是分不开的。王国维比较准确地阐述了古代诗学中的境界范畴,并且在其中渗透了近代的、西方的文艺思想,使其成为一个经典性艺术范畴,为现代人广泛地接受。与出于西方文学批评传统的典型论相比,境界论更恰切地揭示了中国古代文学的艺术特征,因此能与典型论一起流行于现代的文艺学中。甚至在典型论不再被广泛地使用的情况下,境界论仍表现出历久弥新的理论上的有效性。这说明境界这一范畴在揭示艺术本质与创造规律方面,具有一种既直观、感性而又富于思辨色彩的功效。因此不仅王国维在众多的古典诗学范畴中选择了它,用它来阐述诗歌艺术的本质与创造规律,而且现代的艺术家与批评家有时也对其表现出须臾不可离的依赖。甚至在一般的大众化的文艺批评中,我们也能看到诸如境界、意境之类的范畴的广泛的、自由的使用。这是标志一个艺术范畴的活力的最直观的证据。

　　鉴于上述原因，我们要追溯古代诗学中境界说的发生、发展的历史。这里最具关键性的是"境"作为一个诗学范畴的产生问题。我们发现，"境"作为一种诗学范畴的使用，在中、晚唐时期已经很普遍。也就是说用"境"这一范畴来观照诗歌艺术的本质与创造规律，在中晚唐诗人那里已经是一种常见的现象。这样现象本身也许并非难以观察到，但现象背后的成因即其广阔的哲学与诗学的背景仍有重新探索的必要。尤其要从唐诗发展、唐人广泛的诗歌创作与批评活动中研究境的问题。

一

　　"境"成为中国古代诗学、艺术学中的重要范畴，是有很深厚的语言与哲学及传统思维方式的依据的。从概念的发展史来看，"境"或"境界"经历了从单纯的地理空间名词到抽象性空间名词的发展。这是作为诗学范畴的"境"、"境界"产生的基本前提，其中佛学境界说应该是诗学境界的直接渊源。同时值得注意的是，自六朝以来，诗歌与一般的文学作品较多地出现以"境"为主词的词语。这种"境"在诗歌造语中的活跃情形，也是诗境说出现的必要条件之一。

　　除了境界说与佛学的关系之外，一些学者已经注意到"境"、"境界"等词的含义演变问题，"意境理论的产生是与'境'概念含义的变化密切相关"①。但这应该是境界问题研究中的一个课题，还有进一步研究的必要。"境"原为地理界限的意思，也有地域的意

_____

① 参见马奔腾《禅境与诗境》第四章第二节（一）"'境'含义的流变"（中华书局 2010 年，第 146—149 页）。

思,《左传》宣公二年记载大史说赵盾"亡不越竟"①,越竟即越境。境界亦为疆界之意,如《全后汉文》卷六十六载但望《请分郡疏》:"谨按巴郡图经境界,南北四千,东西五千,周万余里,属县十四。"②又同书卷八十八载仲长统《昌言·损益篇》:"当更制其境界,使远者不过二百里。"③《全晋文》卷五十八张华《博物志序》:"诸国境界,犬牙相入。"④可见,境与境界最早只是实指地理空间的名词。但带有抽象性空间含义、表现精神性事物的"境",似乎在较早的时期也已出现。马奔腾举《庄子·逍遥游》"且举世誉之而不加劝,举世非之而不加沮,定乎内外之分,辨乎荣辱之境"一例为证,说明境由疆域名词发展为指称精神性事物,并非完全是由于佛教的影响⑤。据我们调查,"境"指称抽象空间之义,应该是在东晋以后开始普遍化。最典型的就是《世说新语·排调》记载:

顾长康啖甘蔗,先食尾。问所以,云:"渐至佳境。"⑥

用"渐至佳境"来说食甘蔗时由顶部吃到根部越吃越甜的感觉,是一个风趣的说法。说明"佳境"这样的词,当时的名士语言已经使用。陶渊明《饮酒》诗中"结庐在人境"⑦一句也值得注意。"人

---

① 《春秋左传正义》卷二一,中华书局 1980 年影印阮元刻《十三经注疏》,第 1867 页。

② (清)严可均校辑《全上古三代秦汉三国六朝文·全后汉文》卷六六,中华书局 1958 年,第 834 页。

③ 《全上古三代秦汉三国六朝文·全后汉文》卷八八,第 950 页。

④ 《全上古三代秦汉三国六朝文·全晋文》卷五八,第 1792 页。

⑤ 《禅境与诗境》,第 146 页。

⑥ 杨勇校笺《世说新语校笺》,中华书局 2006 年,第 734 页。

⑦ 逯钦立校注《陶渊明集》卷三,中华书局 1979 年,第 89 页。

境"应该是"人间之境"的意思,这样使用"境"字,明显地超越了
疆界的含义,而带有抽象空间的色彩。这两例都看不出有佛教境
界说的影响。"境"的用法有了这样的发展并不奇怪,由于玄学的
影响,魏晋文人思辨力、抽象思维的能力,较汉代人是提高了,而境
的抽象义也日趋成熟,为诗学境说、境界说的出现奠定最基本的语
言学的背景。"境"的表示抽象性空间、指称精神性事物的含义的
完成,应该是在东晋南朝时代。这时候最值得注意的,还不是单纯
的"境"的含义的发展,而以"境"为主词的一系列词组的形成。如
上述顾恺之所用的"佳境",陶渊明所说的"人境",还有陶渊明《桃
花源记》"率妻子邑人来此绝境"一句的"绝境",又如江淹杂拟诗
《谢临川灵运游山》"灵境信淹留,赏心非徒设"的"灵境"[①]。东晋
以降,文学与佛学文献中此类词组颇不鲜见。

　　到了唐诗中,以"境"为主词的诗语有了很大的发展,不仅使
用频繁,而且组合变化的情况很丰富。如出于陶诗的"人境",据
对《全唐诗》的检索,就达四十例之多。如张均"从此更投人境外,
生涯应在有无间"(《流合浦岭外作》)[②],蔡希寂"不出人境外,萧
条江海心"(《同家兄题渭南王公别业》)[③],崔翘"地奇人境别,事
远俗尘收"(《郑郎中山亭》)[④],王维"虽与人境接,闭门成隐居"
(《济州过赵叟家宴》)[⑤],祖咏"寥寥人境外,闲坐听春禽"(《苏氏

---

① 逯钦立辑校《先秦汉魏晋南北朝诗·梁诗》卷四,中华书局 1983 年,第
　　1577 页。
②《全唐诗》卷九〇,中华书局 1999 年,第 980 页。
③《全唐诗》卷一一四,第 1160 页。
④《全唐诗》卷一二四,第 1230 页。
⑤《全唐诗》卷一二七,第 1290 页。

别业》)①,储光羲"兹山在人境,灵贶久传闻"(《游茅山》)② 等。此外,出于陶文的"绝境",唐诗中也有二十八例,如杜甫"孤屿亭何处,天涯水气中。故人官就此,绝境兴谁同"(《送裴二虬作尉永嘉》)③ 等。出于顾恺之语的"佳境"也有二十例,如张说"今日清明宴,佳境惜芳菲"(《清明日诏宴宁王山池赋得飞字》)④ 等。此外,"灵境"、"胜境"、"幽境"等以"境"的主词组成的偏正词组,以及与之相反的"境胜"、"境幽"、"境清"之类主谓词组,大量地出现。其中"灵境"三十例,如孙逖"晚从灵境出,林壑曙云飞"(《酬万八贺九云门下归溪中作》)⑤。"胜境"二十三例,如骆宾王"灵峰标胜境,神府枕通川"(《游灵公观》)⑥。"幽境"十五例,如刘禹锡"幽境此何夕,清光如为人"(《和李相公平泉潭上喜见初月》)⑦。"境胜"十一例,如权德舆"境胜烟霞异"(《郊居岁暮因书所怀》)⑧。"境幽"五例,齐己"天策二首作,境幽搜亦玄"(《谢虚中上人寄示题天策阁诗》)⑨。"境清"八例,如皎然"境清觉神王,道胜知机灭"(《妙喜寺达公禅斋……》)⑩。同时唐人对"境"的使用,也出现了从指称实际的空间到抽象事物的空间的许多用法,如杜甫《八哀诗·故右仆

①《全唐诗》卷一三一,第1333页。

②《全唐诗》卷一三六,第1378页。

③《全唐诗》卷二二四,第2401页。

④《全唐诗》卷八六,第921页。

⑤《全唐诗》卷一一八,第1190页。

⑥《全唐诗》卷七八,第844页。

⑦《全唐诗》卷三五八,第4047页。

⑧《全唐诗》卷三二〇,第3612页。

⑨《全唐诗》卷八四〇,第9548页。

⑩《全唐诗》卷八一五,第9256页。

射相国张公九龄》"乃知君子心,用才文章境"①,孟郊《访嵩阳道士
不遇》"常言一粒药,不堕生死境"②。这两例与《庄子·逍遥游》荣
辱之境是同样的用法。从上述所引可知,"境"是唐人常用的诗语
之一。这应该是唐人诗境说产生的最切近的语言学背景之一。这
里面所反映的是,从东晋南朝到唐代,"境"在人们的日常生活与审
美活动中,已经成为一个重要的概念。

　　从上面的论述可知,即使排除佛学的影响,从中土语言本身,
"境"的抽象化空间义也已产生,并且在发展。但是,我们不能否
认,使"境"从一个实指的地理性空间名词转化为抽象性虚拟空间
名词,尤其是指称心灵、意识、精神事物性质对象的最重要的词源
演变的条件,还是佛学的境说、境界说的流行。境、境界是佛学中
的重要范畴,主要内涵是指由心识所产生的法象。佛教持色空的
唯心观念,认为世界的万物都是因缘附会而生,并且存在于变动无
住的流注之中,因此事物没有真实的、独立的自性的存在,人们所
见的万物都是幻化的影像,从而论证万法皆空。在这样的哲学思
维过程中,佛学使用境、境界这样的概念来指称表象世界。其基本
的内涵有二:一是指由心识所生的一种对象,《俱舍颂疏》释境为
"心之所游履攀援"(丁福保《佛学大辞典》释境即用此说);二是
指修法、悟道的种种境地。较多地使用境、境界等范畴的,有刘宋
求那跋陀罗翻译的《楞伽经》(北魏菩提流支、唐实叉难陀分别翻
译,都称《入楞伽经》)和传为马鸣菩萨所造、梁真谛以及唐实叉难
陀分别翻译的《大乘起信论》。《楞伽经·一切佛语心品》:

①《全唐诗》卷二二二,第 2359 页。
②《全唐诗》卷三八〇,第 4279 页。

是诸菩萨摩诃萨(具足)无量三昧自在之力,神通游戏,大
慧菩萨摩诃萨而为上首,一切诸佛手灌其顶,自心现境界。善
解其义,种种众生、种种心色,无量度门,随类普现,于五法、自
性识、二种无我,究竟通达。①

又如:

汝等诸佛子,今皆恣所问,我当为汝说自觉之境界。②

又如:

何故名佛子,解脱至何所? 谁缚谁解脱,何等禅境界? ③

又如:

大慧,彼诸外道作如是论,谓摄受境界灭,识流注亦灭。
若识流注灭者,无始流注应断。④

又如:

于识境界摄受及摄受者不相应。无所有境界,离生住灭,
自心起,随入分别。大慧,彼菩萨不久当得生死涅槃平等,大悲

---

① (宋)释正受集注《楞伽经集注》卷一,上海古籍出版社1993年,第5页。
②《楞伽经集注》卷一,第6页。
③《楞伽经集注》卷一,第6页。
④《楞伽经集注》卷一,第13页。

巧方便、无开发方便。大慧,彼于一切众生界,皆悉如幻,不勤
因缘,远离内外境界,心外无所见,次第随入无相处。次第随入
从地至地三昧境界,解三界如幻,分别观察,当得如幻三昧。①

又如:

> 复次,大慧,有七种第一义:所谓心境界,慧境界,智境界,
> 见境界,超二见境界,超子地境界,如来自到境界。②

从上面所引,粗浅地理解,可以知道境、境界,大体上是与法相当
的一个佛学范畴。法有二义,一为事物义,二为佛法义。境亦有二
义,一为因缘附会所生的种种内外境界,二为佛法的修悟境地。以
上所引《楞伽经》中所说的境与境界,大要都可归于上述两义。但
境比法的概念更具空间性,能够更好地阐释佛教的哲学思想。

《大乘起信论》所说的境与境界,也同样可分为心识所生的因
缘附会的事物之境与表示佛法修悟程度的境地两种含义:

> 心真如者,即是一切法界大总相法门体。所谓心性不生
> 不灭。一切诸法唯依妄念而有差别,若离心念,则无一切境界
> 之相。③

又云:

---

① 《楞伽经集注》卷一,第 15 页。
② 《楞伽经集注》卷一,第 14 页。
③ 高振农校释《大乘起信论校释》,中华书局 1992 年,第 17 页。

> 所言不空者,已显法体空无妄故。即是真心,常恒不变,净法满足,则名不空,亦无有相可取,以离念境界,唯证相应故。[1]

又云:

> 不思义业相者,以依智净,能作一切胜妙境界。[2]

又云:

> 复次,依不觉故生三种相,与彼不觉相应不离。云何为三?一者无明业相……二者能见相……三者境界相,以依能见故境界妄现,离见则无境界。[3]

学术界的一种看法,认为《大乘起信论》并非印度马鸣所造,而是中土佛徒所作。吕澂曾著文论证此论与《楞伽经》的关系。我们现在看它的境界说,确实也是采自《楞伽经》的。但正如吕氏所说的那样:"《起信》以国人之玄想,曲解佛法托始马鸣,隋唐以降,治学者备为所惑。"[4]由于其参合了中国故有的玄学思想,并且表述清晰,论述有条理,所以对于唐代的释俗两界的实际影响,恐怕比《楞伽经》等印度经论更大。

在隋唐时代流行的天台宗、禅宗、法相宗(唯识宗)各派中,境

---

① 《大乘起信论校释》,第 23 页。
② 《大乘起信论校释》,第 36 页。
③ 《大乘起信论校释》,第 46 页。
④ 吕澂《起信与楞伽》,黄夏年主编《吕澂集》,中国社会科学出版社 1995 年,第 194 页。

与境界都是重要的佛学范畴。如天台宗称止观之象为境：

> 开止观为十：一、阴界入，二、烦恼，三、病患，四、业相，五、
> 魔事，六、禅定，七、诸见，八、增上慢，九、二乘，十、菩萨。此十
> 境通能覆障。①

这"十境"也兼含了事物之境与佛法之境二义。基于这一基本观念，天台宗在阐述法门时，也频繁地使用境与境界等概念。如："又若不解诸境互发，大起疑网，如在岐道，不知所从。"②又如："又是者，非作法，非佛，非天人修罗所作，常境无相，常智无缘，以无缘智，缘无相境，无相之境相无缘之智，智境冥一，而言境智，故名无作也。"③唐初玄奘创立的法相宗，阐述万法唯识的思想，即认为世界的一切都是由识所变现的，人们执着于我，认为存在一种自我相对的外在世界。其实这个外在世界完全由识变生。在唯识宗的学说体系中，境也是一个重要概念，他们往往将境与识作为一对范畴来使用：

> 复有迷谬唯识理者，或执外境如识非无，或执内识如境非有。④

所谓执外境如识非无，即是我执；执内识如境非有，即是法执。这两者都是妨碍唯识思想的正确理解的障碍。所以，唯识宗将分别

---

① 《摩诃止观》卷五上，台湾新文丰出版社 1975 年影印《大正藏》卷四十六，第 49 页。
② 《摩诃止观》卷五上，49 页。
③ 《摩诃止观》卷一下，第 9 页。
④ 韩廷杰校释《成唯识论校释》卷一，中华书局 1998 年，第 1 页。

境与识,作为其理论的主要出发点:"由假说我法,有种种相转,彼依识所变,此能变唯三:谓异熟、思量及了别境识。"① 可见在法相宗里面,境也是一个重要的范畴。禅宗以《楞伽经》为主要经典,跟法相宗一样,境与境界也是禅宗的重要范畴。《六祖坛经》云:

> 今既如是,此法门中,何名坐禅? 此法门中,一切无碍,外于一切境界上念不起为坐;见本性不乱为禅。②
>
> 有僧举卧轮禅师偈云:"卧轮有伎俩,能断百思想。对境心不起,菩提日日长。"师闻之,曰:"此偈未明心地。若依而行之,是加系缚。"因示一偈曰:"惠能没伎俩,不断百思想。对境心数起,菩提作么长?"③

关于佛学的境论、境界论在佛学中的地位及其学说的全体,是佛学中的专门问题。这里所关注的这种佛教境界说,其实是与中国传统思维最契合的一种思维方式。所以随着佛学流行,境、境界越来越成为解说佛法乃至汇聚一般的人生思想的重要概念。上面说的境作为诗语的流行,也主要是在佛学境说、境界论流行的南朝时代开始的。较早出现的佛义的境界,如晋无名氏《正诬论》曰:"佛经说天地境界,高下阶级,悉条贯部分,叙而有章。"④ 基本还是传统作为地理名词的境界的意义。其后中土人文章中的境,如梁武

---

① 《成唯识论校释》卷一,第 1 页。
② 郭朋校释《坛经校释》,中华书局 1983 年,第 37 页。
③ 丁福保《六祖坛经笺注》,台湾新文丰出版公司 1984 年据无锡丁氏藏版影印,第 81 页。
④ 《全上古三代秦汉三国六朝文·全晋文》卷一六六,第 2430 页。

帝萧衍《断酒肉文》:"凡食鱼肉,是魔境界。"① 陈文帝《方等陀罗尼斋忏文》:"入陀罗尼门,观诸佛境界,顿消狱火,永尽无余。"② 阙名《大乘唯识论序》:"唯识论者,乃是诸佛甚深境界,非是凡夫二乘所知。"③ 释慧命《详玄赋》:"虽游形于法界,未动足于祇园,叹一王之似虐,嗟五热之非暄,握手入和修之舍,弹指开阿逸之门,闻一音之常韵,睹极圣之恒存。三九于兹绝听,二七自此亡魂。斯甚深之境界,亦何易而详论。"④ 智顗《净土十疑论》:"在缘者,造罪之时,从虚妄痴暗心,缘虚妄境界颠倒生。"⑤ 在诗歌方面,如王融《法乐辞》:"贞心延净境,邃业嗣天宫。"⑥ 庾肩吾《北城门沙门》:"已悲境相空,复作泡云灭。"⑦ 可见境界是崇信佛教的僧俗两界用来阐发佛义的常用的概念。在这同时,在一般的生活场景上,也有使用境的例子,如沈约《却东西门行》:"乐去哀镜满,悲来壮心歇。"⑧ 哀镜,据逯钦立校,应作"哀境"。

　　从上面的论述可知,促使境、境界等词向抽象性质的、精神和意识性质的空间扩大,主要是由于佛学中境说、境界说的作用。以境、境界为中心的一系列词语的形成及其在诗歌中的频繁使用,也是与这样一种思维方式分不开的。准确地说,是佛学造成了一种境的思维方式与表达方式,它没有局限于佛义,而是延伸为人们日常的思维之一,成为人们表达生活体验与人生感受的重要概

①《全上古三代秦汉三国六朝文·全梁文》卷七,第 2992 页。
②《全上古三代秦汉三国六朝文·全陈文》卷二,第 3412 页。
③《全上古三代秦汉三国六朝文·全陈文》卷一八,第 3505 页。
④《全上古三代秦汉三国六朝文·全后周文》卷二二,第 3994 页。
⑤《全上古三代秦汉三国六朝文·全隋文》卷三二,第 4210 页。
⑥《先秦汉魏晋南北朝诗·齐诗》卷二,第 1391 页。
⑦《先秦汉魏晋南北朝诗·梁诗》卷二三,第 2006 页。
⑧《先秦汉魏晋南北朝诗·梁诗》卷六,第 1617 页。

念。我们在探索唐代诗学中境说、境界论的产生时，应该充分重
视从南朝到唐佛教境论对人们思维方式的深刻影响。关于诗学中
境、境界系列范畴与佛学的关系，学术界诚然已有众多的讨论，萧
驰指出："佛学的境能成为诗学的重要范畴，乃由众多的、特殊的历
史机缘凑成。从根本上说，这是佛教东渐，与一个以抒情诗为主要
文类的文学传统相遇的结果。"①这个看法，对于探讨诗境说与佛学
关系，是带有概括性的，据此可以展开许多关于这个论题的专门讨
论。尽管如此，对于诗境说与佛学境论、境界论的关系的研究，就
目前来看，仍然是很不够。罗宗强指出如要对意境来自佛教做出
确凿的证明，要做大量的词汇史与思想史方面的清理工作②。除此
之外，更加本质性的问题是，中国古代乃至整个东方佛教流行地区
人们在佛教浸染下形成的境、境界的思维方式，也是需要重视的。
作为美学范畴的境、境界、意境之类概念的产生、存在与发展，实是
依托于一个极其广阔的文化背景与民族思维方式土壤的。这是我
们今后研究这方面的理论需要拓展的空间。

二

　　以境论诗始于唐代，这一点学术界已经形成通识③。也就是说，
境界理论发生于唐代。但是我们对于唐代的诗境说、境界说的研

---

① 萧驰《佛法与诗境》，中华书局 2005 年，第 6 页。

② 罗宗强《序》，汪涌豪《中国文学批评范畴十五讲》，华东师范大学出版社
　2010 年，第 3 页。

③ 罗钢《学说的神话——评"中国古代意境说"》："以境论诗是从唐代开始
　的，唐代诗人王昌龄、皎然、刘禹锡等都曾在自己的诗论中使用过境、意境等
　术语。"（《文史哲》2012 年第 1 期，第 10 页）

究,还是很不够的。尤其是联系唐诗的发展、唐诗的创作实际来研究这个问题,还需要做大量的工作。我们这里想主要考察一下好像被学者普遍忽略了的这样一个现象,即唐人诗歌中多次使用的"诗境"一词及其在诗学上的意义。上面我们考察了东晋南朝以来以"境"为主词的诗语使用情况,"诗境"一词也是从这种组词法中产生的。但是,从与境界理论之关系来看,"诗境"一词出现当然有更重要的意义。它不是普通的诗语,而是一个诗学范畴。比起诗论著作中的境论,作为诗语的"诗境"指向一个更广大的诗歌创作空间,更能反映"境"这一范畴在唐人诗学的普遍存在。

据初步的调查,尚未发现初盛唐人使用"诗境"一词的例子。虽然杜甫有"文章境"这样的用词,但与"诗境"毕竟有所不同。"诗境"一词的频繁出现,似从中唐时候开始:

> 黄鸟无声叶满枝,闲吟想到洛城时。惜逢金谷三春尽,恨拜铜楼一月迟。诗境忽来还自得,醉乡潜去与谁期。(白居易《将至东都先寄令狐留守》)[1]

> 朝衣薄且健,晚簟清仍滑。……闲中得诗境,此境幽难说。(白居易《秋池二首》)[2]

> 虚空无处所,仿佛似琉璃。诗境何人到,禅心又过诗。(刘商《酬问师》)[3]

> 诗境西南好,秋深昼夜蛩。人家连水影,驿路在山峰。(姚合《送殷尧藩侍御游山南》)[4]

---

[1]《全唐诗》卷四五〇,第5098页。
[2]《全唐诗》卷四四五,第5011页。
[3]《全唐诗》卷三〇四,第3456页。
[4]《全唐诗》卷四九六,第5670页。

闲携九日酒,共到百花亭。醉里求诗境,回看岛屿青。(朱庆馀《陪江州李使君重阳宴百花亭》)①

满庭诗境飘红叶,绕砌琴声滴暗泉。门外晚晴秋色老,万条寒玉一溪烟。(雍陶《韦处士郊居》)②

春草越吴间,心期旦夕还。酒乡逢客病,诗境遇僧闲。(许浑《与裴三十秀才自越西归望亭阻冻,登虎丘山寺精舍》)③

陶家五柳簇衡门,还有高情爱此君。何处更添诗境好,新蝉欹枕每先闻。(司空图《杨柳枝二首》)④

佛寺孤庄千嶂间,我来诗境强相关。岩边树动猿下涧,云里锡鸣僧上山。(泠然《宿九华化成寺庄》)⑤

从上述用例来看,"诗境"这个词,在中晚唐时期已经使用得十分普遍。这里面只有泠然的"我来诗境强相关"一句,其中的"诗境"是指诗与境,即诗人的诗思与眼前的境界,是一个组合词。我们知道这样一个规律,一个词语在诗歌中的广泛使用,是以其在日常语言中更为频繁的使用为基础的。以此窥探,可知诗境在这个时期的诗人写诗、论诗时的使用情况。这正是旧传为王昌龄所作的《诗格》及皎然《诗式》关于境的理论的广泛的背景。所以,研究作为诗语出现的唐人的诗境说及其成因,比单纯地着眼于寻找意境、境界等范畴在唐人那里的使用情况,显然是更重要的问题。何谓诗境?从上面的这些诗句中可以概括其基本含义,即诗境包含着诗

①《全唐诗》卷五一四,第5908页。
②《全唐诗》卷五一八,第5961页。
③《全唐诗》卷五三〇,第6111页。
④《全唐诗》卷六三四,第7334页。
⑤《全唐诗》卷八二五,第9380页。

意的一种风景或环境,诗人直观地意识到眼前的一切是可以入诗的,是诗的表现对象。所以,诗境即诗之境。但是,诗境并非纯粹客观环境和自然景物,而是诗人主观情志与审美心理向外界投射所形成的一个具有时间与空间属性的主客交融物,这个交融物即境,或称境界。它即是具有诗的本体性质的一种内容。所以"诗境"即诗之境,亦即诗的境界。从这里我们可以看出,"诗境"正是自南朝以来出现并频繁使用于文学作品中的"佳境"、"幽境"、"奇境",以及"人境"、"魔境"、"文章境"等以"境"字为主词的系列中出现的一个新词汇。"诗境"一词炼成,当然有佛学境界说的影响。但是,它迟至中晚唐时代才开始流行,或者说到了中晚唐诗坛,诗人才将"境"这个范畴引入诗歌创作之中,用境或境界的思维方式来构思诗歌艺术。这是与中国古代诗歌艺术本身的发展相关的复杂问题。

除了惯用"诗境"一词之外,对于可以称为诗性空间的某种对象,唐人还有其他的表达方式。如郑谷《送司封从叔员外徽赴华州裴尚书均辟》中的"吟境":

> 如何抛锦帐,莲府对莲峰。旧有云霞约,暂留鹓鹭踪。敷溪秋雪岸,树谷夕阳钟。尽入新吟境,归朝兴莫慵。①

又如姚合《酬李廓精舍南台望月见寄》提到"诗家境":

> 看月空门里,诗家境有余。露寒僧梵出,林静鸟巢疏。远

---

① 《全唐诗》卷六七四,第 7771 页。

色当秋半,清光胜夜初。独无台上思,寂寞守吾庐。①

郑谷"尽入新吟境","吟境"亦即诗境,即适宜诗人吟诗的环境。项斯亦有句云:"静对心标直,遥吟境助闲。"(《和李用夫栽小松》)② 同样是讲吟与境之间的关系。当这种思维方式进一步内在化时,诗境也就由适宜诗的表现空间对象一义内在化为诗的自身的境界一义。姚合的"诗家境有余",直接将此境归属于诗家,也即归于诗歌本身,就反映出唐人以境论诗的诗学思维方式的一种深化。在诗境由适合于诗歌创作的境界内化为诗歌本身的境界这一点上,齐己的《谢虚中上人寄示题天策阁诗》提示了"境"的思维方式在具体创作中的运用:

> 天策二首作,境幽搜亦玄。阁横三楚上,题挂九霄边。寺额因标胜,诗人合遇贤。他时谁倚槛,吟此岂忘筌。③

这里的"境幽",是诗歌中所表现的境界之幽,"搜亦玄"则是指诗人表现之入神。所以齐己"境幽搜亦玄"这一句,已经包含了诗之境界这样的含义。"玄"则是另一个中晚唐时期出现的诗学概念。

我们认为,唐诗中众多诗人、诗作不约而同地采用"诗境"一词,标志着"境"作为一个诗学范畴,在日常的创作与批评中已经被广泛使用。诗中的"诗境"一词虽现在可见出于中、晚唐诸家,但在日常的口语中是否流行"诗境"一词,应是何时,换言之,"境"

---

①《全唐诗》卷五〇一,第 5741 页。
②《全唐诗》卷五五四,第 6471 页。
③《全唐诗》卷八四〇,第 9548 页。

作为诗学范畴最早发生于何时,则是我们难以尽晓的。中国古代的诗学批评,其主流并非著之笔语的文本,而为口传。作为诗语的"诗境"一词的广泛使用,对于我们理解唐代诗论专著中境论、境界论的出现,是有帮助的。旧传王昌龄所作的《诗格》,已经将境作为诗歌创作的重要范畴来使用:

> 夫作文章,但多立意。令左穿右穴,苦心竭智,必须忘身,不可拘束。思若不来,即须放情却宽之,令境生,然后以境照之,思则便来,来即作文。如其境思不来,不可作也。①

又曰:

> 夫置意作诗,即须凝心,目击其物,便以心击之,深穿其境。如登高山绝顶,下临万象,如在掌中。以此见象,心中了见,当此即用。②

又曰:

> 夫文章兴作,先动气,气生乎心,心发乎言,闻于耳,见于目,录于纸。意须出万人之境,望古人于格下,攒天海于方寸。诗人用心,当于此也。③

---

① 旧题王昌龄《诗格》卷上,张伯伟《全唐五代诗格汇考》,江苏古籍出版社 2002 年,第 162 页。
②《诗格》卷上,《全唐五代诗格汇考》,第 162 页。
③《诗格》卷上,《全唐五代诗格汇考》,第 162 页。

这几条都是讲构思中的取境问题,是指凝神构思,在想象中把握表现对象,形成一种存在于想象中的事物之境,然后用文词声律等将其表现出来。《诗格》将境与思放在一起,称"境思"。思就其意绪而言,境就其形象而言,两者其实是联系在一起的。这里的境,已经不是像上述诸家所说的现于眼前的、存在于外界的诗意之境界,而是存在于想象与构思中的境界。至于最后一条所说的"意须出万人之境,望古人于格下",则是讲境的创新与超越庸常的问题。类似于平常所说的想落天外。这个境,即指文章的境诣,也是指构思的境界。《诗格》在境说方面影响最大的是"诗有三境"之说。它对诗歌的境界作了分类:

> 诗有三境。一曰物境,二曰情境,三曰意境。物境一,欲为山水诗,则张泉石云峰之境,极丽绝秀者,神之于心。处身于境,视境于心,莹然掌中,然后用思,了然境象,故得形似。情境二,娱乐愁怨,皆张于意而处于身,然后驰思,深得其情。意境三,亦张之于意,而思之于心,则得其真矣! [①]

"诗有三境",也可以说成有三种诗境。所谓物境、情境、意境,是从诗歌表现对象的不同而言的。比较纯粹的写景之诗,创造的是"物境",类似于我们所说的山水诗之类。着重于表现现实生活感情的诗歌,所创造的是"情境"。而"意境"在这里是指诗人写意之妙的一种境界。要知道,这种分别是相对而言的。《诗格》"三境说"在境界理论上的真正意义,是用境界的范畴来认识所有的诗歌创作。尤其是情境、意境之说的提出,是对境界理论的完善。其逻辑的意

----

① 《诗格》卷下,《全唐五代诗格汇考》第172—173页。

义,在于认为一切成功之诗,皆须有境界。在这里,诗境很直观地被表述为诗歌艺术的一种本质。对于《诗格》境说的理论价值,学术界为现代"意境"说所局限,将太多的思考执着在三境中"意境"与现代"意境"范畴同异的争论上,其实这是偏离了问题的要点。在《诗格》的原始语境中,境是最核心的概念,分别而言则有物境、情境、意境三者,但三者之间也决非截然区分,只是根据诗境中主客观交融的情况不同而言的。物境者,主观情意之投入较少或较隐蔽者,近于王国维所说的"无我之境";"情境"、"意境"者,主观投入较明显,近于王氏所说的"有我之境"。王氏之说,似亦受此影响。总之,分而言之有三境,合而言之,境而已、诗境而已。从这个意义上说,以《诗格》等家为代表的唐人诗境说,当然是现代境界说、意境说的直系的祖先。这里我们可以看到,《诗格》的诗境说已经由基本上还属于外在的诗的表现空间对象"诗境",转化为指称诗歌本身的境界,即三种诗歌境界。这标志着唐人诗境说的成熟。将这种理论归属于开元、天宝之际的王昌龄,似乎是过早了。

诗境既然已被表述为规定着诗的艺术本质的一种要素。那么,从逻辑上说,唐人诗境说的进一步发展,就是对于如何造成诗境的探讨。反映在理论上,《诗格》的三境说,就已涉及如何造成诗境的问题。皎然《诗式》中有《取境》一章,进一步提出"取境"这个概念:

> 评曰:或云,诗不假修饰,任其丑朴,但风韵正、天真全,即名上等。予曰:不然。无盐阙容而有德,曷若文王太姒有容而有德乎? 又云:不要苦思,苦思则丧自然之质。此亦不然。夫不入虎穴,焉得虎子? 取境之时,须至难至险,始见奇句。成篇之后,观其气貌,有似等闲,不思而得,此高手也。有时意静

神王,佳句纵横,若不可遏,宛如神助。不然,盖由先积精思,
因神王而得乎!　①

皎然所说的取境,是指从构思、酝酿诗境到诗境的最后呈现而言
的。他是主张苦思冥索,但强调最后完成的诗境又要有自然之趣。
这是中晚唐一些诗人的艺术主张。从这里我们可以看到,诗境不
仅是对诗歌表现的空间对象与诗歌内在本质的一种客观的指称,
同时也是对诗歌艺术的价值判断。即具有诗境的诗歌,才是真正
的诗歌。在这个意义上,境在诗歌艺术中完全内在化了。唐人用
这个范畴来揭示诗的本质性表现,刘禹锡就是这样使用境这个范
畴的:

　　诗者,其文章之蕴邪! 义得而言丧,故微而难能。境生于
　象外,故精而寡和。千里之缪,不容秋毫。非有的然之姿,可
　使户晓。故必俟知者,然后鼓行于时。②

刘氏以“片言可以明百意,坐驰可以役万景”③来描述诗家的艺术
能力,所谓“坐驰可以役万景”正是指出诗境的产生不必一一实临
外境,而是具有综合想象的性质。而“境生于象外”则是指诗境
的表现特征,即诗境存在于具象的内容之外,此处之“境”,与神韵
说的“韵”已经很接近。另外,刘氏将“境生于象外”与“义得而言
丧”相提并论,并且强调两者的性质是“精”、“微”,这就将诗的本质

①　李壮鹰《诗式校注》,人民文学出版社 2003 年,第 39 页。
②　(唐)刘禹锡《董氏武陵集记》,卞孝萱校订《刘禹锡集》卷一九,中华书局
　　1990 年,第 238 页。
③　《刘禹锡集》,第 237 页。

讨论引向微奥的境地,体现了中晚唐诗人对诗歌本质的深入探索。

三

从上面的论述,我们业已清晰,唐人诗境说是在佛教境界论深入地影响人们的思维方式与语言表达的基本条件下产生的。但是,作为一种诗学范畴的境或境界,其形成的内在原因,还应该从唐人诗学的内部发展进程中去寻找。在这个问题上,我的基本逻辑是境或境界并非孤立的、偶然产生的一个诗学范畴,它不仅与唐人诗学其他的范畴之间有内涵上的相通、互补等关系,而且是在诗学发展进程中连续形成的一系列范畴中一个新的范畴,唐人用它来探讨诗歌艺术的本质及其有效的表现方式。

在论述这个问题之前,我们先对中国古代诗学理论的存在与发展的形态作一点分析。中国古代诗学理论是一个与实践紧密联系的体系,它的主体存在于创作的反思与批评本身,理论文本的产生相对来说带有一些偶然性。但是范畴的产生,却是创作与批评活动的必然产物,应该说是带有一种必然性的。即使没有理论文本,在实际的创作与批评中,也总是要形成一些范畴的。正是一系列的范畴连接着诗歌创作与诗歌理论、批评两端,形成一个紧密的整体。虽然具体范畴的用词如象、境等词的选择,带有一种偶然性,但范畴运动本身却是文学创作与批评活动中必然会产生的。所以,整个诗学史可以理解为诗学范畴的络绎发生的历史。有学者强调中国古代美学是范畴美学,中国美学的特殊旨趣集中体现在一系列范畴之中①。近年来关于中国古代文学批评范畴的系列探

①成复旺《中国美学范畴辞典·引论》,中国人民大学出版社1995年,第2—4页。

讨与专题研究也陆续有出现①。理论的本质,并非体现在论述过程与批评文本之中,而包含在范畴的使用之中。

　　从上述的理解出发再来看唐代的诗学,我们发现历来认为唐人重创作而轻诗学、在理论上少所建树的看法,是不全面的。唐人在创作诗歌理论文本方面虽然不如前面的南朝与后来的宋代,但是在产生有效的、重要的诗学范畴方面,却非其前后两代可以相比。唐代诗学的范畴运动是十分活跃的。范畴思维是唐人赖以创造经典的诗歌艺术、继承诗歌传统并做出有机的发展的基本的思维运动。换言之,可以说唐代的诗史的创造是依靠着范畴运动而展开的。一方面,唐人对传统的诗言志、吟咏情性、寄托比兴、讽喻等重要范畴作出理论与实践上的新的诠释,赋予其丰富的实践意义。例如"风骨"这个范畴,虽然出现于南朝,但是陈子昂与盛唐王维、李白、杜甫等人赋予它全新的涵义,对盛唐诗风的形成有很大的启示功能,并成为盛唐诗人进行诗歌批评、把握诗歌史的一个基本范畴。另一方面,唐人还创造了一系列新的诗学范畴,如"风骨"之外,盛唐诗坛还流行"兴象"这样的范畴。再如,杜甫还创造了对后代诗学意义重大的"法度"、"神"等范畴。从这个意义上来看,中晚唐时代流行的境、诗境等范畴,正是上述唐代诗学范畴运动的一个新的成果。如果说言志说、情性说、缘情说是对诗的基本对象的范定,风骨说是诗的美学品质的提出,兴象或物象之说侧重于表现的对象,那么境说更重视艺术构思本身,其核心在于取境。所以,唐人境说,概括而言之,也可以说是唐人取境说。它是在中晚唐更加注重于表现本身,提倡苦吟、锻炼这种创作风气中逐渐形成的一种诗学范畴,标志着唐人在探讨诗歌艺术的内部创作规律的过

———————————

① 参看《中国文学批评范畴十五讲》。

程中认识上的深化。

　　在境的范畴流行之前,兴象是近体诗创作中的最重要的范畴。唐诗从其体裁系统的基本构成来看,是由古诗体、乐府体、近体三大部分构成的。唐代诗学的范畴与体裁也有一定的对应关系,三大体裁都有其核心的范畴。如兴寄与风骨主要是从复古诗学中发展出来的,与古体联系得最紧密。讽喻则主要是在唐人古题、新题乐府的创作中形成的范畴。盛唐诗学用来揭示艺术风格与品质的最核心的范畴是风骨。殷璠在《河岳英灵集序》中就以"声律风骨兼备"作为唐诗整体成熟的一个基本标志。但是对于近体诗来讲,随着其艺术的发展,上述的诗学范畴是有所不足的。这时候,结合了传统的比兴寄托之说与六朝以来的物色、物象两个方面而形成的兴象这一范畴,就适时地出现在盛唐的诗坛上。盛唐的诗歌批评家殷璠在《河岳英灵集》里多次提到"兴象"这一范畴,他批评齐梁诗风时说:"理则不足,言常有余;都无兴象,但贵轻艳。"[1]可见在盛唐诗人看来,齐梁绮靡的诗风,是缺少兴象的。由此可见,兴象之美,是唐诗经典作品的重要特点之一。殷璠在对诗人、诗作进行具体的批评时,也常用兴象这个范畴。如其评陶翰云:"既多兴象,复备风骨。"[2]又其评孟浩然云:"浩然诗,文彩丰茸,经纬绵密,半遵雅调,全削凡体。至如'众山遥对酒,孤屿共题诗',无论兴象,兼复故实。又'气蒸云梦泽,波撼岳阳城',亦为高唱。"[3]兴象之兴,也是源出"六义"中的"比兴"之兴。由"兴"字派生的诗学范畴有不少,如兴寄、兴趣、兴属、兴味等,其用意都在于揭示诗歌艺

---

① 《唐人选唐诗(十种)》,上海古籍出版社1978年,第40页。

② 《唐人选唐诗(十种)》,第69页。

③ 《唐人选唐诗(十种)》,第91页。

术的某种特征。兴象则重在象,是兴寄与物象的结合。齐梁诗歌多咏物之作、山水之词,应该说是具备物象的,但重在形似写物、属词比事,缺少兴寄的精神,所以说它缺乏兴象。可见,兴象是与形似写物、属词比事相对的。在另一方面,兴象也与直叙相对而言,是指那种融寄着丰富的美感效果的写景咏物之词。大凡诗之赋咏事物,常有两类,一为叙述,一则为造境;前者为赋事,后者则近于兴象。出现"兴象"这样一个诗学范畴,是与我国古代诗歌艺术的发展历史有关的。我国的古代诗歌,在晋宋以前,以抒写情事为主,物象浑然于其中。晋宋之后,山水与咏物之风兴起,写景艺术越来越发达,物象成了诗歌的主要表现内容,以至刘勰《文心雕龙》专设《物色》一篇来论述这个问题。但六朝的山水诗,多为纯粹地描摹景物,古人称为摹山范水,缺乏主观情感的融入。咏物也是这样,多形似写物,着重于纯客观的再现。与此相反,兴象之作,则是情景交融,能够表现出丰富的、多层次的具有美感的景象、物象、事物。兴象也是一个指向诗歌艺术整体的范畴,它在相当大的程度上,是结合了汉魏与齐梁两个审美倾向而形成的,与盛唐诗风密切地联系在一起。

现在我们再来看作为诗学范畴的境与境界,就能发现它是接续着上述的风骨、兴象等范畴,对诗歌艺术本质与有效的表现方法的一种新的诠释。随着近体的发展,尤其是中唐、晚唐近体诗歌走向切近、细腻,追求新颖的写景效果等倾向的深入,诗人在创作上,将更多的精力投放在诗歌本身的艺术空间的创造之上,文人们已经熟习的境界的思维方式,很自然地成为人们把握诗歌创作规律的一种方法。从某种意义上说,在唐代诗学的范畴逻辑发展过程中,境说取代了兴象说。我们前面说过,佛学的境与境界有两义,一为心性所生的因缘附会的事象,这其实也就是佛教色空观中的色，即佛教视为没有自性、表面流动不居而又没有真正的连续性、迁移性的世界。所以，佛学的境界说，是指向一种否定世界表象的思维方式，是一种消极性的思维方式。这也是它在长期的发展中，没有与艺术的思维方式联系起来的原因。但它所蕴藏的某种美学观念，几乎是呼之欲出的。通过熟习佛义的唐代诗人，尤其是像白居易、皎然这样的笃信佛义的诗家，其很自然地就被引入到诗学的范畴中来。只是，在佛学中本义为消极的境、境界，到诗学中，就被作为一种积极对象去追求。哲学追求的是本体，因本体而在思维上否定了现象；诗人追求的则是形象，通过形象来透现本体的性质。这是哲学与艺术的不同，在哲学上属于否定性的范畴，到了艺术学中往往转化为一种肯定性的范畴。

四

通过对唐诗境说、境界说形成的佛学、语言、思维方式以及诗学的背景的分析，我们更加清楚境作为古典的美学范畴的产生，并非偶然的成果。境及以境为内涵的思维方式被引进诗学甚至更加广泛的艺术领域后，其影响是十分深刻的。本文主要是探讨唐诗境说，因此不拟对唐以后诗学中境说、境界说、意境说做专门的系统的研究。只举个别例子为证，如北宋的两位大诗家苏轼与黄庭坚都曾以境说诗。苏轼有一首《送参寥师》五古诗，也是讲如何取境、待境的原理的：

欲令诗语妙，无厌空且静。静故了群动，空故纳万境。阅

> 世走人间,观身卧云岭。咸酸杂众好,中有至味永。①

黄庭坚也有一个"待境而生"的著名理论,见于《王直方诗话》:

> 山谷论诗文不可凿空强作,待境而生便自工耳。②

所谓"待境",正是"取境"的前提。诗人的创造诗境,是在主客观条件都充足的情况下进行的,所以山谷有"待境"之说。两家之说,与皎然的着眼"取境"有所不同,但在思想上是有联系的。可以说,以境说诗,是中国古代诗学中常见的思维方式。

至于近现代以来十分流行的"意境"一词,初见于王昌龄《诗格》,原为三境之一,是与"物境"、"情境"相并列的,与今人所说意境其义有所不同。这一点前人的研究多已指出。但是物境之物、情境之情,就其广义来讲,也属意之一种。这样说来,"意境"一词,可以兼有情境、物境之意。《诗格》所说的意境,仍是与现代的意境内涵最为接近的一个范畴。《诗格》之外,古人亦多用意境这个范畴,但是不完全局限于《诗格》的原意,与今人所说意境也每有离合。如以下诸人之说:

> 严沧浪谓"柳子厚五言古诗在韦苏州之上"。然余观子厚诗,似得摩诘之洁,而颇近孤峭。其山水诗,类其《钴鉧潭》诸记,虽边幅不广,而意境已足。③

---

① (清)王文诰辑注《苏轼诗集》卷一七,中华书局1982年,第3册,第906页。
② 郭绍虞辑《宋诗话辑佚》,中华书局1980年,上册,第4页。
③ (清)贺贻孙《诗筏》,《清诗话续编》,上海古籍出版社1983年,上册,第190页。

> 乐府声律居最要,而意境即次之,尤须意境与声律相称,乃为当行。①

> 中联以虚实对、流水对为上。即征实一联,亦宜各换意境。②

> 《三百篇》之神理意境,不可不学也。神理意境者何? 有关系寄托,一也;直抒己见,二也;纯任天机,三也;言有尽而意无穷,四也。③

上述诸家所说的意境,其含义虽略有不同,但其宗旨都是用来概括诗歌的艺术品质的。这里需要指出的是,境说虽然是古代诗学的重要的范畴,并且我们前面说过,它在逻辑上对兴寄、兴象乃至风骨等范畴有一种取代的关系。但在实际上的诗歌创作与诗学批评中,境、境界、意境,只是作为众多的诗学范畴中一类,它在使用上也不是特别的流行。

境界与意境作为现代美学范畴的流行,是与王国维的《人间词话》分不开的。《人间词话》的一个基本宗旨,就是用传统的境界论来说词,并且用近代流行的新的美学理论来阐述它。在王国维那里,境界是作为词的一种美学品格被提出来的:

> 词以境界为最上。有境界则自成高格,自有名句。五代北宋之词所以独绝者在此。④

---

① (清)刘熙载《艺概》卷二《诗概》,上海古籍出版社 1978 年,第 75 页。
② (清)沈德潜《说诗晬语》卷上,人民文学出版社 1979 年,第 213 页。
③ (清)潘德舆《养一斋诗话》卷一,《清诗话续编》,第 2007 页。
④ 王国维《人间词话》,人民文学出版社 1982 年(与《蕙风词话》合编),第 191 页。

这是王氏境界论的总纲,是其对具体的词家、词作进行批评的基本原则。但王氏境界说并不局限于论词,而是贯通到整个诗歌艺术,甚至贯通到其他的文艺体裁。换言之,王氏的境界论是一种诗歌本质论,甚至是指向艺术本质论:

> 《严沧浪诗话》谓:盛唐诸公(《诗话》"公"作"人"),唯在兴趣。羚羊挂角,无迹可求。故其妙处,透澈("澈"作"彻")玲珑,不可凑拍("拍"作"泊")。如空中之音、相中之色、水中之影("影"作"月")、镜中之象,言有尽而意远穷。余谓北宋以前词,亦复如是。然沧浪所谓兴趣,阮亭所谓神韵,犹不过道其面目;不若鄙人拈出"境界"二字,可谓探其本也。[1]

他说严羽用"兴趣"来揭示盛唐诗的品质,王士禛则用"神韵"来揭示。他说北宋词也具有类似于盛唐诗的这种品质,但他不用"兴趣"、"神韵"来揭示,而是用"境界"来揭示。他认为境界比兴趣、神韵等范畴更加能够揭示诗歌的艺术本质。将境界明确地指向艺术本质,是王国维对传统境界说的一个发展。

王国维不仅将境界发展为一种艺术本质论,而且将其建立成一种整体的艺术理论。在这里,他使用了西方艺术理论中的分析法,对境界还有许多具体的阐述与分析。这些阐述多是着重于境界之有无以及境界的各种不同类型来展开的,如:

> 有造境,有写境,此理想与写实二派之所由分。[2]

---

① 《人间词话》,第 194 页。
② 《人间词话》,第 191 页。

> 有有我之境，有无我之境……有我之境，以我观物，故物
> 皆著我之色彩；无我之境，以物观物，故不知何者为我，何者为
> 物。①

可见，在王国维这里，境界论指向整体艺术论，他也尝试引进了西
方的艺术分类学说。从这里我们可以看出，王国维意在建立一个
以境界为核心范畴的艺术理论的纲领。在思想与方法上，其对近
现代的诗学理论与批评的影响都很大。

　　但是从思想渊源来看，我们发现王氏的境界理论，是继承古
代诗人们境界论的，其中受王昌龄《诗格》"诗有三境"说影响尤其
明显。王昌龄的三境，包括物境、情境、意境三者，已经涵括诗歌的
整体。这其中以境来揭示诗歌艺术本质的理论指向，其实是呼之即
出的。上面已经论述过，唐人的境说，是唐人用来揭示诗歌艺术本
质与表现方式的一个新范畴。从这个意义说，王国维明确地将境界
说建立为一种整体的艺术理论，是有传统的根据的。至于王国维认
为："境非独谓景物也，喜怒哀乐，亦人心中之一境界。故能写真景
物、真感情者，谓之有境界，否则谓之无境界。"这个思想，王昌龄的
"物境"、"情境"说中已经包含着。不仅景为一境，情与物都可称之为
境。所以，有学者认为王国维"关于境的界说，与王昌龄三境说对照，
几乎如出一辙"②。这个看法是有道理的。其实，诗学的境说源出佛
学的境论，佛学之境，原本就包括各种事物界、意识界两方面。王国
维说喜怒哀乐，亦人心中之一境界。这原是佛教境界中的常识之义。

---

① 《人间词话》，第191页。
② 查正贤《常识的理论化及其问题——论现代学术中的"意境论"》，载《中国唐
　　代文学学会第十六届年会论文集》（中国新疆·乌鲁木齐2012年8月）上册，
　　第402页。

　　王氏会通中西而重构境界之说,将之作为阐释诗歌艺术的本质与创作方法乃至艺术内部的分类标准的核心范畴,其贡献是巨大的。后人沿着王国维开启的揭示艺术本质、建立整体艺术论的方向,进一步融合现代的美学思想,使境界、意境等范畴获得很大的发展,在现代的文艺理论中被广泛地使用。在这个意义上,从王国维开始的意境说、境界说,可以说是一种现代的艺术理论。近年来,关于王国维境界说、现代意境论与传统文化及西方美学思想的关系,有一系列的讨论。这些讨论有的强调意境说与中国古代境界说深厚的渊源关系,有的则注重其在现代的变异,甚至认为其实质是移植于西方的某种美学思想。这些讨论,总的来说,有助于学术思考的深化 ①。但是有一点需要特别指出,传统的境说、境界论与现代的意境论,都是根植于作为东方思维方式的境论的深厚传统之中。是对东方艺术本质及其思维方式的一种概括。西方的文学,偏重于人物形象的塑造,因此而形成了典型论。东方的文艺,由于是以抒情与体物为主的,所以形成意境论。其实从最高的艺术原理来讲,典型论与意境论也是可以会通的。另一方面,我们也应该看到,现代的意境说虽然渊源于古代,但却是带着现代艺术理论的特点的,其中最重要的

---

① 参看蒋寅《物象·语象·意象·意境》,《文学评论》2002 年第 3 期。韩经太、陶文鹏《也论中国诗学的"意象"与"意境"说——兼与蒋寅先生商榷》,《文学评论》2003 年第 2 期。蒋寅《原始与会通:"意境"概念的古与今——兼论王国维对"意境"的曲解》,《北京大学学报(哲学社会科学版)》2007 年第 3 期。韩经太、陶文鹏《中国诗学"意境"阐释的若干问题——与蒋寅先生再讨论》,《北京大学学报(哲学社会科学版)》2007 年第 6 期。罗钢《意境说是德国美学的中国变体》,《南京大学学报(哲学·人文科学·社会科学)》2011 年第 5 期。罗钢《学说的神话——评"中国古代意境说"》,《文史哲》2012 年第 1 期。查正贤《常识的理论化及其问题——论现代学术中的"意境论"》(见上引文献)。

变化是语境的不同。王国维一方面创造性地将古代的境界说发展为一种会通西方艺术理论的范畴,但另一方面也使这个境界与意境的范畴脱离古代诗学范畴的语境,客观上将其从中国古代美学的范畴体系中孤立出来。对于这些问题,我想都还有很大的讨论空间。

(原载《文学遗产》2013 年第 6 期)

论唐诗体裁系统的优势

沈德潜《唐诗别裁集·凡例》开头即说,"诗至有唐,菁华极盛,体制大备"①。王尧衢《古唐诗合解》亦云:"诗至唐而诸体皆备。唐以后至今,俱本唐诗以为指归。"②古人说的诗,以古近体为主,包括乐府,但不包括词、曲。从这个意义上说,诗的体裁确实是至唐代而大备。后来宋、元、明、清各代古近体诗,虽然艺术风格在不断地变化,但在体裁上并没有新的发展。但是,这是不是意味着这个古近体的诗歌体裁系统,相对于各时代的诗歌写作者,都是同样地发挥着其作为一种艺术表现的形式与工具的作用呢?或者其作为一种体裁形式,一旦确立之后,其创造诗歌艺术的功能,在任何一个时代都是一成不变的呢?显然不是这样,虽然唐人运用的古近体诗体裁,也被宋、元、明、清所继续运用,但是它在唐人手里所具有的活力、创造诗歌艺术的功能,却不一定为后来的诗人所拥有。虽然是同一个诗歌体裁系统,但其在不同发展阶段中所具有的功能与性质是不同的。随着诗歌史的发展,体裁的功能性质也在不

---

① (清)沈德潜《唐诗别裁集·凡例》,上海古籍出版社1979年,第1页。
② (清)王尧衢《唐诗合解笺注·凡例》,河北大学出版社2000年,第1页。

断地变化着。这一切,可能是因为体裁并不像人们通常理解的那样,只是纯粹地用来作为表现形式和承载艺术内容的工具。工具是独立于它所作用的对象的,体裁却并非独立于作品,它存在于作品内部。人们只能用一种抽象的方法将其与作品分开,如我们可以用符号的形式指出近体诗的体裁形式,也可用语言指出其格律上的规定。但是从来也不会看到一种离开了具体的作品而单独存在的体裁。

我们较多地从唐代诗人的思想与情感来认识唐诗性质。如我们说唐人是浪漫型的、情感型的,所以唐诗重情。而宋诗则反之。个体的情感与思想,归纳为群体性的内容,就变成一些文化思潮与社会心理等,所以我们也经常从这些方面来探索唐诗的性质。在上述这些方面,我们取得了不少成果,形成了不少结论。但是我们较少从体裁的角度来认识唐诗的性质。唐诗之所以为唐诗,与其所采用的体裁是分不开的,如我们上面所论,唐代诗人在运用古近体的体裁系统上,具有后世诗人所没有的优势。这是我们认识、研究唐诗的另一种思路。基于上述思考,本文提出"唐诗体裁系统的优势"这样一个观点,并且尝试做初步的探索。

一

关于唐诗体裁的分类和习惯使用的名目,唐人自己似乎并不特别经意。各类诗体,并无固定的名目,《元稹集》卷三十有《叙诗寄乐天书》,对作者自己的诗做了一个分类:

适值河东李明府景俭在江陵时,僻好仆诗章,谓为能解,欲得尽取观览,仆因撰成卷轴。其中有旨意可观,而词近古往

者,为古讽(案:又称为古风)。意亦可观,而流在乐府者,为乐
讽。词虽近古,而止于吟写性情者,为古体。词实乐流,而止于
模象物色者,为新题乐府。声势沿顺属对稳切者,为律诗,仍以
七言、五言为两体。其中有稍存寄兴、与讽为流者为律讽。①

上述分类,实已包括唐诗体裁的全部。从体裁所产生的时代来分,
即是古体和今体(律体)两类,但古体之中,又应该区分出乐府一
类。这样即是律体、古体、乐府体三大类。但元稹又根据是否有寄
兴讽咏之意旨,在每类中又区分出古讽、乐讽、律讽三类。

　　从唐人这个体裁系统中,我们可以看到包含两个重要关系:一
是古与今的关系,一是诗与乐的关系。应该说,这是唐诗体裁系统
中的两大矛盾,即古体与今体(即唐人近体)的矛盾,诗与音乐的
矛盾。这是唐人的诗歌创作中客观地存在着的两大矛盾,如唐人
存在着重古体与重近体的矛盾,如沈宋与大历十才子等重视近体,
《箧中集》、韩孟诗派则有复古倾向。这有时还存于诗人创作的内
部,如白居易的创作中就存在这个矛盾。诗与音乐的矛盾,不像古
近体之矛盾那样明显,但它在唐诗发展中是始终存在的。首先,唐
诗中古乐府、歌行体,其体裁或来自对汉魏以来乐府歌词的模拟
(如古乐府),或是以带有音乐性的歌行为体(即歌行体),即元稹上
文所说的"流在乐府"或"词实乐流"。在这部分诗歌的写作中,不
同程度上存在着诗体与歌体、诗的功能与歌的功能的矛盾。其次,
唐诗的一部分,同时又是入乐的歌词。这就造成唐诗体裁中歌体
与诗体的矛盾。但是,存在于唐诗体裁系统中的两大矛盾,实际也
正是它的两大优势。由矛盾而产生一种张力与活力,使唐诗在新

① 冀勤点校《元稹集》卷三〇,中华书局1982年,第405页。

旧体之间、歌与诗之间保持着一种矛盾中的平衡,形成了诗歌艺术有效发展的张力。

关于唐诗与音乐的关系,学术上已经研究得很多。任二北《唐声诗》对唐诗入乐情况作了很详细的考证。此书分上下两编,上编考证声诗即唐入乐歌诗的情况,作者通过与乐府、词之区分,论定声诗之范围。下编考证150余种唐声诗格调①。新近出版的王昆吾《隋唐五代燕乐杂言歌辞研究》则是考证唐曲子词系统之外的唐杂言诗的入歌情况②。近来,葛晓音、户仓英美合作发表的一系列有关日本所存唐乐歌舞谱的研究,也有助于进一步了解唐代诗歌的音乐背景③。当然,关于唐诗入乐、入歌、入舞的问题,可研究的问题还是很多的。已有的研究成果,也有重新检讨的必要。笔者感到,历来的研究基本上停留在诗乐关系事实方面的考证上,未能将唐诗与音乐关系之研究由事实考证延伸到诗歌艺术本身的研究上,即通过唐诗与音乐之关系,来重新认识唐诗的艺术成因。纯诗与歌辞,是两种不同的语言艺术。纯诗是纯文学性质的,诗歌脱离音乐之后,作为一种纯粹的语言艺术来发展,遵循的是语言艺术的发展规律。而歌辞则遵循着音乐艺术的规律来发展。两者各有其艺术上的优势。唐诗体裁中,有些体裁偏向于歌辞,如绝句;有的则偏向纯诗,如古风;但在唐代,很难说哪种体裁与音乐绝无关系,同样也没有哪一种体裁是完全入乐的。综观唐诗入乐的情况,可以说,各体裁一方面保持纯粹的诗歌体裁的独立性,即唐

---

① 任半塘《唐声诗》,上海古籍出版社1982年。

② 王昆吾《隋唐五代燕乐杂言歌辞研究》,中华书局1996年。

③ 参见葛晓音、(日)户仓英美《日本唐乐舞"罗陵王"出自北齐"兰陵王"辨》(《唐研究》2000年总第6期)、《关于古乐谱和声辞配合若干问题的再认识》(《中国社会科学》2000年第6期)等文。

诗体裁系统不同于汉乐府,也不同于唐五代北宋的曲子词。后两种仍依附着音乐。唐诗各种体裁从本质上看,都已脱离音乐而独立。但另一方面它们又与宋、元、明、清古近体诗完全和音乐绝缘不一样,所有唐诗都同时保留着作为歌辞的预备资格,都有可能与音乐重新获得配合的机会。

就唐诗体裁与音乐的关系来看,音乐并没有规范着诗,诗却仍有与音乐配合的条件。这方面造成唐诗在艺术上的优势是巨大的。可以说,唐诗在作为语言艺术的诗与作为音乐的歌之间取得了一种平衡。中古和唐代的五七言诗源于汉魏乐府,在汉魏时期,乐府是作为歌的体制而存在的,其语言艺术相对音乐功能来说是次要性的。魏晋之际,歌与诗分流,其后的文人诗创作,从中古迄唐,都是以纯粹的诗歌艺术为主流。唐诗不仅在体裁上是对中古诗的继承与发展,其在语言艺术上,也是对中古诗歌语言艺术——包括诗歌语汇、意象、诗意、章法、句式等多种因素的继承。所以唐诗是一种高度发达的诗歌语言,达到纯粹诗歌艺术的精致巧妙的境地。但同时,唐诗仍有部分的歌辞的功能。歌体的特点是平易自然,抒情性强。比之于后世的古近体诗,唐诗的语言艺术是比较自然的,不失自由抒发之性状。单纯从语言艺术的使用与技巧来说,唐诗并没有将语言功能发展到极致的境地。如宋诗对诗歌语言在体物、寓理、幽默机趣各方面的发展,是唐诗所未备的。唐诗总体上保持着一种抒情性和音乐性,没有让诗成为纯粹的语言艺术。可以说,在诗的语言功能与歌的语言功能之间,在艺术的追琢精妙与自然抒发之间,它保持着一种平衡。在一种发展到相当高阶段的语言艺术的纯诗中,甚至连抒情也要落到第二性,宋诗、清诗就常给人这样的感觉。一句好诗,起美感作用的并不是其中的情感成分,而是艺术的成分。而唐诗之中,意象、语言之美与音乐、情感之美平衡地发生审美作用。

二

　　唐诗的另一体裁优势是新旧两类体裁的并用。这个问题比前面这个问题复杂得多。唐诗的新旧两类体裁之间,是一种既对立、矛盾而又相互影响的关系。从矛盾的方面来看,新旧两体是互相排斥的。诗体今古之矛盾,并非始于唐代,在南朝后期,这个问题就已出现。齐梁以降,诗体逐代而新。齐梁人看汉魏晋人的诗,就已觉其体制属古。钟嵘《诗品序》在批评其当代风气时说:"次有轻薄之徒,笑曹、刘为古拙,谓鲍照羲皇上人,谢朓今古独步。"[①]又《南史·何逊传》载范云评何逊语云:"顷观文人,质则过儒,丽则伤俗,其能含清浊,中今古,见之何生矣。"[②]可见在齐梁之际,今古体制已有所分流。当然,当时人的今古,是指体制与风格两方面讲的。但两者实是联系在一起的,即体制上的新变,直接引起了风格上的新变。而从永明体产生后,今古之分,直接落实在体裁的层面上了,直接开启了唐诗古近体分流的先河。

　　古近体之争主要在于对声律如何评价上。首先对声律提出异议的是钟嵘。他在《诗品序》中即对永明诗人的声律理论表示出不以为然的态度:"昔曹、刘殆文章之圣,陆、谢为体贰之才,锐精研思,千百年中,而不闻宫商之辨,四声之论。或谓前达偶然不见,岂其然乎! 尝试言之:古曰诗颂,皆被之金竹。故非调五音,无以谐会。若'置酒高堂上'、'明月照高楼',为韵之首。故三祖之词,文

---

① 陈延杰《诗品注》,人民文学出版社1962年,第3页。
②《南史》卷三三《何逊传》,中华书局1975年,第871页。

或不工，而韵入歌唱，此重音韵之义也，与世之言宫商异矣。今既不被管弦，亦何取于声律耶？齐有王元长者，尝谓余云：'宫商与二仪俱生，自古词人不知之。惟颜宪子乃云律吕音调，而其实大谬。唯见范晔、谢庄，颇识之耳。尝欲进《知音论》，未就。'王元长创其首，谢朓、沈约扬其波。三贤或贵公子孙，幼有文辩。于是士流景慕，务为精密，襞积细微，专相陵架。故使文多拘忌，伤其真美。余谓文制，本须讽读，不可蹇碍，但令清浊通流，口吻调利，斯为足矣。至平上去入，则余病未能。蜂腰鹤膝，闾里已具。"[①]钟氏此论，为后世反对声律派之祖。但其中颇有误解永明声律之处。其言古人诗颂因合乐的原因，所以需要讲宫商，而今诗不入乐，当然就没必要讲究声律。此论正与实际情形相反，当诗歌与音乐合流时，其歌辞自然符合于音乐之要求，所以并不需要另有文字方面的声韵讲究。与音乐俱生之歌辞，其音乐性是天然具备的。只有当诗与歌分流，诗成为纯粹的语言艺术后，其所发展的才主要是修辞艺术。修辞艺术本身并没有兼具音乐艺术的功能，甚至语言艺术越发展，诗的音乐性就越淡薄，从魏晋之际诗乐分流到晋宋之际的颜、谢等人的元嘉体，就是这样一个发展过程。到最后，诗仅有的音乐性就是有规则的用韵。所以要使诗歌的语言艺术中兼有音乐方面的功能，就必须在修辞艺术之外，另加入一种调音艺术，以保证诗歌具有很强的音乐性。用韵当然也是一种调音艺术，但只是很简单的调音艺术，光靠它不能造成诗歌很强的音乐性。晋宋诗歌，修辞艺术高度发达，而调音艺术却仍那么简单，这是一种缺陷，不能造成完美的诗歌艺术。因为完美的诗歌艺术应该在修辞艺术与调音艺术上基本保持平衡。所以需要有比用韵更复杂的声律规则来促使诗的

---

① 陈延杰《诗品注》，第 4—5 页。

调音艺术的发展。这就是古典诗歌产生格律体的原理。当然,声律规则使"文多拘忌,伤其真美",也是一个事实。但诗歌艺术从某种意义上讲,本就是修辞艺术与调音艺术之相克相生之结果。

声律规则是写诗的一项新技术,每项新技术在出现之初,总是比较繁琐而又粗糙的。并且其难度特别大,常常只有少数试验者才能掌握。在改进艺术的同时,也会给艺术创造带来负面的影响。经过发展,新技术才逐渐与艺术本身的规律取得更多的相契,也就是说技术更加适应了艺术本身的规律,繁琐与粗糙演化为简单而又精致了:一方面技术本身的优势得到了最好状态的发挥;另一方面,其与创造规律及原有的创造习惯的抵触也减少到最低的程度。这样的技术才算是完美的技术。声律规则从永明到初唐的演进,就是这样一个过程。评价这段时间内声律试验的成果甚至评价整个齐梁诗的成就,就要了解这个原理。齐梁诗乃至初唐诗中某些消极因素,正是声律试验的代价。所以钟嵘批评其"文多拘忌,伤其真美"。

从永明到初唐声律演进的情况,当时人也是有所描述的。大致说,永明沈、谢、王等人是一个层次,梁大同中徐、庾等人是一个层次,至初唐沈、宋等人又是一个层次。《南齐书·文学传论》《梁书·庾肩吾传》及《新唐书·宋之问传》这三篇史论中,记载各次重要演进的情况。从原理上说,格律句内的平仄相间和句、联之间的对粘规律中,最早发现的自然是句内四声互用的原则,即沈约所说的"欲使宫羽相变,低昂互节,若前有浮声,则后须切响。一简之内,音韵尽殊"①。这解决了句中的问题,即五字之内的四声变化规则,是第一步。但永明诗人同时发现了联内的声律相对原则,即在

_____

① 《宋书》卷六七《谢灵运传》,中华书局1974年,第1779页。

前一原则的基础上，再加上"两句之中，轻重悉异"这一原则。整个齐梁陈隋间，真正明确的声律规则就是这么两条。但联与联之间的安排，却处于无序状态。庾信等大同诗人的创作，比较多考虑到联与联之间的关系，逐渐接近了粘的原则。所以此后诗作，律化程度越来越高。至唐沈、宋等人，终于完全确定了粘的原则。至此，声律体就完成了。而唐诗也就明确地区分为律诗与古体两类了。但是，新旧两体之间的较量，也刚刚正式开始。

三

借鉴佛教里面判教的概念，我们把唐诗中分别体裁的问题称为"判体"。判体背后有着复杂的各种文学与文化的观念在支配着。判断诗体的尊卑是非，不仅有诗歌本身的审美观念的因素，也包括更广大的文化观念的作用。其中文化上的复古观念与革新观念的相对，是最重要的支配因素。从意识上讲，中国封建时代，复古的观念是占主导地位的。所以，格律体的出现，自然会引起观念上的冲突。从政治上看，是李白《古风》其一所说的"圣代复玄古，垂衣贵清真"①。玄宗朝对道家的提倡，也使复古、崇尚自然在创作上占了优势。所以，在格律完成后，紧接的不是迅速的接受，不是一哄而起的运用，却是对它的轻视和冷淡，这种状况至少在观念上是占了上风的。但在创作上，新体还是迅速普及开来。所以，新旧两体平分秋色，就成了唐诗体裁系统的一大特色。所以判体问题就存在于每个诗人创作中，这使他们苦恼，同时也激发他们的创作活力。一个诗人同时运用多种体裁，等于是以不同的方式体会、表

①《李太白全集》卷二，中华书局 1977 年，第 87 页。

达自己的诗情。这让他们更全面地领会诗的艺术。当然,新旧两体,在语言上基本上属于同一系统。但也不是没有差别,基本上每种体裁都有其相应的语言。如古风是一套语言,律诗是一套语言,歌行是一套语言,绝句又是一套语言。如细分,还不止此。可以说,唐代诗人充分地领受了诗歌艺术中的异质之美,创作的热情和兴味不能不受很大的刺激。

如将唐代的诗歌体裁看成一个大的系统,构成这一系统的核心问题就是古体与近体及格律与自由的矛盾关系,进而引发一系列的诗歌美学思想上的冲突。可以不夸张地说,在我们看来艺术如此登峰造极的唐诗,其诗学的思想却始终存在于这样一种矛盾的机制里,这也意味着它在艺术上一直处于探索之中。尽管其后的宋元明清诗人仍然沿用这个古近体系统,古近体的矛盾也仍然存在着,但矛盾的程度显然是愈来愈轻了。尤其是宋代词盛、元以后曲行,近体诗相对来说已经成为一种较为古老的体裁,也就是说,新的一些体裁矛盾如诗与词、诗与曲、词与曲的矛盾出现了。

初唐时期,是近体诗逐渐确立的时期,传统的说法认为近体成于沈宋。《新唐书·宋之问传》:"魏建安后迄江左,诗律屡变。至沈约、庾信,以音韵相婉附,属对精密。及之问、沈佺期,又加靡丽,回忌声病,约句准篇,如锦绣成文,学者宗之,号为沈宋。"① 胡应麟《诗薮》:"五言律体,兆自梁、陈。唐初四子,靡缛相矜,时或拗涩,未堪正始。神龙以还,卓然成调。沈、宋、苏、李,合轨于先;王、孟、高、岑,并驰于后。新制迭出,古体攸分,实词章改变之大机,气运推迁之一会也。"② 王世贞《艺苑卮言》:"五言至沈宋,始可称律。

①《新唐书》卷二〇二,中华书局 1975 年,第 5751 页。
②(明)胡应麟《诗薮·内编》卷四,上海古籍出版社 1979 年,第 58 页。

律为音律法律,天下无严于是者,知虚实平仄,不得任情而度明矣。二君正是敌手。"①大体上说,近体诗的成熟,应该是在武后、中宗时期,近人的研究成果,也证明古人的判断是大体准确的。近体确立于中宗、武后时期,对此学术界近年多有研究,如赵昌平的《初唐七律的成熟及其风格溯源》,通过对初唐九次唱和活动的 90 多首七律进行考察,得出七律诗成熟于中宗景龙年间的结论,并有"七律蜕化于骈俪化的歌行"之说②。从唐初到律诗形成时期,是唐诗古近体矛盾的第一阶段。其矛盾的表现特点还不十分明显。(此期律诗,实以五律为主,有华缛与疏野两派,王绩代表了疏野派。)古近两体的矛盾还没有被挑出来。古近体的背后,是齐梁陈隋与汉魏晋宋两种不同的取法之间的矛盾。这个问题,在陈子昂之前是不明确的。陈之前,主要是南北朝文风的对立问题。那是唐初至中宗时期诗歌创作中存在的一种矛盾机制。

　　古近体的矛盾真正被挑出,还在于陈子昂复古理论的发生。子昂《与东方左史虬修竹篇序》:"汉、魏风骨,晋、宋莫传,然而文献有可征者。仆尝暇时观齐、梁间诗,彩丽竞繁,而兴寄都绝,每以永叹。"③他没有明确地提出古体与近体的高下问题,但近体实际上是含在齐梁体之中的,既反齐梁,则轻近体的思想也就可以推断。当然子昂也写五律诗,但他的五律并不用齐梁之格,而是兼取汉魏之风骨。这就开出盛唐人改造五律的新路子,为后来盛唐诗人所继承。盛唐时期,是唐代诗学深化的时期,从艺术上看,是逐渐摆脱齐梁至初唐的诗风,建立唐诗时代风貌的时期。这时期诗

---

① 罗仲鼎《艺苑卮言校注》卷四,齐鲁书社 1992 年,第 160 页。
② 赵昌平《初唐七律的成熟及其风格溯源》,《中华文史论丛》1986 年第 4 辑。
③ 徐鹏校点《陈子昂集》卷一,中华书局 1960 年,第 15 页。

人对于古近两体的看法如何,虽然没有留下太多言论,但从创作的倾向上还是看得出来的。如李白,在创作上的复古倾向是很明显的。他的律体有着不死守格律的倾向,五律作得比较多,七律则很少作,仅有的几首也是近于歌行的格调。可以说他的创作是律为我用,而非我为律缚,这需要很高的天赋。其他的盛唐诗人,也是利用了在初唐确立的格律形式,但同时扬弃了齐梁至初唐的偶俪、浮写物象、刻板、线条化的作风,达到所谓"声律风骨俱备的境界"。殷璠《河岳英灵集·序》:"夫文有神来、气来、情来,有雅体、野体、鄙体、俗体。编纪者能审鉴诸体,委详所来,方可定其优劣,论其取舍。至如曹刘诗多直语,少切对,或五字并侧,或十字俱平。而逸驾终存,然挈瓶庸受之流。责古人不辨宫商徵羽。词句质素,耻相师范,于是攻异端,妄穿凿,理则不足,言常有余。都无兴象,但贵轻艳。虽满箧笥,将何用之。自萧氏以还,尤增矫饰。武德初,微波尚在,贞观末,标格渐高。景云中,颇通远调,开元十五年后,声律风骨始备矣。实由主上恶华好朴,去伪从真,使海内词场,翕然尊古。南风周雅,称阐今日。"[1] 在殷璠看来,盛唐诗风的实质,是完成了对轻艳诗风的改造,而在达到这个目的的过程中,唐诗创作的美学思想有了发展。开始只知道在风格与境界上下功夫,所谓"贞观末,标格渐高。景云中,颇通远调"。到了陈子昂、张九龄,才知尊古。这里的古,当然是指晋宋以上的诗风。诗学思想从轻古到尊古的发展,当然也就确立了此后唐人以古体为高,从汉魏晋宋为典范,而以近体为新奇近俗的基本思想。李白的诗歌思想深受此一诗学观点的影响。但盛唐人并没有将近体与轻艳诗风混为一谈。他们还是比较积极地运用近体的体制,保持其艺术形式的优

---

①《唐人选唐诗(十种)》,中华书局 1962 年,第 40 页。

势,同时对齐梁以来积累的诗歌语言艺术中的有效因素充分吸取,
而加以风骨与高华的风格创造。所以近体与古体之间,相对来讲
是和谐的关系。当然在盛中唐之际,也存在着极端轻律重古的一
派,元结和他的《箧中集》中的诸作者,就代表了这一派。中唐以
后,轻近体、重古体的理论上以元白派为突出,实践上则以韩孟派
为突出。

四

　　唐诗的新旧体之间,不仅是对立的关系,同时也是相互影响
甚至相互依存的关系。旧体方面,虽然唐人在主观上认为他们的
古诗体和古乐府是继承唐之前的乐府古辞和古诗体,但事实上这
些作品与前者只有血缘的关系,性质已经完全改变了。它们是唐
诗体裁系统中的古乐府体和古诗体,实际上是与律诗体相依存的。
王尧衢《古唐诗合解·凡例》论唐诗中的古诗云:“如古诗,乃唐
之古诗,与汉魏晋不同。”并举例不同之一点:“汉魏多五言,不转
韵。”而唐古诗多转韵(按主要指歌行),所以他在解唐古诗时,“每
于转韵分解处见神情并字句之工,而一一详说之”①。唐古诗与歌行
中,都有一种律化的现象。像王维的《桃源行》中就有不少律句,
偶对也用得很多。另一种表现则是,为了避开律诗的影响,一些诗
人有意识地避免用律句和偶对,以保持古体的纯粹性。但事实上
这种有意为古的创作态度,本身就是唐诗体裁内部的冲突引起的。
甚至有人开始寻找古诗的声律规律,例如多用三平调三仄调等,以
别于律诗。但事实上,汉魏晋宋的诗是根本没有声律规则可循的。

---

①《唐诗合解笺注·凡例》,第2页。

可见，声律原则不仅是律诗内部的问题，唐的古体也同样受到它的影响，既是吸取式的影响，又是排拒式的影响。同样，唐的律诗创作，也深受古诗及古乐府的影响。

唐诗体裁的新旧两体，从时代上说是新与旧的关系，从形式上看则是律体与非律的自由体之间的对立。这看似一个问题，实际上是有着相互联系的两个问题。可以说，新旧体的对立以及由此而产生的问题，不仅关涉到诗歌体裁，更关系到一种文化的观念。这一点我们前面已经谈到过。而律与非律的关系则是着重体裁形式本身来讲。新旧之对立存在于古今中外的许多诗歌系统中，是一个普遍的问题。而律与非律之对立则是唐诗新旧对立的特殊性问题。例如，现代的新诗与现代旧体诗词也是一种新旧对立。就新旧对立这一点来看，与唐诗在这个问题上有相似之处。但是，在唐代，律体是新的，非律的、相对来说自由化一类的诗体则是旧的。这与现代诗歌体裁的矛盾情况正好相反。所以就不能笼统地将唐代的新旧体问题与现代的新旧体问题等同而论。

严格来说，所谓律与非律（或者说自由体），在唐诗里面，很多时候是不容易区别的。从最富有自由体意味的杂言歌行如李白的《蜀道难》一类诗，到典型的律诗，这之间存在着许多难以归类的诗体，其格律化与自由化的程度各不相同。所以，在唐诗中，格律和自由有时候都有个程度的问题。这在非律体里面表现得最突出。因为至少从初唐到盛唐，唐诗格律是处在发展的过程中。初唐人有些诗，是处于律与非律之间的。有些诗看起来像歌行或古体，其实作者当时是受声律说的影响的，有将它格律化的意图。比如王绩的《北山》：

旧知山里绝氛埃，登高日暮心悠哉。子平一去何时返？

仲叔长游遂不来。幽兰独夜清琴曲,桂树凌云浊酒杯。槁项同枯木,丹心等死灰。①

这首诗的前面六句,除第二句是个三平调外,其余全符合七律的格律。但最后两句却用了五言。这其实是格律体的一种。王夫之评云:"六代人作七言,于末二句辄以五言足之,实唐律诗之祖,盖歌行之变体。"王夫之的分析很可注意:"对仗起束,固自精贴,声韵亦务谐和,乃神韵骏发。则固可歌可行,或可入乐府。如此首前四句,句里字外俱有引曳骞飞之势,不似盛唐后人促促作辕下驹也。故七言律诗亦当以此为祖,乃得不堕李颀、许浑一派恶诗中。呜呼!知古诗歌行、近体之相为一贯者,大历以还七百余年,其人邈绝。何怪四始六义之不日趋于陋也。"②这段话当然反映了船山的格律思想。这种诗,如果拿典型的七律的艺术标准去看,是看不出它的好处的。但船山看到这类诗在体裁上,既具有律的优点,有声韵谐和之美,同时还保持着歌行体的"引曳骞飞之势"。从这个角度来看,典型的七律未免又是一种缺陷。说到底,因为是这样的准律诗,兼有自由体之美感,在船山的审美体验中,就成了"神韵骏发"这样一种意趣。还有一类诗,形式上看很接近律诗了,但声律常有不合之处,句法词气,也带有歌行与古风的味道。如王绩《过程处士饮率尔成咏》:"莫道山中泉石好,莫畏人间行路难。蜀郡垆家何必闹,宜城酒店旧来宽。杯至定知悬怪晚,饮尽只应速唱看。但使百年相续醉,何愁万里客衣单。"③像这首诗,律化的程度

---

① 韩理洲校点《王无功文集·补遗》,上海古籍出版社 1987 年,第 206 页。
②（明）王夫之《唐诗评选》卷一,《船山全书》,岳麓书社 1996 年,第 14 册,第 885 页。
③《王无功文集》卷二,第 58 页。

也很高，但一、二两句失对，四、五之间失粘。严格地说不能用"失粘"这样的词，这好像成了它本身的缺点。在像王夫之这样重古风、歌行的人来看，也许恰恰可以看成优点。因为这首诗保持了歌行相对于律诗的那种自由抒发的美感。唐诗名篇中，如沈佺期的《古意·卢家少妇郁金堂》，崔颢《黄鹤楼·古人已乘黄鹤去》，也都是体裁的美感特点上介于七律与歌行之间的。可见七律这一体，从声律上说或许是五律之扩大，但体制上自有其渊源，是从七言歌行发展过来的，源于歌曲。还有一种情况，是排律的问题。通常的说法，排律是五七言律诗的延长。那么，排律当然是出现在五七言律诗成熟之后。但情况却不完全是这样。初盛唐有些看起来像是排律的诗，它其实是六朝古诗受声律、俳偶作风影响的结果。所以说它是排律也可以，但和律诗完全成熟后的排律，在内涵上有很大的差异。这些诗在美感上，保持了五古和七言歌行的特点。王夫之说崔融《从军行》"穹庐杂种乱金方"及蔡孚《打球篇》"德阳宫北苑东头"这两首诗，"俱自沈君攸《桂楫泛中河》来，近人不知，呼为七言排律"①。从五言来看，初唐五言全篇对仗而声律大体谐和的就更多了。但却与后来的五排有很大的不同。可见唐诗的律与非律，界限并不总是很明显的。

　　从诗歌的篇体来看，唐诗体裁也是固定体裁与不固定体裁的并存。在结体上，歌行一体，具有很大的自由度。每个诗人都可以自由地处理体裁。尤其是我们看到唐代歌行及古诗中有各种各样的短篇，结体都是很独特的。最典型的如陈子昂《登幽州台歌》，我们对它很熟悉，以至忽略此诗在结体上的独特："前不见古人，后不见来者，念天地之悠悠，独怆然而涕下。"二十二个字，似歌非歌，似

①《唐诗评选》，第 888 页。

诗非诗，似乎摆脱了所有诗歌的因素，甚至摆脱了语言本身，将磅礴的、苍凉的，融着宇宙、人生、历史多种意识的一种莽苍苍的情绪表现出来。这让我们在高度发展的诗里面，又一次体味原始化的诗的特质。但是这与它的结体是分不开的。它的结体也可以说是前无古人，后无来者。这种创造性的、独特的结体，只有未被格律束缚的唐人才能写出。初盛唐诗人的创作，在体制上自由度很大，而他们创制独特体制的能力也十分强。李白是一个代表，他的每一首歌行，都是一个篇体的创造。李白深深地感受到自己在这方面的非凡创造力，也尽情地享受了一个诗人从语言到体裁都在创造的乐趣，所以尽管格律诗的形式很美，但他还是倾心于古风和古乐府。其实王维也很能在体裁上作独特的创造。他的诗中，有六句体的短古诗。如《送别》："下马饮君酒，问君何所之？君言不得意，归卧南山陲。但去莫复问，白云无尽时。"[1]《陇西行》："十里一走马，五里一扬鞭。都护军书至，匈奴围酒泉。关山正飞雪，烽戍断无烟。"[2] 李白集中《凤凰曲》、《春思·燕草碧如丝》、《子夜吴歌四首》等也都是五言六句之体[3]，其源或出吴声。这其实也是唐诗中的一体。杜甫是近体诗的大家，可他在奠定近体艺术的同时，仍未放弃在乐府体、古体方面享受创造的自由。他这方面的诗实际上也是篇篇都有体制上的创造。所以，唐诗的五七言古体、歌行体之中，还有各种不同的体裁。我认为，真正具有天才的诗人，是不会仅满足于语言的创造的，他一定会在体制上也做出自己的创造。这方面，唐人可谓拥有得天独厚的条件。因为此时的诗体是律与

---

① 陈铁民《王维集校注》卷七，中华书局 1997 年，第 565 页。

②《王维集校注》卷二，第 144 页。

③《李太白全集》卷六，第 347、350、351 页。

非律、新与旧、固定与不固定的对立统一。初唐人用律而未被其束缚，所以在律与非律两方面，都得到了好处。唐以后的诗人，想摆脱格律束缚，只能走模拟古体这条路。但宋元以后，诗人们与汉魏晋宋的诗体距离越来越远，找不到活生生的感觉，模拟真的只能成了模拟。但唐人不一样，唐人在音乐上、诗体上与中古的关系都还十分近。其实在唐乐中还留存着不少六朝音乐。唐人在意识方面、审美趣味方面，与六朝人都还有很接近的地方。所以他们所使用的古体，并没有过时。

唐人的律诗，与后代比较，声律和修辞的规定都比较宽松，并不像后世那样精细。如用韵，唐诗用韵比清诗用韵就要宽一些。在对仗上，也没有规定得那样死。李白的《牛渚夜泊》就是全篇不对仗的。又如后代近体诗忌用重复之字。如"金沙水拍云崖暖"的"水"字，原本作"浪"，但为了避重复，所以改为"水"。这一改也许改得更好了。但这种情况在唐律中是不计较的。规则是很奇怪的东西，没有它之前，谁都不会觉得那样做不行。但一旦有了这规定，哪怕是不成文，若不遵守还真的不行。唐人可以那样做，后人却不好那样做。在这方面唐人又是得天独厚了。也可以说，虽然同是近体诗，唐人对格律的处理仍较后人为自由。这也不能不说是唐诗在体裁上的一种优势。

总之，唐人在使用体裁上的这些优势，是唐诗艺术特征得以形成的重要的物质条件。唐诗的繁荣、唐代诗人诗歌精神之高涨，与诗体这种优势是分不开的。本文尝试对此做梗概式的论述，希望能够引起学界对这些问题的兴趣。

（原载《陕西师范大学学报（哲学社会科学版）》2005 年第 4 期）

唐人乐府学述要

唐人诗歌之称乐府者有二，一为当时之乐章歌词，实以近体新声为主要体制，绝句尤为其大宗，其中一部分变化为长短句曲子词，实为乐章系统。因为唐人习惯，仍称宫廷音乐机构为乐府，所以其中所唱的歌词，亦常沿乐府旧称，一如宋、元词曲，当时人亦多称为乐府①。二为各种形式的拟古乐府，包括由拟古乐府衍生出的新题乐府，实为徒诗系统。本文所说的唐人乐府学，其整体自应包

---

① 如刘禹锡《奉和淮南李相公早秋即事寄成都武相公》："秋与离情动，诗从乐府传。聆音还窃抃，不觉抚么弦。"（《刘禹锡集》，中华书局1990年，第276页）白居易《读李杜诗集因题卷后》："文场供秀句，乐府待新辞。"（《白居易集》，中华书局1979年，第320页）所谓新诗、新词，实即声诗，以五、七言近体为主。又如孟简《酬施先辈（施肩吾）》："襄阳才子得声多，四海皆传古镜歌。乐府正声三百首，梨园新入教青娥。"（《全唐诗》，上海古籍出版社1986年影印康熙扬州诗局本，第七函，第十册，第1197页）又刘言史《乐府杂词三首》皆为七言绝句，如其一："紫禁梨花飞雪毛，春风丝管翠楼高。城里万家闻不见，君王试舞郑樱桃。"（《全唐诗》，第七函，第九册，第1188页）此等例子甚多。可见唐人声诗、曲子词，当时亦称乐府。杨慎《词品》："唐人绝句多作乐府歌，而七言绝句随名变腔。如《水调歌头》、《春莺转》、《胡渭州》、《小秦王》、《三台》、《清平调》、《阳关》、《雨淋铃》，皆是七言绝句而异其名，其腔调不可考矣。"（唐圭璋《词话丛编》，中华书局1986年，第431页）

括上述两种乐府诗歌体系,但前者与燕乐系统密切联系,实未形成独立的诗学,在今人研究中,则应归于声诗学与词学的范畴①。其作为一种独立的徒诗创作的乐府之学的,则洵为古乐府及由古乐府衍生的新题乐府两大部分,也包括歌行之体。唐人标此古乐府学,实有与当时乐章歌词相抗衡之意义。另外,唐人虽然亦以乐府泛称其当时乐章歌词,但从文体学的角度来说,作为一种诗体的乐府诗实以拟古乐府及新题乐府为正宗。本文所述的乐府诗学,即以此为分野。至于唐代乐章歌词之诗学,则有待于来日之研究。

一、内涵

中国古代的诗学一词,实包括理论批评与创作实践两义,且在实际的存在状态中,理论、批评与创作浑然一体。在唐诗诸体中,古体及乐府体的创作尤其包含学理的因素,因其本质为拟古、复古之体制,所以必以前人创作为规范而推陈出新,其体现诗之为学的性质实较近体更为突出。正因为此,唐代诗人于近体之创作,较少理论阐述,唐代有关格式之类的著作,所讨论的主要是技巧、法式之类的问题,在诗学思想方面缺乏深度的理论阐述。唐人于诗歌理论方面有重大价值的高深理论,多由古风与乐府方面的创作所引发。如对初盛唐诗学影响最为深刻的复古、兴寄、风骨等诗学思想,即由古风、古体的创作所引发。故与唐人的近体诗学相比,乐府诗学与古体诗学更具备诗之为学的意义。于中乐府之学,尤具专门学问的性质,作者如要大量创作,且有所成就,则必须建立自

---

① 关于唐代声诗的体制与曲调,任半塘《唐声诗》(上海古籍出版社 1982 年)有系统的研究。

身的乐府学体系。所以唐代凡以乐府创作为专长的诗人,如卢照邻、李白、元结、白居易、元稹、皮日休等人,都有其专门的乐府学可述。而唐人自身的意识,也是视乐府为专学。权德舆所作《右谏议大夫韦君集序》记载:"初,君年十一,尝赋《铜雀台》绝句,右拾遗李白见而大骇,因授以古乐府之学,且以瑰琦轶拔为己任。"① 韦公即韦渠牟,实即李白《经乱离后天恩流夜郎忆旧游书怀赠江夏韦太守良宰》诗所赠韦良宰之孙,可知李白授韦渠牟古乐府之学,实在乾元遇赦还居江夏,作客于江夏太守韦良宰府中时 ②。所谓古乐府之学,实即乐府学之意。清人方成培《香研居词麈》"自五言变为近体,乐府之学几绝"③,其义即与唐人所说的"古乐府之学"相近。这种古乐府之学,主要存在于诗歌的实际流变及诗人具体创作中。唐人之后,宋、元、明、清时期,亦视古乐府为专学。其一方面表现

<hr />

① 《全唐文》卷四九〇,上海古籍出版社 1990 年,第 2215 页。
② 霍旭东校点《权德舆文集》,甘肃人民出版社 1999 年,第 346 页校记一。又见本集卷一三《唐故太常卿赠刑部尚书韦公墓志铭》,记载韦渠牟卒于贞元十七年(801),年五十三,则其从李白学古乐府之学,当在乾元二年(759)李白自夜郎放归之际。按李白是年有《经乱离后天恩流夜郎忆旧游书怀赠江夏韦太守良宰》诗。韦良宰其人,詹锳《李白诗文系年》:"《方舆胜览》以赠此诗之韦太守为韦景骏,《湖北通志》引《金石存佚考》则以为韦延安,皆未知何据。《新唐书·宰相世系表》卷七十四上韦氏彭城公房有名良宰者一人,以其行辈度之,当在斯时,则良宰即韦太守之名也。"(詹锳《李白诗文系年》,人民文学出版社 1984 年,第 133 页)按权德舆所作韦渠牟墓志铭中,记载"祖景骏,房州刺史",合之渠牟年十一从太白学古乐府在乾元二年之事,则江夏太守韦良宰正是韦景骏。詹锳《李白诗文系年》:乾元二年,"十一月康楚元伏诛,荆襄平。白上三峡,至巫山,遇赦得释。还憩江夏、岳阳"(詹锳《李白诗文系年》,第 129—130 页)。据此则李白授韦渠牟古乐府之学一事愈加清晰,即是乾元二年遇赦还憩江夏,作客于江夏太守韦良宰(景骏)处时,授景骏孙渠牟以古乐府之学。
③ (清)江顺诒《词学集成》卷一引,唐圭璋《词话丛编》,第 3221 页。

为出现像郭茂倩的《乐府诗集》等一批乐府诗研究著作，另一方面则如明清复古派之拟乐府创作，两者皆可称为乐府之学。可见乐府学概念，古已有之，而实始于唐人①。

关于唐人乐府诗歌的范围，明人胡震亨所论最确，其论云：唐诗诸体中，有诗与乐府之别，"乐府内又有往题、新题之别。往题者，汉魏以下，陈隋以上乐府古题，唐人所拟作也；新题者，古乐府所无，唐人新制为乐府题者也。其题或名歌，亦或名行，或兼名歌行。又有曰引者，曰曲者，曰谣者，曰辞者，曰篇者。有曰咏者，曰吟者，曰叹者，曰唱者，曰弄者。复有曰思者，曰怨者，曰悲若哀者，曰乐者。凡此多属之乐府，然非必尽谱之于乐。谱之乐者，自有大乐、郊庙之乐章，梨园教坊所歌之绝句、所变之长短填词，以及琴操、琵琶、筝笛、胡笳、拍弹等曲，其体不一。"②其对唐代乐府及新旧乐府的范围，以及唐人实际入乐诗歌之范围，可谓分剖至明，洞若观火。唐人所说的古乐府，是指唐以前的入乐歌诗，也包括部分杂歌谣辞。这个歌诗系统从大的方面来分，又分为汉魏乐府与南北朝乐府两大类。就其与音乐的对应关系来看，大体相当于隋开皇中所定的"七部伎"中的"清商伎"，至大业中定"九部乐"，则又被称为"清乐"。《隋书》卷十五《音乐下》：

> 清乐其始即清商三调是也，并汉来旧曲。乐器形制，并歌章古辞，与魏三祖所作者，皆被于史籍。属晋朝迁播，夷羯窃据，其音分散。符永固平张氏，始于凉州得之。宋武平关中，因而

---

① 参见吴相洲《关于建构乐府学的思考》，吴相洲主编《乐府学》第 1 辑，学苑出版社 2006 年，第 2 页。
② （明）胡震亨《唐音癸签》卷一，上海古籍出版社 1981 年，第 2 页。

入南，不复存于内地。及平陈后获之。高祖听之，善其节奏，曰：
"此华夏正声也。昔因永嘉，流于江外，我受天明命，今复会同。
虽赏逐时迁，而古致犹在。可以此为本，微更损益，去其哀怨，
考而补之。以新定律吕，更造乐器。"其歌曲有《阳伴》，舞曲有
《明君》《并契》。其乐器有钟、磬、琴、瑟、击琴、琵琶、箜篌、筑、
筝、节鼓、笙、笛、箫、篪、埙等十五种，为一部。工二十五人。①

隋大业九部乐，除"清乐"外，其余"西凉"、"龟兹"、"天竺"、"康
国"、"疏勒"、"安国"、"高丽"七部都是十六国及北朝时代来自域外
的异族音乐，"礼毕"（即七部中的"文康伎"）为源于东晋的一种歌
舞戏②。后世所说的隋唐"燕乐"，主要就是以这七部外来音乐为主
体，其中龟兹乐尤其重要。可见，隋时用来集结中土从汉魏到梁陈
的本土音乐的，只有"清乐"一种，其中包括了属于汉魏旧乐的"清
商三调"与以吴声、西曲为主的新清商乐。即以《隋书》所载，其歌
曲《阳伴》属于吴声系统，而舞曲《明君》则属于汉魏旧曲系统。可
见这部"清乐"是新旧清商乐的结合。齐梁以来，新兴的清商乐兴
起，而旧清商系统衰落，两者之间曾形成尖锐的矛盾。但到了南北
朝后期及隋代，与大量引进并流行的异族音乐相对，新旧清商乐同
时衰落，于是在音乐的系统对立上，由以中土新旧乐对立为主要矛
盾，转向以中土新旧乐与外来诸乐对立为主要矛盾。中土新旧乐
作为清商乐的共同性被强调了，于是"清乐"一部形成。它虽居诸
部乐之首，但入隋之后，即非音乐的主体。

　　唐人拟古乐府从其音乐的渊源来看，正与隋唐清乐一部相对

---

①《隋书》卷一五，中华书局 1973 年，第 377—378 页。
② 参见钱志熙《南北朝隋代散乐与戏剧关系札论》（《文学与文化》2010 年第
　1 期）一文的有关考证。

应。其整体上不具备入乐性质,正是由这一基本的音乐史的变迁所决定的。而其称为"古乐府"的真正内涵,也正是与当代入乐的各种新声乐府相对的。因为在唐代的音乐语言方面,当代流行的声诗、曲子词有时仍被称为乐府,所以用古乐府来指称拟写旧曲的作品。旧曲实际已经不存在,其曲名转化为诗题,所以又称旧题乐府。其能标志古乐府之特征者,实为文字性质的"古题",而非音乐性质的"古曲"、"古调"。虽然唐人在主观上仍认为他们所创作的古乐府是正统的乐章歌词,并且也有谋求入乐的愿望。但实际就如汉魏以后西周雅乐无法真正恢复一样,唐人视为乐歌之正宗的拟古乐府、新题乐府,也因为与现实的音乐即隋唐以来流行的燕乐并非一流,而只能形为纯粹的徒诗体制。

　　汉魏乐府与南朝新声乐府,虽然其曲调至唐时尚有存者,但与诗人的古乐府写作却毫不相涉①。要明白这个问题,我们不能不对

---

① 《旧唐书·音乐志》:"清乐者,南朝旧乐也。……武太后之时,犹有六十三曲,今其辞存者,惟有《白雪》、《公莫舞》、《巴渝》、《明君》、《凤将雏》、《明之君》、《铎舞》、《白鸠》、《白纻》、《子夜》、《吴声四时歌》、《前溪》、《阿子》及《欢闻》、《团扇》、《懊恼》、《长史》、《督护》、《读曲》、《乌夜啼》、《石城》、《莫愁》、《襄阳》、《栖乌夜飞》、《估客》、《杨伴》、《雅歌》、《骁壶》、《常林欢》、《三洲》、《采桑》、《春江花月夜》、《玉树后庭花》、《堂堂》、《泛龙舟》等三十二曲。《明之君》、《雅歌》各二首,《四时歌》四首,合三十七首。又七曲有声无辞,《上林》、《凤雏》、《平调》、《清调》、《瑟调》、《平折》、《命啸》,通前为四十四曲存焉。"(《旧唐书》卷二九,中华书局 1975 年,第 1062—1063 页)按此四十四曲为传自南朝的旧歌曲,其中三十七曲有声有辞,七曲有声无辞。对照唐代文人乐府,大体不符合。唯李白古乐府中有《乌夜啼》、《杨叛儿》、《襄阳曲》、《丁都护歌》、《估客行》等寥寥数首,与上述清乐所载相符。然观其体制作法,实为赋题而已,尚无任何证据证明是依照上述武后朝尚存之声曲而制作的,更无证据证明太白此数题为当时可歌之曲。又此四十四曲武后朝尚存,然武后朝文士赋乐府,从不用其中曲调。盖声辞虽存于乐府,然久不流行于世。流行于世且引起文人倚曲之兴趣者,实为出于燕乐系统的曲子词。

唐人所谓"古乐府"的来历做一番追溯。自汉末、建安以来，文人写作诗歌，即分纯粹五言与乐府两体。而乐府一体中，自曹植、陆机以来，脱离实际的音乐，专尚文词的一部分，逐渐成为主流。此即"拟"、"代"、"仿"乐府诗，后人总称拟乐府。其初拟作的音乐尚存，熟悉音乐的人对照曹植、陆机之作，发现它们与曲调不符，因此称为乖调。刘勰曾从拟乐府的性质为曹、陆辩护："子建士衡，咸有佳篇，并无诏伶人，故事谢丝管，俗称乖调，盖未思也。"① 这个由曹、陆、谢、鲍等人奠定的文人拟乐府系统，即后世文人乐府诗的渊源所自。《南史·颜延之传》："延之与陈郡谢灵运俱以辞采齐名，而迟速县绝。文帝尝各敕拟乐府《北上篇》，延之受诏便成，灵运久之乃就。"② 所谓乐府《北上篇》即曹操《苦寒行·北上太行山》一篇，载于沈约《宋书·乐志三·清调》中，可见其时乐曲尚在。但宋文帝令颜、谢所拟者或为其文辞，不必为入乐所作。可见拟乐府之方法，晋宋人已完全明确。古乐府之名，亦见于晋宋之际，《宋书·宗室·临川王刘义庆》附《鲍照传》："文辞赡逸，尝为古乐府，文甚遒丽。"③ 这里的古乐府，正是与当时流行的新声歌曲相对的汉魏古调、古题乐府，是鲍照乐府诗中不入乐的一部分。李白等人称拟唐以前乐府诗为古乐府，正是承袭南朝人的这种用法。在齐梁声律新体流行的风气中，在内容与体制上，古题乐府都向新体靠拢，出现了以齐梁声律新体为主要体制的新的"赋题"法的拟古乐府，流行直至初唐，形成古题与近体结合的现象。上引方成培所说的"自五言变为近体，乐府之学几绝"，正是对乐府诗史中这一嬗变

---

① 范文澜注《文心雕龙注》卷二《乐府》，人民文学出版社1958年，第103页。
②《南史》卷三四，中华书局1975年，第881页。
③《宋书》卷五一，中华书局1974年，第1477页。

的准确判断。其时略能与其抗衡者，为初唐七言、杂言歌行，然其渊源亦出于南朝，并且多为流连风物之辞，体虽尚古而意多凡近。唐代各家各派的古乐府及新乐府的创作，即是以上述自齐梁迄初唐的近体化乐府为革新对象，力求复古。初唐陈子昂、张九龄等人在五古方面能够复汉魏之古，但乐府则仍沿齐梁之体。李白继续复古诗学，在乐府方面倾注最多的精力，经其一生努力，重建了一个古乐府的创作系统，同时形成了古乐府之学，实为唐代乐府复古的第一家。其后元白、韩孟两派虽然宗旨、方法各异，但论其渊源，都是由李白的古乐府学推衍出来的。李白晚年用来传授韦渠牟的，即是这种古乐府之学。至其所作的《清平调》《宫中行乐词》等，则是新声燕乐，非古乐府之学。

　　总之，乐府自魏晋之际，即出现入乐与徒诗两体的分流，入乐的乐府准随时之义，音乐曲调与系统不断变化，由汉魏清商旧乐而至吴声、西曲，由南北朝新声而至隋唐燕乐，其体制也随时而变。不入乐的拟乐府则准复古、拟古之则，以旧题、旧体、旧义为准，标古乐府之义。其所标举，实为两义：一为尊旧体制以抗衡完全脱离音乐的五七言古、近体诗系统，体现了乐为诗之源、乐为诗之本体的思想；一为尊古乐章体制以抗衡当世流行的新声乐曲。而古乐府在唐诗诸体中的体制之尊崇也正是由上述创作思想决定的。

二、体制与流别

　　乐府为唐代诗歌中最为庞杂的一体，除去当代声歌有时亦称乐府之外，拟乐府中也有多种体制。从体制来看，主要有三类：一为沿袭齐梁赋题之法，以近体赋古题；二是采用歌行的体制拟古题；三是模拟乐府歌曲形式，多用歌行体制的新题乐府。以下对三类的源流分别进行叙述。

乐府一体,汉代为原生,晋宋人称为"古辞"(《宋书·乐志》)。至建安时代,曹氏一门,多采黄门旧乐制新词,即刘勰所说:"至于魏之三祖,气爽才丽,宰割辞调,音靡节平。观其北上众引,秋风列篇,或述酣宴,或伤羁戍,志不出于慆荡,辞不离于哀思,虽三调之正声,实韶夏之郑曲也。"① 曹氏之外,文人如陈琳有《饮马长城窟行》,阮瑀有《驾出北郭门行》,都是倚乐府杂曲为新歌词,这一个阶段通常被视为文人拟乐府的开端。但是它的基本性质仍为入乐歌词,不同于后世的拟作徒诗。所以我们将其称之为拟乐府创作上的拟调阶段。到了曹植、陆机,他们创作大量的不入乐的乐府诗,乐府创作的拟、代的方法逐渐明确,这个时期的乐府诗,总在主题、题材、内容上与原作保持着一种依拟的关系,明显是以原作为蓝本,我们称之为乐府的拟篇阶段。到了齐梁沈约、谢朓等人开创只赋曲名的赋题之法,并摆脱汉魏晋宋的旧体制,采用齐梁流行的声律新体,是拟乐府体制与方法上的一个重要新变。

初唐乐府,即沿承陈隋之习,以赋旧题为主,缘以声律,陈陈相因②。四杰之作,可为代表:骆宾王有《棹歌行》、《从军行》、《王昭君》;卢照邻有《刘生》、《陇头水》、《巫山高》、《芳树》、《雨雪曲》、《昭君怨》、《折杨柳》、《梅花落》、《关山月》、《上之回》、《紫骝马》、《战城南》;王勃有《铜雀妓二首》、《有所思》;杨炯有《从军行》、《刘生》、《骢马》、《出塞》、《有所思》、《梅花落》、《折杨柳》、《紫骝马》、《战城南》。四杰之外,其他初唐诗人亦多赋题乐府,如韦承庆

---

① "慆荡",通行本作"淫荡",范文澜注:"孙云:唐写本作慆。"范文澜注《文心雕龙注》卷二,第102页。

② 参见钱志熙《齐梁拟乐府诗赋题法初探》,《北京大学学报(哲学社会科学版)》1995年第4期。

有《折杨柳》，宋之问有《长安路》、《折杨柳》、《有所思》。此种诗纯以赋题之法行之，如韦承庆《折杨柳》："万里边城地，三春杨柳节。叶似镜中眉，花如关外雪。征人远乡思，倡妇高楼别。不忍掷年华，含情寄攀折。"① 纯为演绎"折杨柳"三字之意。其他人所作，千篇一律，无不如此。对于这种拟乐府方法，卢照邻在《乐府杂诗序》中有这样一段评论：

> 　　其后鼓吹乐府，新声起于邺中；山水风云，逸韵生于江左。言古兴者，多以西汉为宗；议今文者，或用东朝为美。《落梅》、《芳树》，共体千篇；《陇水》、《巫山》，殊名一意。亦犹负日于珍狐之下，沈萤于烛龙之前。辛勤逐影，更似悲狂，罕见凿空，曾未先觉。潘、陆、颜、谢，蹈迷津而不归；任、沈、江、刘，来乱辙而弥远。其有发挥新题，孤飞百代之前；开凿古人，独步九流之上。自我作古，粤在兹乎！②

卢照邻针对晋宋齐梁以来的拟篇、赋题乐府诗的"共体千篇"、"殊名一意"的弊病，借为中山郎徐令编集的侍御史贾君的《乐府杂诗》作序的机会，提出了"发挥新题，孤飞百代之前；开凿古人，独步九流之上"的自我作古的新题乐府的创作方法。这一点我们在下面论新题乐府时再作讨论。

　　上述齐梁至初唐流行的赋题乐府，其实已落为近体的一种，失去乐府体的独立性。汉乐府是感于哀乐，缘事而发，是以叙事为主

---

① 《全唐诗》，第一函，第四册，第 61 页。
② （唐）卢照邻《乐府杂诗序》，《卢照邻集　杨炯集》，中华书局 1980 年，第74 页。

的。南朝写景、咏物之风盛行,拟乐府也深受影响,尤其是抛弃模拟原作的赋题一法的正式出现,更使拟乐府的写作迅速与近体合流,形成以写景、用事、咏物为主的一种诗风,汉魏乐府的叙事传统基本上失落了。至盛唐,以近体赋古题的作法,多用五、七言绝句体,如王昌龄《从军行五首》、王维《少年行四首》、李白《玉阶怨》、《渌水曲》等,即属此体。唐人古题乐府之具备入乐机会者,也仅此类而已。因其题虽为古,而体实为近,与唐代声诗大宗使用近体正合。

自齐梁至初唐,乐府体制与创作方法上完全声律化、近体化,这使其失去作为传承古老的乐歌传统的功能。于是一些重视声歌本色与汉魏乐府叙事、歌唱传统的诗人,开始寻找摆脱齐梁近体乐府,直接汉魏旧乐府的体制与方法。骆宾王、卢照邻、杨炯在赋题近体之外,已开始寻找真正的古乐歌传统。骆宾王的《军中行路难同辛常伯作》、《从军中行路难》是学习鲍照《行路难》的体制,王勃的《秋夜长》、《采莲曲》、《临高台》、《江南弄》是学习汉、魏、晋、宋的杂三、五、七言体,同时受到沈约等人的直接影响。卢照邻也有《行路难》之作,其《明月引》、《怀仙引》则为六朝琴曲之体,实为骚体的变种。诸人所作,实为盛唐李白古乐府之先导。但此体的渊源,实亦出于南朝时期开始流行的隔句为韵的七言、杂言歌行体,为南朝新声乐曲之一种①。

近体拟乐府从根本上说是齐梁体,陈子昂、张九龄的复古实践主要侧重于五言古体方面,尚无力于乐府体的复古。倒是上述四杰等人的拟《行路难》、拟六朝杂曲的作品,突破了近体拟乐府的格

---

① 参见钱志熙《论汉魏六朝七言诗歌的源流及其与音乐的关系》(《中华文史论丛》2013 年第 1 期)一文的相关研究。

局,开启了李白等人以歌行、杂言为主要体制的古乐府的路径。李
白的古乐府,纯用古题。但魏晋南北朝文人的拟古乐府,主要是拟
汉魏清商三调与流行杂曲,李白则将其扩大到所有唐以前各类雅
俗古曲,从此确立了后世拟古乐府的基本范围,亦即唐以前的各类
雅俗歌曲及杂歌谣曲。这是李白"将复古道,非我而谁与"① 创作
思想的一个具体实践。李白古乐府给人最大的印象,就是完全打
破近体的体制,同时也突破古体齐言的体制,恢复歌章自由体的体
制,使得齐梁陈隋的艺术程式都失去了依存的条件。李白的自由
体完全是徒诗体制上的创撰,是真正意义上的自由体。殷璠《河岳
英灵集》评李白云:"白性嗜酒,志不拘检,常林栖十数载。故其为
文章,率皆纵逸。至如《蜀道难》等篇,可谓奇之又奇,然自骚人以
还,鲜有此体调也。"② 正是指李白的古乐府在体制上巨大的创造,
但这种创造是以复古的方式达到的。李白乐府诗创作的基本策
略,是欲以一人的创作,尽拟汉魏以来的乐章古辞,并且要覆盖整
个汉魏六朝的乐府诗史,走出齐梁以来乐府沦为今体的困境。其
基本的思想是恢复"乐流"传统与讽兴的精神。在创作方法上,他
遍取汉魏以下的所有乐府诗体制,并对魏晋拟调、晋宋拟篇、齐梁
赋题等古乐府的创作方法进行融合,做出创造性的发展,从而使他
的创作成为文人乐府诗创作的高峰③。可以说,李白是晋宋以来古
乐府创作的集大成者。而古乐府之学,也是李白诗学最为擅长的

---

① (唐)孟棨《本事诗》,丁福保辑《历代诗话续编》,中华书局 1983 年,第
　　14 页。
② (唐)殷璠《河岳英灵集》卷中,《唐人选唐诗(十种)》,上海古籍出版社
　　1978 年,第 53 页。
③ 参见钱志熙《论李白乐府诗的创作思想、体制与方法》,《文学遗产》2012 年
　　第 3 期。

部分,其晚年以古乐府学授韦渠牟,正是一家之学的传授。但李白的古乐府创作,从根本上讲是天才的个人创造,其实是不可传授的。所以,李白之后的其他提倡古乐府者,提倡复古的思想与李白一致,但在体制与方法上都是另辟蹊径。盛唐诗人创作古乐府,李白之外,以复古为宗旨的诗人尚有贺兰进明,殷璠《河岳英灵集》录贺兰进明《古意》二章、《行路难》五首,并评论云:"员外好古博达,经籍满腹,其所著述一百余篇,颇究天人之际。又有古诗八十首,大体符于阮公。又《行路难》五首,并多新兴。"①其时岑参、高适、李颀等人的新题、旧题乐府歌行,也多"新兴",实与李白乐府体桴鼓相应。而乐府创作复古思想之明确,实以李白为第一人。

新题乐府是与古题乐府相对而言的,它虽标榜新题,但并不入乐,与当时流行的乐章歌词是完全不同的两个概念,后者或可称为新声乐府。新声乐府包括学者们所说的燕乐歌词、声诗,开始多为近体的五七言律绝,后又出现长短句的曲子词,皆与曲调密切相关。新题乐府则是模拟乐歌的徒诗体,且其所模拟的是唐以前的古乐府,而非当代流行的新声曲调。其制题方式,即是前引胡震亨所说,用歌、行、引、曲、谣、辞、篇、咏、吟、叹、唱、弄、思、怨、哀、乐等。而新声乐府中的声诗和曲子词,却是各有具体的曲调,多与上述诸题无关②。由此可见,新题乐府与新声乐府在唐代是迥然不同的两类。而新题乐府之基本上不能入乐者,亦可谂知矣!新题乐府的体裁,也是遍及古、近及歌行诸体的,并非只有歌行一体而已。至于新题乐府的写作理论,则卢照邻《乐府杂诗序》所说"发挥新题,孤飞百代之前;开凿古人,独步九流之上"已足以全部概括,而

---

① (唐)殷璠《河岳英灵集》卷中,《唐人选唐诗(十种)》,第103页。
② 详见任半塘《唐声诗》下编《格调》。

元白则揭出其"即事名篇，无复依傍"之义，更准确地概括了新题的性质。概言之，所谓新题乐府，其与旧题乐府之区别在于即事用新题，其与当世新声乐府之区别是为不入乐的徒篇。尽管唐人拟作新题乐歌，也有为乐府提供新词的意图，但事实上唐时乐曲为燕乐歌曲，其体制以五七言近体为主，而新题乐府则体制杂出，不拘一律，事实上是不可能全都入乐的。

关于新题乐府，历来都以杜甫《兵车行》《丽人行》《哀江头》等作为先驱，而由元结、元稹、白居易等阐明其义，张籍、王建为其重要响应者。但这一看法，是过于重视元、白等人关于新乐府的表述。其实新题乐府有更广阔的渊源与背景。自晋宋以来，文人乐府，除拟、代古题外，已有即事名篇的歌章，有时作者创作歌章，是准备供乐府采用，但事实并没有真正用之乐府。这种情况，到初唐时候更加普遍，一些作品标以乐曲名目，而实际上只是徒诗之作的，如章怀太子李贤有《黄台瓜辞》，宋之问有《绿竹引》《明河篇》《放白鹇篇》《下山歌》《冬宵引赠司马承祯》《高山引》《嵩山天门歌》，王无竞有《和宋之问下山歌》，贾曾有《和宋之问下山歌》，崔湜有《塞垣行》《大漠行》，李峤有《宝剑篇》《汾阴行》《倡妇行》，阎朝隐有《鹦鹉猫儿篇》，蔡孚有《打毬篇》，徐彦伯有《淮亭吟》，陈子昂有《观荆玉篇》《鸳鸯篇》《与东方左史虬修竹篇》《彩树歌》《春台引》《登幽州台歌》，张说有《邺都引》《离会曲》《赠崔二安平公乐世词》《送尹补阙元凯琴歌》，沈佺期有《凤箫曲》《七夕曝衣篇》《霹雳引》，王琚有《美女篇》，张楚金有《逸人歌赠李山人》，李元纮有《绿墀怨》《相思怨》，张潮有《江风行》《襄阳行》《长干行》，王泠然有《汴堤柳》《夜光篇》《寒食篇》，等等。由上述可见，即事名篇的拟歌曲，在初唐时代就已十分流行。元、白之所以特别标榜杜甫"即事名篇，无复依傍"的新题乐府创作方法，并非不知上述诗坛情况，而是因为初唐以来的拟歌曲，多为流连风物之作，源于齐梁，与六义精神不符，所以强调杜甫赋写时事的精神，视其为本派新题乐府的先驱。其实早于杜甫的王维，其《老将行》《燕支行》《桃源行》《洛阳女儿行》，崔颢的《孟门行》《渭城少年行》《卢姬篇》《江畔老人愁》《邯郸宫人怨》《川上女》《雁门胡人歌》，岑参的《白雪歌送武判官归京》《热海行送崔侍御还京》《轮台歌奉送封大夫出师西征》，以及李白、杜甫大量的新题歌行，都属此类，并非没有讽喻精神。

　　文人拟乐府创作的基本趋向，可分为重乐、尚义、尚辞三派。乐府本出乐章，其基本体性为音乐歌辞，所以在拟乐府创作中，体现歌辞特点为普遍的追求。但在拟乐府完全脱离音乐母体后，重乐其实也只能是一种文学的创作方式。不同的诗人都根据自己的理解来处理古乐府与歌行诗的乐歌体性。在这里，我们发现有这样一个问题，即唐人古乐府、歌行所凸现的歌辞体的体性，其实是古代乐歌的体性，主要来自对汉魏歌曲及前代文人拟乐府歌辞体性的理解。这种歌行与其当代歌曲之间也有关系，可能部分地受到当时的民间说唱或民间歌谣的影响。而唐代最流行的齐言声诗、曲子词，其表现出来的歌辞体性，则与拟乐府基本上不相涉，因为前者所采用的主要是近体诗的体制，后来又衍化为长短句的体制。这里也反映了唐人古乐府创作不仅是抗衡今体，而且也有抗衡今乐的意图。其所采用的诗歌体裁与当代乐章体制完全相背。也正因此，唐乐府的重乐观念，只是存在于一种文学创作方式中，并无当世的音乐体制可参照，也不受当代音乐体制的制约。歌行一体的兴起，实是这种诗歌创作中自由的重乐、拟歌曲的创作实践的结果。所谓歌行，准确地说应是古歌行的仿作。这一点，我们从后来诗论家对乐府歌行体制的解释也可以看出来。历代的论诗者，多从文学而非音乐的角度对诸如"歌"、"行"、"曲"、"引"等乐府诗名义进行阐释，如宋姜夔《诗说》："体如行书曰行。"①又洪觉范《天厨禁脔》卷中："律诗拘于声律，古诗拘于句语，以是词不能达。夫谓之'行'者，达其词而已，如古文而有韵者耳。唐陈子昂一变江左之体，而歌行暴于世。……'行'者词之遣无所留碍，如云行水流，曲折溶曳，而不为声律语句所拘，但于古诗句法中得增辞语耳。"②明人徐师曾则云："放情长言，杂而无方者曰歌，步骤驰骋，疏而不滞者曰行，兼之曰歌行。"③事实上，作为歌行体最重要标志的"行"这一题式，在属于燕乐系统的声诗、曲子词的曲题上几乎看不到。这也说明歌行体是作为古歌行的模拟体制而存在，与唐宋乐府新声实异其流。正因为乐府歌行之重乐，并无现实音乐的参照与制约，所以并未实现真正的音乐功能。也正因为这种关系，所谓"重乐"，在乐府创作中成为一种并无实在标准的个性化追求。在这种情况下，乐府最重要的维系，自然也由曲调而转为古题，由重乐而转为尚义。而乐府创作中真正构成对立矛盾关系的，是尚义与尚辞两派。齐梁至初唐为尚辞一派，吴兢、李白、元稹、白居易则为尚义的一派。唐乐府发展的主要方向，在于尚义派的发展。吴兢、李白以重古题、古义而否定齐梁以来专重赋题、多失古义的作风。杜甫、元稹、白居易又以古题重复、义为赘剩来否定吴、李等人的思想。这其间，又有元结对尚义的

①（宋）姜夔《白石诗说》，（清）何文焕辑《历代诗话》，中华书局1981年，第681页。

②张伯伟编校《稀见本宋人诗话四种》附录二《日本宽文版天厨禁脔》，江苏古籍出版社2002年，第141页。

③（明）徐师曾《文体明辨序说》，人民文学出版社1962年，第104页。

极端化追求。

三、学说一：初盛唐诸家乐府学

唐诗体裁系统，实以近体为核心。古体与乐府体，都是隐然以流行的近体为对立面而故为复古之事。而且在诗歌理论方面，唐人有关近体者，多侧重在写作方面的具体问题，涉及宏观理论的不太多，而对于古体与古乐府，都有明确的理论主张。所以考察唐代诗学，乐府诗学实为一重镇。

如何解决拟乐府创作中的困境，其实是初唐诗学中的一个重要问题。唐代首先对拟乐府的创作问题提出质疑的有前述卢照邻的《乐府杂诗序》。卢氏自身的创作，主要是沿袭齐梁赋题之法，但是他有感于侍御史贾君等人所作的咏九成宫的唱和乐府，提出"发挥新题"的主张，对沿袭古题的作法表示质疑。这其实反映了初唐时期拟乐府沿袭齐梁之体的困境。要摆脱这个困境，从逻辑上讲，只有三个出路。

第一个出路是放弃拟古题的作法，完全采用当代乐章的写作策略，倡导诗人们从拟古乐府转向当代雅俗乐曲乐章的写作。其实唐初诗人，每有新曲之作，如文德皇后长孙氏《春游曲》、长孙无忌《新曲二首》、杜易简《湘川新曲二首》。这些歌曲，与当时流行的燕乐曲调，应该都是能够谐合的，如长孙无忌的《新曲》就是采用三七体："侬阿家住朝歌下，早传名。结伴来游淇水上，旧长情。玉珮金钿随步远，云罗雾縠逐风轻。转目机心悬自许，何须更待听琴声。"[1] 完全是新声乐府的体制。南北朝以来，流行多种新声俗曲，

---

①《全唐诗》，第一函，第八册，第116页。

隋唐之际的诗人多有模仿之作。在唐诗的发展方向上，到初唐时代，拟古乐府有被彻底放弃，让位于当代新声乐府的可能性。这当然也是解决拟乐府创作陈陈相因、缺乏创新性的一个途径。如果没有复古思想的发生，古题乐府将完全与近体合流，拟古乐府被最终放弃是完全可能的。第二个出路就是超越齐梁，恢复汉魏乐府的艺术传统与创作方法。这个出路正是后来李白所选择的，但在卢照邻的时代，这种思想显然尚未明确。第三个出路，就是采用拟歌曲的作法，摆脱旧题，自制新题。这就是贾侍御他们唱和新题乐府的方法。卢照邻富于预见性地肯定了这种创作方法，四杰的歌行，如卢照邻《长安古意》，骆宾王《畴昔篇》、《帝京篇》其实也属于这一类。其在实践上的完全自觉，则是元白等人的新乐府理论与创作。但是，卢照邻所言"发挥新题"的贾侍御等的《乐府杂诗》，其所用体裁，因原作已佚，我们无从得知。从卢序的文意窥知，《乐府杂诗》是咏九成宫的唱和之作，其所用体裁，很可能是近体一类。之所以被称乐府，是因为这种咏皇宫的诗作，在当时多是为朝廷乐府采诗的预备。这样说来，卢氏所说的新题乐府，仍属新声乐府之类，与后来元白新题乐府之采用歌行与古体者不同。可见，卢照邻之批评拟乐府，不是因为其失去古题与古乐府的体制，而是在于题旨上的陈陈相因。这大概反映了初唐人对近体化的赋题乐府的态度。近体化的赋题乐府，与古乐府之间的唯一联系在于题。现在连古题也要放弃，这就等于完全地放弃了古乐府这一诗歌品种了。从这一点来说，以卢照邻为代表的主张"发挥新题"的乐府创作观，是以创新为主旨，而非主张复古。

　　稍后于卢照邻的吴兢，则从强调汉魏古题、古意的角度来批评齐梁以来的拟乐府。吴兢的《乐府古题要解》，所针对的正是齐梁以降拟乐府竞用赋题之法，写作上着重于发挥题面、流于咏物，而失去了汉魏乐府的古意。其序云：

> 乐府之兴，肇于汉魏。历代文士，篇咏实繁。或不睹于本章，便断题取义。赠夫利涉，则述《公无渡河》；庆彼载诞，乃引《乌生八九子》；赋《雉斑》者，但美绣颈锦臆；歌《天马》者，唯叙骄驰乱蹋。类皆若兹，不可胜载。递相祖习（一作袭），积用为常，欲令后生，何以取正？余顷因涉阅传记，用诸家文集，每有所得，辄疏记之。岁月积深，以成卷轴，向编次之，目为《古题要解》云尔。①

《新唐书·吴兢传》载吴兢武周末曾因魏元忠、朱敬则荐诏直史馆，修国史。后屡改官，至玄宗开元初，复任史职，最后于天宝初去世，年八十②。吴氏撰写《古题要解》，主要是利用其作为史官资料搜集上的便利，所以其成书，应该在武周末或开元初两次任史官时。无论是哪个时间，我们知道，正是唐乐府发展中面临歧路的时候。吴氏大量古题的搜罗与题解，对盛、中唐古乐府创作的复兴，具有很重要的意义。

吴兢所论的乐府古题，完全是一个文人拟作的系统，也反映了初盛唐之际诗人对乐府古题的基本观念。此时的乐府，完全是以题为重，所以除相和、铙歌、清商等入乐的古题之外，连一些并未入乐的，如张衡《四愁诗》、王粲《七哀诗》、出自徐幹《室思》的《自君之出矣》、孔融《离合诗》、《盘中诗》、《回文诗》及道里名诗、郡名诗、卦名诗、药名诗、歌曲名诗等，都附于其后。可见唐人所拟古乐

①（唐）吴兢《乐府古题要解》，丁福保辑《历代诗话续编》，第24页。

②《新唐书》卷一三二，中华书局1975年，第4525—4529页。

府,其范围比汉代的俗乐歌词要广得多。而且,在唐人拟乐府的观念中,"古题"的意义远大于"乐府"本身。在近体的创作系统形成之后,诗歌创作的基本方法趋于即景、即兴、即事,风格趋向于情景交融。这些表现,总的来说,是诗风渐趋于"凡近"。古题系统的存在,其真正的意义,在于与日趋凡近的诗风相抗衡,为诗人提供高古的想象。但是齐梁以降的乐府赋题化、近体化,使拟乐府创作与一般近体写作的界限越趋模糊。与之相对,新题渐起,乐府一体范围渐广,流别渐多,时人于新旧之际颇费考量,从而促成乐府之学的兴起。先是陈释智匠有《古今乐录》,至初盛唐之际,又有吴兢作《乐府古题要解》,乐府之学渐兴。其与隋唐之际的乐府创作风气,颇相呼应。卢照邻则有《乐府杂诗序》,于齐梁以降之文人拟乐府,颇有论衡,批评模拟积习,实为后来李白的"古乐府学"及元、白之新乐府学开了先声。

李白的古乐府创作,将唐乐府创作引回到复古、拟古的发展道路上,杜甫则通过"即事名篇,无复依傍"的创作方法,引领了唐乐府向表现现实的方向发展。杜甫不仅通过自己创作反映时事的新乐府启发元白一派,而且通过对元结新题乐府《春陵行》的标榜,表达了他在诗学方面的一种倡导。其《同元使君春陵行》的序和诗,肯定元结的《春陵行》《贼退示官吏》与天子分忧,反映时事,知民疾苦,有汉良吏之风,在艺术上则见"比兴体制,微婉顿挫",其中云:"吾人诗家秀,博采世上名。粲粲元道州,前圣畏后生。观乎春陵作,欻见俊哲情。复览贼退篇,结也实国桢。贾谊昔流恸,匡衡尝引经。道州忧黎庶,词气浩纵横。两章对秋月,一字偕华星。"[①] 这不仅是赞扬元结的创作精神,同时也是对自己那些反映

①（清）仇兆鳌注《杜诗详注》卷一九,中华书局 1979 年,第 1692 页。

时事诗歌的一种总结。其潜在的理论宗旨,在于提倡一种源自汉乐府的写实精神,而对齐梁以降吟赏光景、流连风物的诗风有所否定。但总的来说,李、杜的乐府学,主要在于实践上为后来者确立典范,理论上仍属引而未发的状态。

元结是有意识地为盛中唐之际的乐府学建立理论、确立批评原则的一位。他在乐府创作方面,表现出明显的破立主张。他对流连风物的近体诗持否定态度:

> 近世作者,更相沿袭,拘限声病,喜尚形似。且以流易为词,不知丧于雅正,然哉。彼则指咏时物,会谐丝竹,与歌儿舞女,生污惑之声于私室可矣。若今方直之士,大雅君子,听而诵之,则未见其可矣。[1]

元结所说的"指咏时物,会谐丝竹",正是指作为当世乐章歌词的声诗。从这里可以看出当时的声诗,主要是采用"拘限声病"的近体诗体裁。上面我们指出,唐人提倡古乐府是对源于齐梁的当世新声乐府的抵制,也包括齐梁以来的用赋题法创作的近体拟古乐府。这在元结的上述批评中明显地表现出来。元结创作的主要作品如《补乐歌十首》、《二风诗(十篇)》、《引极三首》、《演兴四首》、《系乐府十二首》、《漫歌八曲》、《舂陵行》、《贼退示官吏》,其性质都是拟古的新题乐府。乐府与近体对立的最重要的内涵,就是重题,而重题的实质则在于尚义。尚义不仅表现在内容上注重讽喻、政教、写实等特点,更重要的是在写作的方法上,与六朝以来流于即兴吟咏、注重情景、注重物色的写作方法是不同的,甚至是对抗的。上

---

[1]（唐）元结《箧中集·序》,《唐人选唐诗(十种)》,第27页。

述作品中,《系乐府》是以乐府名篇的,《舂陵行》也采用乐府的题目形式,《漫歌》等则用杂歌谣的体制,这些都是属于广义的拟乐府范围。但《补乐歌十首》是补"六代之乐",《二风诗(十篇)》则以"风诗"名题,已经超出历来的文人乐府诗范围。因拟乐府而上溯到拟风诗,也是唐代复古诗学发展的一个支派,稍后于元结的顾况所作的《上古之什补亡训传十三章》就属此类,其中《囝一章》因讽喻残酷的时事而成为唐诗的名篇。可见唐人乐府思想,原是与国风雅颂相通的。这是唐乐府不同于汉魏六朝乐府的一个重要内涵。从元结、顾况上述创作可以看出,他们的复古理想,是由汉魏六朝的"乐流"上溯到国风雅颂,是唐人古乐府中复古倾向表现得最彻底的一派。其所反映的基本思想,是对魏晋以降整个文人诗创作传统的否定,而齐梁以来的近体诗系统,更是其完全否定的对象。从李白与元结这里我们可以看到,唐乐府得以摆脱齐梁体制,成为唐诗体裁中一个重要的系统,复古诗学是最重要的理论支撑。无论古题乐府还是新题乐府,都是复古思想的实现。在艺术形式上,古题较新题更为复古,但在思想方面,则新题是较古题更彻底的复古。

元结是唐人乐府学中首先明确标举"尚义"的一家,其《补乐歌十首·序》云:

> 自伏羲氏至于殷室,凡十代,乐歌有其名,亡其辞,考之传记而义或存焉。呜呼! 乐歌自太古始,百世之后尽无古音。呜呼! 乐歌自太古始,百世之后遂无古辞。今国家追复纯古,列祠往帝,岁时荐享,则必作乐,而无《云门》、《咸池》、《韶夏》

之声,故探其名义以补之。①

所谓"考之传记而义或存焉"、"探其名义以补之",所强调的都是古乐之义。具体到《补乐歌》中的作品,也都首标古义,如《网罟》"其义盖称伏羲能易人取禽兽之劳"、《丰年》"其义盖称神农教人种植之功"等都是这样。其中不无望文生义、曲为之说之处,如《云门》篇"其义盖言云之出,润益万物,如帝之德,无所不施",《九渊》"其义盖称少昊氏之德,渊然深远",《六英》"其义盖称帝喾能总六合之英华"②。其解释之法,近于汉儒。亦可窥见元氏学问之一源。至其作法,其实仍是沿用齐梁以来流行的补古歌、赋题之法。乐重义,原是儒家的音乐思想之一,《礼记·乐记》记载子夏与魏文侯论古乐,就说古乐与新乐的不同,在于欣赏古乐,"君子于是语,于是道古,修身及家,平均天下"③,而新乐则只有单纯的娱乐功能。中唐乐府重义派,是在儒学复兴的大背景下发生的,也可以说是中唐儒学的组成部分。元结可谓其直接的开端。

四、学说二:元白一派的乐府学

元白的乐府学,某种意义上可以说是集唐人乐府学之大成。此前无论是初唐诗人沿袭齐梁的近体乐府,还是李白古乐府、杜甫新题乐府,主要都是体现在创作方面的。元、白的古题乐府与新题乐府,则是学说与创作同时推出的。元白在乐府诗史与乐府创作

---

① 聂文郁注解《元结诗解》,陕西人民出版社 1984 年,第 55 页。
②《元结诗解》,第 57、59、60、62、66 页。
③《礼记正义》卷三八,中华书局 1980 年影印阮元刻《十三经注疏》,第 1538 页。

理论方面,做了一些前人未曾做过的工作。其中元稹《乐府古题序》为当代的乐府创作追溯渊源,并且梳理了诗歌体制与音乐的复杂关系,可以说是唐人诗体学的一个总纲。首先,元稹将后世文章的源流都追溯到《诗经》,认为后世文章皆为风、雅、颂诸体流变,为"诗人六义之余":

> 《诗》讫于周,《离骚》讫于楚。是后,诗之流为二十四名:赋、颂、铭、赞、文、诔、箴、诗、行、咏、吟、题、怨、叹、章、篇、操、引、谣、讴、歌、曲、词、调,皆诗人六义之余,而作者之旨。①

《诗经》是我国古代纯文学的最大渊源,汉魏人以为赋、颂等文体都沿承古诗之义,清人章学诚《文史通义·诗教》也将文学的基本渊源追溯到《诗经》。可见元稹上述追本六义的文体学思想,在中国古代具有通识性。虽然文体起源的实际情形远较此为复杂,但他们强调的文人纯文学创作观念的发生与《诗经》的关系,还是反映了中国古代文体发展的一个重要事实。上述二十四种文体包括所有的韵散文体,其中元稹又区分属于诗歌的部分:

> 由操而下八名,皆起于郊祭、军宾、吉凶、苦乐之际。在音声者,因声以度词,审调以节唱,句度短长之数,声韵平上之差,莫不由之准度。而又别其在琴瑟者为操、引,采民氓者为讴、谣,备曲度者,总得谓之歌、曲、词、调,斯皆由乐以定词,非选调以配乐也。②

①《元稹集》卷二三,中华书局 2010 年,第 291 页。
②《元稹集》卷二三,第 291 页。

这里其实是概括汉魏以来的原生乐章歌词,即以汉代雅俗乐府为主体的这一部分。这是魏晋以降文人诗的母体,也是文人乐府系统的渊源。它的特点为原本就是乐章,乐与词共生,乐为根本,词为配合乐而作,即所谓"由乐以定词"。所谓"苦乐之际",即汉乐府相和歌辞等感于哀乐、缘事而发的意思。与原生乐章歌词相对的,则是较为后起的原本风骚与乐流的文人徒诗之体,即"由诗而下九名":

> 由诗而下九名,皆属事而作,虽题号不同,而悉谓之为诗可也。后之审乐者,往往采取其词,度为歌曲,盖选词以配乐,非由乐以定词也。而纂撰者由诗而下十七名,尽编为《乐录》。乐府等题,除《铙吹》《横吹》《郊祀》《清商》等词在《乐志》者,其余《木兰》《仲卿》《四愁》《七哀》之辈,亦未必尽播于管弦明矣。后之文人,达乐者少,不复如是配别。但遇兴纪题,往往兼以句读短长为歌、诗之异。①

这一部分即是后世文人的创作,其中包括了魏晋以来文人五言诗与各类乐府诗体。"诗"为汉魏诗体之一种,现在可见的魏晋以降文人五言诗,仍多冠以"某某诗"之题,正是原本如此,非后人所加,元稹这里所说的就是这种情况。至于行、咏、吟、题、怨、叹、章、篇,则皆属于乐府之流,有沿袭古题者,有模仿乐章题意的新题。但皆为属事而作,非配乐之词。所以元稹说实际上都可以称为"诗"。在这里,"诗"又是徒诗之义,与入乐的歌、曲、词、调不同。但需要指出的是,后世文人拟乐府,也多用歌、曲、词、调之名。所以,仅从名义上区分何者入乐,何者不入乐,会陷入纠缠于名义

---

① 《元稹集》卷二三,第 291 页。

的困境。即使深知诗、乐流别的元稹,也不能摆脱这种逻辑上的困境。元稹所言"后之审乐者,往往采取其词,度为歌曲,盖选词以配乐,非由乐以定词也"是指徒诗入乐的情况。徒诗被采入乐章的情况,是从梁陈之际开始的。陈后主时乐人何胥多采同时文人之作入乐,至唐代声诗,主要部分都是采文士徒诗入乐的。元稹这里所说的,正是梁陈以来的声诗采诗入乐的现象。这样看来,自汉魏以来,乐章与徒诗实有多层关系:有由乐章而发展为徒诗的,而徒诗又常被选为乐章,即元稹概括的"由乐以定词"与"选词以配乐"两种情况。这造成在观念与实际的文体分类上,乐章与徒诗颇难区分的现象。文人徒诗虽用乐名而不具乐之实质,而在归类上,仍多入乐府之流。元稹也指出这种现象,他说在当时,纂录者就从名义着眼,将"由诗而下十七名"即所有的诗歌名目全部编在《乐录》。这种情况,应该是指像吴兢《乐府古题要解》之类的著作,从名义的角度,将乐府的范围扩大了。由此更可见,唐人乐府,除声诗、曲子词外,文人乐府之作,其基本的标志是名义与题目,而非执着于乐章的本体与本义。

元稹这篇《乐府古题序》里,历来最受关注的是他关于乐府古题、新题各种流别的阐述。其中标志着元白重视讽兴、刺美的尚义的乐府思想,正与元结、顾况等人一脉相承:

　　况自风雅至于乐流,莫非讽兴当时之事,以贻后代之人。沿袭古题,唱和重复,于文或有短长,于义咸为赘剩。尚不如寓意古题,刺美见事,犹有诗人引古以讽之义焉。曹、刘、沈、鲍之徒,时得如此,亦复稀少。近代唯诗人杜甫《悲陈陶》《哀江头》《兵车》《丽人》等,凡所歌行,率皆即事名篇,无复倚傍。

予少时与友人乐天、李公垂辈,谓是为当,遂不复拟赋古题。①

元稹对于拟古乐府"沿袭古题,唱和重复,于文或有短长,于义咸为赘剩"的批评,在唐代可能是代表了不少人的看法,初唐卢照邻已有类似的批评。这就是齐梁至初唐流行的赋题拟乐府。其在元、白少年时似仍流行。元白探知乐府古义后"遂不复拟赋古题"。而寓意古题、刺美见事,也是唐代以李白为代表的重义派在创作古乐府时采用的一种折衷手法。元稹在一定程度上认同的刘猛、李余的古乐府,其实也是走李白古乐府的道路。从这个意义上说,元白对于古乐府,并非简单地否定。在他们看来,关键在于有无讽兴与美刺的功能,也就是有没有"义"的存在。并且他们认为从风雅到乐流,只要是原生的,都是表现当时之事,且获得一种思想价值,并能因此而传之后人。元稹在《和李校书新题乐府十二首》序中再次明确地强调了此种创作思想:

> 予友李公垂贶予《乐府新题》二十首,雅有所谓,不虚为文。予取其病时之尤急者,列而和之,盖十二而已。昔三代之盛也,士议而庶人谤。又曰:世理则词直,世忌则词隐。予遭理世而君盛圣,故直其词以示后,使夫后之人,谓今日为不忌之时焉。②

从这里我们可以看到,元白认为乐府最重要特征,就在于表现时事。新题、讽时、写时事是元白新乐府的基本原则,也是基本的界

定标志。

　　白居易对乐府诗史的梳理不及元稹，但其在"尚义"的思想上表现得比元稹更为彻底。他并不特别在意乐流与非乐流、古题与新题等区别，而是以是否讽兴时事为主要标准。白居易并没有像元稹那样着意梳理乐府诗的源流演变，甚至对乐府的形式也并不特别重视，在他看来，讽兴时事者即乐府诗，其《读张籍古乐府》即体现此观点。张籍是有一部分用乐府古题写的作品，如《行路难》、《白纻歌》、《采莲曲》、《关山月》等，可以说他用古题比元白要多得多，基本上是属元稹所讲的"寓意古题，刺美见事"一类。按照传统的古乐府内涵，白居易《读张籍古乐府》应该是主要评论张籍的这类作品。但是诗中举为张籍古乐府代表作的学仙诗、董公诗、商女诗、勤齐诗，却都非传统所说的古乐府。这并不是他不知道古乐府的原本涵义，而是有意忽略古乐府用古题、多采用古歌行体的特点，将其认为是古乐府最重要特点的讽喻时事、教化功能作为判断古乐府的主要标准。这也可以说是他有意要对古乐府的内涵作新的诠释，这个诠释就是完全忽略乐府诗的外在形式，而只注重内在功能。我们知道，其实整个文人乐府传统得以相对独立地发展，并与整个中国古代文人诗歌史相始终，对乐府诗特有形式的注重是最重要的条件，这种形式就是用古题、古歌行体制等。从这个角度来说，白居易对古乐府内涵的重新定义，不仅解构了古乐府的传统内涵，同时也解构了包括新题乐府在内的整个乐府诗的内涵。

　　如果完全按照白居易的这种乐府思想去创作，乐府诗的界域将会显得很模糊，尤其是古诗与乐府之间的界限，将难以明确。所以白氏编集时，在处理古诗、乐府两体时，不再按古诗、乐府来分类，而是直接以讽喻、感伤、闲适这样一种主题划分的方式来处理。而事实上，三类之中，都杂有乐府歌行与古诗两体。相比之下，元稹在编集诗歌时，其分类的方法就比较合理，一方面注重体制，另一方面又重视作意。其中古诗、乐府、律诗三体依据体制区分得很明确：

> 适值河东李明府景俭在江陵时，僻好仆诗章，谓为能解，欲得尽取观览，仆因撰成卷轴。其中有旨意可观，而词近古往者，为古讽。意亦可观，而流在乐府者，为乐讽。词虽近古，而止于吟写性情者，为古体。词实乐流，而止于模象物色者，为新题乐府。声势沿顺，属对稳切者，为律诗，仍以七言、五言为两体。其中有稍存寄兴、与讽为流者为律讽。①

元氏首先将诗歌分为古诗、乐府、律诗三体，并不相杂，然后再在三体中各按有无讽喻之义，分古讽与古体、乐讽与新题乐府、律讽与律诗。值得注意的是，他这里的"词实乐流，而止于模象物色者，为新题乐府"，与其《和李校书新题乐府》中的"新题乐府"，内涵又不一样。按照《叙诗寄乐天》的划分，新题乐府是属于乐讽一类的。可见在元稹的乐府分类中，新题乐府或称"新乐府"实有两个含义。其所言"词实乐流，而止于模象物色"的"新题乐府"，其实是指元白乐府歌行中大量的新题之作，如《琵琶行》《长恨歌》之流。这一类承初唐以来模拟乐歌形式、以乐府方法取题的作品，其实是更广义的新乐府，更符合唐人一般创作实际的新乐府。而后者强调讽喻时事的新题乐府，则只是元白一派重新定义的新乐府，是更狭义的新乐府。元白对狭义新乐府的强调，掩盖了广义新乐府在唐诗中是更为重要的存在的事实。于是后人研究新乐府，都仅局

---

① 元稹《叙诗寄乐天》，《元稹集》卷三〇，第406—407页。

限于元白狭义新乐府,而对狭义新乐府是由广义新乐府衍生出来的这一事实,也就难以认识清楚了。

元白在建立以讽喻时事为主要内涵的新乐府概念的同时,也没有完全放弃古题乐府及广义新题乐府的写作。元白都喜欢用乐府歌行的体制来写诗,白居易集中有大量的歌行杂诗,体制杂用新旧,不拘一格,如"闲适"部分的《清调吟》《狂歌词》,"感伤四"中的"歌行曲引杂言",都属于乐府歌行之体,也即广义的拟乐府诗。《元稹集》卷二十三至二十六共四卷都标为"乐府"。其中《乐府古题》属古乐府,《和李校书新题乐府十二首》属新题乐府,都有明显的讽喻之意。其他如《连昌宫词》《望云骓马歌》也都是含蓄寄讽的。此外的一些作品,如卷二十六中的《村花晚》《紫踯躅》《山枇杷》《琵琶歌》《小胡笳引》《何满子歌》是用乐府形式的题目,至于《志坚师》《答子蒙》《辛夷花》《三泉驿》《通州丁溪馆夜别李景信三首》《酬郑从事四年九月宴望海亭次用旧韵》等,从题目来看,不太像乐府诗,但是其体制都用歌行之体。前文所引"后之文人,达乐者少,不复如是配别。但遇兴纪题,往往兼以句读短长为歌、诗之异",正是指这种情况。上述这些诗,正属元稹自己所言"词实乐流,而止于模象物色者,为新题乐府"之类。

元白乐府学,就其专重讽喻时事来看,是对元结、顾况乐府学的发展,这一点历来学者多已指出。其与前人乐府学之最大不同,在于标举六义。白居易在这一方面做得更彻底,他考察历代文人诗歌创作中六义缺失的情况,以此来裁断诗史。对于唐诗,则唯以陈子昂、鲍防等人感兴体古风和杜甫写时事的新题乐府为真正继承六义的"合作"之诗。他在给自己的作品进行分类时,也只对其中"讽喻"一类给予完全的肯定。由此可见,白居易的乐府学,既非对汉魏原生乐府学的继承,更非对魏晋以来文人乐府的继承,而是直接用"六义"来阐释乐府的传统。这实际上已经超出文人乐府的范围。可以说,在白居易这里,讽喻时事其实已经成了乐府的本体。通过乐府讽兴时事而上溯六义,唐人诗学中现实派的理论至此可谓集大成了。但是从实际的创作来讲,元白并没放弃古乐府与初唐以来广义新乐府的创作。

五、学说三:韩孟一派的乐府学

元白一派因为有新乐府的提倡与比较系统的乐府理论,所以一直受到研究者的重视。其实,韩孟诗派与乐府传统的关系之重要,绝不亚于元白一派,而且韩孟诗派在学习古乐府艺术传统方面的成就,远远超过了元白一派。

我们前面论述过,盛唐以来的乐府诗创作,属于复古诗学的一部分。其主要的革易对象,开始是初唐尚流行的齐梁诗风,后来则是一般的近体诗。近体经过盛唐诸家的创作,其实已经日益成为唐诗的主流,而且盛唐诸家近体,已经革除了齐梁之风。但是从比较彻底的复古派的观点来看,从陈子昂开端的复古诗风,始终没有彻底完成。尤其是当李白将诗歌复古的目标提到大雅与国风,元结也定了同样的目标之后,诗坛上出现了完全否定近体(尤其是五七言律诗)的流派。元结与《箧中集》的诗人就属于这一派,并且在创作上形成了基本否定近体、主要使用古体与乐府歌行体的一派。

韩孟诗派亦属这一派别。孟郊、李贺基本上不作五七言律诗,韩愈虽然也偶尔写作律诗,但不守盛唐诸家之法,不重兴象,而以雄文直气之法行之。可以说,韩孟诗派是古体与乐府并重的一个诗派。但是他们并不严守魏晋以来拟乐府的方法,而是以一种可以称为"自我作古"的方法来写作乐府诗。所以,在他们那里,古体与乐府体的界限,有时是很模糊的。或者说,在韩孟诗派那里,古风与古乐府常常被视为一种体裁。我们看韩愈的诗集里,《出门》《烽火》《落叶一首送陈羽》《北极一首赠李观》《长安交游者一首赠孟郊》《岐山下二首》《青青水中蒲三首》,都是杂用古风与乐府笔法的。甚至像《孟生诗》《谢自然诗》这样的长篇五古,其实也多学古乐府之法。古风与乐府体制趋于合流,这种情况在元、白二人的创作中也有所表现,但元、白对乐府与一般古诗的分界,还是比较重视的。韩愈则有意地追求融汉魏以来的古体、乐府为一体,形成韩愈一家的古诗与乐府、歌谣相杂的体制与风格。这可以说是韩愈在诗体上的一种新尝试。

　　韩愈对诗歌的命题形式比较自由。唐人写诗,近体的制题方式多侧重即兴与叙述,题目长短不拘。古体与古乐府的制题,除了沿用古题及古意、古风、拟古之类,新制之题也多以短语为尚,如新乐府题多为三字,也有用两字、四字者。韩愈的诗歌,是以题为重,其制题的方法,是偏重于乐府、古体的。韩诗有一部分用歌、行之类的乐府题形式,如《芍药歌》《苦寒歌》《嗟哉董生行》《忆昨行和张十一》《丰陵行》《三星行》《剥啄行》《石鼓歌》,这些都属于乐府歌行之体。还有多用三字题者,如《条山苍》《马厌谷》《雉带箭》,也都是属于新乐府之类。二字题如《山石》《叉鱼》等,也都杂用乐府与古诗的体制。从多自制新题写时事一方面来看,韩愈对元白新乐府运动是有所呼应的。但在另一方面,他的《琴操》诸首,则与元结的拟古乐章一脉相承。此外他的其他五七言诗,除近体外,也多用乐府歌行的体制。可见韩愈对乐章之体是十分重视的,他以自己的方式对唐人乐府学做出了新的贡献。

孟郊、李贺两家诗歌可以说是以学习古乐府为起点，以创造出一种自己独特的拟歌诗的体制风格为归宿。孟郊在诗体上刻意崇古，其乐府诗仍多用古题，并以能用古法、得古意自居。如其写男女之情的作品《烈女操》《古薄命妾》《古怨》等作，体制取法古歌杂谣，命意则多指向对轻薄世情的讽喻。指事造物，则力革流易，以奇崛生新为体。李贺也是沿着孟郊的方法而来的，但孟虽寒瘦，仍为人间事物之极力形容者，李则向来被视为鬼才，力求崇古、造奇，转入完全向想象境界取材。对此，古人已经指出，所谓"长吉工乐府，字字皆雕锼"①，"长吉下笔，务为劲拔，不屑作经人道过语，然其源实出自楚骚，步趋于汉魏古乐府"②。其实都是力革元结所批评的近体诗的流易、形似作风，与元结一派乐府主张一脉相承。以孟、李的乐府学观察元、白的乐府学，其意似犹以浅者、俗者视之；至其力求复古之意，更甚于元、白。元轻白俗之讥，虽发于苏轼，而孟郊、李贺实已以无言斥之。唐人乐府学至此，可谓通过多方面的否定而达到了对乐府真精神的掘取，形成唐诗中的奇葩。但孟、李的复古乐府，是复古乐府的意与格，是风格方面的复古，其最高的造诣，在于自我作古。

杜牧为李贺诗集作序称："贺能探寻前事，所以深叹恨古今未尝经道者，如《金铜仙人辞汉歌》《补梁庾肩吾宫体谣》。求取情状，离绝远去笔墨畦径间，亦殊不能知之。"③李贺的这种创作方法，就近而看，正是承元结"乐歌有其名而亡其辞"的方法。这种创作

---

① (宋)李纲《读李长吉诗》，(清)王琦等注《李贺诗歌集注》，上海古籍出版社 1978 年，第 10 页。
② (清)王琦《李长吉歌诗汇解序》，《李贺诗歌集注》，第 1—2 页。
③ (唐)杜牧《李长吉歌诗叙》，《李贺诗歌集注》，第 4 页。

方法,始于晋人夏侯湛作《周诗》①、束皙作《补亡诗》②。齐梁之际,文人乐府用赋题之法,被时人称为梁鼓角横吹曲辞,原来也都是有曲无辞(一说古辞亡)的作品。这种赋题方法,进一步发展为探寻史传中的旧事、旧题而补作之,如齐梁之际陆厥所作的《蒲坂行》、《南郡歌》、《左冯翊歌》、《京兆歌》、《李夫人及贵人歌》、《中山王孺子妾歌》、《临江王节士歌》③等,都是用《汉书·艺文志》中的汉代歌诗之题,其《邯郸行》则用《汉书·张释之传》记载的汉文帝与慎夫人弹瑟作歌的故事。后来李白的古乐府也多用此法。元结《补乐歌》从写作方法来说,正是沿着此法而来。到了"长吉歌诗"中,更多"探寻前事"之作,其渊源皆出于此。至其"离绝远去笔墨畦径间,亦殊不能知之",也不是长吉独有之法,并时诸家如张、王乐府,也多有这样的表现,即笔墨迥不让人,指事造语,力求出人意表。这种自李白以来拟古乐府的共同追求,至李贺达到极致。清人毛先舒《诗辩坻》云:"大历以后,解乐府遗法者,唯李贺一人。设色称妙,而词旨多寓篇外,刻于撰语,浑于用意。"④这是对李贺诗歌艺术与乐府的深刻关系的揭示。李贺的这种方法,其实又是明清许多拟乐府作者所刻意学习的,可谓开明清拟古乐府之源。

唐季的诸家乐府,是由中晚诸家衍生而来。主要分为两派,一派沿孟郊、李贺而来,刻意效古,力求自成格调。其中温庭筠的歌行,如《鸡鸣埭歌》、《张静婉采莲歌》、《湖阴词》、《蒋侯神歌》、《湘

---

① 逯钦立辑校《先秦汉魏晋南北朝诗·晋诗》卷二,中华书局1983年,第593页。

②《先秦汉魏晋南北朝诗·晋诗》卷四,第639页。

③《先秦汉魏晋南北朝诗·齐诗》卷五,第1464—1466页。

④ 郭绍虞编选《清诗话续编》,上海古籍出版社1983年,第49页。

东宴曲》等，即用李贺"探寻前事"的作法。其写作手法也是学习李贺的刻意形容、离绝凡俗流易之词，但多流于秾艳绮缛，其形象创造的成就远不及李贺，其实已失孟郊、李贺之法。另一派则沿元结、元稹、白居易而来，绝去华词，极意讽喻，以皮日休、陆龟蒙为代表。其中皮日休效古尤其不遗余力，其《补周礼九夏系文·九夏歌九篇》，学习元结补三代乐歌的作法，而《正乐府十篇》则为元白新乐府之继续。皮氏《正乐府十篇序》代表了晚唐讽喻派乐府诗人的创作思想：

> 乐府，盖古圣王采天下之诗，欲以知国之利病，民之休戚者也。得之者，命司乐氏入之于埙篪，和之以管籥。诗之美也，闻之足以观乎功；诗之刺也，闻之足以戒乎政。故《周礼》，太师之职掌教六诗；小师之职掌讽诵诗。由是观之，乐府之道大矣。今之所谓乐府者，唯以魏晋之侈丽，陈梁之浮艳，谓之乐府诗，真不然矣！故尝有可悲可惧者，时宣于咏歌，总十篇，故命曰"正乐府诗"。①

这里很明显是用儒家乐教、诗教的思想来阐释乐府传统。同时这里所说的乐府，也已经不仅是汉代的乐府，而是包括《诗经》的国风、雅颂在内了。以相和歌辞为代表的汉代俗乐歌词，原本是结合着乐、舞、戏等艺术形式的娱乐艺术的一部分，在汉代是被视为俳优倡乐的。班固《汉书·艺文志·诗赋》尝论其体制与内容："自孝武立乐府而采歌谣，于是有代赵之讴，秦楚之风，皆

---

① （唐）皮日休《皮子文薮》卷一〇，上海古籍出版社1981年，第107页。

感于哀乐,缘事而发,亦可以观风俗,知薄厚云。"① 所谓"亦可以",是说汉代乐府所采歌谣,客观上有观风俗、知薄厚的功能,并非作者自觉具备这样的意识。这其实是与《诗经》对比而言的。到元、白、皮、陆这一派诗人这里,乐府采歌完全被阐释成圣王采诗观风、美刺教化的自觉行为。对于魏晋以降的各类乐府诗,皮氏则以侈丽、浮艳斥之,这种思想在中唐以降的乐府诗人中颇有代表性。

唐人坚持乐府体制,主要是为了抗衡近体体制的,但客观上讲,中唐以降的诗歌体制,重心已经转到近体,所以到唐末五代,近体独盛而乐府全衰。直至有宋一代,不但汉魏六朝乐府不能恢复,即唐乐府之传统也不能继承。

六、结语

唐人乐府学是唐代诗学中很重要的一部分,也可以说是其中最具宗旨、最具理论与创作同条共生特点的一部分。但对其源流演变,历来缺乏探讨。本文认为,唐人最初沿承齐梁文人以新体赋旧题的作法,不但使汉乐府的体制风格被淹没,连魏晋以降文人乐府的传统也被改变。其中只有隋至初唐诗坛上由南朝新声衍生的杂歌行体,对歌章体制有所坚持,但初唐乐府主流仍是齐梁体。赋题拟乐府唯于语言文字上较长短,内容上陈陈相因、缺乏创新的流弊,在初唐时代就已被诟病,于是出现不拘于古题、自创新题、自赋新词的新乐府,实为唐人歌行的大宗开端。初盛唐时期复古诗学发生,古乐府学被重新提起,出现吴兢抉发乐府旧义的《乐府古题

---

① 《汉书》卷三○,中华书局1962年,第1756页。

要解》以及李白的古乐府学,使乐府传统得以复活。中唐元结,唯以讽兴重乐府,并将其与风雅、六义相联系,可谓绾结盛唐与中晚唐乐府学之枢纽。至元白通过对杜甫"即事名篇"新题乐府歌行的阐释,将初唐以来已经存在的新题乐府歌行,阐释成唯以讽兴当时之事为特点的新乐府。但并时的韩孟一派,仍是沿袭初唐以来新、旧杂然纷陈的乐府创作体制,其对汉魏乐府艺术的继承,反较元白一派为多。晚唐乐府,也不出元白、韩孟两派。至唐末五代,则近体独盛,乐府与古诗同时衰落,即由乐府衍生的歌行一体,也一蹶不振。

(原载《中国社会科学》2013 年第 8 期)

论初唐诗人对元嘉体的接受及其诗史意义

　　自齐梁以后,诗歌体制风格新变,所谓"笑曹、刘为古拙,谓鲍照羲皇上人"①,新变成为主导性的诗学思想,而自魏晋迄刘宋的尊古风气顿为之变。不仅汉魏乐府五言的经典价值下降甚至完全被汨没,就是离齐梁最近的晋宋诗体,也被齐梁新体所取代。从此际到唐初,虽然不能说汉魏、晋宋之诗歌传统完全被中断,局部的学习汉魏、晋宋的作法也时有所见,且针对当时复古、崇雅的思想,也不乏批评的声音,但整体来看,新体之流衍及日益追求靡丽精巧已成为齐梁迄唐初的主流,这是不争之事实。自陈子昂引南北朝末复古之潜流而畅发之,提倡汉魏之风骨与兴寄,而盛唐诸大家继之,多以"建安体"为旨归,汉魏诗风的经典地位才得以确立。关于"建安体"如何影响初盛唐诗人,仍需要深入的研究。但本文要讨论的则是作为晋宋诗风之代表的"元嘉体"在初盛唐诗坛上流衍的诗史现象。虽然入盛唐后,"建安体"被奉为最高典范,元嘉诗体降为次要的学习对象,但我们通过研究会发现,在唐人全面学习汉魏(建安为其标帜)之前,曾有过元嘉体流行诗坛的情况,尤其

---

① 陈延杰注《诗品注》,人民文学出版社 1958 年,第 5 页。

是雅颂述德、山水纪行等诗歌品种，可以说是时人创作的重要的典范。但由于自盛唐以来，诗歌在复古、学古方面突出主要经典而忽略次要的学习对象，所以建安体对唐诗的影响被突出，而元嘉体流衍初唐诗坛并渗透进盛唐诗风的重要现象，没有引起充分的注意。葛晓音《唐前期山水诗演进的两次复变》一文，讨论了唐前期山水诗革变齐梁之风的进程，论述了陈子昂、沈宋及张九龄、张说诸家与大谢体的关系①。本文则着重从体制方面考察初唐诗人效法元嘉体的整体风气。

　　本文的一个基本观点就是，在初盛唐诗歌的复古进程中，处于汉魏诗风与齐梁诗风之间的晋宋诗风是一个重要的中介。其中作为晋宋体之代表风格的元嘉体对初盛唐诗人的影响，构成了初盛唐诗歌发展的一个重要环节。文章主要通过对李峤、陈子昂、张说、张九龄等诗人在创作中学习元嘉体的具体表现的研究，来凸显向来未被学人充分关注的初唐时期元嘉体流行诗坛的诗史事实。

一

　　唐以后的诗论，往往将汉魏六朝诗史简单地区分为汉魏与齐梁两大部分，忽略了介于两者之间的晋宋诗风的独特内涵。实际上，在唐人的诗史接受中，晋宋与齐梁是被区别对待的。唐人最典型的复古诗论家如陈子昂、李白、韩愈、白居易等人，对晋宋诗风虽

---

① 葛晓音《唐前期山水诗演进的两次复变——兼论张说、张九龄在盛唐山水诗发展中的作用》，原载《江海学刊》1991 年第 6 期，又载葛晓音《诗国高潮与盛唐文化》（北京大学出版社 1998 年，第 76—92 页）。

然持批评态度,但并不将其与齐梁诗风等同而论。陈子昂之论云:"文章道弊五百年矣,汉魏风骨,晋宋莫传,然而文献有可征者。仆尝暇时观齐梁间诗,彩丽竞繁,而兴寄都绝,每以永叹。"①韩愈之论云:"五言出汉时,苏李首更号。东都渐弥漫,派别百川导。建安能者七,卓荦变风操。逶迤抵晋宋,气象日凋耗。中间数鲍谢,比近最清奥。齐梁及陈隋,众作等蝉噪。搜春摘花卉,沿袭伤剽盗。"②从这两家观点中,我们看到一个基本的诗史建构,是汉魏、晋宋、齐梁三段,而非汉魏、齐梁两段③。唐代复古派诗人对晋宋体虽有批评,但仍有肯定之处,不像对齐梁诗那样否定得很彻底。尤其是陈氏所说"然而文献有可征者",正是指晋宋诗风仍然保存了汉魏诗风的某些因素。这些因素体现为晋宋诗家基本沿用了汉魏古诗的体制,且保留了抒情言志的本体与比兴的表现方法。

　　据现在所能见的诗学文献可知,唐人中明确标榜元嘉诗风的是《河岳英灵集》的选评者殷璠。前面所述的陈子昂、韩愈等复古派诗人虽然没有将晋宋诗风等同于齐梁诗风,但由于以建安为经典,所以对晋宋的态度仍然是贬抑为主。比较起来,殷璠对晋宋诗风评价更为客观,可能也更能反映唐人对晋宋诗风的普遍的看法。殷璠在《丹阳集序》中说:"李都尉没后九百余载,其间词人,不可胜数。建安末,气骨弥高,太康中体调尤峻,元嘉筋骨仍在,永明规矩已失,梁、陈、周、隋,厥道全丧。盖时迁推变,俗异风革,信乎人

---

① 《修竹篇序》,(唐)陈子昂《陈伯玉文集》卷一,《四部丛刊》影印明刊本。
② 《荐士》,钱仲联集释《韩昌黎诗系年集释》卷五,上海古籍出版社1984年,第527—528页。
③ 参看钱志熙《中国古代的文学史构建及其特点》一文有关唐人构建中古诗史问题的论述(《文学遗产》2003年第6期)。

文化成天下。"① 又其《河岳英灵集序》云 :"元嘉以还,四百年内,曹、刘、陆、谢,风骨顿尽。顷有太原王昌龄、鲁国储光羲,颇从厥迹。"② 在这些评论中,我们看到,殷氏对晋宋诗风的代表太康体与元嘉体的风格与代表性诗人,完全是肯定的。同时也指出王昌龄、储光羲等盛唐诗人与元嘉诗风的关系。殷氏的这种观点,不仅反映时人的看法,而且从另一角度也反映了初盛唐时期诗歌深受晋宋诗风影响这一诗史事实。

从唐人的复古诗学的发展路径来讲,在他们全面发现汉魏诗风的经典价值之前,初唐诗家突破时风、恢复古体的第一步,就是向齐梁之前的元嘉诗家那里寻找借鉴。黄节论初唐诗学云 :"唐初龙门王勃、华阴杨炯、范阳卢照邻、义乌骆宾王,称四杰,并秀于前。栾城苏味道、赵州李峤、齐州崔融、襄阳杜审言,号四友,齐名于后。皆能远挹谢鲍,近宗徐庾,引六朝之源流以入初唐。"③ 所谓"引六朝之源流以入初唐",正说明初唐诗人通过积极学习六朝杰出作家、作品来突破时风,提高艺术水平。如果说"近宗徐庾"还带有递相祖述的沿袭的性质,则"远挹谢鲍"无疑是一种复古、溯远的借鉴方式。从这一点来看,可以认定,初唐诗人之学习元嘉体,是其超越齐梁、走向旁搜远绍的复古诗学的第一步。这也取决于元嘉体的特殊位置,元嘉体与齐梁体(永明体为其标帜)关系很复杂,齐梁体是吸取元嘉体的某些因素而加以发展的,所以元嘉体与齐梁体有时在界限上并不特别清晰,但齐梁体最终又否定了元

---

① 《丹阳集序》,傅璇琮编撰《唐人选唐诗新编》,陕西人民教育出版社 1996年,第 81 页。
② 《河岳英灵集序》,《唐人选唐诗新编》,第 182 页。
③ 黄节《诗学》,香港龙门书局 1964 年影印 1930 年国立北京大学出版部初印本,第 6 页。

嘉体①。所以唐人在初步萌生超越齐梁体的诗学思想而又没有完全发现汉魏体的价值的时候,第一步就是转向最临近齐梁新变诗风之前的元嘉诗风。这就是初唐诗人接受元嘉体的诗史意义。

二

　　元嘉体对初唐诗歌的影响,有一个由潜至显的表现。从诗史的流变来看,元嘉体虽然被永明体所取代,但包括永明体的代表谢朓在内的齐梁时期的作家,在变革新体的同时,对元嘉体也时有追效。尤其是元嘉体的某些艺术因素与雅颂、典则、对仗,在齐梁诗中仍有余衍。唐初诗歌,自然也沿袭某些出于元嘉体的艺术因素。就具体作品来说,如魏征的《述怀》诗,其纪行述志的艺术结构,就受到元嘉体的影响,其中像“郁纡陟高岫,出没望平原。古木鸣寒鸟,空山啼夜猿。既伤千里目,还惊九折魂”②,其语言及意境,都出于元嘉纪行之体。但在唐初,有意识地学习元嘉体的作风尚未流行。甚至初唐四杰等人,虽然黄节将他们也归入“远挹谢鲍,近宗徐庾”的行列,但他们效法元嘉的作风并不明显。其中如四杰的歌行,在渊源上与鲍照有关,但其体制仍是出自陈隋以降,并非直接以元嘉体为学习对象。所以,在唐诗中,真正明显地表现学习元嘉体的特点的,应该是武后中宗时期以文章四友为代表的一批诗人,其中李峤受元嘉体的影响最为显著。

---

① 葛晓音《论齐梁文人革新晋宋诗风的功绩》一文,对齐梁体与晋宋体的承变关系做了深入的分析。原载《北京大学学报(哲学社会科学版)》1985 年第 3 期,收入葛晓音《汉唐文学的嬗变》(北京大学出版社 1990 年,第 56—74 页)。

②《全唐诗》卷三一,中华书局 1960 年,第 441 页。

　　李峤是中宗、武后时期的诗坛巨擘,其诗歌在初盛唐之际的诗坛上有很大的影响。从他的长篇五言纪行诗与雅颂之作中,可以看出他受到谢灵运、颜延之、鲍照三家较大的影响。如下述作品:

　　　　神岳瑶池圃,仙宫玉树林。乘时警天御,清暑涤宸襟。梁驾陪玄赏,淄庭掩翠岑。对岩龙岫出,分壑雁池深。檐迥松萝映,窗高石镜临。落泉奔涧响,惊吹助猿吟。野气迷凉燠,山花杂古今。英藩盛宾侣,胜景想招寻。践径披兰叶,攀崖引桂阴。穆生时泛醴,邹子或调琴。雉鷩分场合,鱼钩向浦沉。朝游极斜景,夕宴待横参。顾己惭铅锷,叨名齿玳簪。暂依朱邸馆,还畅白云心。丘壑信多美,烟霞得所钦。寓言摅宿志,窃吹简知音。奖价逾珍石,酬文重振金。方从仁智所,携手濯清浔。(李峤《刘侍读见和山邸十篇重申此赠》)①
　　　　合沓岩嶂深,朦胧烟雾晓。荒阡下樵客,野猿惊山鸟。开门听潺湲,入径寻窈窕。栖鼯抱寒木,流萤飞暗篠。早霞稍霏霏,残月犹皎皎。行看远星稀,渐觉游氛少。我行抚轺传,兼得傍林沼。贪玩水石奇,不知川路渺。徒怜野心旷,讵惻浮年小。方解宠辱情,永托累尘表。(《早发苦竹馆》)②

前一首《刘侍读见和山邸十篇重申此赠》,其声律虽近于五排,但其雅颂、名理、体物相交杂的写法,明显地受到元嘉诸家的影响。这种情况在初唐诗坛有相当大的代表性。武后、中宗朝的诗家,在具体的作品中多有兼取元嘉体与齐梁体的倾向。本诗赞写刘侍读荣

---

①《全唐诗》卷六一,第 728 页。
②《全唐诗》卷五七,第 688 页。

贵而不废丘壑之乐,以在朝者而兼得在野者之趣,正是典型的晋宋
文人名教自然合一的思想的流衍,这种思想在初唐时期的上层贵
显中有相当程度的流行。这可以说是初唐诗家学习元嘉体的思想
基础。后一首《早发苦竹馆》取法兼有大小谢两家。大谢体的精
神,是对自然山水的投注,力图展现自然山水本真之美。尤其是其
中所体现的搜奇索异的观赏趣味和描写方法,可以说是大谢体的
标志性的特征。这种精神,对唐代山水诗的影响是很深的。李峤
上面这首诗,即极力表现深幽荒索的自然景物,在写法上,也采用
大谢的稠叠、层层推进的表现方式。"我行抚辐传"以下的几句,表
现亦宦亦游的情绪,也是典型的大小谢式的情绪。谢朓《之宣城郡
出新林浦向板桥诗》:"既欢怀禄情,复协沧洲趣。嚣尘自兹隔,赏
心于此遇。虽无玄豹姿,终隐南山雾。"① 以此对照李峤"我行"以
下八句,可见其模仿谢诗的痕迹是很明显的。而小谢此种表现,正
是从大谢的自然思想中发展过来的。

　　李峤诗歌在笔法上模仿大谢,也常常可见的。如《清明日龙门
游泛》:

　　　　晴晓国门通,都门蔼将发。纷纷洛阳道,南望伊川阙。衍
　　漾乘和风,清明送芬月。林窥二山动,水见千龛越。罗袂胃杨
　　丝,香桡犯苔发。群心行乐未,唯恐流芳歇。②

"衍漾"两句,"罗袂"两句,体物措辞,都近于大谢字法与句法。除

――――――――――

① 曹融南校注集说《谢宣城集校注》卷五,上海古籍出版社1991年,第219—
　　220页。
②《全唐诗》卷五七,第689页。

大小谢外,李峤对鲍照、颜延之的诗,在辞语、格韵上,也多有模仿。
其咏物诗工于起势,即是受鲍照的影响。如《云》:

> 大梁白云起,氛氲殊未歇。锦文触石来,盖影凌天发。烟
> 煴万年树,掩映三秋月。会入大风歌,从龙赴圆阙。①

"氛氲"句法古朴,非出齐梁以下。"锦文"一联格韵神似鲍照,其奥
秘在于努力地形容出物的动势,鲍诗如"含啸对雾岑,延萝倚峰壁。
青冥摇烟树,穹跨负天石"②,"升峤眺日轸,临迥望沧洲。云生玉堂
里,风靡银台陬。陂石类星悬,屿木似烟浮"③,两相比较,就可知
李峤《云》前四句的笔法出于鲍照。李峤的雅颂体出于元嘉,其应
制颂圣一类的排偶五言,受颜延之影响很深,善于用典,体裁明密。
李诗于颜诗词语也多采用。如《奉和天枢成宴夷夏群僚应制》:"辙
迹光西崦,勋庸纪北燕。何如万方会,颂德九门前。"④ 颜延之《应
诏观北湖田收诗》:"周御穷辙迹,夏载历山川。蓄轸岂明懋,善游
皆圣仙。"⑤ 不但"辙迹"二字出于颜诗,即四句章法,亦隐摹颜延
之。又《奉和杜员外扈从教阅》:"菜田初起烧,兰野正开防。"⑥ "兰
野"二字,出于延之《车驾幸京口侍游蒜山作诗》:"春江壮风涛,兰

---

① 《全唐诗》卷五七,第 689 页。
② 《从登香炉峰诗》,钱仲联增补集说校《鲍参军集注》卷五,上海古籍出版社
  1980 年,第 267 页。
③ 《蒜山被始兴王命作》,《鲍参军集注》卷五,第 260 页。
④ 《全唐诗》卷六一,第 725 页。
⑤ 逯钦立辑校《先秦汉魏晋南北朝诗·宋诗》卷五,中华书局 2006 年,第
  1230 页。
⑥ 《全唐诗》卷六一,第 726 页。

野茂荑英。"①

　　对于李峤学习元嘉体，唐人是有所注意的。作于天宝六载的张庭芳《百二十咏物诗注序》评论李诗云："故中书令郑国公李峤百二十咏，藻丽词清，调谐律雅，宏溢逾于灵运，致密掩于延年。"②张氏将李峤的诗与谢灵运、颜延之相比较，以为超出谢颜，这正是隐示了李峤诗渊源于谢颜的事实。可能当时的人就常有将李诗与颜谢诗作比较的。这一条出于天宝六载的资料，无疑是极难得的盛唐诗学批评的资料。李峤的诗歌，尤其是长篇的纪行、应制之作，分别受到大小谢、颜延之、鲍照等人的影响。他既继承梁陈诗歌的声律、辞技巧，同时也学习元嘉体缜密严整、厚重壮丽的风格。

　　李峤对元嘉体的取法，对于唐诗风格的推进，是起到一定的作用的。初盛唐之际诗人学习元嘉体，与李峤的影响似乎不无关系。他在初唐后期的诗坛上具有宗主的地位，《新唐书》称"峤富才思，有所属缀，人多传讽"，又云"其仕前与王勃、杨盈川接，中与崔融、苏味道齐名，晚诸人没，而为文章宿老，一时学者取法焉"③。前引张庭芳《百二十咏物诗注序》还说李诗"特茂霜松，孤悬皓月，高标凛凛，千载仰其清芬；明镜亭亭，万象含其朗耀。味乎纯粹，罕测端倪。故燕公《刺异词》曰：丈新诗冠宇宙。斯言有不佞，信而有征"④。张氏对李诗推崇如此之高，自然是注家誉美之词，也反映其识见之不卓。其所引张说赞颂李峤之句，见张氏《五君咏·李

---

①《先秦汉魏晋南北朝诗·宋诗》卷五，第1231页。

②张庭芳《百二十咏物诗注序》，胡志昂编《日藏古抄李峤咏物诗注》，上海古籍出版社1998年，第1页。

③《新唐书》卷一二三，中华书局1975年，第4371页。

④《日藏古抄李峤咏物诗注》，第1—2页。

赵公峤》一诗,句云"故事遵台阁,新诗冠宇宙"①。所谓"新诗",并非新作之诗的意思,而是其体制与风格之新。我认为,张说所称李峤"新诗",不仅是指咏物百二十首这一类,还指他作元嘉体改造齐梁体之后形成的一种新颖的诗体与诗风。后者恐怕更是李诗影响时风的关键所在。在我们今天看来,李峤的古近体诗是属于盛唐诗风形成之前的初唐诗体,艺术的成就与盛唐诗家不能相比。但当张氏作注时,盛唐诸家还在成长之中,尽管当时实际的诗艺,已经远远超过李峤时代。当时有眼界的评论家如殷璠就指出:"开元十五年后,声律风骨始备矣。"②但这恐怕是一种特别锐敏的见解,一般的人,仍然没能整体地感到盛唐诗风的突出成就。由此看来,像李峤的诗风,在此期仍然是作为诗坛的一种典范而存在的。而他学习元嘉体,对时风也是有所影响的。可以说是初盛唐学习元嘉体的先驱。

三

"文章四友"中除李峤外,杜审言的诗歌也有取法元嘉体的表现。如其《南海乱石山作》:

> 涨海积稽天,群山高萃地。相传称乱石,图典失其事。悬危悉可惊,大小都不类。乍将云岛极,还与星河次。上耸忽如飞,下临仍欲坠。朝暾艳丹紫,夜魄炯青翠。穿崇雾雨蓄,幽隐灵仙閟。万寻挂鹤巢,千丈垂猿臂。昔去景风涉,今来姑洗

---

① 《全唐诗》卷八六,第934页。
② 《河岳英灵集序》,《唐人选唐诗新编》,第107页。

至。观此得咏歌，长时想精异。①

此诗的幽异瑰丽之境，颇受鲍照《登庐山诗》的影响。现将鲍诗抄录于下：

> 悬装乱水区，薄旅次山楹。千岩盛阻积，万壑势回萦。龍挺高昔貌，纷乱袭前名。洞涧窥地脉，耸树隐天经。松磴上迷密，云窦下纵横。阴冰实夏结，炎树信冬荣。嘈嘈晨鹍思，叫啸夜猿清。深崖伏化迹，穹岫阕长灵。乘此乐山性，重以远游情。方跻羽人途，永与烟雾并。②

与鲍诗相比较，就可发现，杜审言此诗受影响的表现是很明显的。除了渲染灵异之外，其取景的方式，也是采取元嘉体全景高远式的写法。在具体的意象方面，杜诗也多受鲍诗的影响。如"穹崇雾雨蓄"数句，正是模仿鲍诗"深崖伏化迹"数句。又杜审言《度石门山》一诗，也受到鲍照山水诗意境、风格的影响：

> 石门千仞断，迸水落遥空。道束悬崖半，桥敧绝涧中。仰攀人屡息，直下骑才通。泥拥奔蛇径，云埋伏兽丛。星躔牛斗北，地脉象牙东。开塞随行变，高深触望同。江声连骤雨，日气抱残虹。未改朱明律，先含白露风。坚贞深不惮，险涩谅难穷。有异登临赏，徒为造化功。③

---

① 《全唐诗》卷六二，第731页。
② 《鲍参军集注》卷五，第262页。
③ 《全唐诗》卷六二，第738页。

鲍照的《登庐山诗二首》、《从登香炉峰诗》、《从庾中郎游园山石室诗》、《登翻车岘诗》等作品，出于大谢的山水纪行诗体，但意境更为造奇，风格更趋雄深奇崛，初盛唐诗人的山水纪行之作，多受其影响。审言上述两诗，正是这方面的代表。

曾与王勃齐名的刘允济[①]的《经庐岳回望江州想洛川有作》一诗，也是模仿元嘉体纪行、颂德一类的作品，只是篇幅更加以扩大。我们举开头一段对庐山景物的描写，其追求雄奇壮丽的风格，明显受到鲍照写庐山的诗文风格的影响：

> 龟山帝始营，龙门禹初凿。出入经变化，俯仰凭寥廓。未若兹山功，连延并巫霍。东北疏艮象，西南距坤络。宏阜自郁盘，高标复回薄。势入柴桑渚，阴开彭蠡壑。九江杳无际，七泽纷相错。云雨散吴会，风波腾鄢鄀。迹随造化久，利与乾坤博。肸蚃精气通，纷纶潜怪作。石渠忽见践，金房安可托。地入天子都，岩有仙人药。二门几迢递，三宫何倏爚。咫尺穷杳冥，跬步皆恬漠。仙才惊羽翰，幽居静龙蠖。

又中间一段：

> 豫章观伟材，江州访灵崿。阳岫晓氛氲，阴崖暮萧索。潜伏屡鲸奔，雄飞更鸷搏。惊猵透烟霞，腾猿乱枝格。[②]

谢灵运开搜奇索异之写景方法，并常于景物描述之中加以仙释灵

① 据《全唐诗》卷六三《刘允济小传》，第744页。
②《全唐诗》卷六三，第744—745页。

异的内容,鲍照更加以发展,形成一种雄奇幽邃的风格。刘氏此诗,正是鲍照体的发展。

在武后中宗朝,朝野两派的诗人,或多或少都受到元嘉体的影响,"紧接四杰之后,诗坛上出现了一批效仿大谢体的山水诗,多用中篇五古体,风格凝重富赡,主要作者有陈子昂、宋之问、沈佺期等"[1]。像沈佺期的五古作品,其体制虽然高度声律化,但语言意境方面,也受到元嘉体的影响。如其《辛丑岁十月上幸长安时扈从出西岳作》、《自昌乐郡溯流至白石岭下行入郴州》、《过蜀龙门》、《绍隆寺》、《神龙初废逐南荒途出郴口北望苏耽山》[2]等作品,笔法意趣之出于元嘉体者,还是清晰可察的。

山水纪行一类诗,出于晋宋,而元嘉体为集成。此体唐初并不流行,武则天与中宗时期开始较多地出现。文章四友虽然倾力于近体诗的创作,但仍然创作古体,他们的一些纪行述怀性质的诗歌,多用五古体裁,这正是元嘉体流行于诗坛的一种表现。从对包括唐代诗歌在内的后世诗歌的影响来讲,元嘉体的最大成就在山水诗歌方面。诗歌中表现山水景物并不始于元嘉,但到了元嘉时期,山水诗作为一个艺术品种方才独立,艺术上也走向全面成熟。对于元嘉体山水诗的艺术成就,近现代的诗歌史家实际上是评价不足的。由于我国古代山水诗艺术在元嘉之后取得很大的发展,所以诗歌史往往仅仅将元嘉体山水诗看成山水诗的开端,视为有待于后人发展的一种"胚胎"阶段的艺术。其实,元嘉体山水诗有其独特的审美价值,在表现山水美方面有后世山水诗所无法超越的成就。在诗歌史上,元嘉体山水诗,一直被视作山水诗艺术的

---

[1] 葛晓音《唐前期山水诗演进的两次复变》,《诗国高潮与盛唐文化》,第79页。
[2] 以上诸诗见《全唐诗》卷九五,第1021—1024页。

经典。进一步地说，山水诗有近体与古体两种，两者在审美特征上有很大的差异。这种差异，最概括地说，就是近体山水诗倾向于情景交融，通过自然山水表现主体的情感，所以抒情性较突出；古体山水诗尤其是五言古体的山水诗，则着重于本真地表现山水自然之美。所以，从山水诗的真义来看，古体山水诗尤其五古体的山水诗，可以说是山水诗的正宗。近体山水诗源于齐梁，而古体山水诗则奠定于元嘉。元嘉体山水诗也因此而成为山水诗艺术的经典。元嘉体对唐人影响最大的，也在于古体山水诗方面。可以说，唐代的古体山水诗，整体上是以元嘉体山水诗为渊源的，许多作品都体现了向元嘉体自觉取法的情况。通过这方面的研究，我们将能凸现元嘉体山水诗在唐代诗坛上的经典地位。

四

初唐之学元嘉体，除了复古诗学观念的支配作用外，与当时的文化背景也有一定的关系。初唐的诗歌，多围绕宫廷与庙堂而作，这一模式之奠定，实在刘宋时期，至齐梁以降则更加以发展。在这样的创作环境中，雅颂自然成为重要的主题。前面已经论述过，五言雅颂之体，是在元嘉时期奠定的。所以关于五言雅颂，元嘉实为正宗。齐梁以降，雅颂与绮艳相杂，应制、应教，多以娱乐为务。溯其风气之始，实于萧纲为太子时。他以太子的身份为文人东道主，处于政治敏感、文多忌讳的齐梁文学的背景中，自然不能接受侍从文士的雅颂之作，于是变以诗歌雅颂为以诗歌为娱，造成了侍从文学的新体制。陈隋至初唐的应制文学，多沿袭此体制。唐太宗作宫体，并向虞世南索和，就是这一体制的反映。所以唐诗要复古，第一步恰是回复雅颂之正体。这可以说是元嘉体影响唐诗的第一步。

　　其次,元嘉诗人承接东晋玄学名教自然合一的思想,以山水之乐为高尚之道。这一意识,造成了元嘉诗歌中以山水为雅颂的现象,具体的表现是通过记叙君王(或其他居于作者之上的统治人物)的山水巡游活动,将其润饰为体名教而任自然的圣贤行为①。这种意识,在初唐时期仍然存在。与晋宋时期贵族封地与庄园的大量发展促进了山水审美意识的发达相似,初唐时期君主宫苑与贵族园林的大量建设,也为初唐诗提供了重要的创作环境与表现对象。在这种背景中的诗歌,自然很容易回复晋宋时期诗歌中那种山林与庙堂为一体、循名教而体自然的诗歌主题②。这是初唐元嘉体流行的另一重要的机制。它的影响,一直从初唐贯穿到盛唐王孟一派的山水诗。

　　初唐山林别业的记游诗,多有效元嘉体者,如韦嗣立《偶游龙门北溪忽怀骊山别业因以言志示弟淑奉呈诸大僚》、魏奉古《奉酬韦祭酒偶游龙门北溪忽怀骊山别业因以言志示弟淑奉呈诸大僚之作》、崔日知《奉酬韦祭酒偶游龙门北溪忽怀骊山别业因以言志示弟淑并呈诸大僚之作》这几首,都是记叙韦氏庄园之游的:

　　　　幽谷杜陵边,风烟别几年。偶来伊水曲,溪嶂觉依然。傍浦怜芳树,寻崖爱绿泉。岭云随马足,山鸟向人前。地合心俱静,言因理自玄。短才叨重寄,尸禄愧妨贤。每挹挂冠侣,思从初服旋。稻粱仍欲报,岁月坐空捐。助岳无纤块,输溟谢末

_____

① 参见钱志熙《论晋宋之际山水审美意识的发展特点及其在山水诗艺术中的体现》,《原学》第二辑,中国广播电视出版社 1995 年,第 91—106 页。
② 查正贤《论初唐休沐宴赏诗以隐逸为雅言的现象》对这个问题有所涉及,载《文学遗产》2004 年第 6 期。

涓。还悟北辕失，方求南涧田。(韦嗣立《偶游龙门北溪忽怀骊山别业因以言志示弟淑奉呈诸大僚》)①

有美朝为贵，幽寻地自偏。践临伊水汭，想望灞池边。是遇皆新赏，兹游若旧年。藤萝隐路接，杨柳御沟联。道惬神情王，机忘俗理捐。遂初诚已重，兼济实为贤。迹是东山恋，心惟北阙悬。顾惭经拾紫，多谢赋思玄。未蹑中林步，空承丽藻传。阳春和已寡，扣寂竟徒然。(魏奉古《奉酬韦祭酒偶游龙门北溪忽怀骊山别业因以言志示弟淑奉呈诸大僚之作》)②

凤龄秉微尚，中年忽有邻。以兹山水癖，遂得狎通人。迨我咸京道，闻君别业新。岩前窥石镜，河畔踏芳茵。既怜伊浦绿，复忆灞池春。连词谢家子，同欢冀野宾。趣闲鱼共乐，情洽鸟来驯。讵念昔游者，祇命独留秦。萧条颖阳恋，冲漠汉阴真。无由陪胜躅，空此玩书筠。(崔日知《奉酬韦祭酒偶游龙门北溪忽怀骊山别业因以言志示弟淑并呈诸大僚之作》)③

栖闲有愚谷，好事枉朝轩。树接前驱拥，岩传后骑喧。褰帘出野院，植杖候柴门。既拂林下席，仍携池上樽。深期契幽赏，实谓展欢言。末眷诚未易，佳游时更敦。俄看啸俦侣，各已共飞骞。延睇尽朝日，长怀通夜魂。空闻岸竹动，徒见浦花繁。多愧春莺曲，相求意独存。(韦嗣立《自汤还都经龙门北溪赠张左丞、崔礼部、崔光禄》)④

《全唐诗》卷九一韦嗣立"小传"："韦嗣立，字延构，郑州人，第

①《全唐诗》卷九一，第986页。
②《全唐诗》卷九一，第988页。
③《全唐诗》卷九一，第989页。
④《全唐诗》卷九一，第987页。

进士。则天时,拜凤阁侍郎,同凤阁鸾台平章事。神龙中,为修文馆大学士。与兄承庆代相。尝于骊山构别业。中宗临幸,令从官赋诗,自为制序。因封为逍遥公。"[1] 张说有《扈从幸韦嗣立山庄应制并序》:"岚气入野,榛烟出谷,鱼潭竹岸,松斋药畹,虹泉电射,云木虚吟,恍惚疑梦,间关忘术,兹所谓丘壑夔龙,衣冠巢许也。"[2] 韦氏《自汤还都经龙门北溪赠张左丞、崔礼部、崔光禄》序中也表达了类似意识:"仆自汤还都,经龙门北溪庄宿。张左丞、崔礼部、崔光禄并枉垂光顾,数公宿敦道义,雅尚林壑。谓急于幽寻,故此命驾。遂不知别有胜赏。偶然相过,寒暄未周,神意已往。云霞之致,蔑而不存。逸辔放驱,清尘徒企,耿叹不已,而赠是诗。"[3] 两篇小序,正反映了当时贵胄阶层逍遥山林园囿、标榜自然高胜之旨的风气。所谓"丘壑夔龙,衣冠巢许",正是自然与名教合一观念最为典型的形象。从诗的风格来看,上述四诗,虽然音韵流畅近于齐梁,但在标榜赏幽探奇的趣味上,仍可看出元嘉体的影响。观此则可知盛唐王、孟、李、杜等人对山水幽胜的表现,如杜甫之《游渼陂》之类的写幽探之境的诗,都是元嘉山水诗意识的发展。从语言来看,韦诗中"溪嶂"、"寻崖"、"绿泉"之类词句,"助岳无纤块,输溟谢末涓"之类的句法,近于元嘉体。又如韦诗"地合心俱静,言因理自玄",魏诗"道惬神情王,机忘俗理捐。遂初诚已重,兼济实为贤"等句,可以明显地看出是效法谢灵运山水诗名理之语。

　　唐人五古纪行山水之作,多参以名理,此亦受元嘉体之影响。如孙逖《和登会稽山》:

---

[1]《全唐诗》卷九一,第 986 页。
[2]《全唐诗》卷八八,第 963 页。
[3]《全唐诗》卷九一,第 987 页。

稽山碧湖上,势入东溟尽。烟景昼清明,九峰争隐嶙。望中厌朱绂,俗内探玄牝。野老听鸣驺,山童拥行轸。仙花寒未落,古蔓柔堪引。竹涧入山多,松崖向天近。云从海天去,日就江村隅。能赋丘尝闻,和歌参不敏。冥搜信冲漠,多士期标准。愿奉濯缨心,长谣反招隐。①

最后“冥搜信冲漠”四句,正是谢灵运山水诗“玄言尾巴”的形式。初盛唐人多有此种表现,如张九龄所作《出为豫章郡途次庐山东岩下》最后四句:“栖闲义未果,用拙欢在今。愿言答休命,归事丘中琴。”②《彭蠡湖上》最后四句:“象类何交纠,形言岂深悉。且知皆自然,高下无相恤。”③都属此类。虽然不是严格意义上的玄言,但总是属于名理的范畴。汉魏诗歌,多以抒情结尾,晋宋以降渐趋哲理,形成了元嘉诗以议论、说理结尾的结构,对唐诗也有一定的影响。

五

陈子昂以标举汉魏风骨而著名,但通观其全部诗作,渊源不止于汉魏。他的《感遇》三十八首,是正宗的汉魏诗体。但从《上元夜效小庾体》《魏氏园林人赋一物得秋亭萱草》《晦日重宴高氏林亭》等诗,可以看出陈氏早年诗作也是从齐梁体入手的。但其他五言长篇,在体制语言方面,受到了晋宋体影响。五古、五律在

①《全唐诗》卷一一八,第1186页。
②《全唐诗》卷四七,第574页。
③《全唐诗》卷四七,第573页。

描写景物方面,实渊源于元嘉。子昂的一些长篇纪游之作,在制题方面也明显地受到谢灵运的影响,爱用带有叙述性的长题,如《合州津口别舍弟至东阳峡步趁不及眷然有忆作以示之》《万州晓发放舟乘涨还寄蜀中亲朋》《入峭峡安居溪伐木溪源幽邃林岭相映有奇致焉》《入东阳峡与李明府舟前后不相及》《南山家园林木交映盛夏五月幽然清凉独坐思远率成十韵》。纪行诗用长题,始于陶谢,谢氏的长题对后来诗家的制题影响尤大。诸诗在写景方面,多采取全景式与流程式两种方式,多用元嘉体的范山摹水的笔法,如《入峭峡安居溪伐木溪源幽邃林岭相映有奇致焉》:

> 肃徒歌伐木,鹜楫漾轻舟。靡迤随回水,潺湲溯浅流。烟沙分两岸,露岛夹双洲。古树连云密,交峰入浪浮。岩潭相映媚,溪谷屡环周。路迥光逾逼,山深兴转幽。麋鹿寒思晚,猿鸟暮声秋。誓息兰台策,将从桂树游。因书谢亲爱,千岁觅蓬丘。①

又如《万州晓发放舟乘涨还寄蜀中亲朋》:

> 空濛岩雨霁,烂熳晓云归。啸旅乘明发,奔桡鹜断矶。苍茫林岫转,络绎涨涛飞。远岸孤烟出,遥峰曙日微。前瞻未能晌,坐望已相依。曲直多今古,经过失是非。还期方浩浩,征思日騑騑。寄谢千金子,江海事多违。②

---

①《全唐诗》卷八四,第915页。
②《全唐诗》卷八四,第914—915页。

上面两首诗用景物连贯的笔法来写峡溪全景,并表现搜奇索异的趣味,正是借鉴了大谢的全景式、流程式的写景方法。诗最后部分,叙说情志,并包含名理,也属于大谢式的章法。

山水景物之雄浑壮阔之境,实始于元嘉诸家,谢灵运诗中颇有大境界,如"云日相晖映,空水共澄鲜",此圆融秀发者。若带苍莽浑雄之气,融而未明者则更多,如《游赤石进帆海》:"首夏犹清和,芳草亦未歇。水宿淹晨暮,阴霞屡兴没。周览倦瀛壖,况乃陵穷发。川后时安流,天吴静不发。"①《入彭蠡湖口诗》:"客游倦水宿,风潮难具论。洲岛骤回合,圻岸屡崩奔。乘月听哀狖,浥露馥芳荪。春晚绿野秀,岩高白云屯。千念集日夜,万感盈朝昏。攀崖照石镜,牵叶入松门。三江事多往,九派理空存。"②颜延之写景之句,对仗严整,境界雄浑,如《北使洛诗》、《还至梁城作诗》、《始安郡还都与张湘州登巴陵城楼作诗》三首,皆如此。鲍照之写景,亦多高远、深远、阔远之境。初盛唐人诗中雄浑阔远、苍莽之笔,实出于此。陈子昂在这方面是一个开端。其五律如《度荆门望楚》、《晚次乐乡县》,以雄浑苍莽开盛唐李杜诸家,但索其渊源,实出于元嘉体。五言排律如《白帝城怀古》:

> 日落沧江晚,停桡问土风。城临巴子国,台没汉王宫。荒服仍周甸,深山尚禹功。岩悬青壁断,地险碧流通。古木生云际,孤帆出雾中。川途去无限,客思坐何穷。③

---

① 《先秦汉魏晋南北朝诗·宋诗》卷二,第1162页。
② 《先秦汉魏晋南北朝诗·宋诗》卷三,第1178页。
③ 《全唐诗》卷八四,第912页。

《岘山怀古》：

> 秣马临荒甸，登高览旧都。犹悲堕泪碣，尚想卧龙图。城
> 邑遥分楚，山川半入吴。丘陵徒自出，贤圣几凋枯。野树苍烟
> 断，津楼晚气孤。谁知万里客，怀古正踌躇。①

此等诗，重厚苍浑处，仍是受到元嘉体的影响。又如《酬晖上人秋
夜山亭有赠》：

> 皎皎白林秋，微微翠山静。禅居感物变，独坐开轩屏。风
> 泉夜声杂，月露宵光冷。多谢忘机人，尘忧未能整。②

此诗峻整、深秀之格，实亦出于元嘉。推此以广之，则能见元嘉体
对唐人的影响之大。不仅要看到体制、内容方面的影响，还要看到
元嘉体在格调、境诣、气韵等方面对唐人的影响，有些诗人是学其
格、境与韵的。

　　子昂山水景物之作的渊源，上至元嘉，下不落阴何以下。盛唐
诸家，也基本上是沿着子昂的这个方向发展的。盖齐梁流丽为宗，
元嘉厚重为体，唐初复古，除学汉魏之外，也学晋宋。由齐梁而上
溯晋宋，可能是唐诗复古的第一步。在全面发现汉魏诗风之典范
价值之前，诗家为摆脱齐梁陈隋的程式化作风，首先上溯的就是晋
宋。其中元嘉三大家，正是他们学习的典范。这在陈子昂的创作
中表现得最明显。另一方面，元嘉体在帮助初唐诗人走出齐梁体

---

① 《全唐诗》卷八四，第 912 页。
② 《全唐诗》卷八三，第 899 页。

的影响方面,有汉魏体所不能取代的价值,因为建安以前的诗风,主要是抒情、叙事,写景方法尚不发达,而山水诗的传统,更是到元嘉时期才建立起来的。所以,唐人在山水景物的写作方面要复古,就必须向元嘉体寻求典范。齐梁陈隋时期的诗歌,在写景方面诚有发展,但束之于声韵、嵌之以偶对,雕镂有余而雄浑不足,多失自然之本真。所以唐人在山水诗乃至景物表现方法上要改造、摆脱齐梁陈隋的作风,就一定会向元嘉体寻求诗学上的传统资源。

六

在学习元嘉体方面,初盛唐之际的张说、张九龄有很重要的表现。他们更带创造性地吸取元嘉的因素,融入自己的风格,促使了唐代山水诗风格的形成。

张说学元嘉体,从诗学传承上讲,可能受到他所推崇的李峤的影响。从时间上讲,贬谪岳州时期,是他有意识地学习元嘉体的重要时期,并且带动当时在岳州的一些诗人,共同学习元嘉体。时人所谓的张说岳州后诗得江山之助,从诗歌史的资源上来说,就是进一步明确了唐代古体山水诗以元嘉为主要取法对象的发展思路。这可以说是唐诗的重要的源头之一,因为唐人在这方面缺少理论的概括与提示,后人就更昧于此源了。张说《相州山池作》:"尝怀谢公咏,山水陶嘉月。"①这个重要的自叙对于了解张氏与元嘉体的关系是很重要的。同时,张说之学谢灵运与前此李峤、陈子昂诸家不同的是,其与谢氏相近的生活经验,促成其对谢灵运精神上的理解。与陶渊明一样,谢氏对唐人的影响,不仅在于他的诗,还在于

①《全唐诗》卷八六,第 932 页。

他的人,他是被唐人作为一个陶情山水的士大夫的形象从而发生影响的。白居易虽然在诗教观念膨胀的时候曾说过"以康乐之奥博,多溺于山水;以渊明之高古,偏放于田园"①这样的话,但实际上他不仅深嗜陶诗,而且对谢氏的山水情怀也表示了极大的赞赏:"谢公才廓落,与世不相遇。壮志郁不用,须有所泄处。泄为山水诗,逸韵谐奇趣。大必笼天海,细不遗草树。岂唯玩景物,亦欲摅心素。往往即事中,未能忘兴喻。因知康乐作,不独在章句。"②唐人对谢灵运的精神共鸣,是谢诗成为唐人山水诗的重要学习对象的精神基础。张说在唐人发现谢灵运的精神方面,是一个重要的人物。

张氏山水纪行五言长篇,学大谢体比李峤、陈子昂还要逼近一些:

缅邈洞庭岫,葱蒙水雾色。宛在太湖中,可望不可即。剖竹守穷渚,开门对奇域。城池自絷笼,缨绶为徽纆。靡日不思往,经时始愿克。飞棹越溟波,维舟恣攀陟。窈窕入云步,崎岖倚松息。岩坛有鹤过,壁字无人识。滴石香乳溜,垂崖灵草植。玩幽轻雾阻,讨异忘曛逼。寒沙际水平,霜树笼烟直。空宫闻莫睹,地道窥难测。此处学金丹,何人生羽翼。谁传九光要,几拜三仙职。紫气徒想象,清潭长眇默。霓裳若有来,觏我云峰侧。(《游洞庭湖湘》)③

困轮江上山,近在华容县。常涉巴丘首,天晴遥可见。佳游屡前诺,芳月怠幽眷。及此符守移,欢言临道便。既携赏心

①《与元九书》,《白氏长庆集》卷四五,文学古籍刊行社 1955 年,第 1102 页。
②《读谢灵运诗》,《白氏长庆集》卷七,第 162 页。
③《全唐诗》卷八六,第 932 页。

客,复有送行掾。竹径入阴窅,松萝上空蒨。草共林一色,云与峰万变。探窥石门断,缘越沙涧转。两山势争雄,峰巘相顾眄。药妙灵仙宝,境华岩壑选。清都西渊绝,金地东敞宴。池果接园畦,风烟迩台殿。高寻去石顶,旷览天宇遍。千山纷满目,百川豁对面。骑来云气迎,人去鸟声恋。长揖桃源士,举世同企羡。(《岳阳石门墨山二山相连有禅堂观天下绝境》)①

　　雾敛江早明,星翻汉将没。卧闻峡猿响,起视榜人发。倚棹攀岸篠,凭船弄波月。水宿厌洲渚,晨光屡挥忽。林泽来不穷,烟波去无歇。结思笙竽里,摇情游侠窟。年貌不暂留,欢愉及玄发。云涓恋山海,禽马怀燕越。自非行役人,安知慕城阙。(《江路忆郡》)②

上述作品,在意境与笔法上,都接近谢鲍的山水诗。谢鲍山水诗在景物的搜奇索异之外,还常表现灵异的意识。张说诸诗,也继承了这一点。但对于元嘉诗人与张说来说,这种神仙灵异意识,像山水景物一样,只是陶情之具而已。另外,张说上述诗作,语言、句法多有袭用、模仿谢诗者,如"剖竹守穷渚"、"玩幽轻雾阻,讨异忘嚗逼"、"佳游屡前诺,芳月怨幽眷"、"水宿厌洲渚",或用其成语,或摹其句式,可以说典型的步趋大谢。

张说在岳州时期的山水纪游之作,包括他的学习谢鲍体的诗学趋向,对当时在岳州的诗人似有影响。如《全唐诗》卷九八赵冬曦的一些诗作,就表现出上述的影响。赵氏"定州人,进士擢第。历左拾遗。开元初,迁监察御史。坐事流岳州,时与刺史张说数赋

---

①《全唐诗》卷八六,第933页。
②《全唐诗》卷八六,第930页。

诗相倡和"①。冬曦诸诗,多为五古山水诗,是典型的模山范水体:

> 方曦跻南楼,凭轩肆遐瞩。物华荡暄气,春景媚晴旭。川
> 霁湘山孤,林芳楚郊缛。列岩重叠翠,远岸逶迤绿。风帆摩天
> 垠,鱼艇散弯曲。鸿归鹤舞送,猿叫莺声续。群动皆熙熙,嗟
> 予独羁束。常钦才子意,忌鹏伤踌蹰。雅尚骚人文,怀沙何迫
> 促。未知二贤意,去矣从所欲。(《奉和张燕公早霁南楼》)②
> 南湖美泉石,君子玩幽奇。湾澳陪临泛,岩峰共践窥。秋风
> 赪桂竦,春景绿杨垂。郢路委分竹,湘滨拥去麾。枉帆怀胜赏,
> 留景惜差池。水木且不弃,情由良可知。(《和燕公别灄湖》)③

这两首诗,在结构上也是属于大谢式的,写整个游览的过程,并力
求全景式的描写。张说集中有《出湖寄赵冬曦》一首,可见赵氏是
张说在岳州时的山水游侣之一,当时应该还有其他的诗人在岳州
与张、赵唱和,很有可能形成一个山水诗写作的小群体。当然这还
有待于文献的证明④。

张九龄在诗歌创作上的复古意识,比张说要突出得多,他的复
古立足于诗歌的体制与语言、风格本身,看起来似乎没有陈子昂那
样进取,但实际上是对陈氏复古诗学的一种发展。尤其是他的复
古比陈子昂更多变化,更多地立足于唐人已经取得的艺术成就上。
这样做的结果,不仅发展了古体的艺术,而且也提高了近体五律的

---

① 《赵冬曦小传》,《全唐诗》卷九八,第 1056 页。
② 《全唐诗》卷九八,第 1056 页。
③ 《全唐诗》卷九八,第 1059 页。
④ 葛晓音《唐前期山水诗演进的两次复变》论述了这个问题,见《诗国高潮与
　盛唐文化》,第 85 页。

意趣。张九龄对元嘉体的接受，也正是在上述诗学的格局中进行的。他的五古，《感遇》十二首，是在汲取汉魏晋宋之言志、比兴诗法的基础上创造出来的，并非只取法建安诗与阮诗，而是下及晋宋各家；其余五言古体及介于五古与五排之间的长篇，学习元嘉体的痕迹很明显。其纪游诸诗，如《九月九日登龙山》《登郡城南楼》《临泛东湖》《始兴南山下有林泉尝卜居焉荆州卧病有怀此地》《南阳道中作》《彭蠡湖上》《入庐山仰望瀑布水》《出为豫章郡途次庐山东岩下》《巡按自漓水南行》等，都深受谢、颜、鲍三家的影响：

> 郡庭日休暇，湖曲邀胜践。乐职在中和，灵心挹上善。乘流坐清旷，举目眺悠缅。林与西山重，云因北风卷。晶明画不逮，阴影镜无辨。晚秀复芬敷，秋光更遥衍。万族纷可佳，一游岂能展。羁孤忝邦牧，顾己非时选。梁公世不容，长孺心亦褊。永念出笼絷，常思退疲蹇。岁徂风露严，日恐兰茝剪。佳辰不可得，良会何其鲜。罢兴还江城，闭关聊自遣。(《临泛东湖》)①

> 兹山镇何所，乃在澄湖阴。下有蛟螭伏，上与虹蜺寻。灵仙未始旷，窟宅何其深。双阙出云峙，三宫入烟沉。攀崖犹昔境，种杏非旧林。想像终古迹，惆怅独往心。纷吾婴世网，数载忝朝簪。孤根自靡托，量力况不任。多谢周身防，常恐横议侵。岂非鹓鸿列，惕如泉壑临。迨兹刺江郡，来此涤尘襟。有趣逢樵客，忘怀狎野禽。栖闲义未果，用拙欢在今。愿言答休命，归事丘中琴。(《出为豫章郡途次庐山东岩下》)②

---

① 《全唐诗》卷四七，第 569 页。
② 《全唐诗》卷四七，第 574 页。

　　　　沿涉经大湖，湖流多行汰，决晨趋北渚，逗浦已西日。所
　　适虽淹旷，中流且闲逸。瑰诡良复多，感见乃非一。庐山直阳
　　浒，孤石当阴术。一水云际飞，数峰湖心出。象类何交纠，形
　　言岂深悉。且知皆自然，高下无相恤。(《彭蠡湖上》)①

上列诗作所表现出来的搜探雄奇之境、表达纷错的意识与情绪的
审美趣味，是典型的元嘉体山水诗的特点。诗中写景，多用赋法，
如《出为豫章郡途次庐山东岩下》一诗中的开头一段描写；又多用
连绵词性质的形容词，如"所适虽淹旷"、"瑰诡良复多"之类；又用
词不取巧丽，而取厚拙，如"长孺心亦褊"、"孤石当阴术"之类。上
述语言表现，在张九龄的其他题材的诗作也可以看到。可见元嘉
体是张九龄诗歌创作中超越初唐流行体格、追求复古风格的重要
的取资对象。其中所表现的仍是晋宋崇尚的自然观念。"且知皆
自然"一句道出了此中的消息。

　　和张说一样，张九龄的诗歌，从诗语到句法(包括对仗形式)、
字法，都可以看到元嘉的影响。如"郡庭常窘束，凉野求昭旷"②，
"昭旷"出于谢《富春渚诗》"怀抱既昭旷"③；"理棹虽云远，饮冰宁
有惜"④，"理棹"出于谢《永初三年七月十六日之郡初发都诗》"述
职期阑暑，理棹变金素"⑤；"目因诡容逆，心与清晖涤"⑥，"清晖"出

---

①《全唐诗》卷四七，第573页。
②《九月九日登龙山》，《全唐诗》卷四七，第567页。
③《先秦汉魏晋南北朝诗·宋诗》卷二，第1160页。
④《巡按自漓水南行》，《全唐诗》卷四七，第575页。
⑤《先秦汉魏晋南北朝诗·宋诗》卷二，第1159页。
⑥《巡按自漓水南行》，《全唐诗》卷四七，第575页。

于谢《石壁精舍还湖中作》"昏旦变气候，山水含清晖"①，等等，都是用谢诗成语。又如"量力况不任"②是脱胎于谢诗《登池上楼》"退耕力不任"③；"轩盖有迷复，丘壑无磷缁"④是出于谢《过始宁墅诗》"缁磷谢清旷，疲苶惭贞坚"⑤。至于句法与对仗之效谢诗，如"东弥夏首阔，西拒荆门壮"⑥似出谢《登上戍石鼓山诗》"极目睐左阔，回顾眺右狭"⑦。至其修辞之法，喜用连绵词形容词，如"晚秀复芬敷，秋光更遥衍"、"世路少夷坦，孟门未岖嵚"、"徂岁方暌携，归心亟踯躅"、"雷吼何喷薄，箭驰入窈窕"、"物情有诡激，坤元曷纷矫"⑧，等等。看来诗人是有意识地用元嘉体（包括一般的晋宋体）的古拙、厚重来调剂唐初流行诗体的轻靡风格，这一点我们在上述所引诸家中也可以清楚地看到。他的应制诗，颂圣的语言，与颜谢也比较接近，以质重取胜。

　　通过上文重要诗人及其作品举例的方式，我想已经初步地描述出元嘉体流行于初唐诗坛的诗歌史现象。开七言歌行之风气的鲍照的《拟行路难》，对初唐歌行也有直接的影响。如张纮《行路难》全遵鲍调，而音节转缓："君不见温家玉镜台，提携抱握九重来。君不见相如绿绮琴，一抚一拍凤凰音。人生意气须及早，莫负当年行乐心。荆王奏曲楚妃叹，曲尽欢终夜将半。朱楼银阁正平生，碧

---

①《先秦汉魏晋南北朝诗·宋诗》卷二，第1165页。

②《出为豫章郡途次庐山东岩下》，《全唐诗》卷四七，第574页。

③《先秦汉魏晋南北朝诗·宋诗》卷二，第1161页。

④《骊山下逍遥公旧居游集》，《全唐诗》卷四七，第570页。

⑤《先秦汉魏晋南北朝诗·宋诗》卷二，第1159页。

⑥《九月九日登龙山》，《全唐诗》卷四七，第567页。

⑦《先秦汉魏晋南北朝诗·宋诗》卷二，第1164页。

⑧《临泛东湖》、《始兴南山下有林泉尝卜居焉荆州卧病有怀此地》、《晨坐斋中偶而成咏》、《入庐山仰望瀑布水》，见《全唐诗》卷四七，第569、574页。

草青苔坐芜漫。当春对酒不须疑,视日相看能几时。春风吹尽燕
初至,此时自为称君意。秋露萎草鸿始归,此时衰暮与君违。人生
翻覆何常定,谁保容颜无是非。"① 又如辛常伯《军中行路难》杂采
鲍照及齐梁、唐初诸家体调,衍为长篇,虽不及卢、骆、张(若虚)、刘
(希夷)之精工,然不失为名篇。

　　元嘉体对唐诗的影响,并不局限于初唐时期。盛唐诗家,在学
习建安风骨的同时,对元嘉体也多有汲取。如李白之学鲍照体、大
谢体,杜甫之五古山水诗亦多取法谢鲍,至王孟之受大谢之影响,
更是古今研究者多所论说的。大抵唐人五古纪游览景之作,常祖
元嘉体。元嘉体山水诗可以说是后世古体山水诗尤其是五古山水
诗的正宗。元嘉体的好处是厚重深峭,能表现出自然山水的真韵,
自小谢等开情景交融之法后,善写人与山水之审美体验与情感体
验,但却很难逼真再现山水的自然真际。但元嘉有时景物疏离,酷
不近情,并且常有滞涩之病。唐人能借鉴其长,而去其短。初唐以
后诗家接受的取法元嘉,更表现为有机的汲取,而非简单的模仿。
尤其是对于盛唐诗家来讲,以建安为核心的汉魏诗歌已经成为他
们创作的主要渊源,元嘉体的经典地位相对来讲有所下降。但是,
在盛唐的王孟李杜诸家的创作中,元嘉体仍然是他们重要的诗学
渊源之一,尤其这个时期的山水诗创作,可以说仍是以元嘉体为主
要渊源的。只是此时唐诗自身的风格已经相当成熟,诸家与元嘉
体的关系更多是汲取,而较少再现元嘉体的做法。所以如果要探
讨盛唐诗歌所受元嘉体的影响,将是一个更为复杂的问题。

(原载《中国文化研究》2007 年第 2 期)

---

① 《全唐诗》卷一〇〇,第 1077 页。

论绝句体的发生历史和盛唐绝句艺术

清人沈德潜云："诗至有唐,菁华极盛,体制大备。"[①] 唐诗各体,古体、古乐府是直接继承汉魏诗歌的体制与艺术风格的;近体中的五七言律诗,也是从齐梁声律体中发展过来的。这两类的发展情况,都比较清楚。只有绝句体,其体制相当古老而得名甚晚。关于它的发生历史与发展情况,明清学者胡应麟、赵翼等各立其说,虽未全面而各有所见;近现代学者在古人的基础上推究加密,做出更系统的探讨。但对于汉魏六朝时期绝句体发生之原委、发展之特点,汉魏六朝绝句之体类,盛唐绝句艺术之形成及其对前面的各代、各体类绝句的革新及继承发展等诸多方面的问题,仍有进一步探讨的余地。

一

盛唐诗绝句的体制承自汉魏六朝,这一点唐人应该是清楚的。这不仅是因为时代接近,而且他们在绝句创作方面,就是广泛地学

---

① (清)沈德潜《唐诗别裁集·凡例》,上海古籍出版社 1979 年,第 1 页。

习汉魏六朝绝句艺术的,在体制上也是古绝与律绝并行。中唐以降,律绝渐盛,古绝渐衰,绝句渐被归入近体①。宋元以降,只有少数好古者偶尔尝试不叶声律的古绝。于是绝句完全被视为律诗的一体,浅学者对于绝句的体制渊源逐渐地模糊了,甚至出现绝句为截律而成的说法②。于是一些诗论家开始探索绝句的名义与起源,胡应麟所说的"绝句之义,迄无定说",指的就是这种情况。明清时期的一些重视诗史流变的诗论家,针对这种情况开始讨论绝句的体制源流及名目所自。其中胡应麟的观点,对后人影响最大:

> 五七言绝句,盖五言短古、七言短歌之变也。五言短古,杂见汉魏诗中,不可胜数,唐人绝体,实所从来。七言短歌,始于《垓下》,梁陈以降,作者垒然。第四句之中,二韵互叶,转换既迫,音调未舒。至唐诸子,一变而律吕铿锵,句格稳顺,语半于近体,而意味深长过之;节促于歌行,而咏叹悠永倍之,遂为百代不易之体。

> 绝句之义,迄无定说,谓截近体首尾或中二联者,恐不足凭。五言绝起两京,其时未有五言律。七言绝起四杰,其时未

① 赵翼《陔余丛考》卷二三"绝句"云:"唐人称绝句为律诗。李汉编《昌黎集》,凡绝句皆收入律诗。白香山亦以绝句编入格诗。"(河北人民出版社1990年,第375页)然胡震亨《唐音癸签》卷一《体凡》云:"今考唐人集录,所标体名,凡效汉魏以下诗,声律未叶者,名往律;其所变诗体,则声律之叶者,不论长句、绝句,概名为律诗。"(上海古籍出版社1981年,第1页)两说比较,自以胡说为长。中唐之后人称绝句为律诗,只是指其合律者,其不入律的古绝,自然不应称为律诗。

② 赵翼《陔余丛考》卷二三"绝句"条引《诗注源流》云:"绝句,截句也。如后两句对者,是截律诗前半首;前两句对者,是截律诗后半首;四句皆对者,是截中四句;四句皆不对者,是截前后四句也。"(第375页)又按《诗注源流》,"注"似应作"法"。

有七言律也。但六朝短古，概曰歌行，至唐方曰绝句。又五言律在七言绝前，故先律后绝耳。

汉诗载《古绝句》四首，当时规格草创，安得此称？盖歌谣之类，编集者冠以唐题。①

胡氏对五七言绝句的渊源的论述，并不全面，而且其中像"七言绝起四杰"这样的看法，明显是不对的。但他第一次用比较科学的追溯体制渊源的方法来研究绝句问题，推明绝句体制出现于格律诗形成之前的真相，对于后来的绝句史研究来说，是一个重要的开端。他提出七言绝句起于七言短歌的看法，是十分有见地的，后面我们还要论述到②。元人杨士弘、清人赵翼对绝句的起源也提出了重要的看法。赵氏《陔余丛考》云：

杨伯谦云：五言绝句，唐初变六朝《子夜》体也。七言绝句初唐尚少，中唐渐甚（引者注："甚"似应作"盛"）。然梁简文《夜望单雁》一首，已是七绝云云。今按《南史》，宋晋熙王昶奔魏，在道慷慨为断句诗云："白云满鄣来，黄尘半天起。关山四面绝，故乡几千里。"梁元帝降魏，在幽逼时制诗四绝，其一曰："南风且绝唱，西陵最可悲。今日还蒿里，终非封禅时。"曰断句，曰绝句，则宋、梁时已称绝句也。③

---

① （明）胡应麟《诗薮》内编卷六，上海古籍出版社 1979 年，第 105 页。
② 陈贻焮《盛唐七绝刍议》在胡氏说法的基础上，对梁陈短歌体七绝的体制演变作了详细的分析，载同氏《论诗杂著》（北京大学出版社 1989 年，第 113—148 页）。
③ 《陔余丛考》卷二三，第 374 页。

杨士弘认为"五言绝句,唐初变六朝《子夜》体也",即是说五绝出于六朝时期的吴声西曲。这也是关于绝句渊源的一个重要看法,后来中外学者论绝句体制,多注目于此。赵翼引杨氏之说,当然也是表示同意他的看法。赵翼本人的贡献,则是从文献中发现绝句名目在宋梁时已经出现。这一发现对于究明绝句体的起源也是十分重要的。近人傅懋勉在西南联大学术讨论会上做报告,广泛搜引南朝各史中有关"绝句"名目及写作情形的记载①。李嘉言受其启发,进一步提出绝句起源于联句的说法。其基本观点如下:古人联句,柏梁体为一人一句,亦有一人两句。至晋宋之际,则出现一人四句的联句作法。"联句是由两个以上的人合作的。如果只有一人作了四句,其余的人联续不上,那第一个人所作的四句就叫做绝句。因为这次联句未得成功,从此便告断绝了"。他还引《南史·文学传》"又有吴迈远者,好为篇章,宋明帝闻而召之。及见,曰:'此人连绝之外,无所复有'",以及梁江革《赠何记室联句不成》诗、何逊《答江革联句不成》诗等许多资料,确凿地论定绝句与联句的关系②。上述赵翼、傅懋勉、李嘉言三家的各自发现,基本上论定了绝句名目的由来,也弄清了汉魏"古绝"与吴声西曲之外绝句的另一重要渊源。今人王达津、葛晓音等家的研究,也从各自掌握的材料出发,对绝句与联句的关系问题作出一些新的解释③。葛文

---

① 傅懋勉《从绝句的起源说到杜工部绝句》,原载《国文月刊》第 17 期(1940年 11 月)。此据《李嘉言古典文学论文集》附载全文(上海古籍出版社1987 年,第 192—201 页)。

② 李嘉言《绝句起源于联句说》,原载《国文月刊》第 17 期,后收入《李嘉言古典文学论文集》(第 188—192 页)。

③ 王达津《读古诗札记》十二《绝句的起源》,载同氏《古典文学研究丛稿》(巴蜀书社 1987 年,第 147—149 页)。

探讨绝句渊源时还注意到汉魏歌谣、乐府，提出"从五言来看，最早的五言四句体主要是部分汉代民间歌谣和乐府"、"魏晋五言古绝主要起源于汉代五言四句的歌谣和乐府"等明确的看法，在胡应麟的基础上做出更紧密完整的研究①。

　　上述自明清迄现代的诸家研究，形成一个关于绝句发生史问题研究的学术历史，这本身也是一个值得注意的学术史问题。

二

　　我认为，要研究绝句体发生的历史，仅从绝句体内部追溯体制渊源、推究名目所始是不够的，还应该从文体学的角度对绝句体发生的体裁及抒情美学上的原理进行探讨，将其放在一个广阔的文体背景上来研究。

　　绝句体最基本的体性是抒情短诗，就其早期形态来讲，则是抒情歌谣小曲之一体。所以我们研究绝句体，首先应该将注意点放在短篇抒情诗歌的体制特点与发生原理上。上古歌谣，实以短篇为主，这一点从《春秋左传》等先秦文献所载的大量歌谣可知。《诗经》的《国风》也是以短篇抒情歌谣为主，只是入乐之后，多成叠章复沓之体。秦汉之间的楚歌及民间歌谣，也是短篇为主，其结体多为二句、三句、四句。其中四句之体，数量甚丰，如晋杨泉《物理论》所载秦筑长城民歌"生男慎勿举，生女哺用脯。不见长城下，尸骸

---

① 葛晓音《初盛唐绝句的发展》，同氏《诗国高潮与盛唐文化》第357、359页（北京大学出版社1998年）。以上傅、李诸家在讨论南朝文献中"绝句"名目时，都没有提到赵翼在《陔余丛考》中的最早发现。葛晓音先生的论文，具体地引述了赵翼的看法。

相支拄"①,《史记·项羽本纪》所载项羽被刘邦围于垓下所作的楚歌"力拔山兮气盖世,时不利兮骓不逝。骓不逝兮可奈何,虞兮虞兮奈若何"②,等等,不烦赘举。可知自先秦歌谣至汉乐府,四句结体实不鲜见。从这一点来看,绝句体是在极其广阔的抒情短诗、短歌的背景下产生的,直线的寻索虽能明其现存体制之渊源,但不能完全解释其体制发生的必然性原因。所谓汉魏古绝,其性质无一例外为歌曲谣谚体,实为众多的短篇歌谣之一种形式。魏晋文人虽偶有拟作,如左延年《从军行》、曹植《苦热行》、曹叡《堂上行》,但也是依拟短篇歌谣的结体形式③,并无明确的"四句体"的意识。加之魏晋文人诗歌重在言志,意义较丰,并重篇章修辞,与歌谣的遇事抒感、情事单一不同,所以这种"四句体"在当时之不能发展为独立一体,乃是势所必然。另外,汉魏乐府以叙事体为主,单纯的抒情诗并不发达,连带影响到短篇体的不发达。这与风诗以短篇为主,体制颇为不同。这些情况,都应是早期四句体在汉乐府与汉魏文人的创作中不能流行的原因。而后来四句体在吴声西曲中成为大宗,最主要的原因还是因为吴声体属于抒情歌谣一类,与汉乐府相和歌辞之为叙事歌诗不同,而与风诗之体相近。当然,相和歌辞中也有短篇的抒情谣曲,像《江南》这样的南方抒情小曲,与后来的吴声短歌就很接近,恐怕两者之间也有亲缘关系。

　　绝句之所以在六朝的短歌中成为主要的一体,也完全是基于四句体在抒情诗结构上的优势这一美学上的原理。简单地说,四句一组为抒情诗的基本章式与体式,可以说在抒情诗结构中是一个最

---

① 逯钦立辑校《先秦汉魏晋南北朝诗·先秦诗》卷二,中华书局1983年,第32页。

②《史记》卷七《项羽本纪第七》,中华书局1982年,第333页。

③ 详见葛文《初盛唐绝句的发展》所举(《诗国高潮与盛唐文化》,第358页)。

基本的、也最稳定的单位。中国的古典诗歌,句式以奇数为主[1],句数却是以偶数为主,句数为奇数的篇式,在民间歌谣、歌行、词曲中偶尔能看到,但远没有发展为主流[2]。在偶数的篇式中,两句与四句,都是诗句结构上最基本的单位。两句的问题比较明显,律诗就是以联为基本单位的。四句为一单位,不如两句为一单位之明显。但我们分析从《诗经》到后来古、近各体诗,四句为一基本单位是显见的事实。《诗经》多是四句为一章,甚至《楚辞》中,四句也是主要的章式,如《离骚》:"帝高阳之苗裔兮,朕皇考曰伯庸;摄提贞于孟陬兮,惟庚寅吾以降。"[3]《九歌·湘夫人》:"帝子降兮北渚,目眇眇兮愁予。袅袅兮秋风,洞庭波兮木叶下。"[4] 后例风味,更近于唐人绝句。作为后世文人诗之母体的汉魏乐府,其音乐的基本单位为"解"。"解"在文体上相当于章,郭茂倩《乐府诗集》卷二十六记载:"凡诸调歌词,并以一章为一解。《古今乐录》曰:'伧歌以一句为一解,中国以一章为一解。'"[5]汉魏晋乐府中的一解(一章),最常见的句数为四句,例子太多,不需要赘举。

综合上述史实可知,绝句体的产生,有着深刻的美学上的依据,它之所以成为中国古典诗体中最为流行、最有生命力的一体,正是植根于抒情诗以四句为一基本的结构单位这一原理。我们研

---

① 关于奇数句式成为中日诗歌主要体式的美学原理,松浦友久氏《节奏的美学》一书有专门研究,参见石观海等译《节奏的美学》(辽宁大学出版社1995年)。

② 这一点与日本最流行的俳句以三句为结体很不一样,似乎是中日诗体比较中值得研究的问题。

③ (宋)洪兴祖《楚辞补注》卷一《离骚经章句第一》,中华书局1983年,第3页。

④ 《楚辞补注》卷二《九歌章句第二》,第64—65页。

⑤ (宋)郭茂倩《乐府诗集》卷二六《相和歌辞》,中华书局1979年,第376页。

究绝句的体裁功能与艺术特征及盛唐绝句的典范风格,也应该充分着眼于这个美学上的原理。从这个意义上讲,追溯绝句之源,仅着眼于汉魏六朝时期的四句体还是不够的,应该将绝句的渊源追溯扩大到诗骚及乐府歌的四句一组的"章"、"解"。尤其是以"解"为基本单位的乐府诗,"解"带有相当的独立性,所以大量的四句一解的汉魏乐府,实可视为绝句体孕生的母体。事实上,唐人在绝句创作中学习前代的诗歌,也不仅仅只是学习汉魏六朝的"绝句",于绝句之外的乐府、古诗也多有借鉴。

　　四句体较之长篇连缀,更能体现人们抒情的自然特点。因为抒情作为一种生命活动的形式,从本质上讲是短暂的、多变的。持续的抒情行为如长篇抒情诗的创作等,更多的是一种艺术的经营。中国古典诗歌的最短体制是以四句为主,三句、两句乃至一句等形式,虽在歌谣中屡见不鲜,但又终未成为主要一体[①]。其实两句、三句之体,也有它的美学上的优势,因为自然的抒情与写作灵感,是一种短暂、飘忽的心灵活动,所以篇体越短,诗的质地也越趋于自然,这一点我们从民歌谣谚中可以得到丰富的印象。但由于中国古典诗学植立于比较厚重的思想背景之上,承担言志、观风、政教等功能,所以篇体过短的话,显然无法承载最基本的情志结构。另

---

① 原始歌谣如《吕氏春秋·音初》所载的涂山氏女"候人兮猗",炎帝女"燕燕往飞",多为单句(高诱注《吕氏春秋》卷六《季夏纪·音初》,上海古籍出版社 1996 年,第 94—95 页)。《左传》、《战国策》等书所载春秋时期诸歌谣,多有两句体,如《战国策·齐第四》载冯谖作歌"长铗归来乎,食无鱼"之类(何建章注释《战国策注释》卷一一《齐策四》,中华书局 1990 年,第 381 页)。汉杂谣中,两句体也很多。至于三句之体,在春秋战国迄两汉的歌诗谣曲中,也不鲜见。如《左传·僖公五年》载士蒍《狐裘歌》"狐裘龙茸,一国三公,吾谁适从"等(《春秋左传正义》卷一二《僖公五年》,中华书局 1980 年影印阮元刻《十三经注疏》,第 1795 页)。

外,四句既短小自然,而又完整平衡,与中国古代诗歌基本的审美趣味也是合拍的。在上古至汉魏六朝众杂的短篇歌谣中,"四句体"之所以成为主要的一体,正是基于上述的体裁上的优势。同样是这种优势,使绝句最终流行,并成为中国古典诗歌诸体中创作数量最丰、生命力最强的一体,即胡应麟所说的"百代不易之体"①。

三

吴声的流行,是五言绝句体制确定的关键。吴声的最早渊源实始于东吴。现在所见东吴歌谣如《宋书·五行志》载孙皓初童谣:"宁饮建业水,不食武昌鱼。宁还建业死,不止武昌居。"孙皓天纪中童谣:"阿童复阿童,衔刀游渡江。不畏岸上虎,但畏水中龙。"②及《世说新语·排调》载孙皓《尔汝歌》:"昔与汝为邻,今与汝为臣。上汝一杯酒,令汝寿万春。"③此类吴声,吴亡后也应流行于西晋士族,取为娱乐之用,如《乐府诗集》卷四十六引《古今乐录》载石崇妾绿珠《懊侬歌》:"丝布涩难缝,令侬十指穿。黄牛细犊车,游戏出孟津。"④就是早期吴声曲的一种。吴声歌曲,除四句体外,也有三句、五句等体式,但四句体是主要的体式。由于它是大宗的出现,不像汉乐府歌谣四句体只是少量的存在,因此终于引起文人的注意与模仿。东晋文人已经开始模仿吴声,如谢尚《大道曲》、王珉《团扇郎歌》、王献之《桃叶歌》。东晋文人本不长于五言

①《诗薮》内编卷六,第105页。
②《宋书》卷三一《五行志》,中华书局1974年,第913页。
③余嘉锡笺疏《世说新语笺疏》卷下《排调第二十五》,中华书局2007年,第918页。
④《乐府诗集》卷四六《清商曲辞》,第667页。

诗,而又有尚简率的趣味,所以东晋诗之篇幅普遍较前代趋短,吴声的四句体及其修辞简单的风格,正合乎他们的技巧与趣味。这种情况,与东晋人在书简文学方面流行草书短简、一改魏晋长篇书翰风格有相同的趣味原因。其实不仅模仿吴声歌曲用四句体,当时徒诗也有采用四句体的。葛晓音先生的论文已经指出,"东晋部分文人以五言四句体写《兰亭诗》","孙嗣、郗昙、庾蕴、王玄之等十三人的《兰亭诗》均为五言四句,并以写景抒情说理为主,形式像是从古诗里截出。说明文人五言古绝到此时才超越模拟歌谣乐府的阶段,成为独立的体裁"①。但从东晋时期上层"共重吴声"②的情况来看,诸家《兰亭诗》之采用四句体,仍然是效仿吴声,不过已经脱离曲调的风格,转为徒诗的形式。这些短诗结体比较自然,语言也较同时的玄言诗通俗,个别作品已经具有绝句的风味,如孙嗣一首:"望岩怀逸许,临流想奇庄。谁云真风绝,千载把余芳。"③与唐人五绝唱叹抒情的风格很接近。

　　现在我们再来讨论联句创作中产生的"绝句"、"断句"的问题。联句的创作原理,其实也始于歌谣中的对歌与联歌,《尚书·益稷篇》载舜与臣工"赓载歌"④,即为联歌;《左传》宣公二年载《宋城者讴》,即为对歌;又《左传》载郑庄公与其母《大隧歌》,也是联歌的形式⑤。李嘉言曾指出,汉魏联句有柏梁体的一人一句,

---

① 《初盛唐绝句的发展》,《诗国高潮与盛唐文化》,第 358 页。
② 《世说新语笺疏》卷上《言语第二》,第 186 页。
③ 《先秦汉魏晋南北朝诗·晋诗》卷一三,第 908 页。
④ 《尚书正义》卷五,中华书局 1980 年影印阮元刻《十三经注疏》,第 144 页。
⑤ 二则分见《春秋左传正义》卷二一《宣公二年》、卷二《隐公元年》,《十三经注疏》,第 1866、1717 页。

贾充与其妇的一人两句,到晋宋之际则流行一人四句①。至于晋宋
之际联句流行的原因,与东晋后期名士盛行集会赋诗的风气有关
系。东晋后期的玄学名士们,延续前中期清谈吟咏的风气,其诗歌
创作活动,以群体唱和为主要的创作形式。当时沿用清谈之集的
名称,称"集","兰亭集"就是突出的例子,又如谢混《送二王在领
军府集诗》,谢灵运《九日从宋公戏马台集送孔令诗》,都是集会吟
咏的例子。灵运《拟魏太子邺中集》,则是追拟邺中集会作诗的旧
事。一些处于政治与权威之中心的人物如桓玄、刘裕,都曾举行
结集吟诗的活动。现存此期一些作品,如谢混《游西池诗》、殷仲
文《南州桓公九井作诗》,都属此类。当时联句的创作之盛,与这种
唱和风气有直接的关系。只不过是由一人一首的唱和,变为数人
同作一首的唱和,其联艺竞赛的性质更加突出,实与晋宋之际的诗
学风气有深切的关系。联句派生的绝句虽为徒诗,但我认为它的
体制跟《兰亭诗》四言体一样,仍然是借鉴吴声的。并且联句的形
式,与吴声中对歌、连歌仍有关系。吴声中也有联歌、对歌之体,如
王献之《桃叶歌》,又如谢灵运的《东阳溪中赠答诗》,采用民歌男女
对歌之体。灵运还有《答惠连诗》:"怀人行千里,我劳盈十旬。别
时花灼灼,别后叶蓁蓁。"② 也是用吴声对歌之体,只是谢惠连有无
应答,我们不得而知,也可能谢惠连是原唱。这些情况,正向我们
透露晋宋之际的联、绝句创作受到吴声影响的信息。葛晓音的论
文也注意到了这一点:"'断句'之称出现在刘宋,是晋宋五言四句
体民歌已经流行之时。乐府民歌都是以五言四句为基本单位,相
连成组的。这种形式可能使文人们意识到五言四句体作为诗的最

①《绝句起源于联句说》,《李嘉言古典文学论文集》,第188页。
②《先秦汉魏晋南北朝诗·宋诗》卷三,第1176页。

小单位,有其独立价值。"①

　　因联句不成而成"绝句",原是消极的行为,但却暗合了诗歌艺术语尽而意不尽、似断绝而实已完成的妙理。再加上已有《兰亭诗》中那样的模仿吴声的五言四句体在前,所以文人很快就认识到"绝句"体的独立存在的价值。这样看来,真实的发展情况,很可能是"绝句"与"联句"是差不多同时出现的。在晋末至齐梁这一段时间里,"联句"与"绝句"实相依存。《南史·檀超传》载:"又有吴迈远者,好为篇章,宋明帝闻而召之。及见曰:'此人连绝之外,无所复有。'"②这正表明当时连绝两体相依存的情况。至梁江革有《赠何记室联句不成》,何逊有《答江革联句不成》,梁武帝有《联句诗》(《玉台新咏》卷十作"连句"),可知梁时仍行联句之风。但联句毕竟需要两人以上联合创作,还常常不成功,并且联句的功能,一般的唱和、赠答诗也是完全具备的,所以联句体不可能有太大的发展。直到后世,联句也一直只是一种游艺性质的创作方式。而在另一方面,脱离联句的"绝句"则经过元嘉、永明至梁大同,创作的数量越来越多,而吴声乐府四言体在齐梁间也一直流行不绝。齐梁诗人,往往同时创作这两种五言四句体。这种情况,在存诗数量较多的梁武帝的诗集中表现得最典型,其吴声绝句有《邯郸歌》、《子夜歌》、《子夜四时歌》、《欢闻歌》等三十多首。其联绝体绝句,则有咏物诗体《咏舞》、《咏烛》,赐赠臣下的游戏体如《赐张率诗》、《戏题刘孺手板诗》等十余篇。至此,后人称为五言绝句的这一体,已可说是蔚为大观了。但是上述两体,是并行而不合流的。在当时,"绝句"这一名称,只使用在由联句派生的这一类上,并未成为

---

① 《初盛唐绝句的发展》,《诗国高潮与盛唐文化》,第362页。
② 《南史》卷七二,中华书局1975年,第1766页。

所有四句体的统称。"绝句"成为五七言(包括少量六言)四句体之统一名称究竟在何时？盛唐诗人如王昌龄、王之涣、王维、李白等人的五七言绝句,多未标绝句之名。杜甫的绝句,则多标明"绝句"名目,五言如《绝句十二首》,七言如《三绝句》、《江畔独步寻花七绝句》、《绝句四首》等甚多。这一点傅懋勉已经指出。这样看来,杜甫开始频繁使用绝句的名目,说明可能从杜甫开始,绝句的名目才在唐代流行。而杜甫采用绝句名目,可能直接采自南朝诸家,并且仍然偏重在徒诗一类。傅氏也指出杜甫的绝句多用古体,与当时流行的入乐的绝句不同[1]。关于这些问题,需要做进一步的研究。

　　南朝七言绝句与五言绝句一样,也是在歌谣体制中发生的。胡应麟将七言短歌体制追溯到项羽的《垓下歌》,虽似索之过远,但就歌体的演变来说,汉魏六朝的七言短歌与楚歌体还是有一定的渊源关系的。楚歌最常见的体式为六实字加一感叹词"兮"。乐府及杂歌谣,多去"兮"而加一实字,即成七言。如李尤《九曲歌》"年岁晚暮时已斜,安得壮士翻日车"[2]、桓帝初童谣"大麦青青小麦枯"[3]等,多为七言短歌,其出于楚歌体之痕迹,是十分明显的。但七言四句体出现较晚,胡应麟举惠休《秋思引》"秋寒依依风过河"一首,评论说,"梁以前近七言绝体,仅此一篇,而未成就"[4],王达津又举鲍照《夜听妓》"兰膏消耗夜转多"为最早。王氏并指出"六朝小赋"有的往往用七言四句结尾,也很近乎七言四句[5]。这一

_____

① 傅懋勉《从绝句的起源说到杜工部绝句》,《李嘉言古典文学论文集》,第192—201页。

②《先秦汉魏晋南北朝诗·汉诗》卷一〇,第288页。

③（清）吴兆宜注《玉台新咏笺注》卷八,中华书局1985年,第392页。

④《诗薮》内编卷六,第105页。

⑤《读古诗札记》十二《绝句的起源》,《古典文学研究丛稿》,第149页。

点很重要。需要补充的是,六朝小赋的七言四句结尾,多为琴曲,上举惠休《秋思引》以"引"名曲,当然也是琴曲的一种。而琴曲则为楚歌之变化,这也可证七言四句之短歌确与楚歌有渊源关系。七言短歌至梁陈已盛,也是与梁陈歌曲中七言体的渐渐流行有关,它与七言歌行、七律诗的形成,依据的是共同的音乐背景。与整个六朝时期七言体不发达一致,南北朝七言绝句的数量极少,并且都还属于乐府歌辞体,不像五绝那样,在晋宋之际就已经有徒诗体出现了。

四

从上面各节的论述可知,后人追称为"绝句"的汉魏六朝五七言四句体,是从各种不同的体制中产生的。从体制的性质来看,可以分为乐府体与徒诗体两大类。这与汉魏六朝诗歌的整个体制联系在一起。魏晋南北朝文人诗的创作系统的形成,是诗歌脱离音乐后独立发展的结果,仍深受其乐府母体的支配。这不仅表现在脱离音乐后的五言诗仍受到歌辞审美趣味的潜在影响,更重要的是出现了介于徒诗与歌辞之间的文人拟乐府这一类型。这标志着创作了大量徒诗的魏晋诗人们,其诗学的深层观念中,仍然受着"乐"的支配。尽管在事实上促使魏晋南北朝文人诗艺术巨大发展的根本机制在于徒诗创作系统的确立,但在诗人们的观念中,歌辞较之徒诗,仍有着更为正统的、经典的地位。正是由于这一诗歌观念的作用,在徒诗写作业已成为主流的东晋南朝诗时期,文人又一次大量地接受吴声西曲的影响,创作模拟吴声的"新诗体"。不仅是吴声,凡南北朝时期出现的各种新声,文人都很及时地去学习。五七言绝句,就是在上述的体制中发生的,所以自然地分为乐府与徒诗两类。并且在这两类中,乐府是母体,是占主要地位的。胡应麟云:"五言绝句始自二京,魏人间作,而极盛于晋、宋间。如《子夜》《前溪》之类,纵横妙境,唐人模仿甚繁。然皆乐府体,非唐绝也。"[1]从这个意义上,我们进一步明确,所谓汉魏六朝绝句,其基本的性质是存在于各种音乐歌辞的体制中并基于抒情短歌的美学原理而产生的一种自然形态的诗歌体裁。唐人绝句正是遗传了汉魏六朝"绝句"的这一主要基因。

由于绝句从本质上说是一种抒情短歌,是在渊源久远的短篇抒情歌谣的诗歌土壤中产生的,所以自然地承传了歌谣的艺术特点与表现特点,尤其如兴会自然、抒情性强、多使用比兴、曲喻谐婉,都是这一体裁中最重要的特征。这一点对唐人绝句的影响是很深刻的。对于晋宋齐梁诗人来说,出于吴声的四句体,是一种俳玩的诗体,不仅表现的情事是琐碎的,并且其写作态度也是即兴的、随意的、应景的、速写的,其修辞风格也有别于同期长篇五言与所拟古乐府之雕琢绮丽。《兰亭》诸诗之所以多采四句体,正是与其即兴吟咏的写作环境一致的。从这一点来看,早期文人绝句,已经体现绝句体的基本体性。这一点前人已经注意到,王达津氏论云:"绝句的产生多在仓卒之间和不得已的情况下,如范云的《别诗》,刘昶的《断句》,梁元帝和萧圆正的连句等,所以感情自然,意境完美。如庾信的《重别周尚书》:'阳关万里道,不见一人归。唯有河边雁,秋来向南飞。'隋薛道衡《人日思归》:'入春才七日,离家已二年。人归落雁后,思发在花前。'也都是即景生情,感情很凝炼而又深刻自然。于是绝句逐渐成为当时人们喜闻乐见的

---

①《诗薮》内编卷六,第112页。

诗体。"① 王氏此论是深有见地的。所谓情急赋诗，或为生离死别之际，或为仓促酬对之间，或为游戏竞艺之时。又情急而赋诗，本是汉魏人作诗的一种习惯，且多用短篇，汉人楚声，即多是遭逢异常境遇所赋，例子甚多，无烦举证。魏晋人情急或仓促赋诗，也多用短篇之体，如《世说新语》载曹植七步赋诗，也是典型一例。晋宋间人多沿承这一做法，并多用绝句之体，如《宋书·谢晦传》载："世基，绚之子也，有才气，临死为连句诗曰：'伟哉横海鳞，壮矣垂天翼。一旦失风水，翻为蝼蚁食。'晦续之曰：'功遂侔昔人，保退无智力。既涉太行险，斯路信难陟。'"② 又《宋书·谢灵运传》亦载谢客在兴兵叛逸与临刑前，都曾作诗。叛逸前诗云："韩亡子房奋，秦帝鲁连耻。本自江海人，忠义感君子。"③ 与谢世基等人的连句使用的是一种体裁。前引赵翼所举的梁元帝萧绎降魏后幽逼时作绝句，也是典型的例子。但除了在这种严峻情境中仓促赋诗而选择绝句体外，我们上面说过，应景适趣或竞赛赋诗时，也多用绝句体。前节所论《兰亭诗》绝句，即属此一类型的最早例子。《南史·曹景宗传》所载梁武帝"于华光殿宴饮连句，令左仆射沈约赋韵。景宗不得韵，意色不平，启求赋诗"，"时韵已尽，唯余竞、病二字。景宗便操笔，斯须而成……帝叹不已，约及朝贤惊嗟竟日"。景宗所联之句"去时儿女悲，归来笳鼓竞。借问行路人，何如霍去病"④，正是一首绝句。可见联句、绝句之体，多赋韵竞赛时使用。另外上面已经说过，绝句的写作，还带有俳玩的性质。梁武帝赐臣下的诗，都是带俳玩性质的，如《南史·刘孺传》载"（刘孺）后侍宴寿光殿，

①《读古诗札记》十二《绝句的起源》，《古典文学研究丛稿》，第 149 页。
②《宋书》卷四四《谢晦传》，第 1361 页。
③《宋书》卷六七《谢灵运传》，第 1777 页。
④《南史》卷五五《曹景宗传》，第 1356 页。

诏群臣赋诗，时刘孺与张率并醉，未及成。帝取孺手板题戏之曰：
'张率东南美，刘孺洛阳才。揽笔便应就，何事久迟回。'"[①] 这个例
子对于理解南朝绝句的产生情形，也是很重要的。我们发现这里
面还有一个作诗速度问题，南朝人以写诗炫露才性，齐梁尤甚，因
此而讲究速度。虽然不是所有创作都有速度的要求，但绝句体的
流行，显然与"揽笔便应就"的速度要求有关。上面所举的曹景
宗的绝句，也是"操笔而成"的。可以说，最初的绝句写作，多是带
有急捷、俳玩的性质，因此风格也多流行随意、率易，类似于后来
唐人绝句中的口占即兴。这种率易中包含着自然、应机而发的机
理，但又藏着艺术经营的要素。这是绝句体的一个基本原则，即在
自然中体现精巧的构思，形成突出生动的诗意形象。这种写作的
方法，对唐人绝句也是有直接影响的。当然，南朝人的即兴体绝句
毕竟是早期之作，艺术上比较直白，不像吴声西曲含蓄谐婉，而文
人效法吴声所作的乐府体绝句，写作态度则较徒诗体绝句为认真。
至于如王达津所举的庾信、薛道衡这一类自然而艺术上又很成功
的绝句，则是绝句体在长期探索中艺术积累的结果，初期绝句很少
有这种高水平的作品。

　　晋宋时期徒诗体绝句的产生，当然是这一体制从音乐走向徒
诗、开始形成定型诗体的重要一步。但终六朝时代，这一绝句徒诗
化、定型化的过程并没有真正完成。这与汉魏六朝诗学中缺少定
型的观念有关。唐代的近体诗是一种定型的诗体，古体与乐府
及歌行体则属于不定型状态，所以唐诗中有定型诗体与不定型诗
体两类。但定型体显然是唐诗的主体。与此相应的就是创作定型
诗的审美习惯，在唐人诗歌审美意识中也占有支配地位。但在汉

---

① 《南史》卷三九《刘孺传》，第 1006—1007 页。

魏六朝的诗歌体裁观念中，只有上述的乐府与徒诗两种类型是自觉的，创作定型诗歌的体裁意识与写作习惯则十分淡薄。永明体出来后，古今体分流，齐梁新体较前面的汉魏晋宋诗歌最大的不同，就是对人工造成的诗歌各种形式美因素的自觉重视，五七言绝句及律诗此时才渐趋定型，但完全的定型则是由后来的唐人来完成的。所以汉魏六朝诗歌体裁的基本特点是诗体的不定型。换言之，所有定型的诗体，在这个时期都还没有完全成熟。这一点是我们了解绝句体为何出现甚早而定型很晚、发展极其缓慢的关键，在没有定型诗创作意识与审美习惯的情况中，绝句体其实一直处于一种自然的发展状态中。

五

　　汉魏古绝与吴声西曲，都是风格自然的抒情短曲，自然地体现了绝句体的艺术特征。如见于《艺文类聚》和《太平御览》的《古诗二首》，见于《玉台新咏》的《古绝句四首》，风格与唐绝有接近之处，"采葵莫伤根，伤根葵不生。结交莫羞贫，羞贫交不成"[1]，"甘瓜抱苦蒂，美草生荆棘。爱利防有刀，贪人自还贼"[2]，"菟丝从长风，根茎无断绝。无情尚不离，有情安可别"[3]。绝句讲究的就是这样的表现，语言朴素，但设想、立意、取譬必须新奇，情感须真而绝、直而婉。吴声的风格，较汉古绝句为优美。《乐府诗集·清商曲辞》所载的大量晋宋时期的吴声，风格多种多样，但最基本的审美特征就

①《艺文类聚》卷八二《草部》，上海古籍出版社1982年，第1417页。
②《太平御览》卷九七八《菜茹部》，中华书局1960年，第4336页。
③《玉台新咏笺注》卷一〇《古绝句四首》，第469页。

是自然真率，至其淋漓痛快、慷慨抒怀，则与古绝并无二致。另外，吴声西曲为清商乐曲，与汉魏之际以慷慨悲哀为美的清商乐正有血缘关系。所以两者风格，异中有同。《大子夜歌》云："歌谣数百种，子夜最可怜。慷慨吐清音，明转出天然。"又云："丝竹发歌响，假器扬清音。不知歌谣妙，声势出口心。"① 此诗已清楚交代吴声体为歌谣，又与丝竹相配，即采歌谣之体入乐。这种审美趣味，直接影响了盛唐的绝句，所谓"慷慨吐清音，明转出天然"，"不知歌谣妙，声势出口心"，用来形容盛唐李白等人的绝句，也是最恰当不过的。早期文人的拟吴声体，由东晋至齐梁，风格渐趋妍媚精工，但仍不失吴声情深意切、妙用比兴的风格，如谢朓《玉阶怨》："夕殿下珠帘，流萤飞复息。长夜缝罗衣，思君此何极。"《王孙游》："绿草蔓如丝，杂树红英发。无论君不归，君归芳已歇。"② 又与谢氏同时的虞炎《玉阶怨》："紫藤拂花树，黄鸟度青枝。思君一叹息，苦泪应言垂。"③ 梁武帝拟吴声之作，如《子夜四时歌》，虽为艳体，但风格与民歌仍然接近，如其《邯郸歌》："回顾灞陵上，北指邯郸道。短衣妾不伤，南山为君老。"④ 可见齐梁文人绝句，正是学习民间歌曲的风格，以自然质朴为宗旨，与晋宋诗一般的典雅、绮靡的风格有别。可以说，南北朝文人使用绝句体，是带有某种诗风革新的性质的。另一方面，艺术技巧高超的齐梁名家，在继承民间抒情短歌艺术长处的同时，还做出了他们自己的发展。他们在艺术上能够以小见大，掌握住绝句体的艺术特点。如何逊的《相送诗》："客心

①《乐府诗集》卷四五《清商曲辞》，第 654 页。
②《先秦汉魏晋南北朝诗·齐诗》卷三，第 1420 页。
③《先秦汉魏晋南北朝诗·齐诗》卷五，第 1459 页。
④《先秦汉魏晋南北朝诗·梁诗》卷一，第 1516 页。

已百念,孤游重千里。江暗雨欲来,浪白风初起。"① 虽为齐梁偶对之体,但我们看它的造境,已经深谙绝句语尽而意不尽、以境含情的结体方式。换句话说,这已经是在积极地作绝句,而不再属于消极联句的"断句体"。庾信《寄王琳诗》:"玉关道路远,金陵信使疏。独下千行泪,开君万里书。"《和庾四诗》:"离关一长望,别恨几重愁。无妨对春日,怀抱只言秋。"《和侃法师三绝诗》:"客游经岁月,羁旅故情多。近学衡阳雁,秋分俱渡河。"《重别周尚书诗二首》其二:"阳关万里道,不见一人归。唯有河边雁,秋来南向飞。"② 这些诗,章法开合以取远势,并有宛转回环之趣;有时使用摄象以引情的方法,用别种事物衬托所咏之事,以发生联想之美,更好地达到了对主题的表达。这些艺术上的处理,都是为了在最短小的篇幅内,容纳更多的情感和美感信息。可见绝句的艺术特点在六朝绝句中已经体现出来了。七绝的发展虽晚于五绝,但同是孕生于南朝的新声及民间歌曲中,所以早期遗留的作品及文人拟作,仍能突出乐歌的自然兴到之美,如崔琼《东虚记》载作于隋大业末年的《送别诗》:"杨柳青青著地垂,杨花漫漫搅天飞。柳条折尽花飞尽,借问行人归不归。"③ 其风格自然并富于唱叹之美。

但是处于齐梁诗风流行早期的文人绝句,没能完全摆脱绮靡咏物及唯求对属之工的诗风的影响。古绝的抒情之美与比兴之长渐失,体制渐趋俳小,如梁武帝集中,即有《咏舞诗》《咏笔诗》《咏烛诗》《咏笛诗》等咏物体五绝,都属于此类。尤其是齐梁作者一改古绝散句为体的体制,绝大多数绝句多用对仗之体,造成一种绮

---

①《先秦汉魏晋南北朝诗·梁诗》卷九,第 1710 页。

② 以上庾信诗,见《先秦汉魏晋南北朝诗·北周诗》卷四,第 2401—2402 页。

③《先秦汉魏晋南北朝诗·隋诗》卷八,第 2753 页。

合的风格,全失绝句体原有的自然风格。这种情况,到唐初太宗君臣的手里,表现得最明显。如太宗《赋得临池柳》:"岸曲丝阴聚,波移带影疏。还将眉里翠,来就镜中舒。"① 虞世南《奉和咏风应魏王教》:"逐舞飘轻袖,传歌共绕梁。动枝生乱影,吹花送远香。"② 唐初此体数量甚多,体制都属于齐梁陈隋体。七绝至武后、中宗时期所作渐多,但与五绝艺术上的表现如出一辙,也都是用偶俪与咏物的作法,并且深受宫廷应制趣味的影响,缺乏真情和高远之致。如徐彦伯《苑中遇雪应制》:"千钟圣酒御筵披,六出祥英乱绕枝。即此神仙对琼圃,何烦辙迹向瑶池。"③《侍宴桃花园》:"源水丛花无数开,丹跗红萼间青梅。从今结子三千岁,预喜仙游复摘来。"④ 这类七绝,跟唐初五绝一样,也是齐梁体的余衍。

　　文章四友与初唐四杰这一群诗人的绝句写作,比较突出抒情性,在体制上对绮合雕琢的作风也有所突破,但并未完全摆脱齐梁风格。如王勃《蜀中九日》:"九月九日望乡台,他席他乡送客杯。人情已厌南中苦,鸿雁那从北地来。"⑤ 同时的卢照邻也有一首《九月九日登玄武山》:"九月九日眺山川,归心归望积风烟。他乡共酌金花酒,万里同悲鸿雁天。"⑥ 观其诗意,应是两人同游蜀中、重九登高的唱和之作。四友中杜审言的《赠苏绾书记》:"知君书记本翩

①《全唐诗》卷一,中华书局 1960 年,第 19 页。
②《全唐诗》卷三六,第 474 页。
③《全唐诗》卷七六,第 826 页。按,此诗《全唐诗》凡三见,另两处为卷六一作李峤诗,题为《上清晖阁遇雪》;卷一〇四作赵彦伯诗,题为《苑中遇雪应制》。
④《全唐诗》卷七六,第 827 页。
⑤《全唐诗》卷五六,第 684 页。
⑥《全唐诗》卷四二,第 532 页。

翮,为许从戎赴朔边。红粉楼中应计日,燕支山下莫经年。"① 又《渡湘江》:"迟日园林悲昔游,今春花鸟作边愁(《万首唐人绝句》作"秋")。独怜京国人南窜,不似湘江水北流。"② 这些初唐七绝,虽然与齐梁体相比,减少了雕琢,但仍没有完全摆脱绮合与形似咏物的作风。将它们与盛唐典型的风格比较,可以说仍然没有完全摆脱琐碎的技巧,不够含蓄。如以"红粉楼"对"燕支山",看似新巧,但近于俳谐,趣味有限。又如《渡湘江》一首,后两句甚佳,能索物以宣情。前两句就句子本身来说也不错,但与后两句多少有点游离,承转之间有些脱节,造成一首绝句意思过繁的毛病。总之,初唐的绝句,无论五七言体,都深受齐梁诗风的影响。

当然,在整体上被齐梁诗风笼罩的唐初绝句创作中,也有个别作家的作品显现出独特的风格。王绩的五绝,像他的其他诗体一样,以清新疏野在初唐独树一格,对后来者影响较大。如《秋夜喜遇王处士》:"北场芸藿罢,东皋刈黍归。相逢秋月满,更值夜萤飞。"③《醉后》:"阮籍醒时少,陶潜醉日多。百年何足度,乘兴且长歌。"④ 前一首虽然也是使用唐初绝句两两成对的章法,但因为叙述性很强,破了对仗板滞的格局。后一首三四两句破偶为散,更接近盛唐绝句的一般章法。最重要的是,王绩的这些绝句,突出了绝句自然兴到、注重灵感生发与真趣涌现的写作风格。王勃《江亭夜月送别二首》其二:"乱烟笼碧砌,飞月向南端。寂寂离亭掩,江山此夜寒。"《山中》:"长江悲已滞,万里念将归。况属高风晚,山山黄

---

① 《全唐诗》卷六二,第 739 页。(宋)洪迈《万首唐人绝句》卷四作《赠苏管记》(文学古籍刊行社 1955 年影印本)。

② 《全唐诗》卷六二,第 740 页。《万首唐人绝句》卷四作《发湘江》。

③ 《全唐诗》卷三七,第 485 页。

④ 《全唐诗》卷三七,第 484 页。

叶飞。"① 都能充分体现诗人寥落高迥的意趣,正合五绝的风格,在
唐人五绝中也属杰作。武后中宗朝的郭震,"少有大志"②,气质与
当时一般的侍从文人不同,创作上也很有特色。他的诗风也有复
古、超越时俗之体的表现,歌行体《古剑篇》就是初唐古风的杰作。
其绝句也能摆脱绮合之病,托意也比较高远。如《蛩》:"愁杀离家
未达人,一声声到枕前闻。苦吟莫向朱门里,满耳笙歌不听君。"最
有名的是那首《米囊花》:"开花空道胜于草,结实何曾济得民。却
笑野田禾与黍,不闻弦管过青春。"③ 这两首诗都突破齐梁咏物之
体,使用了汉魏古绝的比兴艺术。第一首以蛩声暗寓贫寒之士的
苦吟,第二首以米囊花比喻那些有名无实的人物。那些高踞庙堂
的达官贵人,空有治国理民的名位,却丝毫没有实际的用处,反而
讥笑无官无位者的贫寒。比兴的妙用,正是绝句出奇制胜的秘法。
杨慎说"欲求风雅之仿佛者,莫如绝句"④,运用比兴,是一个重要
的原因。

六

绝句艺术的全面成熟及典范风格的形成,是在盛唐时期。从
上面的论述,我们发现绝句的发展过程是曲折的,从齐梁到初唐的
文人绝句的发展,其实在抒情诗艺术的方面,有退行的表现。盛唐
绝句艺术的形成有多重背景,从诗歌史自身的角度来说,它与整个

---

① 《全唐诗》卷五六,第 682—683 页。
② 《全唐诗》卷六六《郭震小传》,第 756 页。
③ 《全唐诗》卷六六,第 759 页。
④ (明)杨慎《升庵诗话续补遗》卷二,杨文生《杨慎诗话校笺》,四川人民出
　版社 1990 年,第 425 页。

盛唐诗风的形成机制是一样的,也就是通过复古与革新的诗学方法来完成的。盛唐绝句是对陈隋初唐文人绝句的一种革新。这表现在盛唐绝句一方面充分地汲取汉魏六朝时期各类绝句成功的创作经验,另一方面有意识摆脱齐梁绮靡咏物、俳偶绮合、雕琢失真的作风。

　　盛唐绝句的体制与创作方法,都带有复古的性质。在体制上,绝句原来就发生在各种乐府音乐的体制中,实为乐府之一体。以往学者论盛唐绝句的音乐性,多只注意到声诗入乐的问题。其实盛唐绝句与音乐的密切关系,首先在于盛唐诗人有意识地恢复六朝绝句体抒情歌词的体性。盛唐诸家的绝句多用乐府之体,前期诸家如崔颢《长干曲四首》,崔国辅《襄阳曲二首》、《采莲曲》、《王孙游》、《子夜冬歌》、《小长干曲》、《白纻辞二首》,贺知章七绝《采莲曲》,丁仙芝《江南曲五首》,张潮《采莲词》、《江南行》,沈如筠《闺怨二首》,等等,都是追效吴声歌曲的体制与风格的。其中崔国辅五绝,除上述所举外,像《古意二首》、《怨词二首》、《长信草》、《湖南曲》、《丽人曲》、《王昭君》等,虽不直接采用吴声曲题,但其体制风格与上述诸作实出一辙,其他人也有这种情况。李白、王昌龄、王维三家的五七言绝句仍有吴声一体,比起前面诸家,变化较多,多出新题,但体制风格与吴声的渊源关系仍很清晰。如李白《越女词五首》、《浣纱石上女》、《巴女词》,王昌龄《朝来曲》、《采莲曲》,王维《班婕妤三首》、《相思》,等等,都属此类。可知在盛唐绝句诗坛上,吴声体绝句仍是重要的体类。

　　盛唐乐府体绝句并不限于吴声一体。唐人对乐府体的界域,是理解得相当广阔的,凡汉魏乐府旧调、南北朝新声及当时流行的各种曲调,都属乐府。乐府体绝句也是这样,所以不但像王维《少年行四首》、王昌龄《从军行七首》、李白《结袜子》等渊源有自的旧题属于乐府体,像王翰《凉州词二首》,高适《营州歌》《九曲词三首》,李白《秋浦歌十七首》等模仿边歌俗曲的五七言绝句,也属于乐府体绝句。此外,举凡宫怨、闺怨、关山、行路、征夫、思妇及至离声别曲,或出杂曲,或应事制题,凡事件倾向于客观性质者,多属乐府体。盛唐乐府体七绝,尤以王昌龄为大家。他的绝句名篇多出乐府体,如《闺怨》《浣纱女》《采莲曲二首》《长信秋词五首》《西宫春怨》《西宫秋怨》《从军行七首》《殿前曲二首》《青楼怨》《青楼曲二首》等。这种情况反映出昌龄绝句是以继承发展乐府传统为主,是典型的抒情歌曲的艺术。在绝句体中,昌龄明显长于客观题材而短于主观题材。他也有不少表现个人生活的七绝,也有平常的赠人送别之作,虽然内容上多投入充分的激情,但艺术上较少出色。相反,作为代言体歌手,他充分吸取乐府诗人的创作经验,积极地从社会生活中取材,将本人置于人物与场景之外,发现美的事物。以敏锐、想象力捕捉能够充分展示人物生活、个性、命运的情节与意象。每一首诗,至少都要为它寻找到一个别出心裁的巧妙的情节或场面。所以王昌龄的七绝,以巧妙的构思与精致的结构取胜。这正是六朝文人创作乐府体绝句的传统。王昌龄有时还能将《诗经》、汉乐府的古老诗意,撷入绝句的意境中,如《青楼曲二首》:"白马金鞍从武皇,旌旗十万宿长杨。楼头小妇鸣筝坐,遥见飞尘入建章。""驰道杨花满御沟,红妆缦绾上青楼。金章紫绶千余骑,夫婿朝回初拜侯。"[1] 这两首诗的具体情节,从《诗经·伯兮》"伯兮朅兮,邦之桀兮。伯也执殳,为王前驱"[2],汉乐

---

[1]《全唐诗》卷一四三,第 1445 页。

[2]《毛诗正义》卷三,中华书局 1980 年影印阮元刻《十三经注疏》,第 327 页。

府《长安有狭斜行》中"小妇无所为,挟琴上高堂"①,《陌上桑》中
"东方千余骑,夫婿居上头"②等诗的意境中化出。这个例子在盛唐
绝句学习《国风》、乐府方面是有代表性的,能说明唐代乐府体绝句
与风诗及古乐府的血缘关系。

　　采用汉魏六朝乐府歌谣体制与方法,并广泛学习包括风骚在
内的传统的抒情诗、抒情歌曲的艺术,是形成盛唐绝句艺术风貌的
重要原因。明人杨慎之论云:"予尝品唐人之诗,乐府本效古体而
意反近;绝句本自近体而意实远。欲求风雅之仿佛者,莫如绝句,
唐人之所偏长独至,而后人力追莫嗣者也。"③王士禛也发表过类似
的看法。他直称唐绝句为唐乐府,并说唐人虽作古乐府,但并不付
之歌唱。"然考之开元、天宝已来,宫掖所传,梨园弟子所歌,旗亭
所唱,边将所进,率当时名士所为绝句尔。故王之涣'黄河远上',
王昌龄'昭阳日影'之句,至今艳称之;而右丞'渭城朝雨'流传尤
众,好事者至谱为《阳关三叠》。他如刘禹锡、张祜诸篇,尤难指数。
由是言之,唐三百年以绝句擅场,即唐三百年之乐府也"④。从绝句
发展史可知,绝句正宗正在乐府及风谣,而盛唐诸家明于这一体制
并有意识地学习传统,所以形成杨、王所论的这种特点。

七

　　绝句体得以确立并成为最流行、最有生命力的诗歌体裁,徒诗

①《先秦汉魏晋南北朝诗·汉诗》卷九,第266页。
②《先秦汉魏晋南北朝诗·汉诗》卷九,第260页。
③《升庵诗话续补遗》卷二,《杨慎诗话校笺》,第425页。
④(清)王士禛《唐人万首绝句选》卷首《唐人万首绝句选序》,清康熙刻王渔
　洋遗书三十八种本。

绝句的发展是一个关键。早期晋宋人的徒诗绝句，即兴吟咏、情志为尚、不计工拙，虽还未形成经典风格，但已确立绝句体的基本创作方法。齐梁以降，虽缘以声律，但渐成绮合之体。唐初宫廷更多以之吟咏绮丽事物，多用于君臣及官僚之间的唱酬应制，绝句体的抒情歌曲的体性消解。盛唐诸家破除绮合之体，变雕琢咏物为吟咏情性，在重新恢复南朝绝句体即兴吟咏的创作风格的同时，做出了巨大的发展，由此真正确立了绝句体的艺术法则，使之成为百代不废的诗体。

七绝真正形成典范风格，是在盛唐时期，先驱如张说、贺知章等人的作品，就已呈现高标远韵。张说之作风神调畅，贺作在朴素自然中寓精意巧思，都开后来诸大家之先声。张说的七绝大部分还是应制，但谪居巴陵后，羁思山水，自然交融，古近各体的诗歌都有长足的发展，成为开盛唐诗风的先驱。其《送梁六自洞庭山作》："巴陵一望洞庭秋，日见孤峰水上浮。闻道神仙不可接，心随湖水共悠悠。"[1]自然高胜，毫无刻划之痕，完全破除了绮合雕琢的作风，开创了盛唐七绝体注重风神的风格。贺知章的绝句则开创了盛唐七绝风情蕴藉的风格，寓精意于平易之中，其《回乡偶书》和《咏柳》都属于这一类。可见这时期的绝句，破除陈隋流调的意识已经很明确，盛唐绝句以散句为主，讲究起承转合、宛转自然之妙的章制已经确立。综合两家之作，说他们已经基本奠定盛唐绝句的风格，是不过分的。后来的李白、王维近于张说，王昌龄近于贺知章。

盛唐后起诸名家，长于五七言绝句者甚多，像王翰、王之涣、高适、岑参、贾至、孟浩然诸家都是。他们的绝句，乐府与徒诗两体兼行，完全摆脱了初唐应制和无寄托咏物的作风，用七绝来写诗人自

---

[1]《全唐诗》卷八九，第983页。

己的真情实感,同时注重对传统比兴艺术方法的继承与发展。清人刘熙载云:"绝句于六义多取风、兴,故视他体尤以委曲、含蓄、自然为尚。"又云:"以鸟鸣春,以虫鸣秋,此造物之借端托寓也。绝句之小中见大似之。""至其妙用,惟在借端托寓而已。"①绝句创造形象、意境的最典型的方法,就是刘熙载所说的"借端托寓"。这种方法齐梁诗家已经开始使用,到了盛唐可谓登峰造极。盛唐七绝的托物寓端,一般都是就眼前的景物和事物取材,但不是取细琐、日常之物,而是取优美、高度诗化了的事物,例如明月、白日、春风、酒、各种乐器和名曲、杨柳,乃至天、水、云、青山等。夏承焘先生曾以"常"、"藏"、"长"三字概括盛唐绝句的特点②。所谓"常"是指盛唐绝句继承汉魏六朝抒情诗的表现传统,多表现传统的征夫思妇、闺情、宫怨、关山离别等典型的情感事件,其所用的意象也如上述所举,都是传统的抒情诗意象。

盛唐绝句借端托寓,有各种不同枢轴,也就是各种不同的句法、章法和表现方式。如其中一种枢轴,就是以音乐的声音创造境界,引出一个含情无限而又延伸无穷的空间。如贾至《西亭春望》:"日长风暖柳青青,北雁归飞入窅冥。岳阳城上闻吹笛,能使春心满洞庭。"③高适《塞上听吹笛》:"雪净胡天牧马还,月明羌笛戍楼间。借问梅花何处落,风吹一夜满关山。"④李白《春夜洛城闻笛》:"谁家玉笛暗飞声,散入春风满洛城。此夜曲中闻折柳,何人不起

---

① (清)刘熙载《艺概·诗概》,上海古籍出版社1978年,第74页。
② 笔者在杭州大学听蔡义江先生的课时,蔡先生说夏承焘有一次跟他说,可用"常"、"长"、"藏"三字来概括盛唐绝句的特点。笔者未从《夏承焘全集》中找到相关的内容,所以这一学术观点属于口述的性质。
③《全唐诗》卷二三五,第2598页。
④《全唐诗》卷二一四,第2243页。

故园情。"① 三家之作各有风格,贾诗深微,高诗闲远,李诗高浑,反映了三位诗人不同的个性,但杼轴相同。这表明盛唐诗人在创作绝句方面,既重视个人的创造,又十分注意艺术上的相互借鉴。这可以说是绝句体创作的一大特点。绝句本出文人拟乐府传统,所以比别的诗体更注重对古今名篇的借鉴。即使李白也不例外,他的《玉阶怨》就是创造性地学习了谢朓的同题作品。

盛唐绝句,向以王昌龄、王维、李白为三大家。王昌龄长于客观题材,主要的成就是继承发展乐府体绝句,其写主观题材的绝句精工者甚少,这一点前面已经论述过。王维也写乐府体,但成就最高的还是表现主观情事、即兴吟咏的徒诗体绝句。王维的五绝,以高古真绝取胜,《辋川集》诸绝奠定了后世山水景物五绝的法则。其七绝则多写离情别绪,以情韵独到取胜,风格本色自然。"独在异乡为异客,每逢佳节倍思亲。遥知兄弟登高处,遍插茱萸少一人。"(《九月九日忆山东兄弟》)"渭城朝雨浥轻尘,客舍青青柳色新。劝君更尽一杯酒,西出阳关无故人。"(《送元二使安西》)"杨柳渡头行客稀,罟师荡桨向临圻。唯有相思似春色,江南江北送君归。"(《送沈子福归江东》)② 王维的这些七绝,直写情景,让我们感到一点都没有用巧的地方,在盛唐表现主观与日常事件的徒诗体七绝中是具有代表性的。可以说,论绝句情韵之美,是很少有人超过王维的。

李白的绝句,也有乐府与徒诗两体,但与王维一样,其最高的成就在于表现主观情事的徒诗体绝句,其题材之广泛超过前人。绝句在李白的手里,成了最能自由随意地处理的一种体裁,他的任

---

① 《全唐诗》卷一八四,第 1877 页。
② 以上王维诸诗见《全唐诗》卷一二八,第 1306—1307 页。

何一首绝句,在写作上都给人以毫不经意的感觉。其他诗人的绝句,甚至是王昌龄、王之涣,包括王维,不管多自由,仔细地看来,总还有各种各样的匠心与规范在里面,比如题材上、修辞上,总还有一些潜在的规定在起作用,但是李白似乎完全突破了种种的限制。李白的自由随意的七绝,有时让人感到,在他的绝句中,似乎诗意的浓度与艺术的精巧比王昌龄等人减少了。他的取胜之处更在于让人感到自然轻快,写的人不假思索,脱口而出,读的人也不须细心琢磨。如:"镜湖流水漾清波,狂客归舟逸兴多。山阴道士如相见,应写黄庭换白鹅。"(《送贺宾客归越》)①"峨眉山月半轮秋,影入平羌江水流。夜发清溪向三峡,思君不见下渝州。"(《峨眉山月歌》)②"问余何意栖碧山,笑而不答心自闲。桃花流水窅然去,别有天地非人间。"(《山中问答》)③"两人对酌山花开,一杯一杯复一杯。我醉欲眠卿且去,明朝有意抱琴来。"(《山中与幽人对酌》)④这样的诗,在写法上可以说自然到极点,给人一种几乎不见技巧的感觉。它们像民歌一样,任何人都能欣赏,跟任何人之间都没有距离。这正是短篇抒情歌谣的本相,可说是一个天才的诗人,将一种业已高度发展的艺术返归到它本然的状态。胡应麟论李白、王昌龄两家的绝句云:"太白诸绝句,信口而成,所谓无意于工而无不工者。少伯深厚有余,优柔不迫,怨而不怒,丽而不淫。余尝谓古诗、乐府后,惟太白诸绝近之;《国风》《离骚》后,惟少伯诸绝近之。体若相悬,调可默会。"⑤胡氏所论,逻辑上有不圆满的地方,但指出李

①《全唐诗》卷一七六,第1797页。
②《全唐诗》卷一六七,第1726页。
③《全唐诗》卷一七八,第1813页。
④《全唐诗》卷一八二,第1856页。
⑤《诗薮》内编卷六,第117—118页。

白的绝句,是对这种最自然本真的诗歌传统的回归,这是一个深刻的认识。可以说,由晋宋文人创始的表现主观情景、即兴吟咏的绝句法则,在李白的创作中达到极致。他正是在这方面为此后百代的绝句体立法的。

盛唐绝句在艺术的体性上,属于最典型的抒情诗,并且兼有抒情歌曲的性质①。在这一点上,以表现客观为主的乐府体绝句与以表现主观为主的徒诗体绝句是一致的。绝句以抒情为第一要义,而所抒的情感则不但要真切动人,而且要有鲜明的具象性。虽然它的创作需要很高的技巧,尤其是其情景要借助于悠扬铿锵的节奏韵律传达出来,但其艺术的目标则在于自然,让一切的技巧都隐在背后。从魏晋到初唐文人诗发展的最重要的趋势,就是偶对、用事、声律乃至咏写物象等技巧的积累越来越丰富。盛唐诗人的绝句创作虽凭借这一文人诗学之基础,但却继承并极大地发展了诗骚及乐府、歌谣的艺术特点,事实上也就将文人诗中过于积极的修辞化、赋化、物化等有碍于抒情诗艺术体性的因素消解掉,重新回复抒情诗及抒情歌曲的体性。我们研究盛唐绝句的艺术特征,正应该着眼于它的这种体性。

绝句乐府、徒诗两体分流的现象,在中晚唐绝句中仍然有显著的表现。中唐李益的绝句,继承盛唐诸家乐府体绝句的传统风格,多表现客观的情事,明显属于乐府传统。其表现主观情事的绝句虽然也不少,但与王昌龄的情况一样,并非其特长。与李益相反,晚唐杜牧的绝句则以写主观情事见长,可以说是继承了盛唐徒诗绝句的传统。李商隐的绝句也以徒诗体为主。但乐府体绝句在唐代之后基本上衰落了,唯有发源于刘禹锡的《竹枝词》一体,后世

---

① 关于唐诗尤其是盛唐绝句的歌辞性质,学术界所论已多,兹不赘述。

特盛,成为绝句的特殊体制,可以说是乐府体绝句的苗裔①。关于这些问题,都需要做进一步的研究。

　　本文在前人研究的基础上,试图将绝句体放在从先秦到汉魏六朝盛唐的广阔的诗体、诗歌艺术发展的体系中,来探讨其从自然发生、缓慢发展到最终形成典范风格的历史,尤其着重的是其发生的各重要环节与体类的构成。文中提出的有关观点及研究方法,主要属于史学的考察与分析。至于绝句体尤其是盛唐绝句艺术的深入的美学分析,尚有待今后。

（原载《中国诗歌研究》第 5 辑,中华书局 2008 年 12 月）

---

① 关于《竹枝词》的渊源,一种看法认为是出于隋唐之际的民间歌曲。

论初盛唐时期古体诗体制的发展

在初盛唐诗体裁的研究方面,近体及歌行体的体裁与风格发展问题,受到比较多的注意,研究成果也比较多。而与近体诗、乐府歌行鼎足而三的古体诗在初盛唐时期的发展与确立,却还是一个没有受到太多关注的问题。由于唐代古体从逻辑上讲,是唐人在近体确立后对其前的古体的一种保存,古体创作具有很强的复古性质,所以通常的理解,会强化古体的"古"的特点,而对于古体作为唐诗之一体,在与近体、乐府歌行鼎足而三的唐诗体裁系统中的自身发展缺乏足够的认识。其实,唐诗的古体,或称古诗、古风,是唐诗中的一种体制。正如王尧衢所说:"乃唐之古诗,与汉魏晋不同。"[①] 承自前代,却与前代不同。它与近体、歌行体一样,也有一个从前代发展、变化过来的过程。唐诗以一种深刻的辩证逻辑规律发展着,古、近两体在正与反两方面的相互影响,是构成这一逻辑规律的一种表现[②]。唐诗的体裁系统虽然以近体为

---

① (清)王尧衢《古唐诗合解·凡例》,《唐诗合解笺注》,河北大学出版社 2000年,第 2 页。

② 参看钱志熙《论唐诗体裁系统的优势》,原载《陕西师范大学学报(哲学社会科学版)》2005 年第 4 期。

核心,但在创作思想上古今两体的矛盾关系中,却是以古体为主导的,唐诗中古体、古乐府体制的确立与发展,对唐诗艺术风格的发展与成熟,也许是更为关键的因素。尤其是在从初唐至盛唐的诗歌发展过程中,古体之确立与发展构成这个阶段诗学之核心。它与初盛唐复古诗学的深化、盛唐诗风的形成,都是相互关联的。

一

　　唐诗古体的渊源与发展过程,是极其复杂的问题。初盛唐的古体是初盛唐诗人复古性质的创作,其主要的学习对象是齐梁新体发生之前的汉魏晋宋诗歌,学习的方向主要侧重于语言、体制与风格。但是,在唐之前的齐梁陈隋诗坛上,其实就已经存在诗歌体制与风格上古今新旧的问题。永明体不仅因声律的使用而迥异于此前的晋宋诗体,而且因使用声律而引起的语言艺术上的种种精巧化的表现,使诗歌在整体上表现出全新的风貌。这时再来看汉魏晋人的诗,就觉得它们的体制已经过时,并将其归之于古的范畴。钟嵘《诗品序》在批评其当代风气时说:"次有轻薄之徒,笑曹刘为古拙,谓鲍照羲皇上人,谢朓今古独步。"[1] 沈约的《宋书·谢灵运传论》即认为他们发现的"浮声"、"切响"、"低昂互节"的写作技巧为骚人以来未睹之秘,"张、蔡、曹、王,曾无先觉,潘、陆、颜、谢,去之弥远"[2]。这说明钟嵘所说的当时人以建安(曹、刘等人)和元嘉(颜、谢、鲍等人)的诗体为古拙,的确是时人的一种看法。又如《南史·何逊传》载范云评何逊语云:"顷观文人,质则过儒,丽

① 陈延杰注《诗品注》,人民文学出版社 1961 年,第 5 页。
②《宋书》卷六七《谢灵运传论》,中华书局 1974 年,第 1779 页。

则伤俗,其能含清浊,中今古,见之何生矣。"① 这里所说的"中今古",即在古体与今体之间取得调适。"今"指齐梁时期流行的新体,"古"则是指晋宋古诗,也可能包括汉魏诗体。从这里可以看出,以汉魏晋宋五言诗为古体这一观念,在齐梁时期就已初步地形成。它是齐梁新体革新的结果。

　　齐梁诗不仅在批评的意识上开始形成古体、今体的观念,而且在实际的创作中,也初步表现出古今两体分流的现象。最早尝试声律体的沈约、谢朓、王融等人,在尝试新体的同时,仍然沿用着晋宋的体制与风格。如在谢朓的创作中,其短篇多用声律,风格也比较轻绮新巧,尤其是像《隋王鼓吹曲十首》《永明乐十首》这类的入律配乐的新雅歌诗,正是所谓的永明体。但他的五言长篇,仍然多取晋宋的体制,其《游山诗》《游敬亭山诗》等篇,正是用谢灵运体制,而创作时间则是在永明体发生之后。可以说,谢朓与王(融)、沈(约)、周(颙)、陆(厥)尝试新体后,在体制与风格两方面,其实又自觉地学习元嘉三大家,这种作法可以说是有意识地追求诗体上的古今体分流,是在创了永明新体之后,又自觉地回归元嘉旧体。这种意识,正是唐人在近体成熟后坚持创作古体意识的先驱。值得注意的是,谢氏能于古质凝重的晋宋风格中,杂以齐诗之英秀,这其实正是唐人五古风格之先声。谢朓的这种古今体兼重的诗学策略,为此后的许多诗人所继承,何逊在这方面的表现最为明显。何逊的诗歌,正如上引范云之评,能够"含清浊,中古今"。"清浊"应有多种内涵,我认为主要还是从声音律调上讲,律调已谐者为"清",未谐者为"浊"。何逊之诗,部分地采用了永明声律,

---

① 《南史》卷三三《何逊传》,中华书局 1975 年,第 871 页。

但结体基本上还是晋宋型的①，他能将元嘉体与永明体两种风格、体制参合在一起，对后来唐人的古体创作有一定的影响。除谢、何之外，当时诗人风格趋向于古质的，还有吴均、刘孝绰等人，《梁书·吴均传》称吴均"文体清拔有古气，好事者或教之，谓为'吴均体'"②，可见齐梁诗坛上的确存在着古、今体分流的现象。而吴均追求"清拔有古气"，其动机正是出于对时俗之体的不满。另外如梁武帝之诗，长篇之作多沿用晋宋侈言名理之风，虽然本身成就不高，但从诗学的倾向来看，也是超越齐梁今体的一种表现，带有复古的性质。综观上述的情况，我们可以得出这样的结论：在永明新体出现之后，一方面是声律体越来越发展，被以声律、流丽为宗的诗风越来越推广，至梁陈宫体诗人而造极；另一方面，一些造诣较高、试图对流俗的诗风与诗体有所超越的诗人，又常常自觉地学习晋宋乃至汉魏的诗体与诗风，造成一种可以视为唐人古风、古体之先声的诗歌。这种情况，即使在艳体的创作中也能看到，齐梁艳体中，除今体外，还有一种是效汉魏古乐府、古诗的风格。唐刘肃说："梁简文帝为太子，好作艳诗，境内化之，浸以成俗，谓之宫体。晚年改作，追之不及，乃令徐陵撰《玉台集》，以大其体。"③所谓"大其体"，就是指此书编集艳情诗，由齐梁上溯到汉魏乐府及古诗，这可以说是艳体内部的复古溯源的行为，也是属于齐梁复古诗学的一部分，对南朝后期诗风局部复古的表现，是有影响的。从这个意义上讲，上述诸家正是唐代复古诗学的先驱，也构成了初盛唐古体诗创作的渊源之一。

---

① 钱志熙《魏晋南北朝诗歌史述》，北京大学出版社 2005 年，第 173—174 页。
②《梁书》卷四九《吴均传》，中华书局 1973 年，第 698 页。
③（唐）刘肃《大唐新语》卷三，中华书局 1984 年，第 42 页。

二

　　尽管如上节所论述,齐梁之际诗歌体制与风格俨然存在今、古两体分流的现象,但这并非唐诗古、近体分流的直接起点。唐诗的古、近体分流,还是应该以近体诗体制的正式确立为起点。也就是说,唐诗中的古体是相对于近体而言的。在近体的体制确立之前,古体的界限也没有确立。明清的一些诗论家在论述唐代古风、古体的体派时,也常常追溯到陈子昂、张九龄复古一派为止[①]。所以,我们论述唐人古体的起点,自应从初盛唐之际的复古诗派的古风、古体的创作开始。今天我们假如以整个唐代诗歌为对象来区分古体与近体,会碰到一个难以解决的问题,就是如何区分初唐诗中古体与近体,具体地说,也就是初唐时沿袭齐梁陈隋体制的诗歌创作中的古近体问题。一种做法,当然是按照严格的近体诗的标准,将不符合这一标准的所有初唐诗歌排除在外,或者说归入古体之中。这样做虽然在区分上便利了,但会得出这样的结论,即初唐时期的诗歌,只有一小部分符合近体的要求,绝大多数都是不完全合律的,都得归入古体之中。更往前推之梁陈及隋代的诗歌,合律的程度就更低了,如果以唐诗古近体的体制的标准去区分,似乎都得归入古体。这样得出来的结论,当然是很荒唐的,不仅完全掩盖了我们上面所说的永明体产生后齐梁陈隋诗坛上古今体分流的事实,而且也掩盖了初盛唐时期复古诗派以汉魏晋宋古诗为典范来革新齐梁陈隋诗歌体制的诗歌史真相。事实上,初盛唐复古诗派所创作的古体,不仅是以当时的已经确立的近体为对立面,同时也是以整个齐梁陈隋的声律化、俳偶化、缔章绘句的诗风为革新对象的。

―――――――――――

[①]（清）沈德潜《唐诗别裁集·凡例》,上海古籍出版社1979年,第2页。

王尧衢论古体之流变云："夫诗体多变,三百篇之后,变为《离骚》,及汉而有苏李五言,无名氏之十九首,始具规模。又变而建安黄初,一时鸿才接踵,上薄风骚。由魏而晋而六朝,名流继起,各成一家。至陈隋之末,非律非古,颓波日下。唐初沿其卑靡浮艳之习,一变而成律绝近体。"① 所谓非律非古,正是指陈隋末至唐初,古体愈衰,古近体的界限愈趋模糊的情况。初盛唐的兴复古体,正是以这种非律非古的齐梁体制为革新对象的。笔者曾撰文论述初唐沿袭齐梁陈隋诗风的问题②。近人许文雨的《唐诗集解》在分唐诗体派时,也将从唐初到初盛唐之际的张若虚等人,都归入齐梁派③。可以说,整个唐诗的复古就是针对从齐梁延续到初盛唐之际的"齐梁体"而展开的,所以,初唐的那些虽不符合严格的近体标准而沿袭齐梁声律体而来的诗歌,自然不能归入古体的范畴。

　　初唐最常见的一种诗体为长篇五言,缘以声律,并全面使用对仗的方法,技巧上则完全是"绮章绘句"型的。这类诗是初唐体的一种。其中用平声韵的,就是后来所谓排律的前身,当然可以归入近体。其实称这类诗为排律,仍是以后例前的做法。我们知道,盛唐以后,古近体明确分流,真正按照近体诗格律作的排律其实是很少的。除了杜甫、元、白等几家外,长于排律的诗家并不多。倒是初唐时期,这一类近于后来所说排律的长篇五言诗,数量十分多,是初唐体中一个大类。要说它们是排律,那我们会得出这样一个结论,排律的最兴盛的创作时期,是在初唐。后来的排律,其实只是初唐排律之余衍。其实,所谓排律,并非五律、七律之延长,从渊

---

①《古唐诗合解·凡例》,《唐诗合解笺注》,第1页。
② 钱志熙《论初唐诗歌沿袭齐梁陈隋诗风及其具体表现》,北京师范大学文学院主办《励耘学刊》第一辑,学苑出版社2005年。
③ 许文雨集注《唐诗集解》,正中书局1955年。

源来看,唐诗中的排律是从齐梁体中直接发展出来的。关于这个问题,陈贻焮先生有很精辟的见解,他认为:"说五排是五律的延长,不如说是齐、梁以来新体诗的入律。新体诗一般较长,其中几联皆须对仗,只要调调平仄,一律改押平韵,就是五排了。李峤、崔融、沈佺期、宋之问都写过不少很典型的五排,最长的则推杜审言的《和李大夫嗣真奉使存抚河东》四十韵。"[①] 杜甫的排律,并不是从他们自己创作的五律或七律诗扩充而成,而是对初唐沈、宋、杜审言这一派的长篇入律五言的发展。从这里最可以看出杜甫与初唐诗人的渊源关系。但是与后来的排律严格地遵守粘对规则不同,初唐的这一类五言平声韵的声律体,常有失粘的现象,并且对仗也不像后来的排律那样严格。所以,按照严格的格律标准,是很有可能被错误地归入古体之中的。

　　初唐体中,最需要将其与真正的唐诗古体勘别出来的,是用仄声韵或转韵的长篇五言诗。这些诗当然不能归入近体诗,但却是齐梁声律体的一种,与后来的唐诗古体不同。如太宗诗中《饮马长城窟行》、《执契静三边》、《正日临朝》、《经破薛举地》、《咏司马彪续汉志》等作品,以及许敬宗等人的奉和之作,都是齐梁声律之体。后来高宗朝流行一时的上官体,以"绮错婉媚"为体,其押平声韵的五言诗可归入五律、五排一类,而其他用仄声韵的一些五言,如《早春桂林殿应诏》,平仄转韵的如《酬薛舍人万年宫晚景寓直怀友》等诗,也仍然是上官体而非古体。总之,从唐初贞观君臣,到武后中宗时期的君臣,所作基本上都是属于这一类,甚至玄宗朝前期的作品,仍然沿用此类体制。初唐四杰、文章四友的集子中,也有

----

① 陈贻焮《杜审言》,见陈贻焮《论诗杂著》,北京大学出版社 1989 年,第 104 页。

不少这类作品。

　　由此可见,初唐诗歌沿袭梁陈之体,汉魏晋宋的古诗体进一步衰落。唐初的复古诗派,正是以此为革新对象而开始古体的创作。可见唐诗的古体的起点正在于此。明清诗论家论唐诗古体,也多从复古一派开始。沈德潜论唐代五古体云:

　　　　五言古体,发源于西京,流衍于魏、晋,颓靡于梁、陈,至唐显庆、龙朔间,不振极矣。陈伯玉力扫俳优,直追曩哲,读《感遇》等章,何啻在黄初间也。张曲江、李供奉继起,风裁各异,原本阮公。唐体中能复古者,以三家为最。

　　　　过江以后,渊明诗胸次浩然,天真绝俗,当于语言意象外求之。唐人祖述者,王右丞得其清腴,孟山人得其闲远,储太祝得其真朴,韦苏州得其冲和,柳柳州得其峻洁,气体风神,翛然埃壒之外。

　　　　苏、李、十九首以后,五言所贵,大率优柔善入,婉而多风。少陵材力标举,篇幅恢张,纵横挥霍,诗品又一变矣。要其为国爱君,感时伤乱,忧黎元,希稷、离,生平种种抱负,无不流露于楮墨中,诗之变,情之正者也。新宁高氏列为大家,具有特识。①

　　就其大体而言,沈氏所论,可谓得其脉络。其大意是说,陈、张、李三家复建安、正始,王、孟、储、韦源自陶诗。上述两派,渊源都是很清楚的,这正是古体、古风之所以称为“古”的含义所在。杜甫集大成而不名一派,是对古体的大幅度的发展,也最能体现“乃唐之古诗,与

---

①《唐诗别裁集·凡例》,第2页。

汉魏晋不同"的唐诗古体的内涵。沈氏于杜甫古诗未论其渊源者，非谓杜诗无渊源，以其渊源非自一家，为合众家而集大成也。经过杜甫的发展，古体就真正确立为唐诗中的一种体制，并且一直延续到后世，与近体相始终。而此前的古体，在创作上呈现的意义，就是复古诗家个性化的自由探索。正是这种自由探索，突破初唐的程式化作风。这是初盛唐古体诗创作对于盛唐诗风形成的意义所在。

三

上节中我们提出这样的观点：唐诗古体是作为齐梁陈隋体制及唐诗近体的对立面而出现的。从前一方面来看，我们当然可以将唐诗古体的渊源追溯到齐梁陈隋诗歌创作中时隐时现的古体倾向，如上述第一节所论齐梁之际谢朓、何逊等人的创作。事实上，尽管齐梁以来声律、绮合、隶事、咏物的程式化的作风越来越成为主流，并导致诗歌表现功能的普遍下降，但在杰出作家的创作中，也经常能达到超越程式化，臻于个性化、创造性的成就，如南北朝后期的庾信、卢思道、薛道衡等人。而从体制上看，摆脱声律（或淡化声律观念）、追求与偶对绮合相对的散直语体、非隶事化的直叙、非咏物化的抒发的创作倾向，也始终存在于齐梁陈隋的创作中。当上述因素中的一些部分上升为某首诗的主要特征时，这首诗也就具有古诗的体制与品格了。例如庾信的《拟咏怀》虽然仍然大量使用对仗句，但非绮合之体，并且重视一种抒情与论议的表现方法，正是对汉魏古体的恢复。北朝后期，在卢思道、薛道衡、杨素等人创作中表现出一种追求质直、刚劲的作风。上述诸家虽未找到整体地超越齐梁陈隋诗体的道路，但超越时风、突破程式化的创作倾向,是明显地存在的。可举为代表的如卢思道的《赠别司马幼之南聘诗》①、薛道衡的《出塞二首》②、杨素《出塞二首》③等诗,都是明显地追求一种较强的抒情效果,风格遒劲。这些艺术的因素,是对程式作风的突破,成为后来唐人古风、古体的先驱。了解这一点,我们对存在于唐初贞观君臣诗风中某种风骨化、抒发性强的倾向的出现,就不难理解。而像魏征的《述怀》,不仅沈德潜《唐诗别裁集》将之置于五古之首,严格守复古标准的明代李攀龙《唐诗选》也将其列为五古之首:

> 中原初逐鹿,投笔事戎轩。纵横计不就,慷慨志犹存。杖策谒天子,驱马出关门。请缨系南粤,凭轼下东藩。郁纡陟高岫,出没望平原。古木鸣寒鸟,空山啼夜猿。既伤千里目,还惊九折魂。岂不惮艰险,深怀国士恩。季布无二诺,侯嬴重一言。人生感意气,功名谁复论! ④

此诗虽然仍运用对仗,但对仗的风格明显地趋于自然,其对仗中突出一种叙述性,不以绮合为体,而追求直畅,上下联之间叙述上的递进关系明显。个别地方,破偶为散,如"岂不惮艰险,深怀国士恩"两句,又像"季布无二诺,侯嬴重一言",是用古诗对仗式,近于排比。作者在对仗上的这种超越绮合之体的作风,就是向古诗体制与风格的靠近。这样努力的结果,使此诗获得较强的抒情与叙

① 逯钦立辑校《先秦汉魏晋南北朝诗·隋诗》卷一,中华书局 1983 年,第 2633 页。
②《先秦汉魏晋南北朝诗·隋诗》卷四,第 2680 页。
③《先秦汉魏晋南北朝诗·隋诗》卷四,第 2675 页。
④《全唐诗》卷三一,中华书局 1960 年,第 441 页。

事的功能,使其在美感上获得了古诗的特质。从体制的渊源来看,此诗也比较明显地受到晋宋诗体制的影响,可以说是唐诗中较早的有意识学古体的一个作品。除了魏征外,王绩虽然沿用齐梁格律,但由于在精神上企向阮籍、陶渊明等魏晋诗人,诗歌所表现的风格与趣味也有突破程式、超越时流的地方,一些五言长篇,从风格上看,接近于后来的古体。如《在京思故园见乡人问》:

> 旅泊多年岁,老去不知回。忽逢门外客,道发故乡来。敛眉俱握手,破涕共衔杯。殷勤访朋旧,屈曲问童孩。衰宗多弟侄,若个赏池台? 旧园今在否? 新树也应栽! 柳行疏密布,茅斋宽窄裁。经移何处竹? 别种几株梅? 渠当无绝水,石计总生苔。院果谁先熟? 林花那后开? 羁心只欲问,为报不须猜。行当驱下泽,去剪故园莱。①

这首诗虽然并非王绩集中的最佳之作,但却能代表王绩诗歌艺术中独创性的倾向。盛唐诗风与初唐诗风最根本的差别就在程式化与个性化之区别,所以王绩被视为唐诗风格的先驱。

从魏征、王绩等人的创作中,我们可以看到唐初诗歌中古体复兴的迹兆,但齐梁体程式化作风的强大的惯性作用,使贞观君臣在诗歌革新方面远不及政治上迅速开出的开明气象,长期处于一种艰于创变的状态。此后高宗、武后、中宗、睿宗数朝的诗歌创作,其创作的基本环境仍然延续齐梁陈隋,诗歌的功能也仍局限于应制、应景以及贵胄式的以文学为娱乐、为雅尚的习气之中,所以程

---

① (唐)王绩《王无功文集(五卷本会校)》卷三,上海古籍出版社 1987 年,第127 页。

式化的作风非但没有突破,反而有所加强。诗歌艺术的进展也侧重于程式化诗学中的技术因素方面,高宗朝的上官体就是一个典型。《旧唐书·上官仪传》称上官仪"本以词彩自达,工于五言诗,好以绮错婉媚为本。仪既贵显,故当时多有效其体者,时人谓为上官体"①。从齐梁以降,诗学中讲究形式、技巧的探讨渐多,并且不断有人对声律、对仗、格法作出总结,到了初唐,格法类的论议、著述逐渐出现,《文镜秘府论》所收皆为此类。其中如沈约论声律原则(见《宋书·谢灵运传论》)、上官仪论对仗(见《诗人玉屑》卷七引《诗苑类格》)、元兢论近体之粘对律(见《文镜秘府论·天卷·调声》引)。此类诗学论著的出现,正是程式化诗风的一种反映,可以说是齐梁至初唐诗学的理论总结,与后来《河岳英灵集》之反映盛唐诗学实践在理论的分野上十分不同。在这种诗歌创作的体制与风气制约下,隋唐之际个性化的、反程式倾向的古体创作的萌兆,非但没有发展,而且基本上被遏制住了。认识到初盛唐古风、古体的创作从根本上说是对程式化作风的一种超越,就能比较准确地寻找到唐诗古体发展的轨迹。最初开始突破程式化作风的,应该是四杰中的王、杨等人,杨炯《王子安集序》:

> 尝以龙朔初载,文场变体,争构纤微,竞为雕刻。糅之金玉龙凤,乱之朱紫青黄。影带以徇其功,假对以称其美。骨气都尽,刚健不闻,(王勃)思革其弊,用光志业。薛令公朝右文宗,托末契而推一变;卢照邻人间才杰,览清规而辍九攻。知音与之矣,知己从之矣。鼓舞其心,发泄其用,八纮驰骋于思绪,万代出没于毫端。契将往而必融,防未来而先制。动摇文

---

① 《旧唐书》卷八〇《上官仪传》,中华书局 1975 年,第 2743 页。

律,宫商有奔命之劳;沃荡辞源,河海无息肩之地。以兹伟鉴,取其雄伯。壮而不虚,刚而能润。雕而不碎,按而弥坚,大则用之以时,小则施之有序。徒纵横以取势,非鼓怒以为资,长风一振,众萌自偃。遂使繁综浅术,无藩篱之固;纷绘小才,失金汤之险。积年绮碎,一朝清廓。①

杨炯所说的以王勃为领袖的廓清龙朔文体的诗歌革新,正是对严重的程式化作风的扫弃,所谓"繁综浅术"、"纷绘小才",正是指那些凭借程式技巧来进行创作的作家,其形成的风格只能是"绮碎"之体。而王勃等人所追求的则是一种个性化的、更有创造性的体制与风格。从这样的诗学思想出发,其五言律的一些作品,如王勃《送杜少府之任蜀州》、骆宾王《在狱咏蝉》等诗,在对仗方式上出现流水对、不完全对仗等。部分五言诗,开始转向古体。其中杨炯《巫峡》、《西陵峡》两诗,古体的特征十分突出:

　　三峡七百里,唯言巫峡长。重岩窅不极,叠嶂凌苍苍。绝壁横天险,莓苔烂锦章。入夜分明见,无风波浪狂。忠信吾所蹈,泛舟亦何伤! 可以涉砥柱,可以浮吕梁。美人今何在,灵芝徒有芳。山空夜猿啸,征客泪沾裳! (《巫峡》)②

　　绝壁耸万仞,长波射千里。盘薄荆之门,滔滔南国纪。楚都昔全盛,高丘烜望祀。秦兵一旦侵,夷陵火潜起。四维不复设,关塞良难恃。洞庭且忽然,孟门终已矣。自古天地辟,流为峡中水。行旅相赠言,风涛无极已。及余践斯地,瑰奇信为

①(清)蒋清翊注《王子安集注》卷首,上海古籍出版社1995年,第69—70页。
②《杨炯集》卷二,《卢照邻集　杨炯集》,中华书局1980年,第19页。

美。江山若有灵,千载伸知己。(《西陵峡》)①

以上两诗,完全摆脱了齐梁体格,进入自由创制的古体诗的创作境
界。与四杰同时的沈、宋等人,虽然仍然在宫廷诗歌的体制之中,
但已经基本上扫除了"偶俪"、"绮碎"的弊病。除此之外,武后中
宗朝的诗人,在园囿、山水意识的引导下,开始部分地向晋宋体靠
近,像李峤、沈佺期、杜审言等人就有学习元嘉体的诗作,这种向齐
梁以前诗歌体制追溯的作风,虽然并没有明确的复古思想引导,但
从总的发展流向来看,正是反程式化诗风的一种表现②。而陈子昂
的发现汉魏风骨,也是想将诗歌引向齐梁程式化诗风出现之前的
自由、个性化、创造性的汉魏风骨上去。这正是复古诗学在创作实
践上的意义所在。

四

唐诗古体的最终确立是与唐诗近体的确立并行的。胡应麟
《诗薮》在论初唐五律体成立时说:

> 五言律体,兆自梁陈。唐初四子,靡缛相矜,时或拗涩,未
> 堪正始。神龙以还,卓然成调。沈、宋、苏、李,合轨于先;王、
> 孟、高、岑,并驰于后。新制迭出,古体攸分,实词章改变之大
> 机,气运推迁之一会也。③

---

① 《杨炯集》卷二,《卢照邻集　杨炯集》,第20页。
② 关于初唐诗人学习元嘉体的问题,另有《论初唐诗人对元嘉体的接受及其
　诗史意义》一文。
③ (明)胡应麟《诗薮》内编卷四,上海古籍出版社1979年,第58页。

所谓"新制迭出，古体攸分"，是一个十分准确的判断，今人多昧于此理。这明确地告诉我们，造成初盛唐诗歌之时段之界的，正是古近体各自确立、分流明确的这一新的诗歌体制的建立。在近体诗体制确立之前，古近体的界域未分，诗坛上只有齐梁一体，无所谓古体与近体的区分。近体确立之后，古体在体制上的界域也随之确立了。

初盛唐的古体，体制上的一个重要特征就是放弃齐梁声律体的俳偶作风，程度不同地回归汉魏五言诗的散句形式。严格地说，对仗并非近体与古体区别之标志，从邺中曹植、刘桢等人开始，对偶就成了五言诗的主要修辞方法，西晋陆机、张协更以对仗为主要的体制，至元嘉体而造极。所以对仗并非近体所独有，甚至可以说对仗同样是晋宋古体诗的主要的修辞方法。但是齐梁至初唐，俳偶大盛，几乎到了无诗不用的地步。初盛唐复古派诗人为了创作与之不同的古体诗，只有返归到汉魏散体为主的体制中去。陈子昂《感遇三十八首》，虽然使用对仗的地方并不少，但是总体上讲，给人以破偶为散的印象，如：

> 朔风吹海树，萧条边巳秋。亭上谁家子，哀哀明月楼。自言幽燕客，结发事远游。赤丸杀公吏，白刃报私仇。避仇至海上，被役此边州。故乡三千里，辽水复悠悠。每愤胡兵入，常为汉国羞。何知七十战，白首未封侯。(《感遇》其三十四)[1]
>
> 本为贵公子，平生实爱才。感时思报国，拔剑起蒿莱。西驰丁零塞，北上单于台。登山见千里，怀古心悠哉。谁言未忘

---

[1] 徐鹏校点《陈子昂集》卷一，上海古籍出版社2013年，第10页。

祸,磨灭成尘埃。(《感遇》其三十五)①

除了《感遇》之外,陈子昂其他作品,也多化偶为散,散句式成了陈诗主要的句法形式。他的一些五言八句的作品,也采用半为对仗、半为散句的体制,如:

> 故人洞庭去,杨柳春风生。相送河洲晚,苍茫别思盈。白蘋已堪把,绿芷复含荣。江南多桂树,归客赠生平。(《送客》)②
> 楚江复为客,征棹方悠悠。故人悯追送,置酒此南洲。平生亦何恨,凤昔在林丘。违此乡山别,长谣去国愁。(《遂州南江别乡曲故人》)③

如果说《感遇》三十八首在体制上主要是采用汉魏体,但局部地受到齐梁俳偶作风的影响,那么,上面一类的作品,则以局部地破偶为散的方式来改造齐梁体。

陈子昂以复汉魏之古的方式,开创了以散句为主的唐诗古体的体制,给同时或稍后的诗家以很大的启发。此后的张九龄、张说等诗人,虽然宫廷应制的余波仍在,但以复古的方法来突破程式化诗风的创作思想业已形成。这种变化,甚至反映在最为程式化的应制诗体上。张九龄的应制,颂美、应酬的意思减少,实质性的政治内容增加。如《奉和圣制赐诸州刺史以题座右》:"圣人合天德,洪覆在元元。每劳苍生念,不以黄屋尊。兴化俟群辟,择贤守列

---

①《陈子昂集》卷一,第10页。
②《陈子昂集》卷二,第41页。
③《陈子昂集》卷二,第42页。

藩。得人此为盛,咨岳今复存。降鉴引君道,殷勤启政门。容光无不照,有象必为言。成宪知所奉,致理归其根。肃肃禀玄猷,煌煌戒朱轩。岂徒任遇重,兼尔宴锡繁。载闻励臣节,持答明主恩。"①九龄诗中,总是不忘勖助之意,如《奉和圣制次成皋先圣擒建德之所》,初叙"天命诚有集,王业初惟艰",最后说"绍成即我后,封岱出天关"②。又如《奉和圣制谒玄元皇帝庙斋》"曾是福黎庶,岂唯味虚玄"③,将唐玄宗尊崇老子的行为动机解释为"福黎庶",不仅是消极意义的歌颂,同时也是一种婉转的讽喻。在语言风格上,张九龄的应制诗也少雕琢之气,不同于初唐缛丽之体。张说也有类似的情况,但立意之正大,尚逊于九龄,语言风格也较九龄稍缛。其《奉和圣制赐诸州刺史应制以题座右》、《奉和圣制送宇文融安辑户口应制》,因主题所关,最为正大,前一首云:"文明遍禹迹,鳏寡达尧心。正在亲人守,能令王泽深。朝廷多秀士,镕炼比精金。犀节同分命,熊轩各外临。圣主赋新诗,穆若听薰琴。先言教为本,次言则是钦。三时农不夺,午夜犬无侵。愿使天宇内,品物遂浮沉。寄情群飞鹤,千里一扬音。共蹑华胥梦,龚黄安足寻。"④后一首云:"至德临天下,劳情遍九围。念兹人去本,蓬转将何依。外避征戍数,内伤亲党稀。嗟不逢明盛,胡能照隐微。柏台简行李,兰殿锡朝衣。别曲动秋风,恩令生春辉。使出四海安,诏下万心归。怍无夔龙佐,徒歌鸿雁飞。"⑤这两首,多用散直体,重于叙事婉切,而不以组丽俳偶为工,正是盛唐体制的发端。

① 熊飞校注《张九龄集校注》卷一,中华书局 2008 年,第 16 页。
②《张九龄集校注》卷一,第 9 页。
③《张九龄集校注》卷一,第 36 页。
④(唐)张说《张燕公集》卷二,上海古籍出版社 1992 年,第 9 页。
⑤《张燕公集》卷二,第 10 页。

张说一方面用兴象与风神等美感因素来改造近体,初创盛唐近体之风。另一方面,其长篇五言进一步突破绮合之格,向晋宋古体靠近,并且多采用以散句参偶句的作法,并加强抒发性,使其诗歌整体上增加了古体的风味。如《相州山池作》:

> 尝怀谢公咏,山水陶嘉月。及此年事衰,徒看众花发。观鱼乐何在,听鸟情都歇。星汉流不停,蓬莱去难越。邺中秋麦秀,淇上春云没。日见尘物空,如何静心阙。①

《岳州作二首》其二:

> 夜梦云阙间,从容簪履列。朝游洞庭上,缅望京华绝。潦收江未清,火退山更热。重秋视欲醉,懵满气如噎。器留鱼鳖腥,衣点蚊虻血。发白思益壮,心玄用弥拙。冠剑日苔藓,琴书坐废撤。唯有报恩字,刻意长不灭。②

上面两诗,虽然大体仍用俳偶之体,但是开头四句,采用古体的扇对形式,而且全诗采用仄韵,其对仗一改梁陈之绮合,而变为晋宋之古质。因此上述两诗,可以说已经是古体规制。张说还有少量的五言,转入以散体为主的体制。如《闻雨二首》其二:

> 多雨绝尘事,寥寥入太玄。城阴疏复合,檐滴断还连。念我劳造化,从来五十年。误将心徇物,近得还自然。闲居草木

---

① 《张燕公集》卷八,第55页。
② 《张燕公集》卷八,第55页。

侍,虚室鬼神怜。有时进美酒,有时泛清弦。声真不世识,心
醉岂言诠。①

《咏镜》《杂诗四首》不但改齐梁单纯咏物为汉魏之比兴,而且体制
上也偶散相间,近于魏晋杂诗之体,正是宗法陈子昂复古之微尚。
可以说,张说是转变唐诗体制的重要作家。张九龄稍晚于张说,他
继承陈子昂的复古思想,同时也受到沈佺期、李峤等人的影响,其
诗无论古近体,都已摆脱程式化的作风,在抒发主观感情、表现深
邃的思理及比兴等方面,都明显地超越前人,由此而成为盛唐诗风
的最有力的启迪者。张九龄的五言诗,在体制上,古近两体已经很
分明。他的《感遇十二首》《杂诗四首》,渊源于魏晋比兴寄托、感
物兴思之体,在体制上虽然也较多地使用对仗,但属于魏晋古体的
对仗,语有气骨,非齐梁俳偶之体,如:

　　幽林归独卧,滞虑洗孤清。持此谢高鸟,因之传远情。日
夕怀空意,人谁感至精? 飞沉理自隔,何所慰吾诚! (《感遇》
其二)②

　　汉上有游女,求思安可得。袖中一札书,欲寄双飞翼。冥
冥愁不见,耿耿徒缄忆。紫兰秀空蹊,皓露夺幽色。馨香岁
欲晚,感叹情何极? 白云在南山,日暮长太息! (《感遇》其
十)③

---

① 《张燕公集》卷九,第62页。
② 《张九龄集校注》卷二,第172页。
③ 《张九龄集校注》卷二,第180页。

上面诗中的对句,如"持此"一联,"日夕"一联,"袖中"一联,"馨香"一联,都近于流水对,带有很强的连贯性,并因此而获得叙述的功能。而"冥冥"一联,用汉魏诗人常用的叠字对,显得很古拙,张九龄《感遇》其十二"胡越方杳杳,车马何迟迟"①,陈子昂的《感遇》诗中的名句"迟迟白日晚,嫋嫋秋风生"②,也是其例,李白《古风》"嫋嫋桑结叶,萋萋柳垂荣"(其二十二),"恻恻泣路岐,哀哀悲素丝"(其五十九)③,其他初盛唐古体用叠字对句法,不胜枚举。单句用叠字,在陈子昂、张九龄、李白的古风体中,更是频繁出现。可见这种叠字对与双声叠韵对一样,实为初盛唐古体诗的一种特征化对法。之所以他们大量使用叠字对或叠字句,就是因为叠字为《诗经》、乐府与汉魏晋古诗的常用句式。

张九龄非律体的五言诗,其古体化的程度较张说更高。其中有些作品,主要用散句体制,已是很标准的唐诗古体。从诗的精神来看,他的感怀撼思、杂用比兴的作品较多,这也是其有别于中宗武后朝侍从文人的地方。从体制上看,这一类作品古体化的程度最高。这类作品,除了《杂诗四首》、《感遇十二首》之外,尚有《荆州作二首》、《在郡秋怀二首》、《忝官二十年尽在内职及为郡尝积恋因赋诗焉》、《二弟宰邑南海见群雁南飞因成咏以寄》、《将发还乡示诸弟》、《叙怀二首》等。可见张九龄虽然没有像陈子昂那样宣言复古,但却是复古诗学的实践者,他的创作,初步完成了陈隋体向唐诗古近体的转化。

---

① 《张九龄集校注》卷二,第 182 页。
② 《陈子昂集》卷一,第 3 页。
③ 《李太白全集》卷二,第 117 页,第 155 页。

五

　　盛唐诗人继承初唐诗家在探索古体方面的成果,进一步确立了唐诗古体的风格与体制,不仅将古体与近体清晰地区分开来,而且完全超越了初唐沿袭齐梁陈隋的程式化作风。其中王维、孟浩然、崔颢、李颀、王昌龄、储光羲等人,可以说是盛唐古体的完成者,而李白、杜甫则对古诗风格做出了很大的发展。李白《古风》其一说"圣代复元古,垂衣贵清真"①,指的正是当时诗坛的这种情况。通过他们的共同努力,一种与近体诗相对的古体诗的体制与风格完全确立了,它不仅完全超越齐梁陈隋体,而且也完成了由继承汉魏晋宋古诗到创造唐诗古体的过程。

　　盛唐时期,复古诗学的思想逐渐成为主流意识,尤其是此时诗家不约而同地推崇建安体,如王维"盛得江左风,弥工建安体"(《别綦毋潜》)②,李白"蓬莱文章建安骨"(《宣州谢朓楼饯别校书叔云》)③。建安体、建安骨对于盛唐诗人来说,不仅仅是抽象的美学理想,而且是一种具体的体制与风格。这个体制,最重要的是以古体富于叙述与抒情功能的散直句法来破俳偶之体;即使在对偶中,也超脱单纯的俳偶之体,试图增加对仗在形式上的多样化与叙事、抒情的效果。这种努力的先驱是陈子昂。四杰也做出相当的贡献,接着来的二张,又自觉地走出一步。然后就是在二张的启示下的王维这一代作家,在这方面做得更加自觉。

　　王维的诗歌,在某种意义上说,仍受初唐体的余波影响,比如

---

①《李太白全集》卷二,第87页。
②(清)赵殿成笺注《王右丞集笺注》卷四,上海古籍出版社1984年,第61页。
③《李太白全集》卷一八,第861页。

他的奉和应制及雅颂诸作,正是初唐体。其《扶南曲歌词五首》等作品,也是属于南朝绮艳新声之流。但这一组作品和李白的《宫中行乐词》一样,都是富有生气的,能写真正的美,不像陈隋艳体多为唐花一样的东西。同样,王维的《早春行》、太白《长干行》等作品,源出齐梁而清新生动,塑造人物栩栩如生。可见梁陈之病,不在其格调与旨趣,实在于艺术体制的陈陈相因、程式化。

二张的古体,虽然较多地使用散句,但从偶句与散句的比例来看,还是对偶句多于散体句。这当然与古诗自晋宋以后,偶句大量增加有关。初唐的复古,最先是由学习晋宋体制开始的,所以初唐古体放弃声律与绮合,并不放弃对仗。但是盛唐诗人进一步学习汉魏之体,其体制就从以偶句为主转向以散句为主。以往讨论唐人学习建安诗风时,多着眼于比较抽象的精神、风格方面。其实王维所说的綦毋潜的"弥工建安体",即包括以散句为主要特征的古体的体制。晚唐皮日休《郢州孟亭记》亦云:"明皇世,章句之风,大得建安体。论者推李翰林、杜工部为之尤。介其间能不愧者,唯吾乡之孟先生也。"[1] 又唐人杜确论云:"圣唐受命,斫雕为朴。开元之际,王纲复举,浅薄之风,兹焉渐革。其时作者,凡十数辈,颇能以雅参丽,以古杂今。彬彬然,粲粲然,近建安之遗范矣。"[2] 汉魏五言诗以散体为主的体制,是因为其原本出于乐府歌词,以叙事、抒情见长。邺下曹刘渐尚辞藻,并以气遣辞,但总体上还是散句为主,西晋太康、元康到刘宋元嘉,偶俪渐成主流,但其间如张华、陆机的拟古之作,陶渊明的五言诗,鲍照的拟古诗及拟乐府,仍守散体为主的规制。与散句之长于叙事、抒情不同,偶俪

---

① (唐)皮日休《皮子文薮》卷七,上海古籍出版社1981年,第70页。
② 廖立笺注《岑嘉州诗笺注》,中华书局2004年,第1页。

长于写景、咏物、隶事。汉魏体与齐梁体、初唐体与盛唐体体制及功能之区分,即在于此。初盛唐之际的诗家,普遍意识到古诗的这种体制及其功能,所以以化偶为散为复古之重要方法,在五言古体中,散句大量增加,上升为主要的句式。王维就是一个代表,其早年所作的赠送张九龄的《献始兴公》在体制上就是以散句为主的:

> 宁栖野树林,宁饮涧水流。不用食粱肉,崎岖见王侯。鄙哉匹夫节,布褐将白头。任智诚则短,守仁固其优。侧闻大君子,安问党与仇。所不卖公器,动为苍生谋。贱子跪自陈,可为帐下不? 感激有公议,曲私非所求。①

这首诗,其措辞体制,明显是学习汉魏古风,其中像"宁栖"两句,"贱子"两句,显见是模仿古诗句式。可见此诗虽为赠人,实有拟古的性质。王维之所以赠张九龄而用这种古质之体,当然与张九龄的复古诗学实践相应,从这里正可发现王维的古体创作与张九龄的渊源关系。王维早年所作的《早春行》,及五言乐府《陇西行》、《从军行》,都是散句为主,或偶句与散句参半。如《早春行》虽为艳体,但已是古制:

> 紫梅发初遍,黄鸟歌犹涩。谁家折杨女,弄春如不及。爱水看妆坐,羞人映花立。香畏风吹散,衣愁露沾湿。玉闺青门里,日落香车入。游衍益相思,含啼向彩帷。忆君长入梦,归晚更生疑。不及红檐燕,双栖绿草时。②

①《王右丞集笺注》卷五,第85页。
②《王右丞集笺注》卷二,第12页。

此诗破齐梁的绮合,改以散句为主,其中虽有"爱水"、"香畏"这两组句子为对仗体,但对属自然,非绮合之体。从写法上看,此诗一改梁陈艳体隶事为主的写法,多用白描之笔,曲折地传达出人物的心理,真正是活色生香的笔墨。从这里清晰地看出盛唐诗家对由齐梁到初唐的程式化艳体的突破。可见齐梁体与盛唐体的区别,内容不是根本的,根本的区别实在体制上的骈散之异。

前举王维《赠始兴公》一诗为古体,不仅如此,我们看他的《赠从弟司库员外絿》、《座上走笔赠薛璩慕容损》、《赠李颀》、《赠刘蓝田》、《赠房卢氏琯》、《赠祖三咏》、《春夜竹亭赠钱少府归蓝田》、《戏赠张五弟諲三首》、《胡居士卧病遗米因赠》、《赠裴十迪》、《与胡居士皆病寄此诗兼示学人二首》、《奉寄韦太守陟》、《秋夜独坐怀内弟崔兴宗》、《送魏郡李太守赴任》、《送宇文太守赴宣城》、《奉送六舅归陆浑》、《送从弟蕃游淮南》、《送高适弟耽归临淮作》、《济上四贤咏》等一批酬赠同时诗人的作品,都是用散体为主的体制,可见散体古诗,在当时已经深入人心,成为诗人酬赠的主要诗体。这些接受王维赠诗的人,也当是熟悉古体,甚至是与王维共同推激古风的。其中李颀、裴迪、綦毋潜都可证明是从事复古之体的,从这里可以发现当时人提倡学习建安体的真正的内涵。

孟浩然也是对唐诗古体的发展作出了重要贡献的作家,《全唐诗》小传评孟诗云:"浩然为诗,伫兴而作,造意极苦,篇什既成,洗削凡近,超然独妙,虽气象清远,而采秀内映,藻思所不及。当明皇时,章句之风大得建安体,论者推李杜为尤,介其间能不愧者,浩然也。"① 所谓"洗削凡近,超然独妙",从体制上说,正是指浩然诗完全超越初唐程式化作风。而说"当明皇时,章句之风大得建安体"

① 《全唐诗》卷一五九《孟浩然小传》,第 1617 页。

时,以孟浩然与李杜相提并论,正可见孟氏的章句体制,出于以建安诗歌为代表的汉魏古制,其中散体尤为关键。当然,以王孟为代表的盛唐时期古体作者,在建安散体之外,又杂取齐梁之前的晋宋诗体,其古体山水田园诗,则以晋宋之际的陶谢等人为典范。孟浩然古体的作法是在一诗中常以散句体与偶句体相杂,有时还转韵,造成一种活泼自由的章法与变化多样的节奏感。如《秋登万山寄张五》:

> 北山白云里,隐者自怡悦。相望试登高,心随雁飞灭。愁因薄暮起,兴是清秋发。时见归村人,沙行渡头歇。天边树若荠,江畔舟如月。何当载酒来,共醉重阳节。①

《仲夏归汉南园寄京邑耆旧》:

> 尝读高士传,最嘉陶征君。日睹田园趣,自谓羲皇人。余复何为者,栖栖徒问津。中年废丘壑,上国旅风尘。忠欲事明主,孝思侍老亲。归来当炎夏,耕稼不及春。扇枕北窗下,采芝南涧滨。因声谢同列,吾慕颍阳真。②

除王孟外,盛唐诸名家崔颢、李颀、王昌龄、高适、岑参等家的非律体五言诗歌,从体制上看,都已经成功地完成了由初唐体俳偶体向古体的转变。如以下作品:

---

① 佟培基笺注《孟浩然诗集笺注》卷上,上海古籍出版社2000年,第135页。按:"万山"又作"兰山","心随雁飞灭"一作"心飞逐鸟灭"。
②《孟浩然诗集笺注》卷下,第330页。"日睹"一作"日耽"。

少年负胆气，好勇复知机。仗剑出门去，孤城逢合围。杀人辽水上，走马渔阳归。错落金锁甲，蒙茸貂鼠衣。还家且行猎，弓矢速如飞。地迥鹰犬疾，草深狐兔肥。腰间带两绶，转眄生光辉。顾谓今日战，何如随建威。(崔颢《古游侠呈军中诸将》)①

濩落久无用，隐身甘采薇。仍闻薄宦者，还事田家衣。颍水日夜流，故人相见稀。春山不可望，黄鸟东南飞。濯足岂长往，一樽聊可依。了然潭上月，适我胸中机。在昔同门友，如今出处非。优游白虎殿，偃息青琐闱。且有荐君表，当看携手归。寄书不代面，兰茝空芳菲。(李颀《东京寄万楚》)②

蝉鸣空桑林，八月萧关道。出塞复入塞，处处黄芦草。从来幽并客，皆向沙场老。莫学游侠儿，矜夸紫骝好。(王昌龄《塞下曲四首》之一)③

策马自沙漠，长驱登塞垣。边城何萧条，白日黄云昏。一到征战处，每愁胡虏翻。岂无安边书，诸将已承恩。惆怅孙吴事，归来独闭门。(高适《蓟中作》)④

尝读西域传，汉家得轮台。古塞千年空，阴山独崔嵬。二庭近西海，六月秋风来。日暮上北楼，杀气凝不开。大荒无鸟飞，但见白龙堆。旧国眇天末，归心日悠哉。上将新破胡，西郊绝烟埃。边城寂无事，抚剑空徘徊。幸得趋幕中，托身厕群才。早知安边计，未尽平生怀。(岑参《登北庭北楼呈幕中诸公》)⑤

① 万竞君注《崔颢诗注　崔国辅诗注》，上海古籍出版社 1982 年，第 2 页。
② 隋秀玲校注《李颀集校注》，河南人民出版社 2007 年，第 37 页。
③ 胡问涛、罗琴校注《王昌龄集编年校注》，巴蜀书社 2000 年，第 39 页。
④ 刘开扬笺注《高适诗集编年笺注》，中华书局 1981 年，第 221 页。
⑤ 刘开扬笺注《岑参诗集编年笺注》，巴蜀书社 1995 年，第 328 页。

以上诸家,都是开元间诗家,其不约而同地创制古体诗,正证明"明皇时章句之风大得建安体",是当时诗坛的最重要的现象之一。从他们的创作可以清楚地看到摆脱初唐体的努力方向,唐诗古体诗的体制正是由他们完成的。

以王维、孟浩然、高适等人为代表的盛唐诸家,是唐诗古体的确立者,尤其从他们的创作中可以看出,开元诗坛上,古体创作已经普及,不仅与近体的界域已经很分明,而且更重要的是,已经通过对建安体的学习,与齐梁以来的体制、风格完全区分开来。而这时期,近体诗也业已摆脱齐梁初唐绮合之风,明显地增加了风骨与兴象。所以,这个时期,是唐诗风格的树立时期。所谓"开元十五年后,声律风骨始备矣"[1],包括了古体完成这一成就。

六

李白是继陈子昂之后革新齐梁诗风最为自觉的诗人,唐孟棨《本事诗·高逸》云:"白才逸气高,与陈拾遗齐名,先后合德。其论诗云:'梁陈以来,艳薄斯极。沈休文又尚以声律,将复古道,非我而谁与!'故陈李二集律诗殊少。"[2]上文论述过从陈子昂到盛唐诸家的复古诗学的深化与古体创作的成就,李白自己的《古风》其一也说"圣代复元古,垂衣贵清真。群才属休明,乘运共跃鳞。文质相炳焕,众星罗秋旻。我志在删述,垂辉映千春"。对玄宗朝诗坛的复古成就给予了高度评价,并以删述之业自期。但上文又说"将

---

① (唐)殷璠《河岳英灵集·序》,《唐人选唐诗新编(增订本)》,中华书局 2014 年,第 156 页。
② (唐)孟棨《本事诗》,《历代诗话续编》上册,中华书局 1983 年,第 14 页。

复古道,非我而谁与",显然对当时的诗坛复古业绩尚有不满意的地方。如果孟氏所述的真是李白之语,那么与他的《古风》其一的表述显然有所矛盾。其实,这两种表述都能反映历史事实,《古风》其一反映了李白与初盛唐复古诗学的关系,他是在前人复古实践的基础上进一步发展的。《本事诗》中李白的自述,不仅是批评了齐梁诗风,而且隐藏着认为当时诗坛诸家未能完全复古的潜台词。这正是李白复古诗学的出发点,在古体、古乐府创作方面,李白的确是更大幅度地推进了复古的程度。就本文所讨论的古诗体制来讲,李白的《古风五十九首》虽然向来被认为是学习陈子昂的,但陈氏《感遇三十八首》以及张九龄的《感遇十二首》,仍有大量的偶句使用,而李白的《古风五十九首》等古风诗,则几乎是全用散句体制,真正恢复了汉魏诗的体制①。前面我们论述过,从陈氏到二张,再到王孟诸家,其体制发展的一个趋势就是散句比例的增加,但即使是复古程度最高的王、孟、高、储等家的古体,真正全篇使用散句的作品,仍是极少一部分。大量的作品,都是偶散并用,并且有很大一部分未能全除晋宋之雕琢与齐梁之藻饰,也就是说还没有完全从齐梁以来的程式化的体制风格中走出来。天才诗人李白之所以能在陈子昂之后成为复古诗学最伟大的实践者,就是因为他以自己非凡的判断力看到了初盛唐之际诗坛复古不足的现象,并提出"将复古道,非我而谁"的豪迈宣言。

　　五言诗使用俳偶句式,有着很长久的历史,这形成五言诗创作中很强的惯性,连复古派诗人也都难以完全突破。并且元嘉以来成为主要创作方法的写景、咏物、隶事,也很强有力地支持着俳偶的体制。事实上,散句及与之相应的长于叙事、抒情的创作方法,

---

① 参看笔者《论李白〈古风〉五十九首的整体性》,《文学遗产》2010 年第 1 期。

在初盛唐时期,是更为陌生的一种技法,更需要天才的创造力。这方面,王维与李白可以说正当其运,李白突破俳偶体制的成就尤其突出:

> 大雅久不作,吾衰竟谁陈? 王风委蔓草,战国多荆榛。龙虎相啖食,兵戈逮狂秦。正声何微茫,哀怨起骚人。扬马激颓波,开流荡无垠。废兴虽万变,宪章亦已沦。自从建安来,绮丽不足珍。圣代复元古,垂衣贵清真。群才属休明,乘运共跃鳞。文质相炳焕,众星罗秋旻。我志在删述,重(一作垂,此据宋本)辉映千春。希圣如有立,绝笔于获麟。(《古风》其一)[1]
>
> 秦王扫六合,虎视何雄哉! 挥剑决浮云,诸侯尽西来。明断自天启,大略驾群才。收兵铸金人,函谷正东开。铭功会稽岭,骋望琅琊台。刑徒七十万,起土骊山隈。尚采不死药,茫然使心哀。连弩射海鱼,长鲸正崔嵬。额鼻象五岳,扬波喷云雷。鬐鬣蔽青天,何由睹蓬莱。徐市载秦女,楼船几时回? 但见三泉下,金棺葬寒灰。(《古风》其三)[2]

上面这些诗,用的全是散句,可以看出李白是刻意地避免使用对偶句。偶句诗造成的是一种对称的美,但却给人以技巧为先的感觉。李白所说的"一曲斐然子,雕虫丧天真"(《古风》三十五)[3],也包括这种情况在内。从功能上看,对偶为主的诗虽长于写景状物,却大大地减弱了叙事、抒情与议论的功能,所以过分地使用偶句的

①《李太白全集》卷二,第87页。
②《李太白全集》卷二,第92页。
③《李太白全集》卷二,第133页。

诗法,往往减弱情感的强度与思想的深度。除《古风五十九首》之外,李白其他古体散篇,也都是纯用散句,严格抵制偶句。这种情况让我们感觉到古体诗学的创作精神在于比兴与抒情言志,而其体制的关键则在于散句句式的大量使用。而李白这些诗,因为成功地使用散句,完全避免了上述的弊病,不仅表现出一种自由地表达思想、抒发感情的灵感活力,而且也创造了生动的形象。其自然奇逸的美感,正是神似于《古诗十九首》及建安正始诗人的五言诗。至此,不仅李白个人风格完全确立,唐代古诗领域的经典也已完成。它向后世展示了古体诗在创造诗美、表现思想与感情、创造形象、创造风格上的无限的可能性。

　　杜甫对汉魏晋宋及齐梁以降的古体诗,做了综合的学习,与李白一道将散体的体制及诗歌叙述、抒情的功能发挥到极致。清人黄生评《赠卫八处士》:"写故交久别之情,若从肺腑中流出,手未动笔,笔未蘸墨,只是一'真'。然非沉酣于汉魏而笔墨与之俱化者,即不能道只字。因知他人未尝不遇此真境,却不能有此真诗,总由性情为笔墨所格耳。"又云:"此诗口头烂熟,毕竟其色如新,苏李十九首亦如此。"① 正指出杜甫对汉魏五言诗体制及精神的深邃造诣。同样,杜甫的那些堪称图经的山水纪游诗,对以大谢体为代表的晋宋体山水诗的学习也是很明显的。他的古体还学习阴何及庾信的诗法。如果说李白的最高成就在于古风,那么杜甫最大的贡献就在于以集大成的方法,创造出多种风格的古体,使唐诗中的古体真正成为唐诗之一体。从陈子昂到李白为止的整个古风、古体的创作,都在追求一种汉魏风格或晋宋风格的再现,以古典诗美的精神为企向。尽管他们的古体诗在艺术精神

_____

① (清)黄生《杜诗说》卷一,黄山书社 1994 年,第 2 页。

上已经有新的因素,题材内容与风格上更是有很多的突破,但总的来说,还没有完全摆脱汉魏六朝拟古诗学的范畴,可以说是将魏晋以来拟古、拟乐府从一种创作方法,发展为一种艺术理想。在他们的创作中,始终存在着一种经典。在这样的一种情况下,可以说古体并没有完全成为一种体裁,并且尚不能与近体完全抗衡。如果古体创作永远摆脱不了经典,那么古体就只能像拟乐府体一样,永远只是一种拟古式的创作。王维、李白等盛唐诗人的部分作品,摆脱了这种模式,但从量与质上都还是不够的。只有杜甫创作了大量古体,采取了集大成而自成一家的诗学方法,而他的古体绝大部分都已摆脱拟古的性质,甚至也超越复古的诗学思想。古体作为一种体制,才完全成立。同时也可以说,拟古方法与狭义的复古诗学,到了杜甫的古体、歌行及即事名篇的诗歌创作中,才完全结束。

齐梁迄初唐的程式化诗风,整体上看,是一种唯美的(词藻之美与技巧之美)诗学观,这种唯美的诗学观从深层反映出六朝文士的贵族趣味(宫体所反映的宫廷趣味也属于贵族趣味的一种)。从体制上看,绮合式对仗正是这种趣味的承载者。初唐迄盛唐的古体诗创作的努力方向,正是要突破这种缺少真美的贵族趣味,尤其是采用了散体句式,摆脱藻饰,可以说由文趋质,所以古体的创作中,贯穿的正是一种质朴自然的精神。与此相应,诗歌在表达思想、表现感情、塑造形象、描写景物方面的功能,则得到了大幅度的提升。摆脱了程式后,更依赖于诗人自身的诗意感受,所以诗中出现更多的诗意充盈、气韵生动的表达。杜甫是在初盛唐诗家取得成就的基础上,更进一步发挥程式被打破之后的自由度,加强了上述各种功能。

杜甫早期的古诗如《游龙门奉先寺》、《望岳》、《陪李北海宴历下亭》、《同李太守登历下古城员外新亭》等多用偶对,从体制上看还有沿承初唐体的痕迹。但后来杜甫较多地创作五言排律,主要在排律中发展他的长篇对偶的艺术,而古体则更严格地遵守散直之体,成了继李白之后另一位严格使用汉魏散句体的古诗大家。应当说,古、律各体的清晰区分,在杜诗中是很明确的。杜甫的诗学发源于初唐,长于俳偶整炼,他的转入古体创作,有可能是受到李白、高适等人的影响,《送高三十五书记》、《赠李白》以及与高适、薛据等人同题唱和的《同诸公登慈恩寺塔》,都是用典型的古体散句来写的。虽然我们不能断定杜甫此前从无古体创作,但他比较认真地从事古体写作,应该是在这个时候。早期所写的散句体古诗如《送高三十五书记》、《奉赠韦左丞丈二十二韵》、《赠卫八处士》、《示从孙济》、《九日寄岑参》等,句式章法多有取法汉魏乐府、古诗的地方,以抒情见长。但已表现出杜甫非凡的写实本领。如:

> 崆峒小麦熟,且愿休王师。请公问主将,焉用穷荒为。饥鹰未饱肉,侧翅随人飞。高生跨鞍马,有似幽并儿。脱身簿尉中,始与捶楚辞。借问今何官,触热向武威。答云一书记,所愧国士知。人实不易知,更须慎其仪。十年出幕府,自可持旌麾。此行既特达,足以慰所思。男儿功名遂,亦在老大时。常恨结欢浅,各有天一涯。又如参与商,惨惨中肠悲。惊风吹鸿鹄,不得相追随。黄尘翳沙漠,念子何当归。边城有余力,早寄从军诗。(《送高三十五书记》)①
>
> 平明跨驴出,未知适谁门。权门多噂沓,且复寻诸孙。诸孙

---

①《杜诗详注》卷二,中华书局 1979 年,第 126 页。

贫无事,宅舍如荒村。堂前自生竹,堂后自生萱。萱草秋已死,
竹枝霜不蕃。淘米少汲水,汲多井水浑。刈葵莫放手,放手伤葵
根。阿翁懒惰久,觉儿行步奔。所来为宗族,亦不为盘飧。小
人利口实,薄俗难具论。勿受外嫌猜,同姓古所敦。(《示从孙
济》)①

这些作品说明,杜甫早期古体,多有依傍汉魏处。如《送高三十五
书记》,受到了《古诗十九首》等汉魏赠别诗的影响,尤其是最后一
段,宣叙别情,隐伏古诗的笔调。《示从孙济》一诗则模仿风谣之简
质,不避俚俗之语,如"阿翁懒惰久,觉儿行步奔"之类句子,力求
浅俗。这正是学汉魏的地方。

杜甫古体诗全面突破前人畛域,是在进入安史之乱后。此期
所作的长篇古体《自京赴奉先县咏怀五百字》、《北征》等诗,取法
汉魏而不见痕迹,全篇都以散句运笔,显示出很强的笔力。齐梁初
唐之长篇,多用俳偶成体,似难实易。杜甫在盛唐王维、李白等人
的基础上,进一步增长散句体古诗的篇幅,似易而实极难。但也因
此而改变古体以情韵为宗的风格,开出了以笔力见长、气格取胜的
风格,为中唐及北宋诸家的古体开启了门径。而杜甫对古体诗广
阔的题材领域的开辟,也使古体完全突破了传统的题材领域与表
现方法,为后世古体诗无所不写的题材范围奠定了基础。

总结从初唐到盛唐古体诗体制的发展,我们发现,最重要的趋
势是散句在古体中使用比例的不断增加,从齐梁的绮合转向晋宋
古诗的对偶与散句并用,到最后完全回归到汉魏古诗的散句体制。
而且从王维、李白、杜甫三家的创作中,我们可以看出,古诗尽量避

---

① 《杜诗详注》卷三,第 205 页。

免对偶,已经成为他们自觉遵守的一个规范。至此,唐诗古体与近体的畛域才完全清晰,古诗作为唐诗一体才完全确立。宋、元、明、清的古体纯熟的作者,也都是严守散句成篇的盛唐轨范的。

(原载《南开学报(哲学社会科学版)》2011 年第 5 期)

论王维"盛唐正宗"地位及其与汉魏六朝诗歌传统之关系

王维是盛唐诗风最具代表性的诗人,其在诗歌史中实居于"盛唐正宗"的地位。这是因为,其一,王维的诗歌创作不仅居于初盛唐诗歌发展的主脉之一,而且也最典型地体现了唐人对汉魏六朝诗风的有所取舍的、辩证的继承方式,是对汉魏六朝迄初唐主流诗风的比较自然的继承与发展;其二,"正宗"的意味还在于王维的诗风中"兼容"同时诸大家的一些风格因素。王维与李、杜诸家都对初唐以来的诗歌艺术作出很大的发展,所以他们的艺术中有共同的地方,这些共同的地方正体现了盛唐诗风的一般特点。但是,相对李、杜两大家而言,王维为盛唐之正,李、杜是盛唐之变。本文尝试对此进行论述,并且从"盛唐正宗"这一视点出发,对造成王维"盛唐正宗"地位的文学传统与诗学渊源进行探讨,主要以王维自己提出的"盛得江左风,弥工建安体"为主要纲领,分析王维对汉魏六朝主流的文化与诗学传统的继承与发展。其意图是对王维诗学作一个比较全面的分析。

一

　　与李、杜、高、岑相比,王维在思想与风格上似乎都缺乏鲜明的个性。李白诗歌体现出非凡的想象力和一种通过复古方式达到的高度自由的创作精神。杜甫执着于儒家的忠君爱国的理想,以非凡的信念持久地关注着安史之乱所造成的离乱现实。高适则崇尚唯以风骨为尚、几乎尽弃清华之美的艺术风格。岑参的诗歌则通过对边塞风光的实景性再现,创造一种瑰奇的风格。王维在这些方面,似乎兼有诸家,而都不如诸家突出。他虽具有一定的政治理想,并且属于张说、张九龄这一派的文儒政治集团,也发表过一些政治上的见解,有一定的政治热情,但这种热情基本上属于初唐文儒一派在政治上通常的表现,是大多数普通的士大夫所具有的。而李、杜等人,则更具寒素之士热望功名、执着理想的激情。杜甫的"致君尧舜上,再使风俗淳"①,李白的"奋其智能,愿为辅弼,使寰区大定,海县清一"②,都不是王维所拥有的。他们虽然都经历安史之乱的苦难,但李白强烈的济世愿望与杜甫执着的忧时情结,也都非王维所具有。甚至高、岑两位,在政治理想上也比王维更为激扬一些,多表现功名之士的感激之气,如高适赠友诗,有"睹君济时略,使我气填膺。长策竟不用,高才徒见称! 一朝知己达,累日诏书征。羽翮忽然就,风飙谁敢凌"③,功名之士的气概,跃然纸上。

①《奉赠韦左丞丈二十二韵》,(清)浦起龙《读杜心解》卷一之一,中华书局 1961年,第5页。
②《代寿山答孟少府移文书》,(清)王琦注《李太白全集》卷二六,中华书局 1977年,第1225页。
③《饯宋八充彭中丞判官之岭南》,余正松注评《高适诗文注评》,中华书局 2009年,第79页。

虽然王维官至右丞,在诸位盛唐诗人中最为显贵,其家门之崇贵,更非其他人可比,但他身上更多地带有初唐以来文儒、词臣的气息,甚至是沿承六朝以来士族清贵华腴、亦仕亦隐的仕宦风格,不同于陈子昂至李白、杜甫一派寒素士人所具有的那种富于现实内容的激越的政治热情和执着的政治理想。所以,虽然上述李、杜、高、岑诸家的那些精神气质,王维身上也绝非全无,并且他的诗歌也经常表现政治失意后的退隐情绪,但这些都停留在当时一般士大夫的正常表现上,没有将其中的某种气质充分发展,从而呈现鲜明的个性,进而发展为一种艺术风格。正因如此,王维的诗学更多地体现于艺术本位的立场,与那种因为个性的鲜明而形成的奇变的艺术风格有所不同,他的诗歌更多地体现了一个艺术家的杰出才华,尤其是他在诗、画、乐诸种艺术上平衡的素质。这种才华与素养,没有受到个性的强烈影响,反而得以全面而均衡地展开。凭借这种主观的条件,加之王维实际上是初唐以来古体、近体及乐府歌行体诸种主流诗风的最全面的继承者,他的诗歌很自然地处于初盛唐诗歌史的主脉之上,他的正宗地位也因此而形成。

事实上,说王维是盛唐正宗,还包含这样一个意思,即王维的诗,在题材、风格多方面,整体上比较平衡地体现了盛唐诗的造诣,他兼有并时诸家的一些特点。如果我们深入地揣研王诗便能够发现:李白的自然飘逸、杜甫的穷形写物之妙、岑参的工丽、高适的古质,在王维的诗里都有所表现。我们举王维之作,联系诸家之作略作分析。王维的《同崔傅答贤弟》、《故人张諲工诗善易卜兼能丹青草隶顷以诗见赠聊获酬之》、《送崔五太守》、《送李睢阳》等诗,体制横放,以逸气见长,显示出与李白歌行接近的气质。又如《答张五弟》:"终南有茅屋,前对终南山。终年无客长闭关,终日无心长自闲。不妨饮酒复垂钓,君但能来相往还?"① 其风调也与李白的同类作品相似。又比如,以意气为诗,风骨为尚,不计修辞之工,是盛唐诗人的共同表现,这在李白、王维、高适的部分古诗与歌行中表现得尤其突出。王维的《济上四贤咏》即属此类,尤其是其二《成文学》一首,写一慷慨尚意气之士的形象:

> 宝剑千金装,登君白玉堂。身为平原客,家有邯郸娼。使气公卿座,论心游侠场。中年不得志,谢病客游梁。②

这一类的诗,往往会用古乐府、古诗中的一些人物与词语,造成一种脱略形骸之外的一世之雄人物形象。王维的《不遇咏》也为慷慨尚意气之作:

> 北阙献书寝不报,南山种田时不登。百人会中身不预,五侯门前心不能。身投河朔饮君酒,家在茂陵平安否?且共登山复临水,莫问春风动杨柳。今人作人多自私,我心不说君应知。济人然后拂衣去,肯作徒尔一男儿!③

拿这首诗与高适的《封丘作》相比,体制风格也有接近的地方,都是直抒其情,风骨磊落,一扫齐梁雕琢之气。

王维与杜甫,很少有人将他们联系起来,因为他们两人无论思想个性还是审美趣味,都有很大的差异。但是如果从初唐到盛

---

① 陈铁民校注《王维集校注》卷二,中华书局1997年,第203页。
②《王维集校注》卷一,第44页。
③《王维集校注》卷一,第80页。

唐诗学的发展历程来看,盛唐诸家中他们两人所处的位置是最接近的。李白的诗学思想是努力复古,对初唐至齐梁的诗风主观上是完全否定的。王维与杜甫却在沿承初唐以来复古诗学、力返汉魏风骨的同时,对齐梁以降的诗风也多有继承,所以他们的诗歌是古体、乐府及近体兼擅。王、杜都是在诗体与艺术表现方面对初唐作出巨大发展的诗人。两人都对初唐以来俳偶整练的诗风有所继承,王维的一些奉赠达官的古体及应制排律,与杜甫在风格上有接近的地方,都以雄劲壮丽、句法沉浑取势。但王维更多地继承六朝风调,保持雍容高华的基本风格。杜甫则将这种初唐体制朝写实的方向发展,并形成一种沉郁顿挫、笔力雄强的新风格。两人在追求壮美方面有接近的表现,如王维的《华岳》诗,摹写气象,雄浑壮丽与杜甫接近。又如《渡河到清河作》:"泛舟大河里,积水穷天涯。天波忽开拆,郡邑千万家。"[1] 写洪涛汹涌及灾民遭难,让我们想起杜甫的《三川观水涨》一诗。王维的《送韦大夫东京留守》与杜甫的《奉赠韦左丞丈二十二韵》在内容与写法上也有接近的地方,其中"壮心与身退,老病随年侵"[2],已现杜诗的韵味。在乐府歌行方面,王维仍然继承初唐乐府风华流丽的写作规范,如早年所作《洛阳女儿行》《桃源行》,流丽清靡;但个别作品已经朝写实发展,其中有如《陇头吟》《老将行》,风格沉雄、骨力劲健,与老杜歌行的气质也很接近。又如《燕支行》"拔剑已断天骄臂,归鞍共饮月支头"[3],句格与杜诗也很接近。杜甫正是沿着这种写实、逼真形容的方向大幅度地发展,开启了中晚唐以讽喻时事为主旨的新乐

---

① 《王维集校注》卷一,第51页。
② 《王维集校注》卷六,第506页。
③ 《王维集校注》卷一,第29页。

府创作风气。

　　最能看出王、杜两人在诗歌史位置接近的地方，还是两人各自对近体诗艺术的贡献。杜甫的近体诗创作，无论在数量还是题材与风格的多样化上，都对初盛唐以来的诗人创作有很大的突破。事实上，从对近体诗系统的发展来讲，稍早于杜甫的王维，在保持初唐近体诗的高华风神基本审美趣味的同时，在创作的数量与题材和风格的多样化上，已经做出很大的突破。王、杜都继承了陈子昂及四杰的追求境界阔大、气象雄浑的近体艺术，创作了一批在艺术风格与境界上都有很大推进的五、七言律诗。最后，我们看艺术表现上，王诗与杜诗也有类似地方，王维虽以清逸自然为主流风格，但他与杜甫一样，都推进了初唐以来的诗歌表现事物的艺术。我们知道杜诗以逼真的写物著称，形容事物常能做到物无遁形，常让人觉得无以复加。赵翼《瓯北诗话》对此多有论述。如其论少陵真本领云："其真本领仍在少陵诗中'语不惊人死不休'一句。盖其思力沉厚，他人不过说到七八分者，少陵必说到十分，甚至有十二三分者。"[1]事实上，盛唐诗的体物之功，比起初唐诗来，普遍有提高，王维这方面也有类似杜甫的表现。他的名句，如"草枯鹰眼疾，雪尽马蹄轻"[2]，与杜甫的"竹批双耳峻，风入四蹄轻"[3]笔力堪称匹敌。在写景状物方面，杜、王都以雄浑壮阔、传神象外见长，王维的"大漠孤烟直，长河落日圆"[4]、"江流天地外，山色有无中"[5]、

---

①（清）赵翼《瓯北诗话》卷二，人民文学出版社1963年，第16页。

②《观猎》，《王维集校注》卷七，第609页。

③《房兵曹胡马》，《读杜心解》卷三之一，第336页。

④《使至塞上》，《王维集校注》卷二，第133页。

⑤《汉江临眺》，《王维集校注》卷二，第168页。

"日落江湖白,潮来天地青"①、"九门寒漏彻,万井曙钟多"②,与杜诗有异曲同工之妙。再如王维的《终南山》与杜甫的《望岳》等诗,境界也比较接近。只是王维在逼真传神之外,仍不失雍容闲适之趣,这正是王维诗歌特有的气质。

正因为王维兼有盛唐诸家之体格,所以才是"盛唐正宗"。如果我们从"变"的角度来理解盛唐诗风与初唐诗风的关系,可以说李、杜等人是沿着各自的发展方向变化而至其极,王维则是沿着唐诗艺术发展比较自然的变化方向,变而未至其极,但也保持了六朝诗的某些审美特质。这大概也可以作为王维正宗的又一种解释。从更长的诗歌史背景来看,王维与李、杜都显示了他们与汉魏六朝诗歌传统的深厚渊源关系,但与李白的以复为变、杜甫的集大成而大幅度突破相比,王维的诗歌艺术则是对汉魏六朝诗风的比较自然的发展,也最鲜明地体现了盛唐诗融合汉魏、晋宋、齐梁这三种传统风格的基本诗学取向。所以,说王维是"盛唐正宗",同时也意味着在说他处于从汉魏以来诗歌史曲折发展的主流地位上。但这个诗歌史的传统,并非封闭在诗史的内部,事实上它是与更广泛的文化传统关涉着的。所以,我们只有通过对王维诗学中文化传统、诗学渊源的探讨,才能更好地理解其"盛唐正宗"的表现与成因。

二

王维不像陈子昂、李白那样明确地发表其诗歌理论,他的诗学主要体现在创作实践上,这在唐人那里是一种常态化的表现。但

---

① 《送邢桂州》,《王维集校注》卷二,第 185 页。
② 《同崔员外秋宵寓直》,《王维集校注》卷四,第 338 页。

是盛唐诸家,经常在诗里表述他们的诗歌宗尚,李白、王维、高适等人,都有提倡建安诗风的言论。李白"蓬莱文章建安骨,中间小谢又清发"①,最为论者所常举,高适《宋中别周梁李三子》亦云:"周子负高价,梁生多逸词。周旋梁宋间,感激建安时。"②王维《别綦毋潜》是表达他的诗歌美学主张的重要文本:

> 端笏明光宫,历稔朝云陛。诏看延阁书,高议平津邸。适意轻微禄,虚心削繁礼。盛得江左风,弥工建安体。高张多绝弦,截河有清济。严冬爽群木,伊洛方清泚。渭水冰下流,潼关雪中启。荷葆几时还? 尘缨待君洗。③

这首诗开头四句写綦毋潜作为文学侍从即词臣的形象④。"适意"两句写其通脱自然之为人风格。"盛得江左风,弥工建安体"这两句,一般认为都是说綦毋潜(也包括王维自己)的诗歌,得江左清靡之风,又于建安诗风深造有得。这样理解也是符合他们在诗学上的实际表现的。但是从诗句的意脉连贯来看,"盛得江左风"是接着"适意轻微禄,虚心削繁礼"而来的。"适意轻微禄",是写通脱自适,约略有恃才傲物之气;但是自然的,并非刻意。"虚心削繁礼",是指体任自然,交际应物之间不为繁文缛礼。这两种,正是所谓的"江左风"。可见这两句诗,"盛得江左风"还是重在写人物风流,而

---

① 《宣州谢朓楼饯别校书叔云》,《李太白全集》卷之十八,第 861 页。
② 《全唐诗》卷二一一,中华书局 1960 年,第 2198 页。
③ 《王维集校注》卷三第 225 页据《文苑英华》作"遇人削繁礼"。此从赵殿成《王右丞集笺注》卷四第 61 页(上海古籍出版社 1984 年)。
④ 关于"词臣"的问题,参看钱志熙《唐宋"词学"考论》,载中国人民大学国学院《中华国学研究(创刊号)》(2008 年)。

"弥工建安体"才是说他的诗学宗尚。只是"盛得江左风"虽然主要指人物风流,但却与诗学仍有绝大的关系,因为王维崇尚的这种江左风流,对他诗歌的表现内容与审美趣味,其实有很大的影响。底下的"高张多绝弦,截河有清济",仍是论诗之语,是说其作品多为格调高绝之作,并引清新绝俗之格,济当时诗坛之浊俗之体。进一步而言,唐诗承自陈隋之体,多绮靡之风,是为浊体,汉魏为风骨之范,晋宋多清音。以汉魏风骨、晋宋清音来革新齐梁,正是以清济浊。这就是"截河有清济",也即正本清源的意思。唐人融合汉魏、齐梁而形成唐诗的各种风格,成就唐诗之美,这是学者类多能说的。但究竟是怎样的融合? 在这方面唐人采取了什么方法? 在唐诗中齐梁的体制与汉魏风骨是什么样的关系? 这些问题,恐怕是我们解开唐人诗学深层结构的关键之处。王维的"截河有清济",正透露出唐人的诗学方法,是以清济浊,以汉魏风骨、晋宋清音来调剂齐梁浊俗之体。这也是他们在论诗学宗尚时,为何只提汉魏风骨,而不提齐梁体制的原因。因为后者是革新的对象,前者是需要强调的标准。

王维的"建安体"究竟是指什么呢? 或者说王维学习建安体,究竟表现在哪些方面? 从体制来讲,王维的古体诗,在学习建安方面体现最为明显。齐梁迄初唐,俳偶成了诗歌的主要体制。所以,初盛唐诸家学汉魏,一个重要的标志就是大量地使用散句体,破除偶俪之气。王维的古体,化偶为散的意图是很明显的。一些题材与趣味都源于齐梁的作品,本以俳偶隶事见长的,他有意使用散句为主、叙述见长的作风。如《从军行》:

　　　　吹角动行人,喧喧行人起。笳悲马嘶乱,争渡金河水。日暮沙漠垂，战声烟尘里。尽系名王颈，归来报天子。①

《早春行》：

> 紫梅发初遍，黄鸟歌犹涩。谁家折杨女，弄春如不及。爱
> 水看妆坐，羞人映花立。香畏风吹散，衣愁露沾湿。玉闺青门
> 里，日落香车入。游衍益相思，含啼向彩帷。忆君长入梦，归
> 晚更生疑。不及红檐燕，双栖绿草时。②

《从军行》除"日暮"一联稍涉偶对之意外，全是散行。《早春行》只
有中间"爱水"这四句是用偶对的，但也是以描写为主，风格自然。
其他句子都是用散行之体。他的不少酬赠之作，如《赠房卢氏琯》、
《赠祖三咏》《华岳》、《胡居士卧病遗米因赠》、《蓝田山石门精舍》、
《青溪》、《渭川田家》、《送魏郡李太守赴任》、《送綦毋校书弃官还江
东》、《送高道弟耽归临淮作》、《观别者》、《休假还旧业便使》、《宿
郑州》、《苦热》、《偶然作六首》、《献始兴公》、《哭殷遥》、《叹白发》，
全篇使用散行之体，或主要以散行为体。从诗体的流变来看，汉魏
五言以散行为主，晋宋以下方才对仗渐多，齐梁则全以绮丽俳偶为
工。王维与并时的李白、杜甫、孟浩然，继陈子昂、张九龄等家多用
散句的作风，进一步提高散句的写作技术，并且改进偶对的风格，
使其尽量趋于自然化。对偶本来是一种带有一定的难度的修辞方
法，但从齐梁以来，写诗使用俳偶已经成一种普遍的习惯，俳偶、藻
采、使事差不多成了人们写作一首诗歌的全部努力目标。这种对

---

① 《王维集校注》卷二，第 143 页。
② 《王维集校注》卷七，第 554 页。

修辞的过分依赖,让诗歌失去了真美。所以,复古的诗人在体制上做的一件事,就是破偶为散,尤其是古风、古体之类,要做到基本上以散句为主。所谓建安风骨,这是最主要的一个内涵。王维古体,在这一点上表现很突出。如《赠祖三咏》:

> 蟏蛸挂虚牖,蟋蟀鸣前除。岁晏凉风至,君子复何如?高馆阒无人,离居不可道。闲门寂已闭,落日照秋草。虽有近音信,千里阻河关。中复客汝颍,去年归旧山。结交二十载,不得一日展。贫病子既深,契阔余不浅。仲秋虽未归,暮秋以为期。良会讵几日?终自长相思!①

像这样使用散句的作品,它在叙事、抒情与表达思想方面的功能,要比无句不偶的诗要强。在齐梁诗风的笼罩下,对偶很容易流于绮靡、雕琢,使风骨不振。当然,王维的有些古诗,从表面上看,也使用了较多的对仗,如《戏赠张五弟諲》其一:

> 吾弟东山时,心尚一何远。日高犹自卧,钟动始能饭。领上发未梳,床头书不卷。清川兴悠悠,空林对偃蹇。青苔石上净,细草松下软。窗外鸟声闲,阶前虎心善。徒然万虑多,澹尔太虚缅。一知与物平,自顾为人浅。对君忽自得,浮念不烦遣。②

这首诗虽然多处使用对仗,但仍以叙事为主,并且修辞力求质朴传情,如"日高"两联。其次是押仄韵,以见矫健之气。所以,像王维

---

① 《王维集校注》卷一,第63—64页。
② 《王维集校注》卷二,第198页。

古诗的这种对仗,与齐梁的以雕藻为能事的俳偶也是不同的。他所学习的,也是汉魏古诗的对仗风格。

　　王维学汉魏的另一个重要渊源是汉魏乐府的叙事传统。叙事是乐府与古诗的一种技巧,晋宋以降,缘情绮靡的创作观念占据主流,尤其是属对的过分发达,使诗歌的叙事性减弱了。王维的早年写作,有一体是从初盛唐歌行入手,以叙事为主,塑造比较完整的人物形象和现实生活的画面。如其《洛阳女儿行》《陇头吟》《老将行》《桃源行》。七言歌行的近源出于南朝,但它在齐梁诗坛带有复古的性质。这一体制最早的渊源,当追溯至汉魏乐府。曹植的《白马篇》《名都篇》等作品,尤其以塑造人物形象见长,这一点对盛唐诗人是有很深的影响的。王维与同时李白、李颀,都善写人物,虽然他们所写人物性情各有不同,但叙事性的加强与塑造人物艺术的提高,的确是盛唐诗家学习汉魏的两大成就。王维塑造人物的作品,除上述所举各篇外,像五古体的《西施咏》《李陵咏》,歌行体的《夷门歌》也都是成功之作。《西施咏》为人所熟知,这里举后两首为例:

　　　　汉家李将军,三代将门子。结发有奇策,少年成壮士。长驱塞上儿,深入单于垒。旌旗列相向,箫鼓悲何已。日暮沙漠陲,战声烟尘里。将令骄虏灭,岂独名王侍。既失大军援,遂婴穿庐耻。少小蒙汉恩,何堪坐思此。深衷欲有报,投躯未能死。引领望子卿,非君谁相理。(《李陵咏》)①
　　　　七雄雄雌犹未分,攻城杀将何纷纷。秦兵益围邯郸急,魏王不救平原君。公子为嬴停驷马,执辔逾恭意逾下。亥为屠

————————————————

① 《王维集校注》卷一,第14页。

肆鼓刀人,嬴乃夷门抱关者。非但慷慨献奇谋,意气兼将身命
酬。向风刎颈送公子,七十老翁何所求?（《夷门歌》）①

比起汉乐府,这些叙事诗当然已经高度的文人化,它与建安正始的
叙事性诗歌更为接近。王维善于塑造人物,还与他在绘画方面的
修养有关。这种塑造人物的艺术,不仅表现在古诗与歌行方面,而
且他的近体诗,也多有鲜明的形象,如五律《观猎》。

王维有些作品是直接取法汉乐府的,如《黄雀痴》:

黄雀痴,黄雀痴,谓言青觳是我儿。一一口衔食,养得成
毛衣。到大啁啾解游扬,各自东西南北飞。薄暮空巢上,羁雌
独自归。凤凰九雏亦如此,慎莫愁思憔悴损容辉。②

汉乐府有禽言一类,如《乌生·乌生八九子》《艳歌何尝行·飞来
双白鹄》,王维的这首诗,就是学习这一类,语言也以质朴为体。又
如《观别者》:

青青杨柳陌,陌上别离人。爱子游燕赵,高堂有老亲。不
行无可养,行去百忧新。切切委兄弟,依依向四邻。都门帐饮
毕,从此谢宾亲。挥泪逐前侣,含凄动征轮。车从望不见,时
时起行尘。余亦辞家久,看之泪满巾。③

---

①《王维集校注》卷七,第579—580页。
②《王维集校注》卷七,第582页。
③《王维集校注》卷一,第68页。

建安诗人曹丕有《见挽船士兄弟辞别诗》："郁郁河边树,青青野田草。舍我故乡客,将适万里道。妻子牵衣袂,泆泪沾怀抱。还附幼童子,顾托兄与嫂。辞诀未及终,严驾一何早。负笮引文舟,饥渴常不饱。谁令尔贫贱,咨嗟何所道。"[①] 王维《观别者》学习此诗的痕迹很明显。王维诗歌的语言受晋宋、齐梁以降的清华之体影响很深,所以整体风格是比较清华的,但他也学习汉魏质朴之体,在审美趣味上又有尚质的一面。

三

　　王维的"盛得江左风"之句,透露了一个重要的历史信息,即以东晋为极盛的、崇尚玄学自然之风的魏晋风度,在盛唐诗人那里仍被推崇与效仿,而王维本人就是深受这一文化传统影响的诗人。他对晋宋南朝诗风的学习与别择,也是以其体会的江左风流为内涵的。

　　江左风流是东晋南朝士族们的精神行为,也可以说是一种士族文化传统。东晋南朝一脉相承的门阀士族群体虽然在陈隋之际基本上解体了,但正如唐代社会还遗留南北朝门阀观念一样,这种江左风流,也仍然影响士群的生活行为与文学审美趣味。王维出身太原王氏,虽然也是山东五大郡姓之一,从更远的渊源来讲,也可能与侨居南方的江左高门太原王氏一支有着一种同源的关系。但从王维的家世来看,其家族最多只属于地方阀阅,其母族崔氏也是山东著姓,在中朝社会并没有深厚背景。所以,有学者认为王维

[①] 魏宏灿校注《曹丕集校注》,安徽大学出版社2009年,第82页。此诗《北堂书钞》《初学记》作魏文帝诗,《乐府诗集》作谢灵运诗。

在当时社会所处的阶层,可以说是低等士族①,也是有一定依据的。这种低等士族其实是魏晋至北朝的儒素旧门,近于寒素士人,但从基本性质来看,仍是一种文化士族。作为北方文化士族,王维继承了北朝山东士族企羡江左风流的好尚,对晋宋南朝的清华有一种向往。又由于他生长于北方,后来的仕宦也主要在长安一带,实际上缺乏在南方生活的经历,这一点跟李白、杜甫与孟浩然都不同,所以王维对江左风流的憧憬更多地表现为对士族文化生活地的南方山水与人物的想象。如《戏赠张五弟諲》、《送宇文太守赴宣城》、《送綦毋校书弃官还江东》、《别綦毋潜》、《送张五諲归宣城》、《送友人南归》、《送丘为落第归江东》、《送沈子福归江东》等诗,都程度不同地表现了诗人对南方山水之美、人物之秀的向往。其中《同崔傅答贤弟》一首,最集中地表达了王维对江左风流的想象:

> 洛阳才子姑苏客,桂苑殊非故乡陌。九江枫树几回青,一片扬州五湖白。扬州时有下江兵,兰陵镇前吹笛声。夜火人归富春郭,秋风鹤唳石头城。周郎陆弟为侪侣,对舞前溪歌白纻。曲几书留小史家,草堂棋赌山阴墅。衣冠若话外台臣,先数夫君席上珍。更闻台阁求三语,遥想风流第一人。②

本诗是写一位北地才子客游地方的经历,但是采取化历史空间为现实空间、进行时空叠合的处理方式。诗中写到南朝的许多地名,可以说比较整体地展示出王维对江左风流旧地的想象。尤其是后面咏到周瑜、陆云、王羲之、谢安、阮瞻等江左风流的代表人物,比

---

①(日)入谷仙介著,卢燕平译《王维研究》(节译本),中华书局 2005 年。
②《王维集校注》卷六,第 495 页。

较充分地显示出王维对南朝风流的艳羡情结。又如《故人张諲工诗善易卜兼能丹青草隶顷以诗见赠聊获酬之》:

> 不逐城东游侠儿,隐囊纱帽坐弹棋。蜀中夫子时开卦,洛下书生解咏诗。药栏花径衡门里,时复据梧聊隐几。屏风误点惑孙郎,团扇草书轻内史。故园高枕度三春,永日垂帷绝四邻。自想蔡邕今已老,更将书籍与何人?①

这里所塑造的张諲,正是典型江左风流人物在当时的重现,让我们看到当时人物崇尚魏晋风流的风气。

对"江左风流"的崇尚,也是造成王维诗歌审美趣味的原因之一。王维诗歌之长处,并不在于表现多少深刻的思想、强烈的感情,或者特别奇特的想象,这些都是李杜的特点;王维诗歌是在初唐以来的雅调基础上发展的。这种雅调中包含了六朝酿成的一种审美趣味。其创造的意境多为空灵之美,重在表现人物的高情与雅尚。即使他的思亲怀友之作,也是多寄意于空灵的兴象:

> 荒城自萧索,万里山河空。天高秋日迥,嘹唳闻归鸿。寒塘映衰草,高馆落疏桐。临此岁方晏,顾景咏悲翁。故人不可见,寂寞平林东。(《奉寄韦太守陟》)②
>
> 夜静群动息,时闻隔林犬。却忆山中时,人家涧西远。羡君明发去,采蕨轻轩冕。(《春夜竹亭赠钱少府归蓝田》)③

---

① 《王维集校注》卷三,第296页。
② 《王维集校注》卷三,第279页。
③ 《王维集校注》卷六,第502页。

　　　　束带趋承明,守官惟谒者。清晨听银虬,薄暮辞金马。受
　　辞未尝易,当御方知寡。清范何风流,高文有风雅。忽佐江上
　　州,当自浔阳下。逆旅到三湘,长途应百舍。香炉远峰出,石镜
　　澄湖泻。董奉杏成林,陶潜菊盈把。彭蠡常好之,庐山我心也。
　　送君思远道,欲以数行洒。(《送张舍人佐江州同薛据十韵》)①

　　这一类诗,虽然也表现怀思与惜别之情,但表现人物的风流清范是
主要目的。说到底,还是深受江左风流的影响。但王维重在表现
境界,重在用诗歌来表现自然之美,还有人物的高华脱俗之韵致,
其趣味里已经扬弃了齐梁绮靡。他所欣赏的士族文化,是晋宋士
族文人的那种受玄思影响的自然清雅风格,对齐梁以降的绮靡浊
俗之风,是完全扬弃掉了的。

　　江左风流的最大成果就是晋宋以降渐次发展的吟咏山水田园
以寄托丘园之隐、山林之游的思想意识的诗歌创作。除了汉魏诗
风这个渊源之外,王维诗的另一种渊源就是陶、谢、阴、何一派的影
响。其中陶、谢又是其最重要的学习对象。陶、谢的传统实为南方
诗歌的传统,而陶又接受了从汉魏西晋而来的北方文学传统,谢基
本上是以表现自然山水之美为主的南朝传统。王维本人是从北朝
至隋唐的北方的关陇、山东文化背景下成长起来的诗人,他将陶、
谢的田园山水诗传统移植到北方,表现以终南山为中心的关中山
水。其中的雄浑、磅礴之气,体现了与北朝文化的渊源关系。他学
习了很多陶、谢山水艺术。由于地域不同,陶、谢、阴、何主要以长
江中下游山水为表现对象,初唐诗人张九龄有一部分写岭南,张说
有一部分表现湖湘山水,其山水诗的成功相对来说比较容易。而

————————
①《王维集校注》卷七,第567页。

长安一带,在王维之前,似乎还缺少比较成功的山水创作。但王维的田园山水诗,从其基本审美趣味来说,仍属于江左风流的范畴。

四

整体地看,王维诗歌艺术,是对汉魏风骨与江左风流这两个文化与诗歌艺术传统的结合。汉魏风骨一变而为江左风流,再变为齐梁绮靡,这是汉魏六朝艺术的基本的流向。王维在扬弃了齐梁绮靡之后,对汉魏风骨与江左风流做了自然的继承。与杜甫的集大成和李白的在复古中追求大变不同,王维基本上是沿着上述艺术传统比较自然地发展的。这是他之所以成为盛唐正宗的原因。

王维所创造的诗歌美,体现了一种艺术的辩证法。我们较多地注意到王维诗歌中的清新高华,或者说清靡工秀的一面,这都是南朝以来华绮的文学传统的自然发展。他学大小谢、阴、何、庾信的写景艺术,在其基础上写得更好更工,如"寒塘映衰草,高馆落疏桐"[1]、"青草肃澄陂,白云移翠岭"[2]、"柳色蔼春余,槐阴清夏首"[3]、"白水明田外,碧峰出山后"[4]、"园庐鸣春鸠,林薄媚新柳"[5]。正是这种南朝诗风,塑造了王诗高华清丽的风格。但另一方面,我们注意到,王维的审美趣味中同时有一种尚质,这其实是历来谈王维者鲜少注意的。尚质某种意义上是复古诗学的一个理念,因为复古诗学是学汉魏的,而汉魏相对于晋宋齐梁来讲是比较质朴自然的。

---

[1]《奉寄韦太守陟》,《王维集校注》卷三,第279页。

[2]《林园即事寄舍弟紞》,《王维集校注》卷五,第469页。

[3]《资圣寺送甘二》,《王维集校注》卷二,第166页。

[4]《新晴野望》,《王维集校注》卷七,第570页。

[5]《晦日游大理韦卿城南别业四首》其二,《王维集校注》卷二,第162页。

这一点我们比较王维与高适的诗风时已经谈到。所以,王维艺术其实是人工和自然、优美与质朴比较辩证的表现,比较中和的调合。所以王维诗歌的美是比较丰富的美,既非齐梁之绮靡,又非过于质朴,说到底还是汉魏之风骨与齐梁之华绮的比较成功的结合。

(原载《北京大学学报(哲学社会科学版)》2011 年第 4 期)

论李白《古风》五十九首的整体性

　　李白《古风》五十九首,是盛唐复古诗学深化的重要成果,也很有可能是李白整个复古诗学的开端与奠基。历来对它的研究,主要集中于两方面,一是阐述其与阮籍《咏怀》八十二首、陈子昂《感遇》三十八首为代表的言志比兴的咏怀诗传统的关系,这是属于诗学渊源的探索;二是探寻具体作品中的讽喻时事的内容,这是实证性的研究。笔者认为,《古风》五十九首是集中体现李白复古诗学的宏伟组诗,从诗学渊源到取材、立意及艺术风格等方面都表现出一种整体性的特点。对此古今学者还没有加以充分的研究。本文在前人有关《古风》五十九首的研究的基础上,着重探讨组诗内部的各种联系,以揭示其整体的特点。

一

　　要研究《古风》五十九首的整体性,不能回避的一个问题,就是在创作上它们是不是原本具有组诗的性质。诸家所作的李白年谱、诗文系年,根据具体作品中所反映的及可能讽喻的时事,来确定其中一部分作品的创作年月。《古风》中所讽时事,比较确定的是其二《蟾蜍薄太清》为伤王皇后被废为庶人之事。这个事件发生于开元十二年，则此诗应该是作于开元十二年之后。其最晚的作品，据詹锳先生《李白诗文系年》，为乾元二年所作的其五十八《我行巫山渚》、其五十九《恻恻泣路歧》①。如果相关考证属实，则《古风》五十九首中的作品，创作时间上的跨度有三十多年。如果真是这样的话，那么《古风》五十九首在创作形态上就不能视为组诗体制；所以现代的学者，大多数都不将其视为在某一相对集中的时间内有计划地创作出来的组诗。甚至连"古风"二字是否是李白的原题这一点也受到了怀疑。在这个问题上，詹锳先生的观点比较有代表性：

> 按《古风》第九首"庄周梦蝴蝶"，《河岳英灵集》选录题作《咏怀》，可见太白生前，此类之诗并非一律题作《古风》。又王本《古风》第八首与第十六首，缪本俱题作《感寓》。意者太白《古风》本是咏怀或感寓诗，其易为今题乃出于后人之手。且古本《太白集》，《古风》亦非五十九首。《道山清话》（见《说郛》卷八十二）："秦观少游一日写李太白古风诗三十四首于所居一隐壁间……"少游何以只写三十四首，实大可疑。《韵语阳秋》云："李太白《古风》两卷，近七十篇。"今传世本李集《古风》俱为一卷，是宋葛立方所见《太白集》，《古风》篇数反较今本为多……奚禄诒曰："此六十首者当非一时之作。"②

这些观点，对于《古风》五十九首创作上的组诗性质，是有所质疑

---

① 詹锳编著《李白诗文系年》，人民文学出版社1984年，第154页。
② 《李白诗文系年》，第154页。

的;但却不能作为《古风》原非组诗的确凿证据。《河岳英灵集》选
"庄周梦蝴蝶"一首为《咏怀》,可能是编者所改,李白将自己所作
的这类带有复古性质的五言古诗题为《古风》,含有自夸的意思,
殷璠对李白成就评价并不高,对其《古风》组诗未必首肯,仅选一
首,且改其题为《咏怀》,意思是点明其渊源实出于阮籍,不能称为
"风"诗。李白集中另有《感遇》四首、《效古》二首、《感兴》八首、
《拟古》十二首、《古意》一首等作品,从性质上讲,也是属于古风一
类的。可见当时此类拟古诗,一般都是取"感遇"、"咏怀"这类题
目,没有径直称为古风的。所以殷璠选李白《古风》中的一首,径
以"咏怀"为题。我们不能据此认为李白原题即为"咏怀"。同样,
詹先生所说的"王本《古风》第八首与第十六首,缪本俱题作《感
寓》",可能也是编者所改,其原因也是一样的。至于葛立方《韵语
阳秋》所说的两卷近七十篇,很有可能是后人将上述同属古风一
体的某一两组作品合编于其中。因为"古风"既是李白本组诗的
专题,也可以说是"古风"类的诗体名。所以从理论上讲,《古风》
五十九首与上述《感遇》等组诗,甚至李白作品中的其他以汉魏比
兴言志之体写的五言古体,都可算是古风。也许正是这个原因,葛
立方所见《太白集》的编者,将五十九首之外的其他编者认为应该
属于古风的五古诗编入其中。这正可证明,《古风》五十九首是李
白创作的最大规模的一组古风诗。李白在这一组《古风》之后或之
前,还创作了上述的几组小型的古风诗。如果《古风》五十九首是
其生平古风之作的编集,无论是李白自己编集,还是整理者编集,
都不应将上述同属古风类的作品剔出。可见《古风》五十九首,原
本就是李白集子里独立的一组诗。它可能经过后人的编辑,甚至
有某些窜乱次序、分合篇次的地方,但如果以此完全否定其原本在
创作上的组诗性质,似乎过于绝对化。

　　李白早年的诗风,虽然已表现出天才英丽的个性,但其体制、风格还是深受初唐流行的绮靡诗风影响的,《唐诗纪事》引宋蜀中杨天惠《彰明逸事》说到李白早年写作的情况:

> 　　时太白齿方少,英气溢发,诸为诗文甚多,微类宫中行乐词体。今邑人所藏百篇,大抵皆格律也。虽颇体弱,然短羽褵褷,已有雏凤态。淳化中,县令杨遂为之引,谓为少作是也。①

又李白自叙出蜀前谒见益州长史苏颋,得其赏接:"因谓群寮曰:'此子天才英丽,下笔不休,虽风力未成,且见专车之骨。若广之以学,可以相如比肩也。'"②所谓"风力未成",正是指其诗赋尚未摆脱齐梁绮艳诗风的影响。由此可见李白早年创作,还是从讲究格律、偶俪、兴象华艳的诗风入手的。现存李白诗集中的拟南朝乐府民歌及《宫中行乐词十首》等作品,就是其早年学习绮丽歌谣、新艳格律诗的遗留与改造。《本事诗》高逸第三,记载玄宗尝因宫人行乐,召李白作《宫中行乐》的新声歌词:"上知其薄声律,谓非所长,命为宫中行乐五言律诗十首","白取笔抒思,略不停辍,十篇立就,更无加点。笔迹遒利,风跱龙拏,律度对属,无不精绝。"③李白进入玄宗宫廷,已是其标举复古诗学的时代,所以玄宗命其作绮艳格律,实有以难试才的性质,但他不知道李白早年正是从新艳格

---

①　王仲镛校笺《唐诗纪事校笺》卷一八,中华书局 2007 年,第 600 页。

②《上安州裴长史书》,(清)王琦注《李太白全集》卷二六,中华书局 1977 年,第 1247 页。

③(唐)孟棨《本事诗》,丁福保辑《历代诗话续编》,中华书局 1983 年,第 14、15 页。

律入手的。李白见苏颋在开元八年 ①，当时中朝诗坛上陈子昂复古派的思想已经流行，风骨之论已盛，所以苏颋这样评论李白，正是为了将其引入诗坛的主流。这对李白走上复古的道路，应该是一次重要的启发。

李白复古诗学的思想与创作实践，就其自身来讲，受到当时渐趋主流的陈子昂一派的复古诗学的影响，不仅是对诗坛的一个改革，同时也是对自身早年绮艳、偶俪、声律的作风的一种扬弃。他从创作流俗今体到创作复古之体的过程中，必然有一个关键性的转变时期。这个关键性的转变时期的重要表现，就是系统地学习汉魏古诗与古乐府，从而集中地创作出大批的复古作品。李白早年有拟《文选》的经历，其学习绮靡诗体，大概有一部分是采用模拟方法写作的，所以他有丰富的拟古创作的经验。当他的复古思想明确后，只是将这种长于模拟的写作经验集中发挥在拟古诗、拟古乐府的创作上来。所以不但他的古风，甚至是他的古乐府，也应该有很大的一部分是在一个相对集中的时间内创作出来的。前引《本事诗》说到玄宗认为李白不擅长声律体，"上知其薄声律，谓非所长"，据此可知李白在天宝元年至三年供奉翰林期间，已经是以一个复古派的诗家的面目出现。他的《古风》五十九首及大部分古乐府的创作，应该是在供奉翰林前后写作的。也就是说，李白四十岁左右的一段时间，是他集中写作古体，奠定其毕生复古诗学基础的时期。就如白居易的新乐府创作，主要集中在其早年任谏官及与元稹共同提倡讽喻诗学的时期一样，李白的写作古风、古乐府，也应该有一个专力而为之的集中的创作时期。在李白《古风》五十九首之前，已有阮籍《咏怀》八十二首、庾信《拟咏怀》二十七

---

① 《李白诗文系年》，第 3 页。

首、陈子昂《感遇》三十八首、张九龄《感遇》十二首这些鸿篇巨制的组诗存在，作为其学习的基本对象。李白既然学习上述诸家的诗风，以他的"天才英丽，下笔不休"的创作个性，不选择前人已有的这种大型的组诗的写作，倒是难以理解的事情。所以，不管《古风》五十九首是否完全保持了李白生前创作的组诗的体制，李白创作过溯汉魏言志咏怀、杂以风骚比兴之体的大型组诗当是不争的事实。

至于其以"古风"为题，而不沿前人"咏怀"、"感遇"、"拟古"、"古意"之类的题目，是因为李白虽效法汉魏而志在《雅》、《颂》、《国风》，与陈子昂、张九龄仅以汉魏为效法对象不同。为了区别于前人，以自见宗旨，所以称为"古风"。《雅》、《颂》的体制过于尊严，并且是王道大行时的创作，李白虽然称玄宗朝为"圣代复玄古，垂衣贵清真"，但那只是对本朝颂扬之辞，不可能真的认可其当朝为王道大行之世。所以他虽然以《雅》、《颂》为诗道的最高境界，但自身的创作，却是不能僭越雅颂之名，况且《古风》五十九首在内容上也是以讽喻为多，缺少雅颂的内容。所以他的这一组诗，不托名雅颂，而是托名于风诗，又取前人"拟古"、"古意"之意，题为《古风》。

李白以《古风》标题，标志着他对初唐以来的复古诗学的一种深化。初唐诸家如杜审言、李峤等，多由晋宋奥雅之体入手，以补救齐梁之艳俗，陈子昂、张九龄则上溯汉魏，提倡风骨；盛唐诸家，大倡建安风骨，并时诸人如王维、孟浩然，俱从学习建安体入手。李白在前述诸家复古的基础上，进一步地上溯风骚及汉乐府歌诗，体制更加自由，意趣更加奔放，荡尽齐梁遗风。这一点李阳冰《草堂集序》已经指出："凡所著述，言多讽兴，自三代以来，风骚之后，驰驱屈宋，鞭挞扬马，千载独步，唯公一人"，"卢黄门云：陈拾遗横制颓波,天下质文翕然一变。至今朝诗体,尚有梁、陈宫掖之风,至公大变,扫地并尽。"① 又《本事诗》载:"李白才逸气高,与陈拾遗齐名,先后合德,其论诗云:'梁陈以来,艳薄斯极,沈休文又尚以声律,将复古道,非我而谁?'"② 这虽然不一定是李白的原话,但的确符合李白的诗歌见解,也有可能是从《古风》其一概括出来的。可见李白的复古,并非简单地追效陈子昂、张九龄等人,也非简单地附会并时诸家高倡建安体的流行风气,而是更加上溯风骚,糠秕百家,以完全荡尽齐梁宫掖之风为己任。这正是李白将这一组诗取名《古风》的原因。明朱谏解释李白《古风》题义比较接近李白的本意:

> 古风者,效古风人之体而为之辞者也。夫十三国之诗为《国风》。谓之风者,如物因风之动而有声,而其声又足以动物也。删后无诗,风变为骚,汉有五言,继骚而作,以其近古,故曰古风……中唐以下乃以古风为古选,七言为古风,而又有长短句之不齐。曰选者,以《文选》之所集者而言也,殊不知《选》之所集者,正古风也。七言其余裔耳,安得转以古风之名而独加于七言乎。体制不明,名义乖舛,耳目所胶,莫之能究。李诗所谓《古风》者,止五十九章,美刺褒贬,感发惩创,得古风人之意,章皆五言,从古体也。其歌吟辞谣多七言者,不与焉。③

---

①《李太白全集》卷三一,第 1445 页。

②《本事诗》,《历代诗话续编》,第 14 页。

③(明)朱谏《李诗选注》卷一,《续修四库全书》集部别集类影印南京图书馆藏明隆庆六年刻本,第 524 页。

明代人有称七言、杂言歌行为"古风",这是"古风"名义在后来的变化。唐诗中的"古风",是效法汉魏、并欲上溯风骚之义的五言之体。李白的《古风》五十九首正是本着这一宗旨而写作的。其宗旨甚明,并且带有"希圣"的高远纯正的著述之意,不同于一般的吟咏情性、流连风物之作。"古风"很可能是李白的首创之词,以表达其最高的诗歌理想。自李白之后,"古风"一词方才流行,杜甫《观薛稷少保书画壁》:"少保有古风,得之陕郊篇。"① 仇注:"古风,谓诗体。"李绅有《古风》二篇②,韩愈有《古风·今日曷不乐》③,李咸用有《览友生古风》④,姚合诗句云:"绝妙江南曲,凄凉怨女诗。古风无手敌,新语是人知。"⑤ 古风与一般的古体诗有区别,元稹《叙诗寄乐天》对两者作过界定:"其中有旨意可观,而词近古往者,为古讽","词虽近古,而止于吟写性情者,为古体。"⑥ 古讽即古风,元稹不称"古风"而称"古讽",是突出其讽喻之旨。现在《李白集》中以《古风》冠众作之首,虽可能出于后人编辑,但不能不有所本。李白生前自编文集,也应该是以《古风》为冠的。晚唐诗人李中有句云"还往多名士,编题尚古风"⑦,即编次上以"古风"为尚。这种"编题尚古风"的做法,应是从李白等人开始的。

① (清)仇兆鳌注《杜诗详注》卷一一,中华书局1979年,第960页。
②《全唐诗》卷四八三,中华书局1960年,第5494页。
③《全唐诗》卷三三七,第3782页。
④《全唐诗》卷六四四,第7385页。
⑤《赠张籍太祝》,《全唐诗》卷四九七,第5651页。
⑥ 冀勤点校《元稹集》卷三〇,中华书局1982年,第352页。
⑦《和毗陵尉曹昭用见寄》,《全唐诗》卷七五〇,第8545页。

二

《古风》五十九首在内容上具有一种统一性,明代朱谏《李诗选注》概括得比较全面：

> 按白《古风》诗五十九章,所言者世道之治乱,文辞之纯
> 驳,人物之邪正,与夫游仙之术,宴饮之情,意高而论博,间见
> 而层出,讽刺当乎理,而可为规戒者,得风人之体。三百篇以
> 下,汉魏晋以来,言诗之大家数者,必归于白,出于天授,有非
> 人力所及也。①

在这几种主题中,"世道之治乱"是《古风》组诗的总纲。李白自言
"颇穷理乱情"②,可见这是其平生经世学问之所长。所谓"世道之
治乱",是指三代以下,春秋战国以来的治乱之情,兼及李白当代的
政道舆情,侧重于刺乱,而非歌治。这是《古风》五十九首的基本
主题。我们首先看其一对这个主题的表现：

> 大雅久不作,吾衰竟谁陈。王风委蔓草,战国多荆榛。龙
> 虎相啖食,兵戈逮狂秦。正声何微茫,哀怨起骚人。扬马激颓
> 波,开流荡无垠。废兴虽万变,宪章亦已沦。自从建安来,绮
> 丽不足珍。圣代复玄古,垂衣贵清真。群才属休明,乘运共跃
> 鳞。文质相炳焕,众星罗秋旻。我志在删述,垂辉映千春。希

---

① 《李诗选注》卷一,第 556 页。
② 《经乱离后天恩流夜郎,忆旧游书怀赠江夏韦太守良宰》,《李太白全集》卷
　一一,第 567 页。

圣如有立,绝笔于获麟。

其一是整个《古风》组诗的序引,也是李白复古诗学的总纲领,其基本主旨是推崇雅颂、正风,对变风与骚赋则各有褒贬,对建安以降的绮丽之风则作严厉的批评,齐梁陈隋则不屑置论。但是李白论诗赋,是将文学与世情联系起来论述的,认为政治是文学的根本,所以本诗不仅是论文学的正变盛衰,同时也是论世道的治乱兴衰。朱谏对此分析颇精:

> 白为《古风》之诗,以叙古今之治乱,文辞之变态,及天时人事之不齐,讽刺臧否之意,寓于咏歌之间。此其首章,言文辞也。谓夫大雅之诗,乃成周盛时言王者之事。自王者之迹熄,而大雅之不作亦已久矣。
>
> 周既东迁,王室同于诸侯。《黍离》之诗本言王者之事,而乃降为《国风》,而雅亡矣。逮夫战国而多荆榛,王道沦丧,强弱相吞,而至于狂秦,战斗日兴,上无一王之法,下无乐官之陈,大雅正声,遂至泯然而无闻矣。夫治世之声和以平,乱世之声哀以怨,故王风既微,骚辞继作,而多哀怨之声矣! ①

可见从治乱兴衰来论诗风,是李白论诗的基本特点。俞平伯认为《古风》其一"这诗的主题是借了文学的变迁来说出作者对政治的批判的企图"②,袁行霈继续俞氏的思路,进一步认为:"此诗主要

---

① 《李诗选注》卷一,第 524 页。
② 俞平伯《李白〈古风〉第一首解析》,《文学遗产》增刊七辑,中华书局 1959 年,第 102—103 页。

不是论诗,而是论政治,重点在于论政治与诗歌乃至整个文化的关系。李白所谓'正声'衰微,实际上是说政治局势混乱,因为诗风的兴衰与政治密切相关。"① 其实,不需要将李白的论诗与论政分得这样清楚,因为在李白那里两者是紧密相联的。正如朱氏已经指出的那样,不仅是《古风》其一,整个五十九首诗中,基本的主题正是"世道之治乱,文辞之纯驳,人物之邪正"。"文辞"与"人物"的表现,也是属于"世道之治乱"的一部分。从其一与后面有关作品的关系来看,我们可以说其一是总纲,后面的许多作品都是其一的展开,与其一有明显的呼应关系。从此入手,可以揭示出《古风》五十九首在写作上的整体性。下面我们以其一为纲,来展示上述朱氏所说主题在组诗中具体展开的情况。

　　"大雅久不作,吾衰竟谁陈。"这两句是伤大雅消沉已久,"吾衰"一句王琦注云:"按'吾衰竟谁陈',是太白自叹吾之年力已衰,竟无能陈其诗于朝廷之上也。杨氏以斯文衰萎为释,殊混。唐仲言《诗解》引孔子'吾衰'之说,更非。"② 其实唐仲言引孔子"甚矣,吾衰也! 久矣吾不复梦见周公"③ 之叹,并没有错。而王氏所谓"无能陈其诗于朝廷之上",反而颇有增字解经之嫌。安旗等《李白全集编年注释》:"此借孔子以自谓。陈,展布意。竟谁陈者,舍我则无人发扬《诗经》古道之谓也。"④ 这一解释基本符合原意,但"陈"似应作陈辞、陈说、陈叹的意思,《离骚》有"就重华而陈辞"

① 袁行霈《李白〈古风〉(其一)再探讨》,《文学评论》2004 年第 1 期,第 59—64 页。

② 《李太白全集》卷二,第 89 页。

③ 《论语·述而》,《论语注疏》卷七,中华书局 1980 年影印阮元刻《十三经注疏》,第 2481 页。

④ 安旗主编《李白全集编年注释》,巴蜀书社 1990 年,第 937 页。

之语。孔子伤礼乐崩坏，自叹无力挽回狂澜，而发"吾衰矣"之叹。李白借此说，大雅久不作，像孔氏这样对此现象发"吾衰"之叹的竟有谁人？言外之意，即并世之人，皆沉迷于颓靡之风而不自觉，唯我梦寐以求，即《本事诗》所载"将复古道，非我而谁与"的意思。

《古风》其三十五是对"大雅久不作"及"自从建安来，绮丽不足珍"的呼应：

> 丑女来效颦，还家惊四邻。寿陵失本步，笑杀邯郸人。一曲斐然子，雕虫丧天真。棘刺造沐猴，三年费精神。功成无所用，楚楚且华身。大雅思文王，颂声久崩沦。安得郢中质，一挥成斧斤。①

这首诗不仅呼应其一推崇大雅的观点，而且补出雅诗之外的颂诗，云"颂声久崩沦"，与"大雅久不作"、"王风委蔓草"，意思上是相类似的。这标志雅颂在李白诗学中的崇高地位。另外，对于"自从建安来，绮丽不足珍"这个断语，其一未曾展开论述，这首诗则是专门来论这一点。其所批判的正是绮丽而失去雅正之旨的六朝以降的诗风。《古风》除其一与本诗之外，对历代文辞之纯驳，很少再正面置辞。这是因为在李白看来，世道之治乱是根本，文辞之纯驳为枝节，所以组诗论政多于论文。

"王风委蔓草，战国多荆榛。龙虎相啖食，兵戈逮狂秦。正声何微茫，哀怨起骚人。"这几句是伤王道不行，正风消歇，变风流行，到了战国景况愈坏，群雄争夺，世道榛芜，连变风也不能继续了，变而为骚人哀怨之辞。李白这种诗史观点，与《毛诗·大序》论变风

---

① 《李太白全集》卷二，第 133 页。

的观点是一脉相承的。另外,班固《汉书·艺文志》亦有类似的看法:"春秋之后,周道浸坏,聘问歌咏不行于列国,学《诗》之士,逸在布衣,而贤人失志之赋作矣。"① 这也是李白此种议论的渊源所出。《古风》其二十九是正面呼应"王风委蔓草,战国多荆榛"观点的,集中表达了李白"变风"生于世变的看法:

> 三季分战国,七雄成乱麻。王风何怨怒,世道终纷挐。至人洞玄象,高举凌紫霞。仲尼欲浮海,吾祖之流沙。圣贤共沦没,临歧胡咄嗟! ②

朱谏《李诗选注》:"王风,《黍离》之诗也,王者之迹熄,雅降为风也。《诗大序》云'乱世之音怨以怒'。"③ 按王风是指正风,李白虽然崇尚雅、颂,但《古风》五十九首的定位在于风诗。按照《诗大序》的解释,风有两义,"风者,风也,上以风化下,下以风刺上"。李白为布衣之士,属于下者,所以他的《古风》的定位,是以"风刺"为主的。紧接着的《古风》其二《蟾蜍薄太清》,就是一首风刺之诗,并且是关系于王化之本的君主与后妃关系的一首诗。这首诗,古今学者一致认为是讽喻玄宗因宠幸武妃而废王皇后的事。因为前面有武则天的事情,所以唐人对这种因宠妃废后的事情是很敏感的。《诗大序》论诗的教化之义,有"正夫妇"之说,而居于国风之首的二南,传统的看法,也都是写后妃及国君夫人之事。李白既为风诗,则首先所要表现的,就是这个有关于王化根本的重要主题。

---

①《汉书》卷三〇,中华书局1962年,第1756页。
②《李太白全集》卷二,第124页。
③《李诗选注》卷一,第524页。

朱谏解云："夫王者之化,自正家始,若使贱妾之乘乎嫡后,则天子失王家之道,无以成天下之大化,是犹蟏蛛入乎紫微,日光为之亏损,浮云隔乎两曜,两象为之昏蔽也,人君之德恶可以不明,风化之首恶可以不正乎?"① 这个解释是十分恰当的。

战国是王风完全消歇的时代,《古风》其一以"战国多荆榛"、"龙虎相啖食"斥之。"荆榛"承前"委蔓草"而来,以意象接近,连类而生,是李白诗歌蝉联意象的特点。"荆榛"是闭塞之意,李白说"战国多荆榛"的意思,是指王道闭塞。战国秦汉,是王道闭塞、由治至乱的关键。自言"颇穷理乱情"的李白,在《古风》中多次写到战国之事,以呼应其一"战国多荆榛"、"龙虎相啖食"之辞。这两句诗可以视为《古风》组诗有关春秋战国题材作品的一个小提纲。如其五十三:

> 战国何纷纷,兵戈乱浮云。赵倚两虎斗,晋为六卿分。奸臣欲窃位,树党自相群。果然田成子,一旦杀齐君。②

这一首正是对"战国多荆榛"的历史现象的展开描写,说的正是"龙虎相啖食"的事情。此外专咏或涉及春秋战国之事的作品还有许多。依次列举于下:其十"齐有倜傥生"写鲁连却秦救赵,写乱世中高标峻节的贤人;其十五"燕昭延郭隗"写季世中尚能重才敬贤的贤君;其二十九"三季分战国"总写战国世乱道消,圣贤隐遁;其三十"玄风变太古,道丧无时还。扰扰季叶人,鸡鸣趋四关"写孟尝君不从正道,用鸡鸣狗盗之才以脱一时之难;其三十六"抱玉入楚国"咏卞和献玉之事;其三十七"燕臣昔恸哭"写邹衍入狱,齐

---

①《李诗选注》卷一,第525页。
②《李太白全集》卷二,第150页。

女蒙冤,终于导致天变;其五十"宋国梧台东"用宋人拾燕石冒充美玉之事;其五十一"殷后乱天纪"中写到楚怀王昏谬,屈原遭逐之事;其五十八"我行巫山渚"写楚襄王荒淫之事。在表现了这些战国的乱世景象及人物遭遇后,其实也已经有力地回应了"正声何微茫,哀怨起骚人"这一句的意思。可见上述作品与《古风》其一是紧密呼应的。

"龙虎相啖食,兵戈逮狂秦"两句,是说王道闭塞后,群雄争霸,干戈抢掠,最终至于秦合六国,统一天下。但是,秦不但逆取,而且逆守,兼并六国后,继续推行暴政,速取灭亡之祸,所以李白斥为"狂秦"。王琦等注家多以陶渊明《饮酒》其二十的"洙泗辍微响,漂流逮狂秦"来注李诗,是有一定的道理的。渊明与李白都深谙治乱之情,他们以"狂"来形容秦朝的政治,其实不是简单的指斥秦政,而是含有悲天悯人的情怀。前人只说暴秦,"暴"是一种主观行为,"狂"则含有受某种不能自主的非理性的情绪支配的因素在内。陶渊明、李白斥秦为狂秦,除了批判之外,还含有悲悯之意。李白是将狂秦政治作为上述战国以来乱政的一个结局来理解的。这与前人一般的就秦而过秦,甚至将秦始皇的推行暴政完全看成是其个人的行为,是有很大不同的,可以说是李白的新史观。《古风》其三专写"狂秦"之事:

秦王扫六合,虎视何雄哉!挥剑决浮云,诸侯尽西来。明断自天启,大略驾群才。收兵铸金人,函谷正东开。铭功会稽岭,骋望琅邪台。刑徒七十万,起土骊山隈。尚采不死药,茫然使心哀。连弩射海鱼,长鲸正崔嵬。额鼻象五岳,扬波喷云雷。鬐鬣蔽青天,何由睹蓬莱。徐市载秦女,楼船几时回。但见三泉下,金棺葬寒灰。①

狂是一种主体过于张扬后的非理性行为,是既强而又愚。所以前面十句是写秦王扫六合,天下归一,似赞而实为讽,因为这是举世崇尚兼并争夺的结果,并非真正的成功。后面十四句,全由"狂"字引出,写狂秦之狂,可谓淋漓尽致。太白表现主题的能力是非凡的,这一点在他的古乐府里表现最充分,本诗运用的正是这种非凡的表现能力。这里写秦始皇之事,似刺之而实哀,这正是体现李白以狂论秦的态度。其四十八:

> 秦皇按宝剑,赫怒震威神。逐日巡海右,驱石驾沧津。征卒空九寓,作桥伤万人。但求蓬岛药,岂思农扈春。力尽功不赡,千载为悲辛。②

这一首又与其三呼应,进一步写狂秦之事,指责其因妄想求仙而误国伤民,然斥之而又悲之,正是因为其为丧失理性之狂,而非仅仅是暴政。其三十一则借桃源避秦人故事写"狂秦"灭亡之事:

> 郑客西入关,行行未能已。白马华山君,相逢平原里。璧遗镐池君,明年祖龙死。秦人相谓曰:吾属可去矣! 一往桃花源,千春隔流水。③

---

① 《李太白全集》卷二,第92页。
② 《李太白全集》卷二,第144页。
③ 《李太白全集》卷二,第127页。

这首诗重心是咏桃花源事,而想象其避秦时事,有小说家笔法。其二十"昔我游齐都"想象登华不注峰逢仙人赤松子,觉悟人生短暂,欲辞别人间:"终留赤玉舄,东上蓬莱路。秦帝如我求,苍苍但烟雾。"①《列仙传》载安期生卖药东海,秦始皇东游请见,与语三日,留赤玉舄而去。李白咏此事,与咏桃花源人之事一样,也是呼应其一"兵戈逮狂秦"这个大主题。《古风》中的一些游仙诗,正是这一主题的进一步发展。紧接在其三咏狂秦之后的,是其四"凤飞九千仞"、其五"太白何苍苍"、其七"客有鹤上仙"这三首游仙诗。由刺暴政而转向咏游仙,正是因为世乱狂暴,所以贤人避世,其道不行于世,而成为仙人。《古风》其四展现这一理路最为清楚:

> 凤飞九千仞,五章备彩珍。衔书且虚归,空入周与秦。横绝历四海,所居未得邻。吾营紫河车,千载落风尘。药物秘海岳,采铅青溪滨。时登大楼山,举手望仙真。羽驾灭去影,飙车绝回轮。尚恐丹液迟,志愿不及申。徒霜镜中发,羞彼鹤上人。桃李何处开,此花非我春。惟应清都境,长与韩众亲。②

凤本为王者之祥瑞,"凤飞于千仞之上,身备五采之章,口衔丹书,欲呈祥于王者,入周秦之郊,无有所遇而空归矣,归又无所栖息,乃横绝于四海,翻飞遨游,而又孑然无与为邻者,是犹我之抱艺浪迹四方而不得一有所遇也"③。此诗前六句咏凤,既是自比,同时也是呼应《古风》其一咏周秦之际王道闭塞、其三咏狂秦两首的主题。

---

①《李太白全集》卷二,第115页。
②《李太白全集》卷二,第94页。
③《李诗选注》卷一,第527页。

圣贤之人,因为遭遇三代之下的暴政衰俗,其道不行,转而求仙,并且修成仙果。所以本诗在咏凤之后,紧接着咏神仙之事。李白本有求仙访道的行为,所以转入这一主题后,一发难以收拾,于是又有其五、其七两首,而后面其十七"金华牧羊儿"、其十九"西上莲花山"、其二十"昔我游齐都"、其四十"凤饥不啄粟"、其四十一"朝弄紫泥海",都是表达同样的道不能淑世转而游仙求道的主题。这样说来,古风其四"凤飞九千仞"这六句,正是从其一、其二、其三的叹世乱转入求神仙的转折点,是连接《古风》政治及历史、现实的主题与神仙、玄道、隐逸主题之间的关纽。揭出这一点,《古风》五十九首的整体性就进一步地凸现出来了。

　　世人传说的神仙,大多出于战国秦汉时期,李白所咏的安期生、赤松子,以及非仙而同样展现高蹈或沉冥之风的鲁仲连、严君平、严子陵,也都是这一时期的人物。前举其二十九写战国世道纷乱,圣贤避世,"至人洞玄象,高举凌紫霞",正是说王道闭塞、世乱俗衰是神仙与隐逸产生的原因,李白歌颂这些神仙及隐逸之士,正是以另一种方式来批评三代以后的战国秦汉之际的狂暴政治与衰世风俗。而在咏游仙之后,其九"庄周梦蝴蝶"咏庄子、邵平,其十"齐有倜傥生"咏鲁仲连,其十二"松柏本孤直"咏严光,其十三"君平既弃世"咏严君平,都是反映同一主题的作品。葛立方《韵语阳秋》曰:"李太白《古风》两卷近七十篇,身欲为神仙者殆十三四,或欲把芙蓉而蹑太清,或欲挟两龙而凌倒影,或欲留玉舄而上蓬山,或欲折若木而游八极,或欲结交王子晋,或欲高揖卫叔卿,或欲借白鹿于赤松子,或欲餐金光于安期生,岂非因贺季真有谪仙之目,而固为是以信其说耶? 抑身不用,郁郁不得志,而思高举远引耶？"①其实，李白表现游仙与隐逸主题的诗歌，不完全是自咏，有不少是借咏神仙、高隐以自寓，并且其主要的意旨，是表示三代以后，王道不行，世风衰败，圣贤高士，或轻举游仙，或隐逸求志。从根本上讲，仍是一种现实批判精神的反映，所谓"坎壈咏怀，非列仙之趣"②。

三

《古风》其一的序诗性质，还体现在其后半部分与组诗的连接关系上：

> 圣代复玄古，垂衣贵清真。群才属休明，乘运共跃鳞。文质相炳焕，众星罗秋旻。我志在删述，垂辉映千春。希圣如有立，绝笔于获麟。

这十句诗，正是引出其下整组诗的直接的序引。前面从感叹大雅不作，千古继起无人，一直到宪章全沦，绮靡风盛，说的是千古文风之剥；这里叙本朝政治复古，诗运重开，说的是当代文风之复。殷璠《河岳英灵集序》历叙从初唐至盛唐诗歌逐渐摆脱陈隋绮靡之风的经过，最后归结于玄宗朝的复古："开元十五年后，声律风骨始备矣。实由主上恶华好朴，去伪从真，使海内词场，翕然尊古。南

---

① （宋）葛立方《韵语阳秋》，上海古籍出版社1984年据上海图书馆藏宋本影印，第133—134页。
② （南朝梁）钟嵘《诗品》卷中"郭璞"，陈延杰注《诗品注》，人民文学出版社1961年，第39页。

风周雅,称阐今日。"① 可知李白这一段对本朝政风与文风的赞辞,不全是谀颂之辞,而是反映当时文学复古的真实状况。按照殷璠的说法,玄宗朝复古运动取得成果,是在开元十五年之后,李白的古风写作,大约也是在这一文学背景之下的,也可以说是为了响应玄宗本人"恶华好朴,去伪从真"的文学思想,与"海内词场,翕然尊古"的风气相呼应。

"我志在删述,垂辉映千春。希圣如有立,绝笔于获麟。"这四句是历来最易滋疑的地方。关键在于"删述"用了孔子删《诗》的典故,而"绝笔于获麟"用了孔子作《春秋》的典故。按照字面的意思去理解,"我志在删述",似乎是说要像孔子整理《诗经》一样,删述《诗经》之后的后世之诗,或者是删述本朝诸贤之诗,使之垂辉于千秋。而"希圣如有立"两句,按照前后文的关系,正是指"我志在删述"这件事情,将之比拟孔子作《春秋》。但这样说,与其后《古风》五十九首就没有什么关系了。李白作《古风》,明明是作者之事,却为何偏偏扯到编者之事上去呢? 关键是李白本人从未做过这类删述之事。李白之前隋末王通是做过模仿孔子删诗的事情,编过《续诗》一书,但这与李白又有什么关系呢? 笔者于此,也是长期地感到纳闷。现在我们通过对全诗内容的重新认识,尤其是发现了其一的确具有序诗的性质这一事实后,再来看"我志在删述"这一句,就可以有新的认识。其实李白所说的"删述",并非如文中子王通编《诗经》以后历代诗歌为《续诗》那样的实际的删述工作,而是指通过自己的古风、古乐府的创作上探风骚的作品,为诗坛立一标准。如此,则虽未于编籍间删述,而删述之功自然成立。我们要知道,李白写诗,在用词与用典上面,常常是个人性很

————————

① 《唐人选唐诗(十种)》,上海古籍出版社 1978 年,第 40 页。

强，他的思维方式本来就是跳跃的、主观性的，常常言在此而意在彼，不像杜甫讲究修辞的规范与措意的细密。孔子并未作诗，但孔子的删述之业，被后来的诗人视为对诗道的最高维护，所以在李白看来，孔子当之无愧是伟大的诗人。李白尊复古风，并且期待"大雅"境界，虽非像孔子那样删诗、整理三百篇，使"《雅》《颂》各得其所"，但在维护诗道的功效上，是与孔子删诗、作《春秋》一样的，都是垂辉千秋的事业。以李白修辞常常不唯意所至、不顾牝牡骊黄的特点，用"删述"来称创作，又有何不可呢？后人拘泥于常规的用词方式，不能跃入李白独特的思路中，所以使这一句长期难得确解。这样的情况，在李诗的解说中，不能不说是仅有的一例。袁行霈《李白〈古风〉（其一）再探讨》一文认为李白的"我志在删述"，并不是要学习孔子删诗，而是想要效法孔子写一部《春秋》，总结历代政治的得失，以此流传千古[1]。这个看法是有道理的。但我们现在明白了《古风》五十九首的基本主题在于评说三代以下"世道之治乱，文辞之纯驳，人物之邪正"，就能清楚李白说自己"我志在删述"，指的就是创作古风，以明古今治乱之情，不是别有所著，正是指《古风》写作这件事，当然也包括李白自己其他继承风骚与汉魏传统的诗歌创作。李白《古风》的思想价值，虽然有人认为不及阮籍、陈子昂，但李白自视是很高的，是可以直追风雅之义的。前引明人朱谏的评论，也认为五十九首"意高而论博，间见而层出，讽刺当乎理，而可以规戒者，得风人之体"。那么在李白看来，其价值当然可以窃比孔子作《春秋》之事了。

　　在论定了李白所说的"删述"、"希圣"即指尊复风雅的诗歌创作之后，我们对于《古风》其一的序诗性质就更加明确了。其一

_____

①《李白〈古风〉（其一）再探讨》，第64页。

的最后四句,可以说直接地引出后面的整组诗写作。可见《古风》五十九首,是一组整体性很强的诗,并非像一些学者所说的,是李白平生零散之作的结集。它与陈子昂《感遇》三十八首、张九龄《感遇》十二首的性质是一样的。

（原载《文学遗产》2010 年第 1 期）

论李白乐府诗的创作思想、体制与方法

　　李白的乐府诗创作,是代表了唐诗艺术非凡高度的创造品之一,具有一种奇迹性的特点。对它进行深入的研究,是我们理解唐诗艺术的成因、解开唐诗发展的根本奥秘所必须做的工作。从整体上看,李白乐府诗是他自觉追求以复古为创新的诗学发展道路的实践成果,同时也是他的诗学思想与创作个性达到高度契合所获得的成果。本文打算从上述思考出发,对其乐府诗创作的基本思想、体制与方法作比较系统的论述。同时也由此展示李白乐府诗与汉魏六朝乐府诗复杂、多层的关系,并试图解答李白是如何通过复古的方式达到与诗歌艺术创造规律高度契合的境界的。

一

　　李白的乐府诗创作,是他复古诗学的重要构成之一。除了《古风》类的写作之外,古乐府写作也是李白终生追求的事业,《唐诗纪事》有这样一段记载:

　　　　韦渠牟,韦述之从子也,少警悟,工为诗,李白异之,授以古乐府。权载之叙其文曰:初,君年十一,尝赋《铜雀台》绝句,右拾遗李白见而大骇,因授以古乐府之学。[①]

由"授以古乐府之学"可见,李白的古乐府写作内部包含有成熟的诗学系统。从魏晋到盛唐,文人诗创作的复古、拟古作风经历了一个曲折的发展过程。在魏晋时代,由于文人创作的五言诗与乐府诗所使用的体制、曲调多来自汉代,并且早期文人诗的写作方法也还不太成熟,所以在创作上比较自然地趋向于摹拟前人,形成了在篇制甚至题材内容上转相沿袭的作风。尤其是在傅玄、张华、陆机等人的写作中,拟古成了重要的方法。此后刘宋甚至齐梁的部分诗人、诗篇,仍采用这种魏晋式的拟古方法。但从齐梁以后,这种拟古方法日益陷入陈陈相因、缺乏新意的困境中。而在另一方面,刘宋以来的诗歌发展以新变为主要趋势,体物、写景、缘情的因素不断增加,声律艺术也开始出现,诗歌开始转入以景与境为主要因素的发展方向,以叙事、言志、比兴为主要特点的汉魏艺术传统开始衰落。但在这种齐梁以降整体趋新的风气中,一部分的诗人和诗歌作品开始自觉或不自觉地模拟汉魏诗歌,沿承晋宋旧体。他们可以说是唐代复古诗学的先声[②]。但这时期的复古诗学,还没有完全明确,一直处于摸索之中。我们看魏征主编的《隋书·文学传论》,在指示新王朝的文学创作方向时,仍然只提到将"江左之清绮"与"河朔之贞刚"相结合的方法,也就是走融合南朝文学与北朝文学的发展道路。这其实是隋代的一些诗人已经初步探讨过

---

① (清)王琦注《李太白全集》卷三五《年谱》,中华书局1977年,第1611页。
② 参见钱志熙《论齐梁陈隋时期诗坛的古今分流现象》一文中的相关论述(《河南师范大学学报(哲学社会科学版)》2011年第1期)。

的,在文学史观方面,仍属于齐梁文学观的范畴,还没有发现复古方法的重要性。只有到陈子昂提出"汉魏风骨"的概念,复古诗学才真正得以确立。到了李白登上诗坛的时代,则复古诗学已经占了主流的地位。不仅作为唐人复古体制代表的古风和五、七言古体已经确立,而且源自齐梁的近体诗,在语言与风格方面也受到了复古诗风的影响,形成了声律、风骨与兴象比较圆满结合的风格。

　　上述魏晋南北朝的拟古、复古创作风气,以及初唐陈子昂以来的复古诗学,共同构成了李白复古诗学的基本渊源。但是李白的复古诗学并非是对上述传统的简单继承,而是对初唐以来复古诗学的一个深化。或者说,在盛唐诗坛绍复汉魏与沿承齐梁两派已经取得比较好的融合,古体与近体两种体裁都得到比较平衡的发展的时候,李白再次提出复古的问题,仍然以齐梁宫掖之风为革新的对象,这对盛唐诗坛无疑是一个突破。而且我们还发现,虽然陈子昂、张九龄等人是唐代复古诗风的开创者,但明确提出"复古"这个概念的,很可能是李白。《古风》其一有"圣代复玄古"之句。又唐孟棨《本事诗·高逸第三》云:

　　　　白才逸气高,与陈拾遗齐名,先后合德,其论诗云:"梁陈以来,艳薄斯极,沈休文又尚以声律,将复古道,非我而谁与!"故陈李二集律诗殊少。①

又李阳冰《草堂集序》:

　　　　卢黄门云:"陈拾遗横制颓波,天下质文翕然一变。"至今

_____

① 丁福保辑《历代诗话续编》,中华书局 1983 年,第 14 页。

朝诗体,尚有梁、陈宫掖之风,至公大变,扫地并尽。①

这两条材料,第一条是李白自述其诗学宗旨;第二条是他同时代的李阳冰对他的评价,都着眼于李白的复古诗学,都强调他继陈子昂之后进一步提倡复古,并且以当时诗坛上尚存的齐梁宫掖之风为革除对象。这不能不视为李白全部诗学的出发点。与李白同时,但在诗坛发生影响比他更早一些的王维,他的创作,在体制、题材与风格上,也有不少的创新,但并没有形成像李白这样明确的进一步复古的思想。所以王维的诗风,是对汉魏六朝至初唐的诗风比较自由的取舍与综合。后于李白的杜甫,则是自然地继承当时诗坛上流行的古体、近体及歌行体,将主要精力放在发展这些体制的创作艺术,在表现与再现的强度上突破古人,同时在题材与风格上对诗歌史作出全面的继承与发展,从而取得"集大成"的艺术成就。如果说王维、杜甫与诗歌史及当时的诗坛风气的关系,是顺流而下、因势利导的关系,那么李白与诗歌史及当时诗坛的关系,则体现了一种逆流而上的发展态势。他要彻底扫除齐梁以来因声律、隶事、偶对、形似咏物诸项因素而造成的程式化作风,要完全克服齐梁以来诗歌艺术中因循、递相祖述的惰性,走完全独立的复古与创新之路。表面上看,他在古风、古乐府的创作中采用了当时看来已经比较落后的拟古、代言的写作方法,但他的真正目的并不是简单地复古,而是要通过个人创作,来重新书写李白个人的诗歌史。这无疑是一种富有英雄主义色彩的创造行为。正是因为这样,李白的这种逆流而上、彻底复古同时也重新书写诗歌史的创作道路,只能是他个人的天才行为,不具备可取法性。从为诗歌史确

①《李太白全集》卷三一,第1445页。

立一种写作范式的角度看,希望通过自己的创作全面复兴古道从而使齐梁宫掖之风扫地并尽的李白式的复古方法,其实是失败的。因此,我们还可以说,在盛唐诗国中,李白是一个悲剧的英雄。要解释这个悲剧发生的历史与个人的原因,显然是很困难的。

李白的复古诗学,如果寻找它内部的体系,最核心的是古风与古乐府。古风又派生出一般的五言古诗;其中的一些山水纪游之作,源于陶渊明与大、小谢,也部分地带有复古的色彩。古乐府的系统又派生一般的七言与杂言的歌行体,可以说是乐府体的一个扩大。除此之外,李白日常吟咏情性、流连风物的五律、五七言绝句等近体诗,也在风格上程度不同地受到上述古体、古乐府体的影响。虽然从李白自身的认识来看,五言尊于七言,古风尊于古乐府,但以他实际的创作成就来说,是七言高于五言,古乐府高于古风。由此可见古乐府在李白的诗歌创作中,实为重要的一部分。而上面所说的李白诗歌创作逆流而上、试图以个人创作重新书写诗歌史的特点,在他的古乐府创作中体现得最为明显。

从李白的《古风》其一我们看到,他的观念中最为崇高的诗体为大雅,其次是国风,他的《古风》五十九首,就是试图由汉魏言志比兴的古诗上溯到国风①。风与雅的区别,是在表现的对象上,风是主要通过个人的情事来反映国俗的兴衰,雅则是直接地表现国俗与国政。《毛诗序》对此有很好的阐述:"是以一国之事,系一人之本,谓之风;言天下之事,形四方之风,谓之雅。雅者,正也,言王政之所由废兴也。政有大小,故有大雅焉,有小雅焉。"② 这样的思想,

---

① 参看钱志熙《论李白〈古风〉五十九首的整体性》一文有关论述(《文学遗产》2010 年第 1 期)。
②《毛诗正义》卷一,中华书局 1980 年影印阮元刻《十三经注疏》,第 272 页。

李白当然很熟悉,他的《古风》五十九首,就是按照这种诗歌思想来写作的,其中有正面地"言天下之事,形四方之风"的雅的成分,但更多是通过具体的个人的情事来反映古今政治与风俗之兴衰。汉魏六朝的乐府诗,是典型的"饥者歌其食,劳者歌其事"[1]的里巷歌谣,而经过文人儒者的阐述,其中含有政情与国俗的兴衰,与《国风》的性质正好相近。所以,在李白等唐代诗人的观念中,风雅之后,最重要的诗歌就是汉魏六朝的乐府,尤其是原生的汉乐府与南北朝乐府民歌,其次才是魏晋南北朝的文人诗。这个风雅之后,接以乐府,而以文人拟作乐府为等而次之的排列次序,在元稹的《乐府古题序》中表达得很清楚:

> 自风雅至于乐流,莫非讽兴当时之事,以贻后代之人。沿袭古题,唱和重复,于文或有短长,于义咸为赘剩。尚不如寓意古题,刺美见事,犹有诗人引古以讽之义焉。[2]

李白之所以大量创作古题乐府,正是由"风雅至于乐流"这样的诗歌史观念出发,乐流成了仅次于风雅的诗歌经典。反映到李白的创作中,则是在写作《古风》五十九首之外,又创作了大量的古题乐府,包括他的模仿歌曲形式的歌行体,也属于乐流范畴。可见其对乐流的重视,亦可见由元稹概括出来的"乐流"这一概念,实是支配着唐代复古诗学的重要思想。而唐人对"乐流"的重视,最典型地反映在李白古乐府、歌行,元白新乐府,李贺的歌诗这几宗重

---

①《春秋公羊传注疏》卷一六,中华书局 1980 年影印阮元刻《十三经注疏》,第 2287 页。
②《元稹集》卷二三,中华书局 1982 年,第 254 页。

要的创作成果上。

　　要了解"乐流"在唐代诗人那里何以有如此重要的地位,就要对诗歌史由乐章到徒诗的发展规律有所认识。从诗歌史的发展来看,乐歌是文人徒诗的母体,而"乐"则是诗歌原生的、本质的精神。文人持久的拟乐府创作,正是对这个母体的回顾,并且体现了以"乐"为诗歌的原生精神的艺术思想。这当然也是李白乐府诗创作的基本思想。但除此之外,李白的个性最接近乐诗的精神,也是将其导向大量的乐府创作的主观条件。汉魏六朝乐府诗歌是在充分的音乐文化环境中产生的,与文人诗歌尤其是齐梁以降的文人诗歌相比,体现了更为自由、原始的诗歌创作精神,这一点与李白奔放不羁的个性与非凡的想象力等主观素质正好契合,由此造成了以汉魏六朝乐府诗为母体的李白的古乐府与歌行的写作。所以,在李白的诗学观念中,音乐本体的思想是很突出的。当然,对于一位古代的诗人来说,如果重视风雅颂,重视乐流,最理想的做法,就是为其当代王朝制作各种实际入乐的雅俗乐章,李白是否有这样理想,我们不得而知。但我们知道,他创作过《宫中行乐词》、《清平乐三首》这样的乐章歌词,这说明他与当代乐章的写作并非完全绝缘。但是,这种当代乐章的写作,不可能全部容受李白的创作热情。因为李白的诗歌艺术,本质上还是植根于汉魏六朝以来高度发达的文人徒诗系统之中。与作为歌者的李白相比,作为徒诗作者的李白是更为根本的[1]。这是他采用了拟古乐府的拟乐章创作形式,而不选择当代乐章写作为主要形式的原因。还有一点,唐代的雅颂乐章,并非像李白这样的布衣诗人所能擅作。而作为俗

---

① 乐章和徒诗的分际,参看钱志熙《歌谣、乐章、徒诗——论诗歌史的三大分野》一文中的有关论述(《中山大学学报(社会科学版)》2011 年第 1 期)。

乐的燕乐歌词,从音乐体制来说,则源于南北朝后期开始流行的以娱乐性为主要特点的燕乐,与其相应的诗歌体制正是齐梁艳俗之体,即李白所指斥的"梁陈宫掖之风"。上述两点决定了富有音乐精神、崇尚乐流传统的李白,只能选择汉魏以来的乐府诗为其模拟对象。

　　除了"乐流"这个重要的概念外,"讽兴"也是李白乐府创作中核心性的概念。据上引元稹《乐府古题序》"自风雅至于乐流,莫非讽兴当时之事"可知,讽兴是唐人对古风、古乐府的基本创作精神的概括。在唐代诗人看来,有无讽兴是源于风骚汉魏的古风、古乐府与沿自齐梁的近体诗的基本区别。元稹《叙诗寄乐天》论到他自己的诗歌创作时说:"其中有旨意可观,而词近古往者,为古讽。意亦有可观,而流在乐府者,为乐讽。"《毛诗序》概括诗歌创作的精神时说:"风,风也,教也。风以动之,教以化之。"又在论六义之"风"时说:"上以风化下,下以风刺上。主文而谲谏,言之者无罪,闻之者足以戒,故曰风。"唐人的"讽兴"之说,即来自《毛诗序》的这些理论。这些理论当然也是李白古风、古乐府写作基本的指导思想。而后人在论述李白乐府诗时,也强调其讽兴的特点。如胡震亨《李诗通》云:

　　　　太白诗宗风骚,薄声律,开口成文,挥翰雾散,似天仙之词。而乐府连类引义,尤多讽兴,为近古所未有。[1]

胡氏以"连类引义,尤多讽兴"评李白乐府诗,可谓深中肯綮。其

---

[1] 转引自詹锳编著《李白诗文系年·李白乐府集说》,人民文学出版社 1984 年,第 165 页。

中"连类引义"为方法,"讽兴"则为旨趣。又应泗源《李诗纬》还指出李白的一些写男女之情的作品,也有君臣遇合的政治性寄托在内:

> 太白愠于群小,乃放还山,而纵酒以浪游,岂得已哉。故于乐府多清怨,盖不敢忘君也。夫怨生于情,而情每于儿女间为切切焉。读者勿以辞害意可矣。①

应氏所说的,正是胡氏所说的"连类引义"的一种表现。屈原的《离骚》、《九章》、《九歌》等作品,开创以香草美人喻君子、以男女离合喻君臣之际的传统,其寄托的精神与方法自然也被汉魏晋诗人所继承,李白的古乐府创作,正是对这一传统的发展。汉魏六朝的乐府诗,原本为一种娱乐的艺术,多出于民间里巷歌谣,劳者歌其事,饥者歌其食,又多写男女相爱及其别离的种种情事。李白多依古题古义,所以其乐府也多写儿女之事,有些是仅仅实写男女之情;有的则是有君臣之际、朋友之际遇合仳离之意,人生失意之感的寄托;但总的看来,都是寄托着李白对人生、社会的感喟,都是具有讽兴宗旨的。乐府自晋宋以下,转为模拟,但陆机、谢灵运等人之作,多重于意,常在旧篇寄托作者的主观感情。鲍照的拟乐府,更是借古题直接地写现实生活中的种种矛盾,曲折地表达个人的生活遭遇,抒发个人的情志。但齐梁以降,乐府中赋题咏物之风盛行,远离了汉魏的叙事言志传统:"《落梅》、《芳树》,共体千篇;《陇水》、《巫山》,殊名一意。"②李白的乐府诗,与鲍照的渊源关系很深,

① 转引自《李白诗文系年·李白乐府集说》,第165页。
② (唐)卢照邻《乐府杂诗序》,《卢照邻集　杨炯集》,中华书局1980年,第74页。

深受鲍照以古题来写现实生活、抒发个人情志的启发，言志的特点十分突出。所以，他的乐府诗，所采用的基本方法，为汉魏的言志讽兴之体。古今学者在研究李白乐府作品时，也多有指揭：如《梁甫吟》一首，萧士赟评云："此篇意思转折甚多，盖太白借此以言志也。"唐汝询《唐诗解》卷一二："此伤不遇时，赋以见志也。"沈寅等《李诗直解》评曰："此篇太白为《梁甫吟》，屡借古人以言其志也。"《唐宋诗醇》评曰："此诗当亦遭谗被放后作，与屈平眷眷楚国，同一精诚。"① 又如《将进酒》，《唐诗解》评云："此怀才不遇，托于酒以自放也。"《李诗解》亦评云："此篇虽任放达，而抱才不遇，亦自慰解之词。"② 应该说，上述言志与抒发怀才不遇之感，是李白好多乐府诗的共同主题。讽喻同样也是李白写作乐府的基本出发点，集中如《乌夜啼》讽君主之荒淫，《上留田》讽风俗之衰薄，《白头吟》、《妾薄命》讽人情之薄幸、男女之乖离。讽喻之外，颂美也是古诗的一种原则，李白乐府诗中，属于颂美的篇章也有不少。如《临江王节士歌》、《司马将军歌》、《东海有勇妇篇》、《秦女休行》，都是以古今烈士、节妇为对象的颂美之作，同样表现了李白个人的人生理想。整体上看，李白乐府诗创作正是以上述言志、讽兴为基本写作原则的一种有宗旨的写作，体现了力求恢复风雅乐流传统的创作理想。

　　上面我们从复古诗学的基本概念出发，论述了李白乐府诗创作的基本思想，同时也揭示出，在拟古乐府整体衰落的诗坛背景下，李白大量创作古题乐府并且做出巨大的艺术发展的原因。

----

① 以上各条俱见詹锳主编《李白全集校注汇释集评》，百花文艺出版社1996年，第333—336页。
② 以上两条俱见《李白全集校注汇释集评》，第365页。

二

　　乐府古题以拟古为基本方法,唐人已经对它进行了一些概括。早于李白的卢照邻,在《乐府杂诗序》中就描述过两晋以后以模拟为尚的文人乐府诗的写作情况:

> 《落梅》、《芳树》,共体千篇;《陇水》、《巫山》,殊名一意。亦犹负日于珍狐之下,沉萤于烛龙之前。辛勤逐影,更似悲狂;罕见凿空,曾未先觉。潘陆颜谢,蹈迷津而不归;任沈江刘,来乱辙而弥远。其有发挥新题,孤飞百代之前;开凿古人,独步九流之上。自我作古,粤在兹乎? ①

卢照邻是在为中山郎余令所编收录贾言忠咏九成宫的新题乐府及许圉师等人和作的《乐府杂诗》作序时发表这一番议论的,对晋宋以来拟乐府的写作方法提出了批评,并最早提出新题乐府的写作方法。但是这个时期的新题乐府,其实与隋唐之际的新声乐曲属于同一体系,带有为新声乐曲提供歌词的性质。其基本的体制,实属齐梁之体。卢照邻指出"共体千篇"、"殊名一意",正是文人拟乐府所遭遇的困境。正是这一困境,使初唐拟乐府创作趋于衰微,而且出现了像贾言忠这样的尝试用新体作新题乐府的创作现象。但是,用新体作新题乐府,或许能为当代乐章写作创出新路,但拟乐府系统也将因此而结束。李白的乐府诗写作,虽然也有类似于贾言忠等人《乐府杂诗》的写法,如《宫中行乐词十首》、《清平调词》即属此类,从体制上看实为"梁陈宫掖遗风",然而李白的复古思

---

① 卢照邻《乐府杂诗序》,《卢照邻集　杨炯集》,第74页。

想，决定他不可能主要选择这一方向来改革乐府诗风。他所选择的是已经开始被当时诗坛放弃的晋宋齐梁文人拟古乐府的传统，并通过自己的创作激活这一传统。值得注意的是，卢照邻批评历代文人拟乐府因袭前人，作无谓的文字技巧上的竞争，是"辛苦逐影，更似悲狂"。他说的"罕见凿空，曾未先觉"，是批评历代文人拟乐府缺乏独辟新径的创新思想与方法。其实后者正是李白乐府诗写作的基本方法。所谓"罕见凿空"，即从缘题立意出发，在写作上独辟蹊径，通过对题意的深入挖掘，多层演绎，再加上奇特的构思，以求超越古辞与前人旧作，这正是李白古题乐府出奇制胜之法。"凿空"二字，原是司马迁用来形容张骞开辟通往西域的道路，"然骞凿空，诸后使往者皆称博望侯"。苏林曰："凿，开；空，通也。骞开通西域道。"《索隐》曰："案：谓西域险厄，本无道路，今凿空而通之也。"① 卢照邻这里所说的"辛苦逐影，更似悲狂；罕见凿空，曾未先觉"，正是自晋宋至初唐拟乐府诗陷入的困境，正是这种困境使初唐以来的诗人逐渐放弃拟乐府的创作，开始转向新题乐府、新歌曲的创作。但是这样做，等于放弃了汉魏以来的乐流传统，所以李白选择的创作道路与时人相反，继续选择古乐府体，而在创作方法上做新的创造。李白的这一创作方法，在唐代并非主流化，尤其是在初唐至盛唐的乐府诗及乐章歌诗的创作流脉中，他是带有反潮流的倾向的。所以，虽然李白古乐府写作取得巨大成就，突破了"共体千篇"的困境，后人甚至赞叹："太白于乐府歌行，不许唐人分半席。"② 但是，唐人在评述乐府诗歌的历史时，似乎没有充分地注意到李白的这种突破，更没有将李白这种高度个性化的"罕见凿

---

① 《史记》卷一二三《大宛列传》，中华书局 1959 年，第 3169 页。
② （清）王夫之评选《唐诗评选》卷一，文化艺术出版社 1997 年，第 20 页。

空"的拟写方法作为普遍的经验来推广。甚至在古乐府写作方法
上实际受到李白影响的元稹,也并没有对李白的创作经验作出充
分的肯定。元稹所批评的"沿袭古题,唱和重复,于文或有短长,于
义咸为赘剩"的古乐府写作,其中也包括了李白的古乐府写作。尽
管接着这句话说的"尚不如寓意古题,刺美见事,犹有诗人引古以
讽之义焉",算是对古乐府写作的部分肯定,而且这里主要还是概
括李白的经验;但元稹真正肯定的,还是发源于杜甫的"即事名篇,
无复依傍"的新题乐府的写作。只是此时的新题乐府,与初唐的新
声乐曲与新题乐府之沿用齐梁体制不同,完全采用古诗、古歌行的
体制,并且恢复汉魏写时事的方法,不同于初唐之缘情咏物,并且
体兼雅颂。白居易所肯定的也是新题乐府的传统,其《与元九书》
论李白时说:"李之作才矣!奇矣!人不逮矣,索其风雅比兴,十无
一焉。"① 从这里可以看到,唐代文人乐府的两个系统,一为初唐以
来的新乐府的传统,一为李白重新激活的古乐府传统,后者显然未
受到时人及稍后元白等人的足够重视。

　　其实,我们说拟古是晋宋齐梁以来古题乐府的基本写作方法,
是一个比较笼统的说法。事实上,在文人拟乐府的内部,因为侧重
于曲调、旧篇与旧题等不同的倾向,形成各种不同的写作方法。以
比较大的视野来分类,有拟调、拟篇与赋题三大类,并且这三种方
法也大体代表了文人乐府的三个发展阶段。汉魏文人的乐府诗,
多依旧调制新词,属于拟调之法。这个时期乐府诗多用旧题旧调,
受到古辞题材内容的影响,古题对新作的取材范围有一些影响,但
基本属于元稹所说的"自风雅至于乐流,莫非讽兴当时之事"的一
种,拟篇的作法还没有明显出现。至傅玄、陆机的一部分旧题乐

<hr>

① 《白居易集》卷四五《与元九书》,中华书局 1979 年,第 961 页。

府,采用了拟篇的作法,沿流至东晋、刘宋。而此期的五言徒诗中也出现拟古的作风,两者构成晋宋时期拟古诗学的全部。至齐梁时代,诗风由以拟古为主流转入以革新为主流。在乐府诗创作方面,为了突破拟篇法的因袭,由赋鼓吹曲辞、横吹曲辞的曲名开端,形成缘题立义、专写题面的赋题法。赋题法其实已经不是严格意义上的拟古,但因为毕竟继承了汉魏乐府的旧曲名,而这个曲名对作者的取材与赋写仍然有一种制约的作用,所以广义来说,仍属拟古乐府的范围。李白的乐府诗创作,可以说是对上述魏晋至齐梁各种写作方法的全面继承,并以其特有的"罕见凿空"的非凡想象力与表现力,对前人的写作方法作出了个性极为突出的新发展。

晋宋的拟古诗和拟乐府,好多都是"规范曩篇,调辞务似"[①],在内容与文词上不同程度地模拟旧篇。这种拟篇的方法,在李白的作品中也有所表现。太白对自己创作乐府的思想与方法,很少交代。唯有《秦女休行》题下原注:"古词魏朝协律都尉左延年所作,今拟之。"此当为李白自注,也是李白唯一自陈其拟古之法的一条材料。李白的《秦女休行》即是典型的拟篇之作。

左延年《秦女休行》:

> 始出上西门,遥望秦氏庐。秦氏有好女,自名为女休。休年十四五,为宗行报仇。左执白杨刃,右据宛鲁矛。仇家便东南,仆僵秦女休。女休西上山,上山四五里。关吏呵问女休,女休前置辞:平生为燕王妇,于今为诏狱囚。平生衣参差,当今无领襦。明知杀人当死,兄言快快,弟言无道忧,女休坚词为宗报仇。死不疑!杀人都市中,徼我都巷西。丞卿罗东向

---

① 郝立权注《陆士衡诗注·自序》,人民文学出版社1958年,第1页。

坐,女休凄凄曳桎前。两徒夹我持刀,刀五尺余。刀未下,朣
胧击鼓赦书下。①

李白《秦女休行》:

> 西门秦氏女,秀色如琼花。手挥白杨刀,清昼杀仇家。罗
> 袖洒赤血,英声凌紫霞。直上西山去,关吏相邀遮。婿为燕国
> 王,身被诏狱加。犯刑若履虎,不畏落爪牙。素颈未及断,摧
> 眉伏泥沙。金鸡忽放赦,大辟得宽赊。何惭聂政姐,万古共惊
> 嗟。②

李白这一首,人物、情节结构全遵原作,可以说是一种改写旧作的
方法。左延年的《秦女休行》看似语词参错,但正是用带有说唱故
事特点的汉代相和曲的体制,有些模仿《陌上桑》一类的写法。这
是因为其曲调或演艺的方式,与《陌上桑》属于同一类。所以左作
富有原生乐府古辞的质朴生动的趣味,场景与动作都很突出,富于
戏剧叙事的特点。到了李白这里,则成了一个纯粹的文人叙事诗,
人物形象写得更加集中鲜明,叙述结构更加紧凑,并更加注重形
容。可见李白虽是模拟旧篇,但以改写为主,并不像陆机《拟古诗》
那样"调辞务似"、"神理无殊,支体必合"③。

李白的乐府,即使是严格地"规范曩篇",或者说改写旧篇,也
都是采用脱胎换骨之法,自铸伟词,不落窠臼。如《独漉篇》原是

---

① 逯钦立辑校《先秦汉魏晋南北朝诗·魏诗》卷五,中华书局 1983 年,第 410 页。
②《李太白全集》卷五,第 308 页。
③《陆士衡诗注·自序》,第 1 页。

晋宋乐府演唱的拂舞歌词,讲为父报仇的故事。李白将其改写成为国报仇,以寄托时事之感。对此萧士赟已经指出:"《独漉篇》即拂舞歌五曲之《独禄篇》也。特《太白集》中禄字作漉字,其间命意造词亦模仿规拟,特古词为父报仇,太白则为国雪耻耳。"[①] 原作叙述情节带有一种迷离的特点,可能与其原为舞词有关。因其歌词原是与舞蹈及相关布景配合,不同于普通的案头读物。李白的拟作则完全是文士言志之作,但他在"命词造意"上仍然模仿规拟,并且着意再现原作情景迷离、词旨闪烁的特点:

> 独漉水中泥,水浊不见月。不见月尚可,水深行人没。(右为一解)
>
> 越鸟从南来,胡雁亦北度。我欲弯弓向天射,惜其中道失归路。(右为二解)
>
> 落叶别树,飘零随风。客无所托,悲与此同。(右为三解)
>
> 罗帷舒卷,似有人开,明月直入,无心可猜。(右为四解)
>
> 雄剑挂壁,时时龙鸣。不断犀象,绣涩苔生。国耻未雪,何由成名?(右为五解)
>
> 神鹰梦泽,不顾鸱鸢。为君一击,鹏搏九天。(右为六解)[②]

从这里,我们可以看出,李白不仅学习旧作的情节与词气,而且对于古乐府"分解"的作法,也有所模拟。可见李白是很重视他的拟作与乐府古辞的血脉关系的。但即使是这样,李白通过自铸伟词、

---

① 转引自《李白全集校注汇释集评》,第 501 页。
②《李太白全集》卷四,第 221 页。

不落窠臼,形成比原作更为奇创的风格。虽然不能说是覆盖旧作,但也获得了与旧篇各具千秋的地位。这一点,是其他唐人的拟古乐府无法比肩的。我们要知道,李白以一人之力,对全汉魏以下众多无名与有名氏的古乐府、拟乐府,并且是采用当时看来已经落后了的拟篇法,真可谓化腐朽为神奇,其凌轹千秋的雄心,至少在古乐府的创作方面,是冠绝古今的。李白乐府诗也有隐括前人的作品,带有明显改写性质。如《越女词》其四:"东阳素足女,会稽素舸郎。相看月未堕,白地断肝肠。"王琦《李太白全集》:"按谢灵运有《东阳溪中赠答》二诗,其一曰:可怜谁家妇,缘流洗素足。明月在云间,迢迢不可得。其一曰:可怜谁家郎,缘流乘素舸。但问情若何,月就云中堕。此诗自二作点化而出。"[1] 这种隐括,也可以说是带有笔墨游戏的性质,体现了李白对乐府民歌娱乐趣味的领会。

从晋宋以降,拟古中出现尊重古意的一派。所谓"古意",也可以说是一些传统的、经典性的主题。重视古题、古意,也可以说是一种拟篇的方法,但是它主要是发挥古意,在具体的情节、情境上则可以做自由的发展。李白的古乐府,有许多都是采用这种方法创作的。如李白《长歌行》《短歌行》都是沿承古意之作。《长歌行》的本意是歌声之长短,所以汉魏时人所作长歌,并没有特别的立意。古诗《长歌行》有三首,"青青园中葵"一首言人命短暂,当及时努力,实为格言之体;"仙人骑白鹿"一首写游仙;"岩岩山上亭"一首则为游子恋念父母之歌。而魏明帝"静夜不能寐"一首感慨夜中不寐,殷忧丛积;傅玄"利害同根源"一首写报国立功之思。都是各有立意,其立意未见明显的依拟痕迹。但晋陆机的《长歌行》都是写感春物芳菲,人生易逝,是对古辞"青青园中葵"的主

---

[1]《李太白全集》卷二五,第 1195 页。

题的沿承。于是感慨生命短暂、需要及时努力就成了拟乐府《长歌行》的传统主题。郭茂倩说："若陆机'逝矣经天日,悲哉带地川',则复言人运短促,当乘间长歌,与古文合也。"①后来谢灵运、沈约的《长歌行》,都是拟陆机之作。其基本的结构,是先写时流迁逝之速,后感年时易过,功名难成,或为叹息,或为振作,或倡及时行乐以消忧。在写法上,陆机只是直接写时流之速,"逝矣经天日,悲哉带地川。寸阴无停晷,尺波徒自旋。年往迅劲矢,时来亮急弦"②。谢灵运也是这样写,只不过意象有更易。沈约之作,稍及时物荣衰,"春貌既移红,秋林岂停茜"。李白的《长歌行》正是祖述古辞"青青园中葵"的古意,同时也旁承陆机、谢灵运、沈约诸家的同题作品:

> 桃李得(一作"待")日开,荣华照当年。东风动百物,草木尽欲言。枯枝无丑叶,涸水吐清泉。大力运天地,羲和无停鞭。功名不早著,竹帛将何宣。桃李务青春,谁能贳(一作"贯")白日。富贵与神仙,蹉跎成两失。金石犹销铄,风霜无久质。畏落日月后,强欢歌与酒。秋霜不惜人,倏忽侵蒲柳。③

我们可以看到,李白此篇纯用古意,并且体制、结构一仍旧作。在修辞上也是采用陆机开创的用其意而易其语,其中"功名不早著,竹帛将何宣",袭用陆机《长歌行》"但恨功名薄,竹帛无所宣"。但

---

①(宋)郭茂倩《乐府诗集》卷三〇,中华书局1979年,第442页。
②《先秦汉魏晋南北朝诗·晋诗》卷五,第655页。
③《李太白全集》卷六,第358页。

是，整体来看造语奇卓过于前人。李白的《短歌行》与《长歌行》一样，也是用魏晋古意。郭茂倩云："崔豹《古今注》曰：'长歌，短歌，言人寿命长短，各有定分，不可妄求。'按《古诗》云'长歌正激烈'，魏文帝《燕歌行》云'短歌微吟不能长'，晋傅玄《艳歌行》云'咄来长歌续短歌'。然则歌声有长短，非言寿命也。"① 郭氏之说是对的，短歌、长歌，原指歌声长短。现存最早的《短歌行》为曹操的"对酒当歌"，实际上是一首酒歌，叙宾主相得以见求贤若渴之意。曹丕《短歌行》为哀悼其父曹操，是因为曹操曾作《短歌行》。傅玄《短歌行》，似写男女从绸缪到仳离的情变之事，大概也是自出其意。但自陆机《短歌行》开始，虽然其体仍用四言，但专取曹操感叹"人生几何"一意，衍为全篇，感叹人生之短暂。此后凡作《短歌行》都是言生命之短暂。如梁代张率《短歌行》，仍然是四言体，写人生苦短，及时行乐之意。可见崔豹所说短歌、长歌言人寿长短，虽不合其原始的意义，但却是符合两晋时期《长歌行》、《短歌行》的立意的。李白《短歌行》也沿承了"言人寿命长短"这一主题：

　　　　白日何短短，百年苦易满。苍穹浩茫茫，万劫太极长。麻姑垂两鬓，一半已成霜。天公见玉女，大笑亿千场。吾欲揽六龙，回车挂扶桑。北斗酌美酒，劝龙各一觞。富贵非所愿，为人驻颜光。②

此诗所用的是袭其意而易其词的方法。但其感情更为奔放激越，

---

① 按郑樵已有此说："且古有长歌行、短歌行者，谓其声歌之短长耳。"见《通志二十略·乐略第一》"正声序论"（王树民点校《通志二十略》，中华书局1995年，第887页）。
②《李太白全集》卷五，第319页。

想象力强,意象之奇特生动远远超过晋宋齐梁人的旧作。这是李白乐府诗出奇制胜的方法。

李白拟篇乐府的模拟对象,不仅是汉魏旧题,对于南朝的文人乐府,也常有模拟。如《夜坐吟》为拟鲍照同题之作,其命意、造词、体制规仿模拟的特点都很明显。鲍照是正面地写听歌者的情深意悦,李白之作最后一句则云"一语不入意,从君万曲梁尘飞"①,写女子因一语失宠,纵有万曲亦不能挽回,其实寄托人生遇合相知之难。但这种对情感进行质疑的笔调,也是出于鲍照一些作品。《乌夜啼》是南朝流行的新曲,现存有庾信、萧纲等人的作品,体有五言与七言两种。李白《乌夜啼》:

> 黄云城边乌欲栖,归飞哑哑枝上啼。机中织锦秦川女,碧纱如烟隔窗语。停梭怅然忆远人,独宿空房泪如雨。

胡震亨注:"《乌夜啼》,宋临川王义庆妓妾所作。庾信有《乌夜啼》云:'御史府中何处宿,洛阳城头那得栖。弹琴蜀郡卓家女,织锦秦川窦氏妻。讵不自惊长泪落,到头啼乌恒自啼。'白诗似本此。"②按胡氏说李白此诗用庾信诗意是有道理的。但在写法上,庾信是典型的齐梁赋题法,重在赋"乌啼"二字,其具体写法,先是形容事物,然后使用丽典。最后两句,稍有情节。李白则以乌啼为背景,专取丽典,塑造织锦女这个人物,加以叙事化的形容,在艺术上是用汉魏的叙事来取代齐梁的赋题。李白《乌栖曲》也改造齐梁赋题为汉魏叙事:

---

① 《李太白全集》卷三,第 201 页。
② 转引自《李白全集校注汇释集评》,第 337 页。

姑苏台上乌栖时,吴王宫里醉西施。吴歌楚舞欢未毕,青山犹衔半边日。银箭金壶漏水多,起看秋月坠江波,东方渐高奈乐何! ①

胡震亨注:"梁人辞云:'芳树归飞聚俦匹,犹有残光半山日。金壶夜水岂能多,莫持奢用比悬河。'又徐陵云:'绣帐罗帏隐灯烛。一夜千年犹不足。唯憎无赖汝南鸡,天河未落犹争啼。'皆白诗所本也。"② 按李白这首诗的处理方法与《乌夜啼》相近,用徐陵之作男女欢会嫌夜短的主题,但创造性地将其与吴王沉溺西施女色相联系,将徐作一般性地写男女之欢悦改变为吴王宫中耽乐之事,由此把这个本是齐梁艳体的题目,改变成有讽刺意义的作品。在这里我们可以看到,李白的古乐府,在模拟南北朝旧篇时,常常用汉魏叙事之法,并且将原本只是一个赋写事物的题目,改造成具有讽喻寄托之意的新作。这也是李白对乐府旧作的一种发展。李白的《白头吟》、《妾薄命》、《怨歌行》、《秦女卷衣》,皆为模拟旧篇,写女子宠衰爱歇,以寓人生失意之感,或君臣遇合之艰。从思想传统来讲,是继承屈骚的以男女之事寓君臣遇合的传统。

三

　　齐梁是诗歌革新的时代。这一革新的结果是复杂的,一方面体制与写作方法的革新,使诗学走出晋宋以来模拟汉魏的困境,使诗学的主要演生方式从学习经典转变为通过一种可遵依的体制,

————————

① 《李太白全集》卷三,第 177 页。
② 转引自《李白全集校注汇释集评》,第 342 页。

并且初步确立法度的意识。这对诗学无疑是一个解放。但在另一方面，这一革新又是以抛弃汉魏传统，并且解构汉魏以来以比兴言志为核心的诗歌审美理想为代价的。通过这次革新，诗歌艺术得到了普及，但汉魏诗歌那种原生的诗性精神也被淡释了。而初盛唐的复古派诗人所作就是将被解构的汉魏诗歌审美理想重新恢复，将被淡释的诗性精神再度凝聚。但是，这种复古行为，在很大的程度上是属于天才的个体行为，只有通过天才的创造力，才能神话般地恢复原生的诗性精神，并且跃入更为成熟的创造。李白的复古实践就是体现了这种精神。在乐府方面，李白正是通过复活业已过时的拟古法，将淡释了的诗性精神重新凝聚，并且创造出全新的乐府歌行风格。但是，在创作方法上，李白并非简单地恢复晋宋的拟古法，而是做出创造性的发展。这一创造性发展，其实来源于李白对齐梁文人拟乐府诗赋题法的继承。

　　本来魏晋以来的乐府写作，就有一定的缘题的倾向。到了齐梁时代，沈约、谢朓等人开创了赋曲名的写作方法，经过梁代宫体诗人的发展，成为乐府写作的主要方法。这一方法的确立，使拟乐府创作由重视旧篇、旧事、旧词转化为单纯重视旧题。将古题、旧曲名从原生的乐府古辞中单提出来，呼应齐梁时期重题、咏物的风气，形成了一种赋题法。就诗歌创作方法来讲，实是一次意义深远的革新行为。它的影响没有局限在乐府方面，而是影响整个诗学的。它使诗歌创作从以无题为主，走向以有题为主。题由此而成为诗歌创作最重要的因素。但是，仅就乐府诗系统的发展来说，这种赋题法的使用是有利有弊的。如它多采用齐梁声律体来赋古题，使乐府诗在体裁上失去了独立性。而在题材上，由于过于重题，使原本以叙事为主的乐府诗，退化为一种缺乏兴寄精神的单纯的咏物诗。所谓"《落梅》《芳树》，共体千篇；《陇水》《巫山》，

殊名一意",就是当时人对这种写作方法的弊端的体会。而吴兢的
《乐府古题要解》的写作,主要动机即来自对齐梁以来乐府写作多
失旧题之意的不满。这正是赋题法流行之后出现的情况①。

　　李白拟乐府的写作方法,如果我们采取由近向远回溯的方式
观察,可以发现,除了晋宋的拟调法与拟篇法外,齐梁赋题法也是
他乐府诗创作的重要起点。他早年所作的《宫中行乐词八首》,正
是沿承齐梁乐章的风格与体制的。只是诗人非凡的创造力,使其
摆脱单纯绮靡的作风,创造出齐梁诗人所缺乏的生动的艺术形象。
在旧题乐府方面,他的一部分作品,仍是使用初唐流行的以近体赋
曲名的作法:

　　　　紫骝行且嘶,双翻碧玉蹄。临流不肯渡,似惜锦障泥。白雪
　　关山远,黄云海树迷。挥鞭万里去,安得念春闺。(《紫骝马》)②
　　　　垂杨拂绿水,摇艳东风年。花明玉关雪,叶暖金窗烟。美人
　　结长恨,相对心凄然。攀条折春色,远寄龙庭前。(《折杨柳》)③
　　　　白玉谁家郎,回车渡天津。看花东陌上,惊动洛阳人。
　　(《洛阳陌》)④
　　　　从军玉门道,逐虏金微山。笛奏《梅花曲》,刀开明月环。
　　鼓声鸣海上,兵气拥云间。愿斩单于首,长驱静铁关。(《从军
　　行》)⑤

----

① 参看钱志熙《齐梁拟乐府诗赋题法初探——兼论乐府诗写作方法之流变》,
　《北京大学学报(哲学社会科学版)》1995 年第 4 期。
②《李太白全集》卷六,第 340 页。
③《李太白全集》卷六,第 338 页。
④《李太白全集》卷五,第 316 页。
⑤《李太白全集》卷六,第 348 页。

百战沙场碎铁衣,城南已合数重围。突营射杀呼延将,独领残兵千骑归。(《从军行》)①

塞虏乘秋下,天兵出汉家。将军分虎竹,战士卧龙沙。边月随弓影,胡霜拂剑花。玉关殊未入,少妇莫长嗟。(《塞下曲》其五)②

烽火动沙漠,连照甘泉云。汉皇按剑起,还召李将军。兵气天上合,鼓声陇底闻。横行负勇气,一战静妖氛。(《塞下曲》其六)③

齐梁赋题乐府,多咏物之体,内容多写征夫思妇之事,从上面的这些诗可以看到,李白对这个传统的沿承是很明显的。如《紫骝马》一题,今存李白之前的有梁简文帝、梁元帝、陈后主、李爨、徐陵、张正见、陈暄、祖孙登、独孤嗣宗、江总、卢照邻之作。李白之后,有李益、秦韬玉之作。大体或是咏马而兼及骑士,或是咏骑士以见马,但多与思妇、艳妇相连,或写征夫而及思妇,或写游冶而及艳妇。李白的《紫骝马》,正是继承齐梁这一传统,但突出骑士壮侠之气,并以"挥鞭万里去,安得念春闺"作结。全篇为咏紫骝马,但征夫形象自在其中,最后又逗出思妇这一形象。其他《折杨柳》、《洛阳道》、《从军行》、《塞下曲》数首也是一样,基本上采用赋题之法,但由于他对汉魏诗歌生动叙述事件、塑造人物的写作方法很熟悉,所以能超越齐梁式的平面咏物、堆垛词藻的写法,转入人物形象的塑造,在效果上高于齐梁体。这说明李白是在采用齐梁拟乐府体制

---

① 《李太白全集》卷二五,第 1160 页。
② 《李太白全集》卷五,第 281 页。
③ 《李太白全集》卷五,第 288 页。

与方法的基础上做出了艺术上的新发展。

齐梁赋题，多束缚于题面，至初唐犹然。李白乐府诗多由齐梁赋题法入手，但突破了束缚题面的局限。比如《战城南》，梁代吴均"躞蹀青骊马，往战城南畿"一首，陈张正见"蓟北驰胡骑，城南接短兵"一首，唐卢照邻"将军出紫塞，冒顿在乌贪。笳喧雁门北，阵翼龙城南"一首，非但用声律新体拟古辞，而且严格地按"战城南"三字赋写。李白之作，既不规范汉篇，又能突破狭窄的赋题方法。他取原作反战的主题，写成一首更具有典型意义的反战诗。其中"野战格斗死，败马号鸣向天悲。乌鸢啄人肠，衔飞上挂枯树枝"[1]是对《战城南》语意的创造性改变，也是李白乐府诗取得与汉魏六朝原作联系的一种方式。《将进酒》也是这样，梁陈人所作，束缚在题面，李白的《将进酒》，采用赋题之法，但纵横开合，把《将进酒》之题发挥到淋漓尽致的地步。在这些地方，我们可以看出李白是将晋宋的拟篇法与齐梁的赋题法相结合，即重视古意与古乐府体制的再现，又吸收了齐梁善于赋题的作法。这方面的例子还可以举出一些，如《有所思》为铙歌曲一种，有汉古辞存在。但齐梁诗人多用赋题之法，并且不用汉古调的体制。李白的《古有所思》，在写作方法上仍然用齐梁赋题，但是在体制上取杂言歌行，在立意上则兼取张衡《四愁诗》句式，恢复了汉词的体制：

> 我思仙人，乃在碧海之东隅。海寒多天风，白波连山倒蓬壶，长鲸喷涌不可涉，抚心茫茫泪如珠。西来青鸟东飞去，愿寄一书谢麻姑。[2]

---

① 《李太白全集》卷三，第 178 页。
② 《李太白全集》卷四，第 240 页。

铙歌《有所思》写一情变故事,齐梁人用赋题法作《有所思》则专就题面发挥。李白将之改成游仙之词,也可以说是对古意的一个发展。《君马黄》一题也是这样,古辞言君马臣马相对,其实是主宾相得之意。梁陈人用赋题法,写成咏马之词,如陈时蔡君知一首:"君马经西极,臣马出东方。足策浮云影,珂连明月光。水冻恒伤骨,蹄寒为践霜。踌躇嗟伏枥,空想欲从良。"① 张正见两首也是这样。不但失去了古意,并且在体制上弃原词杂言之体,改用齐梁五言八句的声律体。李白《君马黄》放弃梁陈近体,恢复古辞的体制和立意:

> 君马黄,我马白。马色虽不同,人心本无隔。共作游冶盘,双行洛阳陌。长剑既照曜,高冠何艳赫。各有千金裘,俱为五侯客。猛虎落陷阱,壮夫时屈厄。相知在急难,独好亦何益。②

李白部分作品采用赋题的方法,但恢复古辞的立意,在体制上也恢复汉词的杂言体制。变齐梁无寄托之咏物为有寄托之体。另外,与齐梁呆板的赋题不同,李白之赋题常常是窥入题意,深入形容。如《野田黄雀行》:

> 游莫逐炎洲翠,栖莫近吴宫燕。吴宫火起焚巢窠,炎洲逐翠遭网罗。萧条两翅蓬蒿下,纵有鹰鹯奈尔何! ③

---

① 《先秦汉魏晋南北朝诗·陈诗》卷六,第 2560 页。
② 《李太白全集》卷六,第 336 页。
③ 《李太白全集》卷三,第 201 页。

此诗实为野田黄雀自幸之语,是就"野田黄雀"这个题意来赋写的。不但不刻板咏物,而且全用反衬之法。黄雀自语不逐炎洲翠游玩,不近吴宫燕栖息,是因为宫燕易被焚巢,洲翠易遭网罗。而今我深栖野田中蓬蒿之下,可以藏身远害,纵有鹰鹯奈若何! 此实亦赋题法,而巧妙如此。又如《北上行》原出于曹操《苦寒行》,因诗首句为"北上太行山",故李白拟作篇名取《北上行》,其全诗自"北上何所苦,北上缘太行"始,至"叹此北上苦,停骖为之伤。何日王道平,开颜睹天光"①,实是借此旧题写自身北上目睹安史反情的惊险情节。所以这一首诗中,综合运用发挥古意、赋题与以古题寓今事三种方法,可见李白对传统拟乐府方法的创造性发展。

"依题立义"的方法,也是李白对赋题法的一种发展。王琦对《幽州胡马客歌》一首作解题时指出这种方法:

> 《乐府诗集》:梁鼓角横吹曲有《幽州马客吟》,即此也。胡震亨曰:梁鼓角横吹本词言剿儿苦贫,又言男女燕游。太白则依题立义,叙边塞逐虏之事。②

乐府诗歌,汉代古辞都是讽兴当时之事,主题思想包含在具体的事件叙述中。建安三曹之作,也仍然是以事为主的,但多寄托主观的思想感情。其后嵇康、陆机、谢灵运、鲍照等人,无不以言志寄托为拟乐府的基本方法,它是晋宋拟乐府重义与齐梁乐府重题的结合,逐渐形成文人拟乐府重义的传统。到了齐梁之作,辞与物突出,事与义则沉晦不彰。李白的"依题立义",正是晋宋重义传统与齐梁

---

①《李太白全集》卷五,第 317 页。
②《李太白全集》卷四,第 268 页。

重辞传统的重新结合,是对赋题法的有效发展。我们看王琦所举的《幽州胡马客歌》一篇:

> 幽州胡马客,绿眼虎皮冠。笑拂两只箭,万人不可干。弯弓若转月,白雁落云端。双双掉鞭行,游猎向楼兰。出门不顾后,报国死何难。天骄五单于,狼戾好凶残。牛马散北海,割鲜若虎餐。虽居燕支山,不道朔雪寒。妇女马上笑,颜如赪玉盘。翻飞射鸟兽,花月醉雕鞍。旄头四光芒,争战若蜂攒。白刃洒赤血,流沙为之丹。名将古谁是? 疲兵良可叹。何时天狼灭,父子得安闲。①

《幽州马客吟》的原作,是写剿儿之事,原为马客的歌谣。李白抛开原来的事义,专就"幽州胡马"一题着眼,塑造了一个壮侠之士边塞逐虏、沙场报国的形象。这种"依题立义"的写作方法,正使李白得以摆脱单纯的模拟旧篇与刻板的赋写题面的局限,在思想感情的抒发与艺术形象的塑造上开拓出一个极为自由的空间。拟汉古辞的《公无渡河》一篇,也运用了典型的"依题立义"之法:

> 黄河西来决昆仑,咆哮万里触龙门。波滔天,尧咨嗟。大禹理百川,儿啼不窥家。杀湍堙洪水,九州始蚕麻。其害乃去,茫然风沙。披发之叟狂而痴,清晨径流欲奚为? 旁人不惜妻止之,公无渡河苦渡之。虎可搏,河难冯,公果溺死流海湄。有长鲸白齿若雪山,公乎公乎挂胃于其间,箜篌所悲竟不还。②

---

① 《李太白全集》卷四,第 268 页。
② 《李太白全集》卷三,第 160 页。

古辞《公无渡河》是写一个狂夫渡河,其妻欲止而不及,最后坠河而死的情节简单的悲哀故事,体近歌谣,因为其声情之悲而动人。李白则发挥赋题之长,先专就"河"字演绎,极写黄河风波之险,自古已然;最后写狂夫不知利害,强欲渡河,坠河而死。作者究竟寄托何事,我们不得而知。但其对人生和世事有所象征,是可以肯定的。

拟乐府的创作,无论晋宋拟篇还是齐梁赋题,其重要的动机就在于诗艺的较量。元稹说前人写作古乐府"唱和重复","于文或有短长,于义咸为赘剩",这的确击中了拟乐府的要害。在旧篇存在的情况下,模拟写作既是对原作的尊重与模仿,同时也是对原作的挑战。在文人诗修辞艺术不断发展的情况下,文人作者觉得自己能够对修辞质朴的原生乐府歌诗有所超越。而当拟作的行为出现后,不同拟作之间自然形成一种竞赛的关系,拟乐府的历史也就成了一个跨越时空的古今诗人的艺术竞赛行为。元稹所说的"于文或有短长",的确是拟乐府创作得以存在的理由,也是支撑拟乐府诗歌发展的基本动力。在自魏晋至三唐的众多竞赛者中,李白无疑是最强有力的。而李白本人,也可以说是最富于这种竞赛意识的。赋题法在体现同题竞赛这一点上显得更加的突出,虽然前人陈陈相因的赋题,陷入"《落梅》《芳树》,共体千篇"的困境,但李白复活了汉魏诗歌原生的自由创造的精神,在赋写题意上达到后人无以复加的程度。尤其是他的《公无渡河》《远别离》《蜀道难》《将进酒》《天马歌》《长相思》等作品,真正可说是"罕见凿空",是对齐梁赋题法空前绝后的新发展。殷璠赞叹:"至如《蜀道难》等篇,可谓奇之又奇。然自骚人以还,鲜有此体调也。"[1]李白

---

①《河岳英灵集》,《唐人选唐诗(十种)》,上海古籍出版社1978年,第53页。

能取得这种成功的原因,除了复活骚的体调之外,对赋题法的创造性发展也是一个关键。我们不妨以《蜀道难》为例。郭茂倩引《乐府解题》云:"《蜀道难》备言铜梁玉垒之阻。"[1] 可见这是一个主题性很明确的题目。《蜀道难》古辞已佚,其原来的内容不得而知。李白之前,现存《蜀道难》拟篇如萧纲、刘孝威、阴铿、张文琮诸人之作,都是以竭力形容蜀道之难行为能事。其中刘孝威、张文琮所作最为出色,刘作云:"玉垒高无极,铜梁不可攀。双流逆巇道,九坂涩阳关。邓侯束马去,王生敛辔还。惧身充叱驭,奉玉若犹悭。"[2] 张作云:"梁山镇地险,积石阻云端。深谷下寥廓,层岩上郁盘。飞梁架绝岭,栈道接危峦。揽辔独长息,方知斯路难。"[3] 这两首诗都是典型的赋题之作,使用隶事、形容的手法,将《蜀道难》这个主题比较成功地表现出来了,但将它们与李白《蜀道难》[4] 相比,其对主题的挖掘可以说还停留在很浅表的程度。李白之作,采用带有骚体风格的杂言歌行,极尽曲折描写、唱叹引情之能事。诗一开始,"噫吁嚱,危乎高哉,蜀道之难,难于上青天",以一种惊呼式的感叹来破题。其后"蚕丛及鱼凫",想象遥远的古代蜀地与外界隔绝的情况,传说中的古蜀帝王增添了蜀地的神秘感,为下面正式写蜀道之难做了很好的铺垫。其后"西当太白有鸟道,可以横绝峨眉巅"两句横空而出,写蜀道之前有古道,其惊险更百倍于后来"天梯石栈相勾连"之蜀道也。下面"地崩山摧壮士死"极写蜀道开凿之艰难奇异,实非寻常人力所成。蜀道开凿神话的引入,又是一层铺垫。此下是以"黄鹤之飞尚不得过,猿猱欲度愁攀援"这样

---

① 《乐府诗集》卷四〇,第 590 页。
② 《乐府诗集》卷四〇,第 591 页。
③ 《乐府诗集》卷四〇,第 591 页。
④ 《李太白全集》卷三,第 162 页。

的夸张方法作进一步形容。有了上面几层铺垫后,才是人物的出现。这也是李白赋题的特点。李白的乐府赋题,总要塑造比较鲜明的人物形象与生动的行动场景,不同于齐梁的平面赋写。在大段的蜀道之行艰险情状的描写后,方才曲终奏雅,在出奇的形容之后,说出作者形容蜀道之难的真正意图,在于讽喻朝廷:"所守或匪亲,化为狼与豺。"这是李白写作的思想归宿。他虽然在文辞上与古人竞赛,但真正的目的是要恢复诗歌的讽喻精神。从上面的分析可见,李白这首诗,是典型的李白式的赋题法,诗中三次出现"蜀道之难,难于上青天",使主题得到尽情地宣叙。我们分析他的其他带有赋题特点的作品,也都是这样以"罕见凿空"来出奇制胜。

李白乐府诗重在赋题的特点,还表现在他的一些乐府诗,选择了一些见载于古代文献但失去了原有歌诗的乐曲名,如见于《汉书·艺文志》的《中山孺子妾歌》《临江王节士歌》,出于《隋书·音乐志》"梁三朝设乐歌词"中的《夷则格上白鸠拂舞辞》《设辟邪伎鼓吹雉子斑曲辞》,这些冷僻并且失去古辞与本事记载的旧曲名,正是对作者赋题能力的考验。从这里我们也可以看出李白写作乐府诗"因难以见巧"的特点。而这种搜寻佚辞旧曲名的作法,正是齐梁诗人开创的。

本文尝试对李白乐府的创作思想、体制与方法做上述系统的分析。在初盛唐之际诗坛复汉魏之风与承齐梁之体两者已经达到相对的平衡,玄宗朝揄扬风雅,诗界已臻文质彬彬之盛的情况下,李白以其天才的伟力与超越时流的诗歌审美理想,再次提倡复古。并且令人感到意外的是,他从当时已经陷于困境的拟乐府创作入手,采用表面看来已经落后的拟古方法,试图全面恢复风雅汉魏的艺术精神。这不能不说是盛唐诗国中面向古老诗歌传统最为雄伟壮观的一次远征。从李白在乐府诗及一般的歌行体方面创造出的非凡成就来看，我们不能不承认，李白那种全面复古、也全面地覆盖诗歌史的意图，可以说已经成功达到。之所以能达到这样的成就，一方面当然是因为李白个人的天才，另一方面是因为陈子昂、李白他们的复古思想，是一种深刻的、植根于崇高的审美理想之上的复古思想，能够激发巨大的活力。尽管李白的拟乐府、古风等复古诗学的实践，是一种天才的个人行为，在方法上不具有普遍性。但是其创造的诗歌境界，作为古典诗歌艺术所达到的最高维度之一，对后来的诗歌史的影响是深远的。其次，即以李白所复活的拟调、拟篇，及其做出巨大发展的齐梁赋题等方法而言，对此后的古乐府系统的写作，也是有直接的影响的。就唐代而言，李贺的歌行写作，在体制、方法与精神上就深受李白的影响，可以说是李白之后，唐代歌诗创作的又一奇葩。我们也可以说，正是由于李白复古诗学实践的卓越成果的取得，有力地启示了中唐韩孟、元白两派的复古诗学。从这个意义上说，李白可以说是唐代复古诗学甚至唐宋复古诗学的核心。至于其具体的创作方法，尽管我们说过，李白的拟古法是天才的个性化行为，但是他所激活的拟篇法，一直为后来的元、明、清数代诗人所效仿，可以说是开创了文人拟古乐府的新的历史。关于李白乐府诗创作的这些问题，还有深入探讨的必要。

（原载《文学遗产》2012 年第 3 期）

杜甫诗法论探微

诗法论是传统诗学创作论的核心,它的主旨即是讨论诗歌的语言艺术法则。诗歌创作中语言法则的运用,是从古以来就存在的,对这种语言法则的意识自觉乃至理论上的阐述,也是可以追溯到很久远的时候,至少可以追溯到南朝文论家那里。而杜甫则是第一个提出诗歌之"法",从而直接开启了传统诗学的诗法论。从理论方面来讲,他是传统诗法论的奠基者。更重要的是,他是创作上的法度意识高度自觉者,他的作品所蕴含的法度,又奠定了后世诗法的基础,这就更加强了他的诗法论对后世诗学的影响。可是与这一历史事实不相称的是,我们对杜甫诗学中诗法这一方面问题的研究是很不够的。尤其是对杜甫法度思想的深刻性、丰富性和法度与直觉、与创造力等方面的辩证统一关系,缺乏很深入的阐述。本人由这一想法出发,重新提出这个问题进行讨论,以就正于学术界同仁。

一、"法"及其相关的概念

从文献上看,杜甫现存作品中提到作诗之"法"有两处,一为天宝十三载在长安时作的《寄高三十五书记》：

> 叹息高生老，新诗日又多。美名人不及，佳句法如何？主将收才子，崆峒足凯歌。闻君已朱绂，且得慰蹉跎。①

另一为大历二年在夔州时作的《偶题》：

> 文章千古事，得失寸心知。作者皆殊列，名声岂浪垂。骚人嗟不见，汉道盛于斯。前辈飞腾入，余波绮丽为。后贤兼旧例（一作制），历代各清规。法自儒家有，心从弱岁疲。永怀江左逸，多谢邺中奇。骐骥皆良马，麒麟带好儿。车轮徒已斫，堂构肯仍亏。漫作潜夫论，虚传幼妇碑。缘情慰漂荡，抱疾屡迁移。经济惭长策，飞栖假一枝。尘沙傍蜂虿，江峡绕蛟螭。萧瑟唐虞远，联翩楚汉危。圣朝兼盗贼，异俗更喧卑。郁郁星辰剑，苍苍云雨池。两都开幕府，万宇插军麾。南海残铜柱，东风避月支。音书恨乌鹊，号怒怪熊罴。稼穑分诗兴，柴荆学土宜。故山迷白阁，秋水忆皇陂。不敢要佳句，愁来赋别离。②

一云"佳句法如何"，是说句法的问题；一云"法自儒家有"，是说自己的诗法继承了家族传统。所谓"儒家"，即"奉儒（或习儒）之家"，杜甫说自己的诗法承自家族，主要是指受其祖父杜审言的影响，他在《宗武生日》中所说的"诗是吾家事"，表达的也是类似的

---

① （清）仇兆鳌注《杜诗详注》卷三，中华书局1979年，第194页。
② 《杜诗详注》卷一八，第1541页。

意思。关于杜甫诗法受乃祖影响这一问题,古人多有论述,如《后山诗话》载黄庭坚语云:"杜之诗法出审言。"① 另一宋人王得臣并举出杜甫诗句受乃祖影响的具体例子:"(审言)其诗有'缥雾青条弱,牵风紫蔓长'。又有'寄语洛城风日(其他版本多用"日"字,但胡仔原书为"月")道,明年春色倍还人'之句。若子美'林花带雨胭脂落,水荇牵风翠带长',又云'传语风光共流转,暂时相赏莫相违',虽不袭取其意,而语句体格脉络,盖可谓入宗而取法矣。"② 这都是为杜甫自己的话找证据的。陈贻焮先生的《杜甫评传》③ 对这个问题作了比古人更加具体的分析。

　　杜甫在相隔十多年的两首诗中,都以极明确的含义运用了"法"这一概念,说明他用这个词不是偶然性的。如果说,寄高适的诗中"美名人不及,佳句法如何",在口吻上还略带点打趣的味道,那么《偶题》则是一首正面地论述个人诗学见解的诗,"法自儒家有,心从弱岁疲"的"法"在这里是一个很正式的诗学术语,它在杜甫所使用的一系列诗学术语中,无疑是很重要的一个。而在这两句诗的前面,从开头"文章千古事,得失寸心知"到"后贤兼旧制(例),历代各清规",谈的正是诗歌创作上传统的继承与个人创造的关系问题,也就是谈"法度"继承与个人创造之间的关系。所谓"旧制"、"清规",即是"法"的同义词。如此说来,《偶题》正是杜甫比较集中地阐述其诗法观点的一首作品。

　　"佳句法如何"和"法自儒家有"这两句诗里面,已经包含着杜甫对法的基本定义,即"法"的具体体现虽只能在具体的创作和作

---

① (清)何文焕辑《历代诗话》,中华书局 1981 年,第 303 页。
② (宋)胡仔纂集《苕溪渔隐丛话后集》卷五引《麈史》,人民文学出版社 1962年,第 35 页。
③ 详见陈贻焮《杜甫评传》上卷,北京大学出版社 2011 年,第 14 页。

品之中，但却可以传授和继承，以抽象的法则存在于作品之外。杜甫在创作思想上的一大突破，也正在这里。法则思想在前人那里并不是没有的，但到了杜甫才真正将其明确化，尤其是他明确了这样一种观点：法度的学习和运用是诗人从事创作的最基本的条件。杜甫对诗歌艺术的发展，正是建立在这种认识之上的。所以，"法"这一概念的提出，在杜甫这里，是具有必然性的。

"法"这个概念中还天然地包含合理化的意思。从消极方面来看，"法"具有使诗人服从外在的法则的倾向，但从积极的方面来看，"法"是达到艺术目的的最合理的途径，它的目的是要创作出最理想的艺术品。这一层意思，在杜甫所说的"法"的概念中当然是存在的。所谓"佳句法如何"，就是要追问一种最合理的造句之法，其目标则是借此"法"来写作出最优秀的诗句，即"佳句"。反过来说，当然意味着法只存在于"佳句"、佳作之中。所以，完整意义上的诗法，体现着诗歌艺术的审美理想。此种境界，在杜甫那里亦称"破的"（详见下文中引《敬赠郑谏议十韵》）。

把握住杜甫所说"法"的上述内涵，就能知道，"法"在他的诗学体系中，是一个核心性的范畴，联系着他的诗学的其他各方面。同时我们也就能不受概念本身的局限，去钩沉杜甫诗论中所有关于诗法问题的表述。事实上，他对诗法的阐述，远远不只上述两处。如《赠郑十八贲》云：

示我百篇文，诗家一标准。①

"诗家一标准"，即是指郑贲的诗可作为诗家之法则。又《故右仆射

———
① 《杜诗详注》卷一四，第 1257 页。

相国曲江张公九龄》云：

> 乃知君子心，用才文章境。散帙起翠螭，倚薄巫庐并。绮
> 丽玄晖拥，笺诔任昉骋。自我一家则，未阙只字警。①

这也是说张九龄的诗字字精警入神，自成一家之法则。又《赠蜀僧
闾丘师兄》：

> 世传闾丘笔，峻极逾昆仑。……晚看作者意，妙绝与谁
> 论？吾祖诗冠古，同年蒙主恩。豫章夹日月，岁久空深根。小
> 子思疏阔，岂能达词门。②

蜀僧闾丘是唐初文家闾丘均之孙，均与杜审言同朝，所以杜甫与这
位僧人是世家之交。他说自己从闾丘的文章中看到"作者意"，妙
绝之处，难与人言。所谓"作者意"，亦作者之法则。他又说自己诗
思疏阔，空有一位诗作"冠古"的祖父，承传深厚的诗学渊源，但却
不能达到词家之大门。这个"词门"，其实也是法则的同义语。我
在前面说过，法是创作理想之作品的途径，所以真正掌握了"法"，
也就是"达词门"。杜甫这两句诗的谦虚自责之意，与"法自儒家
有，心从弱岁疲"完全是一个意思。再如《寄岳州贾司马六丈巴州
严八使君两阁老五十韵》：

---

① 《杜诗详注》卷一六，第 1417 页。
② 《杜诗详注》卷九，第 765 页。

> 贾笔论孤愤,严诗赋几篇。定知深意苦,莫使众人传。 [①]

所谓"深意苦",也是指贾、严两人的笔和诗,皆是苦心经营,含有深意。这个"深意"亦含有法度的意思。杜甫说贾、严自知其法度深意非浅人所能解,所以不欲轻传于人。"莫使众人传"者,不是作品本身,而是指其中所包含的"深意"即法度不欲众人传。从这里也可知,杜甫的"法"不是指示初学的浅法、粗法,更不是格式类书中的死法、板法,而是造诣深厚的诗家的默运之法,亦即前面所说的造成理想之艺术品的妙法。杜甫有时还以"理"字表达与"法"字相类的意思,如《宗武生日》:

> 诗是吾家事,人传世上情。熟精文选理,休觅彩衣轻。 [②]

"文选理"是指《文选》中作品的种种法度。这里杜甫再一次表达了从经典中领会法度的诗学主张。

由上面所引的这些有关法则的言论可知,对于法则在创作中的客观存在,杜甫是充分地认识到了的。他不仅指出自己的诗歌依借于某种先在的法度,并且将不断地悟解法度,达到最为理想的法度运用作为创作的目标,即所谓"达词门"。而且在学习前人的作品时,也重在领会其法度之理。在评价同时人的作品时,也以合法则、可为标准为要点。

---

① 《杜诗详注》卷八,第 650 页。
② 《杜诗详注》卷一七,第 1477 页。

二、"律"、"诗律"涵义的重新考察

前节我们列举了杜甫诗论中与"法"内涵相通或意义上有联系的一些概念,已初步展示了诗法意识在其诗学体系中的突出地位。现在我们再来研究杜甫诗法论的另一重要概念即"律"和"诗律"的内涵。后世诗学中,诗律和诗法是两个不同的概念,诗律论和诗法论也是诗学中两个不同的部分;尽管通过较深的思考,谁都会发现这两部分是有联系的。但"诗律"和"诗法"终究是两个内涵不同的概念。"律"被抽象为指诗歌的声律系统及对仗规定等纯粹格律化的因素,是诗体中可以被明确地规定、并且一般的情况下要求绝对遵守的形式规定。诗歌的声律形式与对仗形式之所以能够成为可以为任何人所共同遵守的规则,是因为四声和词性是固定的。所以自从格律固定后,诗律论也就没有太多的发展余地了。而"法"即诗歌的语言法则,则是不变与变的统一,而且是不断发展的,所以传统诗学中,诗法论的部分远比诗律论的部分发达。越到后来越是如此。就两部分理论的发展历史来讲,可以说,从齐梁到初唐,是以诗律论为重心的,诗法问题潜在地包含在诗律的问题里面。也可以说,法的问题的提出、法的意识的自觉,是与对律的探讨分不开的。所以,从齐梁到初唐,诗法论依附于诗律论。《文镜秘府论·天卷·调声》在论律的同时,兼论作法:

> 或曰:凡四十字诗,十字一管,即生其意。头边二十字,一管亦得。六十、七十、百字诗,二十字一管,即生其意。语不用合帖,须直道天真,宛媚为上。且须识一切题目义最要。立文多用其意,须令左穿右穴,不可拘检。作语不得辛苦,须整理其道,格律调其言,言无相妨,以字轻重清浊间之须稳。至如

有轻重者,有轻中重,重中轻,当韵即见。且庄字全轻,霜字轻中重,疮字重中轻,床字全重,如清字全轻,青字全浊。诗上句第二字重中轻,不与下句第二字同声为一管。上去入声一管。上句平声,下句上去入;上句上去入,下句平声。以次平声,以次又上去入;以次上去入,以次又平声。如此轮回用之,直至于尾。两头管上去入相近,是诗律也。①

此段文字,据任学良等考证为王昌龄《诗格》中语②。前头讲的都是作法的问题。后头讲到声律调谐之术。而"律调其言",正是说调律与修辞造句、结构谋篇之法是联系在一起的。所以,结尾所说的"是诗律也",也是包括前面讲作法的一部分在内的。这比较典型地反映了初盛唐时诗法论依附于诗律论的情况。我们前面说过,法度的问题,在诗歌创作中是从来就存在的。但是最突出体现法度之重要性的,无疑是格律体的诗歌。所以,诗法的自觉,是以诗律的形成为背景的。"法"与"律"原本是连在一起的。但在诗学史上是有所侧重的。近体诗形成过程中,声律是最突出的问题。近体定型后,声律成为基础知识,而格法问题变得更加突出。中唐以降,格法类著作大量出现,就是因为这个原因。而从诗学发展的大势来看,唐人重声律、宋人重法度,也是诗学发展的必然趋势。

但是,从杜甫诗学明确提出"法"的问题开始,诗学的重心,便由诗律论转向诗法论。而从中唐到北宋,经过一段曲折的发展,传统诗法论的理论系统趋向于完善。

正因为在近体诗的形成过程中,诗法的问题包含在诗律问题

---

① 王利器校注《文镜秘府论校注》天卷,中国社会科学出版社1983年,第36页。
②《文镜秘府论校注》天卷,第37页。

中。所以,唐人所说的"律"即包括了后人认为是属于"法"的一部分内容。"诗律"在许多时候等同于"诗法"。笔者认为,杜甫的诗律论,就其主要内容来说,是属于诗法论的范畴。这也就解释了这样一个问题,为何首先提出"法"之概念的杜甫,正式提到"法"这个概念只有这样少,这与他实际上很丰富的诗法理论和创作中极为突出的法度意识实在很不相称,以致不少研究杜甫诗论的人,意识不到诗法论在他的诗学中的重要性,及他对传统诗法论的巨大贡献。现在这个问题得到了解释,因为以"法"论诗,是杜甫个人的首创,而当时习惯的术语,则是"律",所以,杜甫所习惯使用的仍是"律"和"诗律"这两个概念。在这个意义上,可以这样说,杜甫使用"法"这一概念,是带有试探性,也是带有偶然性的。他的许多诗法思想仍然是借用传统"诗律论"的概念来阐述的。

下面我将具体地论证上述观点。

先依据杜诗中言及"律"、"诗律"的有关诗句逐条分析。

《敬赠郑谏议十韵》:

> 谏官非不达,诗义早知名。破的由来事,先锋孰敢争。思飘云物外,律中鬼神惊。毫发无遗憾,波澜独老成。①

仇注云:"此赞郑诗才。诗义知名,乃通篇之纲。""诗义",宋赵次公注和仇注等都引毛诗大序"诗有六义"注之。《毛诗序》:"故诗有六义焉:一曰风,二曰赋,三曰比,四曰兴,五曰雅,六曰颂。"分之而言,风雅颂三者为诗之体制,赋比兴三者为诗之创作方法,但风雅颂实际上也可以理解为创作方法,而赋比兴也可以视为诗之

---

① 《杜诗详注》卷二,第110页。

体制。体法相生,是古代诗学的基本思维方式之一。所以"六义"实际上也可称为"六法"。古人多是这样认为的,仇氏在注"佳句法如何"时,即云:"三百篇为诗法之祖。"其下即引徐祯卿《谈艺录》论六义之文①。又传为元人杨载所作的《诗法家数》,首标"风雅颂赋比兴"为"诗学正源",论云:"风雅颂者,诗之体,赋比兴者,诗之法。故赋比兴者,又所以制作乎风雅颂者也。凡诗中有赋起,有比起,有兴起,然风之中有赋比兴,雅颂之中亦有赋比兴,此诗学之正源,法度之准则。"②

所以,六义实亦属于诗法论的范畴。可见,"诗义"即"诗道"、"诗法"。杜甫"谏官非不达,诗义早知名",是称赞郑谏议官运虽通达,但诗道更是早著盛名。底下数句,即是具体地形容其诗歌艺术,大致上也都侧重于诗法来讲,一曰"破的","的"即准的、标的,亦即达到完美艺术境界的方法和途径。所以,杜甫这里所说的"破的",也可以说是"得法"。接下来的两句,"思飘云物外"美其想象力之丰富,"律中鬼神惊"正是赞其"破的"之绝妙;用法而入神,取得了非凡的艺术效果。而"毫发无遗憾,波澜独老成",即是对"律中鬼神惊"的诠解。杜甫所追求的"法",正是一种老成的艺术境地。杨伦注此句云:"谓能神明于规矩之中也。"③ 最能释"律中"之义。如果将这里的"律"简单地理解为符合声律规则,则未免太过粗浅。对于杜甫和他所赞扬的那些诗人来说,合律是一种常识。而妙达诗义、妙造诗法才是其追求的最高境界。钟嵘《诗品序》"动天地,感鬼神,莫近于诗",杜甫正用此意。能"动天地,感

①《杜诗详注》卷三,第 195 页。

②《历代诗话》,第 727 页。

③（清）杨伦笺注《杜诗镜铨》卷二,上海古籍出版社 1981 年,第 45 页。

鬼神"的诗,当然是艺术上尽善尽美的,在杜甫的标准中,即"毫发无遗憾,波澜独老成";这样可以进一步证明,此处的"律",主要内涵是"诗法"、"诗旨",而非普通所说的"格律"。

《桥陵诗三十韵因呈县内诸官》赞奉先县中诸官属文学之美云:

> 官属果称是,声华真可听。王刘美竹润,裴李春兰馨。郑氏才振古,啖侯笔不停。遣词必中律,利物常发硎。绮绣相展转,琳琅愈青荧。①

此处之"中律",亦即上诗之"律中"。是指深合诗文的法度。若仅说他们的作品能合声律,无论如何也算不得赞美之词。仇注云:"《文赋序》:夫其放言遣词,良多变矣。王褒《四子讲德论》:转运中律。"② 可见"律"即指规律、法则。

杜诗中还有"文律"一词,如《哭韦大夫之晋》:

> 凄怆郇瑕邑,差池弱冠年。丈人叼礼数,文律早周旋。③

《文心雕龙·通变》:"文律运周,日新其业。变则其久,通则不乏。趋时必果,乘机无怯。望今制奇,参古定法。"④ 这里的"文律"即指文学的发展规律,用古人的词来说,就是文章的运数。杜甫"文律"一词取于刘勰而意思有所变化,主要是指诗文的"义"和"法","文

---

①《杜诗详注》卷三,第 235 页。
②《杜诗详注》卷三,第 236 页。
③《杜诗详注》卷二二,第 1992 页。
④ 范文澜注《文心雕龙注》卷六,人民文学出版社 1958 年,第 521 页。

律早周旋"，即是说以文章相切磋。杜甫喜与他人论文，诗中常常可见，正是其诗法思想成熟的原因之一。对此下面还要论述。此处"文律"主要是指"文法"，而杜甫所谓"文"是包括诗在内的，且从他的情况来看，主要是诗，所以"文律"亦即"诗律"。

现在讨论此问题中最带关键性的"诗律"一词。《后汉书·钟皓传》："钟皓字季明，颖川长社人也。为郡著姓，世善刑律……避隐密山，以诗律教授门徒千余人。"[1]"诗律"二字，始见于此，但指的是诗经学与刑律学，与后世之诗律不同。然仇注仍然以为，杜甫"诗律"与之义虽不同，语源仍出于此。

《承沈八丈东美除膳部员外郎阻雨未遂驰贺奉寄此诗》：

> 今日西京掾，多除南省郎。通家惟沈氏，谒帝似冯唐。诗律群公问，儒门旧史长。[2]

沈东美为初唐诗人沈佺期之子，和杜甫是世交，亦即"通家"。沈佺期与宋之问是近体诗定型方面的重要人物，也是唐人公认的律体方面的正宗诗人。《新唐书·宋之问传》："魏建安后迄江左，诗律屡变。至沈约、庾信，以音韵相婉附，属对精密。及之问、沈佺期，又加靡丽，回忌声病，约句准篇，如锦绣成文。学者宗之，号为沈、宋。"[3]杜甫这里是说东美能继承家传诗学，其"诗律"为群公所咨问。此处"诗律"似乎最合适于解释为诗之格律。但我在前面说过，初盛唐人的诗律，是包括后人所说的"律"和"法"两部分的，所

以杜甫说沈东美长于诗律,当然不仅指其熟于格律而已。至于《新唐书》中说"魏建安后迄江左,诗律屡变",这个"诗律"更不能径直解释为近体之格律。因为,至少在从建安至晋宋这段时间内,是无所谓后世所讲的诗律存在与否的。此处的诗律,包括体裁、法度、风格、声律等多种因素在内。这也为我们理解杜甫的"诗律"内涵提供了一条旁证。

杜诗中用"诗律"的另一处为七律《遣闷戏呈路十九曹长》之颈联:

> 晚节渐于诗律细,谁家数去酒杯宽。①

仇注定此诗作于杜甫移居夔州的次年即大历二年的春天。"晚节"一句最为今人所举引,绝大多数的看法是认为,杜甫在这里交代自己晚年的诗作比起早年来更讲究格律的精细和变化。其实此处的"诗律"仍是兼律法两者而言,且其用意之偏重,似乎更在于指"法度"的更加精究,即语言艺术之更加精纯。仇注:"公尝言'老去诗篇浑漫与',此言'晚节渐于诗律细',何也? 律细,言用心精密。漫与,言出手纯熟。熟从精处得来,两意未尝不合。"② 杨伦《杜诗镜铨》引邵(似指明人邵傅,有《杜律集解》)云:"曰稳曰细,总见此老苦心。"③ 看古人的这些解评,大体也是以为诗律是侧重于法度、技巧这一方面的。近人中,一些学者也指出过杜甫所说的"律"也有与法相通之处,但主要还是从"格律"一义去理解的。王运熙、

---

① 《杜诗详注》卷一八,第 1602 页。
② 《杜诗详注》卷一八,第 1603 页。
③ 《杜诗镜铨》卷一五,第 740 页。

杨明两位先生的《隋唐五代文学批评史》即持此见,该书在分析杜诗中"律"与"诗律"时说:"所谓律,从广义讲,与'法'相通,泛指用词造句谋篇等作诗之法;从狭义讲,则专指近体诗(特别是律诗)的格律,即要求词语精当、对偶工整、平仄调谐、粘附切合等语言在形态、音韵方面表现出来的美。杜甫一生写了大量的律诗,其成就在唐代诗人中首屈一指;因此他的所谓'律'主要当指写作近体诗的格律。"① 这样解释"律"是比较全面的。但结论仍是认为杜甫所谓律,主要当指写作近体的格律。对"诗律"内涵作出最为透彻的分析的当推近人缪钺先生。他的观点是这样的:"'晚节渐于诗律细',据我的体会,此处所谓的'诗律',并非仅指诗的格律形式,因为对于这些,杜甫早已纯熟掌握了,何必要等到'晚节'呢?此处所谓'诗律',是指作诗艺术风格与手法的一切规律,在这方面,应当是不断地有所提高而永无止境的。"②

《又示宗武诗》中"觅句新知律"一句,诸家注多不解,或是以为意思明确不必解也。这个"律",似乎最合适被解作"格律",因为宗武毕竟是一个十五六岁的孩子,说他作诗刚知道遵守格律,似乎是理所当然的事。但是,仔细体味,仍不能仅解为格律,一个大诗人的儿子,又好吟咏,格律是很小的时候就能掌握的,并且一个"明年共我长"的儿子能懂格律了,做父亲的又有什么可夸耀的呢?所以此处的"律",仍应理解为"法"。宗武作诗,能知道句法了,不像从前那样仅能合律而已,老杜才这样高兴。

从上面各例分析,业已知道"诗律"在唐人那里是兼"律"与

---

① 王运熙、杨明《隋唐五代文学批评史》,上海古籍出版社 1995 年,第 268 页。
② 缪钺《杜甫夔州诗学术讨论会开幕词——综述杜甫夔州诗》,原载《草堂》1984 年第 2 期,后收入《冰茧庵剩稿》(四川大学出版社 1992 年)。

"法"两者而言,而杜甫所说的"律"或"诗律"是侧重于法度与体制这一方面的。这与杜甫的重法思想当然是有直接的关系的。

　　唐诗中除杜甫之外,似很少用"诗律"一词。据《全唐诗》光盘检索,仅元稹《答姨兄胡灵之见寄五十韵》中有"诗律蒙亲授"一语。其意义当然也是兼律与法二者而言,并且仍然主要是指法度。但到了宋代,由于诗法、句法问题的备受重视,不仅诗法、句法等词成为诗家的常用语,"诗律"一词亦为诗家所常用。苏轼、黄庭坚一派尤喜谈此。他们的用法,与杜甫正是一脉相承,都是主要指体制、法度而言,如苏轼《兴龙节侍宴前一日……明日朝以示王定国》诗中有"羡君五字入诗律,欲与六出争天葩"[①]。说定国"五字入诗律",当然不是说符合了诗的格律,而是夸他作出了妙合诗法、精切得旨的好诗。黄山谷的诗学思想,直接渊源于老杜。《潘子真诗话》载山谷之语云:

　　　　山谷尝谓余言:老杜虽在流落颠沛,未尝一日不在本朝,故善陈时事,句律精深,超古作者,忠义之气感发而然。[②]

这里的句律,即指句法。他爱用"诗律"、"句律"、"格律"一类的词,也可以说是沿传了杜甫的习惯。这是江西诗派源于杜诗、提倡学杜的重要标志。如以下用例:

　　　　潘邠老尝得诗律于东坡。(《书倦壳轩诗后》)[③]

---

① (清)王文诰辑注《苏轼诗集》卷三〇,中华书局1982年,第1613页。

② 吴文治《宋诗话全编》,江苏古籍出版社1998年,第674页。

③ 《宋黄文节公全集·正集卷二十七》,刘琳等校点《黄庭坚全集》,四川大学出版社2001年,第742页。

秋来入诗律,陶谢不枝梧。(《和邢惇夫秋怀》之九)①

前一例说潘邠老从东坡那里学到的诗律,当然主要不是声律这一套,而是指东坡独特的诗法及个人的风格、体制。后面的这两句诗,是说邢惇夫秋来之作,妙合诗旨,深入陶谢之阃奥。杜甫《夜听许十一诵诗爱而有作》诗云:"陶谢不枝梧,风骚共推激。"山谷全用其句子。"格律"一词,在山谷那里,也与我们今天的用法不一样,比我们所说的格律含义广,包括体制、法度、风格等多种因素在内,如其《跋欧阳元老诗》中云:"(元老)此诗入陶渊明格律,颇雍容。"②《次韵杨明叔四首序》云:"杨明叔惠诗,格律词意,皆熏沐去其旧习,予为之喜而不寐。"③陶诗格律,当然是指陶的诗风及句法等因素,因陶并无我们所说的格律,这个"格律"与前文所引用的"建安后迄江左,诗律屡变"的"诗律"意思相同。至于说杨明叔的诗格律词意一改旧习,当然不是说他弃旧格律作新格律,而是指整体的风格法度而言。又其《跋梅圣俞赠欧阳晦夫诗》说晦夫"用圣俞之律作诗数千篇"④。"圣俞之律",当然是指圣俞之法。宋代其他诗人,也常是法、律二字通用的。如吴聿《观林诗话》说"豫章诸洪作诗,有外家法律"⑤。

　　以上所引宋人用例,都有助于我们更正确地理解杜诗中"律"、"诗律"的全面含义。一个基本的结论是,在唐宋人那里,法与律两个概念完全是相通的,诗律论与诗法论密不可分。"法"之外,"律"

①(宋)任渊等注《黄庭坚诗集注》卷四,中华书局 2003 年,第 170 页。

②《宋黄文节公全集·正集卷二十五》,《黄庭坚全集》,第 669 页。

③《黄庭坚诗集注》卷一二,第 436 页。

④《宋黄文节公全集·别集卷八》,《黄庭坚全集》,第 1644 页。

⑤ 丁福保辑《历代诗话续编》,中华书局 1983 年,第 121 页。

是杜甫诗法论的另一个重要范畴。

三、杜甫诗法论的美学意蕴

诗法观念及其相关的理论表述,不仅是杜甫创作论的核心,而且也是杜甫诗歌美学的核心观念。也就是说,杜甫的诗法,是作为一种圆满地实现诗歌审美理想的艺术法则而存在的,而非那种指示初学的入门规范。一般的意识中,将诗法的掌握看作是诗人所达艺术境地之中阶,而在杜甫的诗学思想和创作实践中,法直接指向诗歌的艺术理想,法的实现即已是艺术上最高境界之完成。所以,杜甫的诗法论,联系着他的整个诗歌美学观。

法体现于最完美的作品中。"佳句法如何?"这一句诗就清楚地表达了这种观念。佳句是与法互为前提的,只有佳句中才有法的存在,法只存在于佳句之中,句不佳则无法可言。同样,整体的诗法也只存在于最优秀的诗歌之中,即诗法存在于佳诗之中。从这个意义上讲,那些仅能初步地模仿古人的句式、体格,艺术上未能到达上乘的诗,自然无有诗法可言。所以,法之实现,非仅是对前人的语言法则之继承,同时也是个人的创造之实现。"佳句"、"秀句"这些词,在杜甫诗句中出现得很频繁。如:

> 题诗得秀句,札翰时相投。(《送韦十六评事充同谷防御判官》)[1]

> 平公今诗伯,秀发吾所羡。……当公赋佳句,况得终清

---

[1]《杜诗详注》卷五,第 357 页。

宴。(《石砚》)①

词人取佳句,刻画竟谁传。(《白盐山》)②

为人性僻耽佳句,语不惊人死不休。(《江上值水如海势聊短述》)③

李侯有佳句,往往似阴铿。(《与李十二白同寻范十隐居》)④

史阁行人在,诗家秀句传。(《哭李尚书之芳》)⑤

不见高人王右丞,蓝田丘壑漫寒藤。最传秀句寰区满,未绝风流相国能。(《解闷》之八)⑥

《世说新语·文学》:"孙兴公作天台山赋成。以示范荣期……每至佳句,辄云:'应是我辈语。'"⑦ "佳句"一词,似初见于此。观其语气,可知此词在晋宋间已为文士评泊诗赋所习用。东晋尚清言题品,"于时诸公专以一言半句为终身之目,未若后来人士俛焉下笔,始定名价"⑧。这种风气影响到诗赋上,就造成创作和评论作品都特别重视句语之警策。《世说》文学篇即多载时人评论诗赋佳句之语,如谢安与诸子侄评《诗经》中佳句、王孝伯问弟王睹"古诗中何句为最"⑨ 两例,都很能代表一时论诗赋重佳句之风气。发展到南北朝,创作与评论中重佳句之意识,有增无减。声律体出现

①《杜诗详注》卷一四,第1255页。

②《杜诗详注》卷一五,第1352页。

③《杜诗详注》卷一〇,第810页。

④《杜诗详注》卷一,第45页。

⑤《杜诗详注》卷二二,第1917页。

⑥《杜诗详注》卷一七,第1516页。

⑦ 余嘉锡笺疏《世说新语笺疏》卷上,中华书局2007年,第316页。

⑧《世说新语笺疏》附录,第1091页。

⑨《世说新语笺疏》卷上,第278、327页。

后,偶对修辞,更重视烹锤之功,汉魏任情抒发、结构自由的作风,
为意匠经营之风气代替。这是法度意识自觉化的基本背景。杜甫
之重佳句、秀句,自然是此种风气之发展。年辈稍早于杜甫的吴兢
选有《古今诗人秀句》,序见《文镜秘府论》。而从我们前面的分析
已知,杜甫所谓"法",即是以佳句为载体的,所以,凡杜甫论佳句、
秀句之处,都包含着他的法度思想。这证明杜甫之所谓"法",即是
最理想之艺术境界之实现。上面所引的诗论,或自评,或评他人,
无不以佳句为最高境界,也就是说无不以有法为最高之境界。也
包括对李白、王维的评价。

　　法度意识,在杜甫这里,体现了对最完美的艺术境界的追求。
这一点反映在创作态度上,则是强调苦思与锤炼。杜甫经常以
"苦"来形容他人和自己的写作态度:

　　　　知君苦思缘诗瘦,太向交游万事慵。(《暮登四安寺钟楼
　　寄裴十迪》)①
　　　　清诗近道要,识子用心苦。(《贻阮隐居昉》)②
　　　　定知深意苦,莫使众人传。(《寄岳州贾司马六丈巴州严
　　八使君两阁老五十韵》)③
　　　　陶冶性灵存底物,新诗改罢自长吟。孰知二谢将能事,颇
　　学阴何苦用心。(《解闷》之七)④

苦吟、苦思,是中晚唐不少诗人的创作态度,如皎然《诗式》就明确

_____

① 《杜诗详注》卷九,第 783 页。
② 《杜诗详注》卷七,第 545 页。
③ 《杜诗详注》卷八,第 650 页。
④ 《杜诗详注》卷一七,第 1515 页。

强调苦思的重要性。大历诗人钱起亦云："诗思应须苦。"[①] 北宋的江西诗派也讲苦思,黄庭坚在追忆其学诗经历时也说过这样的话:"诗非苦思不可为,余及得第后方知此。"[②] 论其渊源,皆可追溯到杜甫。同时苦思态度的强调,也是诗史发展中带有必然性的现象。汉魏诗人的创作态度,相对来说,任情抒发的性质比较突出,这与其时诗歌与音乐仍然结合在一起有关系。晋宋以降,陆机、谢灵运等大开俪词偶对之风,永明诗人沈约、王融、谢朓等更加以声律,写诗的态度就由以自然为主,转为以人工为主,任情抒写一变为精心搜索。杜甫还常用"冥搜"来形容作诗的光景。与苦思紧相联系的,就是锤炼的习惯,炼字炼句,如称张九龄诗作"自我一家则,未阙只字警"[③]。至于"语不惊人死不休"、"新诗改罢自长吟"这类的句子,则是我们很熟悉的。

为求佳句,必须放弃任情抒发的作法,而采取苦思、锤炼、冥搜的创作方式。而它的目标无非是指向诗人心目中最理想的一种表达。用最凝炼传神的辞句来表现事物和诗人内心的诗意感受。最准确传神的表达,让诗人产生了一种"唯一"的感觉,也就是说,某句某字的匠心运用,在诗人当下的感觉里,是唯一的,无可替代的。杰作里的佳句、诗眼,在鉴赏者看来,也是唯一的。宋人诗话最喜论作诗用字之工,如魏庆之编《诗人玉屑》卷六"一字之工"条:

> 诗句以一字为工,自然颖异不凡。如灵丹一粒,点铁成金也。浩然云"微云淡河汉,疏雨滴梧桐",上句之工,在一"淡"

---

①《全唐诗》卷二三八,中华书局 1960 年,第 2654 页。

② 黄𫮃《黄山谷年谱》附录洪炎《豫章先生退听堂录序》引山谷《退听序》。

③《杜诗详注》卷一六,第 1417 页。

字,下句之工,在一"滴"字,若非此两字,亦焉得为佳句也哉!
如陈舍人从易偶得杜集旧本,文多脱误;至《送蔡都尉》云
"身轻一鸟",其下脱一字。陈公因与数客各用一字补之,或云
"疾",或云"落",或云"起",或云"下",莫能定。其后得一善
本,乃是"身轻一鸟过",陈公叹服。余谓陈公所补四字不工,
而老杜一"过"字为工也。如钟山语录云"暝色赴春愁",下得
"赴"字最好,若下"起"字,便是小儿语也。"无人觉来往",下
得"觉"字大好。足见吟诗要一两字功夫,观此,则知余之所
论,非凿空而言也。(渔隐)[1]

可见,最准确的辞句,能让人产生唯一的感觉。所谓"法度"正是
对这种唯一感觉的形容。说它是形容,是因为"法"本来就是从别
个领域借用来的词,"律"也是一样。诗歌艺术中并没有像"法律"
那样的法,只是诗人借用这个词来表达这种"唯一准确"、最为完美
的创作境界。所以,更恰当地说,"法"在诗学上只是一个形容的
词。当然,杜甫并不像门径较狭的晚唐五代的苦吟派诗人那样,将
所有的精力都放在求一字之工上。杜甫的苦思、锤炼、冥搜,是在
整体上追求一种表现和再现的力度。赵翼《瓯北诗话》论杜之笔
力云:

> 宋子京《唐书·杜甫传赞》,谓其诗"浑涵汪茫,千汇万
> 状,兼古人而有之",大概就其气体而言。此外如荆公、东坡、
> 山谷等,各就一首一句,叹以为不可及,皆未说着少陵之真本
> 领也。其真本领仍在少陵诗中"语不惊人死不休"一句。盖

---

[1](宋)魏庆之《诗人玉屑》卷六,古典文学出版社 1958 年,第 141 页。

其思力沉厚,他人不过说到七八分者,少陵必说到十分,甚至有十二三分者。其笔力之豪劲,又足以副其才思之所至,故深人无浅语。①

所以"法"在杜甫那里,也体现为表现上的力度,是诗人笔力所到的最高境地。力量雄浑、境界阔大,是杜甫的审美理想。"声华当健笔,洒落富清制"②;"庾信文章老更成,凌云健笔意纵横"③;"健笔凌鹦鹉,铦锋莹鹔鹴"④;"词源倒倾三峡水,笔阵独扫千人军"⑤;"若人才思阔,溟涨浸绝岛"⑥。所以,虽然同是追求心目中最完美的、唯一的创作理想,但杜甫的追求与中晚唐诗人的追求自是不同。而后人虽接受杜的诗法思想,在创作上却各有所臻,这正反映法的相对性。严格地讲,法只存在于具体的作品中。杜甫理想中的"唯一",自是他人所不能完全体验的。所以杜甫一家之法,正是体现其一家之审美理想。金代周昂有一首论诗绝句,说的就是这个情况:"子美神功接浑茫,人间无路可升堂。一斑管内时时见,赚得陈郎两鬓苍。"⑦"神功接浑茫"是说无法可窥,"一斑管内时时见",似乎又是有法可窥,只是难见其全体。法而无法,法可学而又不死学,说的就是这种情形。

法的追求,从有意识出发,而以无意识的状态结束。我们前面

---

① (清)赵翼《瓯北诗话》卷二,人民文学出版社 1963 年,第 16 页。
② 《杜诗详注》卷一六,第 1394 页。
③ 《杜诗详注》卷一一,第 898 页。
④ 《杜诗详注》卷三,第 221 页。
⑤ 《杜诗详注》卷三,第 241 页。
⑥ 《杜诗详注》卷五,第 363 页。
⑦ (金)元好问编《翰苑英华中州集》,《四部丛刊》景元刊本,第 129 页。

说过,当诗人追求"唯一"并且自己觉得已经实现了此种"唯一",亦即心中之"法"圆成地实现时,他就体验到存在于自身的一种极强的表现力,杜甫经常用"老"、"老成"来形容这种体验。而从造成奇特的艺术效果、写出惊人亦且惊己的佳句、绝唱这方面来说,又可以说是一种带有神秘性的体验。所以"老成"与"神",其实是相通的感觉。杜甫《寄薛三郎中璩》云:

> 赋诗宾客间,挥洒动八垠。乃知盖代手,才力老益神。[①]

这里"老"虽从字面上讲,是指年纪之老,但与说"庾信文章老更成"一样,同时也可理解为文章之老。由于讲究法度,追求最高的艺术造就,所以对诗歌艺术的追求,在杜甫看来,是一个漫长的探索过程,年纪愈高,离此理想境地也就越近,创作上"老成"、"入神"的体验会频繁地出现。所以说"乃知盖代手,才力老益神"。这种诗学的思想,自杜甫倡扬后,对宋代的一些诗人影响很大,形成了一种诗愈老愈工的观点。黄庭坚即认为杜甫夔州以后的诗,是杜诗发展的最高境界,这与杜甫自己说的"晚节渐于诗律细"是一脉相承的观点。"神"在杜甫诗句运用的次数也很多,不仅论诗,论书画也常标"神"字。对此前人所论已多,不烦赘述。这里所论的是"神"与"法"的关系。我认为,在杜甫那里,"神"这个概念,是包括在诗法论的体系里面的,是诗法最理想的存在状态。

　　以上是对杜甫诗法论美学意蕴的一点探索。可以看到,"法"之概念,"法"之意识和实践追求,是杜甫诗歌创作的核心所在。以此为核心,杜甫构建了相当完整的诗论体系。

---

①《杜诗详注》卷一八,第 1622 页。

四、杜甫诗法论的渊源和影响

在诗学上,法的基本涵义是创作之法则,传统的诗法论,讨论的主要是诗歌语言运用方面的问题,即诗的语言表现方式和语法结构问题,相当于普通语言学中的修辞法和语法。但诗歌的语言是一种艺术的材料,其功能在于创造艺术之美,而非仅止于传达信息。所以诗歌语言是一种个性化的语言,或者说是对于普通语言的创造性的运用。任何一首成功的诗,其语言不仅相对于普通语言的语法、词法是一个创造,即相对另一首诗来讲,也是一个新的创造。所以,诗歌中的语法和修辞方法,只有一种相对的规定性,而不存在像普通语法那样固定的东西。古人之所以一边讲法,一边又讲法而无法;讲活法,反对死法、"板法"①,原因正在于此。所以,诗歌创作的语言法则,只是相对性地存在,并且也是隐秘性的存在。取得的方法,不是简单的模仿,也不是机械的遵守,而是在创造的状态中一次次地领悟。或者说,它是模仿性与创造性的结合。

透析了诗法的这一性质后,我们就可以知道,诗法是诗歌创作中基本因素之一。它与诗歌艺术并生,即使是艺术上最自然化的民间诗歌,只要它具有一定的体裁形式、相对固定的韵律结构,就存在着一种语言法则,就存在着后人对前人作品的模仿。但是法毕竟只是诗歌创作的因素之一,并非其全部。所以虽然法之运用是客观存在的,但法的存在尤其是法对于创作之重要性,却不是所有诗人都能自觉地认识到的。从历史的发展来看,诗法理论是在

---

① (清)翁方纲《复初斋文集》卷八《诗法论》,《清代诗文集汇编》第 382 册,上海古籍出版社 2010 年,第 82 页。

诗歌艺术发展的一定阶段上形成的。从观念上看，即使在诗法理论形成后，也仍然有一部分诗人否认法的存在。所以，有关诗歌法度的理论和意识，对于阐述者和实践者来说，往往即是一种诗歌的主张。

从杜甫的主观方面来看，他是将他的诗法论渊源追溯到儒家诗学那里的。从表现方法来看，则儒家所总结的"赋、比、兴"及其相关理论，应该看成最早的诗法理论。元人杨载《诗法家数》即列赋、比、兴、风、雅、颂为"诗学正源"①。仇氏注"佳句法如何"，亦云"诗有六义，三百篇为诗法之祖"②。而杜甫说自己写诗"法自儒家有"，一方面指继承乃祖杜审言的诗法，另一方面也是说自己的诗法属于儒家一系，自然也应包括《诗经》六义之法。这两层含义并不矛盾，因为，在杜甫看来，乃祖之诗法正是儒家之诗法。用儒家称乃祖诗法，正是赞扬其诗法之纯正。而这一点与其"别裁伪体亲风雅"的宗旨正好吻合。可见，杜甫所说的"法"，在内涵上是比较广泛的，既指句法、章法这种语言运用和结构之法，也包括六义之类的创作方法。也可以说，在他这里，诗法与诗道是相通的。

魏晋南北朝文论家，如陆机、刘勰等人的文论著作，有不少内容是有关于诗赋的语言运用法则的讨论，与杜甫诗法论有着更直接的渊源关系。尤其是刘勰，他明确地将"法"运用在文学创作上，确定其为文学继承的一个重要因素，对杜甫的诗法理论和实践有着直接的启发。《文心雕龙·通变赞》："文律运周，日新其业。变则其久，通则不乏。趋时必果，乘机无怯。望今制奇，参古定法。"③

---

① 《历代诗话》，第 727 页。
② 《杜诗详注》卷三，第 195 页。
③ 《文心雕龙注》卷六，第 521 页。

刘勰是在谈通变即继承与发展时提出"法"这一概念的。"望今制奇"讲的是变创,"参古定法"讲的是通承。法是文学创作中具有相对稳定性的因素,也是后人需要从前人那里学习和借鉴的东西。杜甫说"法自儒家有",也是将法看成是由继承和学习所得的。杜诗集前代诸多诗家大成,也就是集诸家诗法之大成,变化而自成一家。所以,至少从文学思想发展的角度来讲,杜甫的诗法理论与刘勰是一脉相承的。除了"法"这个概念外,刘勰还用了"术"这一概念,且专列《总术》一篇来阐述他的文术思想。他说:"文场笔苑,有术有门。务先大体,鉴必穷源。乘一总万,举要治繁。思无定契,理有恒存。"① 术与法,内涵是相近的,文术亦即文法。而在刘勰那里,文是包括了诗歌在内的。所以,也可以说,诗法的意识,在刘勰这里已经很明确了。另外,"思无定契,理有恒存",与"望今制奇,参古定法"所说的实际上是一样的道理。"理有恒存"的"理",与"法"字也是内涵相通的。杜甫"熟精文选理"之"理",与刘氏之"理"正是同样的用法。而"有术有门"的"门",亦即"法"、"术"、"理"。杜甫"小子思疏阔,岂能达词门"②,也用"门"字来称法术。这又是两家用词相同的地方。《通变》中"文律运周"中"文律"一词,也为杜所沿用(见前引"丈人叨礼数,文律早周旋")。从刘勰所用的"文律",不仅可窥见杜甫"文律"、"诗律"、"律"等词的渊源,更可证杜甫所说"律"非仅指声律、格律,而是同时指创作方法和规律。所谓"律中鬼神惊",所中非仅是声律,更是诗歌的艺术规律,是真正合乎诗道之创作,所以才能夺天地造化之妙,而使鬼神为之惊悚。

---

① 《文心雕龙注》卷九,第 657 页。
② 《杜诗详注》卷九,第 765 页。

从永明体的产生到近体诗的定型,这一时期关于诗的格律和与之相应的语言表达问题的探讨,是中国古典诗学一个新的系统的形成期。杜甫是将近体诗艺术发展到圆满境地的诗人,杜甫诗学也是此系诗学的集大成,所谓"杜拾遗集诗学之大成"①,首先是集近体诗学之大成。杜甫自述"诗是吾家事"、"法自儒家有",明确表明他的诗学渊源承自乃祖审言。而审言正是近体诗的体制和风格的确立者之一。杜甫的这个自述是带有浓厚的家族情感的,实际含义应是杜甫继承了包括乃祖在内的武后朝诗人的近体诗学。诗法实践和理论虽然渊源甚远,但在杜甫之前,诗法理论包含在诗学乃至一般的文学理论和批评的整体里,独立形态的诗法学,是杜甫奠定的。而杜甫诗法观念的确立,正是对永明以来近体一系所包含的律法意识和实践的发展。所以独立形态的诗法理论的出现,实际上是近体诗发展的结果。可以说,杜甫诗法论的形成正是近体诗成熟的一个标志。

杜甫诗法论,是他在长期的诗歌创作实践中形成并完善的,而他在诗艺上的追求又代表了古典诗艺的最高境地。在这样的基础上形成的杜甫的诗法观念理论,对实践的指导作用很大,并且是比较充分反映了诗歌创作规律的。从这个意义上讲,杜甫既是传统诗法理论的创立者,他的诗法同时又代表了诗法思想和实践的最高形态。他对后世诗法理论和实践的影响是很深刻的。后世对杜甫诗法的接受,与对杜甫诗艺的接受一样,大多是各取一端,很少完整地掌握。中晚唐的诗人接受了杜甫的苦思、锤炼的主张。但此期的一些诗学著作对"格"、"法"、"式"、"势"等一系列法度的范畴做了机械的规定,使得他们的诗法成为死法、板法一类的东西,

---

①《杜诗镜铨》,第 1 页。

最多只对初学者起某种指导作用。而杜甫的诗法，我们前面分析过，是体现了诗艺的最高境界的，尤其是他将"神"这一概念引进诗学，将神作为法的最高指向，实际上已经建立起由法入神，学习前人法度与个人创造结合的圆满的理论体系。后来宋代的诗学，用来纠正中晚唐格法派的一些辩证的诗法思想，都可以从杜甫这里寻找到渊源。如黄庭坚的诗法思想，就是直接接受杜甫的"法"、"律"、"神"等范畴，可以说黄在他的诗学发展中，不断地从杜甫那里得到启发，也在不断地寻找、领悟杜的诗法思想，是诗学史最完整地接受杜甫诗法观念和实践风格的诗人。其后的宋、元、明、清诗法理论和实践，从本质上讲，都是对杜甫、黄庭坚诗法思想的不断领悟和实践。至清代诗人叶燮的《原诗》、翁方纲的《诗法论》，则是对传统诗法思想做了一个全面的理论表述，就古典学术形态来看，可以说是比较完整的理论表述了。而在现代诗学的语境中，对传统诗法思想做更系统的研究和理论阐述，则是我们今天的研究者的任务，本文的探索，正是希望在这方面起点抛砖引玉的作用。

（原载《文学遗产》2001 年第 4 期）

"百年歌自苦"

——论杜甫诗歌创作中"歌"的意识

引　论

　　我们习惯用"诗歌"一词来称呼一切的诗与歌,这不仅是因为历史上诗与歌曾经是一体的,而且更是因为诗所具备的节奏、韵律、声调规定等,都是属于音乐性的因素。一些具备了上述因素的诗,即使在朗读的状态中,也表现出歌的某种性质。一般来讲,诗都潜在地具有歌唱的功能,在适当的条件下,一首诗转化为一首歌,这种现象在诗歌史上是经常发生的。西方诗歌中,歌德的许多小诗,都被谱曲演唱,中国古代则唐诗经常入歌,借乐流行①,都是人们熟知的。当然,这种转化发生的几率,在不同的诗人与不同的时代,差别是很大的,就中国古代诗歌而言,唐诗的待歌性质最为突出,宋诗则因为并世的曲子词的盛行,差不多完全失去了入乐歌

①　杜牧《唐故平卢节度巡官陇西李府君墓志铭》:"诗者可以歌,可以流于竹,鼓于丝,妇人小儿,皆欲讽诵。国俗薄厚,扇之于诗,如风之疾速。"(《樊川文集》卷九,吴在庆《杜牧集系年校注》,中华书局 2008 年,第 744 页)

唱的可能性 ①，也就是说它的待歌性质是很不突出的。造成唐宋诗的艺术上的差异，这不能不说是一个重要的原因。"诗歌"一词的成立，正是基于上述的事实。而且在一些场合，歌可以被称为诗，如陆机《挽歌诗》："中闱且勿讙，听我薤露诗。" ② 至于诗被称为歌的例子就更多了，本文所要讨论的杜甫的以诗为歌，就是最显著的例子。魏晋之前，诗都是可歌的，而且大部分都入乐。所以"诗"这个词，它的最早的含义，就是指歌唱的词，与后来的"词"实际上是一样的性质。这一点，可举之例很多，单看《尚书·尧典》"诗言志，歌永言"就可明白，这里"诗"与"歌"其实是一个对象，单就其文本来讲，称"诗"；就其演唱的状态来讲，称"歌"。并非有一种作品叫"诗"，另一种作品叫"歌"。但入汉以后，"诗"这个词渐渐经典化、文学化，诗成了一种地位很高的东西，一般的民间的歌谣与乐府新声，人们在习惯上决不将其与《诗经》相提并论，而只是称为"歌"，于是"歌"渐成一种与"诗"相对的文体名称，亦即诗的另类。但从根本的性质上说，人们也认识到它们与《诗经》其实没有本质的不同，于是班固在《艺文志》中著录这类作品，就称为"歌诗"，算是一个折衷性的名词。诗歌分流，大体上是从这样的

---

① 唐声诗之乐，至宋似亦并未完全绝迹，如苏轼《中秋月》"暮云收尽溢清寒"，当时就用《阳关曲》歌之。事载朱弁《风月堂诗话》(《文渊阁四库全书》影印本)。又《邵氏闻见录》载文彦博知成都府时，喜行乐，流言入京，朝廷遣御史来察，张少愚设计令歌女杨台柳迎之，并作《杨台柳》令其歌之，以懈御史之威严。但宋诗入歌，毕竟只是沧海之一粟。另宋人有诗佳者，常改为词体而歌之。如《王直方诗话》载黄庭坚七律《光山道中雪诗》(《山谷外集》题作《冲雪宿新寨忽忽不乐》)，当时传诵，王晋卿取其中"山衔斗柄三星没，雪共月明千里寒"入添为《鹧鸪天》词而歌之。

② 逯钦立辑校《先秦汉魏晋南北朝诗·晋诗》卷五，中华书局 1983 年，第653 页。

状态中出现的。汉代文人模仿《诗经》写诗,当然也就称为"诗",这类作品当然与音乐毫无关系,所以"诗"渐渐只具有了纯文本的意义①。后来的魏晋文人循此例,称自己作的东西为"诗",但魏晋人作的新歌词或拟乐府,在文献上著录仍称为"乐府",有入乐、有不入乐,于是乐府的含义也显得复杂起来了。在古代,诗是与歌、曲相并列的一个概念。所以在古代汉语与古代诗学的背景下,杜甫的诗歌最标准的称法还是"杜诗"。杜诗这种叫法与陶诗、苏诗一样,都标志它是文人创作的纯粹的诗,并且是具备丰富的个人性格,自成一家的诗。从一定的意义上说,也说明它是离歌曲这种大众化的艺术最远的一种诗。它们当然也具备潜在歌诗性质,但与真正的音乐歌词毕竟是性质完全不同的两种艺术形式。

但是,在中国古代诗歌史的场合,诗与歌的界限实际上是很难截然分开的,这个问题可以从文体与创作观念两方面来看。从文体学的角度来看,首先,诗的文体是从歌发展过来的,所以诗在文体上保留了许多属于歌的祖遗的因素。其次,从现实的文学的背景来看,中国古代任何时期的诗,都与同时的音乐歌词并存,并且经常性地发生相互转化。所以,从文体学的角度来看,存在许多诗与歌的中间状态的文体,如文人拟乐府体、歌行体,不入乐的文人词、文人曲;也存在性质与功能介于歌词与纯诗之间一类诗歌,如"唐声诗"(或称"唐歌诗")。从创作观念上看,诗与歌常常是相互潜用对方的名字,不但歌词被视为一种诗,诗人也经常以"歌"或"歌词"来给自己的作品作某种角色定位。如果说,文体上诗与歌中间状态的品种还是比较容易体认的,而且在学术上一直被注意,

---

① 参看拙著《汉魏乐府的音乐与诗》(大象出版社 2000 年)第 70—74 页对这个问题的讨论。

并且加以研究,那么观念上诗与歌相互交叉认同,或者就我们现在讨论的重心而言,即中国古代文人诗创作者的歌的意识的问题,则是一个复杂的、并且基本上未被学术研究所注意的一个问题。事实上,文人诗受歌的传统的影响存在于诸如创作意识与创作状态、审美趣味等多个层面上。正是在这样的背景下,才会出现杜诗与歌的关系这样的问题。

杜甫诗歌创作与音乐的关系,光从表面的印象来观察,似乎是唐代诸大家中与音乐关系较为淡薄者。如李白,不仅大量创作拟古乐府,且其拟古乐府深受古歌词的影响,他的绝句与音乐关系也很密切;王维诗与音乐的关系,同样是很突出的事实;中晚唐的孟郊、元稹、白居易、李贺诸人,其诗歌与音乐也各有其重要关系,李贺的诗甚至被称为"李长吉歌诗",就是因为其与乐府之关系密切及其特殊的音乐性效果。而杜甫的作品在拟乐府方面、声诗方面,都是比较次要的,至少不具有典型性。音乐性也向来不视为杜甫诗歌的重要艺术特征。而相反,杜诗最被强调的是他的法度之精、语言艺术之高度发展与思想内容之深厚。换言之,杜诗的创作在诗的文人化、纯粹化发展程度上是最高的,属于离诗乐合流早期状态最远的一种纯诗状态。所以,杜诗与音乐的关系,一直没有成为杜诗研究中的一个课题。

但是,上面的情况,其实是表面性的,杜甫的诗歌创作中其实蕴藏着一个深受古代歌乐传统影响的事实。而且,从这一事实中可以看出,杜甫的诗歌创作,在高度的文人化、语言艺术高度发展的同时,又有着向属于诗歌的更为原始、自然的状态的歌的艺术传统回归的自觉倾向。对此,我们准备采取这样的角度来研究,从杜甫在诗中频繁地以"歌"来自述其诗歌创作这一现象出发,发现存在于诗人创作心理上的比较浓厚的歌者意识,来揭示杜甫对歌乐的艺术传统的自觉的吸取,进而探讨这一意识对杜诗艺术的影响。

一

　　对于写诗一事,杜甫有这样几种表述,一曰"题诗",如《送韦十六评事充同谷防御判官》:"题诗得秀句,札翰时相投。"①《奉送崔都水翁下峡》:"所过凭问讯,到日自题诗。"② 二曰"赋诗",如《遣兴》之五:"赋诗何必多,往往凌鲍谢。"③《四松》:"有情且赋诗,事迹可两忘。"④《长吟》:"赋诗新句稳,不免自长吟。"⑤《寄薛三郎中璩》:"赋诗宾客间,挥洒动八垠。乃知盖代手,才力老益神。"⑥《赠翰林张四学士垍》:"赋诗拾翠殿,佐酒望云亭。"⑦ 三曰"吟诗",《宴王使君宅题二首》(之二):"自吟诗送老,相对酒开颜。"⑧

　　"题诗"、"赋诗"、"吟诗"这样的说法,都是确切地符合杜甫时代的写作状态的,也就是说这几个词所指的都是一种纯粹文人诗的写作行为。"题"是题写的意思,最早具有标榜、题品之意,如《世说新语·言语》"道壹道人好整饰音辞"条刘孝标注引《沙门题目》一书,所谓"题目"即题品之、标目之,如《世说新语·言语》篇

①(清)仇兆鳌注《杜诗详注》卷五,中华书局1979年,第357页。
②《杜诗详注》卷一二,第982页。
③《杜诗详注》卷七,第565页。
④《杜诗详注》卷一三,第1118页。
⑤《杜诗详注》卷一四,第1209页。按:"赋诗新句稳",仇注"新"字"一作歌"。按仇注云:"诗句已稳,犹自长吟,比他人之草草成篇,辄高歌自鸣得意者,相去悬绝。"如此作"新"是。
⑥《杜诗详注》卷一八,第1622页。
⑦《杜诗详注》卷二,第99页。
⑧《杜诗详注》卷二二,第1932页。

载:"桓征西治江陵城甚丽,会宾僚出江津望之,云:'若能目此城者,有赏。'顾长康时为客在坐,目曰:'遥望层城,丹楼如霞。'"① 可见"目"亦即"题"。所以题诗即题写诗歌之意。"赋诗"一语,魏晋人已言,曹丕《又与吴质书》:"每至觞酌流行,丝竹并奏,酒酣耳热,仰而赋诗。"② 又其《叙诗》文云:"为太子时,北园及东阁讲堂并赋诗,命王粲、刘桢、阮瑀、应玚等同作。"③ 班固《汉书·艺文志》:"《传》曰:不歌而诵谓之赋,登高能赋,可以为大夫。"④ 建安时期的诗歌,一部分是依旧曲作新词的乐府诗,另一部分则为脱离音乐的徒诗,曹丕所说的"赋诗",正是取不歌而诵谓之赋的意思,是指徒诗的创作,所以赋诗即吟诗、诵诗之意。这个词的出现本身标志着诗与歌的分流。可见题诗、赋诗,都是指徒诗的创作情形,并没有涉及诗歌创作中的音乐因素。杜甫所说的"吟诗",似乎更侧重于诗的音乐性质,他还有句子说"新诗改罢自长吟"⑤。"吟诗"似乎也有某种腔调,但它只是诗人在不入乐状态下对诗的自我、自由的吟哦。晁补之评论黄庭坚的词"不是当行家语,是著腔子唱好诗"⑥,可见词与诗的不同,正在于有腔子,即有固定的曲调。诗人吟诗,不管其吟唱的状态如何,都是无腔子的自由吟咏。属于诵读的范围,而非歌的范围。总之,题诗、赋诗、吟诗等词,都是当写诗、作诗来解,并且都是只适用于纯粹的诗的创作的场合,而一般来说不能

---

① 徐震堮《世说新语校笺》卷上,中华书局 1984 年,第 79 页。
②(清)严可均校辑《全上古三代秦汉三国六朝文·全三国文》卷七,中华书局 1965 年,第 1089 页。
③《全上古三代秦汉三国六朝文·全三国文》卷七,第 1091 页。
④《汉书》卷三〇《艺文志》,中华书局 1962 年,第 1755 页。
⑤《解闷十二首》其七,《杜诗详注》卷一七,第 1515 页。
⑥《能改斋漫录》卷一六,中华书局 1985 年,第 409 页。

用于歌、词、曲等音乐性文学的场合。对于杜甫来说,用"赋诗"、
"题诗"、"吟诗"来自叙其写诗的行为,是名实相符的。

但是,除上述"题诗"、"赋诗"、"吟诗"等侧重于纯诗写作状态
的表述外,最值得注意的是,从杜诗中我们看到,杜甫还经常说自
己在以各种形式歌唱着。杜诗频繁使用"歌"、"行歌"、"长歌"、"高
歌"、"狂歌"、"悲歌"、"哀歌"等词,在大部分场合是指作诗、歌诗。
现将他的这类诗句略作辑集,并加以具体的分析:

"歌",如:

> 座中薛华善醉歌,歌辞自作风格老。近来海内为长句,汝
> 与山东李白好。何刘沈谢力未工,才兼鲍照愁绝倒。(《苏端
> 薛复筵简薛华醉歌》)①
> 当歌欲一放,泪下恐莫收。(《晦日寻崔戢李封》)②
> 请为父老歌,艰难愧深情。歌罢仰天叹,四座泪纵横。
> (《羌村三首》之三)③
> 呜呼一歌兮歌已哀,悲风为我从天来。(《乾元中寓居同
> 谷县作歌七首》之一)
> 呜呼二歌兮歌始放,邻里为我色惆怅。(同上之二)
> 呜呼三歌兮歌三发,汝归何处收兄骨。(同上之三)
> 呜呼四歌兮歌四奏,林猿为我啼清昼。(同上之四)
> 呜呼五歌兮歌正长,魂招不来归故乡。(同上之五)
> 呜呼六歌兮歌思迟,溪壑为我回春姿。(同上之六)

①《杜诗详注》卷四,第 294 页。
②《杜诗详注》卷四,第 298 页。
③《杜诗详注》卷五,第 394 页。

呜呼七歌兮悄终曲,仰视皇天白日速。(同上之七)①

王郎酒酣拔剑斫地歌莫哀,我能拔尔抑塞磊落之奇才。(《短歌行赠王郎司直》)②

干戈未偃息,安得酣歌眠。(《寄题江外草堂》)③

春歌丛台上,冬猎青丘旁。(《壮游》)④

巴东逢李潮,逾月求我歌。(《李潮八分小篆歌》)⑤

作歌挹盛事,推毂期孤骞。(《览柏中丞兼子侄数人除官制词因述父子兄弟四美载歌丝纶》)⑥

白头老罢舞复歌,杖藜不睡谁能那。(《夜归》)⑦

吾为子起歌都护,酒阑插剑肝胆露。(《魏将军歌》)⑧

感君意气无所惜,一为歌行歌主客。(《醉歌行赠公安颜十少府请顾八题壁》)⑨

歌讴互激越,回斡明受授。(《上水遣怀》)⑩

感激时将晚,苍茫兴有神。为公歌此曲,涕泪在衣巾。(《上韦左相二十韵》)⑪

---

① 以上《杜诗详注》卷八,第693—699页。
②《杜诗详注》卷二一,第1885页。
③《杜诗详注》卷一二,第1014页。
④《杜诗详注》卷一六,第1441页。
⑤《杜诗详注》卷一八,第1552页。
⑥《杜诗详注》卷一八,第1573页。
⑦《杜诗详注》卷二一,第1844页。
⑧《杜诗详注》卷四,第261页。
⑨《杜诗详注》卷二二,第1923页。
⑩《杜诗详注》卷二二,第1958页。
⑪《杜诗详注》卷三,第227页。

盘错神明惧,讴歌德义丰。(《奉寄河南韦尹丈人》)①

自笑灯前舞,谁怜醉后歌。(《陪郑广文游何将军山林十首》之十)②

独酌甘泉歌,歌长击樽破。(《屏迹三首》之三)③

百年歌自苦,未见有知音。(《南征》)④

野树歌还倚,秋砧醒却闻。(《九日五首》之三)⑤

托赠卿家有,因歌野兴疏。(《将别巫峡赠南卿兄瀼西果园四十亩》)⑥

熏风行应律,湛露即歌诗。(《暮春江陵送马大卿公恩命追赴阙下》)⑦

以上诸条,像《苏端薛复筵简薛华醉歌》《乾元中寓居同谷县作歌七首》《短歌行赠王郎司直》《李潮八分小篆歌》《醉歌行赠公安颜十少府请顾八题壁》《上韦左相二十韵》这几首中的"歌",即指本诗,或歌本诗,其意甚明。其余数例,也多与本诗相关,"野树歌还倚",是状自己老迈行吟的样子;"歌讴互激越",写自己乘船上水逆行,舟人唱歌与自己的吟诗之声互相激发。《将别巫峡赠南卿兄瀼西果园四十亩》中的"托赠卿家有,因歌野兴疏"是说自己将别巫峡,将果园托赠南卿,然颇依依不舍,但不好明言,所以作为

---

①《杜诗详注》卷一,第 70 页。

②《杜诗详注》卷二,第 155 页。

③《杜诗详注》卷一〇,第 882 页。

④《杜诗详注》卷二二,第 1950 页。

⑤《杜诗详注》卷二〇,第 1765 页。

⑥《杜诗详注》卷二一,第 1862 页。

⑦《杜诗详注》卷二一,第 1881 页。

歌诗,以歌昔日之野兴。则"因歌"即指作此诗。最值得注意的是
《南征》中所说的"百年歌自苦,未见有知音"两句,杜甫在这里说
的是他自己的整个诗歌生涯,最能体现其以歌者自居、以诗为歌的
创作意识。出于《古诗十九首·西北有高楼》"不惜歌者苦,但伤
知音稀"①。

"行歌",如:

> 此意竟萧条,行歌非隐沦。(《奉赠韦左丞丈二十二韵》)②
> 醉舞梁园夜,行歌泗水春。(《寄李十二白二十韵》)③

"行歌"用《列子》:"林类年且百岁,底春被裘,拾遗穗于故畦,并
歌并进。"④又《家语》:"孔子行歌于泗水之上。"⑤可见行歌是古代
士人发露幽情、表达意志的一种方式。杜甫这里不完全是用典,同
样也是一种写实。《奉赠韦左丞丈二十二韵》是说自己仕进行道
无由,失志落魄,作为歌诗,形迹如林类之行歌,但并非自甘隐逸之
辈。揆之杜甫生平,其所谓行歌,正是吟咏作诗之事。《寄李十二
白二十韵》说自己与李白在梁宋之间嬉游交好的情景。两人之行
歌,当亦为实际的情形,则其所歌者,无非古人或自己的诗章。此
外,《奉赠韦左丞丈二十二韵》虽用古体,但开头化用鲍照《代东
武吟》"主人且勿喧,贱子歌一言"之句云"丈人试静听,贱子请具
陈",模仿乐府之格,其体制实处于拟乐府与古风之间。此诗实为

---

① 《先秦汉魏晋南北朝诗·汉诗》卷一二,第 330 页。
② 《杜诗详注》卷一,第 75 页。
③ 《杜诗详注》卷八,第 662 页。
④ 杨伯峻《列子集释》卷一《天瑞》,中华书局 1979 年,第 23—24 页。
⑤ 《杜诗详注》卷八引,第 663 页。

著之笔墨奉呈韦左丞,却偏要说自己歌唱陈辞于左丞之前,请其静听。这也反映了杜甫以歌者而非纯粹的诗人自居的角色定位。这种意识对其作品的艺术风格产生实质性影响。如王嗣奭评《奉赠韦左丞丈》一诗曰:"通首直抒隐衷,如写尺牍,而纵横转折,感愤悲壮之气溢于行间,缱绻踌躇,曲尽其妙。"① 这里自然包含着歌唱的风格。

"长歌",如:

> 即事非今亦非古,长歌激越捎林莽。(《曲江三章章五句》之二)②
>
> 长歌激屋梁,泪下流衽席。(《白水崔少府十九翁高斋三十韵》)③
>
> 荆州爱山简,吾醉亦长歌。(《章梓州水亭》)④
>
> 长歌意无极,好为老夫听。(《行次盐亭县聊题四韵奉简严遂州蓬州两使君咨议诸昆季》)⑤
>
> 长歌敲柳瘿,小睡凭藤轮。(《题王二十四侍御契四十韵》)⑥
>
> 乐助长歌逸,杯饶旅思宽。(《宴忠州使君侄宅》)⑦
>
> 故国愁眉外,长歌欲损神。(《雨晴》)⑧

---

① 《杜诗详注》卷一引,第 79 页。
② 《杜诗详注》卷二,第 138 页。
③ 《杜诗详注》卷四,第 302 页。
④ 《杜诗详注》卷一二,第 1026 页。
⑤ 《杜诗详注》卷一二,第 1000 页。
⑥ 《杜诗详注》卷一三,第 1129 页。
⑦ 《杜诗详注》卷一四,第 1224 页。
⑧ 《杜诗详注》卷一五,第 1330 页。

楼头吃酒楼下卧,长歌短咏迭相酬。(《狂歌行赠四兄》)①

"长歌",一为歌曲名,汉乐府有《长歌行》,陆机《长歌行》:"迨及岁末暮,长歌乘我闲。"②一为长声而歌之意,《李陵苏武录别诗》:"长歌正激烈。"③陆机《拟东城一何高》:"长歌赴促节,哀响逐高徽。"④杜甫以上诸例,用的主要是后面这层意思,即是指长歌这种歌唱方式。又上面诸例除"长歌意无极"这句是说严氏兄弟在长歌之外,其余诸例,长歌者都为杜甫本人。《曲江三章》是说自己用这种非今非古的体裁即事吟诗,并长歌之,歌声激越,在林莽间穿越摇荡。王嗣奭《杜臆》云:"我今即事,既非今体,亦非古调,信口长歌,其声激越,梢林莽而变色,何其悲也?"⑤此条仇注引《杜臆》又作:"即事吟诗,体杂古今。其五句成章,有似古体,七言成句,又似今体。曰长歌者,连章叠歌也。"⑥按王氏解"非今亦非古"大体不差,唯解长歌为连章叠歌,不确。然此条与《杜臆》原文差异很大,或是仇氏所加。现在我们已经知道杜甫惯爱使用"长歌"一词,即可知此说过于穿凿。其下"长歌激屋梁"、"吾醉亦长歌"、"长歌敲柳瘿"、"长歌欲损神"及"长歌短咏迭相酬"诸条,所歌者都为杜甫自己之诗,而且很可能还是以"长歌"形式吟作诗篇。而"乐助长歌逸",更透露了杜甫乘听乐之兴而作诗的一种具体的作诗方式,这可能在杜甫的生平创作活动中并不罕见。这让我们想象杜诗与

①《杜诗详注》卷一四,第1220页。

②《先秦汉魏晋南北朝诗·晋诗》卷五,第656页。

③《先秦汉魏晋南北朝诗·汉诗》卷一二,第338页。

④《先秦汉魏晋南北朝诗·晋诗》卷五,第688页。

⑤(明)王嗣奭《杜臆》,上海古籍出版社1983年,第43页。

⑥《杜诗详注》卷二引,第138页。

音乐可能存在着另一种关系，这个问题需要另作研究。

"高歌"，如：

未知栖集期，衰老强高歌。歌罢两凄恻，六龙忽蹉跎。（《别唐十五诚因寄礼部贾侍郎》）①

但觉高歌有鬼神，焉知饿死填沟壑。（《醉时歌》）②

青眼高歌望吾子，眼中之人吾老矣。（《短歌行赠王郎司直》）③

赵公玉立高歌起，揽环结佩相终始。（《荆南兵马使太常卿赵公大食刀歌》）④

浩荡长安醉，高歌卿相宅。（《送顾八分文学适洪吉州》）⑤

高歌激宇宙，凡百慎失坠。（《题衡山县文宣王庙新学堂呈陆宰》）⑥

形胜有余风土恶，几时回首一高歌。（《峡中览物》）⑦

不见江东弟，高歌泪数行。（《元日示宗武》）⑧

以上诸例，"赵公玉立高歌起"是说赵公高歌，"高歌卿相宅"是说顾文学和自己共同的行止，其余几例，都是说自己在高歌。其中又有两种情形，一种是以高歌指称写诗，一种是真的在高歌，后者所

①《杜诗详注》卷一四，第1193页。
②《杜诗详注》卷三，第176页。
③《杜诗详注》卷二一，第1886页。
④《杜诗详注》卷一八，第1583页。
⑤《杜诗详注》卷二二，第1925页。
⑥《杜诗详注》卷二三，第2081页。
⑦《杜诗详注》卷一五，第1289页。
⑧《杜诗详注》卷二一，第1850页。

歌者实际上也是杜甫自己的诗,并且有时候就是高歌本诗。如《醉时歌》所谓"但觉高歌有鬼神",即是说诗人自己作此诗,且高歌之,词句歌声超妙,如有鬼神之助。仇注引卢世㴖曰:"《醉时歌》纯是天纵,不知其然而然,允矣高歌有鬼神也。"① 王嗣奭《杜臆》曰:"杜诗'沉醉聊自遣,放歌破愁绝',即此诗之解。而他诗可以旁通。自发苦情,故以《醉时歌》命题。"② 都可见"高歌"云云,并非只是一种纯粹的诗语运用,而是作为一种对歌的审美趣味的追求,直接对作者的诗歌艺术风格产生影响。《杜臆》论此诗醉歌、放歌之意,而引"他诗可以旁通",正是指出杜诗具有酣畅淋漓地放歌的特点。

"浩歌",如:

> 飘飘青琐郎,文采珊瑚钩。浩歌渌水曲,清绝听者愁。(《奉同郭给事汤东灵湫作》)③
>
> 穷年忧黎元,叹息肠内热。取笑同学翁,浩歌弥激烈。(《自京赴奉先县咏怀五百字》)④
>
> 忧来藉草坐,浩歌泪盈把。(《玉华宫》)⑤

浩歌,《楚辞·少司命》:"望美人兮未来,临风怳兮浩歌。"唐吕延济等五臣注云:"临风怳然而大歌也。浩,大也。"⑥ "浩歌"实即感情激越大声作歌。《奉同郭给事汤东灵湫作》一诗仇注云:"末赞郭

---

①《杜诗详注》卷三,第177页。

②《杜臆》卷一,第23页。

③《杜诗详注》卷四,第284页。

④《杜诗详注》卷四,第265页。

⑤《杜诗详注》卷五,第390页。

⑥(宋)洪兴祖《楚辞补注》卷二,中华书局1983年,第73页。

诗,结出相和之意。听歌生愁,有感时事也。"①"浩歌渌水曲"即是指郭氏作灵湫诗。《自京赴奉先县咏怀五百字》则是说自己忧国忧民,作为诗歌,虽取笑于人而不顾,浩歌弥激烈。《玉华宫》一诗慨叹玉华宫倾败,而起人生无常之感,作诗而复藉草歌之,不觉热泪淋漓。可见这三例"浩歌",都是指作诗之事。

"狂歌",如:

> 痛饮狂歌空度日,飞扬跋扈为谁雄。(《赠李白》)②
> 耽酒须微禄,狂歌托圣朝。(《官定后戏赠》)③
> 狂歌过于胜,得醉即为家。(《陪王侍御宴通泉东山野亭》)④
> 休作狂歌老,回看不住心。(《望牛头寺》)⑤
> 寇盗狂歌外,形骸痛饮中。(《陪章留后侍御宴南楼》)⑥

《论语·微子》载楚狂接舆"歌而过孔子"⑦,似为"狂歌"一词之来源。徐幹《中论·夭寿》:"且夫贤人之道者,同归而殊途……或望善而遐举,或披发而狂歌。"⑧杜诗中"狂歌",主要是作为一个典故与意象来使用,但也不是与写诗一事毫无关系,像《赠李白》中说李白"痛饮狂歌",即是指李白诗酒狂放的生涯。其他如"狂歌托圣

---

① 《杜诗详注》卷四,第 284 页。
② 《杜诗详注》卷一,第 42 页。
③ 《杜诗详注》卷三,第 245 页。
④ 《杜诗详注》卷一一,第 963 页。
⑤ 《杜诗详注》卷一二,第 990 页。
⑥ 《杜诗详注》卷一二,第 1017 页。
⑦ (清)刘宝楠《论语正义》卷二一,中华书局 1990 年,第 718 页。
⑧ 孙启治《中论解诂》,《夭寿》第十四,中华书局 2014 年,第 282 页。

朝"、"寇盗狂歌外",都是以狂歌代指自己的激越的吟诗行动。

"悲歌",如:

> 悲歌鬓发白,远赴湘吴春。(《赠别贺兰铦》)①
> 倪忆山阳会,悲歌在一听。(《赠翰林张四学士垍》)②
> 且有元戎命,悲歌识者谁。(《赠崔十三评事公辅》)③
> 几年一会面,今日复悲歌。(《湖中送敬十使君适广陵》)④

"悲歌",《史记·项羽本纪》记载项羽被围垓下,"悲歌慷慨"而作诗。以上数例,《赠别贺兰铦》仇注:"悲歌远赴,皆指铦言。"⑤悲歌即贺兰铦的诗咏。《赠翰林张四学士垍》仇注:"山阳会,望其念旧,听悲歌,讽其汲引。"⑥可见此处"悲歌"即指作者所作的这首诗。《赠崔十三评事公辅》中的"悲歌",亦可作写诗解。《湖中送敬十使君适广陵》的"今日复悲歌"也可理解为两人相逢作诗酬答。唯《赠崔十三评事公辅》的"悲歌识者谁"是说崔评事怀才不遇。

"哀歌",如:

> 哀歌时自短,醉舞为谁醒。(《暮春题瀼西新赁草屋五首》之三)⑦

① 《杜诗详注》卷一二,第 1071 页。
② 《杜诗详注》卷二,第 100 页。
③ 《杜诗详注》卷一五,第 1291 页。
④ 《杜诗详注》卷二三,第 2007 页。
⑤ 《杜诗详注》卷一二,第 1071 页。
⑥ 《杜诗详注》卷二,第 100 页。
⑦ 《杜诗详注》卷一八,第 1611 页。

　　　　高枕虚眠昼，哀歌欲和谁。(《夔府书怀四十韵》)①
　　　　独坐亲雄剑，哀歌叹短衣。(《夜》)②

"哀歌"，左思《咏史》："哀歌和渐离，谓若旁无人。"③ 杜"哀歌欲和谁"，即用此典，代指自己悲伤作诗，而无人能会此间意。其余两例中的"哀歌"，也都是作者自状其歌咏。除上述外，尚有"放歌"，"志士采紫芝，放歌避戎轩"(《园官送菜》)④，"劳歌"，"回首追谈笑，劳歌蹁寝兴"(《寄刘峡州伯华使君四十韵》)⑤ 等等，都属以歌自况。

　　从上面的逐条分析，我们可以发现，杜诗中"歌"、"行歌"、"长歌"、"高歌"、"浩歌"、"狂歌"、"悲歌"、"哀歌"、"放歌"，虽然都是出于前人词语，但是不能简单地看作一种用典，在许多时候它们都具有实指的性质。主要有三种用法：一种是说自己或其他诗人在歌，而所歌者即作者所作之诗；第二种是直接以歌来称诗；第三种是以歌来称谓作诗一事。这三方面意思是联系在一起的，反映了杜诗与歌的关系的许多重要内涵。自歌其诗，是杜甫诗歌创作过程中的一部分，由于杜甫"新诗改罢自长吟"这一名句，我们业已熟知杜甫习惯以吟诗的方式来审定、修改自己的作品。这其实也是唐宋以来许多文人的共同习惯，而他们这样做，多少都受到了杜甫的影响。但是从上述许多实例中我们发现，杜甫还常常用比"长吟"更音乐化的"歌"的方式发表自己的作品，那么参照"新诗改罢自

---

①《杜诗详注》卷一六，第 1426 页。

②《杜诗详注》卷二〇，第 1757 页。

③《先秦汉魏晋南北朝诗·晋诗》卷七，第 733 页。

④《杜诗详注》卷一九，第 1637 页。

⑤《杜诗详注》卷一九，第 1721 页。

长吟"的道理,"歌"、"行歌"、"长歌"、"高歌"、"浩歌"、"狂歌"、"悲歌"、"哀歌"、"放歌"之类的歌唱,实际不仅是对已成作品的歌唱,而且还参与到作品的创作过程中。这对我们理解杜甫的创作方式与作品风格是很重要的。由于深受强大的歌诗传统及同时代的音乐艺术的影响,杜甫在创作方式上可能与后人纯粹于几案间写诗会有区别。当然这个结论是带有推测性的,值得做更深入的研究。从杜甫的习惯于将诗称为"歌",把普通所说的写诗一事称之为歌唱,尤其是"百年歌自苦,未见有知音"这样的自诉中,可以看出,他将自己所有的诗都赋予歌的性质,而以歌唱、作歌来指称自己的整个创作活动。这反映了杜甫一种很重要的创作意识,也可以说是他对诗歌的一种审美观念,启发我们认识杜诗在走向高度的文人化、纯粹的语言艺术的诗的同时,有一种自觉地向古老的、朴素自然的歌的传统与创作状态回归的倾向。

二

诗人在诗中发表简单的诗论,交代作诗的动机和心态,可以说是一种比较自然的做法。自《诗经》、《楚辞》已开其端。《诗经》如《召南·江有汜》"不我过,其啸也歌"①、《卫风·考槃》"独寐寤歌,永矢弗过"②、《小雅·四月》"君子作歌,维以告哀"③等,不下十余条。《楚辞》如《九章·惜诵》"惜诵以致愍兮,发愤以杼

---

①《毛诗正义》卷一,阮元校刻《十三经注疏》,清嘉庆刊本,中华书局 2009 年,第 615 页上栏。
②《毛诗正义》卷一,第 678 页下栏。
③《毛诗正义》卷一三,第 993 页下栏—994 页上栏。

情"①,《抽思》"道思作颂,聊以自救兮"②,《悲回风》"介眇志之所惑兮,窃赋诗之所明"③。《诗经》、《楚辞》中这一类诗人的自我宣述,正是中国古代诗论的发端。汉末无名氏五言诗诗人及建安诗人,多承其格。古诗:"四坐且莫喧,愿听歌一言"④,"幸有弦歌曲,可以喻中怀。请为游子吟,泠泠一何悲。"⑤ 曹操诗常以"歌以咏志"⑥、"歌以言志"⑦ 作结。曹丕《燕歌行二首》(其一):"援琴鸣弦发清商,短歌微吟不能长。"⑧ 虽是写作品女主人公之情事,但也近于自叙作歌之体。建安以降,诗与乐分,但西晋诗人仍继汉魏旧规,在他们创作的乐府诗里,仍以歌者自居,如石崇《思归叹》:"吹长笛兮弹五弦,高歌凌云兮乐余年。"⑨ 陆机《短歌行》:"置酒高堂,悲歌临觞","短歌有咏,长夜无荒。"⑩《长歌行》:"迨及岁未暮,长歌乘我闲。"⑪ 陆机的乐府诗,刘勰说是"事谢丝管",也就是说大部分是供案头阅读的拟作,但仍以歌者自居。并且陆机还在诗中模拟一种歌唱本诗的表演状态,如"中闱且勿讙,听我薤露诗"⑫,

---

①《楚辞补注》卷四,第 121 页。

②《楚辞补注》卷四,第 141 页。

③《楚辞补注》卷四,第 157 页。

④《古诗五首》其二,《先秦汉魏晋南北朝诗·汉诗》卷一二,第 334 页。

⑤《李陵录别诗二十一首》其六,《先秦汉魏晋南北朝诗·汉诗》卷一二,第 338 页。

⑥《步出夏门行》,《先秦汉魏晋南北朝诗·魏诗》卷一,第 353 页。

⑦《秋胡行》,《先秦汉魏晋南北朝诗·魏诗》卷一,第 350 页。

⑧《先秦汉魏晋南北朝诗·魏诗》卷四,第 394 页。

⑨《先秦汉魏晋南北朝诗·晋诗》卷四,第 644 页。

⑩《先秦汉魏晋南北朝诗·晋诗》卷五,第 651 页。

⑪《先秦汉魏晋南北朝诗·晋诗》卷五,第 656 页。

⑫《挽歌诗》,《先秦汉魏晋南北朝诗·晋诗》卷五,第 653 页。

"长吟太山侧,慷慨激楚声"①,"哀吟梁甫巅,慷慨独拊膺"②。但就纯粹的四、五言诗的场合,流行的说法还是"赋诗"、"作诗",如《太平御览》卷一七六记载,"太子宴朝士于宣猷堂,遂命机赋诗"③。另外从潘岳《金谷集作诗》《河阳县作诗》《在怀县作诗》等题目可知,"作诗"一词在当时也颇为流行。宋齐梁陈以降,诗与歌更加分流,所以上述以歌者自居的意识基本上消失,"劳歌"、"长歌"之类的词虽然也时见于诗句,但基本上是一种用典,并非诗人用以自指其诗。到了盛唐时期,随着提倡风骚汉魏传统的风气和对汉魏诗慷慨悲哀的审美趣味的崇尚,以及歌行、乐府的盛行,诗人以歌者自居的意识又开始浓厚起来,关于这一点,我们在后面还要具体地论到。

《诗经》、《楚辞》与汉魏诗人以歌者自居的表白,反映这样几种情况:一、古诗与歌的密切关系,诗人完全以歌者自居,突出地昭示了古代诗与歌一体的事实。二、诗歌作者自我抒情意识的自觉和强烈的抒情愿望的表现。三、诗人对诗歌艺术的抒情功能的自觉体认。杜甫以歌者自居,频繁地陈说自己在作歌或歌唱的修辞方式,正是受上述《诗》、《骚》及汉魏诗人同类说法的影响。这几点也是我们考察杜甫同类陈述的基本着眼点。

在远离古歌的文人诗发展的成熟阶段,杜甫反复使用这样一种古老的歌人的陈述方式,说明他在主观意识上,对于作为诗之原始状态的歌的传统有强烈的认同感。杜诗受先秦汉魏诗歌的影响,早在元稹所作的《唐故工部员外郎杜君墓系铭》中就已明确指

---

①《太山吟》,《先秦汉魏晋南北朝诗·晋诗》卷五,第660页。
②《梁甫吟》《先秦汉魏晋南北朝诗·晋诗》卷五,第661页。
③《太平御览》卷一七六,上海古籍出版社2008年,第694页下栏。

出,所谓"上薄风骚,下该沈宋,言夺苏李,气吞曹刘,掩颜谢之孤高,杂徐庾之流丽,尽得古今之体势,而兼人人之所独专矣"①。这一段话主要是从艺术风格来看的,所采取的是纯粹的诗歌艺术的眼光。在这里,不仅是杜诗,甚至汉魏诗都只是被当作纯粹的诗歌艺术来看待,后人也不断地从这一角度来研究杜诗与其前的诗歌经典系列的关系。但现在我们发现,这样的角度是不能完全揭示两者之间的关系的。杜甫对这个经典系列中的丰富的歌的传统,同样十分关注。诚然,对于《诗》《骚》、汉魏乐府这样一些音乐文学作品,杜甫也跟我们一样,只能阅读其文本而无法在音乐的状态中欣赏它们,但是对于它们原本是歌这一性质,杜甫的认识要比我们真切,他能够将其作为音乐文学的文本来接受。以至于这种理解渗透到他的整个创作中,使他宁可以事实上已经不存在的"作歌"的创作形式来指称其创作活动。对于上述杜甫与先秦至汉魏音乐文学传统的关系,我们一直没有很好地探讨。

　　歌在美学上突出的特征,是强烈的抒情性,唐人的意识中这一点更为清楚,白居易说"古人唱歌兼唱情,今人唱歌唯唱声"②,就说明了这一点。杜甫对于歌唱的强烈抒情性体验得更充分。《听杨氏歌》一诗,突出地反映了杜甫对歌唱艺术这一美学特征的认识:

　　　　佳人绝代歌,独立发皓齿。满堂惨不乐,响下清虚里。江城带素月,况乃清夜起。老夫悲暮年,壮士泪如水。玉杯久寂

---

① 冀勤点校《元稹集》卷五六,中华书局 2010 年,第 691 页。
② (唐)白居易《问杨琼》,谢思炜《白居易诗集校注》卷二一,中华书局 2006 年,第 1694 页。

寞，金管迷宫徵。勿云听者疲，愚智心尽死。古来杰出士，岂特一知己。吾闻昔秦青，倾侧天下耳。①

杨氏之歌，使满堂之人惨而不乐，使垂老的诗人更起暮年之悲，豪迈的壮士泪下如水，这种强烈的抒情效果，正是诗人所梦想的。与古代歌人一样，杜甫频繁地说自己在"歌"，在"哀歌"、"狂歌"、"高歌"、"放歌"……也是在表现一种强烈的抒情愿望。同时意在描写作者激越动荡的情感状态。这反映了杜甫对诗歌的抒情本体的认识。中国古代的诗歌理论一直强调诗歌的抒情本体，甚至认为诗歌是激情的产物。但是正如不同的个体在情志倾向、强度与表达方式等方面都不同一样，不同的诗人对诗歌抒情性的体验也存在着程度与方式的差异。我们可以用"抒情强度"这样一个概念来讨论这个问题，则不同的诗、不同的诗人，其抒情的强度是不同的。比如同是经典诗人的屈原与陶渊明，其抒情强度、情感的性质就很不一样。激情的诗与闲适的、平淡的诗，其抒情强度也很不一样。对于杜甫来说，他曾经多次地描写过他在创作中的情志状态，如"陶冶性灵存底物，新诗改罢自长吟。熟知二谢将能事，颇学阴何苦用心"②。在这里，杜甫清楚地交代了他创作诗歌的两种目的，一是为陶冶性灵，二是为追求艺事之纯熟。这实际上是构成诗人创作诗歌的两种基本动机，也是诗之存在、诗之发生发展的两种基本的依据。不同的诗人，在这两方面的体验是不同的，并且存在着主要倾向于抒情这一元与相反的主要倾向于追求艺事这一元的两种不同性质的诗。杜甫在诗的艺术追求方面的高度自觉性，给我们

---

① 《杜诗详注》卷一七，第 1481 页。
② 《解闷十二首》其七，《杜诗详注》卷一七，第 1515 页。

留下了深刻的印象,同样的,他对诗的主观抒情功能,也是充分强调的。他的《偶题》一诗就比较完整地体现了他的上述诗歌主张,他说"文章千古事,得失寸心知"①,此"寸心"即追求艺事之心,由此出发,他认真研究历代作家的"旧制"、"清规"及自家祖遗的写诗之"法"②。这证明他对艺术追求之自觉性。但杜甫在《偶题》中最后同样强调了诗在慰藉、陶写情性方面的功用,说他写诗是为了"缘情慰漂荡"③,并说"不敢要佳句,愁来赋别离"④,从追求艺事之精的一方面,完全偏向抒发情性的一方面。也许可以这样说,杜甫将诗作为"诗"来体认,侧重的是语言艺术等方面的因素,而将它作为"歌"来体认时,则更侧重于自由抒情的功能。同样,当他说"赋诗"、"题诗"时,他的意思是更倾向于一种艺术的态度;而当他说自己在"高歌"、"放歌"时,以一个歌者自居诉说自己热切的情怀,他更倾向于一种自然的抒情。

对诗的抒情性本质的发现之早,是中国古代诗学的一大特征。从先秦到汉魏,诗学之核心即在于言志抒情的理论。这与中国古代诗歌发源于歌,并且先秦汉魏的诗歌创作仍以歌为主体是分不开的。因为与纯粹的诗相比,歌更直接地联系着主体的抒情状态,所谓"男女有所怨恨,相从而歌,饥者歌其食,劳者歌其事"⑤,就形象地说明了这一点。相对来说,脱离了歌的状态的诗,其艺术之本体与功能就显得复杂起来了,从中国古代的诗歌发展史来看,汉

---

① 《杜诗详注》卷一八,第 1541 页。
② 参见笔者《杜甫诗法论探微》,《文学遗产》2001 年第 4 期,第 56—68 页。
③ 《杜诗详注》卷一八,第 1543 页。
④ 《杜诗详注》卷一八,第 1545 页。
⑤ (汉)何休《春秋公羊传·宣公十五年解诂》,《春秋公羊传注疏》卷一六,《十三经注疏》,第 4965 页。

魏诗歌的抒情性还是很突出的，晋宋以降，修辞偶俪之风渐兴，玄言、山水、咏物诸流派代起，诗的抒情本体常常被修辞技巧及理与物所遮蔽，这时诗论虽然还是不断地提示诗与情志、性灵之关系，但对于创作者来说，抒情成了一种需要极力去体认、搜寻的东西。从理论方面来讲，此期的抒情理论也更多地体现为回顾、强调、箴规。这与其时诗歌逐渐远离音乐本体，诗的音乐性不断丧失的发展历史正好是平行的。可以说，诗的抒情本质的弱化、隐蔽，与诗的音乐性的弱化是相关的。初盛唐诗人对汉魏诗风的提倡，也可以说是对诗的抒情本质的重新强调。在这一诗学运动中，除了我们熟知的风骨、言志、兴寄等要素之外，对歌的传统的继承包括对汉魏六朝乐府歌词乃至诗骚、古歌的学习，也是初盛唐诗学复古的一个重要内容。这突出地表现在以下几个方面：一、拟古乐府的发展。齐梁以降的拟古乐府，体物绮靡，并且采用本质上属于齐梁作风的赋题法，完全与汉魏乐府的古歌系统异趋，与并时乐府新声也是分流的。从体制上，先是多用永明声律之体，至初唐时又多用近体，实际上已经完全脱离古歌的艺术传统。盛唐的拟古乐府，革除上述齐梁至初唐的种种作法，而重新确立汉魏乐府的经典地位，吸取了古乐府的一些语言艺术的因素。二、在七言歌行、七言古诗方面，包括杜甫在内的盛唐诗人也同样在革除齐梁体制，而向古歌的艺术风格学习。三、诗作入乐频率的增高。盛唐诗人对自己诗作入乐表现出浓厚的兴趣，自觉地创作待歌之诗。时贤在有关唐人歌诗、声诗的研究中已多所揭示。

与杜甫相似，盛唐其他诗人也同样具有以诗为歌、以歌者自居的意识。尤其是以歌行与乐府擅长的李白、高适、李颀等人。李白如"万里一长歌"①、"长歌尽落日"②、"长歌吟松风"③、"高歌振林木"④ 等等。高适诗中也频繁地出现"长歌"（4 例）、"悲歌"（3例）、"狂歌"（2 例）、"浩歌"（1 例）、"高歌"（1 例）⑤。我们通过初步的考察发现，这种用法，在初唐诗人那里并不盛行，初唐人偶用"劳歌"之类的词，也是用典之意为多。这与盛唐诗人崇尚歌行、重视以古乐府为代表的歌诗传统是分不开的。关于这些问题，笔者还将另作研究。

三

　　杜甫以诗为歌，以歌者自居的意识，对他的诗歌艺术的影响，首先在于这种意识促进了他在创作体裁上对歌行一体的积极运用。关于歌行的性质与分野，在学术上还是一个没有完全形成定论的问题。为本文讨论的方便，同时也可以说是因本文所讨论的杜诗这种现象的启发，我想对歌行作这样一个界定：一、歌行渊源于乐府诗（汉魏乐府与南北朝乐府民歌），是文人诗在脱离音乐之后，继续以歌词的形态自居的一种以诗为歌的创作意识的产物，同时也正因为这一自觉的体裁定位，使其创作中处理内容与形式时，自觉地寻求歌词的一些艺术因素。这种歌化的艺术处理，与真正的歌词的不同之处在于，它并不依附于真正的音乐体制，也完全不

①《书情赠蔡舍人雄》，（清）王琦注《李太白全集》卷一〇，中华书局 1977 年，第 518 页。

②《游南阳白水登石激作》，《李太白全集》卷二〇，第 917 页。

③《下终南山过斛斯山人宿置酒》，《李太白全集》卷二〇，第 930 页。

④《献从叔当涂宰阳冰》，《李太白全集》卷一二，第 641 页。

⑤ 据《全唐诗索引·高适卷》，中华书局 1994 年。

受某种特定的音乐形式的制约。但不排除它主动地向真正的歌词艺术学习，或是汉乐府、南北朝民歌这种旧的歌词，或是并时的新的流行歌词，后者如唐代的歌行，也在一定程度上受到变文等同时的说唱文学的影响。但是歌行主要是向旧的乐府诗歌学习，从这一点来说，歌行具有广义拟乐府的性质，或者说，唐人歌行是唐乐府的扩大。二、歌行虽渊源于中古乐府，但作为一个体裁的名称，应该是特指唐宋诗歌体裁中的一种，其前的汉乐府或南北朝民歌，虽然多以"歌"或"行"为调，却不能称之为歌行体，歌行体是徒诗的一体。也就是说，歌行体是相对于同时古风及近体诗而言的。所以它与近体和古风，从理论上讲是相并立的，虽然初盛唐的部分近体也取"歌"、"行"之类的题目，但这应该视为近体向歌行的模拟，不能直接视为歌行。古诗与歌行，有时也易相淆，特别是七古与七言歌行，但是其意趣是完全不同的。古体是以汉魏六朝的古诗为学习对象，这其中绝无上文所说的以诗为歌的意识，而歌行则是以诗为歌，并以汉魏六朝的乐府这一系统为学习对象。因为汉魏六朝的古诗，其实只有五言一体，所以唐人五言诗，近体之外，以五古为正宗，五言歌行则并不盛行。这是因为作五言歌行，不易与五言古诗区别，其体裁古朴，又不易造成一种歌的意趣，其歌词化不如七言之便利。与之相反，七言在中古，除了柏梁体之外，事实上都是歌词体，所以唐人所谓七古，除效法柏梁体外，其实是自我作古，只是取五古之意趣而扩大之。所以唐代近体之外的七言体，是以歌行为正宗的，而真正的七古则只是附庸。所以论唐五言歌行，要从严；而论唐七言歌行，则应该从宽。除柏梁体等及一些明显追求高古、真朴风格的七古诗外，概可以歌行视之。至少在杜诗中，我们认为，七言古诗与七言歌行差不多是重叠的。单提七言古诗，可以包括歌行。如沈德潜《唐诗别裁集》，就只列七言古诗。

　　"歌"与"行",本为一义,歌即行,行即歌①。从体裁的形式来看,如同为七言,缀以"歌"字的诗与缀以"行"字的诗,也看不出任何的区别。但是,"行"作为一种古老的音乐体制名称,在唐代业已成为过去的名词,所以唐人对"行"中所含的歌曲、歌词的意义,是比较陌生的。也就是说,"行"体更带有模拟古体的意味,与之相反,"歌"是仍然活着的一个音乐名词,唐人对于"歌"的艺术经验也是新鲜的,所以歌体,更能体现以诗为歌的意趣。而唐人的"歌"体,比之"行"体,体裁上更自由、更有创新性。从杜甫来看,由于他具有浓厚的以诗为歌、作歌的创作意识,所以,他的七言歌行也大量采用"歌"体。杜诗中以歌为题的作品:《饮中八仙歌》、《乐游园歌》、《醉时歌》、《醉歌行》、《病后过王倚饮赠歌》、《魏将军歌》、《天育骠图歌》、《奉先刘少府新画山水障歌》、《苏端薛复筵简薛华醉歌》、《题李尊师松树障子歌》、《湖城东遇孟云卿复归刘颢宅宿宴饮散因为醉歌》、《阌乡姜七少府设鲙戏赠长歌》、《戏赠阌乡秦少府短歌》、《乾元中寓居同谷县作歌七首》、《戏韦偃为双松图歌》、《题壁上韦偃画马歌》、《戏题王宰画山水图歌》、《茅屋为秋风所破歌》、《徐卿二子歌》、《戏作花卿歌》、《观打鱼歌》、《越王楼歌》、《姜楚公画角鹰歌》、《短歌行送祁录事归合州因寄苏使君》、《严氏溪放歌行》、《阆山歌》、《阆水歌》、《狂歌行赠四兄》、《李潮八分小篆歌》、《荆南兵马使太常卿赵公大食刀歌》、《短歌行赠王郎司直》、《醉歌行赠公安颜十少府请顾八题壁》。

　　通过研究,我们发现杜甫的歌行体诗,尤其是他的"歌"体诗,摹拟歌词的特点是十分突出的,这是他创作歌行体的一种基本的

① 参见葛晓音《初盛唐七言歌行的发展——兼论歌行的形成及其与七古的分野》一文,载《诗国高潮与盛唐文化》(北京大学出版社1998年,第380—409页)。

审美趣味。具体的表现有如下几点：

一、杜甫的歌行追求强烈的抒情性，在很大的程度上继承了汉魏诗歌慷慨抒情的传统。这首先表现在题材的选择上，以可歌、可悲、可叹、可赞、可讽等具有突出的典型意义的事件与人物为表现内容。他的歌体作品中，有不少是以可歌作为选择标准的，如《饮中八仙歌》、《魏将军歌》、《戏作花卿歌》都是歌赞奇特、英伟之人，《天育骠图歌》是歌名马，《奉先刘少府新画山水障歌》、《题李尊师松树障子歌》是歌名画，《李潮八分小篆歌》则是歌名书法家，《阆山歌》、《阆水歌》是歌奇山水。《今夕行》、《醉歌行》、《茅屋为秋风所破歌》是自悲身世，《丽人行》、《兵车行》等是讽喻现实。强烈的抒情性还表现在杜甫对歌行的风格情调的追求上，这种情调即诗人自己经常用的"高歌"、"放歌"、"狂歌"、"醉歌"、"悲歌"、"哀歌"、"劳歌"、"长歌"等词所宣示的风格。"狂歌"者如《饮中八仙歌》、《今夕行》，"悲歌"者如《兵车行》，"高歌"者如《高都护骢马行》、《魏将军歌》，"哀歌"者如《乐游园歌》的结尾一段，"醉歌"者如《醉时歌》、《醉歌行》，至于"放歌"、"长歌"虽不能一一指实，但也是他的歌行体所自觉追求的基本风格。可见，杜甫自己的各种作为歌者身份的自叙，并不仅仅是一些"诗语"（或者说"用典"），而是确实反映了他在诗歌创作尤其是歌行体创作上对于歌的艺术风格的自觉的追求，也是他的审美趣味的宣示。

二、使用唱叹的语气，有时甚至以呼号出之，最典型的就是《乾元中寓居同谷县作歌七首》，以首篇为例：

> 有客有客字子美，白头乱发垂过耳。岁拾橡栗随狙公，天寒日暮山谷里。中原无书归不得，手脚冻皴皮肉死。呜呼一

歌兮歌已哀,悲风为我从天来。①

七首诗都用相同的章式,造成组歌的奔腾激荡的气势,是杜甫歌体风格追求的最成功的表现。与之相应的,杜歌多用叠词,及"君不见"、"呜呼"等感叹词,及长短相间的句式,其中三七言相间为典型的句法,如"车辚辚,马萧萧,行人弓箭各在腰"②,"若耶溪,云门寺,吾独胡为在泥滓,青鞋布袜从此始"③。一用于开头,一用于结尾处,目的都是加强抒情效果。唱叹的语气还表现在一般的语言上,突出如感叹、感慨、赞美、惊愕、愤慨等情绪,如"吾闻天子之马走千里,今之画图无乃是。是何意态雄且杰,骏尾萧梢朔风起"④。四句之中,包含了感叹、惊愕、赞美等多种情绪。

　　三、语言使用上不避俗语、口语。这也是歌行的体制所决定的,歌行从广义上说属于歌词文学的范畴,在语言艺术上也与近体、古风不同,别出一格。如《哀王孙》:

　　　　长安城头头白乌,夜飞延秋门上呼。又向人家啄大屋,屋底达官走避胡。金鞭折断九马死,骨肉不得同驰驱。腰下宝玦青珊瑚,可怜王孙泣路隅。问之不肯道姓名,但道困苦乞为奴。已经百日窜荆棘,身上无有完肌肤。高帝子孙尽隆准,龙种自与常人殊。豺狼在邑龙在野,王孙善保千金躯。不敢长语临交衢,且为王孙立斯须。昨夜东风吹血腥,东来橐驼满旧都。朔方健儿好身手,昔何勇锐今何愚。窃闻天子已传位,圣

①《杜诗详注》卷八,第 693 页。
②《兵车行》,《杜诗详注》卷二,第 113 页。
③《奉先刘少府新画山水障歌》,《杜诗详注》卷四,第 278 页。
④《天育骠图歌》,《杜诗详注》卷四,第 253 页。

德北服南单于。花门剺面请雪耻,慎勿出口他人狙。哀哉王孙慎勿疏,五陵佳气无时无。①

诗中句子,除"五陵佳气无时无"属于风神之语,"圣德北服南单于"稍近雅颂外,其余句子都是很朴素的接近日常口语的叙述、吩咐之语,近似于说唱之体。《兵车行》、"三吏"、"三别"等诗在这方面表现得更加突出。可见在杜甫的诗学意识里,歌行的语言风格与近体、古体是截然不同的。这也是所谓"歌"的内涵的一个体现。

四、多用乐府及杂歌谣的语面体段,可以说是一种仿古的俗语使用。如上文所引的《哀王孙》的头四句,不仅用汉桓帝时《城上乌》童谣"城上乌,尾毕逋"等古谣辞语②,而且语调体段,逼近古歌谣,清浦起龙评云:"起用原题法,兴体也,亦似谣。"③就是指这一特点。又如《戏作花卿歌》,实际上是模仿西晋末歌谣《陇上歌》而变化,不但首句"成都猛将有花卿"是仿"陇上壮士有陈安"④,全诗篇幅也接近《陇上歌》,写法上也逼真古歌神韵。再如《大麦行》"大麦干枯小麦黄,妇女行泣夫走藏。东至集壁西梁洋,问谁腰镰胡与羌"⑤,也是模仿汉桓帝初童谣"小麦青青大麦枯,谁当获者妇与姑,丈夫何在西击胡"数句之体段⑥。

从上面的分析可知,对"歌"的艺术风格的追求,是杜甫歌行

①《杜诗详注》卷四,第310页。
②《先秦汉魏晋南北朝诗·汉诗》卷八,第220页。
③(清)浦起龙《读杜心解》卷二,中华书局1978年,第247页。
④《先秦汉魏晋南北朝诗·晋诗》卷九,第781页。
⑤《杜诗详注》卷一一,第910页。
⑥《先秦汉魏晋南北朝诗·汉诗》卷八,第219页。

创作的灵魂,也是杜甫创作中"歌"的意识的最典型的反映。杜甫称自己的诗为"歌",以歌者自居,正是建立在这种创作的体验之上的。

其实不仅是杜甫的歌行,他的其他诗体,如五言古诗、五七言律诗,都受到歌的美学思想的影响,比如杜甫的七言律诗,对盛唐风格突破的一个原因,就是部分地吸取了歌行的艺术方法,像《登高》《闻官军收河南河北》这些诗,都是吸取了歌行直畅奔放的风格,类似于"放歌"、"悲歌"的作风。其五古,如《上韦左丞》,用的也是古乐府的叙事、抒情的方式。至于杜甫的七言绝句,据夏承焘的研究,是学习了蜀中民歌的结果,与从讲究修辞的六朝文人绝句而来的盛唐绝句风格不同,"就他的内容情感与语言声调来看,十之六七是和民歌很相近的"①。夏氏根据杜甫自述"万里巴渝曲,三年实饱闻"②及其绝句多用蜀中言,并参考刘禹锡形容蜀中竹枝词"卒章激讦如吴声,虽伧儜不可分,而含思宛转,有淇澳之艳",认为杜甫有可能是以蜀中民歌声调作绝句③。我们业已知道杜甫对于歌的传统与歌的艺术的态度,正可证实夏先生这一推测的合理性。

最后,我们要强调的一点是,"歌"对于杜甫来讲,不仅是一个简单的概念,还是围绕着歌而发生的一个活生生的诗歌美学体系。所以它对杜诗的影响,也是整体性的。也可以说,在杜甫整个诗歌创作中,都贯穿着"歌"的灵魂,构成杜甫诗歌的一种特质。后世的学杜甫者,更多是从文人诗的法度、风格、意境这些方面来揣摩,

---

① 夏承焘《论杜甫入蜀以后的绝句》,《文学评论》1962 年第 3 期,第 95 页。
②《暮春题瀼西新赁草屋五首》其二,《杜诗详注》卷一八,第 1611 页。
③《论杜甫入蜀以后的绝句》,第 94—99 页。

但对于杜诗的"歌"特质,却很难完全自觉地体认。从某种意义上讲,这也构成杜诗的一种个性与时代性,是后世学杜者所无法复现的一种经典价值①。就其个性来讲,是来自杜甫诗歌的一种激情,"歌"较之于诗,更依赖于激情,所谓"凡斯种种,感荡心灵,非陈诗何以展其义? 非长歌何以骋其情"②,"诗"原本也来自歌,它的本义是歌之辞的意思③。但比之歌,诗更侧重于意义与修辞,而歌则更充分也更直接地宣露着情灵摇荡的感情状态,尤其是歌唱本身,这是杜甫一再表白自己在歌唱的用意所在。

　　总之,杜甫诗歌在高度文人化和作为语言艺术的诗艺高度发展的同时,又保持了诗歌的抒情本质,自觉地向歌的传统与歌的艺术回归。这体现了杜甫诗歌艺术的一种辩证法,是杜诗成为艺术典范的一个奥妙。本文只能说是提出了这个问题,真正的解决还有待于进一步的研究,以全面揭示杜甫诗学中的歌的美学体系。

（原载《中国文化研究》2004 年第 1 期）

---

① 参看笔者《乐府古辞的经典价值——魏晋至唐代文人乐府诗的发展》(《文学评论》1998 年第 2 期)一文中有关"经典价值"及其不可复现性的分析。
② 陈延杰《诗品注》,人民文学出版社 1980 年,第 3 页。
③ 参看笔者《汉魏乐府的音乐与诗》,第 70—74 页。

试论"四灵"诗风与宋代温州地域文化的关系

　　永嘉四灵的诗风及其发生的诗歌史背景,应该是文学史上比较清晰的问题。在四灵同时,叶适等人就已经作出比较准确的解释,认为主要是标举"唐体"（唐律）来纠正庆历以来学杜所造成的"汗漫广漠"而不能精到的诗风,尤其是针对南宋时期流行的江西诗派的诗风①。近人又明确地指出除了针对江西诗派之外,四灵的诗风同时也是对理学诗风的一种反拨②。这些看法都是允当的。我认为,要深入地认识一个文学流派及其风格的成因,除了在大的文学史背景中把握,如果有可能的话,还应该寻求胚孕这些流派与风格的更具体的文化与文学背景,例如地域文化与文学的背景。永嘉四灵作为一个流派的显著特点就是地域性很强,不仅它的主要人员及追随者都是温州一带的人,其诗歌的内容与风格也具有比较鲜明的地域色彩。对于这种地域性特点,古今学者也都是有所

---

① 见叶适《水心先生文集》（《四部丛刊》本）卷一二《徐斯远文集序》,赵汝回《瓜庐诗序》（《南宋群贤小集》载）等文。
② 陈增杰校点《永嘉四灵诗集·前言》,浙江古籍出版社1985年,第3—4页。

注意的,但总的看来,还缺乏整体性的、深入的研究①。本文尝试从两宋时期温州地域士大夫文化与诗歌创作的背景来研究永嘉四灵,在一般的大的文学史格局之外,对其成因与特点做近距离的考察。

一

　　如果将古代温州的诗歌史作为一个相对独立的单元来处理,我们看到它主要由两部分构成,一部分是本土诗人的创作,还有一部分是外地诗人在温州活动时创作的诗歌。一个显著的现象是,从南朝至唐五代,发生在温州境内的诗歌,主要是外地诗人的宦游、漫游之作;入宋以后才有本土诗人出现的迹象,北宋末开始形成诗人群体与地方的创作风气,至南宋时期迅速发展,一跃而为当时国内诗风繁盛的地区。要了解温州地区文人诗歌创作的上述现象,有必要先对这个时期温州地域文化的历史作一个整体的考察。

　　作为在魏晋以降成为中国古典诗歌主流的文人诗,其发生的基础就是华夏主流文化中的士大夫文化。士大夫的文化从中心向边缘传播的历史,往往也就是文人诗歌由中心向边缘传播的历史。从秦汉至唐宋,温州地区的文化发展,实际上是一个从土著文化不断地向中原汉文化靠近的过程。这里面我觉得两个因素是很重要的,一是政治,二是移民。就前者来讲,自公元 323 年(东晋明帝太

① 如明人徐象梅《两浙名贤录》,就认为四灵受到潘柽的影响,而宋人王绰为薛师石作墓志铭(《南宋群贤小集·瓜庐集》附录),也详细地列举了四灵以后受其影响的永嘉诗人。今人赵平的论文《南宋诗人群体的兴起与温州本土诗风的传承》(《温州师范学院学报》2005 年第 3 期)也属于这一方面的研究。

宁元年）温州置郡，就可以肯定域内存在一个士大夫的阶层。而当时在士大夫阶层中逐渐流行的文人诗创作，也就有可能在这个地域出现。具体地说，历史给温州文化的机遇是一些名士来到温州，其中谢灵运留下一批堪称山水诗奠基之作的诗篇。因为谢灵运的诗歌，永嘉山水进入了诗人的视野，尤其是在唐代，永嘉成了诗人喜欢宦游、漫游的地方，也是所谓的"浙东唐诗"之路向南方的延伸地。这时期出现的沈佺期、孟浩然、张子容、张又新等著名诗人的咏温州山水名胜之作，在唐诗中多属经典之作。可以说，永嘉山水作为经典诗料而闻名遐迩，是诗家向往的山水之一，例如杜甫没有到过永嘉，但写有《送裴二虬尉永嘉》一诗，诗云："孤屿亭何处，天涯水气中。故人官就此，绝境与谁同。隐吏逢梅福，游山忆谢公。扁舟吾已僦，把钓待秋风。"[1] 这首诗在杜集算不上是绝唱，但是它对永嘉山水的想象与表现，却很能代表唐代温州山水在诗人心目中的印象：一是这里已经成为对诗人们有一定的吸引力的山水名区；二是对于境外的人来说，它仍然是一个带有"绝境"的特点、带有神秘感的边缘极地。唐人咏温诗，多有这两个特点，这里不展开讨论。文人诗在温州境内的发生，主要是以政治（游宦）为机缘的。对后来温州本土诗家来说，上述自南朝迄唐代的外籍著名诗人的咏温之作，以及温州作为山水名区的身份的确立，无疑是重要的地域诗歌史的背景。就具体的诗风而言，两宋温州诗家，率多吟咏本地山水，四灵之前的许景衡、刘安节、王十朋等人，就形成以吟咏本土山川风物为特点的诗风，这种地域诗风至四灵而造极。从这一点来看，从南朝至唐代的外籍诗人吟咏温州山水之作及永嘉作为山水名区地位的造就，是包括永嘉四灵在内的两宋温州诗

---

① (清)仇兆鳌注《杜诗详注》卷三，中华书局 1979 年，第 201 页。

风的直接渊源。永嘉四灵除了学习晚唐姚、贾一派外,其实也直接受到上述本土的诗歌资源的影响。永嘉四灵的风格,苦吟而不见雕琢之气,与晚唐姚、贾,宋初九僧比较,更带古朴的特点,这与其接受谢灵运、孟浩然的诗风是有关系的。

与南朝迄唐外地诗家咏温诗的突出成就对比,同期的温州本土人士的诗歌,差不多可以说是寂焉蔑闻①。这个现象的唯一解释,只能是本土文化的落后,使得在很长的时期内没有形成本土的士大夫文化,至少是没有成熟的士大夫文化。温州地区在漫长的历史中一直以山越民族的土著文化为主体,进入中原主流文化圈的进程十分缓慢。虽然在东晋时期就设立永嘉郡学,引入汉文化的教育体制,但是从东晋到唐,根据史料可知,温州在文化上一直处于很边缘的位置,似乎并没有形成一个以儒学与文学为主要攻习内容、以仕宦为职业的士大夫群体。对于这种情况,古人多有论及,清杨兆鹤《重修永嘉县学记》云:"温州治永嘉。永嘉,晋名郡,至唐籍为县。其山川灵气,积古未泄,直蜿蜒于晋、宋、齐、梁、陈、隋、唐、五代,至宋而始一发。其时礼乐辈起,号称永嘉,关、闽、濂、洛,视若侪辈。"② 当然,两宋之前,温州的人物事迹,并非完全不见史载,曾出现过玄觉大师这样的思想家,但整体上看属于士大夫精英文化的边缘地带是无疑的。

温州从士大夫文化的边缘进入中心,是在两宋时代完成的。

---

① 盛唐时期的诗人张谭,与孟浩然、王维等人交往,据《永嘉县志》载为永嘉人,然籍贯众说纷纭。参见(清)张宝琳修,(清)王棻等纂光绪《永嘉县志》卷一七《人物志·文苑》"张谭"条,《中国方志丛书》华中地方第475号,台北成文出版社1983年,第4册,第1583页。

② 光绪《永嘉县志》卷七《学校志·学宫》,《中国方志丛书》本,第2册,第649页。

与唐代温州被视为绝域和鲛人、仙隐出没之地相比，宋元以后的温州，是作为文化发达地区出现而享誉域内的。"温为浙左望郡，其衣冠文物之懿，号称小邹鲁。"① "温为浙东文献名郡。"② "浙水之东推温为上郡，非以其物产之美山川之秀也，特以其地人材之多耳。"③ 可以说，温州士大夫之盛，文化之发达，主要是在宋明时代，而两宋时期尤为突出，相对来说，可以称得上历史上温州文化发展的高峰。两宋尤其是南宋温地诗词写作风气之盛，正是以此为基础的。

　　促使温州本土士大夫群体及依附这一群体的文学家群体在两宋时代形成的最主要的机制，就是移民。据笔者的初步分析，温州地区的原始居民是以山越人为主体的。汉初惠帝三年（前192）封驺摇为东海王④，至武帝建元三年（前138）、元封元年（前110），因受闽越围攻等原因，两度内徙江淮地区⑤。这两次迁徙的具体情况如何不得而知。据清末温州学者孙锵鸣的研究，第一次是王族内徙，后一次则可能是举国民众内徙⑥。但是我想即使是举国民众内徙，可能也只是东海国较上层民众，山地土著未必随之内徙。但这次内徙可能是造成温州本土汉族文化发展滞后的原因。除了早期

---

① （明）黄淮《温州府重修庙学碑》，光绪《永嘉县志》卷二三《古迹志·金石》，《中国方志丛书》本，第6册，第2186页。
② （明）邵铜《温州府暨属县儒学乡贡进士题名碑记》，光绪《永嘉县志》卷二三《古迹志·金石》，《中国方志丛书》本，第6册，第2186页。
③ （明）吴宽《新建鹿城书院记》，《弘治温州府志》卷一九，上海社会科学院出版社2006年，第598页。
④ 《史记》卷一一四《东越列传》，中华书局1959年，第1098页。
⑤ 详见《史记》卷一一四《东越列传》，第1098页。
⑥ （清）孙锵鸣《东瓯大事记》，《孙锵鸣集》，上海社会科学院出版社2003年，下册，第466页。

的这两次向外移民之外,温州移民的特点,主要是从外地区向温州的移入。自两汉迄唐,陆续有北方汉族的居民移入,所以其移民历史是很悠久的。但五代以前移民的氏族情况,大多缺乏文献的记载,而土著姓氏的来源也大多不可考。现在温州人口姓氏可考的,绝大多数是五代以后从境外移入。尤其是五代与两宋时期,是温州地区大量移入外籍人口的时期。五代时期温州属吴越国,政治相对安定,所以当外部发生战乱等情况时,从邻近的福建等省份陆续移入了许多人。现在温州境内氏族,其先祖移自福建的可以说比比皆是。靖康之乱时,宋高宗曾经驻跸温州,虽然为时不久,但相随而来的皇族、外戚、政要,后来多定居于温州,造成温州外来移民的第二个高潮。这些情况,再加上两宋时期温州在政治、经济上地位的提升,山水风物之美,气候温适等社会与自然的条件,使得温州成为对外来人口有相当大吸引力的移民地区。所以两宋的温州社会,尤其是文化较高的士族社会,可以说带有移民社会的特点。在五代末、北宋初,温州地区已经开始形成一个以仕宦为主要职业的士族群。他们是温州本土文士群形成的基础。所以,我认为,包括诗歌在内的温州本土的文学创作,从唐代的微弱状态到两宋的发展与繁荣,移民是最重要的原因。我想这种现象,在中国南方的一些地域里,可能是带有普遍性的。两宋温州地区重要的文学家与学者,绝大部分都是移民的后裔,如永嘉四灵中,除了徐照的祖先来历不可考之外,其他三位的氏族,都是外面移入的[①]。徐玑祖籍福建晋江,至其父潮州太守徐定始移居温州永嘉[②]。赵师秀为赵宋皇族的后裔。翁卷氏族,据温州乐清所藏翁氏家谱,其先祖翁

---

① 《水心先生文集》卷一七《徐道晖墓志铭》未叙徐照的父祖及氏族。
② 《水心先生文集》卷二一《徐文渊墓志铭》。

郴,原籍福建莆田,唐末为乐成令,留居于乐清。所以翁氏世为宦族,代有诗人①。上述三位诗人,正是典型的士族移民的后裔。又如出现学者较多的赵氏、钱氏、叶氏、王氏等氏族,无一不是外来移入②。因此,讨论两宋时期温州的文学,甚至也可以纳入移民与文学传播这一视野中来研究。所以,至少两宋时期的温州社会文化,是具有移民文化的特点的。移民文化具有进取而又务实、重视传统又不为传统束缚、善于因地因时而进行有效的调整等特点。这些特点,在永嘉学派、四灵诗派乃至作为俗文学代表的南戏等个案上都有很明显的体现。永嘉四灵放弃北宋以来庞大却略显丛芜的诗歌思想体系,放弃诗歌的许多文化与政治功能,敛情约性,吟咏最有亲和感、最具审美优势的本土山水与个人感受,以此回归诗歌艺术本位。这与永嘉学人之由空谈性理而回归经制事功,表面上看起来邈不相干,实际都反映了永嘉学人以自己的方式寻求突破的性格。永嘉学派向来重视文学创作,四灵虽然从来未被视为永嘉学派的成员,但与永嘉学派陈傅良、叶适等人的交往十分密切。事实上,这两个后来被分别归属于诗歌与学术两个领域的永嘉人的文化流派,它们在精神上是有联系的。

二

　　宋代温州地区的学术与文学,都经历了从比较单纯的模仿、引进到独立创造的发展过程。叶适《温州新修学记》记载永嘉学术

---

① 参见新修《乐清县志·氏族》(中华书局 2000 年)等资料。
② 详阅(清)孙衣言《瓯海轶闻》卷三二《氏族》可知,又新修《乐清县志》卷六《人口·姓氏》等资料也能反映这一情况。

从以心性为主转为以事功为主时有这样一段著名的论述：

> 昔周恭叔首闻程吕氏微言，始放新经黜旧疏，挈其俦伦，退而自求，视千载之已绝，俨然如醉忽醒，梦方觉也。颇益衰歇而郑景望出，明见天理，神畅气怡，笃信固守，言与行应，而后知今人之心，可即于古人之心矣。故永嘉之学，必兢省以御物欲者，周作于前而郑承于后也。薛士隆愤发昭旷，独究体统，兴王远大之制，叔末寡陋之术，不随毁誉，必摭故实，如有用我，疗复之方安在？至陈君举尤号精密，民病某政，国厌某法，铢称镒数，各到根穴，而后知古人之治，可措于今人之治矣。故永嘉之学，必弥纶以通世变者，薛经其始而陈纬其终也。①

又楼钥为陈傅良作《陈公神道碑》亦论及永嘉学风的变化：

> 伊洛之学，东南之士，自龟山杨公时，建安游公酢之外，惟永嘉许公景衡，周公行己数公亲见伊川先生，得其传以归。中兴以来言理性之学者宗永嘉。惟薛氏后出，加以考订千载，自井田、王制、司马法、八阵图之属，该通委曲，真可施之实用。凡今名士，得其说者，小则擅场屋之名，大可以临民治军之际。惟公游从最久，造诣最深。以之研精经史，贯穿百氏，以斯文为己任。综理当世之务，考核旧闻，于治道可以兴滞补敝，复古至道，条画本末，粲如也。②

------

① 《水心先生文集》卷一〇。
② （宋）陈傅良《止斋先生文集》卷五二附录，《四部丛刊》本。

如果说,周行己(恭叔)、许景衡与郑景望这一派,主要的作用是将主流学术的理学引进温州,那么从薛季宣到陈傅良及叶适本人,则是在前面引进的理学的基础上,创新出永嘉学派的事功经制之学。其实,两宋温州地区的文学发展,也经历了从追随、模仿主流诗风到独创一派的发展道路。

据宋代有关学者的叙述,永嘉学术之发轫,或者说永嘉学人之开始登上历史舞台,在北宋中后期。先有被称为"皇祐三先生"的王开祖(儒志先生)、林石(塘奥先生)、丁昌期(经行先生)①。稍后则有被称为元丰太学九先生的周行己、许景衡、刘元承、刘元礼、赵彦昭、张子充、戴明仲、蒋元中、沈彬老等人。"三先生"未闻其有诗歌创作,"九先生"虽为一个传承关洛学术的群体,但同时又多从事诗歌创作,且有较高的造诣。周行己有《浮沚集》、许景衡有《横塘集》,是现在可见的较早的两部温州人的传世文集。他们的学术、诗文基本上是受元丰至元祐间主流风气的影响。周氏的诗歌较多受到义理、性理之学的影响,同时也受到元祐苏黄诗风的影响。集中有七古诗《寄鲁直学士》,明显是苏黄一派硬语盘空、妥帖排奡的风格。周氏其他作品如七古《次天韵居士韵奉寄》、《和任昌叔寄终南之什》、《送欧阳司理归荆南》,也都格近黄山谷。我们完全可以将他视为苏黄诗风的后学。

许景衡《横塘集》存诗甚多,景衡兄景亮"数岁即能为诗,从乡里长者丈人游,皆奇其才气,必大有成。甫冠,游京师,补太学生,文词秀出等辈"②,可见其家世兄弟长于文学。景衡交好,也多

---

① 参看陈谦《儒志先生学业传》(王开祖《儒志编》卷首)、周行己《浮沚集》卷七《沈子正墓志铭》、许景衡《横塘集》卷一九《丁大夫墓志铭》等材料。
② 周梦江笺校《周行己集》卷七《许少明墓志铭》,上海社会科学院出版社2002年,第138页。

长于诗,如黄岩人左经臣 ①,许氏集中,与左经臣唱和者甚多,又从
《横塘集》中《乡会诗钱晋臣和韵谢之》等诗也可知当时温州一带
本土诗人的创作已经很兴盛,可以说宋代温州地区重视文学创作
的风气,此时已经开启。所以,像周行己、许景衡等辈,虽从事于理
学,但又努力于诗赋文辞。尤其是许景衡,在诗歌创作方面投入颇
多,其诗作也很喜欢谈诗事。如《成正仲水乡秋兴寄王履道惠然见
示以此谢之》:“成侯北方秀,笔力千钧重。新诗试模写,气奋洪涛
涌。” ②《寄左与言》:“吊古一慨然,新诗定相属。英英太冲后,墼墼
昆山玉。千言挥洒顷,纸上龙蛇伏。” ③《忆昨》:“思家资善谑,望远
严诗律。” ④ 若此者集中甚多。自杜甫诗中多论诗文创作之事,宋
人苏黄继之大倡此风。许景衡作为元祐诗家的后学,颇受此种风
气影响。又景衡本身诗风虽然并不雄伟壮丽,但论诗仍重笔力、气
象,其诗学渊源,正出于元祐苏黄。从现存他的五古、五律与五言
排律来看,他的诗风,受杜甫的影响也很大。其《次韵郑希仲》一
首,能见此宗旨:

> 周诗三百篇,强半出愤激。少陵嗣真作,千载无匹敌。嗟
> 我亦何为,苦心等莲茁。平时一千首,弃掷随瓦砾。朝隮不成
> 雨,安用横天霓。吾僚一何妙,笔下飞霹雳。青天与白日,奴

---

① 左纬字经臣,黄岩人,政和中以诗名,有《委羽居士集》,与景衡为忘年交,魏
庆之《诗人玉屑》卷一九:“许少伊被召,左经臣追送至白沙,不及,作诗云:
‘短棹无寻处,严城欲闭门。水边人独自,沙上月黄昏。’此二十字可谓道尽
惜别之情矣。至今读之,使人黯然销魂也。”(上海古籍出版社 1959 年,第
435 页)

② 陈光熙点校《许景衡集》卷一,上海社会科学院出版社 2006 年,第 292 页。

③《许景衡集》卷一,第 293 页。

④《许景衡集》卷一,第 296 页。

隶皆知觊。况是个中人,固应厌饥恝。入幕盛红莲,不才惭散
栎。勉哉搋婉画,稚弱安纺绩。①

又《再和敏叔诗二首》之二:"固知岛可是诗奴,何况区区杜与
吴。"② 可见其对于晚唐苦吟一派是轻视的。《横塘集》中五、七言
律诗虽多,但以畅达为体,常近率易,是学杜而不及的一种表现。

九先生中,刘安上(元礼)也长于诗,薛嘉言《刘给谏行状》称
刘安上:"公为文典重有法,尤工五言,晚更平淡,浑然天成,无斧斤
迹,有诗五百篇。"③ 安上五言诸体,自然平淡中见深邃,有隽永,其
造诣似更在许景衡之上。五、七言律写景属对,观察细致,安排妥
帖,近于中晚唐体;磨镌物象,敛约情性,可视为四灵之先驱:

极目尽天际,风烟杳霭间。水光清潊日,野色远连山。白
鹿今何在,高僧此独闲。我来无伴侣,乘兴一跻攀。(《独游竹
阁》)④

山中何所有,一味静难名。暗谷流泉响,疏林落叶声。夜深
寒月白,霜重晓钟清。早出松间路,衣裘空翠凝。(《宿方潭》)⑤

其余五言如《赠释达夫》:"望余秋水远,定起暮山青。"⑥ 七言如

---

① 《许景衡集》卷二,第 300 页。
② 《许景衡集》卷四,第 328 页。
③ 陈光熙点校《刘安上集》附录,上海社会科学院出版社 2006 年,第 246 页。
④ 《刘安上集》卷一,第 168 页。
⑤ 《刘安上集》卷一,第 268 页。
⑥ 《刘安上集》卷一,第 168 页。

《登谢公楼分韵得心字》:"残日汀边生晚思,断云帘外卷晴阴。"[1]
《圣泉》:"茶鼎晓煎云脚嫩,斋厨夜引溜声圆。"[2]写平常景物,含深
邃意趣,看似平易而实为澄炼所得。后来四灵所用的诗法,正属
此类。

　　大体上看,温州地区的学术与文学,基础在于元丰、元祐时期。
王十朋《何提刑墓志铭》论温州学风文风云:"永嘉自元祐以来,士
风浸盛,渊源自得之学,胸臆不蹈袭之文,儒先数公著述具存,不怪
不迂,词醇味长。乡令及门孔氏,未必后游夏徒也。涵养停蓄,波
澜日肆,至建炎绍兴间,异才辈出,往往甲于东南。"[3]这其中,影响
最大的,在学术上就是二程理学,在文学上则是以苏黄为代表的元
祐文学风气。这种影响,一直延续到南宋时期。而永嘉学派的事
功经制之学与永嘉四灵"诸人摆落近世诗律,敛情约性,因狭出奇,
合于唐人"[4]的诗风,从近距离来看,正是对地域化的元祐理学与文
学风气的一种超越,是温州学术与文学发展从模仿、引进到综合地
域原有的文化资源进行独立创新的表现。

三

　　南北宋之际,温州地区士族文化的迅速发展及由此带来的学
术与文学创作的繁荣,是一个很值得研究的文化现象。除了上面
分析过的移民、宋室南渡、经济发展(由通商口岸、土地开发等因素
造成)等原因外,直接的诱因,则是科举的刺激。北宋时期,温州在

---

①《刘安上集》卷一,第 173 页。
②《刘安上集》卷一,第 174 页。
③《王十朋全集》文集卷二五,上海古籍出版社 1998 年,第 1008 页。
④ 叶适《题刘潜夫南岳诗稿》,《水心先生文集》卷二九。

科举上还是落后地区,"元丰作新太学,四方游士,岁常数千百人。温,海郡,去京师阻远,居太学不满十人"①。但进入南宋初,游学、应举的人数迅速增加。这里我们暂且不能用数字统计来说明,只谈一个基本的印象,在北宋的周行己《浮沚集》里,有关本地人的墓志铭只是有限的三五篇,到南宋初王十朋的《梅溪集》中,已经增加到十余篇,到叶适的《水心集》,有关温州人的传记性文章,已经增加到数十篇,以至有学者称《水心集》为温州文献之渊薮。可以说,温州士族社会及其学术与文学的迅速发展,是以科举为主要驱动力的。而科举考试,诗赋策论并重,所以尽管皇祐三先生、元丰九先生都是以学术见长,尤其是后者服膺理学,但是他们都兼重文学。这一点与安定学派、泰山学派及关中、濂洛理学这些轻视纯文学风气的学术流派很不一样。到了南宋时期,温州学人重视诗文创作的风气更加兴盛,在淳熙、庆元诸学派中,永嘉学派也是以重文著称的。其根本原因就在于温州作为一个新兴的士族社会,对于科举的追求,比其他士大夫文化渊源悠久的地域更加狂热。尽管永嘉学术、人物、文学之最终成就,远非科举所能限制,但无庸讳言,科举是推动两宋温州地区士大夫学术与文学发展的最重要的原动力。而永嘉学派在当时的影响之大,除了学术,其时文之精,也是重要原因,以至当时有"永嘉文体"之称。吕祖谦《东莱文集》卷八《与朱侍讲》:"独所论永嘉文体一节,乃往年为学官时病痛,数年来深知其缴绕狭细,深害心术。"② 孙衣言《瓯海轶闻》卷一按语云:"当时永嘉诸先生如止龙、止斋、正则、道甫皆喜事功,好议论,

---

①《周行己集》卷七《赵彦昭墓志铭》,第136页。

②(宋)吕祖谦《吕东莱文集》,王云五主编《丛书集成》初编本,商务印书馆1937年据《金华丛书》本排印,第1册,第68页。

故场屋趋时之文,遂以为永嘉体矣。"又同书同卷引盛如梓《庶斋老学丛谈》:"汉唐盛时,文章之秀,萃于中原,其次淮汉,其次偏方。南渡后专尚时文,称闽越东瓯之士,山川之气,随时而为衰盛。"又孙衣言按语:"按东瓯时文之美,盖如水心先生之进卷,止斋先生之奥论,当时称为永嘉先生八面锋是也。"①可见永嘉事功之学与科举的相互推激。其实在事功之学盛行之前流行于温州的关洛理学,也同样是科举的制胜之器。王十朋《送叶秀才序》:"吾乡谊理之学,甲于东南,先生长者,闻道于前,以其师友之渊源,见于言语文字间,无非本乎子思之中庸,孟子之自得,以诏后学。士子群居学校,战艺场屋,笔横渠而口伊洛者,纷如也。取科第、登仕籍,富贵其身、光大其门者,往往多自此途出,可谓盛矣。"②正是这种科举所造成的兴盛的诗文创作风气,使温州不仅成为东南学术的重镇,也成为当时国内诗文创作风气最为兴盛的地域。

在当时的温州域内,士大夫中盛行两种风气,一是地方聚徒讲学的风气,二是诗歌吟咏酬唱的风气。两者在南北宋之际都十分盛行。陈傅良《分韵送王德修诗序》一文,是为名为松风轩分韵送行诗结集所作的序,序中记载参加者十四人,其中有徐谊、蔡幼学、王自中等永嘉学派的知名学者,可见永嘉学派内部诗咏之盛,而这又是受当地诗歌创作风气影响所造成的:

> 吾乡风俗,敬客而敦师友。每一重客至,某人主之,邻里乡党知客者必至,不知客知某人者亦至。往往具觞豆,登览山

---

① 孙衣言《瓯海轶闻》,温州市文物管理委员会藏瑞安孙氏原刻版,杭州古籍书店 1963 年重印。
②《王十朋全集》文集卷二三,第 962 页。

水为乐,间相和唱为诗致殷勤,或切磋言之。于其别,又以诗
各道所由离合欢恻之意,冀无相忘。盖其俗然久矣,而未有盛
于此会者。①

其实这种情况,在北宋末可能就已经存在,前举许景衡《横塘集》
中《乡会诗钱晋臣和韵谢之》,就说明当时已流行乡会作诗的风气。
又观王十朋《梅溪集》,也可知他考中状元之前,与乡里众多文士唱
和酬咏,可见当时地方的诗歌创作风气十分兴盛。四灵诗派的出
现,正是以地区内这种浓厚的诗文创作风气为基础的。

四

南渡以来,温州作为高宗曾经驻跸的地区,文化迅速发展。出
现了一批在政坛、文坛与学术上都具有全国性影响的名公巨卿式
的人物,如王十朋、郑景望、薛士龙、陈傅良、叶适诸人。他们并非
专以文学为事,但沿承北宋时期温州学人儒术与文学并重的传统,
在诗歌创作方面都投注了较大的精力。但他们的诗风包括他们的
文学思想,总体上看,仍是步武北宋古文家、理学家,同时也深受元
祐诸大家的影响。下面举王十朋、薛季宣、陈傅良三家略作论列。

王十朋虽为南宋人,但宗尚在于北宋诸大家。其《蔡端明文集
序》:“然窃谓文以气为主,而公(端明)之诗文,实出于气之刚,入
则为謇谔之臣,出则为神明之政,无非是气之所寓,学之者宜先涵
养吾胸中之浩然,则发而为文章事业,庶几无愧于公云。”② 王十朋

---

①《止斋先生文集》卷四○。
②《王十朋全集》文集卷二三,第 963 页。

论文宗韩欧一派,其早年所作《答毛唐卿虞卿借昌黎集》云:"予少不知学古难,学古直欲学到韩。"又云:"学文要须学韩子,此外众说徒曼曼。"①因此王诗宗尚风格,近于古文家一派,清雄而舒纡,与苏轼最接近。宋人吴坰论南北宋之际的诗学宗尚云:"师坡者萃于浙右,师谷者萃于江右。"②大概当时两浙诗风,的确是受苏轼影响的。不过王十朋对黄庭坚也颇为推崇,其《夔路十贤续访得七人——黄太史》《陈郎中公说赠韩子苍集》等诗均表达了对黄庭坚的崇慕之情。

薛季宣(字士龙,一作士隆)为永嘉事功学派的创始者,叶适说"薛士隆愤发昭旷,独究体统"③,即指此事。薛季宣与郑景望为同辈学人,交往甚多,但郑结束旧风,而薛开启新规。当然,永嘉学派的重经制事功,在周行己学术中已见萌芽。从周至郑与从薛到陈两派学人,其实还是一脉相承的。但从薛之后,事功经制之义才明确,并且成为永嘉学派的特征。薛在学术上,是有创新精神的,他对《诗经》学有过较深入的研究,曾著《反古诗说》,欲反古之《诗》说,后来接受州人项顿的说法,以为解《诗》说《诗》,不应该在古今之说间分是非,而是唯求其性情:"用情正性,古犹今也,然则反古之说,未若性情之近也。"④又其《香奁集叙》赞扬韩偓"为诗有情致,形容能出人意表"⑤,《李长吉诗集序》推崇李贺诗"轻扬纤

---

①《王十朋全集》诗集卷一,第6页。

②(宋)吴坰《五总志》,《知不足斋丛书》本,第53页。

③ 叶适《温州新修学记》,《水心先生文集》卷一〇。

④《书诗性情说后》,张良权点校《薛季宣集》卷二七,上海社会科学院出版社2003年,第360页。

⑤《薛季宣集》卷三〇,第441页。

丽,盖能自成一家,如金玉锦绣,辉焕白日"①,亦可见薛氏的诗学主张,是重性情而不避绮丽,旨趣与北宋诸家略有差别,与同时永嘉诸家如王十朋、陈傅良之重视雅颂中正者也有所不同,体现了他的个性。薛氏的诗歌,重于抒情,尚气势,也尚骋辞逞藻,而较少锤炼。其七言歌行与五古,近于中唐风格。吴之振等《宋诗钞·浪语集钞》评云:"季宣为程门再传,而所言经术则浙学也,故浙人宗之。其诗质直,少风人潇洒之致。然纵横七言,则卢仝、马异不足多也。"② 大致薛诗渊源,近于中唐韩孟至北宋庆历诸家,于元祐诸家未见有明显的继承。其实还是承传苏黄之前的欧苏等庆历诗人的诗风。又薛少年即随父游宦,平生游历,多在两湖、苏常一带,在温州本地居住的时间反而不太多,不像一般温州作家诗歌中多写本地山水风光,其诗风在温人中显得有点另类。但是他论诗重性情,而不讲雅颂之类的场面语,这一点,在温人诗学的发展中还是很关键的。盖自周行己至王十朋、陈傅良等家,都是元祐学术的传人,诗学上十分重视儒家诗学的本位立场,尤其深受北宋诗歌尊王、复雅风气的影响。薛氏一任情性,不提雅颂,显然是在思想上回归诗学本位。这对后来的唐风兴起,是一个诗学思想上的重要开端,从这点来看,在南宋温州地区诗学思想的发展进程中,薛氏的思想可能起到了作用。这与他在学术上使事功经制的观念明确化,是相似的发展路线。重视诗歌的吟咏情性作用和艺术本身,以摆脱中唐以来雅颂教化的门面及诗歌沉重的文化负担,正是四灵一派诗人的诗学选择。在这一方面,薛士龙的思想可能对他们有所影响。历来论四灵之影响者,未及于此。

---

① 《薛季宣集》卷三〇,第 441 页。
② (清)吴之振等《宋诗钞》卷八〇,中华书局 1986 年,第 2315 页。

陈傅良在《诗经》方面有自己的见解,论诗也崇尚雅正,但又强调诗的抒情性。其《送陈益之架阁》:"贫贱相依鬓毛白,吾可雷同名送客,浩歌未放情弥激。君看风雅诗三百,亦有初章三叹息。"《送谢倅景英赴阙》:"言诗必《南》、《雅》,自邻吾无讥。"①《答丁子齐》:"《诗》三百篇,大抵喜怒所作,要不失其正。"②《送蕃叟弟赴江西抚干分韵诗引》:"《国风》十五篇,为别作者居太半,道其所历山川辛苦之状,仆马之病,而止于礼义,古删诗取焉。骚人多怨诽,自《骚》以降,无讥焉耳。若夫《大雅》之赠别,则异于是。吉甫作颂,穆如清风,仲山甫永怀,以慰其心,此所谓治世之音也。"③大体上看,止斋论诗,雅正而不反对激怨,要当怨而归于雅正。南宋中期,政治相对归于安定,南渡诗坛的慷慨悲愤之风有所沉淀,但偏安南方、江山未复,可谓中心藏之,何日忘之,所以即使吟咏山川、摹写物象、敛情约性如四灵者,其诗歌中也有时言及家国形势。陈傅良作为有远大政治理想的志士学者,其诗歌主张,当然不可能只是一味雅正闲适。

吴之振等《宋诗钞·止斋诗钞》评陈傅良:"初从薛氏,自井田、王制、司马法、八阵图之属,该通委曲,皆可施之实用。复研精经史,贯穿百氏,以斯文为己任,故其诗格亦苍劲,得少陵一体云。"④止斋诗法渊源,为南宋初诸家之体,基本上是属于元祐体的余波。他在《杨伯子以其尊人诚斋南海集为赠以诗奉酬》云"文从嘉祐今三变",所谓三变,应该是指嘉祐之后,庆历诗风变化为元丰、元祐时期的诗风,两宋之际的江西诗派,南宋的诚斋体。以

①《止斋先生文集》卷二。
②《止斋先生文集》卷三六。
③《止斋先生文集》卷四〇。
④《宋诗钞》卷七〇,第 2015 页。

此标准衡量,止斋之诗学,大体是属于元祐体的余衍,以杜甫、苏、黄等家为典范,但是此时的温州诗歌,未成流派,作者们的流派意识也不太强。所以无论是王十朋,还是陈傅良,他们的诗歌取法都比较自由,没有很明确的诗学崇尚与创新、变革意识。这是四灵兴起之前温州诗坛的基本状况,对于我们了解四灵有很大的帮助。止斋古体,句法章制,有一定的散文化倾向,基本上还是属于中唐以后的诗法,未窥盛唐,也不属于晚唐。他的《寄题陈同甫抱膝亭》、《行湘喜雨简刘公度周明叔》两首五古,就大体属于古文家诗法。近体则近于杜甫及欧、梅诸家,崇尚朴老但成就并不高,如《用前韵招蕃叟弟》:"细看物理愁如海,遥想朋从眼欲花。逆水鱼儿冲断岸,贪泥燕子堕危沙。百年乔木参天上,一昔平芜着处佳。行乐不妨随邂逅,我无官守似蚳蛙。"①《寄陈同甫》:"古来材大难为用,纳纳乾坤着几人。但把鸡豚燕同社,莫将鹅鸭恼比邻。世非文字将安托,身与儿孙竟孰亲。一语解纷吾岂敢,只应行道亦酸辛。"②风格与江西诗派接近,有生新奇凿的追求。四灵诸人与陈傅良有所交往,徐照有《题陈待制湖楼》、《陈待制五月十四日生朝》③,徐玑有《题陈待制湖庄》④,翁卷有《和陈待制秋日湖楼宴集篇》⑤。陈早年在本地讲学,培养生徒最多,后来又以名公巨卿的身份主持学术,其于诗歌也究心甚多,对于四灵应该是有所影响的。当然像陈这样名公巨卿的诗风,也正是四灵等人的反思对象。

---

①《止斋先生文集》卷五。

②《止斋先生文集》卷七。

③《芳兰轩诗集》卷中,《永嘉四灵诗集》,第51、60页。

④《二薇亭集》卷下,《永嘉四灵诗集》,第135页。

⑤《苇碧轩诗集》,《永嘉四灵诗集》,第162页。

从上面诸家的风格来看,南宋前期温州地区一些名公巨卿的诗歌创作,虽然各家风格、造诣不同,但其基本的渊源,不出北宋诸家。叶适《徐斯远文集序》所谓"庆历、嘉祐以来,天下以杜甫为师,始黜唐人之学,而江西宗派章焉,然而格有高下,技有工拙,趣有浅深,材有大小。以夫汗漫广莫,徒枵然从之而不足充其所求,曾不如胠鸣吻决,出豪芒之奇,可以运转而无极也。故近岁学者,已复稍趋于唐而有获焉。"① 所谓"汗漫广莫"云云,未始不是针对上述诸公的诗风,也是叶适对自身追随时流的诗歌创作的反省。所以到了潘柽及四灵诸家,开始回归唐体。他们所直接面对的,正是以上述温州名公巨卿为代表的诗风。今天看来,这些诗人在诗歌史上基本上没有什么地位,可以说是没有对诗史发生深远的影响,但是在当时,尤其是在温州地区,他们的影响是相当大的。所以他们才是四灵诗派主要的变革、反思的对象。

五

上述的名公巨卿,虽然由于政治与学术的地位,在诗文创作上也具有很大的影响。但值得注意的是,在温籍诗人群中,真正在艺术上苦心孤诣、全力以赴并最后突破诗坛局面的,却是一批社会地位与影响都不太大的诗人。由于宋代是一个重文的社会,文人受到自古以来未受到的政治上的优遇。唐代文学中最具创造力、成就最高的文学家群体,在政治上是明显地偏于低层的。但是,在北宋时期,虽然不能说文学家的成就与政治地位成正比,但重要的文学家,大多都是名公巨卿式的人物。但从两宋之际开始,文学与政

---

① 《水心先生文集》卷一二。

治似乎又处于某种分流之势。换句话来说,前此的文学创作者的主体,是偏重于在朝者的、处于政治核心的一个群体。后此的文学家,则明显在野化。北宋后期的江西诗派,就具有明显的"在野"性质,这与元祐党争之后禁抑文学的政策有直接的关系。永嘉四灵、江湖诗派的出现,正是文学在野化态势的加深。四灵之所以能超越向来踞于文坛核心的名公巨卿的成就,并且能够对之作出反思,最终突破北宋以来诗史发展的某种困境,恐怕与这一态势有内在的关系。而他们之所以选择以贾岛、姚合为代表的中晚唐苦吟寒瘦诗派为学习对象,也与两者之间身份的接近有关。一定意义上说,他们又恢复了文学与寒素族、在野者的天然联系。

其实,在四灵之前及同时,由于温州社会迅速的、高度的士族化,社会上崇尚文学的风气是很兴盛的,造成了大批的业文之士。这里面除了我们所知道的名公巨卿之外,还有一大批活跃在地方的不知名的诗人,他们的存在,对于我们了解四灵的诗风是很有帮助的。由于条件所限,我们还不能对这一群体做详细的调查,只能做些粗略的举证。最直接的一种举证方式,是从现存的南宋时期温籍文学家的诗文集所收墓志铭、诗文集序跋、唱和诗题中,调查出一大批不知名的当地文学家。略举数例,较早的如王十朋《梅溪集》前集卷十七《南浦老人诗集序》中的刘光、《潜涧严阇梨文集序》中的诗僧严阇梨,后集卷二十七《跋季仲默诗》中王十朋的早年诗友季仲默。与四灵同时或稍早时,地方知名诗人除潘柽外,尚有周会卿、翁诚之等人。叶适《周会卿诗序》:"周会卿诗,本与潘德久齐称,盘折生语,有若天设,德久甚畏之。德久漫浪江湖,吟号不择地,故所至有声。会卿常闭门,里巷不相识,居谢池坊,窟山宅水,自成深致,知者独辈行旧人尔。宗夷遗余家什零落十数纸,恨蚤失怙,收次不多,一干之兰,芳香出林,岂纷然桃李能限断

哉!"①像周会卿这样的隐居作诗的诗人,名不出域内,但诗功独
至,在地方的诗坛足能引起一定的影响。其实潘德久虽然名声较
大,漫游各地,但其首先产生影响还是在温州地区。韦居安《梅磵
诗话》云:"永嘉潘柽字德久,号转庵,水心先生序其诗集,言德久
十五六,诗律已就,永嘉言诗,皆本德久。"②叶适给潘柽所作的序
已佚,无由知其详,但潘柽与永嘉四灵都有交往,其诗风又趋于唐
体,对四灵的影响是不争的事实。除潘柽外,四灵对翁卷的族先辈
翁诚之的诗风也颇多赞誉。如徐照《芳兰轩集》中的《送翁诚之》、
《哭翁诚之》,徐玑《二薇亭集》中的《送翁巴陵之官》、《翁知县归自
湖湘》等,所酬和的都是同一人。从他们与翁的唱酬中,可知翁也
是长于五律,诗格清远,应该与四灵在诗学宗旨上相近。又前引叶
适《徐斯远文集序》称徐氏"诗险而肆,对面崖壑,咫尺千里,操舍
自命,不限常律"③,其风格似亦锐意创新,不从流俗。由此可见,在
当时的温州地区诗坛上,除了王十朋、叶适、陈傅良这一些名公巨
卿、知名学者外,还有一大批地方的知名诗人。这些人有些曾经做
过州县官,有的则从未出仕,或隐居,或宦游、漫游,其生活与创作
的状态与四灵、江湖诗派接近。这个地方诗坛的存在,是四灵诗派
发生的最直接的地域背景。同时,出现这个群体,还与温州这一士
大夫学术、文学的新生长地的地域文化性质相关。因儒学、科举、
经济等方面原因而迅速地士族化的温州社会,造成大量的具有高
度的儒学与文学艺术修养的士人,他们中间有些人跃到政治与主
流学术的上层,但仕宦于下层、隐居、游幕的人数更多。徐玑在外

---

① 《水心先生文集》卷一二。

② 韦居安《梅磵诗话》卷中,丁福保辑《历代诗话续编》本,中华书局 1983
年,第 552 页。

③ 《水心先生文集》卷一二。

游历时,惊叹"相逢行路客,半是永嘉人"(《黄碧》),这些永嘉人,
一部分可能是商人,更多应是游宦、游幕、游学、漫游的士子,其中
还有不少僧人。也许这里面正隐藏着一个"前江湖诗派"的诗坛
景观。这对于我们了解南宋文学的在野文学倾向的加重也是有
帮助的。

大凡地方诗家的吟咏,风格比较本色,与主流的诗派和诗歌风
格预流的意识比较淡薄,容易趋于自然平易,其作品的内容也多是
咏写地域内的风景与人文。尤其当名公巨卿们在努力地追求与当
代的主流诗派与风格接近时,政治与文化上地位低下的地方诗家
和他们的风格差异就显得比较突出了。这正是永嘉四灵诗派具体
的地域的诗歌背景。

六

从一个比较大的文学史背景中看,四灵诗风的确是对庆历以
来的诗风的一种反拨。但上面这个时段,正是我们所说的宋诗风
格形成的时期,而且宋诗业已出现欧、梅、苏、黄等经典作家。要说
四灵的诗歌变法,是直接面对上述这个时段的主流风格与诸大家
的创作成果,这并不符合实际,从四灵自身的表述中,也很难看到
他们对上述诗风的反思与批评。应该说,他们真正面对的,还是那
些模仿、追随上述主流诗风,在本地域影响虽大、但是艺术造诣并
不很高的温州诗坛的诗人。因为四灵诗派与其前的庆历诗文革新
派、元祐诸家、江西诗派都不一样,是在地处偏远的东海之滨、属于
士大夫文化新拓地的温州,由一群政治与文化地位都很低的地方
性的诗人组成的,是一个真正意义上的地域诗派。但是它对具体
的地域诗坛风气的变革,却正暗合了诗歌史的大走向,即诗歌史在

诗歌文化功能膨胀后的必要的收缩。然而,四灵诗派的内部成员,未必自觉地意识到他们这种艺术追求的诗歌史价值。真正认识到他们诗歌史价值的,正是叶适这位文化上的巨星级人物。某种意义上说,叶适不仅是四灵的鼓吹者,更是四灵的"眼睛",四灵透过叶适的眼睛,看到他们自己创作的诗歌史意义。诚然,叶适自身诗歌的艺术价值,仍然是局限于上述名公巨卿一派的,虽然他也有所超越,表现出一种比较自然清疏、吟咏情性的风格,但实际成就有限。其诗歌艺术的成就,也远不如四灵,但叶氏的诗学视野与诗歌史方面的造诣,却是在四灵之上的。

　　关于叶适对永嘉四灵的态度和评价,当时人与后人都有不同的看法。一般的文学史,在介绍"永嘉四灵"时,都要说到叶适对四灵诗歌的宣扬之力:

　　　　唐风不竞,派沿江西,此道蚀灭尽矣。永嘉徐照、翁卷、徐玑、赵师秀乃始以开元、元和作者自期,冶择淬炼,字字玉响,杂之姚贾中,人不能辨也。水心先生既啧啧叹赏之,于是四灵之名,天下莫不闻。[①]

　　　　永嘉自四灵为唐诗一时,水心首见赏异。四人之体略同,而道晖、紫芝其山林闺阁之气,各不能掩。[②]

　　现在可以见到的叶适本人评论永嘉四灵诗歌的文字,较早的是《徐斯远文集序》,其中所说的"近岁学者已复稍趋于唐而有获

---

① (宋)赵汝回《瓜庐诗序》,(宋)陈起辑《南宋群贤小集》第9册《瓜庐诗》卷首,嘉庆六年顾修读画斋补辑重刻本,第1叶。
② (宋)赵汝回《云泉诗序》,《南宋群贤小集》第19册《云泉诗》卷首,第1叶。

焉"，当然应该是以四灵为主。这说明赵汝回所说的水心倡扬四灵，是符合事实的。水心有关四灵的正面评论文字，见于其所作的《徐道晖墓志铭》：

> （徐照）有诗数百，斫思尤奇，皆横绝歘起，冰悬雪跨，使读者变踔慄栗，肯首吟叹不自已。然无异语，皆人所知也，人不能道尔。盖魏晋名家多发兴高远之言，少验物切近之实，及沈约谢朓永明体出，士争效之。初犹甚艰，或仅得一偶句，便已名世矣。夫束字十余，五色彰施而律吕相命，岂易工哉，故善为是者取成于心，寄妍于物，融会一法，涵受万象，豨苓桔梗，时而为帝，无不按节赴之，君尊臣卑，宾顺主穆，如丸投区，矢破的，此唐人之精也。然厌之者谓其纤碎而害道，淫肆而乱雅，至于廷设九奏，广袖大舞，而反以浮响疑宫商，布缕缪组绣，则失其所以为诗矣。然则发今人未悟之机，回百年已废之学，使后复言唐诗自君始，不亦词人墨卿之一快也。惜其不尚以年，不及臻乎开元、元和之盛，而君既死，同为唐诗者徐玑字文渊，翁卷字灵舒，赵师秀字紫芝。①

水心的提倡永嘉四灵，是针对当时诗坛的出路而言，是在探讨当时条件下诗歌创作取得切实发展、摆脱困境的一种选择，并非其全部诗学宗旨所在。其《题刘潜夫南岳诗稿》："往岁徐道晖诸人摆落近世诗律，敛情约性，因狭出奇，合于唐人，夸所未有，皆自号四灵云。于时刘潜夫年甚少，刻琢精丽，语特惊俗，不甘为雁行比也。今四灵丧其三矣，冢巨沦没，纷唱迭吟，无复第叙。而潜夫思益新，

---

①《水心先生文集》卷一七。

句愈工,涉历老练,布置阔远,建大将旗鼓,非子孰当?昔谢显道谓陶冶尘思,模写物态,曾不如颜谢徐庾留连光景之诗。此论既行,而诗因以废矣。悲夫!潜夫以谢公所薄者自鉴,而进于古人不已,参雅颂、轶风骚可也,何必四灵哉!"①

不能简单地将叶适这一番议论视为抑四灵、扬刘克庄,而是作者看出了刘克庄的诗学门径较四灵为阔大,所以向他提出更高的要求。刘氏这段话引起一段公案,先是"此跋既出,为唐律者颇怨",后来叶氏学生吴子良不满于四灵后学的诗,刻意强调水心对四灵的批评,认为水心对于四灵,"虽不没其所长,而亦终不满也",又说"水心称当时诗人可以独步者,李季章、赵蹈中耳。近时学者,歆艳四灵,剽窃模仿,愈陋愈下,可叹也哉"②。

无论是"颇怨"水心此跋的为唐律者,还是吴子良,他们都没有全面领会叶适这段话显示的诗学宗旨。叶适本人对诗歌史有深入、透彻的研究,他的诗学见解高明而切实,不务空论。一方面,他继承唐宋诗学主流崇尚风骚、以风骚为最高典范的诗学主张,另一方面他又能针对诗坛的实际,在具体的创作与批评中不一味空谈风雅,而是肯定对纠正诗坛陈腐风气有切实的革新作用的永嘉四灵。因为永嘉四灵在大的诗学宗旨方面虽有局限,但取径是切实可行的,其取得的艺术成就也很突出。由此可见,水心的诗学是有体有用,切实可行的。这恐怕也是永嘉学派实事求是,坐而论究、起而可行的学风在诗学上的反映。从这一点上看,永嘉四灵与永嘉学派之间有内在的一致性,都反映了东瓯文化进取务实、重视实际效果的精神。正是这种精神,使永嘉学派能够从北宋以来体大

①《水心先生文集》卷二九。
②(宋)吴子良《林下偶谈》卷四,《文渊阁四库全书》本,第107—108页。

而用微的学术框架里超脱出来,建立起事功经制之学。也是这种精神,使四灵能够成功利落地摆脱中唐以来宏大而又多歧的诗学体系,从比较纯粹的诗艺入手,侧重唐律,取法中晚唐,以纯粹的诗境为追求目的,从而迅速地取得效果。

　　叶适从诗歌史角度发现四灵诗派的价值,但也在这一角度上看到他们的局限。他前后的观点,不是简单的改变,而是一种深化。叶氏对这个诗派的观察和批评,基本上伴随这个诗派的始终。当这个诗派业已完成时,叶适对它的最终的、完整的评价,也同时出现。从这个意义上说,叶适通过对这个诗派的观察、批评,完善了自己的诗学思想。当然,叶适之所以能做到这一点,除了自身的学识与批评能力之外,还与他和四灵同乡这一得天独厚的条件分不开。其实,我上面对四灵诗派与两宋之际温州本土诗坛的关系的那些考论如果成立的话,那么,我们应该说,叶适这次对永嘉四灵追终式的批评活动,虽然文本简单,但潜台词是很丰富的。

　　　　　　　　　　　　　　　　　（原载《文学遗产》2007 年第 2 期）

论《千家诗选》与刘克庄及江湖诗派的关系

《分门纂类唐宋时贤千家诗选》(以下简称《千家诗选》)是宋末成书的一部规模较大的唐宋人诗选,其诗歌文献研究方面的重要价值虽然已经受到学者的关注,但尚待解决的问题仍然很多。至于其在诗歌史研究方面的价值,则一直没有受到重视,这与学者多视其为坊间选本有一定的关系。2002年人民文学出版社出版的李更、陈新两位先生校证的《分门纂类唐宋时贤千家诗选校证》(以下简称《千家诗选校证》),不仅纠正了清代流行的曹寅《楝亭十二种》中的《千家诗选》及1986年贵州人民出版社据曹本排印出版的《后村千家诗校注》本的许多错误,而且依据《全宋诗》对本书所收选作品的作者、题目、文本做了详尽的考证,为后人继续研究本书或利用本书研究相关的文学史与文献学方面的问题提供很大的便利。两位先生还对该书的编者、成书与版刻时间做了十分全面的研究,其观点主要集中于《千家诗选校证》卷首《点校说明》和书末所附的《〈分门纂类唐宋时贤千家诗选〉考述》。其论定此书元刊本署名"后村先生编集"为坊间假托,此书是依据当时流行诸种总集、别集、类书编纂而成的看法,也基本上可视为定论。但是,对于此书与刘克庄的关系,两位先生持《千家诗选》与

刘克庄所编诸种唐宋绝句选绝无关系的看法,又有将一个复杂现
象作简单判断之嫌。另外两位先生认为《千家诗选》本身价值不
高,对于了解南宋后期的主流诗学参考价值不大。对此笔者觉得
有进一步讨论的必要。《千家诗选校证》在文献整理与考述方面,
做了大量工作,功不可没。但是对于一部古代文学总集,文献的研
究是不能代替文学研究的,单纯依靠文献研究,也形成不了有效
的文学批评史与文学史方面的结论。《千家诗选》在唐宋诗史的
研究方面,具有很高的参考价值。概括地说,它可以视为南宋后
期以江湖诗派为主流的诗坛对唐宋诗史的一次集体性重新建构,
对于认识南宋后期诗史的演变也有重要的参考价值。鉴于这样的
认识,本文在李、陈两位先生研究的基础上,对《千家诗选》的特点
与价值重新进行论述,讨论的核心则是此书与刘克庄及江湖诗派
的关系。

一

　　《分门纂类唐宋时贤千家诗选》,每卷之首标"后村先生编集"
字样。古人对此多存而不论,也有学者提供证据来证实它的,如
阮元《四库未收书提要·分门纂类唐宋时贤千家诗选二十二卷提
要》:"宋刘克庄撰。克庄有《后村集》五十卷及《诗话》十四卷,
《四库全书》已著录。兹其所选唐宋时贤之诗,题曰'后村先生编
集'者,著其别号也。是书为向来著录家所未见,惟国朝两淮盐
课御史曹寅曾刻入《楝亭丛书》中,前后亦无序跋。案《后村大全
集》内有《唐五七言绝句选》及《本朝五七言绝句选》、《中兴五七
言绝句选》三序,或锓版于泉、于建阳、于临安,则克庄在宋时固有
选诗之目。此则疑当时辗转传刻,致失其缘起耳。书分时令、节

候、气候、昼夜、百花、竹林、天文、地理、宫室、器用、音乐、禽兽、昆虫、人品十四门，每门附以子目，大致如赵孟奎《分类唐诗歌》；所选亦极雅正，多世所脍炙之什。"①是其书为刘克庄所编，阮氏未曾置疑。并且对其在选诗方面的眼光也给予充分肯定，这与他认为此书是刘克庄所编有关系。今人陈增杰先生也认为："整理出版刘克庄《分门纂类唐宋时贤千家诗选》这样一部古代重要的唐宋诗选本，除了可从中品赏唐宋诗佳作和探索刘氏的诗学观点以外，最重要的意义恐怕就是该书所具有的丰富的资料价值。"②也是承认本书为刘克庄所编集，并对了解唐宋诗歌艺术精华与探索刘氏诗学观点有参考价值，其观点与阮元是接近的。但近人缪荃孙在为本书的元刊本作跋时，认为"《后村大全集》所载唐贤诗选、唐贤诗续选、宋贤诗选、近贤诗后选均与此不合，不必强为附会"，对此书旧题后村编集提出质疑③。此书旧所流传者为曹寅《楝亭丛书》本，不是最理想的本子。2002 年人民文学出版社出版的李更、陈新的《分门纂类唐宋时贤千家诗选校证》，以北京大学图书馆及日本斯道文库所藏的元刊本为底本，参以多种版本，并依照全书考证、校对，在研究上有很重要的参考价值。该书所附的《〈分门纂类唐宋时贤千家诗选〉考述》一文，继缪氏之后对此书为"后村编集"之说进一步提出质疑。其具体结论是这样的："基于《诗选》与材料来源、实际编者身份和成书刊刻过程，可以比较准确地把握这部书

①（清）阮元撰、邓经元点校《揅经室集·外集》卷一，中华书局 1993 年，第1196 页。

②陈增杰《对〈后村千家诗校注〉的意见》，原载《古籍整理出版情况简报》第226 期，收入《陈增杰集》，黄山书社 2011 年，第 312 页。

③李更、陈新校证《分门纂类唐宋时贤千家诗选校证》引北京大学图书馆藏该书元刊本缪跋，人民文学出版社 2002 年，第 868 页。

的价值定位。即：这部书不仅与刘克庄无关，也并非来自具有较高文化素养之人，只是由民间的普通文人依据市面上常见的各种资料分类汇编而成，被建阳、麻沙一带的书商刊行的。当时，其所对应的读者层面是民间学童和一般知识分子，而不为文人学者所重，这也正是这部书成书以来长期不见于著录，几乎湮没无闻的原因。由于其编者在学识上存在不少缺陷，对所用资料不具备足够的识别能力，编纂态度也不够严谨，其内容的可靠性存在很大问题；同时，在作品选录方面很难说存在明确的诗歌艺术标准，对考察南宋后期的诗歌发展和主流知识分子的审美取向基本没有参考价值。这一点是今天使用此书时，不论做文献整理或文学研究，都必须注意的。"① 两位先生对该书的版本、编者问题做了深入的研究，其得出的结论是有参考价值的。但是，像《分门纂类唐宋时贤千家诗选》这样的书，其在编者与出版方面的情况往往是十分复杂的。尤其是一些普遍认为是托名之作的书籍，其与被托名者的关系，更是十分复杂。比如同样存有元刊本的王十朋的《王状元集注东坡诗集》，向来被认为是托名之作，但近来的一些学者，经过研究，认为其确为王十朋本人之作②。《分门纂类唐宋时贤千家诗选》与刘克庄的关系，与刘克庄是否为此书真正意义上的编者并不完全是一个问题。该书虽然有可能是坊间编集的以射利为目的的作品，但托名刘克庄并非毫无依据，它极有可能是在刘氏的几种唐宋诗选本的基础上编集的。

　　要探讨《分门纂类唐宋时贤千家诗选》与刘克庄及江湖诗派

①《分门纂类唐宋时贤千家诗选校证》，第 906 页。

② 李晓黎《因为"睫在眼前长不见"——王十朋为〈百家注东坡诗〉编者之内证》，《中国韵文学刊》2012 年第 2 期。

的关系,还得从刘克庄所编的六种唐宋绝句选说起。六种诗选虽然原书迄今未见,但今刘克庄的集子里完整地保存了六书的题序,提供了许多关于原书的信息,所以在一定程度上我们仍然可以对它们作出判断,用来与《千家诗选》相比较。

刘氏这六种诗选分别为《唐五七言绝句》、《本朝五七言绝句》、《中兴五七言绝句》、《唐绝句续选》、《本朝绝句续选》、《中兴绝句续选》。这六种绝句选,其中前三种,在南宋淳祐六年(1246)前后曾锓行于泉州(莆田)、建阳、杭州三地,后三种成于南宋宝祐丙辰(1256)前后,依情理也是锓行于世的。六种诗选的情况是这样:初选唐人五七言绝句各百首,再选南渡前即北宋人五七言绝句各百首,复选中兴以后即南宋时期的五七言绝句各百首。这是刘克庄选诗工作的第一期,共选绝句六百首。到十年后,因为听取论者认为其选诗太严的意见,又编《唐绝句续选》两百首,其中七言一百首,五言七十首,六言三十首。《本朝绝句续选》也是这样的数目。《中兴绝句续选》则是七言一百首,五言六十首,六言四十首。这是刘克庄选诗工作的第二期,亦是共选绝句六百首。本期的特点是加选了六言绝句,克庄自认为是一个创举。其言曰:"盖六言尤难工,柳子厚高才,集中仅得一篇。惟王右丞、皇甫补阙所作绝妙。今古学者所未讲也,使后世崇尚六言,自余始,不亦可乎?"①总结来说,刘克庄共选唐代、北宋、南宋绝句一千二百首,三期中每期各四百首,这可以说是一个规模很大的唐宋绝句精选本。

现在再看《分门纂类唐宋时贤千家诗选》与刘克庄六种绝句选本(以下简称"刘选六种")同异及可能存在的渊源关系:

---

① 辛更儒笺校《刘克庄集笺校》卷九七《唐绝句续选》,中华书局 2011 年,第 4085 页。

　　第一,《千家诗选》继承了"刘选六种"的分期方式,其将所选诗人分为"唐贤"、"宋贤"、"时贤"三类,正是刘克庄"唐人"、"本朝"、"中兴"三期的沿用。而且在选目上,《千家诗选》也基本上是沿承刘克庄三期鼎足三分的做法,只是南宋部分的数量更加突出。这种分期的方式,决非坊间浅识者所能确定,而是与以刘克庄为代表的江湖诗派的诗史观念密切相关的。对此,我们在后文还要专门讨论。但在具体的归属上,除了"唐贤"与刘克庄说的"唐人"完全对应外,"本朝"在刘克庄那里,是指北宋即南渡以前,而《千家诗选》的"宋贤"虽然也是以北宋为主,但加入部分南宋人。这一点,李更、陈新两位先生也是注意到的:"刊印牌记中所谓'唐宋时贤五七言诗选',似乎应指上文所述六种唐宋绝句选本而言,从道理上讲,这六种唐宋绝句选本是以初学者为对象的,其他人汇集合编,也确实可以成为与《诗选》类似之选本,但考察收录作品的时段,可以发现二者之间存在明显的错位,即三种绝句选所涵盖的'唐'、'本朝'、'中兴'三段并不等同于《诗选》的'唐贤'、'宋贤'、'时贤'。据刘克庄为各种绝句选所作的序文,《中兴五七言绝句选》、《中兴绝句续选》收录至其祖辈或父辈,大体以江西诗派、永嘉四灵为下限,而这些诗人的作品在《诗选》中则基本都被编入'宋贤'部分。因此可肯定《诗选》并非直接以六种绝句为资料基础分类编纂的。"① 李、陈两位先生发现这一点,是很重要的。但这并不能作为此书不是以"刘选六种"为资料基础的依据,更不能据此而论定此书与"刘选六种"毫无关系。《千家诗选》在确定"宋贤"与"时贤"的界限时,基本还是以北宋诗人为"宋贤"、南渡以后为"时贤",如朱淑真就是南北宋之际的人。另外如卷一浙江黄岩人

------

①《分门纂类唐宋时贤千家诗选校证》,第885—886页。

左纬,就是一位与许景衡同期的诗人,约生于哲宗元祐初,高宗建炎年间尚存世 ①。可见《千家诗选》基本上还是沿用刘克庄将宋诗分为北宋与南宋两段的标准。《千家诗选》的唐贤、宋贤、时贤三分法,完全是依照后村唐人、本朝、中兴三分法而确立,其中反映南宋后期诗人的诗史分期标准。这是其渊源于"刘选六种"的重要迹象之一。只是《千家诗选》编者所处的时间更晚,所以在时贤与宋贤的区分上,将宋贤的下限由南渡以前移至南宋中期,将南宋江西诗派成员与永嘉四灵都归入宋贤之中。而时贤的上限则为南宋后期,包括戴复古、刘克庄及其追随者,也就是江湖诗派的成员。

第二,"刘选六种"只选唐宋人绝句,未选律诗。《千家诗选》则包括了除排律外的近体各种体裁。这是两者的一个不同之处。但是从集中所选各体的比例来看,绝句远多于律诗,并且所选绝句精华程度远过律诗。这种情况,可以作为《千家诗选》与"刘选六种"有直接渊源关系的重要证据。也就是,《千家诗选》中的绝句部分,主要是采自"刘选六种"。而律诗部分,则可能是编者依据其他的总集与类书增加的。同时,在选律诗时,编者又采用了"刘选六种"的分期方法。可以说,"刘选六种"是《千家诗选》的主干部分。正是在这种理由下,加上商业上借重名人的考虑,编者就将全书都冠以"后村先生编集"的名义。但在各体诗数量比例上,我们还看到这样一个现象。即本书七言多于五言。在绝句方面,七言绝句多于五言绝句。这当然也与"刘选六种"原来的比例有关,"刘选六种"第一期各书完全是五、七言数量对等,即五七绝句各为三百首。第二次增入六言绝句一百首,这个增加数量是以减去五绝一百首为前提的。所以,在"刘选六种"中,五言就少于七言。

①《分门纂类唐宋时贤千家诗选校证》"本书所涉诗人传略",第928页。

不仅如此,可能在移入"刘选六种"的五绝时,《千家诗选》还做了削减的处理。这是合理的,其实刘克庄选唐宋绝句,各期都五七言均等,只造成形式上的平衡,从实际的诗体发展情况来讲,是不合理的。因为从绝句发展来讲,五绝起源最早,南北朝时期庾信、王褒等人就已有成熟风格的作品出现,至盛唐达到最高水准,中晚唐有所变化。宋人的五绝,无论在各体中的比重还是艺术质量上,都无法与唐五绝相比,也远低于宋人的七绝。所以《千家诗选》中宋人五绝减少,应该说是对"刘选六种"的一个合理的改编。到了署名谢枋得、王相的《千家诗》,五绝一体全用唐人,并且以初盛唐五绝为主,这虽然又走向片面化,但却是对五绝一体本身发展历史的比较准确的呈现。可见,从"刘选六种"到《千家诗选》再到《千家诗》,其间不仅有明显的渊源关系,同时也反映从崇江湖诗派的诗学到后来元明学唐、崇唐的明代复古派诗学的演变轨迹。这也说明向来只被视为通俗选本的《千家诗》系列书本,其实对于研究诗歌史有重要的参照价值。至于"刘选六种"的一百首六言,本来就是刘克庄个人独到的审美趣味的体现,作为一个比"刘选六种"更为面向通俗的选本,《千家诗选》加以剔除,也是很自然的事。因为六言的创作规则及奥妙,并非初学者所能轻易掌握。

　　第三,《千家诗选》与"刘选六种"都是带有童蒙读物的性质,但在标准上又是精选性质,并且反映了流派的宗旨。刘氏《唐五七言绝句》自叙其选诗之由,是因为有感于洪迈《万首唐人绝句》之数量过大、精芜不分,因"余家童子初入塾,始选五七言各百首口授之"[1],《本朝五七言绝句》又说:"《唐绝句诗选》成,童子复以本

---

[1]《刘克庄集笺校》卷九四,第 4004 页。

朝诗为请。"① 日本御茶水大学图书馆藏成箦堂文库元刊本《千家诗选》目录之前的刊印牌记："今得后村先生集撰唐宋时贤五七言诗选,随事分百有余类,随类分唐宋时贤三家,总是题咏,无一闲话,真诗中之无价宝也。不惟助骚人之唱和,亦可供童辈之习读,故名曰《千家诗选》。同辈有志于斯,为之一览,使余无抱璞之恨耳。"② 其宗旨在于精选,以童蒙为对象,同时也对一般的诗人有借鉴之功。

第四,《千家诗选》与后来流行本《千家诗》其选诗都是以雅俗共赏为特点,对艺术风格过于个性化及文化功能如载道、讽喻等因素过于强的作品并不重视。也就是说,他是以一种比较纯粹的艺术趣味来选诗,这种艺术趣味,刘克庄称为"切情诣理"。《唐五七言绝句》对此有明确的表达:"切情诣理之作,匹士寒女不弃也。否则巨人作家不录也。惟李杜当别论。童子请曰:'昔杜牧讥元、白海淫,今所取多边情、春思、宫怨之什,然乎?'余曰:'《诗大序》曰:发乎情性,止乎礼义。古今论诗,至是而止。夫发乎性情者,天理不容泯;止乎礼义者,圣笔不能删也。小子识之。'"③ 后人所说"千家诗体",正是根植于刘克庄这种选诗标准。这种选诗标准,可以说是以唐律为基本的艺术标准,剔除生硬、晦涩、奇崛、拗峭等各种风格流弊。这不仅是"刘选六种"的艺术标准,也是自永嘉四灵至江湖诗派的近体诗创作原则。

第五,"刘选六种"及刘氏其他评选,在《千家诗选》中有所反映,前引《唐五七言绝句》一文"切情诣理之作"就体现在《千家诗

---

①《刘克庄集笺校》卷九四,第 4005 页。
②《分门纂类唐宋时贤千家诗选校证》,第 884—885 页。
③《刘克庄集笺校》卷九四,第 4004 页。

选》上面。又其《宋氏绝句诗》说到他选唐绝句时"元白绝句最多，白止取三、二首，元止取五言一首。惟窦氏兄弟曰群、曰牟、曰巩，所作极少，然皆可存"①。今存《千家诗选》白居易诗所选极少，其中卷九《莲花》五绝一首："小娃撑小艇，偷采白莲回。不解藏踪迹，浮萍一道开。"②卷十六《宫殿》七绝一首："文昌新入有光辉，紫界宫墙白粉闱。晓日鸡人传漏箭，春风侍女护朝衣。"③卷二十三唐贤《美女》七绝一首："娉婷十五胜天仙，白日嫦娥旱地莲。何处闲教鹦鹉语，碧纱窗下绣床前。"④卷二十四《茶》七绝一首："红纸一封书后信，绿芽十片社前春。汤添勺水煎鱼眼，轻下刀圭搅麹尘。"⑤后集卷一《值中书省》七绝一首："丝纶阁下文章静，钟鼓楼中刻漏长。独坐黄昏谁是伴，紫薇花对紫薇郎。"⑥卷六《戏代内子贺兄嫂》七绝："刘刚与妇共升仙，弄玉随夫亦上天。何似沙哥领崔嫂，碧油幢引向东川。"⑦刘克庄《宋氏绝句诗》说白居易绝句止取三、二首，是指第一期选，第二期《唐人五七言绝句续选》到底选了几首，不得而知，应该也是三、二首。但从上面《千家诗选》共选白氏五七言绝句六首看来，与刘氏《唐人五七言绝句》、《唐人五七言绝句续选》所选白氏绝句数量，可说合若符契。至于元稹的绝句，刘氏第一次只选其五绝一首，第二次有否选录不得而知，数量极少，《千家诗选》元稹各体诗一首未选，明显看出受刘氏对元白评价过

---

①《刘克庄集笺校》卷一〇一，第4221页。

②《分门纂类唐宋时贤千家诗选校证》，第209页。

③《分门纂类唐宋时贤千家诗选校证》，第369页。

④《分门纂类唐宋时贤千家诗选校证》，第537页。

⑤《分门纂类唐宋时贤千家诗选校证》，第554页。

⑥《分门纂类唐宋时贤千家诗选校证》，第602页。

⑦《分门纂类唐宋时贤千家诗选校证》，第726页。

低的影响。至于刘克庄赞扬的窦氏兄弟,今存《千家诗选》卷六选窦巩《秋夜》七绝一首:"护霜云映月朦胧,乌鹊争飞井畔桐。夜半酒醒人不觉,满池荷叶动秋风。"① 后集卷三窦巩《寻道者所隐不遇》据李、陈二位考证,又作于鹄诗:"篱外涓涓涧水流,槿花半照夕阳收。欲题名字知相访,又恐芭蕉不耐秋。"② 比刘氏所选窦家兄弟绝句为少。但其注意到窦氏,可能还是直接受刘克庄的启发。后来的《千家诗》七律卷中选窦叔向《表兄话旧》一首,仍然可能是沿着后村选诗的线索而来的。即后村对窦氏的推崇,可能间接地影响到后来《千家诗》对窦叔向作品的选录,《千家诗》正是沿承了刘选《唐五七言绝句》的观点。刘氏另有《宋氏绝句诗》称:"金华宋吉甫,祖子孙三世八人,所作诗何翅万首?或者止摘取其绝句一百七十一篇行于世。"又曰:"它日宋氏此编必传,谈者必曰:'后村眼毒。'"③ 今检《千家诗选》有可能属于金华宋氏的,据李更、陈新二先生《本书所涉诗人传略》有:"宋自适,字正甫,号清隐,金华人。真德秀曾为其诗集作跋。"④ "宋自逊,字谦父,号壶山,金华人。与江湖派诗人曾原一等有交往。"⑤ 宋自适诗《千家诗选》后集卷四载其七律《寿黄御史》一首,卷九选其七律《谢人馈药》一首。宋自逊诗《千家诗选》卷十选七律《桂华》一首,七绝《五月菊》一首:"东篱千古属重阳,此本偏宜夏日长。会得渊明高卧意,故来同占小窗凉。"⑥ 卷十一七绝《种柳》一首:"短斫深煨倒插宜,明年便

---

①《分门纂类唐宋时贤千家诗选校证》,第 134 页。

②《分门纂类唐宋时贤千家诗选校证》,第 654 页。

③《刘克庄集笺校》卷一〇一,第 4221 页。

④《分门纂类唐宋时贤千家诗选校证》,第 980 页。

⑤《分门纂类唐宋时贤千家诗选校证》,第 948 页。

⑥《分门纂类唐宋时贤千家诗选校证》,第 226 页。

有绿垂垂。只因造化大容易,不见岁寒冰雪时。"① 七绝《萍》:"苦
无根蒂逐波流,风约才稀雨复稠。旧说杨花能变此,是他种子已
轻浮。"② 卷十三《夜雪》:"雪眼羞明夜转飞,梅花未觉竹先知。一
炉柴火三杯酒,谁记山阴有戴逵。"③ 卷十七七律《茶磨》一首,卷
二十七绝《蚊》一首:"朋比趋炎态度轻,御人口给屡憎人。虽然暗
里能钻刺,贪不知几竟杀身。"④ 其中所选的宋自逊的绝句甚多,与
后村摘选的《宋氏绝句诗》本,应该也有渊源关系。

　　就《千家诗选》的最后成书面貌来看,刘克庄并非真正的编
者。这一点,原书的刊印牌记中其实已经交代得很清楚:编者是
从刘克庄的家中得到刘氏五七言诸选本,加以编集,并冠以《千家
诗选》的书名。所以这本书,事实上是刘克庄与这位编者的合作
成果,但出于对刘克庄的尊重,或者发行量方面的考虑,直接冠以
"后村先生编集",这其实不算是毫无关系的假托。牌记即为这位
编者所写,他即是使"余无抱璞之恨"的"余"。可见作者并没有刻
意隐瞒自己是《千家诗选》的真正编者的事实。至于这位作者的
身份,也不是一般的书商,从其感慨以言,号召同志关注此书的情
况来看,他是稍后于刘克庄的江湖诗派中某一成员,这一成员的身
份,与编《江湖小集》的陈起应该最相近,即以贩诗为业的诗道中
人。江湖派中诗人,都是沉沦江湖、寄食官商之家的下层文士,他
们一方面写诗,同时也以诗歌写作为生涯的职业。其中一些人如
陈起,也经营书业,合书商、诗人、江湖之士为一身。这种现象在当
时并不鲜见。即以刘克庄本人而言,其生平编选的六种绝句,虽然

①《分门纂类唐宋时贤千家诗选校证》,第 261 页。
②《分门纂类唐宋时贤千家诗选校证》,第 265 页。
③《分门纂类唐宋时贤千家诗选校证》,第 314 页。
④《分门纂类唐宋时贤千家诗选校证》,第 485 页。

说是为了家塾课童而编，但在泉州、建阳、临安锓行，可能也具有了贩诗为业的性质。江湖诗派的另一巨擘戴复古在《市舶提举管仲登饮于万贡堂有诗》一诗，也明白地说自己以诗谋食："七十老翁头雪白，落在江湖卖诗册。平生知己管夷吾，得为万贡堂前客。嘲吟有罪遭天厄，谋归未办资身策。鸡林莫有买诗人，明日烦公问蕃舶。"① 戴氏所说的"落在江湖卖诗册"虽然不能直接理解为他拿着一首一首诗来卖。但从他坦言卖诗册的说法来看，当时真有一些江湖诗人，是以编书、贩诗为生的。

二

《千家诗选》与江湖诗派的关系之密切，是从很多方面都能看出来的。书中称之为"时贤"的这一部分诗人，主要是江湖诗派的一些诗人。这一点李更、陈新两位先生的《〈分门纂类唐宋时贤千家诗选〉考述》一文中已经指出，他们认为"这部分作者的主体是江湖诗人和南宋中后期诗坛活跃人物，虽然其中不少人的生卒年无法确知，甚至有些已是生平无考，但在大体上仍可看到一个相对集中的时间段。如果借用《全宋诗》来考察，在有生平线索可查的作者中，除部分南宋中期人物，如杨万里、范成大等人以外，大部分集中在第五十一至六十二册之间，即生年约在1155—1205的四五十年间，主要活动期在理宗朝的一代人"② 。江湖诗派的形成，学术界的基本判定标准是以宋理宗宝庆二年（1226）陈起编《江湖集》为重要的线索。一种看法是以《江湖集》的出现为基点向前追

①《全宋诗》卷二八一三，北京大学出版社1998年，第54册，第33465页。
②《分门纂类唐宋时贤千家诗选校证》，第904页。

寻,根据《永乐大典》引录《江湖集》中的一些诗人,推断江湖诗派大约活跃在南宋前期。一种看法是以尤、杨、范、陆四家的全部离去为江湖诗派的上限,张宏生先生的《江湖诗派研究》,即将江湖诗派的形成上限定为嘉定二年(1209)[1]。这些看法都是值得参考的。但是,确定江湖诗派首先应该寻找此派的重要特点,此派显然不是今天意义的有严格的组织形式的文学团体,因此成员的界限是相对的。但是,此派有两个重要的特点:第一,江湖诗派成员的主体是由一些处于官僚体制的低层的、带有明显的在野派特点的士人构成的,他们主要分布在浙、闽、湘、鄂一带。在活动方式上,带有游士、"谒客"[2] 的特点。这种情况,即当时人常说的"江湖"、"江湖诸人"、"江湖诗客"。第二,江湖诗派与前此江西诗派及南北宋诸大家的不同,是在于诗歌体裁与风格上,承继四灵派的唐体、唐律。刘克庄的诗句:"旧止四人为律体,今通天下话头行。谁编宗派应添谱,要续《传灯》不记名。"(《题蔡炷主簿诗卷》)[3] "四人"即永嘉四灵。这种"天下话头行"的以近体诗为主要体裁的创作风气,正是江湖诗派的基本特点。由此可见,江湖诗派的出现,应该是在四灵诗风流行之后。江湖诗派的早期与永嘉四灵有密切关系。四灵中徐玑、徐照去世稍早,与江湖派诗人没有太多直接接触。赵师秀、翁卷,与江湖诗派的两大领袖戴复古、刘克庄都有交往,并且有社友的关系。刘克庄《二戴诗卷》提供江湖诗派早期活动的重要线索:

---

① 张宏生《江湖诗派研究》,中华书局 1995 年,第 23 页。
② 张宏生《江湖诗派研究》对江湖诗人的 "谒客" 特点有比较深入的研究。
③《刘克庄集笺校》卷一六,第 933 页。

> 余为仪真郡掾,始识戴石屏式之。后佐金陵阃幕,再见之。及归田里,式之来入闽,又见之,皆辱赠诗。式之名为大诗人,然平生不得一字力,皇皇然行路万里,悲欢感触,一发于诗。其侄孙颐,囊其遗稿示余。追念曩交式之,余年甫三十一,同时社友如赵紫芝、仲白、翁灵舒、孙季蕃、高九万,皆与式之化为飞仙。[①]

应该说,刘克庄称为社友的这些诗人的交游唱和,正是江湖诗派形成的标志。克庄初交复古时年三十一,正当嘉定十年(1217)。其交翁卷等人的时间,或更早。所以,比较稳妥的说法,永嘉四灵诗风的真正流行与江湖诗派的初步形成,应该是在开禧、嘉定时期。这个时期,江湖诗人群形成了引人瞩目的规模,而专擅近体的风气也在诗坛盛行。《千家诗选》所反映的正是从四灵诗风流行到江湖诗派风行天下这一诗歌史发展阶段的诗坛风气。

对于江湖诗派的形成与发展的阶段性,其实还是可以作更深入的研究的。如果将四灵与江湖诗派结合起来考察,我们发现江湖诗派的发展情况也是很复杂的。这种复杂的表现,也许可以这样说,江湖诗派是直接由永嘉四灵诗风发展过来的,但在这个过程中,它又有一种改正、甚至否定和遗忘四灵诗风的现象。江湖诗派的主要人物刘克庄,在其创作发展的中期,就曾试图超越四灵,从广阔的诗史背景中重新寻找渊源,其之所以能取得差不多能与前面的唐宋诸大家接踵的艺术成就,也是与其中年的重新寻找传统分不开的。这种重新寻找传统的现象在江湖诗人中并不鲜见。如江湖诗人陈必复自序其《山居存稿》:"余爱晚唐诸子,其诗清深闲

---

① 《刘克庄集笺校》卷一〇九,第 4525 页。

雅如幽人野士,冲淡自赏,要皆自成一家。及读少陵先生集,然后知晚唐诸子之诗,尽在是矣,所谓诗之集大成者也。不佞三熏三沐,敬以先生为法。虽夫子之道不可阶而升,然钻坚仰高,不敢不由是乎勉。"① 与这种向高境界追求、重新寻求传统相对的是,一部分戴、刘的后学与敬仰者,则是以戴、刘为楷模,差不多是忘却了永嘉四灵的存在。

　　上述这种情况在《千家诗选》的五律选录方面反映出来了。本书的五七言律诗,有一个值得注意的现象,就是五律远少于七律。这个现象初一看,跟江湖诗派的创作现象很不一样。江湖诗派源于永嘉四灵。四灵是唐律风气的开创者,但他们最多使用的是五律,并且以锤炼苦吟为特点,讲究警策之句,与晚唐贾、姚及宋初九僧等人一脉相承。刘克庄、戴复古等人早年受四灵的影响,主要也在五律方面,其风格与四灵接近。如刘氏《南岳稿》中的五律,学习四灵苦吟、磨镌物象的特点很明显。如《北山作》"字瘦偏题石,诗寒半说云"②《早行》"渐觉高星少,才分远烧新"③《蒜岭》"烧余山顶秃,潮至海波浑"④ 等,置于四灵集中,不能分辨。但是这种磨镌物象、力求警策的创作方式,在《千家诗选》所选的五律中并没有反映出来。尤其是《千家诗选》在选四灵等人诗时,也并不选这类最能代表四灵风格的五律诗。这里面其实反映江湖诗派在发展后期诗风上的一种变化。这与刘克庄仍有一定的关系,刘克庄后来对四灵的专以五律见长的作法是有所批评的。其在《野谷

---

① (宋)陈起《江湖小集》卷三四《陈必复山居存稿》,台北商务印书馆 1986 年影印《文渊阁四库全书》,第 1357 册,第 271 页。
②《刘克庄集笺校》卷一,第 7 页。
③《刘克庄集笺校》卷一,第 8 页。
④《刘克庄集笺校》卷一,第 13 页。

集（赵漕汝鐩）》中就表达了这种意见："古人之诗，大篇短章皆工，后人不能皆工，始以一联一句擅名。顷赵紫芝诸人尤尚五言律体。紫芝之言曰：'一篇幸止有四十字，更增一字，吾末如之何矣。'其言如此。以余所见，诗当由丰而入约，先约则不能丰矣。自广而趋狭，先狭则不能广矣。《鸱鸮》《七月》，诗之宗祖，皆极其节奏变态而后止，顾一切束以四十字，可乎？"①《千家诗选》之少选五律，并且不选四灵一派风格的五律，正是与这种风气转化有关系。但这其实是一个选诗标准上的偏差，使得《千家诗选》在五律方面不仅选录作品数量少，而且质量偏低。所选的主要是戴复古、刘克庄一派的五律。如卷四"重阳·时贤"所选戴复古《舟中》（本集题作《舟中小酌》）：

> 独立秋风里，怅然思故乡。街头沽美酒，船上作重阳。篱菊一枝瘦（本集"瘦"作"秀"），溪鱼三寸长。客中聊尔耳，亦可慰凄凉。②

卷六"昼·时贤"所选的刘克庄《昼》：

> 散怀轻病骨，汲占活心源。口炙桐阴晚，烟蒸豆穗繁。密红双鹭跤，深绿一鸥喧。未昼聊舒僵，茶香起小烟。③

四灵之诗磨炼精警、语不轻出，戴、刘则转为巧于立意、长于叙咏，

---

① 《刘克庄集笺校》卷九四，第 3983 页。
② 《分门纂类唐宋时贤千家诗选校证》，第 100 页。又吴茂云等校点《戴复古集》卷四，浙江大学出版社 2012 年，第 129 页。
③ 《分门纂类唐宋时贤千家诗选校证》，第 128 页。

但风格转为浅切。至江湖后学,则每趋尖新,如卷一"春·时贤"赵信庵《春》:

> 檀板且教停,花妖不耐惊。口融莺语滑,风软蝶身轻。缕篆消春昼,游丝弄晚晴。谁家杨柳院,笑语杂棋声。①

此种风格,距离四灵的苦思烹炼已经比较远,趋向于流易的作风。此集中所选的不少朱淑真的五律,也是以新巧流丽为特点的,如卷四"中秋·宋贤"朱淑真之作:

> 光阴如撚指,不觉是中秋。欲赏今宵月,须登昨夜楼。露浓梧影淡,风细桂香浮。莫做寻常看,嫦娥亦解愁。②

总之,从《千家诗选》中所选的五律来看,比较明显地表现出江湖诗派后期诗风趋于流易,逐渐失去前中期注重苦吟烹炼的艺术作风的特点。其所选的五律诗,"唐贤"极少,"宋贤"也不多,主要是"时贤"之作。这就离唐宋五律诗发展各阶段的实际有距离。五律初唐四杰、文章四友已有警策之作,至盛唐王、孟、李、杜、高、岑诸家,臻于全面成熟,晚唐贾、姚一派以苦吟见长,下沿至宋初九僧、永嘉四灵。中间江西诗派的陈师道等人也以锤炼见长,但风格趋于奇崛古淡。《千家诗选》的五律部分,完全没有反映五律艺术的发展史,以至于后来的王相的《千家诗》在五律方面,完全不以《千家诗选》为蓝本,重新选录,反映明代复古派崇尚盛唐的趣味,以兴

---

① 《分门纂类唐宋时贤千家诗选校证》,第 18 页。
② 《分门纂类唐宋时贤千家诗选校证》,第 92 页。

象高华的初盛唐五律为主。如果《千家诗选》的编选者能以晚唐体、四灵体为标准选录五律，就能选入不能轻易被淘汰的晚唐及四灵一派的五律精品，会使后来《千家诗》的面貌与现在流行的选本有所不同。

《千家诗选》是一个通俗的选本，但它自觉或不自觉地反映了南宋后期江湖诗派的流行风气，也可以说是站在后期江湖诗派的立场上对唐宋诗名篇系列的一个重新排录，里面隐藏着江湖诗派所建构的唐宋诗史。从唐宋体裁发展的历史来看，江湖诗派本质上是一个近体诗派。自从永明体产生之后，近体的艺术规范与审美标准就开始建立，并且实际上成了后来唐宋诗艺术的一种核心性的标准。唐宋诗学中的法度论，就是其集中的体现，而苦吟、锤炼的作诗方法，也主要是在近体创作中明确起来的。就诗体来讲，近体也可以说是唐宋诗歌体裁系统的一个核心。与古体、乐府体总是需要通过对过去的艺术传统的学习与模仿来保持其艺术品格不同，近体具有一种在诗歌的风格、题材上不断地拓展的特性，甚至它的审美趣味也是在不断地变化着的。所以，实际上近体引领着唐宋诗歌的发展历史，唐宋的古体与乐府体也受着近体的深刻影响，无论这种影响是正面接受近体的因素，还是有意与近体立异。但是就整个唐宋诗歌体裁的发展的情况来看，近体并没有达到独盛局面，在唐宋诗的几个重要发展时期，支配诗歌创作的基本体裁观念，一直是尊古轻近。相反，近体偏盛的晚唐与晚宋，在正统的诗史观中，是不被视为唐宋诗的盛世的。从北宋到南宋前期，在诗歌体裁上的基本倾向，还一直是沿承唐代复古派的尊古轻近的观念的。正是在这种背景下，永嘉四灵以其专擅近体的创作实践做出实际上的体裁观念的革新。这种革新实践被叶适、刘克庄等人及时地总结出来，用唐律、唐体这样的概念将其明确化。应该说,这是从齐梁时期近体出现以来,对近体第一次作全面的肯定,并且作出理论上的阐述。尽管江湖诗派的作家,并不完全放弃古体与乐府体,而且仍受着唐宋诗学尊古思想的支配,有向古体与乐府回归的意欲,刘克庄本人就是这样。但是从实际的创作实践尤其是创作成就上,江湖诗派可以说是一个近体诗派。《千家诗选》大胆排除古体、乐府歌行之体,只选近体,虽然与它是一个面向童蒙与社会大众的通俗化选本有关,但与唐律、唐体的观念深入人心,唐体流行于天下的江湖诗学的局面是直接相关的。因此,从这个意义上,我们说《千家诗选》可以说是永嘉四灵、江湖诗派依据唐律的概念对唐宋诗史的一次重构。

《千家诗选》是一个立足于当代立场的选本。这种大胆地立足当代、在通代的名作选本中大量选入当代作品的做法,可以说是本书的一大特点。唐宋诗学的主流是复古诗学,对此江湖诗派实有逆反的表现,它在本质上是一个重今的诗派。当代作品的大量选入,即是其明显的表现。一般来说,诗选有通代与断代两种,断代中当代诗选、同人诗选又占很大的一部分。唐人选唐诗多为此种。宋人的诗选,多为通代,并且多带有经典范本的性质。这种选本,一般是以古人已有定评的经典作家、经典作品为主的。《千家诗选》也是一通代的经典范本,但却大量选入还没经过时间考验与历史淘汰的当代人作品,尤其是刘克庄、戴复古以来的江湖诗派的作品,成为入选的重点。与江湖后学趣味最为接近的女诗人朱淑真、方外诗人白玉蟾的作品的大量选入,也是本诗选的一个特点。这只能有这样一种解释,即在江湖诗风越来越趋通俗流易、尖新奇巧的风气中,朱、白两位的诗歌在当时是极其流行的。他们不仅取代四灵的苦吟,也在相当程度上取代了戴、刘的经典地位。

《千家诗选》的另一特点,是消解向来注重的唐宋诗大家与名家的影响,以本书编者的趣味标准,选录了大量的非名家的作品。
这是许多当代江湖诗人的作品得以入选的原因之一。其对传统的
经典标准,是有所消解的。这与从永嘉四灵到江湖诗派的诗学趣
味是分不开的。永嘉四灵的主要学习对象是工于五律的晚唐的
贾岛、姚合一派,戴复古《哭赵紫芝》称其"东晋时人物,晚唐家数
诗"①,葛天民《访紫芝回与子舒集》"君参唐句法,亲得浪仙衣"②,
徐集孙《赵紫芝墓》"晚唐吟派续于谁,一脉才昌复已而"③。刘克
庄《后村诗话》新集卷三称:"亡友赵紫芝选姚合、贾岛二家诗为
《二妙集》,其诗语往往有与姚、贾相犯者。"④除贾、姚之外,张籍、
王建也是这派诗人的重要学习对象,他们的特点是以平淡为旨,但
重视锤炼,并且扫弃陈言,摘去书袋,不资书为诗。刘克庄《韩隐君
诗》一文,就说后人之诗,多出于记闻、博识而已,自杜子美未免此
病,"于是张籍、王建辈稍束起书袋,划去繁缛,趋于切近。世喜其
简便,竞起效颦,遂为晚唐体"⑤。如果说四灵之学晚唐,重在苦吟、
锤炼,则江湖后学之学晚唐,重在"切近"与"简便"。同时,不资书
为诗,也是其重要的表现。永嘉四灵与江湖诗派正是在上述各种
倾向中,对唐宋诗史进行新的建构。相对于传统的诗史,这个以唐
律,或苦吟锤炼,或切近简便为各宗旨的近体诗派,其最大的特点
就是对传统与大家数的消解。因为不资书为诗,不崇博雅,汪洋恣
肆,而唯重切近,唐宋的许多大家的诗学价值都被重新估定、甚至

---

① 陈增杰校点《永嘉四灵诗集》附录《诸家题咏酬赠》,浙江古籍出版社1985
　年,第302页。
② 《永嘉四灵集》附录《诸家题咏酬赠》,第294页。
③ 《永嘉四灵集》附录《诸家题咏酬赠》,第304页。
④ 《刘克庄集笺校》卷一八四,第7036页。
⑤ 《刘克庄集笺校》卷九六,第4045页。

被消解。刘克庄本人就提出一种"本色"之论,以此来重新判断唐宋诗人价值。其《竹溪诗》一文云:

> 唐文人皆能诗,柳尤高,韩尚非本色。迨本朝,则文人多而诗人少。三百年间,虽人各有集,集各有诗,诗各自为体,或尚理致,或负材力,或逞辨博。少者千篇,多至万首,要皆经义策论之有韵者尔,非诗也。自二、三钜儒及十数大作家,俱未免此病。乾淳间,艾轩先生始好深湛之思,加锻炼之功,有经岁累月缮一章而未就者。尽平生之作不数卷,然以约敌繁,密胜疏,精掩粗。①

刘克庄的"本色"论,其实是以追琢磨炼以求诗语之工为宗旨的,并且摆落理致、辨博、材力诸种因素。唐宋诗的发展,是与唐宋思想文化的整体发展联系在一起,尤其是与唐宋儒学的繁荣分不开的。所以唐宋的大家名家的成就,不仅表现在艺术上,还表现在其诗歌的思想价值与文化意蕴上。借助道与文的概念,派生道与诗的关系,传统的文学思想,不仅有文以载道,也有诗以明道、诗以载道的表现。到了理学风气盛行的南宋前中期,诗与理学、经学及一般学术的关系联系十分密切。但在大部分的场合,诗的本色受到了侵害。所以,诗与书的关系,诗与理的关系,在刘克庄、严羽他们这里都成为重要的问题。只是两家的理解不同,提出的解决方法也不同。刘克庄是总结了永嘉四灵、林光朝(艾轩)等人磨炼以为诗的方法,提出了一种以磨炼为本色的诗论。而严羽则借助禅学,提出以妙悟为本色当行的主张。一是从晚唐出发,一是由晚唐上

---

①《刘克庄集笺校》卷九四,第 3996 页。

升到盛唐。其所面对的都是当时诗学的基本问题。

　　《千家诗选》消解大家的做法，也可能直接受到刘克庄的影响。"刘选六种"基于刘克庄本人的诗学趣味，对诗史上的传统评价有所纠正。其中一个做法就是以其独具的标准选诗，不拘于大家与一般的诗人。其《唐五七言绝句》一文即云："余家童子初入塾，始选五、七言各百首口授之。切情诣理之作，匹士寒女不弃也。否则，巨人作家不录也。"①又其《宋氏绝句诗》说到他选唐绝句时"元白绝句最多，白止取三、二首，元止取五言一首。惟窦氏兄弟曰群、曰牟、曰巩，所作极少，然皆可存"②。这就是典型的消解大家的做法。对此上节中讨论《千家诗选》与"刘选六种"的渊源关系时已经分析过。

　　就刘克庄本人的诗学思想来讲，有一个从崇尚晚唐、四灵到重新回归汉魏以来的文人诗大传统的表现，关于这个问题我们这里不具体讨论。但是刘氏这种消解大家、消解唐宋诗学中文化承载的做法，对当时的江湖诗派的直接影响是相当大的。《千家诗选》立足于当代来重选唐宋近体诗代表作，正是上述诗学思潮的直接反映。这其中，消解大家，用后期江湖派"切情诣理"、切近简便的宗旨来对唐宋大家的作品重新进行挑选，这个特点是十分明显的。

三

　　从上面的论述可知，《千家诗选》是南宋后期江湖诗学流行时期的一个唐宋近体诗选本，其中的五、七言绝句，是以刘克庄选的

———————————

①《刘克庄集笺校》卷九四，第4004页。
②《刘克庄集笺校》卷一〇一，第4221页。

六种唐宋绝句为基础的,这是全书冠以"后村先生编集"的原因。从文学史研究的角度来说,该书在很大的程度上可以说是南宋后期流行江湖诗风的产物,对于考察南宋后期的诗歌发展史,不是没有参考价值,而是有极大的参考价值。不仅署名后村编集的《分门纂类唐宋时贤千家诗选》可以说是从四灵到江湖诗派这一诗歌史段落的直接反映,甚至后来流行的托名宋代谢枋得、明代王相所编的《千家诗》,也蕴藏着这一段诗史的重要的事实。即流行的《千家诗》是在《分门纂类唐宋时贤千家诗选》的基础上精编而成的,所以其实也蕴藏江湖诗派的审美标准,最明显的就是这两本书都只选近体,几乎不选古体与乐府歌行,这是自四灵之后江湖诗风中盛行唐律(或称唐体)的风气的直接反映。历来学者多已指出《千家诗》是在《千家诗选》的基础上进一步精选而成。尤其是七绝与七律两体,《千家诗》与《千家诗选》的继承关系是很明显的。《千家诗》七绝共九十五首,可确定为宋人之作的有五十九首。我们知道,"刘选六种"中,宋人七绝的数量就已两倍于唐人,《千家诗选》七绝中宋绝与唐绝的比例如何,我们没有具体的统计,但初步估计,宋人七绝的数量还要大,差不多是三倍于唐人。从这种情况我们可以知道,《千家诗》已经对宋人的七绝作了大量的删减,但由于原来的数量就大,所以结果还是宋人的七绝多于唐人七绝。传统的对七绝的看法,是以盛唐七绝为正宗的,王维、李白、王昌龄等盛唐绝句三大家及王之涣、王翰、高适、岑参等人的绝句,在绝句的发展史上具有很高地位,也是历代绝句选本所重点选录的。《千家诗选》与这种观点可以说完全相反,它是以中晚唐及两宋的绝句为重点。盛唐绝句以风神为尚,但《千家诗选》则侧重切情诣理、有指事造物之功的作品,其所选李白、杜甫、王维三家的七绝,多是此类。其中李白三首,《清平调词》"云想衣裳花想容"、《客

中行》"兰陵美酒郁金香"、《黄鹤楼闻笛》"一为迁客去长沙";王
维一首,《送元二使安西》"渭城朝雨浥轻尘";杜甫三首,《绝句》
"两个黄鹂鸣翠柳"、《漫兴》"肠断春江欲尽头"及"糁径杨花铺白
毡"。杜甫的七绝,向来被视为盛唐七绝的变体,但却是宋人七绝
的重要学习对象,江湖诗派也不例外。所以在传统的评价中被视
为变体的杜甫七绝,在宋绝看来其实具有正宗的地位。同样,《千
家诗选》与《千家诗》对中晚唐七绝的大量选入,也表现了江湖诗
派对于七绝一体的判断标准,与前面的北宋人及后来的明清人对
于七绝的判断标准大相径庭。从具体的效果来说,《千家诗选》消
解盛唐正宗的绝句观念,对于准确反映唐宋绝句的正宗审美趣味
是有所偏差的。但是明人的盛唐正宗说的七绝体的判断标准也有
它的明显的局限性,它不能全面反映中唐之后绝句发展的成就,对
于宋绝则差不多完全忽略了。如果将盛唐风神为宗的绝句艺术视
为绝句体的"原质"的话,中唐以后的绝句艺术则是在这种"原质"
的基础上的千变万化,从题材与风格两方面都做出丰富的发展,其
中尚意理、内容上更趋于日常生活中审美情趣,则是其与盛唐绝句
最大不同 ①。我们可以看出,刘克庄选录唐人五、七言绝句以切情诣
理为标准,正是反映了中唐以后绝句艺术的一个发展方向。在这个
发展过程中,原本属于变体的杜甫的绝句,实际上已经转为正宗,
成了造成宋绝与唐绝不同风格的又一种"原质"。杜甫绝句被《千
家诗选》、《千家诗》所特别重视,正是七绝发展史中这一过程的体
现。这对于我们今天研究唐宋绝句艺术的发展,是有参考价值的。
　　《千家诗》共选七律四十八首,其中唐人二十五首,宋人二十一

---

① 关于中晚唐以后绝句发展中主"意"的倾向,刘青海《试论中晚唐七绝的发
　 展趋势:徒诗艺术的扩张和深化》一文有比较具体的论述(《安徽大学学报
　 (哲学社会科学版)》2011 年第 1 期)。

首,明人两首。根据这个比例,并且调查具体的选目,可知其基本上还是以《千家诗选》为底本来选录的。其中杜甫的七律,凡《千家诗选》选入的,本书多已选入。此外,《千家诗选》未选代表杜甫七律最高成就的《秋兴八首》,而《千家诗》则选入四首。从这个具体的差别,正可看出《千家诗》的编者与《千家诗选》的编者审美趣味的不同。《千家诗选》选择七律,也完全是以后期江湖诗派为标准的,以意致清新、属对恰切、修辞条畅为特点,与传统所追求的气象高华、风骨劲健、兴寄浑融有明显的差异。杜甫七律风格极其多样化,但《千家诗选》所选杜诗诸作,还是体现江湖派的欣赏趣味,而《千家诗》的编者,则对传统的盛唐风格有所回复。但从选目来看,对《千家诗选》的继承还是很明显的。

　　《千家诗选》在五言选录方面的重大偏差,我们在前文已经提到过。如李白的诗歌,今本《千家诗选》只选入两首,其中卷二十四五绝"花间一壶酒",还是截其五古《月下独酌》中的四句而成。而卷十六"危楼高百尺,手可摘星辰。不敢高声语,恐惊天上人",其作者有杨亿、王禹偁、孟观等之异说,此书则署作王文公①。这样看来,本书差不多可以说完全不选李白的近体诗。李白诗歌是以古风、乐府见长的,轻视近体,但其五、七言绝句,五言律诗,也有极高成就。刘克庄的《宋氏绝句诗》中强调他自己的选择标准是切情诣理之作,虽匹士寒女不弃,否则巨人作家不录。但他也补充说"唯李、杜当别论"。可见李白的五言绝句,刘氏是选录的,但此书则完全剔除李白。可见江湖后期诗风,在消解大家的过程中,将李白也完全排斥在外了。《千家诗》的编者,则一反《千家诗选》的做法,在五绝、五律两体中,只选唐人,不录宋人之作。尤其是五

――――――――――――

① 《分门纂类唐宋时贤千家诗选校证》,第388页。

律一体,完全以初盛唐五律为选择对象,下至中唐钱起、戴叔伦、韦应物等家,而被四灵宗法的晚唐姚、贾一派,也被完全删弃。可以说,是典型的明代复古派的五律选本。这也是因为《千家诗选》在五言选择上的巨大偏差,给了明代复古派以全面颠覆江湖诗派诗学观念的机会。

《千家诗选》《千家诗》与江湖诗派的关系中,隐藏着许多的诗史方面的现象与脉络,值得深入研究。除了上面这些问题外,如理学与《千家诗选》《千家诗》的关系,也折射出江湖诗派与理学的复杂关系。通常的看法,是认为四灵与江湖诗派是以纠正诗歌创作中的理学风气为出发点的,这应该是没有问题,刘克庄本人也有类似的表达。但是,江湖诗派成员如刘克庄、戴复古等人,与理学、经学的关系极其密切。刘克庄与真德秀、林光朝、林希逸等学者关系密切。戴复古也推崇真德秀。戴复古甚至认为经学是本朝诗学的根本。推及永嘉四灵,也是处于陈傅良、叶适等儒学大家的学术背景之中。这种情况,使得永嘉四灵、江湖诗派与当时以理学为核心的儒学的关系,不可一言以断之。《千家诗选》选入大量程颢、朱熹、真德秀等人的诗,一直到《千家诗》中,理学家诗之多仍是其一大特点。

历史上许多主张比较独特、形成集团风格的文学流派,除了有相关的理论表述①之外,往往也有相应的作品选本作为支持。比较为人熟知的,李攀龙的《唐诗选》之于前七子的复古诗派,钟惺、谭

---

① 中国古代文学流派的理论表述不像西方或现代的流派以正式的宣言的形式出现,但不等于说他们没有理论表述,其表述往往散见于各种文体中,如序跋、论诗诗、书简等,甚至包括史书传论。如《宋书·谢灵运传论》就相当于永明诗人的理论表述,陈子昂《与东方左史虬修竹篇序》则是初盛唐复古诗学的纲领性文献。这些都是为学者所熟知的。

元春的《唐诗归》之于竟陵诗派,都属此类。比较早的还有《玉台新咏》之于梁陈宫体诗派。这个现象本身是值得研究的。《千家诗选》虽然尚不能说是完全代表江湖诗派诗学观点的一个选本,但其对研究江湖诗学的参考价值,同样很重要。尤其是它以整个唐宋近体为选录对象,比起陈起的《江湖集》、《江湖小集》,更能体现江湖诗风的特点。因为后者只是本派成员的结集,不能直接反映江湖诗人的诗史观点。

(原载《北京大学学报(哲学社会科学版)》2013 年第 2 期)

论词体的徒诗化进程

　　中国古代的几大诗歌体裁系统,如《诗经》四言体、骚体(包括部分由骚体蜕变的辞赋)、五七言古近体诗、词体、曲体,无不孕生于音乐,其演化体现了一定的规律性。其基本的进程,多是由民间歌谣小调演化为乐章歌词,再由文人的大量参与创作而逐渐脱离音乐,形成一个徒诗系统。没有歌乐艺术这一基础,诗史无由开端,诗歌体裁无由造成,乃至诗歌审美思想也无由发生,因为中国古代的诗论也是发端于乐论。但是,如果没有形成脱离歌乐形态的徒诗系统的产生,则中国古代诗歌艺术的繁荣也无由达成。"词最晚出,其托体也卑。"[①] 除徒诗体的散曲之外,词是中国古代最晚形成的大宗的徒诗系统。词体最初出于民间,后与燕乐配合,并经文人大量创作,形成晚唐北宋时期以文人创作为主体的曲子词,其主要的功能是入乐演唱。但在这同时,词的徒诗化进程也已开端,晚唐五代词较多地接受同期的文人诗的影响,如采用近体格律、受到晚唐齐梁体的内容与修辞风格的影响,使得词这种新型的乐章

---

① (清)王鹏运《梦窗甲乙丙丁稿跋》,《四印斋所刻词》,上海古籍出版社 1989 年,第 890 页。

歌词,在一开端就包含着徒诗艺术的因素。从晚唐至两宋,词体的发展始终是在乐章艺术与徒诗艺术平行发展的状态中推进的。同时两者之间也表现出某种矛盾的情形,至晚在北宋苏轼一派之后,词的徒诗化表现已经十分明显。两宋词的繁荣,不单是音乐的刺激,徒诗艺术的发展规律也是起了重要作用的。但在整个宋代,词始终是在词乐的背景中存在的,所有文人词,不管曾经入乐与否,客观上都处于待乐、待歌的状态,词人的创作也都有"依曲拍为句"、"倚声"的音乐条件。所以,终有宋一代,词体的徒诗化进程并未完成,词体的徒诗化机制并未确立。元明时代,曲乐兴起,词体本身的音乐功能被曲所取代,但由于其徒诗机制并未确立,所以词与曲处于混淆状态,词反而成为依附于曲的一种过时的乐章艺术。明清之际,遭逢世变,词体以其要眇宜修、多用比兴的特点,重新引起文人的浓厚兴趣,词体复兴。此时词乐已亡,词律方兴,词就成了一种格律精细的徒诗体。可以说,词的徒诗化进程的真正完成,是在清代。清词之繁荣,以及晚近词风之盛、词体创作成就突出的一个重要原因,即在于此。但是,由于长期的倚声的历史,作为徒诗体的清、近代词,比起前此的拟乐府诗,在写作上,保持了更为严格的模拟乐章的作法。词的写作仍被称为倚声,只是这种倚声由依曲拍为词,变为倚严格的文字声律为词。清、近代的词学家,不是简单地接受现成格律,而是深入地研究晚唐至两宋文人曲子词的艺术风格与文字声律,使变成徒诗后的词体最大程度地保持着乐章体的艺术要素,并因此而与古近体诗形成鲜明的差别。

一

　　诗歌孕生于乐章,这在中国乃至全世界的诗歌史中,都是一个普遍性的规律。但是对于这一由歌谣、音乐歌词到徒诗的发展的一般规律，诗歌史学者却缺乏研究。我们的基本理论是，诗歌史的整体，由歌谣、乐章、徒诗三大分野构成。歌谣是最原始、最自然、最普遍、最永恒的诗歌形式，人类的诗歌史起源于歌谣。乐章是诗歌发展的第二种形态。在古代文人诗歌尚未发达之前，乐章的歌辞、体裁乃至曲调，往往出于歌谣。王灼《碧鸡漫志》："古者采诗，命太师为乐章，祭祀、宴射、乡饮皆用之。"[①] 所谓"采诗"，即采集民间流行的歌谣，这种歌谣往往同时带有曲调，即《诗经》的"风"（"郑风"、"卫风"之类）、汉乐府的"声"（"秦声"、"楚声"）。乐章正是在歌谣曲调的基础上，配以更加高级的器乐演奏而造成更加艺术化的歌曲。这个过程就叫作"入乐"。入乐的乐章歌诗，与歌谣相比，是属于更高一级的诗歌艺术，具备了固定的文本，修辞艺术也有所发展。但乐章是以音乐为主体的，它的基本性质是一种音乐艺术，诗歌艺术处于依附的状态，所以在发展上受到了一定的限制。当文化气候中个体创作的条件成熟时，一种脱离了音乐的徒诗系统就从乐章的母体中孕生出来，它是此后的诗歌史的主体。徒诗是纯粹的文学性的诗歌，徒诗体也是完全属于文学体裁的一种，徒诗是诗歌史的最高的发展形态。上述的发展规律，不仅体现在诗歌史的整个进程中，而且体现在诗歌史上一些具体的诗歌体裁系统的发展进程中。即一个诗歌体裁系统的典型的发展过程，都会经历由歌谣到乐章到徒诗这三个阶段。所以，研究一个诗歌系统如何由歌谣而乐章、由乐章而蜕变为徒诗，应该是各种具体的

---

① (宋) 王灼《碧鸡漫志》卷一，《中国古典戏曲论著集成》第一集，中国戏剧出版社 1959 年，第 105 页。

诗歌体裁研究中的重要问题①。

孤立地看,徒诗这一概念,与词体似乎扞格难入。原因我想是这样的:第一,在向来被视为词史最重要部分的唐五代两宋词史中,词一直都没有完全脱离音乐,词体的徒诗系统一直没有完全确立;第二,即使在词乐已失、词不再入乐的清词中,词的创作仍然严守两宋词入乐时代所形成的一些声律规范,力图保持乐章体的特点,以至成为中国古代诗歌中最富音乐美的一体。所以,有学者不赞同将词混同于普遍的诗歌(徒诗):"至若倚声,为调既繁,为体尤多;且调有定字,字有定声,按谱填倚,制限殊严。名称体制,俱为异域之所无;循名核实,岂可混同于诗歌!而或以派入诗歌一类,似亦未为精确也。"②强调词的体制上的特殊性及词体创作的特殊性,无疑是正确的,但不能否认词作为诗歌(徒诗)之一类的基本体性。同样,即以徒诗的基本内涵即徒诗为不入乐诗歌这一点来说,将徒诗概念引入词史研究中,也是合理而且必要的。上述词史发展及词体创作的特殊性,只能说明词由乐章体蜕化为徒诗体,与前此古近体诗之由乐章体蜕化为徒诗体的具体进程不同,不能据此否定词体的徒诗化并最后演变为纯粹徒诗系统的事实。在以往的词史研究中,学者们对词体发展进程中乐章体的发展和徒诗因素的发展,事实上已有许多研究。如一方面普遍重视宋词发展的音乐背景,强调词体的曲子词的性质,另一方面对宋词发展中词的文人化、雅化等问题,也给予足够的重视。后者其实就属于词的徒诗化问题。传统上把这个问题概括为"词的诗化"这样一种表达方

---

① 以上参看钱志熙《歌谣、乐章、徒诗——论诗歌史的三大分野》,《中山大学学报(社会科学版)》2011年第1期。

② 詹安泰《中国文学上之倚声问题》,《詹安泰词学论集》,汕头大学出版社1997年,第1页。

式①。同样，近年来关于清词的研究，也集中于清人推尊词体、扩大词境与题材领域、比兴艺术的发展等方面，诸项表现其实都可以纳入词体的徒诗化的范畴。但是，从诗歌史上由歌谣到乐章、再到徒诗的一般的发展规律来研究词史，并将其与诗歌史上其他的诗歌系统的徒诗化进程进行比较以见其同异，还是一个尚待展开的学术课题。

二

我们研究《国风》、乐府，都发现一个基本事实，即诸多的乐章系统多渊源于歌谣。十五国风，采自民间，后由大师整比音辞，配以乐律，并入八音演奏。《汉书·礼乐志》也记载"武帝定郊祀之礼"，"乃立乐府，采诗夜诵，有赵、代、秦、楚之讴"②，指出汉代流行乐府歌词的歌调及诗体最初出于各地徒歌讴的事实。乃至于作为中国古代综合艺术之高度发展的戏曲（其本质仍为乐章），其诸种系统也皆可溯源于民间歌曲小调③。词体的起源，是否也体现上述的规律呢？这是值得探讨的。词的起源，迄今为止，仍是一个有待进一步研究的问题。几种流行的说法，一种认为词起源于燕乐；一种认为词起源于南北朝后期的长短句新声杂曲；一种认为词体蜕

① 如沈家庄《宋词的文化定位》（湖南人民出版社 2005 年）第六章《词的诗化——主流文化的悄然回归》阐述词体发展过程中向作为主流文化的诗学传统回归的问题。"词，作为新兴的文字样式出现后，又要回到中国传统的诗学模式或者说诗学规范中去了——这就是学术界的一个专门术语——词的诗化。"（第 332 页）

②《汉书》卷二二《礼乐志》，中华书局 1962 年，第 1045 页。

③ 参考钱志熙《歌谣、乐章、徒诗——论诗歌史的三大分野》一文中关于戏曲的有关论述。

变于声诗,是由齐言声诗填实泛声、和声而成长短句。这些说法,可能都说明了词体产生的部分事实,但都让人感到未能呈现词体起源的基本真相。关于词的起源,不能笼统地将词乐、词体混在一起来说。说词起源于燕乐,只是指词乐而言的。燕乐是隋唐九部乐的通称,是融合了中土原有新旧清商乐与各种域外音乐而形成的。这种新的音乐融合,对诗歌体裁是有所刺激的,其主要表现是七言诗歌迅速流行,齐梁迄初唐七言歌行、七绝、七律等体制的发展,都与这一音乐背景有重要的关系。汉魏六朝新旧清商乐是以五言为主体的。与之相对,我们可以说,与隋唐燕乐相配合的主要是七言体。唐代声诗以七言为主,就说明了这个事实。除七言外,与燕乐配合的还有部分的杂言歌曲,这其中的一部分,后来演变为词体。从这个现象来看,燕乐在文体上的第一个成果,是将汉魏以来一直未流行的七言体,促生为乐坛的主要体制,并间接地刺激起诗歌史上七言时代的到来。词体是继声诗体而起的燕乐的主要体裁,并且与声诗的选诗配乐不同,词是直接地依乐曲填词。所以,词体相对于声诗来讲,是一种全新的音乐文体。从诗歌体裁来说,词是燕乐与这种新的音乐文体配合的结果。但是这种新的乐章体,并非从燕乐内部孕生的。从诗乐关系来看,无论是《诗经》,还是汉乐府,乐与诗都是分别产生的。同时我们也看到,诗体最初都出于民间的歌谣,两者的结合才有新的音乐文体的产生。但词的文体的起源,比起国风与乐府要复杂得多,这主要是因为前两种都产生于中国古代文人诗系统发生之前,所以歌词的体裁,只能采用民间歌谣。而词体的形成,是在文人诗系统形成之后,所以它的体制的形成,不能不受文人诗系统的影响。所以词的徒诗化进程与汉魏晋歌诗的徒诗进程情况很不一样。我们前面论述过,当隋唐燕乐寻找与它配合的歌词系统时,就不再像国风、乐府那样从民间歌谣中选择文体与歌词，而是直接与文人诗歌结合，采文人诗以入乐。这种特性，提醒我们在寻找词体的渊源时，不能不重视词体与诗体的渊源关系。从这个意义上说，认为词体渊源于诗体、是由诗体变化而来的看法，是指出了某种主要事实的。

但是，作为一种新的乐章体，词体的产生是否完全已经摆脱乐章源出于歌谣的规律呢？自宋以来的学者在论述词的起源时，都认为词是直接从声诗体变化而来的，是燕乐与文人诗歌结合的产物。其实这并非词体产生的全部真相。敦煌词的发现，启示我们认识文人曲子词并非词体的原始形态。词体应该有一种民间的原始形态。敦煌词，"其为词朴拙可喜，洵倚声中椎轮大辂"①。敦煌集原名《云谣集杂曲子》。词名后世所称甚多，有"曲子词"、"乐章"、"诗余"、"长短句"等多种名称，此学者所共知，不烦赘论。唯有敦煌词称"谣"，逗露它出于市井谣讴的本相。对于词出于民间这一点，有的学者已经指出过，夏承焘先生即明确地说："词最初是从民间来的，它的前身是民间小调。随着唐代商业的发展，都市的兴起，为适应社会文化生活的需要，同时由于音乐、诗歌的发展，词在民间就流行起来了。""唐代民间词，虽然作品都已亡失，但是还保存了一篇唐朝开元天宝年间崔令钦所著的《教坊记》的'曲名表'。'曲名表'是民间词调的最早记录，它记录当时教坊妓女所唱的三百多首曲子，虽然只有曲名而没有作品，我们还可以根据这些曲名推测它的内容：如《舍（拾）麦子》、《锉碓子》等，可能是写农民劳动生活的；《渔父引》、《拨棹子》等，是反映渔民生活的；《破阵子》、《怨黄沙》、《怨胡天》、《送征衣》等，是反映战争，写军队生活、

---

① 朱孝臧《云谣集杂曲子跋》，《彊村丛书》，上海古籍出版社1989年，第1册，第15页。

写征妇思念出征的丈夫的。从这些调名看来,它所反映的民间生活确实相当广泛,内容相当丰富。由此可知,民间词在唐代已经相当流行。它比之后来'花间'派的文人词内容深广得多。"① 又夏氏论敦煌词,也认为"这些词是唐朝的民间词,它反映了唐代的社会现实","它的形式也很多样,有小令,也有长调,风格朴素,语言清新。虽然它的内容也有糟粕,艺术手法也还粗糙,但从上述这些特点看来,在词的初期历史上,还是有它重要的地位的"②。从《教坊记》"曲名表"的民间曲调与敦煌民间词,我们看到词体的民间歌谣小调的源头。教坊为唐代的宫廷音乐机构,虽然唐代的乐章歌词多采用文人徒诗,但文人诗并不能提供曲调,唐代的燕乐曲调,除了承自南北朝隋代的旧曲之外,其新声俗曲,仍然不能不取之于民间市井所流行者。正是这种市井流行的歌曲小调与宫廷燕乐的配合,开创了"我国诗、乐结合的新传统"③,形成了早期曲子词文体。这种情况,与十五《国风》之采自民间,汉代乐府"采诗夜诵,有赵、代、秦、楚之讴",正是一样的情形。词调有多种来源,民间歌谣一直是其重要来源之一。唐教坊曲之外,后来陆续形成的词调,也有不少是来自歌谣的。如《竹枝词》就是刘禹锡为朗州司马时采用民间流行歌曲而成,《新唐书·刘禹锡传》:"(朗)州接夜郎诸夷,风俗陋甚,家喜巫鬼,每祠,歌《竹枝》,鼓吹裴回,其声伧儜。禹锡(中略)乃倚其声,作《竹枝辞》十余篇。"④ 同时,洛阳一带流传

---

① 夏承焘《盛唐时代民间流行的曲子词》,《夏承焘集》,浙江古籍出版社 1997 年,第 2 册,第 611 页。
② 夏承焘《敦煌曲子词》,《夏承焘集》,第 2 册,第 614 页。
③ 吴熊和《唐宋词通论》,浙江古籍出版社 1985 年,第 2 页。
④《新唐书》卷一六八《刘禹锡传》,中华书局 1975 年,第 5129 页。

的新曲《柳枝词》，也被文人用于倚声 ①。从词史来看，虽然文人词为词史的主流，与文人词同时，民间词也一直依照自身的规律延续着。对此，吴熊和先生《唐宋词通论》已经有所论述："宋代民间曲子的创作也很盛。《宋史·乐志》说北宋时，'民间作新声者甚众'。被采作词调的，如《孤雁儿》，《花草粹编》卷八引杨湜《古今词话》无名氏词，保存着民间曲子的风味。元张翥《南乡子》词：'野唱自凄凉，一曲《孤鸿》顾断肠。恰似《竹枝》哀怨处，潇湘，月冷云昏觅断行。'自注：'驿夫夜唱《孤雁》，隔舫听之，令人凄然。'可见自宋至元，《孤雁儿》这个曲子，民间一直传唱不衰。又如《韵令》，宋张世南《游宦纪闻》卷三：'宣和间，市井竞唱《韵令》。'程大昌有《韵令》词，就是按照这个市井曲子填词的。柳永《乐章集》中的新调，有些就是市井曲子。" ② 可见词体形成过程中，也经历了由歌谣、民间小调而演变为乐章的最初阶段，体现了诗歌体裁系统发展的一般性的规律。

三

曲子词是继声诗之后的新型的乐章体。与声诗的选诗以配曲不同，曲子词写作的基本方法为"依曲拍为句"，这也是所谓"倚声"的本义。这种依曲拍为句的歌词写作方法，魏晋文人部分雅乐和俗乐的乐府诗曾经使用过。《宋书·乐志》载"晋武泰始五年，尚书奏使太仆傅玄、中书监荀勖、黄门侍郎张华各造正旦行礼及王公上

①《碧鸡漫志》卷五，第 27 页。
②《唐宋词通论》，第 81 页。

寿酒食举乐哥诗"①。这是一次为旧乐制词的创作,在新歌辞使用何种文体方面,发生了张华与荀勖之间的争执。荀氏主张不管原歌的体制,一律采用古《诗》之体,即《诗经》的四言体。张华则认为应该是沿用汉魏俗乐杂言体,其理由是"盖以依咏弦节,本有因循,而识乐知音,足以制声,度曲法用,率非凡近所能改。二代三京,袭而不变,虽诗章词异,兴废随时,至其韵逗曲折,皆系于旧,有由然也。是以一皆因就,不敢有所改易"②。张华的这种写作方式,与后来词的"依曲拍为句"是一样的。另外,魏晋文人的部分乐府诗,在写作上还是依旧曲调为诗的,所以刘勰说曹氏三祖的乐府诗"宰割辞调",又说时人评论曹植、陆机的不入乐的乐府诗为"乖调",都可见早期的文人乐府诗,有一部分是依曲调为诗的。所以,曲子词"依曲拍为句",正是对这一歌诗创作传统的继承与发展。所不同的是,乐府的声辞配合比较随意宽泛,大部分有曲调而无曲谱;而词的声辞的配合十分紧密,乐曲是固定的,并且严格地"依曲拍为句",所以就造成了一大批乐曲、声律与文辞紧密配合的词调。

曲子词的"倚声"、声辞配合,解决了丰富多变的新声乐曲与整齐的五七言句式之间的矛盾,其意义不仅在于为燕乐的歌词创作提供一种新的写作方法,并且提高了燕乐的歌词艺术与歌唱艺术,是中国古代歌曲发展史上的一大进展。这是词乐与词体出现的音乐方面的意义。但是它更重要的意义恐怕还是在于文学方面,为已经十分发达的文人诗歌创作提供了一个新的体裁系统。这后一意义,正说明在倚声的基本方法中,词体不单具有作为新歌词系统的性质,同时也已具备作为新的徒诗系统的功能。在教坊词、敦煌

---

①《宋书》卷一九《乐志一》,中华书局 1974 年,第 2 册,第 539 页。
②《宋书》卷一九《乐志一》,第 539 页。

词里，词体还完全是一种歌词，所以早期的词，都是为入乐、歌唱而制作的。可以说这时期的词还完全是处于从歌谣体向乐章体发展的过程中，徒诗化进程尚未开始。词体的徒诗因素，是随着文人加入曲子词创作的队伍而产生的。早期文人写作曲子词，还是偶一为之，其目的只是为公私宴乐场合提供新词，从其自身的创作来讲，也不过视词为乐府的一种。随着歌词的需求量增加，一大批文人开始比较专门地从事填词艺术，词也愈来愈成为一种辞章艺术。词体创作的徒诗功能，可以说在文人词发展早期的晚唐五代就已经具备。我们前面论述过，乐章比之歌谣，修辞艺术有所发展，是较歌谣更高一级的诗歌艺术。但相对于徒诗来说，则其文学的修辞艺术仍属较低的层次。乐章的主要功能在声乐，而非诗艺。但是词体作为一个新的乐章系统，由于其创作主体属于文人，并且深受声诗讲究辞章艺术的影响，成为一种具有高度的修辞艺术的乐章。正是它的这个特点，使它实际上同时具备了徒诗艺术的发展机制。《花间集》虽然是典型的应歌逐舞之词，但由于受同时流行的齐梁艳体的影响，在修辞上追求靡丽，某种意义上说，已经部分脱离了歌词的本色，奠定了词作为辞章艺术的基础。这个情况，甚至在向来被视为婉约之祖的温庭筠词里就已经表现出来。同时，从表现的内容来看，乐章以表现群体的典型的感情为主，徒诗则以表现个体的感情为主。文人参与歌词的创作，早期主要是以表现群体感情、社会典型事件为主的，但个体的抒情作品也很自然地出现了。在这方面，唐五代词与唐人绝句有类似的地方。绝句出于乐府，在唐代常被采为歌词，所以唐绝句的一部分是具有乐章的特点的，其抒情内容也以群体性内容为主，但随着绝句创作的大量增加，表现个体感情的绝句也越来越多。"晚唐五代文人词大都为应歌而作，缺乏真挚的感情。其间也有一部分文人拿词作为抒情工具,使它逐渐脱离音乐而自有其文学的独立生命。"① 五代词有西蜀、南唐两派,西蜀文学风气淡薄,娱乐风气兴盛,其词风也更多的是属于应歌逐舞的一种,更多体现乐章之词的特点。南唐则文学风气浓厚,其词风沿着晚唐温、韦两家,在修辞艺术与个体抒情方面都有明显的发展,在词体创作的徒诗艺术发展道路上前进了一大步。李璟、冯延巳词,尚以代言之体为主,李煜词则多写个人情感,已经逸出应歌之词的规范,实为文人词发展的一个重要环节。王国维说:"词至李后主而眼界始大,感慨遂深,遂变伶工之词而士大夫之词。"② 王国维对李煜词的系列论述都强调其主观性、抒情性。李煜不同于晚唐五代"伶工之词"的一个重要原因,还在于作为拥有宫廷音乐的帝王作者,其词作脱离流行乐曲的一般规律,即社会性、客观性内容减少,自抒、自叙性内容增加。这种情况,与曹操、曹丕的乐府诗相对汉乐府的变化,性质类似。后来北宋以晏、欧为代表的这一派的词风,正是继承南唐词风而加以发展的,它的基本趋向也是个体抒情性的增加。从上面的论述我们可以看出,在词从民间词、教坊词转入文人词之后,词的徒诗功能就开始形成了。

宋词的徒诗功能,是在曲子词的基本体性中发展的。北宋词的主体仍为曲子词,但不同词人的创作,其入乐程度还是不同的。入乐程度最高的应该是柳永词,不仅流行于文士间,而且流行于宫禁,流传天下,陈师道《后山诗话》:"柳三变游东都南、北二巷,作新乐府,骫骳从俗,天下咏之,遂传禁中。仁宗颇好其词,每对酒,

---

① 夏承焘《不同风格的温、韦词》,《夏承焘集》,第 2 册,第 627 页。
② 王国维《人间词话》,人民文学出版社 1982 年,第 197 页。

必使侍从歌之再三。"① 叶梦得《避暑录话》："柳永,字耆卿。为举子时,多游狭邪。善为歌辞,教坊乐工每得新腔,必求永为辞,始行于世,于是声传一时。"又记:"余仕丹徒,尝见一西夏归朝官云:凡有井水饮处,即能歌柳词。言其传之广也。"② 从乐章本色来看,柳词无论内容表达和修辞风格,都代表了乐章体词的正宗。柳永的词集取名《乐章集》,正是反映它全部入乐的事实。向来都简单将"乐章"视为词之别名,与"乐府"、"长短句"等相提并论。但从柳词专名"乐章"可知,词体诸名称之间,尚有区别,其中反映出重视乐章正宗与徒诗化的两种不同倾向。大体上说,宋之词集,称"词"者最多:如《张子野词》(张先)、《小山词》(晏几道)、《南阳词》(韩维)、《韦先生词》(韦骧)、《东堂词》(毛滂)、《竹友词》(谢薖)、《画墁词》(张舜民)、《东山词》(贺铸)、《颐堂词》(王灼)、《无住词》(陈与义)、《屏山词》(柳子翚)等,词即"曲子词"的简称,在宋人那里,所有的词都还具备歌词的性质与功能,所以以词名集,也可以说是一种常见的做法。此外,其称"乐章"者,除柳永《乐章集》外,尚有洪适《盘洲乐章》、刘一止《苕溪乐章》。今观洪词,如《番禺调笑》等,明显为入乐之体,其倚声之作,也多语言率易近俗,接近当时的市井俗词,这正是他仿柳永以"乐章"名集的原因。可见,诸家以"乐章"名集,是强调其本色乐章的特点。称"歌曲"者,也是意在突出词体乐章的本相,如柳永除《乐章集》外,尚有《添曲子》一卷;姜夔除《白石道人歌曲》六卷外,又有《歌词别集》一卷;史浩集则有《鄮峰真隐大曲》二卷,又有《词曲》二卷,大体可见。称歌曲与称乐章一样,都是反映其实际入乐程度很高的事实。

①《后山诗话》,(清)何文焕辑《历代诗话》,中华书局1981年,上册,第311页。
②(宋)叶梦得《避暑录话》卷下,《丛书集成初编》本,第2787册,第49页。

至于王安石的词为李清照讥为不合乐,而集名《临川先生歌曲》一卷,则其命名意趣尚当另究。"琴趣"一名,也是雅重于词作的合乐性质的,但琴为文士雅弄,所以称"琴趣"者,侧重于文人作歌自娱的意思。如黄庭坚词称《山谷琴趣外篇》、赵彦端词称《介庵琴趣外篇》。另外如张辑词称《清江渔谱》、周密词称《蘋州渔笛谱》、陈允平词称《日湖渔唱》,大抵都是强调其入乐歌词的性质。"乐府"为旧名,跟"词"这个名称一样,是中性的。李清照《词论》"乐府,声、诗并著"①,即以乐府为曲子词的别称。宋人词集名乐府者,有《东坡乐府》、《龙云先生乐府》(刘弇)、《松隐乐府》(曹勋)、《诚斋乐府》(杨万里)、《平园近体乐府》(周必大)、《客亭乐府》(杨冠卿)。大抵称"乐府"与称"词",为中性之名。但汉魏以降乐府多是具入乐之名而无入乐之实,所以称词为乐府,有时候也强调其并非全部入乐的事实,带有好古的性质。苏词虽为倚声之体,但入乐的程度很浅,所以题为《东坡乐府》。而周必大称词为"近体乐府",更是强调其词与古乐府性质相同,非必入乐。大体上说,以乐府称词,有重在古乐府与重在新乐章两种。重在取古乐府之意者,义近徒诗;重在乐府新声者,义归乐章。各家用此名,各有所取。至于"诗余"、"长短句"等名,则明显地侧重于其作为诗之一体的性质。

---

① 按"乐府声诗并著",任二北先生认为是指乐府、声诗即词与声诗两体,见任氏《唐声诗》(上海古籍出版社 2006 年,第 46 页)。黄墨谷认为"乐府声诗并著"是指词的声与歌词,即"乐府,声、诗并著",见《文学遗产增刊》第 12 期。李定广《"声诗"概念与李清照〈词论〉"乐府声诗并著"之解读》,认可黄墨谷之说并加以进一步的研究,见《文学遗产》2011 年第 1 期。按"诗"指歌词,是古人常有用法,《尚书·尧典》"诗言志,歌永言",即指歌词与歌唱两者。汉人凡称诗者,皆指歌词。详见参看钱志熙《汉魏乐府艺术研究》上编《汉魏乐府的音乐与诗》"肆、乐府歌辞的娱乐功能和伦理价值"(学苑出版社 2011 年)。李清照"乐府,声、诗并著",正是沿用这种传统的用法。

称"诗余"者,有《范文正公诗余》(范仲淹)、《北湖诗余》(吴则礼)、《灊山诗余》(朱翌)、《浮山诗余》(仲并)、《南涧诗余》(韩元吉)、《汉滨诗余》(王之望)、《芸庵诗余》(李洪)、《玉蟾先生诗余》(葛长庚)、《涧泉诗余》(韩淲)、《省斋诗余》(廖行之)、《南湖诗余》(张镃)等。同样,"长短句"这一名词,主要也是就词的文体特点来说,而非侧重于音乐本体。长短句原为杂言诗的名称,说词是长短句,正是强调它其实只是诗之一体。以"长短句"名集者,有《淮海居士长短句》(秦观)、《宝晋长短句》(米芾)、《华阳长短句》(张纲)、《龟溪长短句》(沈与求)、《稼轩长短句》(据《全宋词》)、《后村长短句》(刘克庄)、《勿轩长短句》(熊禾)等①。秦观词又称《淮海词》,又称《淮海琴趣》②。秦词称长短句、称琴趣、称词,都是宋本所见③,但不知其当时作何名称。总之,词的称名不同,在一定程度上反映出其作品的入乐、合乐的程度高低与徒诗创作观念的有无,是一个值得深入研究的问题。

北宋词不仅入乐程度有深浅之别,音乐的传播范围也有广狭之不同,如晏几道的词,虽然也入乐,但主要为文士宴乐中传唱,不及柳词传唱之广:"叔原往者浮沉酒中,病世之歌词不足以析酲解愠,试续南部诸贤绪余,作五七字语,期以自娱。不独叙其所怀,亦兼写一时杯酒间闻见,所同游者意中事。尝思感物之情,古今不易,窃以谓篇中之意,昔人所不遗,第于今无传尔,故今所制,通以《补亡》名之。始时沈十二廉叔、陈十君龙家有莲、鸿、蘋、云,品清讴娱客,每得一解,即以草授诸儿,吾三人持酒听之,为一笑乐而

---

① 以上宋人词集名称,据《彊村丛书》总目,上海古籍出版社 1989 年影印本。
② 王辉曾笺注《淮海词笺注》卷二版本:"南宋闽中所刊琴趣外篇中之《淮海琴趣》。"中国书店 1985 年影印本,第 1 页。
③《淮海词笺注》卷二版本。

已。而君龙疾废卧家,廉叔下世,昔之狂篇醉句,遂与两家歌儿酒
使俱流转于人间。"① 晏词比之柳词,更多雅化的色彩,并且除多杯
酒间所见即应歌的功能外,更多侧重于"叙其所怀"。所以柳、晏
两家词,即使同为入乐之词,仍有本色乐章和较多徒诗化的不同。
如黄庭坚论晏几道词云:"乃独嬉弄于乐府之余,而寓以诗人之句
法。"② 也强调《小山词》在乐章功能之外,兼有徒诗的因素。但晏
氏认为"感物之情,古今不易"、"篇中之意,昔人所不遗",正是强调
乐章所表现的内容,实与古乐府相同。古乐府即汉魏乐府,所表现
的在于群体性的感情与典型的社会事件。晏几道这样体认词的基
本性质,反映出他的词体观念,仍是强调乐章功能的,与后来苏、黄
两家多写个体感情、文士趣味者还是有所不同。周邦彦、贺铸是
继柳永之后入乐程度最高的两家,但词乐发展到周、贺这个时期,
乐曲声律更加精致复杂。王灼《碧鸡漫志》卷二:"江南某氏者解
音律,时时度曲,周美成与有瓜葛,每得一解,即为制词,故周集中
多新声。"③ 因为音乐的雅化,歌词的语言艺术也随之发展,故王灼
论周、贺两家词云:"大抵二公卓然自立,不肯浪下笔,予故谓语意
精新,用心甚苦。"这种写作态度与本色乐章还是不同的。以上柳、
晏、周、贺诸家词,是北宋入乐词的代表,也可以说是乐章体的正
宗,但其体现的文学性质仍有不同。如果以戏曲来比拟,柳词就如
元曲,晏、周诸家词则如传奇,一以本色见长,一以辞章见长。相比
而言,辞章一派徒诗化程度要高得多。秦观也是属于乐章派,但措
辞修雅、寓以诗家句法,更过于周、晏。这是因为秦词还是受到了

①（宋）晏几道《小山词》卷首《小山词序》,《彊村丛书》,第 1 册,第 653 页。
② 李明娜《小山词校笺注》,文津出版社 1981 年,第 182 页。
③（宋）王灼《碧鸡漫志》卷二,《知不足斋丛书》本,第 8 页。

苏轼一派词的影响。

相对于上述典型的乐章体诸家,宋代大多数染指歌词写作的士大夫词,其入乐的程度都是比较低的,并且合乐的性能较弱。李清照的"词别是一家"的说法,就是针对这种现象而发的:

> 逮至本朝,礼乐文武大备,又涵养百余年,始有柳屯田永者,变旧声作新声,出《乐章集》,大得声称于世,虽协音律而词语尘下。又有张子野、宋子京兄弟,沈唐、元绛、晁次膺辈继出,虽时时有妙语,而破碎何足名家。至晏元献、欧阳永叔、苏子瞻,学际天人,作为小歌词,直如酌蠡水于大海,然皆句读不葺之诗尔。又往往不协音律者。何耶? 盖诗文分平侧,而歌词分五音,又分五声,又分六律,又分清浊轻重。且如近世所谓《声声慢》、《雨中花》、《喜迁莺》,既押平声韵,又押入声韵。《玉楼春》本押平声韵,又押上去声,又押入声。本押仄声韵,如押上声则协,如押入声,则不可歌矣。王介甫、曾子固,文章似西汉,若作一小歌词,则人必绝倒,不可读也。乃知词别是一家,知之者少。后晏叔原、贺方回、秦少游、黄鲁直出,始能知之。又晏苦无铺叙,贺苦少典重。秦即专主情致,而少故实,譬如贫家美女,虽极妍丽丰逸,而终乏富贵态。黄即尚故实,而多疵病,譬如良玉有瑕,价自减半矣。[1]

李清照正是从乐章的标准出发,强调词体是一种"声"与"诗"并重的文体,并从这个角度出发,对北宋曲子词作家做了批评。虽然她

---

[1] (宋)胡仔纂集,廖德明校点《苕溪渔隐丛话》后集卷三三,人民文学出版社1962年,下册,第254页。又黄墨谷《重辑李清照集》,齐鲁书社1981年,第56页。

批评柳永词语尘下，认为晏、贺、秦、黄诸家的乐章也各有所短，但总体上还是肯定他们的词为合乐之作，为乐章之正宗。而对其余晏、欧、苏、王、曾诸家，则认为他们不合乐章体制，不合声律，只是"句读不葺之诗"。李清照的这一番"词别是一家"的评论，是从为词辨正宗的立场出发的，恰恰指出了曲子词在北宋时期的徒诗化情形，同时印证我们上面所论的，即使是词乐流行、以倚声为基本写作方式的北宋时期，完全合乐的词也只是一部分，而入乐流行的更只是某几家而已。同样的批评也来自其他人，如陈师道《后山诗话》评"退之以文为诗，子瞻以诗为词，如教坊雷大使之舞，虽极天下之工，要非本色。今代词手，惟秦七、黄九尔，唐诸人不逮也"①。陈应行《于湖先生雅词序》以"苏子瞻词如诗"为"才之难全也"②。这种本色论，可能是北宋词坛的一种常调。实际上也就是说，在众多我们今天一概称词人的北宋词创作队伍中，只有一小部分人被认可为歌词的作者。而是否被认可为歌词作者，评判的权力主要属于乐坛，而非士大夫作者群。它的标准来自乐章，而非一般的文人诗。但是，词的徒诗化进程的不可避免，是因为它的创作主体为一个拥有很强的徒诗传统的文人群体。所以词之成为徒诗之一体，是必然的。

　　与乐章本色论相对，作为"句读不葺之诗"的士大夫词人群体，也在推出他们的一种艺术标准，其基本观点是注重词的品格，认为以苏轼为代表的士大夫词是对"花间词"之绮艳、柳永词之市井气的一个超越。胡寅《题酒边词》：

---

① 《历代诗话》，上册，第 309 页。
② （宋）陈应行《于湖先生雅词序》，吴昌绶、陶湘辑《景刊宋金元明本词》，上海古籍出版社 1989 年，第 728 页。

> 词曲者,古乐府之末造也。……文章豪放之士,鲜不寄意于此者,随亦自扫其迹,曰谑浪游戏而已也。唐人为之最工者。柳耆卿后出,掩众制而尽其妙,好之者以为不可复加。及眉山苏氏,一洗绮罗香泽之态,摆脱绸缪宛转之度,使人登高望远,举首高歌,而逸怀浩气,超然乎尘垢之外,于是《花间》为皂隶,而柳氏为舆台矣! ①

王灼《碧鸡漫志》反驳时人批评苏词不合律的说法,认为"东坡先生以文章余事作诗,溢而作词曲,高处出神入天,平处尚临镜笑春,不顾侪辈。或曰:'长短句中诗也。'为此论者,乃是遭柳永野狐涎之毒"。又说:"东坡先生非心醉于音律者也,偶尔作歌,指出向上一路,新天下耳目,弄笔者始知自振。" ② 又吴曾《能改斋漫录》引晁无咎之论:"苏东坡词,人谓多不谐音律自然,居士词横放杰出,自是曲子中缚不住者。" ③ 这一派理论所持的正是徒诗的标准,强调词的品格与境界。苏轼对词史发展作出的贡献,在于提高词品、扩大词境、改变词风 ④,这三者无一不是体现徒诗艺术规律的作用,是文人诗创作传统对新兴词体的改造,而非乐章体歌曲艺术的自然发展的结果。如果严格依持词体的音乐性能,也就是完全严守乐章的标准,北宋词的发展就完全是由一种音乐的机制造成。当然它的音乐机制与前面汉乐府、南北朝新声也有所不同,前两种完全是民间市井的娱乐风气的产物,而词自中唐以来,就加入文人士大夫的娱乐机制,是文士欣赏并参与的一种俗乐艺术。这是其

---

① 毛氏汲古阁本《宋六十名家词》第二集,第 220 页。
②《碧鸡漫志》卷三,第 7 页。
③(宋)吴曾《能改斋漫录》卷一六,上海古籍出版社 1979 年,第 469 页。
④《唐宋词通论》,第 201—210 页。

与前此乐章体的不同；但是仅此为止，词尚能完全不越出乐章的范畴。词史繁荣的真相，却在于它事实上已经越出了乐章的创作机制，向徒诗的创作机制靠拢。如果以乐章与徒诗为两端，我们发现宋词的不同流派、不同作家与作品，其实是各自处于两者之间的某一个层次上。这不失为我们考察宋词艺术的一个角度。

从文体的角度来看，北宋文人词比之五代词，整体上徒诗气息要浓厚得多，尤其是在语言艺术方面，宋词自然地接受了宋诗的影响，而宋诗比之唐诗，在语言上离音乐性更远。所以宋代的文人词，如果从乐章本色方面来看，有许多不合的地方。这一点明人徐渭很敏锐地发现了：

> 晚唐五代，填词最高，宋人不及。何也？词须浅近，晚唐诗文最浅，邻于词调，故臻上品。宋人开口便学杜诗，格高气粗，出语便自生硬，终是不合格。其间若淮海、耆卿、叔原辈，一二语入唐者有之，通篇则无者。①

徐渭是曲学家，他强调的正是乐章的本色。这里从晚唐五代诗文浅近的语言风格来解释唐词的成就，并认为宋词受宋诗影响，格高气粗，出语生硬，终是不合格。这是拿典型的入乐歌词标准来衡量唐宋词。但从徒诗的角度来说，这种不合格正是徒诗因素的增加。

四

南宋词整体来讲，比北宋词徒诗化程度更高，首先是文人词应

---

① 李复波、熊澄宇注释《南词叙录注释》，中国戏剧出版社 1989 年，第 60 页。

歌的功能减弱,这与整个音乐文艺的发展态势有关。周济《介存斋论词杂著》指出:"北宋有无谓之词以应歌,南宋有无谓之词以应社。"①应歌正是乐章之本位,而应社则是文人徒诗的创作机制。词社是受诗社影响出现的,它的出现正反映了词的徒诗创作机制的强化,词的艺术生产方式更加地接近诗的艺术生产方式。北宋的曲子词以市井新声为主体,具有很强的娱乐功能。到了南宋,随着各种新的民间娱乐艺术兴起,词体的娱乐功能部分地被取代。吴熊和先生曾从两宋词调的演变角度对此有所论述,认为:"词至北宋其体始尊,至南宋其用益大。辛弃疾诸家的爱国词,把词的思想艺术推向新的高度。但从词调发展上讲,却不能不看到,北宋创调多,南宋创调少;北宋词传唱遐迩,南宋词则愈到后来流传的范围愈益狭小。词调的发展在北宋臻于极盛之后,南宋却停滞不进。"他还从"北曲兴起"、"民间盛行缠令、赚词诸体"以及词调多为南戏所用三方面,论述南宋词调停滞的原因。词调停滞,词体传唱范围缩小,是词的应歌功能减弱的一个标志②。虽然,在南宋时期,大多数人仍然认为词为应歌之体,并且认为欣赏词的正确的做法,应该是听歌而非诵读:"盖长短句宜歌而不宜诵,非朱唇皓齿无以发其要妙之声。"③但是实际上,南宋词即使作为歌曲,也是相当地雅化了的。

词的徒诗化程度增加的另一重要的外在标志,是南宋词风大盛,词人与词作的数量都大大地超过了北宋。"从中国词史发展的全过程来看,大体上经历了兴起期、高峰期、衰落期与复兴期等四

---

① (清)周济《介存斋论词杂著》,人民文学出版社 1984 年,第 3 页。
② 吴熊和《唐宋词调的演变》,《吴熊和词学论集》,杭州大学出版社 1999 年,第 13—15 页。
③ (宋)王炎《双溪诗余自序》,四印斋汇刻《宋元三十一家词》。

个不同历史阶段。正是南宋词的庞大存在与气象万千,将词的创作推向了历史的高峰。据初步统计,唐圭璋所辑《全宋词》共收词人 1494 家,词 21055 首。其中,南宋约为北宋的三倍。"① 徒诗系统与乐章系统最大的不同,在于典型的乐章系统,歌词创作数量受到社会的娱乐消费市场的制约,并非无限制地生产。而徒诗系统则不受这一社会娱乐消费市场规律的制约,它是以文人群体的创作风气与个人创作热情为动因,所以其作品的数量,从理论上说是没有上限的。在这个时候,如果这种诗歌系统还存在于音乐的体制里,并且所有作品理论上说都还有待歌功能的话,我们似乎可以将之称为乐章的"羡余现象"。乐章的大量羡余,正是乐章系统向徒诗系统转化的标志。曲子词至少在北宋时期,已经出现比较明显的羡余现象。到了南宋,如果我们仍然将所有南宋词都视为歌词体的话,那么,这种羡余现象可以说是达到了顶点。羡余的结果,是使词体本身的音乐功能越来越削弱,徒诗的功能越来越增强。

　　唐五代曲子词的主要功能为应歌,但由于文人的介入,个体抒情的因素也开始增加,这一点上面已经论到过。但北宋词中的典型的乐章体一派,主要的功能也还是应歌。柳永、秦观、周邦彦诸家之作,由于作者身份是文人,自然会用歌词来表达个人身世之感,但是这种身世之感的表达,往往与艳情、离情这样的具有社会典型性的情事打并在一起。"柳之乐章,人多称之。然大概非羁旅穷愁之词,则闺门淫媟之语。若以欧阳永叔、晏叔原、苏子瞻、黄鲁直、张子野、秦少游辈较之,万万相辽。彼其所以传名者,直以言

多近俗,俗子易悦故也。"① "耆卿词,善于铺叙,羁旅行役,尤属擅长。"② "少游情意妩媚,见于词则秾艳纤丽,类多脂粉气味,至今脍炙人口。宁不有愧于东坡耶?"③ 北宋的典型乐章体文人曲子词,虽然也抒发词人个体之情,但这种个体之情的抒发仍受乐章歌词以群体抒情为主的规律的制约,其基本的原则为词中所表达的个体感情能引起社会群众广泛的共鸣,并需富有娱乐性。但士大夫一派的自我抒情,则不受这一原则的支配,多抒发文士自身的感情,以取自娱,或供文人群内部欣赏,其社会共鸣的程度则降低许多。"坡以来,山谷、晁无咎、陈去非、辛幼安诸公,俱以歌词取称,吟咏情性,留连光景,清壮顿挫,能起人妙思。亦有语意拙直,不自缘饰,因病成妍者,皆自坡发之。"④ 学者常论的苏辛词派所谓提高词品、扩大词境,都是词的徒诗功能增加的标志。上面我们论述过,北宋词已可分典型的乐章派与徒诗化两派。南宋词的发展,基本上也是沿着这两派而来的。但与北宋以乐章派为正宗不同,南宋时期,渊源于苏轼的徒诗化一派,在相当的程度上占有正宗的地位。

但是,宋词的徒诗化,始终是在曲子词的体制内进行的。由于词乐的存在,宋词作者无论其对乐律精通与否,都有机会接触词乐。宋代词人称填词为倚声,指能够倚乐曲,甚至弦奏,歌讴填词;但事实上他们大多数的时候,也都是依文字声律填词。所以他们称词为"长短句",其实正是强调其作为诗之一体的意思。但

---

① 《苕溪渔隐丛话》后集卷三九引《艺苑雌黄》,下册,第 319 页。
② (清)陈廷焯《白雨斋词话》卷一,人民文学出版社 1983 年,第 12 页。
③ (宋)陈鬶《燕喜词叙》,(宋)曹冠《燕喜词》,(清)王鹏运辑《四印斋所刻词》,上海古籍出版社 1989 年,第 749 页。
④ (金)元好问《新轩乐府引》,《遗山文集》卷三六,《四部丛刊》本,第 89 页。

与后人纯粹是倚长短句声律填词不一样,宋人一直有真正的倚声的机会。宋代各种词乐流行,词人大多熟悉歌调与曲谱,所以他们能够按谱填词,并且这也是曲子词的正宗作法。这正是"倚声"的本义。张耒《贺铸东山词序》:"大抵倚声而为之词,皆可歌也。"①周密《浩然斋雅谈》说张枢:"善音律,尝度《依声集》百阕,音韵谐美。"② 宋代流行各种曲谱,并且词人多精熟音律,所以许多时候都是按谱填词③。虽然不是每一位词人都能做到按谱填词,好多士大夫词人都只能依体填词,但在宋代似乎没有全不懂歌曲的词人。如苏轼,人们都认为他不精通音律,他也自称唱曲不如人,但也可见他还是能唱曲子的。总之,在北宋,词曲在乐坛广泛流行,填词者未有不熟悉曲调的。从词史的发展我们还可以看到这样一个现象,最初的填词家,其创作歌曲的多少,似乎与其熟悉曲调的多少有关。自唐五代以来,文人对曲调专精者少,大多数人都只是熟悉少数几种曲调,所以填词较少,这些曲调其实也都是最流行的曲调。而且早期填词,多从隋唐以来燕乐大曲中摘取小令,取其简易便于写作的。龙榆生论云:"益以隋唐以来杂曲之繁衍,或移宫换羽,因旧曲造新声。新乐入人既深,演习者众,相沿日久,自然默化潜移。制词者既苦大曲之繁重,而有引、序、慢、近、令之属,供其选择,则其事轻而易举。"又其论欧阳修《采桑子》、赵德麟《商调蝶恋花》之组曲云:"文人之乐于简易,而不甚注意于乐曲之变化,舍大曲而用小令,重叠歌咏,以取快一时,此实有'以词害曲'之嫌。"④

① 钟振振校注《东山词》,上海古籍出版社 1989 年,第 549 页。
② 邓子勉校点《浩然斋雅谈》卷下,辽宁教育出版社 2000 年,第 33 页。
③ 参看吴熊和《唐宋词通论》第二章《词体》第一节 "词的创作——按谱填词",第 35 页。
④ 龙榆生《词体之演进》,《龙榆生词学论文集》,上海古籍出版社 1997 年,第 21 页。

可见一般的诗家,对于燕乐乐曲的掌握是有限的,颇有删繁就简,摘取部分以便吟咏的情形,与刘勰论魏氏三祖陈王的乐府,"宰割辞调,音靡节平"①,对乐府音乐有所简化的情况近似,都是文人染指乐章后徒诗机制的作用。后来像南唐后主这样音乐消费程度很高、精熟多种曲调的作者出来,文人词的曲牌才开始多起来。但可以想象,像北宋的一些不以音律见长的士大夫作者,如王禹偁、范仲淹、王安石等人,熟悉的曲调很少,所以词作也就不多。这种情况,到了词体作为一个新的格律诗系统真正形成的北宋中后期之后,才有所改变。从苏轼开始,主要是依体填词,完全将词体作为一种新诗体来使用,此时的词体较多地摆脱音乐歌舞的限制。可见,词体经历了由"按谱填词"到"依曲定体"的发展,词真正成为一种格律诗体,是在"依曲定谱"的词的格律系统形成之后②。这无疑是词体最终发展为徒诗系统的关键。

但是,终有宋一代,倚声一直是词的正宗作法,而待歌可以说是所有宋词作品的潜在功能,这是因为词乐尚存的原因。并且,从周邦彦到姜白石、张炎的一派,走复雅歌词的道路,坚持词乐本位的立场。《宋史·文苑传》:"邦彦好音乐,能自度曲,制乐府长短句,词韵清蔚,传于世。"③张炎《词源》:"迄于崇宁,立大晟府,命周美成诸人讨论古音,审定古调,沦落之后,少得存者。由此八十四调之声稍传;而美成诸人又复增演慢曲、引、近,或移宫换羽为三犯、四犯之曲,按月律为之,其曲遂繁。"④北宋中期,文人词没有很快地演变为纯粹的徒诗系统,是因为有柳永大力为新

---

① (南朝梁)刘勰《文心雕龙·乐府》,上海古籍出版社1984年,第25页。
②《唐宋词通论》,第51页。
③《宋史》卷四四四《周邦彦传》,中华书局1977年,第13126页。
④ 夏承焘校注《词源注》,人民文学出版社1963年,第9页。

声慢曲,不然的话,词可能就会很快地成为一种小令近体。而当苏轼一派不受曲子所缚的徒诗化词派流行后,词没有很快就发展为纯粹的徒诗体,则与周邦彦对词乐的重建与发展有直接的关系。两者之间似乎有一种相互制约的机制。周氏不仅重建词乐,而且个人坚持音律本位的填词立场,但同时又注重词作为一种诗歌体裁的语言艺术的发展。周词在内容与语言方面,坚持乐章体的特性,如多写婉约之事,将个人身世与大众题材相结合,这是对柳词的发展。张炎《词源》就曾对周词有失雅正提出批评:"词欲雅而正,志之所之,一为情所役,则失其雅正之音。耆卿、伯可不必论,虽美成亦有所不免,如'为伊泪落',如'最苦梦魂,今宵不到伊行',如'天便教人霎时得见何妨',如'又恐伊寻消问息,瘦损容光',如'许多烦恼,只为当时,一饷留情',所谓淳厚日变成浇风也。"① "美成词只当看他浑成处,于软媚中有气魄,采唐诗融化如自己者,乃其所长;惜乎意趣却不高远。所以出奇之语,以白石骚雅句法润色之,真天机云锦也。"② 张炎所批评的美成词的不足,正是美成词坚持乐章本色的表现;而赞扬之处,则是美成词为适应文人词发展在语言艺术上所取得的成就。而他所提出的"以白石骚雅句法润色之",则是周邦彦以后文人音律本位派声律与辞章兼尚的发展方向。其中姜白石的词,不仅其旧曲严守音律,而且继续从燕乐大曲中选择词调,如《霓裳羽衣中序》,创制自度曲并配以旁谱,反映了对词的合乐性的执着追求。张炎也是这样,《词源》卷下"音谱":"先人晓畅音律,有《寄闲集》,旁缀音谱,刊行于世。每作一词,必使歌者按之,稍有不协,随即改正。""始知雅词协音,虽

---

① 《词源注》,第29页。
② 《词源注》,第30页。

一字亦不放过,信乎协音之不易也。"① 张炎著《词源》,辞章声律并重,并以此为标准对前此宋词的乐章本色派、徒诗派都提出了批评。

复雅歌词的一派,从积极的一方面来讲,可以说是两取所长:一方面坚持词的乐章本位,另一方面又充分吸收徒诗艺术。如周美成之融化唐诗入词,姜白石采骚雅句法,甚至用江西诗法入词。使词成为中国古代乐章体中最为典雅精致、最能体现文人诗歌的审美趣味的一体。而宋词艺术,也在这一派的手里达到了高峰。但从消极的一方面来讲,以周、姜为代表的复雅歌词一派,同时也是两面受敌:一方面受到苏、辛一派徒诗化的冲击,另一方面也受到坚持乐章本色一派的冲击。所以当真正本色乐章的曲兴起时,复雅歌词实际上越来越失去乐章的立场。但正因为复雅歌词派的坚持,使宋词最终也没有从乐章体完全地转化为徒诗体。后世词论家经常说,南宋词之极盛,同时也是极衰之开端。如周济云:"两宋词各有盛衰:北宋盛于文士而衰于乐工,南宋盛于乐工而衰于文士。"② 他所指的是北宋文人词大兴,夺了乐工的壁垒,促使了曲子词的发展。南宋则民间俗曲兴起,文人词过度雅化,失去乐章本色,而终致衰落。

五

从上面的论述我们可以知道,宋代文人词的繁荣,主要是词体确立后徒诗化的结果;但是宋代的文人词又一直没有完全摆脱音乐的体制。也就是说,词在宋代,一直没有完全转化为徒诗体。所

---

① (宋) 张炎《词源》卷下,中华书局 1991 年,第 40—41 页。
②《介存斋论词杂著》,第 3 页。

以，到了元、明时代，南、北曲兴起后，词的地位就变得尴尬了。徐渭论北曲之兴起云："今之北曲，盖辽金北鄙杀伐之音，壮伟狠戾，武夫马上之歌，流入中原，遂为民间之日用。宋词既不可被弦管，南人亦遂尚此。上下风靡，浅俗可嗤。"[①] 讲的就是元明时期词乐失传后，词的乐章功能已经失去，遂为北曲所代替的情况。一方面，徒诗的性质还没有完全明确，另一方面，歌词的优势又已经失去。元、明词风的不振，我想这至少是原因之一。

元明词风的衰落，历来学者都从元明时代词人群体本身去寻找原因。其实元明词风的衰弱，正是南宋复雅派盛极难继、极盛转衰趋势的继续。南宋复雅派词高度发展的辞章艺术与其高难度的音律技术，是相辅相成的。甚至可以说是音乐上的复雅、高难度的音律技术，促使了辞章艺术的高度发展。所以，当宋词乐曲、音律失传后，这种高度发展的辞章艺术也失去存在的依据。元明词只能重新取法晚唐五代北宋词，并且不可避免地受到同时的曲体的影响，而失去了词体本身的创作立场。

词与曲都是乐章体，所以就其最初的性质而言，是没有分别的。而且就名称来说，最初的词，也称"曲子"，北宋人仍称词为"曲子"、"歌曲"。而曲文最初也称为"词"。并且词与曲都曾称"乐府"。所以它们的不同，不在于名义，也不在基本性质与功能，而在于音乐母体及渊源、风格、体制之不同。词与曲可以说是最相近的两种韵文体。词与曲之所以能够分流，我想有两个主要的原因。一是从音乐方面来讲，词、曲是两种不同的体制。北宋时期，除文人曲子词外，民间还有大量的新声歌曲流行。文人词也深受其影响，形成被称为俗词的一体。这个"俗"主要是从内容与语言来说

[①]《南词叙录注释》，第 24 页。

的，不是从音乐本身来说。文人词主流的趣味，一直在追求内容及
修辞上的品格。这对本来就走徒诗道路的苏轼一派来说，是很自
然就能做到的，因为他们可以不太考虑词的音乐功能以及唐五代
以来词的传统审美趣味，可以只将词当作"句读不葺之诗"来作。
关键是对坚持乐章功能、尊重曲子词传统审美趣味的一派来说，如
何既保持其可歌性，甚至使其音乐较前人更为协律、音乐性更强，
或者说造成一种更带艺术歌曲味道的词，同时又符合高度发展的
徒诗艺术的标准，就成了宋代文人曲子词发展中面临的主要问题。
宋词中复雅一派，就是这样形成的。"北宋中叶，始以雅论词。南
宋初曾慥《乐府雅词》、鲖阳居士《复雅歌词》，都特标雅词，以此相
尚。""至吴文英、张炎等人论词，又复严雅俗之辨。"① 宋代曲子词
中坚持乐章本体的复雅一派发展，其实是造成词与曲分流的关键。
雅词将词分为雅俗两体，也将词与后起的民间歌曲分别开来。同
时，也将文人复雅歌词与缠令及同样用词调的诸宫调等分流了。
而后者，正是散曲的渊源之一。沈义父《乐府指迷》叙述吴文英词
法，其中一条就是"下字欲其雅，不雅则近乎缠令之体"②。从这里，
我们已经可以看到词曲之间的分流，其实是始于词体内部的雅俗
分流。正是雅将高度文人化的宋词的体制风格确立下来，使它
与后起的曲在文学的体制与风格上区分开来。词与曲分流的另一
个重要的原因，就是词的徒诗化本身。词曲虽然最初都起于乐章，
但在中国古代文人诗强大的创作传统中，乐章最终都会发展为徒
诗。正如前面所论，词在曲子词初起时，就已经开始徒诗化了；而
曲在初起时，即使是文人创作，也完全是服从乐章的功能的。如词

① 吴熊和《宋季三家词法》，《吴熊和词学论集》，第 105 页。
② 蔡嵩云笺释《乐府指迷笺释》，人民文学出版社 1998 年，第 43 页。

是严格地依曲拍填词,没有衬字,每首词句度都是严格地规定的,不能有一处变化。南曲受词影响,衬字较少。北曲则大量地使用衬字。部分的曲调虽来源于词调,但到曲子里,也不再按照词的创作规范来写,其句度长短错落,也有所变化。乐章体本来是比较自由的,汉乐府、唐声诗在曲和词的配合中,都有自由度。曲子词因为文人的参与,因为受格律诗的影响,演变为文学体制与音乐体制都最为谨严的一体,曲又重新回归到乐章体自由的状态。"曲则由词之谨严而变为解放,句有长短,篇幅亦有大小。但同是一调,而句法每多不同,一句中字数之多少,可任意增减。有相差至十余字者,只要无碍于按拍,句之长短,可随意也。大抵北曲多促节,故字多而疾,南曲多靡慢,故字少而徐。"① 可以说,比起北曲来,南曲更接近于词。曲的这种完全随从乐章体本性的创作方式,使曲作为一种诗体,难以很快确立起来。从诗歌史来讲,曲的徒诗化程度,是完全不及词的。后来虽然出了徒诗体曲,但作为一个徒诗系统,是无法与词相提并论的。应该说,散曲的从歌谣到乐章到徒诗的演变进程,迄今没有真正完成。当代诗词创作中,有自度曲流行的现象,可能是散曲徒诗进程还在继续的一种表现。

　　在元明时期,由于词没有转化为徒诗体,反而部分地依附于曲体,所以词的创作,一定程度上曲化了。从徒诗体的发展来看,这是一种倒退,使它失去在文学史上的地位。元词比之南宋词,明显地浅易化,这种浅易化,在某种程度上看,正是希望回归早期曲子词以声歌之体写流俗之情的特点。如赵孟頫的小令词,追求清丽婉约风格,明显地看出来是效仿五代北宋的。但是,与元曲的浅易化、本色化使其成就一代文体的风格不同,元明词的浅易化实际是

① 参看梁启勋《词学》,北京市中国书店 1985 年,第 2 页。

词体艺术的一种倒退。元词之近五代北宋，与元诗之学唐之间，似乎也有一种呼应的关系。另一方面，元词的一个重要渊源是金词，金词比之同期的南宋词，徒诗化的情形要突出得多。金代北曲的流行，更使词乐失去它的本位。本来这种情况，应该是有利于词体徒诗的发展。而作为金词大家的元好问，他在词史上的地位的奠定，正在于继苏辛之后将词体进一步徒诗化。可以说，金元词的基本性质，已经是徒诗体了。这在元好问的创作中表现出来了。但元代词人普遍转向平弱，没有沿着元好问的方向继续发展。事实上，遗山体的真正传人是清代的陈维崧。

可以说，作为一个徒诗系统的词体，其真正的完成是在清代。清词的两个代表流派浙西词派与常州词派，是在初步确立于两宋时期的文人词的基础上继续发展起来的。但他们体现了不同的词史观。浙西词派以南宋词为宗尚，尤其推崇姜、张，可以说是取法宋代文人词的发展的最后一期，这符合词史的常规，可以说是文人词发展的一种很自然的选择。因为明代是词体发展的低谷，文人词发展的机制还没有完全形成。清以前的文人词发展高峰，只能是南宋词。所以清代有时代特色的词史，其实是从南宋词史结束的地方重新开始的。这正是清词发展的逻辑起点。而常州词派则可以说是在浙西词派的基础上继续追溯词史渊源。常州词派不满于浙西词派的空疏，同时又感到浙派还没有给予词体应有的地位，于是在理论上对词进行一番尊体的工作。要尊体，就要从本源入手，所以常州词派的宗尚在于五代、北宋词，并且是以曲子词为正宗的。这可以说是对浙西词派的一个辩证的发展。但他们并不是还原曲子词的本相，而是以诗学传统的比兴寄托之说来阐释曲子词传统，尤其是推出温庭筠的词，将其提高到与屈骚并论的地位。这种词学观与浙西词派的宗法南宋词看似异趋，但同样是属于文人词的词学途径。这充分地证明了清词发展的本质,是完全遵循徒诗艺术发展规律的文人词的发展。但客观地说,以常州派为代表的以文人诗传统来阐释早期曲子词的作法,毕竟不完全符合词史发展的实际情形;而浙西词派取法南宋文人词发展的最后阶段,进而取法整个南宋词,并由此上溯北宋、五代的作法,却是符合文人词发展的自然趋势的。所以,晚清词坛的主体,从词法来讲,主要是从浙西一派发展出来的。当然,常州词派的尊体、重视意内言外、重视内容与寄托的宗旨,在词学思想上还是有很大的影响的。晚清四大家王鹏运、郑文焯、朱孝臧、况周颐及文廷式这一批词人,其实对两派是有所融合的。

　　所以,清词的繁荣与艺术成就的突出,从文体发展的角度来说,正是一个新颖的徒诗体系统的活力的表现。词史在晚清出现创作的高峰,并且在进入民国之后,仍然呈现出较强的余衍之势,也是与词体的徒诗化进程最后在清代完成这个发展趋势分不开的。这个问题对我们理解当代词体创作也有一定的参考意义。

（原载《词学》第 25 辑,华东师范大学出版社 2011 年 6 月）

从宋词困境看姜夔在词体词风方面的突破

　　姜夔在词乐上的探索以及在词体方面的创新，向来被词史家所重视；其经过多方面融合而造成的独特的词风，也是研究者们热衷于讨论的问题。其中如夏承焘对姜夔词乐的分析、对姜词与晚唐诗和江西诗的关系的揭示，詹安泰对姜词主要继承周邦彦及苏辛派渊源关系的指揭，都是姜词研究方面的重要结论[①]。事实上，姜夔在词体艺术上的创新，是宋词艺术发展的某些重要方向与其艺术个性相互作用的结果；同时也包含着他在词体创作方面自觉探索的成果。后者属于词学思想的层面。姜夔的诗学思想因为《诗说》的存在，备受学者的关注；其词学思想则因为没有成文的著述，基本上没有被系统触及。本文从姜夔在词乐、词体及词风方面的各种创造行为出发，探索支配这些创造行为的词学思想。我们发现，姜夔在词乐与词体创作方法上的一系列探索，实际上是他对宋词发展中长期存在的困境的尝试突破。并且，这种突破在很多方面，可以看作是以一种复古的方式在进行的。唐宋诗发展中存在的以复

---

① 夏承焘《姜白石词编年笺校》卷首《论姜白石的词风（代序）》，上海古籍出版社1998年，第1页。詹安泰《宋词风格流派略谈》，载《詹安泰文集》，中山大学出版社2004年，第26页。

古为革新的艺术观念,在宋词尤其是姜夔词中同样存在着。宋词受复古诗学影响的问题,学术界基本上没有注意到。要比较准确地把握姜词在宋词发展史上的位置,引入这一观察的角度是有必要的。

一、姜氏应对宋词发展中燕乐困境的词乐思想与实践

宋词创作的第一个困境为词的燕乐及其俗乐性质。词为燕乐歌词,虽然目前学术界对词乐的性质及词体的起源存在着不同的看法,但基本的情形应该是清晰的:词乐始于齐隋之际的胡乐入华,词体的萌芽也当在梁陈、齐隋之间;在隋炀帝、唐玄宗时期,都有过法曲杂胡夷的音乐史事件,而开元、天宝之际俗乐的兴盛,则是催使词体成熟的重要契机。但是文人倚声填词,至中唐以降才开始流行。其中最重要的原因,就是唐代文人执着于雅颂与古乐的理想,坚持古乐府的创作,迟迟不肯接受词乐与词体创作[1]。至晚唐五代,文人作词传统才逐步确立,不仅自身成就突出,而且部分地解决了古近体诗创作的某种困境。在此情况下,宋代文人词的发展已为势所必然之事。这与宋初相对自由的思想环境及偃武罢兵后上层宴娱之风的流行也有关系。夏承焘《瞿髯论词绝句》所说的"陈桥驿下有词源"[2],即是指后者而言。但是,尽管词终于被主体上属于儒家传统的文人所接受,却并不能改变其作为俗乐歌词的根本性质。如果说,五代时期的《花间集序》还只是客观地指出词的作为宴娱新声的性质,宋人在谈论到词体时,对其作为郑卫

---

① 具体论述见钱志熙《词与乐府关系新论——关于词与乐府关系的综合考察》,香港《岭南学报》第 7 辑,上海古籍出版社 2017 年。

②《夏承焘集》,浙江古籍出版社 1997 年,第 2 册,第 522 页。

之音的性质,就有更加严厉的批评。这与宋词实际上的繁荣,形成了一个难以解决的矛盾现象。

事实上,词乐所归属的隋唐燕乐,在唐人正统观念里向来受到贬抑,尤其对于来自胡夷之乐的部分。从中唐元、白等人开始,就认为安史之乱的发生与胡乐乱华有直接的关系。如白居易《新乐府·法曲》:"法曲法曲合夷歌,夷声邪乱华声和。以乱干和天宝末,明年胡尘犯宫阙。"① 宋人普遍继承这种看法,甚至态度更为严苛,如薛季宣的《读近时乐府》,是一个关于词的音乐起源的重要文献,但其批判的态度是很明显的:

> 天宝龟兹贵尚年,哇淫靡靡到今传。寻思溱洧桑中调,几许不如周颂篇。
>
> 乐好株离几百年,知昏汉日暗湖天。周东幸有其戎叹,却在伊川被发前。②

又如南宋初鲖阳居士的《复雅歌词序》也将词乐的渊源追溯到北齐至隋唐夷音对中土音乐的影响。其论词之兴起云:"迄于开元、天宝间,君臣相与为淫乐,而明宗尤溺于夷音,天下薰然成俗。于时才士始依乐工拍弹之声,被之以辞句,句之长短,各随曲度,而愈失古之'声依永'之理也。"③ 甚至肯定词体成就的李清照的《词论》,

---

① 顾学颉校点《白居易集》卷三,中华书局 1979 年,第 1 册,第 55—56 页。
② 张良权校点《薛季宣集》卷九,上海社会科学院出版社 2003 年,第 108 页。"湖天",似当作"胡天",但核对诸本,皆作"湖天",或是指南宋词风。"湖天"之湖,或指西湖。
③ (宋)谢维新《古今合璧事类备要》外集卷一一"复雅歌词序略"条,上海古籍出版社 1992 年,第 3 册,第 511 页。

也称词乐的兴盛为"郑卫之声日炽,流靡之变日烦"①。不仅如此,词实际上还带有"女乐"的性质。王灼《碧鸡漫志》认为古乐善歌不择男女,而"今人独重女音,不复问能否,而士大夫所作歌词,亦尚婉媚,古意尽矣"②。其实,词从晚唐五代开始就以女音为主,这也是其"以婉约为正宗"的根本原因。春秋战国时君主们重女乐,诸子多有批评(如《吕氏春秋》),儒家论乐,又有放郑声之说。"女乐"和郑声,其实是宋人挥之不去的词的原始身份,同样也是宋词的现实状况。当然也是宋代文人倚声填词时面临的一种困境。

宋代文人知乐、重乐者,一方面继承词的重乐守律传统,另一方面也对词乐做出革新与改变。北宋徽宗时期周邦彦等人制作大晟乐府,就是来自官方并由熟于词乐的文人主持的一场音乐革新的工作。《宋史·周邦彦传》记载周氏于徽宗时为徽猷阁待制,提举大晟府。又称:"邦彦好音乐,能自度曲,制乐府长短句,词韵清蔚,传于世。"③张炎《词源》记载:"迄于崇宁,立大晟府,命周美成诸人讨论古音,审定古调,沦落之后,少得存者。由此八十四调之声稍传。而美成诸人又复增演慢曲、引、近,或移宫换羽,为三犯、四犯之曲,按月律为之,其曲遂繁。"④这可以说是宋人以恢复古音、古调的名义改革燕乐的重要事件,其实也是宋代文人协乐守律派复雅词风的开端。

姜夔在词乐方面的新探索,正是沿着这一方向发展的,即继承周氏等人"讨论古音、审定古调"的工作。姜夔在对音乐性质的认

---

① 黄墨谷《重辑李清照集》,齐鲁书社 1981 年,第 56 页。
② 李孝中、侯柯芳辑注《王灼集》,巴蜀书社 2005 年,第 215 页。
③《宋史》卷四四四,中华书局 1977 年,第 13126 页。
④(宋)张炎《词源》卷下,唐圭璋编《词话丛编》,中华书局 1986 年,第 1 册,第 255 页。

识方面,具有明显的复雅、复古倾向。这一点首先表现为姜夔在其
歌曲创作中,不仅多搜旧乐制新腔,并且自制曲、自度曲,力求上溯
古曲、古乐府。姜夔词集的原始版本为《白石道人歌曲》,共六卷。
其具体编次为:卷一,皇朝铙歌鼓吹曲十四首,琴曲一首;卷二,越
九歌十首;卷三,令;卷四,慢;卷五,自度曲;卷六,自制曲。这个
集子,包括了古曲、古乐府与词三大类体裁,与传统词集的编次体
例很不一样。据相关文献,这应该是姜夔自己编集的词集。夏承
焘《姜白石词编年笺校·系年》:"嘉泰二年壬戌(四十八岁)……
十月……至日,编歌曲六卷成,松江钱希武刻于东岩之读书堂。"①
这种编集方式,比较鲜明地反映了姜夔在音乐与诗歌创作方面的
复古思想。这个思想即尊古曲与古乐府,并且将词直接纳入乐府
的系统中,既"大其体",同时也包含在词体上继承古曲、古乐府传
统的意图。它的编排不是按创作时间的先后,而是按这些乐章的
体制产生的先后。卷一、卷二是古乐府和古歌。第一种《圣宋铙
歌鼓吹曲十四章》,是补宋铙歌的。汉乐府短箫铙歌十八首是汉代
的鼓吹曲,属凯乐。其原始歌词来自各种民间歌曲,内容很生动,
反映面很广,并非政治挂帅的雅颂之词。后来魏、吴、西晋及梁代
的鼓吹署,都依原歌的曲度长短拟作历代的铙歌,但内容上则变为
"皇朝史诗"的性质,完全成了雅颂之作。刘宋则有何承天自制《宋
鼓吹铙歌十五首》,开了私人制作皇朝史诗的先例。唐代柳宗元继
之,私人作《唐鼓吹铙歌十二首》。姜夔的《铙歌鼓吹曲十四章》,是
他补宋铙歌之作。他作为布衣之士,却模仿何承天、柳宗元等人,
作"皇朝史诗"。这件事,很能反映姜夔音乐观念中的复古思想。
姜夔在给尚书省的上书中比较完整地交代了历代铙歌的演变,以

---

①《姜白石词编年笺校》,第314—315页。

及宋缺铙歌的情况。其中说到宋代虽有"《导引曲》《十二诗》《六州歌头》",但兼用羽调,音节悲促,并且在各种不同的礼仪场合使用,"五礼殊情"而"乐不异曲",可谓"义理未究"。因此他上了这一组《圣宋铙歌鼓吹曲》,是希望有司"协其清浊,被之箫管,俾声畅辞达,感藏人心,永念宋德,无有纪极"[1]。虽然朝廷乐府并没采用,但姜夔这种音乐上的复古行为,在当时还是造成了一定的影响。第二种《琴曲》、第三种《越九歌》,是姜夔自我作古创制的古乐,并用古老的雅颂、骚体来创作歌辞。《琴曲》原为雅乐之一种,俗称《雅琴》。宋人作词协乐,常用琴而不用琵琶,并称词为《琴趣》,实为文人词复雅的一种表现。姜夔的《琴曲》是用传统的琴歌之体,亦即骚雅之体。至于其所依琴谱,则是自制研究的一种古调。据姜氏的交代,属于久已失传的侧商之调,属于雅正乐律。其自叙云:

> 琴七弦,散声具宫商角徵羽者为正弄,慢角、清商、宫调、慢宫、黄钟调是也;加变宫、变徵为散声者,曰侧弄,侧楚、侧蜀、侧商是也。侧商之调久亡。唐人诗云:"侧商调里唱伊州。"予以此语寻之:伊州大食调黄钟律法之商,乃以慢角转弦,取变宫、变徵散声,此调甚流美也。盖慢角乃黄钟之正法,侧商乃黄钟之侧,它言侧者同此;然非三代之声,乃汉燕乐尔。予既得此调,因制品弦法,并《古怨》。[2]

---

[1]《姜白石词编年笺校》,第 107 页。

[2]《白石道人歌曲集》,台湾世界书局 1962 年印行杨家骆主编《增订词学丛书》本,第 5 页。

这个侧商调，姜夔认为已经失传。他根据唐人诗"侧商调里唱伊州"来寻索，认为它不是三代之声，而是汉燕乐之声。这个汉燕乐，当然比依琵琶定声律的曲子词的五声二十八调的隋唐燕乐要古老。关键在于它是"黄钟之侧"，这与姜夔崇尚周乐的思想有关系。我们从姜夔的《大乐议》中可以看到，他是首推雅颂，其次肯定汉魏燕乐，对于隋唐燕乐调，则多有非议，认为其多为胡语、胡曲。姜夔创制的第三种古曲《越九歌》，大体上追《楚辞》中的《九歌》之体。姜夔说这组曲子是为越地民间的祭祀所作乐章，祭祀对象为越地古神："越人好祠，其神多古圣贤，予依九歌为之辞，且系其声，使歌以祠之。"① 也就是说，这九篇《越九歌》，在词章的体制方面，用了《楚辞·九歌》的体制，多作楚辞体。其中《曹娥·蜀侧调·夷则羽》等作，具有比较生动形象的描写。

对于这种编集的体例所反映的意图，夏承焘作过一种解释："铙歌鼓吹曲与越九歌皆非词体，白石以为词集压卷，其意殆欲推尊词体以上承古乐府；宋人编集，未有此例，兹列为外编。"② 这个看法很正确。事实上，这不仅是简单的推尊词体，而且还要打破作为今曲子的词与古曲、古乐府之间的壁垒，在观念上突破了词乐与词体的狭隘门户。宋人在观念上普遍推崇古歌、古乐府，对词乐词体则有所贬斥，甚至依据《尚书·尧典》"诗言志，歌永言"之说，认为古歌是有感而发、言志成诗，而后配声律而成歌，词体则是先有曲律而后填词，是本末倒置。这一点，在王灼《碧鸡漫志》中表现得很突出。《碧鸡漫志》是词乐的专著，但在对词的态度上，却基本上是站在儒家文人严别雅郑的立场上的。王灼首叙《歌曲所起》，

---

① （宋）姜夔《白石道人歌曲》卷二，《彊村丛书》本。
② 《姜白石词编年笺校》，第107—108页。

援引《尚书·尧典》"诗言志,歌永言,声依永,律和声"来判别词与古歌、古乐府的异同,强调古歌、古乐府之正统,对词乐与填词之法有一定的批评①。这也反映了宋代文人对词乐的传统看法。姜夔在词乐方面的复古观念,与王灼是一脉相承的。

姜夔曾经在宁宗庆元三年进《大乐议》及《琴瑟考古图》②,论当时乐器、乐曲、歌诗之失。《宋史》卷一三一《乐六》记载:"当时中兴六七十载之间,士多叹乐典之久坠,类欲蒐讲古制,以补遗轶。于是,姜夔乃进《大乐议》于朝。"③这其中与词乐关系较大的,是姜夔提倡古乐只用十二宫的观点,对梁、隋以来的法曲、胡乐及其相杂的问题作了一定的勘别:

> 周六乐奏六律、歌六吕,惟十二宫也。"王大食,三侑"注云:"朔日、月半。"随月用律,亦十二宫也。十二管各备五声,合六十声;五声成一调,故十二调。古人于十二宫又特重黄钟一宫而已。齐景公作《徵招》《角招》之乐,师涓、师旷有清商、清角、清徵之操。汉、魏以来,燕乐或用之,雅乐未闻有以商、角、徵、羽为调者,惟迎气有五引而已,《隋书》云"梁、陈雅乐,并用宫声"是也。若郑译之八十四调,出于苏祗婆之琵琶。大食、小食、般涉者,胡语;《伊州》《石州》《甘州》《婆罗门》者,胡曲;《绿腰》《诞黄龙》《新水调》者,华声而用胡乐之节奏。惟《瀛府》《献仙音》谓之法曲,即唐之法部也。凡有催衮者,皆胡曲耳,法曲无是也。且其名八十四调者,其实

---

① 关于这个问题,参看拙文《古今词体起源说的评述与思考》的相关论述(《北京大学学报(哲学社会科学版)》2017年第4期,第94页)。

②《姜白石词编年笺校》附《行实考·系年》,第312页。

③《宋史》卷一三一,第3050页。

则有黄钟、太簇、夹钟、仲吕、林钟、夷则、无射七律之宫、商、羽
而已,于其中又阙太簇之商、羽焉。国朝大乐诸曲,多袭唐旧。
窃谓以十二宫为雅乐,周制可举;以八十四调为宴乐,胡部不
可杂。郊庙用乐,咸当以宫为曲,其间皇帝升降、盥洗之类,用
黄钟者,群臣以太簇易之,此周人王用《王夏》、公用《骜夏》之
义也。①

姜氏的观点是认为:周代古乐只用十二宫,至于商、角、徵、羽为调,
始于齐景公、师旷、师涓等人,汉魏以来,只用于燕乐。雅乐未闻有
以商、角、徵、羽为调,只有源于梁代三朝设乐之一的"迎气五引",
属于宫、商、角、徵、羽五调歌诗。这其中虽有雅俗的区分,但都还
是属于唐宋人所推崇的华夏正声,其中流传于唐宋,又常常称为法
曲。至于郑译据苏祗婆七声所作的八十四调,即传统所说的隋唐
燕乐调,则是来自胡乐的一个系统,其乐曲有直接来自胡乐的,也
有华声而用胡乐节奏的,其音乐上的一些技术,如"催衮"也是原
来法曲所没有的。这样看来,姜夔对于音乐有三大分判,即只用
十二宫的周雅乐,采用商、角、徵、羽的汉魏燕乐,出于胡乐的隋唐
燕乐。虽然他的《大乐议》只是以朝廷雅乐为讨论的对象,主要是
讲雅乐如何复古的问题,但与出于隋唐燕乐的词乐并不是没有关
系,它其实也是姜氏长期以来在词乐方面进行革新实践的一种总
结。一个关键的问题就是姜夔对出于胡乐的隋唐燕乐调是有所不
满的。联系上面所论宋人对词乐杂有胡夷里巷之曲的非议,姜氏
的这种音乐观念是很容易理解的,他的音乐思想中具有很明显的
辨别夷夏的观念。

---

①《宋史》卷一三一《乐志六》,第 3052 页。

姜夔以古曲、古乐府为词集压卷，与他摘唐宋大曲制慢曲和创作自制曲、自度曲一样，反映了他突破燕乐系统及倚曲、倚调填词的局限，将词乐与古乐传统联系起来，可以说是宋词复雅、复古在音乐上的一种试验。赵与訔跋《白石道人歌曲》曰："歌曲特文人余事耳！或者少谐音律，白石留心学古，有志雅乐，如《会要》所载，奉常所录，未能尽见也。声文之美，概具此编。"①夏承焘曾对姜氏十七首自注工尺谱的"选调制腔"方法作了如下分类：

　　　　一种是截取唐代法曲、大曲的一部分而成的，像他的《霓裳中序第一》，就是截取法曲商调《霓裳》的中序第一段；

　　　　一种是取各调之律合成一首宫商相犯的曲子，叫做"犯调"，像《凄凉犯》；

　　　　一种是从当时乐工演奏的曲子里译出谱来，像《醉吟商》小品，是他从金陵琵琶工"求得品弦法译成"的；

　　　　一种是改变旧谱的声韵来制新腔，像平韵《满江红》，是因为旧调押仄韵不协律，故改作平调。《徵招》是因为北宋大晟府的旧曲音节驳杂，故用正宫《齐天乐》足成新曲；

　　　　一种是用琴曲作词调，像侧商调的《古怨》；

　　　　一种是他人作谱他来填词的，像《玉梅令》本范成大家所制。

　　　　以上六种方法，都是先谱而后有词的；其另一种则是白石自己创制新谱，是先成文辞而后制谱的，就是他词集里的"自度曲"、"自制曲"。他在自制曲《长亭怨慢》的小序里说：

　　　　予颇喜自制曲，初率意为长短句，然后协以律，故前后阕多不同。

————————————

①《白石道人歌曲》白跋。

他的"自制曲"、"自度曲"二卷,共有《扬州慢》、《长亭怨慢》、《淡黄柳》、《石湖仙》等十二首,都是他自制的新腔。①

姜氏的这些选腔制调的方法,比较集中地体现了其复古、复雅的音乐思想,对词的俗乐性质有一定的革新。如其《琴曲》古怨,寻找汉魏燕乐旧曲,而《霓裳中序第一》则得之于乐工故书:

> 丙午岁,留长沙,登祝融,因得其祠神之曲,曰《黄帝盐》、《苏合香》。又于乐工故书中得商调《霓裳曲》十八阕,皆虚谱无辞。按沈氏乐律,《霓裳》道调,此乃商调;乐天诗云"散序列六阕",此特两阕。未知孰是?然音节闲雅,不类今曲。予不暇尽作,作《中序》一阕传世耳!予方羁游,感此古音,不自知其辞之怨抑也!②

《霓裳》是唐代的法曲,元稹、白居易曾写诗咏赞。姜氏对法曲情有独钟,曾作《法曲献仙音》一调。按隋唐音乐的分类,严格意义上的法曲,是指未杂入胡乐音律的中土清乐。这一点从前述白石《大乐议》所论也可以清楚看出。又其《徵招》一曲,用政和年间大晟府所制《角招》、《徵招》之曲而加以改造,并依《晋史》名"黄钟下徵调","然无清声,只可施之琴瑟,难入《燕乐》;故燕乐缺徵调,不必补可也"③。这都说明姜氏力求寻找古乐、法曲,以改变词为燕乐的性质。

---

① 《姜白石词编年笺校》"代序",第10—11页。
② 《姜白石词编年笺校》,第5页。
③ 《姜白石词编年笺校》,第74页。

可以认为，姜氏在词乐方面的一系列的改革，是其复兴古乐的一种努力；即使他的新词乐不一定就符合古乐的标准。

二、宋人对词体倚声方式的质疑与姜氏在词体创作方法上的突破

姜夔词的另一个突破点，是对长期遭到非议的倚声填词的创作方法的一定程度的突破。词在宋代是入乐歌唱的，更准确地说，标准的词应该是依声填词的乐章。这个声就是已有的乐曲，宋人有时也叫它为"腔子"。中国古代歌曲的入乐方式有两大类：一种是先有了诗（或民间歌谣），然后将其配入音乐。宋代人王安石、王灼等认为《尚书·尧典》里所说的"诗言志，歌永言，声依永，律和声"就是这样一种类型，是先有诗，然后将其用于歌唱。歌唱之中，当然就要讲究声律了，这就是传统的"协律"。宋词则与之相反，赵令畤《侯鲭录》卷七载王安石论词之语云："古之歌者，皆先有词，后有声。故曰：'诗言志，歌永言，声依永，律和声。'如今先撰腔子，后填词，却是永依声也。"[①] 所以，他们认为这种方法，在古代并非主流，到了唐宋人填词才成为主流。王灼的论点在这方面最具代表性：

> 《舜典》曰："诗言志，歌永言，声依永，律和声。"《诗序》曰："在心为志，发言为诗。情动于中而形于言，言之不足，故嗟叹之；嗟叹之不足，故永歌之；永歌之不足，不知手之舞之，足之蹈之。"《乐记》曰："诗言其志，歌咏其声，舞动其容：三

---

① （宋）赵令畤《侯鲭录》卷七，中华书局 1985 年，第 70 页。

者本于心,然后乐器从之。"故有心则有诗,有诗则有歌,有歌则有声律,有声律则有乐歌。永言即诗也,非于诗外求歌也。今先定音节,乃制词从之,倒置甚矣！①

又曰：

> 古人初不定声律,因所感,发为歌,而声律从之,唐虞禅代以来是也。余波至西汉末始绝。西汉时,今之所谓古乐府者渐兴,晋魏为盛。隋氏取汉以来乐器、歌章、古调并入清乐,余波至李唐始绝。唐中叶虽有古乐府,而播在声律则鲜矣;士大夫作者,不过以诗一体自名耳。盖隋以来,今之所谓曲子者渐兴,至唐稍盛,今则繁声淫奏,殆不可数。古歌变为古乐府,古乐府变为今曲子,其本一也。后世风俗益不及古,故相悬耳！而世之士大夫,亦多不知歌词之变。②

他们本着诗歌是表达情志的观念(即诗言志),认为诗歌是人们情志饱满、必欲有所抒发的时候写的。所以古代人写诗,都是真情实感,也就是"情动于中而形于言",这是诗歌的正道。至于歌唱与音乐,则是为了更好地表达这种情志而使用的。而现在先有曲,而后填词,这就是本末倒置了,是用"诗"来就这个"声"。这也就使得"声"成为主要的功能,失却了古歌、古乐府的原则。上述就是王灼《碧鸡漫志》里的观点,在宋人中有一定的代表性。如上文所引鲖阳居士的《复雅歌词序》中也说："于时才士始依乐工拍弹之声,被

---

① 《王灼集》,第 195 页。
② 《王灼集》,第 198 页。

之以辞句，句之长短，各随曲度，而愈失古之'声依永'之理也。"姜
夔《大乐议》贯穿的也是先圣先王的礼乐教化思想，他曾批评当时
雅乐度曲之失说："乐曲知以七律为一调，而未知度曲之义；知以一
律配一字，而未知永言之旨。"① 也是以《尧典》"诗言志，歌永言"
的古义来衡评今乐之失，与上述诸家的观点一脉相承。

　　永明年间沈约、谢朓、王融等人创制声律，主张按声律规定作
诗，引起了人们的质疑，认为其是将形式置丁内容之上，用形式来
约束人们的自由抒情行为。依曲填词的作法，同样也引起人们的
质疑。而且依曲填词，包括后来的依词谱填词，不仅要密附曲调的
声律，而且要严格地讲究字声的平仄甚至四声，其实是更加讲究形
式与技巧的一种创作。当然，正如近体格律没有因为人们的质疑、
批评而被放弃，曲子词以后的格律词，也没有因为人们的质疑与反
对而被放弃。并且词还有内容上的问题，主要由五代《花间集》、
《尊前集》等伶工之词中发展出来的词，其在晚唐五代时就已造成
以绮艳、婉约为正宗的发展态势。这与文人"斥郑声"的传统观念
之间也有天然的矛盾。但饶是这样，词还是发展出来了，并且成为
宋代诗歌中最流行的抒情体。

　　宋代论词家对词的依曲(谱)填写的不满，或者说不能自信，可
能是词家们一直存在的一种心病。姜夔以自度曲、自制曲为主的
新的词乐体系的建立，正是对上述困境的应对，一定程度突破了依
调填写的刻板作风，使歌词与乐曲、内容与形式的关系趋于紧密。
姜词抒情艺术成就的取得，与此不无关系。夏承焘曾就白石自度
曲作这样的论述：

---

① 《宋史》卷一三一《乐志六》，第 3050 页。

　　他的"自度曲"、"自制曲"二卷,共有《扬州慢》、《长亭怨慢》、《淡黄柳》、《石湖仙》等十二首,都是他自制的新腔。他说"初率意为长短句"、"前后阕多不同",可见他这些词是以内容情感为主,和其他词人依调死填,因乐造文,因文造情者不同。所以我们读他的词,大都舒卷自如,如所欲言,没有受音乐牵制的痕迹。像前文引过的《长亭怨慢》上片:"阅人多矣,谁得似长亭树;树若有情时,不会得青青如此!"同词过变:"日暮,望高城不见,只见乱山无数。韦郎去也,怎忘得玉环分付:'第一是早早归来,怕红萼无人为主!'"在短短的几行里,就用了许多虚字和领头短句,像"矣"、"若"、"也",和"只见"、"谁得似"、"不会得"、"怎忘得"、"第一是"等,这也是他和按谱填词者不同之处,所以能做到宛转相生的地步。①

这样的分析,能够引导我们了解姜词的艺术特点,尤其是他对倚声死填的方法的突破。一方面是守律严格,一方面是突破死填法。这两点看起来矛盾,实是统一的。死填法源于对乐曲本身的陌生,因不谙熟律,而用硬填的方法。姜氏则在深知词乐的情况下,发挥了他的能动性。所以,他对死填法的突破,不仅是其自度曲、自制曲的创作情况,在用现代的曲调时也能发挥其妙。在他的词里,音乐性与抒情性达到一定的统一,在抒情艺术上达到新的高度。有学者甚至认为姜词是中国抒情传统的转变②。这些成就的取得,与其在词乐本体与创作方法上的新探索分不开。

---

① 《姜白石词编年笺校》"代序",第 11—12 页。
② (美)林顺夫著,张宏生译《中国抒情传统的转变——姜夔与南宋词》前言,上海古籍出版社 2005 年,第 2 页。

三、姜词表现男女之情的两种类型及其对婉约词风的改造

　　姜夔词的第三个重要突破,是在重乐守律的前提下,对婉约传统的突破。婉约传统的形成,与词的女乐性质及重乐守律的传统有直接的关系。词的豪放婉约之分,包含着多个层面的内容。从音乐的性质来看,豪放派与音乐疏离,不太守律;而婉约派则多是重乐守律,早期更是带有女乐的性质。当时人评论苏柳词的风格不同,柳词适于十六七岁女郎执红牙小板而唱,苏词则适于关西大汉绰铁板铜琶而唱。正是说明婉约词具有女乐的性质,也就是晚唐花间词原有的一种性质。

　　守律入乐的词家,从柳永到周邦彦、吴文英、姜夔等人,自成系列,有一个雅化的过程。这个雅化的过程,其实就是从市井大众俗乐新声词到士大夫自娱其乐的新声俗曲的发展。虽然同是入乐的,但由于欣赏主体的变化、欣赏环境的变化,其音乐的性质也发生变化。从伶工之词变化为一种士大夫可娱的高级的抒情歌曲,内容变化为士大夫自己抒情,讲究文辞的性质当然是更加突出了。从重乐守律来看,姜词的基本性质,是属于婉约一派的。但是历来很少从婉约词的角度阐述姜词,那是因为姜词在词体艺术上,不仅上探诗骚乐府,而且继承周邦彦以诗入词的作法,以晚唐诗、江西诗法入词(夏承焘说,见后),对传统的婉约词风有很大的变化。

　　光从内容来讲,如果说婉约词以表现男女之情为重要的内容,那么白石词是脱不了婉约的主流的。但白石词多写儿女之隐情,风格上却追求清空奇劲,写情追求能入能出。其《摸鱼儿》词序有

"戏吟此曲,盖欲一洗钿合金钗之尘"①之语,能看出他对从前钿盒金钗、脂香粉艳风格有所扫弃。造成这种突破的更主要的原因,是姜词继承的士大夫词与伶工词不同的自我抒情传统。晚唐五代词是歌筵舞席的产物,完全是一种流行歌曲,即伶工之词。李后主以宫廷音乐的实力作词,并以个人生活入词,转向了个人抒情。北宋的士大夫词,如二晏词、欧词、张先词,可以说是士大夫欣赏新声俗乐的成果。士大夫阶层拥有一种音乐资源,如晏殊的词里说"一曲新词酒一杯"②,说的就是士大夫征歌选舞的生活情形。《小山词》里说:"始时沈十二廉叔、陈十君龙家有莲、鸿、蘋、云品清讴娱客,每得一解,即以草授诸儿,吾三人持酒听之。"③正反映了士大夫重乐守律一派的词与女乐的关系。又如王灼《碧鸡漫志》序也记载他在成都碧鸡坊友人家听乐歌的事情。这种其实都是士大夫欣赏新声俗乐的常态。由于作者与欣赏者都是士大夫,所以,它在内容上与真正的市井俗乐不同。此时的词在内容上虽然继续花间传统,但部分地转向表现士大夫的个人生活与感情。迎合词的婉约传统,他们在词里表现个人生活,与在诗里所表现的不太一样,是偏向于更加隐秘化的。士大夫词的表现爱情的传统,就是这样建立起来的。姜词的最大成就,就在促使了士大夫爱情词的成熟。

词写男女之情,又应分为两流:一种是深情的写法,接近我们所说的爱情词;一种是游戏的写法,用一种调笑的态度来表现男女之事。前者往往是第一人称,后者往往用第三人称,当然这不是绝对的。以《花间集》而论,温庭筠主要属于第一种,韦庄则有一

①《姜白石词编年笺校》,第40页。
②《全宋词》,中华书局1999年,第1册,第112页。
③ 张草纫笺注《二晏词笺注》附录三小山词《原序》,上海古籍出版社2008年,第602页。

些是属于第二种的。以温庭筠的《梦江南》与韦庄《思帝乡》两首
为例：

> 梳洗罢，独倚望江楼。过尽千帆皆不是，斜晖脉脉水悠
> 悠。肠断白蘋洲。（《梦江南》）①
>
> 春日游。杏花吹满头。陌上谁家年少，足风流。妾拟将
> 身嫁与，一生休。纵被无情弃，不能羞。（《思帝乡》）②

两者抒情风格很不一样，前一首更近诗的抒情传统，后一首则典型
地属于宴乐之词的风格。其后词所写男女之情，大体也可以分为
深情绵邈与放浪调笑两流。姜夔有些词是写他人情事，带调笑性
质，属于这放浪调笑一流。如《少年游·戏平甫》：

> 双螺未合，双蛾先敛，家在碧云西。别母情怀，随郎滋味，
> 桃叶渡江时。　　扁舟载了，匆匆归去，今夜泊前溪。杨柳津
> 头，梨花墙外，心事两人知。③

夏承焘笺："此戏张鉴纳妾，鉴有别墅在武康。"④ 现在我们看，他是
带有玩赏、游戏的趣味的。他表面是从这个女孩子的立场出发，
写她将为人妾的心情；实际上都是通过旁观者的窥探完成一个艳
逸的形象，通过这种描写来跟张平甫打趣。还有一些词，写女子情
形，或写男女之情，但作者明显是一个旁观者，其实也是接近游戏

---

① 华钟彦《花间集注》卷二，中州书画社 1983 年，第 41 页。
②《花间集注》卷三，第 76 页。
③《姜白石词编年笺校》，第 100 页。
④《姜白石词编年笺校》，第 101 页。

性质的。如《鹧鸪天》（己酉之秋苕溪记所见）：

> 京洛风流绝代人。因何风絮落溪津。笼鞵浅出鸦头袜，
> 知是凌波缥缈身。　　红乍笑，绿长颦。与谁同度可怜春。
> 鸳鸯独宿何曾惯，化作西楼一缕云。①

这似乎是在京洛这样的大都市里享有盛名的名妓，却不知因何流离到吴兴苕溪一带。目前来看，好像还是独自一人，但作者料想这样的绝世佳人，不太可能长期独宿，将会投奔某位贵富之人。也许这位贵富之人，就是白石熟悉的。也许在写词的当刻，已有某种形迹发生。这样一首词，当然是第三人称写的。一开头好像充满同情，其实读完整首词，我们发现，这还是一种文人猎艳之笔。《莺声绕红楼》中写到张平甫家的家妓，也属猎艳之笔：

> 甲寅春，平甫与予自越来吴，携家妓观梅于孤山之西村，
> 命国工吹笛，妓皆以柳黄为衣。
> 十亩梅花作雪飞。冷香下、携手多时。两年不到断桥西。
> 长笛为予吹。　　人妒垂杨绿，春风为染作仙衣。垂杨却又
> 妒腰肢。近（平声）前舞丝丝。②

上述的游戏、猎艳的写法，当然是属于传统婉约词的一种。这一类词在风格上并没有太多的创新，但也反映了白石词沿承《花间集》以来绮艳传统的一面。

---

① 《姜白石词编年笺校》，第 29 页。
② 《姜白石词编年笺校》，第 53 页。

　　白石婉约词的主体风格,属于深情绵邈一派,并且融入骚雅的趣味。其风格多以悲哀危苦为主调。婉约词发端于歌筵舞席,为伶工之词,多为侑酒助欢之词,所以花间、北宋的令词,多以欢愉之词为主。南唐词趋于深情,尤其是后主写家国遭遇的词,开启士大夫个体抒情的传统。柳永、黄庭坚多艳俗之体。黄词更多调笑之体,柳词在写婉约之情的同时,多渗入身世之感,深化了婉约词的抒情艺术。但总的来说,婉约词是以欢乐之词为主体。姜词多怨抑哀伤之情,其情感类型趋于悲哀危苦。这一点他自己有不少揭示:

　　　　《扬州慢》序:予怀怆然,感慨今昔,因自度此曲。千岩老人以为有《黍离》之悲也。①
　　　　《一萼红》序:湘云低昂,湘波容与,兴尽悲来,醉吟成调。②
　　　　《霓裳中序第一》序:予方羁游,感此古音,不自知其辞之怨抑也。③
　　　　《翠楼吟》序:兴怀昔游,且伤今之离索也。④

体味姜夔的这种表述以及他的整体风格,让我们想起庾信《哀江南赋序》所说的两句话:"不无危苦之词,惟以悲哀为主。"⑤《小重山令》赋红梅和《齐天乐》咏蟋蟀可以说是白石怨抑风格的代表:

―――――――――

① 《姜白石词编年笺校》,第 1 页。
② 《姜白石词编年笺校》,第 3—4 页。
③ 《姜白石词编年笺校》,第 5 页。
④ 《姜白石词编年笺校》,第 18 页。
⑤ (清)倪璠注《庾子山集注》,中华书局 1980 年,第 95 页。

人绕湘皋月坠时。斜横花树小,浸愁漪。一春幽事有谁知。东风冷、香远茜裙归。　　鸥去昔游非。遥怜花可可,梦依依。九疑云杳断魂啼。相思血,都沁绿筠枝。(《小重山令·赋潭州红梅》)①

庾郎先自吟愁赋。凄凄更闻私语。露湿铜铺,苔侵石井,都是曾听伊处。哀音似诉。正思妇无眠,起寻机杼。曲曲屏山,夜凉独自甚情绪。　　西窗又吹暗雨。为谁频断续,相和砧杵。候馆迎秋,离宫吊月,别有伤心无数。豳诗漫与,笑篱落呼灯,世间儿女。写入琴丝,一声声更苦。(《齐天乐》)②

这两首词,都运用了传统的比兴寄托的写法。第一首只有"人绕湘皋"一句是作者自叙,下面迅速折入红梅的描写,并且深入物象,虚构以红梅为主人公的"一春幽事有谁知"的情感世界。下片"鸥去昔游非"又转回词家个人的视角,并且引出对九疑云断往事的回忆,用湘妃啼斑竹来陪衬。作者在篇幅不长的一个小令中,组织了曲折深层的抒情结构。第二首写蟋蟀,凭借慢词篇幅较长的条件,更多地运用了赋的写法。开头以"庾郎先自吟愁赋"衬起,接下"凄凄"句直接点出蟋蟀声,"露湿"三句是空间的展开。至"思妇"四句,则是引入传统思妇情节。下片仍接思妇听蟋蟀情事。并且再写于旅馆、离宫闻蟋蟀之伤心,寄入对北宋灭亡,君臣被掳北上的大情节,并以儿女呼灯寻蟋蟀的天真烂漫之事相衬。最后说到琴曲《蟋蟀吟》,具有点题的性质。作者自注:"宣政间有士大夫制《蟋蟀吟》。"它所表达的,正是"亡国之音哀以思"的观点。这两首

---

① 《姜白石词编年笺校》,第 13 页。
② 《姜白石词编年笺校》,第 58 页。

词,一寄儿女深情,一寄家国之感,在白石词的情感表现上,是有代表性的。

白石表现婉约内容的词中,最重要的是一些表现个人私生活的作品。从白石的许多词中,都能感受到他似乎有一场或者几场真正的爱情生活。在白石研究中,夏承焘第一次提出这个问题。据他考证,姜白石生平中,有一场持续数十年的合肥情事。他的具体考证,见于《姜白石词编年笺校》所附《行实考》中的《合肥词事》一篇①。他的大体结论是认为,姜夔淳熙间客合肥,结识勾栏中两姐妹,与其中一人发生恋爱事情。后来又多次相见,但始终未能在一起,成为平生魂牵梦萦的一段情事。其中最主要的一首词就是下面这首:

> 肥水东流无尽期。当初不合种相思。梦中未比丹青见,暗里忽惊山鸟啼。　　春未绿,鬓先丝。人间别久不成悲。谁教岁岁红莲夜,两处沉吟各自知。(《鹧鸪天·元夕有所梦》)②

其他正面地表现爱情的,还有《浣溪沙(钗燕笼云晚不忺)》《解连环(玉鞭重倚)》等。如果这个合肥情事说属实,有助于解释白石词中的这样一个现象:他的不少慢词,经常在叙述游赏、感时、俯仰身世的显性主题下,突然转入一种隐约的情感表达。比如:

> 古城阴。有官梅几许,红萼未宜簪。池面冰胶,墙腰雪

---

① 《姜白石词编年笺校》,第 269 页。
② 《姜白石词编年笺校》,第 69 页。

老,云意还又沉沉。翠藤共、闲穿径竹,渐笑语惊起卧沙禽。野
老林泉,故王台榭,呼唤登临。　　　南去北来何事?荡湘云楚
水,目极伤心。朱户黏鸡,金盘簇燕,空叹时序侵寻。记曾共西
楼雅集,想垂杨还袅万丝金。待得归鞍到时,只怕春深。(《一
萼红》)①

此词全篇都是写游赏,但至下片"朱户黏鸡"以下,转入怀人之感
的抒发,并且其对象明显地属于女性。又如《庆宫春》词写岁暮垂
虹之游,下片也多怀人之感。甚至《扬州慢》虽以感怀离乱为主
题,但下片转入写杜牧的扬州情事,似乎也寄托了白石自己的情感
遭遇。还有一些表面看起来只是咏物主题的词,也经常带出一些
男女情事的痕迹。如白石词中很有名的《暗香》《疏影》两首,是
咏梅花的自度曲。其中有"昭君不惯胡沙远,但暗忆江南江北"以
及"犹记深宫旧事,那人正睡里,飞近蛾绿"这些词句,因此有学者
认为其暗寓北宋灭亡时被掳入北土的徽宗、钦宗二帝的后妃,甚至
可能是徽、钦两帝本人。但这些词句,都有可能只是用典,而夏承
焘则认为是寄寓合肥情事。从上分析,我们得出这样一个结论:白
石词中弥漫着一种婉约、委曲的情感。

　　虽然晚唐五代词盛于女乐,但写个人感情,即我们今天所说的
爱情,并非婉约词的主流。《花间集》《尊前集》《金荃集》的词,
看集子的题目就知道是歌筵舞席之作,所以多写艳丽的情事。但
早期从温、韦到南唐中主、冯延巳等人,多是代言,北宋婉约词也
多是代言。这其中,当然也会有表现个人私生活感情的东西,如李
后主的词,写他自己的感情遭遇比较多。但总的来说,从晚唐到北

①《姜白石词编年笺校》,第4页。

宋,代言仍是词的主要模式,其中又有绮艳与放浪调笑两种主要的表现方式。我们前面分析过白石的艳情词,有一小部分是属于传统的代言的情词,以绮艳与调笑为主要风格。但这并非他的特色所在,也不能代表他的主体风格。他的主体风格,还是体现在上述那种表现个人情事的作品。像这样写文人自身的爱情故事与情感遭遇,至少从量上说,在词中无疑是一种后起的现象。在这方面,他继柳永、秦观、周邦彦之后,有很大的发展。但北宋这类情词的表现对象,或者说文人爱慕、情感相与的对象,主要还是青楼歌馆、歌筵舞席上的女子,其中不无猎艳凑趣的活色生香的写法,继承了花间的女乐词的传统。白石的个人情感遭遇虽尚未完全明确其对象,并且其平生的爱情经历也多迷离之处,但是他的爱情词表现了一种真挚、深沉的感情,同时一洗放浪调笑、猎艳涉趣之花间词印象。这是他对婉约传统的又一个改造。这也是他的词能够复雅,造成典型的骚雅风格的一个表现。

四、姜词吸收江西诗法入词的具体表现

姜夔词的第四个突破,是将诗法吸收进词法中,造成一种清劲甚至清刚的风格。以诗入词,苏轼有过实践,但走的是题材上打通的办法,并且他的以诗入词,没有得到声律正宗派的认可。周邦彦大量使用唐诗入词,其实也是以诗为词的尝试。姜白石与他们不同,是以诗法引入词法,同时又不改变词的本色。

关于白石词的写作艺术,夏承焘先生提出一个重要的看法,他认为白石"是要用江西派诗来匡救晚唐温(庭筠)、韦(庄),北宋柳

（永）、周（邦彦）的词风的"①。这个看法对我们了解白石词风及其写作艺术，有提纲挈领的作用。我理解它包含这样几个层面：一、白石词是从温、韦、柳、周这一派的婉约正宗中发展过来的，它当然继承了婉约词的许多东西。二、白石词在艺术上有革新的性质，这个革新又主要是针对温、韦、柳、周。三、白石词的革新婉约词，采用江西派的诗法。我们知道，白石的小部分词，学习当时辛弃疾、刘过等人的豪放风格，但用清空、婉丽来调剂豪放，风格与辛词有所不同。可以说白石对豪放词，也有一种革新的作法。但这不是白石词的主要成就，他的主要成就，还是在于对婉约词的革新。另外，白石对婉约词的革新，当然不只是用江西诗法入词，而是在题材、风格及语言艺术方面有整体的追求。但我们仍然不妨将江西诗法入词作为了解白石词艺术创新的一个突破口。

对于如何用江西诗法入词，夏承焘作了一些分析。第一是在风格方面：

> 晚唐以来温、韦一派词，内容十之八九是宫体和恋情，它的色泽格调十九是绮丽婉弱的，不如此便被视为"别调"；这风气牢笼几百年，两宋名家，只有少数例外。白石写了不少合肥恋情词，却都运用比较清刚的笔调。②

他举了一些句子，例如"淮南皓月冷千山，冥冥归去无人管"（《踏莎行》）、"阅人多矣，谁得似长亭树；树若有情时，不会得青青如此"（《长亭怨慢》）。他用"健笔写柔情"来概括这种作法。

---

① 《姜白石词编年笺校》"代序"，第 6 页。
② 《姜白石词编年笺校》"代序"，第 6 页。

　　夏承焘还提出白石词受江西诗法影响的另一点,即辞多自创自铸:

　　　　五代北宋人多以中晚唐诗的辞汇入词,贺铸所谓"笔端驱使李贺、李商隐"。后来周邦彦多用六朝小赋和盛唐诗,渐有变化,但还是因多创少。只有白石用辞多是自创自铸,如"数峰清苦,商略黄昏雨""冷香飞上诗句"等,意境格局和北宋词人不尽同,分明也出于江西诗法。[①]

总结夏氏分析,是两点,即"健笔写柔情"和"辞多是自创自铸"。詹安泰在论到姜词风格上的创造时,也说姜词"极意创新,力扫浮艳,运质实于清空,以健笔写柔情,自成一种风格,仿佛诗中的江西诗派"[②]。我们循着这些思路来研究白石词与江西诗法的关系,自然也可以再做举证。但我们不妨另辟蹊径,从江西诗另一些特点来体认白石吸收江西诗法入词的作风。

　　第一个还是在构思与章法方面。江西诗的章法是有特点的,就是开合很大,转折也很明显。清人方东树评山谷诗的构思之妙与结构之变化,有这样的一个评语:

　　　　山谷之妙,起无端,接无端,大笔如椽,转折如龙虎,扫弃一切,独提精要之语。每每承接处,中亘万里,不相联属,非寻常意计所及。[③]

---

①《姜白石词编年笺校》"代序",第 7 页。
②《詹安泰文集》,第 26 页。
③(清)方东树《昭昧詹言》卷一三,人民文学出版社 1961 年,第 314 页。

这个评论，其实也适用于姜词。婉约词的线条是比较柔和的，针脚也比较细密。白石词则给人起接无端的印象，无论是从本题落笔如《扬州慢》之"淮左名都"，还是用旁物衬起，如《齐天乐》之"庾郎先自吟愁赋"，都让人有意想不到之处，至其转折、接续，更是处处不落凡近，出人意表。最典型的就是《暗香》《疏影》，其中每一幅的接续，无论顺逆，都是人意计所不及。词中境界之大，就婉约主流来说，始于周、柳两家。豪放一派，则苏、辛也多大境界。白石词创造于南宋末江湖名士的生活环境中，在境界之大上，未必能超过上述诸家，但是其词境对清空要眇之追求，却形成一种新的词境特点。白石词的情感表达（包括个人的爱情生活），常是安排在一个江湖漂泊的阅历之中，故其写词中的山水境界，多近于骚雅，近于《楚辞》，与柳永之多出汉赋的铺叙之法不同。这恐怕与他接受江西诗派的运思玄奥、以意绪提挈物象的方法是有关系的。白石词较一般的婉约词，境界空间更大。当然，这也与白石词所表现的内容有关。传统词多在闺阁、庭院，即便写山水，也多山温水柔；在写法上则多用赋法，铺叙有序，像柳永的《望海潮》写杭州，属于词中的大山水，着重赋法的完密与整体描写，出于汉赋。白石少有纯粹赋法写景之作，其《扬州慢》是近于赋法了，但景物的描写不但渗入浓重的主观情绪，而且很跳跃，并不以全面地凸现景物为主，而是以意绪为主。他的一些写江湖意绪的词，经常融入男女之情，并将不同时空安排在一个境界中。如《一萼红（古城阴）》一首，上下片之间，情景的转化极其开阔。即使上片连贯地叙事、写景，给人的感觉，也不是赋法的铺陈，而是诗句的跳跃。又如《念奴娇（闹红一舸）》写武陵、吴兴、杭州西湖三处的观荷印象，又不用普通的赋法铺陈。这些都可以看出白石词在结构艺术上有独特的经营，有些地方受到《楚辞》的影响，至其就近的取法，则在于江西诗派。

方东树对黄庭坚诗的其他评论,如说"山谷之妙,在乎迥不犹人,时时出奇"①,"涪翁以惊创为奇才,其神兀傲,其气崛奇,玄思瑰句,排斥冥筌,自得意表"②,"入思深,造句奇崛,笔势健,足以药熟滑"③,大体上也都是适合于白石词的。概括起来,就是运思之深刻,力求出人意表,势奇崛而语不熟滑。江西诗对诗歌创作浅易、圆熟、汗漫无归的作风的克服,被白石有意或无意地运用于词体创作方面。再以《暗香》《疏影》为例。一是表现在致思迥不犹人,其咏梅花,打入平生身世之感,并且将杜诗中原与梅花无关的日暮倚修竹之佳人、佩环月下独归的昭君,转化为写梅花的意象,可以说就是"迥不犹人,时时出奇","排斥冥筌,自得意表";也因此而造成"中亘万里"的结构上开合变化、跳脱腾掷。如《疏影》上片:

> 苔枝缀玉。有翠禽小小,枝上同宿。客里相逢,篱角黄昏,无言自倚修竹。昭君不惯胡沙远,但暗忆、江南江北。想佩环、月夜归来,化作此花幽独。④

从头几句正面写梅花形象,到"客里相逢"一层,已是较大的转折。但更大的转折,还在突然写到"昭君不惯胡沙远",由咏梅而说到昭君,初一看,不知他要说什么,及至读到"化作此花幽独",方才舒了一口气,不禁感叹其险而稳的艺术处理。就像高高地跳起,翻了几个转身,最后稳稳落下。这种章法,就给人"中亘万里"的感觉。

---

① 《昭昧詹言》,第 313 页。
② 《昭昧詹言》,第 313 页。
③ 《昭昧詹言》,第 314 页。
④ 《姜白石词编年笺校》,第 48 页。

就算纯粹的男女情事的表达，白石也一反传统的线条柔和的作法，在结构上追求转折多变的效果。如《解连环》从"玉鞭重倚，却沉吟未上，又萦离思"的"离思"开始①，全篇用倒叙之法，用这种结构上的险劲、跳脱的效果，摆脱了传统的软靡风格。又如《鹧鸪天》这一首，是写相思之情，但不仅挚而深，而且境界大，造成很长的时间感与较大的空间感：

> 肥水东流无尽期。当初不合种相思。梦中未比丹青见，暗里忽惊山鸟啼。　春未绿，鬓先丝。人间别久不成悲。谁教岁岁红莲夜，两处沉吟各自知。②

这一首短短的爱情词，其中意象、情绪的变化，都显得特别的丰富。其中实际上有一种高超的结构艺术在支撑着。

第二个可能受到江西诗法影响的方面，就是避熟求生。这一点与夏承焘先生所说的"辞多自创自铸"有点接近，但不完全是一个意思。江西派的好处，是无论在题材内容还是风格上，都追求开辟创造。清人蒋士铨诗句说"宋人生唐后，开辟真难为"③，指出江西派特点尤其是黄庭坚的造诣所在。白石在词的创作上避熟求新，力求开拓，在艺术上既复古而又求新，正与江西诗派是同一思路。复古是复理想之古，求新是求异于时。两者说到底都是要创出新风格，新境界。这一点我觉得可能是白石用江西诗法入词之根本处。首先一点，就是在词调上，白石当然是避熟求生的典型。

---

① 《姜白石词编年笺校》，第 46 页。
② 《姜白石词编年笺校》，第 69 页。
③ （清）蒋士铨《辩诗》，（清）蒋士铨著，邵海清校，李梦生笺《忠雅堂集校笺》卷一三，上海古籍出版社 1993 年，第 986 页。

他创作自制曲、自度曲、古曲翻新的热情，远高于创作常调。这果然是因为他在音乐上的高度造诣，同时也是由于他不满时风，并且勇于创新，富于艺术上的挑战精神。其次在表现的内容与语言上，他都是力求生新的。再次在表现方法上，他也是力避陈熟的作法，寻求新境。再以《疏影》为例，昭君魂化梅花之说，完全是新创的。运用的虽都是一些梅花的固有典故，但却在写法上求新：

> 犹记深宫旧事，那人正睡里，飞近蛾绿。莫似春风，不管盈盈，早与安排金屋。①

仅是寿阳公主昼卧殿前而梅花点额不退的故事，却化出这么丰富的情节，很难说这是一般的用典。

第三个方面，就是江西派的脱胎换骨，点铁成金，以及黄庭坚自己说的"以俗为雅，以故为新"的作法②，不能不说，也是白石词的基本方法之一。从周邦彦开始，词中较多用诗赋之语，后来辛弃疾甚至用经史中语。周邦彦是黄庭坚的同时人，其善用诗赋是否受黄诗的影响不好说；但不能不说两者之间有一种共同的关系。白石词在用典、化用诗赋词语方面，则应该是同时接受山谷诗与清真词的影响。白石词里化用前人诗句，有的是用清真之法，直接将唐诗成句熔裁到词中，其中的情景、韵味都与原作相近。如《扬州慢》中"过春风十里"、"纵豆蔻词工，青楼梦好"、"二十四桥仍在"都是化用杜牧的诗句。《侧犯》中"微雨，正茧栗梢头弄诗句，

---

① 《姜白石词编年笺校》，第48页。
② （宋）黄庭坚《〈次韵杨明叔四首〉再次韵并引》，《山谷诗集注》卷一二，刘尚荣校点《黄庭坚诗集注》，中华书局2003年，第441页。

红桥二十四,总是行云处"①,也是化用黄庭坚"红药梢头初茧栗"
一句②。姜夔词化用前人诗句的范围,较周邦彦为广,如有化用《楚
辞》的,如《一萼红》的"荡湘云楚水,目极伤心",出于《招魂》"湛
湛江水兮上有枫,目极千里兮伤春心"③;也有化用李贺的,如《念
奴娇》"高柳垂阴,老鱼吹浪"④ 从李贺《李凭箜篌引》"老鱼跳波
瘦蛟舞"⑤化出;《琵琶仙》"想见西出阳关,故人初别"⑥,自然是从
王维《送元二使安西》"西出阳关无故人"⑦化出;《鹧鸪天》"笼鞋
浅出鸦头袜"从李白《越女词》"屐上足如霜,不着鸦头袜"⑧化出;
《念奴娇》"我醉欲眠伊伴我,一枕凉生如许"⑨,化用李白"我醉欲
眠君且去"⑩一句。除此之外,如《长亭怨慢》"阅人多矣,谁得似
长亭树;树若有情时,不会得青青如此",他自己在小序中已经交
代,化自《世说新语·言语》所载桓温"昔年种柳,依依汉南;今看
摇落,凄怆江潭;树犹如此,人何以堪"⑪。像这种,都是继续了周邦
彦的作法,但取用的范围更广。另一种,是脱胎换骨的用法,往往
采用移花接木的办法,把本来不属于此事的成语与事典,嫁接到这

---

①《姜白石词编年笺校》,第 103 页。

②(宋)黄庭坚《往岁过广陵值早春》,《山谷诗集注》卷七,《黄庭坚诗集注》,
　第 280 页。

③(宋)洪兴祖《楚辞补注》卷九,中华书局 1983 年,第 215 页。

④《姜白石词编年笺校》,第 30 页。

⑤(清)王琦等注《李贺诗歌集注》,上海人民出版社 1977 年,第 31 页。

⑥《姜白石词编年笺校》,第 28 页。

⑦(清)赵殿成笺注《王右丞集笺注》卷一四,上海古籍出版社 1961 年,第 263 页。

⑧(清)王琦注《李太白全集》卷二五,中华书局 1977 年,第 1194 页。

⑨《姜白石词编年笺校》,第 102 页。

⑩《李太白全集》卷二三,第 1074 页。

⑪余嘉锡笺疏《世说新语笺疏》,中华书局 1993 年,第 114 页。

里来。这方面,仍要举《疏影》的写法,将杜甫《佳人》《咏怀古迹》诗中咏王昭君的诗句,移接到咏梅词中。这种即是江西诗的移花接木之法。还有境界脱胎于古人的,如《踏莎行》"淮南皓月冷千山,冥冥归去无人管"①,其境界与杜甫《梦李白》"魂来枫林青,魂返关塞黑"②最为接近,也可以理解为一种脱化。上面这些,都是我们看得到的,此外诗人运用前人的诗句、诗意而融化无迹、不能指认的,也应该有不少,需要我们慢慢地去发现。

上面从词乐的改造、倚声填词方法的突破、对婉约传统的改造、以诗为词等四个方面,讨论了白石词的复雅、复古的努力。我们认为这是白石词对北宋以来文人词发展困境的一种突破,体现了文人以雅正的观念及以诗骚为源流的丰厚的诗歌传统来改造具有俗乐、女乐性质的词体艺术的意图。白石词这方面的成功,解决了宋词创作中长期存在的婉约则绮靡、豪放则不守律的矛盾,使其成为文人词的主流,在其后的清词发展中成为一种词体艺术的经典。

(原载《武汉大学学报(人文科学版)》2017 年第 6 期)

---

① 《姜白石词编年笺校》,第 20 页。
② (清)仇兆鳌注《杜诗详注》卷七,中华书局 1979 年,第 555 页。

论龚自珍诗歌的复与变

引　言

　　对龚自珍在诗歌史上的位置，尤其是其与诗歌传统的关系，在学术上一直缺少比较准确的定位。这里面我觉得关键是两个层面的问题：一是龚诗在清诗的源流演变中处于什么样的位置；二是龚诗与汉魏唐宋诗歌传统的关系。历史上的大诗人如杜甫、黄庭坚，在其稍后的时代，都有评论家为其作出诗史定位，如元稹、秦观之论杜之集大成，刘克庄论黄庭坚之为宋诗宗祖，方回确立黄庭坚为江西诗派一祖三宗的三宗之首。即使像李白、苏轼这样向来被视为极富创造力的天才型作家，其诗歌史的定位及与诗歌传统的关系，也都已有比较明确的结论，如认为李白是以复古为创造，苏轼是在继承盛唐、中唐诗风的基础上进行自由的创造。龚自珍作为古代诗史最后一个发展阶段的大家，在晚清乃至民国的诗坛上影响巨大，但其在诗歌史上的定位一直还是模糊的。早期的一些文学史如来裕恂《中国文学史》、钱基博《中国文学史》，讲清诗流变时都不提龚诗。可见龚诗影响虽大，定位却较困难，认为其或涉粗犷、或流于侧媚、不属于正宗风格者亦颇有人在。近人研究龚自珍，作为一种基本看法，都重视龚诗与晚清之现实矛盾及士气中孕育之新精神气候的关系，同时也都强调其思想上的启蒙性与艺术天才的独创性。对于其与清诗的关系，则认为其与思想上属于心学流派的袁枚等人的性灵派有关，受到袁枚、王昙等人的影响①。但这个层面上也未能深入挖掘。本文认为，龚自珍作为近代诗风的开创者，其诗歌艺术成因中近代性的因素当然需要充分注意，但其古典性同样不能忽略。作为处于古代诗歌史最后一个发展阶段而又能在体制与风格方面都作出独特创造、形成新颖奇变风格的大家，其诗歌发展的道路仍然属于唐宋诗人实践过的以复为变、以继承为创新的传统诗学的路子。所以本文的核心内容，就是论述龚诗的复变关系。复变的意义，略同于通变，也接近于我们今天所说的继承与创新，它可以说是艺术发展的一种规律。但是作为一种创作思想的复变，却不是每一个艺术家都能自觉把握并在实践上作出合理的、个性化的处理的。所以文学创作的成熟，也表现在作家对复变之道的自觉把握上；而且对复变关系的不同认识，也是文学史上不同的风格与流派形成的原因之一。龚自珍的诗歌，给我们最大的印象就是艺术个性极其突出，风格上创新性很明显。他的诗歌，不仅在当时别出一格，一空依傍，就是相对于唐宋以来的古近体诗的风格传统，也有明显的突破。从体制与风格的全面的创新性来说，他与李白、李贺有一种类似的表现，都是以复古的方式来超越时流，造成一种奇变的风格。当然，研究龚诗自成一家之艺术风格的成因，是一个综合性的课题。尤其是龚自珍独特的思想行为

---

① 参见王小舒《中国诗歌通史·清代卷》第 28 页绪论部分、第 581 页"龚自珍"部分的有关论述(人民文学出版社 2012 年)。

方式和艺术个性,以及造成这些内容的主客观原因,是我们首先需要重视的。本文着重从复变关系来研究龚诗艺术,并且也涉及龚氏诗学形成独特的复变思想与创作实践的学术方面的一些原因,力求在龚氏学术与文学的整体中把握其诗歌艺术中的复变关系。

　　本文所要阐述的基本看法是:龚诗是对清代康乾以来形成的正宗诗风的一种变化,并且是巨变。龚自珍的诗歌具有变风的特点,在风格上对明清之际的吴伟业、钱谦益等家有所继承,同时也受由心学思想孕育出来的性灵派的诗歌理论与写作风格的影响。但总体来说,定庵诗是对明代复古派所造成的空廓、“客气”之诗风的继续排击。但是龚自珍并没有简单地放弃复古诗学的思想,而是自觉地继承唐代诗人李白、李贺等人的复古方法,其个人在诗学方面的主观祈向,是超越明清甚至部分地超越唐宋,向汉魏六朝乃至诗骚的艺术精神回复。在这种艺术观念的主导下,龚氏在诗体、诗格、诗法方面都作出了创新,或者说以复古为创新。唐宋时代杰出诗人以复古为创新的艺术实践的成功经验,在龚自珍的诗歌创作中再次得到证明。但是,龚自珍在追求诗歌艺术的道路中是存在着困惑的。他对诗歌艺术的认识并非完全清晰,对诗歌伦理价值与艺术功能的认识不如唐宋诸大家之坚定。所以其在诗道的追求上常有徘徊。这与同时期的乾嘉学术的兴盛有关系,也由于他曾经修习佛学。这两种学术思想,使龚自珍对诗歌的价值一直缺乏充分的自信,这是他远不及李白的地方。而性灵派的过于追求自由、不重视法则的诗学思想,在成就龚诗的同时,也使它的诗歌在瑰奇壮丽、豪放调达的同时,缺少一种深淳静美的气质。龚诗在扬弃清代康乾以来的正宗诗风的同时,也失去了这种传统风格中所积淀的写境之美。这在某种意义上可以说是龚诗刻意自我作古、追求风格创造所付出的代价。

一

　　复变不仅是龚自珍诗歌创作的特点,同时也是他的整个学术文章创造的一种基本的价值取向。可以说,孕育于当代的变局而力求逆向发展、以复古为创新是龚自珍学术与文章的基本性格。魏源对龚氏的这个特点有很透彻的认识。其《定庵文录序》云:

　　　　昔越女之论剑曰:"臣非有所受于人也,而忽然得之。"夫忽然得之者,地不能囿,天不能嬗,父兄师友不能佑。其道常主于逆,小者逆谣俗,逆风土,大者逆运会,所逆愈甚,则所复愈大。大则复于古,古则复于本。若君之学,谓能复于本乎?所不敢知,要其复于古也,决矣! ①

他强调龚氏的独创性,并且认为这种独创性是以"逆"的方式来表现的。逆于世俗,逆于士俗,逆于同时代的文风及诗风。这的确是龚自珍的特点。但他进一步又说"逆"就是"复"。只有能逆于今,才能复于古。而复于古,就能复于本。这里所说的本,当然是指事物的本然状态,也与我们所说的客观规律相近。复于古并非目的,目的在于通过复于古而能够复于本。以复古为复本,当然是中国古代人的一种思维方式。魏源最后又说,龚氏的文章与学术,有没有复于本,他自己不敢确定,但能复于古,则是决然可言的。这样说,他是将复于本看成比复于古更高的境界。也就是说龚、魏等人在艺术风格上的复古与创新,是以实现其理想的艺术本质为目标的。但魏源变多而复少,如其最富于创造风格的古体山水纪游诗,

────────────

①《魏源集》,中华书局 1976 年,第 238 页。

风格粗犷,造语奇肆,但多失写境之美。龚氏则是寓变于复,就诗歌创造来讲,他是通过复古而接近诗道。即魏源所说的"大则复于古,古则复于本"。其中自然是贯穿着他自己对于诗道的认识,而非仅求风格上的复变的。

从复古的具体内涵来看,魏源对于龚自珍的逆于今与复于古有一个基本的判断,认为他能继统春秋诸子,复战国秦汉之古:

> 阴阳之道,偏胜者强。自孔门七十子之徒,德行、言语、政事、文学已不能兼谊;其后分散诸国,言语家流为宋玉、唐勒、景差,益与道分裂。荀况氏、扬雄氏亦皆从词赋入经术,因文见道,或毗阳则驳于质,或毗阴则愦于事,徒以去圣未远,为圣舌人,故至今其言犹立。矧生百世之下,能为百世以上之语言,能驲宅百世以下之魂魄,春如古春,秋如古秋,与圣诏告,与王献酬,蹋勒、差而出入况、雄,其所复讵不大哉? ①

这里所贯穿的,仍是刘勰曾经阐述过的原道、征圣、宗经的文学思想,但是有所变化,涉及春秋以后学术的流变。魏源正从此角度来评论龚自珍的文章学术,认为定庵的文章超越宋玉、唐勒之流的辞赋。因为宋、唐、景等人的辞赋,虽从孔门言语一科中分出,但与道分裂(这接近于我们所说的纯文学或美文学传统的确立)。而龚自珍所追求的是在辞赋创作这一纯文学传统产生之前的文与道合的理想状态。魏源认为龚氏所擅长的是文学,但是努力向经术、道统方面开拓,这与荀况、扬雄很接近,都是以词赋入经术,因文见道。综合上面的看法,魏源认为龚氏的成就超过了唐勒、景差之流,而

①《魏源集》,第 239 页。

能与荀况、扬雄等诸子颉颃。也就是说，龚氏的文学创作能够超越楚汉时代辞赋家之以文为文，而接近战国诸子文与道合的境界，试图将辞章之艺与经术、道统融合为一体。这其实正是乾嘉学风影响下的一种文学理想。魏源的这个评价是符合龚自珍自己实际的努力方向的。具体到龚氏文章的复古成就，魏源作了生动的描写，即"觇生百世之下，能为百世以上之语言，能骇宕百世以下之魂魄，春如古春，秋如古秋"。即以古代的语言艺术来表现其当代的灵魂。这当然是复古的极致境界。

　　魏氏所概括的逆于今而复于古，并进而复于本，当然包括龚氏的诗歌创作在内。应该说是我们评价龚诗及为其进行诗歌史定位的认识出发点。龚诗风格哀感顽艳，体制古锦斑烂，句法、章法纵横奇变，打破了清中叶以来因袭圆熟、风骨不振、普遍缺少个性的疲软作风，其所谓"忽然得之"的独创性是很突出的。但这种独创与奇变有一个参照的对象，那就是康乾以来的正宗诗风。这就是龚诗创作中"其道常主于逆"所逆反的主要对象。他与盛平诗风的逆反关系在早期就已经有所显现。他二十五岁时，友人钮非石赠诗中已指出此点："翠虬游青霄，醯鸡舞盆盎。赋形既悬绝，高下焉能仿。大雅久不作，斯文日恼悗。蛙声与蝉噪，倾耳共嗟赏。浙西挺奇人，独立绝俛仰。万卷罗心胸，下笔空依仗。"[1]钮氏指出龚氏文学不同于流俗的蛙声蝉噪，同时强调其独创与一空依傍。这就是龚氏超越时风的表现。

　　当然，龚自珍诗歌与清代康乾以来盛平诗风的关系，也不是简单的否定或者革新的关系。如其《己亥杂诗·王秋圻大垎苍茫独

---

[1]《龚君率人出示诗文走笔以赠》，夏田蓝编《龚定庵全集类编》附录《定庵先生年谱》"嘉庆二十一年丙子二十五岁"条，中国书店1991年，第468—469页。

立图》:"诗格摹唐字有棱,梅花官阁夜镂冰。一门鼎盛亲风雅,不似苍茫杜少陵。"①这里所说王秋垞的一门风雅,就是典型的清中期盛世诗风。《己亥杂诗》其一百十四:"诗人瓶水与谟觞,郁怒清深两擅场。如此高才胜高第,头衔追赠薄三唐。"其自注云:"郁怒横逸,舒铁云瓶水斋之诗也。清深渊雅,彭甘亭小谟觞馆之诗也。两君死皆一纪矣。"②从审美的风格来看,清深渊雅是清诗的正宗风格,郁怒横逸则是清诗中的变风。可见龚氏对清代盛平诗风,并非简单否定。龚氏早年所作的试律诗,见于昊昌绶《定庵先生年谱》者,有嘉庆二十三年浙江乡试(中式第四名)和道光九年参加会试(中式第九十五名)两首。乡试题《赋得芦花风起夜潮来》:"莽莽扁舟夜,芦花遍水隈。潮从双峡起,风剪半江来。灯影明如雪,诗情壮挟雷。秋生罗刹岸,人语子陵台。鸥梦三更觉,鲸波万仞开。先声红蓼浦,余怒白蘋堆。铁笛冲烟去,青衫送客回。谁将奇句视,丁卯忆雄才。"房考评曰"瑰玮冠场"③。其诗风格奇壮,不类温润之格。其后道光九年会试的《赋得春色先从草际归》则相对来说更近通常试律诗的清润之体④。由试律诗一端也可窥龚诗与盛平风雅的复杂关系。此点或可专论。从整体来看,龚自珍的审美是偏向于郁怒横逸的变风一类。其与清代主流诗风,主要是一种逆向取法的关系。

　　关于龚诗在清诗源流中所处的位置,陈衍《石遗室诗话》有所判断。陈衍认为清代诗学,道光以来为一大关捩。可以分为两派,一派为"清苍幽峭",出自"《古诗十九首》、苏、李、陶、谢、王、

①《龚定庵全集类编》卷一六,第390页。
②《龚定庵全集类编》卷一六,第374页。
③《龚定庵全集类编》,第470页。
④《龚定庵全集类编》,第484页。

孟、韦、柳以下,逮贾岛、姚合,宋之陈师道、陈与义、陈傅良、赵师秀、徐照、徐玑、翁卷、严羽,元之范梈、揭傒斯,明之钟惺、谭元春之伦,洗炼而镕铸之"。道光后以蕲水陈太初为此派代表,同光时期的代表人物则是郑孝胥。魏源属于这一派,但"才气所溢,时出入于他派"。另一派为"奥衍生涩",出自"《急就章》、《鼓吹词》、《铙歌十八曲》以下,逮韩愈、孟郊、樊宗师、卢仝、李贺、黄庭坚、薛季宣、谢翱、杨维桢、倪元璐、黄道周之伦,皆所取法。语必惊人,字忌习见"。此派以郑珍、莫友芝、沈曾植、陈三立为代表。以这样两派来分,龚自珍自然是接近"奥衍生涩"这一派的,但龚诗实际上还学习盛唐与中晚唐诸家,尤其是学习李白与李商隐等人,与奥衍生涩、妥帖排奡的一派差别很大。所以,陈氏又将他和厉鹗都视为单独的一派。其中论龚诗,认为"定庵瑰奇,不落子尹之后",但"丽而不质,谐而不涩,才多意广者,人境庐、樊山、琴志诸君,时乐为之"①。陈衍对道光以来两派诗学的区分,对我们理解龚定庵的诗学取向有一定的启发性。但龚诗有自己的取法渊源与革新对象,与清苍幽峭派固然道路不同,与奥衍生涩派的审美取向也有很大的距离。更重要的是,上述清苍幽峭、奥衍生涩两派本身并不绝然隔绝,至少奥衍生涩一派作者并不排斥清苍幽峭的作风。因为唐宋以来,景物描写上的写境之美是一个基本的追求。但龚诗的实际情况,则是追求或奇瑰、或古色古香的造境之美,基本上放弃了写境之美的追求。所以,龚集中基本没有模山范水及一般应酬之作。而这两种正是中唐以后诗家的常调。可见龚氏之复古,取法实在中唐以上。他之所以这么做,还是由于不满乾嘉以来清诗之泛滥平庸。

---

① 陈衍《石遗室诗话》卷三,人民文学出版社 2004 年,第 41—42 页。

　　为了更好地把握龚自珍的诗学背景,我们不妨简单回顾一下清诗发展的过程,它跟清代学术的发展过程是相似的:在经历明末清初的遗民诗与贰臣诗的沧桑之气后,一种以雍容舒徐为基本气质、揄扬风雅为基本精神的康雍乾诗风开始铺开,南施(闰章)、北宋(琬)已开其端。自然,这其中又存在着朝野以及南北各地的不同,形成了许多诗派与各自的艺术主张。最有影响的当然是学界常说的神韵、性灵、格调、肌理诸派。我们可以看到,在这样一个时期,艺术问题上升为主要的问题。社会现实的表现、个性的创造退居次要的位置。正如乾嘉学术崇尚一种纯粹客观的考据方法一样,乾嘉诗风也将主要的努力放在对诗歌自身的艺术性质与表现方法的探讨上。或者说,他们各自以纯艺术或纯学术的方式,回避现实政治,藏匿汉族士大夫的主体精神与民族情绪,好像是对曾经发生过的历史巨变做一次集体性的遗忘。这个时候,文化或传统就成了主要的寄托,好在入主中原的清朝统治者的原有文化只处于氏族与部落文化的阶段,所以差不多是通盘接受以儒道为纲要的中原文化传统。当然,这里面其实也有对金积极接受汉族文化这一传统的继承。曾称后金的清朝作为金的继承者,充分借鉴金的这一经验,也接受了蒙元在这方面的一些反面性教训,为汉文化再次繁荣提供了机会。我们评价清诗,也应该重视这一点。但无论如何,乾嘉诗风,或者说整个乾嘉时代的文学风气中失去主体精神、徘徊于纯艺术道路上的缺陷还是不可避免地产生了,尤其是连原本自觉地藏匿与回避的民族、个体独立等意识都行将丧失的时候,在一大群汉族士大夫真正失去主体精神的时候,纯艺术与纯学术的追求,有时到了难以为继的局面,而真正的疲软与困顿就发生了："清至嘉道间,学凋文敝,索索无生气。"① 指的就是上述综合性的文化气候的负面影响。龚自珍其实就是上述文化现象的批判者。龚自珍的关注,显然不止于我们所说的学术与文学,而是整个世风的困顿与疲软,这就是他在《乙丙之际箸议第九》中所描写的"文类治世,名类治世"的衰世②。但是由于西方军事与经济的强力进入而引起的骚动,在面临民族生存危机的忧患中,清代出现以龚自珍、魏源为代表的新型知识分子,再次鼓荡士气与文风,在相当程度上突破了清代学术与文学的疲软困顿的局面。当然,龚氏用来解决现实问题的,仍然是传统的述古或复古。正如其自称的试策言事之宗旨:"何敢自矜医国手,药方只贩古时丹。"③ 其所用来用世与治心的如战国诸子之学、春秋公羊学、佛教天台宗之学,也都是传统的学术,但相对当时主流的乾嘉以来的汉学,是具有逆反性的。他不像后来的几代知识分子一样,针对当时萎靡的现实,有明确的思想与主义的追求。但他有一种渴望生机、生气的冲动,甚至是朦胧中的左冲右决。所谓"九州生气恃风雷",这其实是当时具有先觉意识的文化精英的集体呼声。正是在这种时代的气氛中,清代士大夫群体的主体精神乃至民族气节开始觉醒,才有晚清文学的辉煌。龚自珍的奇变诗风,当然也是在这样一个背景下产生的。从清诗的发展逻辑来讲,经过此前康乾以来几代诗家纯艺术的探讨,已经形成清诗的一代诗风。当此新变之世局,在上述积累的基础上回复主体的精神,真是外不乏才、内不乏思、中不乏艺。于是就有了从龚自珍到以诗界革命为宗旨的戊戌革新诗人群体、

---

①《龚定庵全集类编》卷首王文濡序,第 1 页。

②《龚定庵全集类编》卷四,第 68 页。

③《己亥杂诗·己丑殿试大指祖王荆公上仁宗皇帝书》,《龚定庵全集类编》卷一六,第 367 页。

以辛亥革命为背景的南社诗人群体的近现代变革诗潮,构成对传统诗史的最后一个以复为变的创造性发展阶段。

二

　　要把握龚诗的整个发展过程并不容易。龚自珍五十岁去世,与历代的大家、名家相比,他从事诗歌创作的时间并不长,甚至也可以说是一个早夭的天才。从生命的自然规律来看,龚诗还没有走完它可能拥有的一种完整的发展历程。另外其平生诗作,散失甚多。《己亥杂诗》其六十五自述其生平诗历云:"文侯端冕听高歌,少作精严故不磨。诗渐凡庸人可想,侧身天地我蹉跎。"自注云:"诗编年始嘉庆丙寅(1806),终道光戊戌(1838),勒成二十七卷。"这即是从他十五岁到四十七岁诗作的编集。但此集不存,使我们难以窥见龚氏早期的诗风。所存者只有其道光七年(1827)所编《破戒草》,收录辛巳(道光元年,1821,三十岁)破诗戒后至丁亥(道光七年,1827,三十六岁)十月间诗一卷(《龚定庵全集类编》卷十五)、《己亥杂诗三百十五首》一卷(《全集》卷十六),杂收少年至临终前诗之《集外未刻诗》一卷(《全集》卷十七)。龚诗在其四十七岁时已编集二十七卷,加上此后续作的《己亥杂诗》与其他诗作,至少应该有三十来卷。而现存仅有三卷,可见其创作丰富而散失甚多,几如韩愈论李白诗:"平生千万篇,金薤垂琳琅。仙官敕六丁,雷电下取将。流落人间者,太山一毫芒。"[①] 龚诗也有这种情况。所以,仅根据现存的诗歌,我们没法窥探其整个诗歌创作的发展过程。尤其是三十岁之前的诗歌,以及三十七岁至四十七岁这

─────────────

① 《调张籍》,钱仲联集释《韩昌黎诗系年集释》,上海古籍出版社1984年,第989页。

十年间诗歌的创作情况,我们能够知道的情况是很少的。所以,要全面地论述龚诗的创作发展道路,弄清其出入于奇常正变的情况,尤其是他早年的学诗经历及与清代盛平诗风的关系,是相当困难的。但即使如此,我们仍然可以根据有限的现存作品,来管窥龚诗的渊源与奇常正变之迹。

龚氏对诗歌传统的选择,是与他的创作个性紧密联系的。龚自珍的创作个性,整体来看,是以瑰奇壮丽、哀感顽艳为主要特点的。他的这种文学个性,在青少年时代就已呈现。其同时代人在评论其文学才华时,也强调这一点。如女诗人归懋仪答龚词,称其为"奇气拿云,清谈滚雪,怀抱空今古"①。他的朋友江沅(铁君)更是评赞他为"玉想琼思"②。前引钮非石赠诗,也形容其文学个性为"翠虬游青霄"。这与他幼年的学习有关系。他自称"髫龀早慧,好读吴梅村诗,方百川遗文,宋左彝《学古集》。后赋《三别好诗》,谓自撰造述,绝不出三君,而心未能舍去,以三者皆于慈母帐外灯前诵之,吴诗出口授,故尤缠绵于心,壮而独游,每一吟此,宛然幼小依膝下时也"③。虽然龚氏自认为他的诗歌不出于吴梅村,但是事实上其哀感顽艳、玉想琼思的诗歌风格,与吴梅村有明显的渊源关系。除了吴诗之外,康乾时代的另外一些诗人,如王昙、舒位等人较尚奇丽的风格,对他也有一定的影响。他曾称舒诗风格为"郁怒"(见前引《己亥杂诗·诗人瓶水与谟觞》一首),又在十八岁时

---

① 《百字令·答龚琏人公子即和原韵》,《龚定庵全集类编》卷一八附龚词原唱后,第430页。
② 《龚定庵全集类编》卷一七《铁君惠书有玉想琼思之语,衍成一诗答之》,第403页。
③ 《龚定庵全集类编》附《定庵先生年谱》"嘉庆三年戊午七岁"条,第463页。

获交人品与诗风都比较奇特的王昙①。可见他对明清之际崇尚性灵与奇瑰的一派诗风是有所继承的。这应该是龚诗最近的渊源。前面陈衍梳理"清苍幽峭"、"奥衍生涩"两派,上述诗家、诗派都不在其中,可见陈氏未曾深入探讨龚诗之渊源,而又强以"奥衍生涩"一体来评衡龚氏之得失,当然不可能对龚诗的诗史位置作出准确的定位。另外龚氏的学术文章,受扬州、常州一派的影响也比较明显,崇尚汉魏六朝文学,而对向来被视为绮丽的齐梁诗风,也有他自己的理解与取法。他是要以庄骚诗魂、仙释灵心来对齐梁诗风作出新发展。这一点表述于《纪梦》其一中:"好月帘波夜,秋花馥一床。神机又灵怪,仙枕太飞扬。帝遣奇文出,巫称此魄亡。漂摇穷塞外,别有一齐梁。"②此诗以纪梦的方式,寄托了他对当代自沈德潜等人格调派以来国朝正宗诗文风气的一种别裁,幻想自己置身于穷塞之外,而其国度之文风,却与齐梁相近。所谓"别有一齐梁",正透露了他以庄骚仙释的境界来改造齐梁诗文的意图。龚诗虽以复古为旨,但又表现出绮艳在骨的美感特质,正是"别有一齐梁"之审美取向的体现。同样,他对盛唐李白及中晚唐之际李贺、李商隐等人的接受,也都依据于这种崇尚哀感顽艳、玉想琼思的文学趣味。这与他对自己独特个性的自我体认相关联。我们有理由相信,龚氏这种独特的审美取向,是在其青少年时代的写作中就已萌生的。其《戒诗五章》自述早年诗境云:"蚤年撄心疾,诗境无人知。幽想杂奇悟,灵香何郁伊。"③段玉裁为龚自珍所作《怀人馆词序》,称其年才弱冠,"所业诗文甚夥,间有治经史之作,风发云逝,

---

①《龚定庵全集类编》卷九《王仲瞿墓表铭》,第 231 页。

②《龚定庵全集类编》卷一七,第 411 页。

③《龚定庵全集类编》卷一七,第 404 页。

有不可一世之概",其《红禅词》《怀人馆词》"银碗盛雪,明月藏鹭,中有异境"①。龚诗与龚词有相近的审美取向,可见其青少年时期的诗词风格就已确立了奇异瑰丽的特点。前引嘉庆二十三年浙江乡试房考评其诗,即有"瑰玮"之目。

龚氏出身华庑,内外都是学术世家,在文学与学术两方面,很早就萌发了创新意识。在对自身的认识方面,他充分意识到自己负有不世之奇才,怀抱非凡之奇志,并因此而拥有非常人所有之奇情。所以,他深知自己在情感体验方面是不同于常人的。所谓"之美一人,乐亦过人,哀亦过人"②。他也充分意识到这种奇志奇情,是酝酿其文学精神与艺术想象的绝好种子。所以其艺术主张注重心灵与想象,他将这两者称为"心灵之香"与"神明之媚"。《写神思铭》曰:

> 夫心灵之香,较温于兰蕙,神明之媚,绝嫮乎裙裾。殊呻窃吟,魂舒魄惨,殆有离故实,绝言语者焉。鄙人禀赋实冲,孕愁无竭,投间篷乏,沉沉不乐,抽豪而吟,莫宣其绪,欹枕内听,莫讼其情。谓怀古也,曾不朕乎诗书;谓感物也,且能役乎罄悦。将谓乐也,胡迮至而不和;将谓哀也,抑娄袭而无疢。徒乃漫漫漠漠,幽幽奇奇。③

《写神思铭》依傍《文心雕龙·神思》而作。但刘勰只是一般性地论述文学创作中构思与想象的原理,龚文则主要阐述他个人独特

---

① 《龚定庵全集类编》附《定庵先生年谱》,第 466 页。
② 《龚定庵全集类编》卷一七《琴歌》,第 400 页。
③ 《龚定庵全集类编》卷一二,第 294 页。

的创作心理,强调非现实的想象之美超过自然界与现实生活之美,即所谓"心灵之香,较温于兰蕙,神明之媚,绝嫣乎裙裾"。而所谓"禀赋实冲,孕愁无竭",即龚氏对自己独抱奇情的体认。这让我们想到初唐诗人王勃自称"窃禀宇宙独用之心,受天地不平之气"的表白①。至于怀古而"不朕乎诗书",感物且"能役乎謦欬",则是指其创作方法不同于流俗之怀古使事、体物写景。细察龚氏诗赋的命题写意,迥乎不同于流俗,可知他的这两句话是自状其独特的文学方法与风格。此种创作个性与独特的艺术思想,是他奇变风格发生的根本原因。

龚自珍的文学思想中,"尊情"是一个比较核心的观念②。从对文学创作之创造性本质的理解出发,龚自珍第一个明确的文学主张就是反对摹拟无真性情或者谀颂失实的伪体,重视真情抒写的感慨之作:"天教伪体领风花,一代人才有岁差。我论文章恕中晚,略工感慨是名家。"③"略工感慨是名家"是对文学品质定出的一个最基本的标准,其言外之意即是如无感慨即不能称文学。当然辨别伪体与提倡感慨,只是其拒弃当代萎靡诗风的一个出发点,其最终的追求,则是由唐宋上溯汉魏六朝,以直接风雅与庄骚精神为目标。其《最录李白集》评论李白说:

> 庄、屈实二,不可以并,并之以为心,自白始;儒、仙、侠实三,不可以合,合之以为气,又自白始也。其斯以为白之真原

①(唐)王勃《春思赋·序》,(清)蒋清翊注《王子安集注》卷一,上海古籍出版社 1995 年,第 1 页。
② 参看郭延礼《中国近代文学发展史》第一卷,山东教育出版社 1990 年,第 77 页。
③《歌筵有乞书扇者》,《龚定庵全集类编》卷一五,第 350 页。

也已。①

这不啻为夫子自道。其《自春徂秋偶有所触拉杂书之漫不诠次得十五首》其三自叙其心迹云：

> 名理孕异梦，秀句镌春心。庄骚两灵鬼，盘踞肝肠深。古来不可兼，方寸我何任。所以志为道，澹宕生微吟。一箫与一篆，化作太古琴。②

这与论李白之语合若符契。这些都反映了龚自珍对艺术的最高理想，即合庄骚为一心，而以佛道为归宿，以达到作者理想中太古时代的大音希声之美。这当然是一种幽玄的意趣。在此基础上，龚自珍形成以"气"与"心"为主要内涵的诗学宗旨，从哲学的渊源来讲，不但来自佛禅，也与浙东学术中的阳明学一派有渊源关系。从诗学渊源来看，龚氏诗学与同样出于明代心学潮流的袁枚性灵派有渊源关系，但内涵很不一样。袁枚性灵派所追求的诗学趣味，仍然是常调、常境之工；龚氏诗风则是变格，追求一种与造化相侔的、大气磅礴的奇境之美。从这些地方都可以看出，龚诗是对乾嘉以来盛平风雅的一种奇变。

　　龚诗体制上不主故常，一意复古。其章句之法，也不破古近体之常法，出入于常变之间。其内容则举凡平生之学术、志愿、绮情丽想，皆熔于诗境，而以空灵曼妙为韵，哀感顽艳为气，其飘逸神奇虽不及太白，而瑰丽壮奇，觉太白亦所未有。《能令公少年行》中

---

① 《龚定庵全集类编》卷一一，第 291 页。
② 《龚定庵全集类编》卷一一，第 345 页。

"征文考献陈礼容,饮酒结客横才锋。逃禅一意皈宗风,惜哉幽情丽想销难空"①,可谓龚氏诗境与诗材的自状。程金凤为《己亥杂诗》所作跋语,对龚诗的风格与造诣作了这样的评论:

> 天下震矜定庵之诗,徒以其行间璀璨,吐属瑰丽。夫人读万卷书供驱使,璀璨瑰丽何待言,要之有形者也。若其声情沈烈,恻悱遒上,如万玉哀鸣,世鲜知之。抑人抱不世之奇材与不世之奇情,及其为诗,情赴乎词,而声自异。要亦可言者也。至于变化从心,倏忽万象,光景在目,欲捉已逝,无所不有,所过如扫,物之至也,无方而与之为无方,此其妙明在心,世乌从知之。②

龚诗以复为变所形成的风格,在当时惊耸人之耳目,引起很大的反响,所谓"天下震矜定庵之诗"。沿至清末民初,影响更大,"沿及同光,风尚所趋,尊为龚学"③。近代最大的诗派南社,更多学习龚自珍的诗风,庀材雄富,组织奇丽,而有回肠荡气之效,但从境界上看,已落凡境,少有如龚诗的超奇之境,多写"心灵之香"、"神明之媚"。但是,从清诗的发展来看,龚诗仍是一种变体,当时并不以其为正宗。下至民国时代,虽然龚氏影响已经很大,但仍有一些学者并不认可他的诗格。如章太炎撰《校文士》,就称龚魏之文为伪体,认为龚氏"其文词侧媚,自以取法晚周诸子,然佻达无骨体"④。早期的一些文学史如来裕恂的《中国文学史》、钱基博《中国文学史》,

---

①《龚定庵全集类编》卷一五,第 322 页。
②《龚定庵全集类编》卷一六《己亥杂诗》后附程金凤跋文,第 393 页。
③《龚定庵全集类编》卷首王文濡序文,第 1 页。
④ 章太炎《太炎文录初编》,上海书店 1992 年,第 83 页。

讲清诗流变时都不提龚诗。这些情况说明,相对于清代正宗风雅来说,龚诗是一种变体。从创变的程度来说,龚自珍与乾嘉以来盛平风雅的关系,亦如李白与初盛唐以来主流诗风的关系。而其中所体现的鲜明的个性主义特征,则不仅近代诗坛罕见,而且在整个中国古代文人诗歌发展史上也是罕见的。其整体上所呈现的是一种与建安诗、盛唐诗精神相近的慷慨悲哀、沉郁顿挫、骋词尚气的作风。所以,龚诗对于清诗来讲是一种变,但对于汉魏诗、唐诗来讲,则是一种复。

三

　　龚自珍文学方面的复古与创新,不仅表现在文学作品的内容与风格方面,还表现在其体制上也有一种自觉的复古与创新的意识,这是普通的作家所缺乏的。但是,作为一个杰出的文学家,其创新常常不仅在一般的题材、风格上,同时还在于追求文体的自成一家。自唐宋以来,在散文方面,骈散分流的体制已定;在诗歌方面,古近体、乐府歌行并存的体制也已经相当稳定,词体经过唐宋、元明文人的写作,也已经成为一种独立的韵文系统。在这种情况下,大多数的文学家在文体上都是因循使用,没有文体创新的意识。清代在文学体裁与风格上,都可以说是一个总结性的时代。除了骈散文、古近体、乐府、词曲等流行之外,清人凭借其博学穷究的学术力量,对于文学史上产生过的几乎所有文体,都有过创作尝试。所以,清代文学可以说是集古代文体学之大成,也是古代文体之渊薮。清代文学家在文体方面具有求全、求备的意识,但并没有突出的创新意识。龚自珍的文学,在文体的运用上除体现清人普遍求全、求备的意识之外,还具有一般作家所没有的通过复古以求新变的意识。他的《文体箴》表达了他成熟的文体思想，对于了解定庵诗文体制的形成，有重要的参考价值：

> 乌乎。予欲慕古人之能创兮，予命弗丁其时。予欲因今人之所因兮，予恧然而耻之。耻之奈何，穷其大原，抱不甘以为质，再已成之纭纭，虽天地之久定位，亦心审而后许其然。苟心察而弗许，我安能颔彼久定之云。乌乎颠矣，既有年矣。一创一蹶，众不怜矣！大变忽开，请俟天矣！寿云几何，乐少苦多。圜乐有规，方乐有巨（矩）。文心古，无文体，寄于古。①

龚自珍所说的"文体"，即以体裁为主，当然也包括语体、风格等多方面的因素。但这里主要应该是指体裁。他认为文体有创有因，古代的经典如诗骚、汉乐府、汉魏五言古体、唐人五七言近体，乃至乎中唐至北宋的曲子词等，都是所谓的"古人之能创"。但龚氏深知自己处百代文章之下，在文体上很难成为原创者与首倡者。这也反映了清代杰出作家在追求文学创新方面遇到的困境，对于我们理解近现代以来文体革新或许也有所启发。在这种缺乏文体原创机制的文学时代，清代文学家普通的做法，当然是"因今人之所因"，但龚氏却以此为耻。这是他与众不同的地方，也因此而激发其对文体复变问题的思考与实践愿望。通过长期的努力，他形成自己超越于简单的创与因之上的更深入的一种观点，即打通古今文体之界囿，根据自身的创作个性与审美理想，以"穷其大原"为宗旨，对古今因与创的各种文体，通过穷究、实践而做出自己的选择。于是"一创一蹶"，在自己看来是有成有败，然旁人却以新异而

---

①《龚定庵全集类编》卷一二，第 300 页。

不许。但他自己却相信会有"大变忽开"的一日,并且说"请俟天矣"!他自信能够打破清代文学在文体与文风的创新上所遭的困境。某种意义上说,我认为龚氏是做到了。他在文体与文风上的创新,不仅形成自成一家的诗文革新,而且对后来的启迪与资诱也是很大的。最后他认为文体决定于文心,只要文心能古,则文体自能超越俗流。到这里,我们再联系魏源对龚自珍逆今复古的评论,可以说是符合龚氏自己的创作观念与实践结果的。魏源评论龚氏"矧生百世之下,能为百世以上之语言,能驱宕百世以下之魂魄,春如古春,秋如古秋",也正是指出其在体裁、语体、风格上面能够创出迥异于其当代、有着复古之效的一种面貌。

龚氏的文体在实践方面还有一个重要的观点,就是打破时俗的雅俗之见,认为雅俗同源,其论文学重在辨真伪,而不在于据时俗的文体观念来判定雅俗。其五古《自春徂秋偶有所触拉杂书之漫不诠次得十五首》之十一叙姚归安语,即表达了上述文体思想:

> 中年何寡欢,心绪不缥渺。人事日鼃黽,独笑时颇少。忽忆姚归安,锡我箴铭早。雅俗同一源,盍向源头讨。汝自界限之,心光眼光小。万事之波澜,文章天然好。不见六经语,三代俗语多。孔一以贯之,不一待如何。实悟实证后,无道亦无魔。①

所谓雅俗同源,即与其根据后世文章的观念强分雅俗,不如直接从源头探讨。这个源头,当然是六经,以及历代文学中的种种原创之体。了解他的这种思想,就能明白龚氏在诗歌体裁方面为何会形成雅俗并出、熔古今诗体于一炉的复变特点。

---

① 《龚定庵全集类编》卷一五,第 347 页。

王文濡称龚氏"诗亦浸淫六朝而出"①，这首先表现在体制方面。龚氏力求规摹唐宋之前的古体、乐府与古歌谣谚之体，其体制不主故常，变化百出。龚自珍在《跋破戒草》中自述其体裁云："自周以迄近代之体皆用之。自杂三四言至杂八九言，皆用之。"②可以看出其在诗歌体裁方面打破古今之限、杂用历代之体、冲决明清时期已经颇为凝固的古近体诗系统之藩篱的意向。这种情况，与李白杂用古风、乐府歌行的情况是比较相似的。可以说龚诗之奇变，体制上的以复古为新变是一个重要方面。

龚诗喜欢用谣谚之体，如《馎饦谣》、《黄犊谣》、《婆罗行谣》、《城南席上谣》，不但体制仿古之谣谚，而且继承古谣的讽喻微婉的作风。如《馎饦谣》写京城所卖的馎饦，形制越来越小，而价格越来越高，来反映民生日艰、社会不景气。诗中写道："父老一青钱，馎饦如月圆；儿童两青钱，馎饦大如钱。盘中馎饦贵一钱，天上明月瘦一边。"③将馎饦与月亮相比，寄托甚微，但语气又是典型的童谣之体。他的其他诗歌，有时也使用谣的风格，如《呜呜硁硁》写君臣之际、父子之间权势相倾，难以自处：

　　黄犊怒求乳，朴诚心无猜。犊也尔何知，既壮恃其孩。古之子弄父兵者，喋血市上宁非哀。亦有小心人，天命终难夺。授命何其恭，履霜何其洁。孝子忠臣一传成，千秋君父名先裂。不然冥冥鸿，无家在中路。恝哉心无瑕，千古孤飞去。呜呜复呜呜，古人谁智复谁愚。硁硁复硁硁，智亦未足重，愚亦

————————————

①《龚定庵全集类编》卷首王文濡序文，第 1 页。
②《龚定庵全集类编》卷三，第 61 页。
③《龚定庵全集类编》卷一五，第 329 页。

未可轻。鄙夫较量愚智间,何如一意求精诚。仁者不怵愚痴之万死,勇者不贪智慧之一生。寄言后世艰难子,白日青天奋臂行。①

此诗不知其具体所指为何事,或含隐寓。诗中说到处父子君臣之间的三种情况,一种是恃君父之爱,子弄父兵,最终喋血市上;一种则小心恭谨,乃至逆来顺受,结果虽然成就自己的名声,但陷君父于非道不慈;第三种则如伯夷、叔齐之流,如冥鸿孤飞,隐逸而去。作者认为孰智孰愚,不可评判。总之,父子君臣之间,相处实难,但唯有以精诚为旨,则可于青天白日奋臂而行。题为《呜呜砬砬》,即模仿谣谚制题,同时也采用谣的修辞方式。甚至他的《己亥杂诗》,也有使用古歌谣作法的,继承古歌谣的讽喻精神,如:

> 谁肯栽培木一章,黄泥亭子白茅堂。新蒲新柳三年大,便与儿孙作屋梁。(其二四)②
> 只筹一缆十夫多,细算千艘渡此河。我亦曾糜太仓粟,夜闻邪许泪滂沱。(其八三)③

前一首借写道旁风景树,含有政治上的微讽。后一首写纤夫艚运之艰难,以为尸位素餐者戒。又如其《夜读番禺集书其尾》:

> 灵均出高阳,万古两苗裔。郁郁文词宗,芳馨闻上帝。

---

① 《龚定庵全集类编》卷一七,第 401 页。
② 《龚定庵全集类编》卷一六,第 365 页。
③ 《龚定庵全集类编》卷一六,第 371 页。

奇士不可杀,杀之成天神。奇文不可读,读之伤天民。①

后一首谣诵风格更为突出。谣的特点,是直言放歌,而寄意婉曲,其语常在可解不可解之间。龚氏的诗风中,吸取谣诵风格,常常以直而能曲,微讽以寄旨。这是其体制新变一大表现,难以一一指实。谣体似直而婉,似冲而折,《诗经·魏风·园有桃》"心之忧矣,我歌且谣",龚氏于古今风谣之体,深有领会。其整体的诗风,也是直而婉,冲而折。

龚氏也喜欢效国风、汉乐府作四言歌章,如《四言六章(龚子扫彻悟禅师塔作)》、《琴歌》等。《琴歌》模范乐府四言,而多用《国风》之格:

> 之美一人,乐亦过人,哀亦过人。一解。月生于堂,匪月之精光,睇视之光。二解。美人沉沉,山川满心。落月逝矣,如之何勿思矣。三解。美人沉沉,山水满心。吁嗟幽离,无人可思。四解。②

使用古琴歌之体,其语言亦本曹丕《善哉行·有美一人》,但寄托不同,愤懑之气、幽微之思,更过曹诗。

当然,龚诗所使用的体裁,主要还是唐宋以来的古近体。但即使在这种相对定型的体裁中,龚氏也不是简单的因循,而是有所创变。他的近体诗,如七律、七绝,不斤斤计较声律,常常是一首诗,时而守律,时而破律,形成一种妥帖与排奡相杂的章制,如《飘零行

---

①《龚定庵全集类编》卷一五,第324页。
②《龚定庵全集类编》卷一七,第400页。

戏呈二客》：

> 一客高谭有转轮，一客高谭无转轮。不知泰华嵩衡外，何
> 限周秦汉晋人。

> 臣将请帝之息壤，惭愧飘零未有期。万一飘零文字海，他
> 生重定定庵诗。①

两诗的题目仿乐府体，但体裁却界乎古绝与律绝之间。第一首完全不遵声律，是排奡的风格，如六朝古绝；第二首基本上守律，是妥帖的风格。《己亥杂诗》三百十五首，杂用古绝与律绝两体，甚至用古歌、谣诵、佛偈等体式，可谓集七言四句体之大成。作者的意图，正是通过这种变化广大的诗体运用，打破像神韵派那种日趋平熟妥帖的七绝风格。《己亥杂诗》奇瑰陆离、变化多端之整体风貌的形成，与龚氏在绝句体制上最大程度地变化使用是分不开的。龚氏的五七言律诗，基本上都是合律的；五言稍逊，未成风格；七言则一破乾嘉以来流行的清新舒徐之格，意象广大，风格奇肆纵横，多出唐李义山、清吴梅村两家而变化之。虽守律而有律不能缚之感，庀材造境，迥出于常格之外。如《夜坐》、《秋心三首》、《纪梦》、《寒夜读归佩珊赠诗有"删除苫箧闲诗料，湔洗春衫旧泪痕"之句，怃然和之》等作，在意境与风格上，都对传统的七律有明显的发展。

在古近两体的比重上，龚诗明显地偏向五七言古体。龚氏五古，源出魏晋杂诗一体，但诗法近于放，并且主于理，古风比兴之外，又喜宋人议论之语，有时不避粗犷之风。当时魏源的古体也有类似的表现，但诗情逊于龚氏。七言歌行也是龚氏最有代表性

_____

① 《龚定庵全集类编》卷一五，第333页。

的体裁之一。此体虽然是唐宋以来的常体,作者众多。但明清以降,体制渐趋稳定。龚氏则以奇创行之,变调纷出,长篇如《能令公少年行》《奴史问答》《汉朝儒生行》《十月廿夜大风不寐起而书怀》,其体制渊源于李白,也是李白、苏轼、陆游诸家之后少有的歌行奇调,充分地显示了龚氏在体裁处理方面非凡的创新能力。

四

　　龚诗的复变还表现在诗法方面。广义的诗法,当然包括上面所论的体制与风格等。但我们这里主要集中在通常所说的章法与句法方面,来看龚氏是怎样处理复变关系的。

　　古诗、古乐府多散文句式,晋宋以降,对仗日多,诗句以整练为主。永明体至近体,形成典型的五七言句的句式,即节奏感强、韵律铿锵和谐的句法,亦即近体诗的句法。虽然因平仄律的不同形成变化无穷的节奏感与句式,但总的来说,百变不离其宗,都具有五七言近体类诗的节奏美感。于是大家如李、杜,想办法打破近体诗相对稳的节律和过于整练的修辞形式。杜之五七言律绝,就多用散文式句法。句法既被打破,平仄律也就显得不那么重要。甚至可以说,句法上散文化,平仄律也应随之放宽。一首诗中的这一部分,是不受格律(对仗与平仄律)的限制的,但其他仍遵循近体诗常规句法、节奏的部分(也可以说是诗的句式),则自按常规的格律处理。两者各从其便。但散文句法的使用,是在完全掌握了典型的诗律与句法之后的进一步变化,需要有很深的艺术功力。至于并不使用格律的古体与歌行体,其句法也有整与散的不同,亦即典型的诗的句法与散文化的句式。

　　龚自珍的诗歌,最重视句法上的骈整与散直的结合使用。他的近体诗,基本渊源于唐诗,五七言律诗基本上不破律,风格雄浑整丽,出于杜甫、李商隐、吴梅村、钱谦益诸家,可以说是正宗的唐律一派。但也吸收了宋诗的特点,不无峭拔拗怒之体。其中多句法奇变、运散入律之处,如《夜坐》之一:

> 春夜伤心坐画屏,不如放眼入青冥。一山突起丘陵妒,万籁无言帝坐灵。塞上似腾奇女气,江东久霣少微星。平生不蓄湘累问,唤出妲娥诗与听。[1]

此诗虽不是拗律,但前四句与后两句,句法都趋于散体化,与其个性突出的意象表现相适应。又如《秋心三首》,其中亦颇有运散入律的句法:

> 秋心如海复如潮,但有秋魂不可招。漠漠郁金香在臂,亭亭古玉佩当腰。气寒西北何人剑,声满东南几处箫。斗大明星烂无数,长天一月坠林梢。
>
> 忽筮一官来阙下,众中俛仰不材身。新知触眼春云过,老辈填胸夜雨沦。天问有灵难置对,阴符无效勿虚陈。晓来客籍差夸富,无数湘南剑外民。
>
> 我所思兮在何处,胸中灵气欲成云。槎通碧汉无多路,土蚀寒花又此坟。某水某山迷姓氏,一钗一佩断知闻。起看历历楼台外,窈窕秋星或是君。[2]

---

① 《龚定庵全集类编》卷一五,第 355 页。
② 《己亥杂诗》,下同。《龚定庵全集类编》卷一五,第 341 页。

第一首前四句,第二首的一二、五六句,第三首的第一、五六句,都不作通常的妥帖之句,而使用散文句式,以见排奡之气。这与诗中所表现的与众不同的奇情与奇思是相合拍的。艺术的表现内容发生了变化,自然其形式也要发生变化。龚自珍对清代律诗常体的变化,正是出于这样的原因。

龚自珍的绝句杂出中晚唐,但风格变化多端,难以一律视之,也是以律体为主,句法整练,以顿挫为体。但其亦有运散入律的作法,如:

> 著书何似观心贤,不奈卮言夜涌泉。百卷书成南渡岁,先生续集再编年。(其一)①
> 五十一人皆好我,八公送别益情亲。他年卧听除书罢,冉冉修名独怆神。(其三八)②
> 眼前二万里风雷,飞出胸中不费才。枉破期门伏飞胆,至今骇道遇仙回。(其四五)③
> 科以人重科益重,人以科传人可知。本朝七十九科矣,蒐辑科名意在斯。(其五四)④
> 文章合有老波澜,莫作鄱阳夹漈看。五十年中言定验,苍茫六合此微官。(其七六)⑤

还有一类是不仅驱使散句,而且同时不拘于格律:

---

① 《龚定庵全集类编》卷一六,第363页。
② 《龚定庵全集类编》卷一六,第366页。
③ 《龚定庵全集类编》卷一六,第367页。
④ 《龚定庵全集类编》卷一六,第368页。
⑤ 《龚定庵全集类编》卷一六,第370页。

北游不至独石口,东游不至卢龙关。此记游耳非著作,马
蹄蹀躞书生屏。(其六八)①

剔彼高山大川字,簿我玉箧金扃中。从此九州不光怪,羽
陵夜色春熊熊。(其七一)②

至于他的仄韵绝句,则以散句为主,如:

海西别墅吾息壤,羽珑三重拾级上。明年俯看千树梅,飘
飘亦是天际想。(其二一二)③

眉痕英绝语谡谡,指拁小婢带韬略。幸汝生逢清晏时,不
然剑底桃花落。(其二五四)④

　　从龚氏最擅长的七律与绝句来看,其诗歌的句法,是以整与散
兼施为策略的。这样做的目的是一方面能破除陈熟,造成多种风
格,另一方面能保持典型的诗歌句法之美。另外,龚氏虽然使用格
律,但与李白一样不为格律所缚,能于格律诗中创造奇境、抒发奇
情、运动奇思,造成了一种龚氏独特的有奇变的七律体。
　　龚氏的歌行体在句法与章法的奇变方面,更甚于其近体诗。正
如李白天才横放、不可拘羁的艺术个性在其乐府歌体中表现得最为
淋漓尽致,龚自珍的歌行体也最能表现其创新的风格。殷璠《河岳
英灵集》评论李白时说:“《蜀道难》等篇,可谓奇之又奇,然自骚人

①《龚定庵全集类编》卷一六,第 369 页。
②《龚定庵全集类编》卷一六,第 370 页。
③《龚定庵全集类编》卷一六,第 383 页。
④《龚定庵全集类编》卷一六,第 387 页。

以还,鲜有此体调。"① 龚氏的歌行体正渊源于李白的杂七言歌行。虽然此体唐人已经开始仿效,如任华《寄李白》、《寄杜拾遗》、《怀素上人草书歌》,宋以来也常有仿此调的创作,但是龚自珍《能令公少年行》、《桐君仙人招隐歌》、《西郊落花歌》等一批歌行,不仅深入太白歌行之突奥,而且在审美风格上有新的创造。虽不如太白歌行飘逸绝尘,如天仙化人,但龚诗自有一种奇诡莫测的变化之美,灵思在襟,万象出没。龚氏自言"殊呻窃吟,魂舒魄惨"的神思境界,也正是其歌行艺术的美感所在。所以,借用殷氏的评论,我们也可以说龚自珍的杂七言歌行,是自太白以来鲜有此体调。

龚诗的章法、句法虽然多变,但百变而不出于诗之一体。实际上他走的道路,是博取汉魏以下的各种诗法,融会变化而出之。如王文濡即说他:"诗亦浸淫六朝而出,清刚隽上,自成家数。"② 此外其取法之渊源,也多出于李、杜及宋代苏、黄诸家。如《能令公少年行》用柏梁体,《琴歌·之美一人》用曹丕《善哉行》句法。但用其法而不用其语,自铸伟词,自出伟象,使百代之下难以窥其源流正变之所在。

五

龚诗的复变,还表现在诗歌的内容与取材上。清诗中有诗人之诗、学人之诗,甚至还可以说有才人之诗、情人之诗。龚氏生清代诗风繁盛、体派众多之世,他的诗歌,可以说兼有上述诗人之诗、

---

① (唐)殷璠《河岳英灵集》,《唐人选唐诗(十种)》,上海古籍出版社1978年,第53页。
② 《龚定庵全集类编》卷首,第1页。

学人之诗、才人之诗、情人之诗的特长。这里我想再谈谈龚氏的学术与诗风的关系。

　　龚氏学术是乾嘉考据学与清代后期新兴之公羊学的结合,但其中显然有突出的时代主题。他的征文考献,虽然循着乾嘉考据的客观原则,但也深受浙东史学的影响,尤其是受黄宗羲、章学诚等人的影响,史学的意识很自觉,如他自矜"九流触手绪纵横"①,就是继承章学诚以来甄别百家、考镜源流之学。最重要的是其中洋溢着经邦济世的热情。他自己又有一种极为个性化或者性情化的学术观点,就是借琐耗奇。乾嘉考据从经史发源,达乎文物掌故,并多发为诗词,如翁方纲考订金石多发于诗。龚氏也深受这种以考据为诗的作风的影响。但他自知有些文物掌故的搜集与考据并非经世之学,只是个人的嗜好,他称为借琐耗奇。《己亥杂诗》:"奇气一纵不可阖,此是借琐耗奇法。奇则耗矣琐未休,眼前胪列成五岳。"自注云:"为《镜苑》一卷,《瓦韵》一卷,辑官印九十方为《汉官拾遗》一卷,《泉文记》一卷。"② 这样看来,要寻找龚氏的学术渊源与体系,是很复杂的事情。

　　龚氏文学,不但学诸子,也学六朝。他自称"六朝文体闲征遍",可见其对六代文学的研阅之深。六朝时代的文学,博雅与属文联系在一起。再加上龚氏于学问无所不窥,百家之学、传记之文、博物之志,一为其用。这就造成龚诗以学为诗的博丽风格。诗材弘富而瑰奇,富艳难踪。在清诗中,查慎行的诗风融合唐宋,题材丰富,但以诗为诗,而不以书为诗、以学为诗,堪称正宗诗风的代表。拿龚诗与查诗相比,我们能很明显地看出奇常正变之不同,查

---

①《己亥杂诗》,《龚定庵全集类编》卷一六,第 385 页。
②《龚定庵全集类编》卷一六,第 370 页。

诗或敛情约性，或磨镌景物，其努力常在求一联一句之工稳新奇，基本上是在传统的诗境中求发展。其所求者，是传统风格之工妙入神。龚诗在诗境方面，完全是不主故常，其各体诗歌的取材，都在常境之外。其于《能令公少年行》一诗中自述平生著述与内容风格时说："征文考献陈礼容，饮酒结客横才锋。逃禅一意皈宗风，惜哉幽情丽想销难空。"这大致可以用来概括龚诗的取材范围。龚氏生于乾嘉朴学兴盛之际，又继承阮元等常州学派以骈丽为文、博雅为文的作风，十分重视取材之丰与修辞之美。清儒多以学问为诗，定庵也走此道，但更加以瑰奇弘富之美。他的诗歌，在内容上纵横于九流百家之间，以学问为诗，以谈辩为诗，笔锋凌厉，无施不可，将从北宋以来的学人之诗发展到极致。而其实际所达到的境界，以及形成的新奇艺术风格，又与传统学人诗或学问诗的面目极不相同。这在他的杂言歌行与以《己亥杂诗三百十五首》为代表的七言绝句中表现得最为典型。杂言歌行如《汉朝儒生行》，写一位性格傥荡、抱负奇才、希望贡献于朝廷的寒素儒生，在等级森严、制度不合理、世俗士林主于故常、不思危机、不求变革的社会现实中的感慨陈词。这其实就是作者自己现实遭逢的真实写照，但却借托于汉朝儒生这一形象。唐人反映现实的诗歌，多托汉朝之事，最著名的如卢照邻《长安古意》。定庵采取的正是这种寄托法，但与唐人之随意撷取史汉习见故事不同，他在诗里不仅炫博，而且尽情发露其考据之功。如《汉朝儒生行》一篇，以汉学家考据之材入诗，但却寄寓批判权贵因循制度、摧压人材的现实主题。

　　《己亥杂诗三百十五首》，更是贯穿儒、释、道及百家之学，并且不是泛泛点缀，而是处处表达其独特的学术见解。如谈经学：

　　　孔壁微茫坠绪穷，笙歌绛帐启宗风。至今守定东京本，两

庑如何阙马融。(其五六)①

姬周史统太销沉,况复炎刘古学喑。崛起有人扶左氏,千秋功罪总刘歆。(其五七)②

又如谈对佛学天台宗的证悟:

狂禅辟尽礼天台,掉臂琉璃屏上回。不是瓶笙花影夕,鸠摩枉译此经来。(其七八)③

小别湖山劫外天,生还如证第三禅。台宗悟后无来去,人道苍茫十四年。(其一五一)④

为文物作跋尾:

瑰癖消沉结习虚,一篇典宝古文无。金灯出土苔花碧,又照徐陵读汉书。(沪上徐文台得汉宫雁足灯以拓本见寄。)(其二一六)⑤

考订金银帛式:

麟趾裦蹄式可寻,何须番舶献其琛。汉家平准书难续,且仿齐梁铸饼金。(近世行用番钱,以为携挟便也,不知中国自有

---

①《龚定庵全集类编》卷一六,第368页。
②《龚定庵全集类编》卷一六,第368页。
③《龚定庵全集类编》卷一六,第371页。
④《龚定庵全集类编》卷一六,第378页。
⑤《龚定庵全集类编》卷一六,第384页。

饼金。见《南史·褚彦回传》,又见唐韩偓诗。)(其一一八)①

论乐器古律失传:

> 消息闲凭曲艺看,考工古字太丛残。五都黍尺无人校,抢攘廛间一饱难。(其二〇)②

论外域文字:

> 龙猛当年入海初,娑婆曾否有仓佉。只今旷劫重生后,尚识人间七体书。(其三四)③

上述诸诗,所涉及的都是乾嘉以来的专门之学或显学,不是泛泛地以学问为点缀。可以说,作者将其罗胸之学问,都发之以诗情之语,形成龚氏独特的学问诗,实历来所罕见,后来的学者也难以全面地追仿。

　　总之,龚诗是学人之诗,又是本色的诗人之诗、才人之诗、情人之诗。这造成其诗歌的多重美感,对后来者有很大的吸引力。但是其后的诗界革命与南社诸家,只习其富丽与回肠荡气的作风,其博大雄奇、神思飘逸之处,则未能逼真。某种意义上说,龚自珍跟李白一样,也是一位不可复制的、独特的天才。

(原载《求是学刊》2016年第2期)

---

① 《龚定庵全集类编》卷一六,第375页。
② 《龚定庵全集类编》卷一六,第364页。
③ 《龚定庵全集类编》卷一六,第366页。

后 记

　　本书的编辑整理始于2014年，当时本系的一次学科建设会上，一位教授提出要总结五〇、六〇年代老师们的成果，最好为他们出一本论文集。系里讨论并接受了这个意见，且嘱咐一些老师自己编辑整理，编好后由系里统一联系出版社。我于是在几位当时在读的同学帮助下，编了一个初稿，交给系里。但过了好几年也没有出来，后来才知道，还是出版社方面的原因。我多年以来，一直想将自己有关古典诗学研究的论文选编结集，得知这种情况，也无可如何。

　　岁月不居，时光如流，庚子花甲之年，曾从游士尹君与诸友生旧事重提，建议我还是出一部论文集，如木之年轮，有所纪也，情意拳拳，至欲纷解囊以助。予甚感而婉谢之，仍得本系之赞助，并荷中华书局慨允给予刊出的机会。因重新编辑，篇幅增旧。又由于是几十年陆续发表的论文，刊式规范，各不相同。整齐、核校之事，予望而畏之，全赖诸友帮助。查正贤君总其事，参加者有刘淑丽、蔡彦峰、孙华娟、陈君、梁海燕、王振华、刘成荣、刘占召、高慧芳、辛晓娟、于海峰、张一南、吴夏平、仲瑶、高山、段莹、张晓伟、李金欣、郭春林、范洪杰、青子文、叶跃武、郑佳琳、郑子欣、赵晓华、刘心怡、刘雨晴、马琳、阎翥骐、杨照、黄鸿秋、卢多果、王景、隋雪纯等。予东海樵耕,晚学擿埴,能与诸多上庠才俊相与,切蹉相长,珠辉玉映,何其幸也! 谨感而记之!

　　此书编辑出版,端赖书局诸位助力,李碧玉女士精心、细致的高水平编辑,功尤可感!

钱志熙
2024 年 10 月 10 日于京北风雅园